위로받지 못한
사람들 1

모던 클래식
053

The Unconsoled
Kazuo Ishiguro

위로받지 못한 사람들 1

가즈오 이시구로
김석희 옮김

민음사

THE UNCONSOLED
by Kazuo Ishiguro

이 책을 로나와 나오미에게 바친다.

차례

1부

1

나를 맞이하기 위해 기다리는 사람이 아무도 없는 것을 보고, 심지어 프런트 직원마저 자리에 없는 것을 보고, 택시 운전사는 적잖이 당황한 눈치였다. 그는 텅 비어 있는 로비를 여기저기 살피며 돌아다녔다. 어쩌면 화분이나 안락의자 뒤에 가려져 있는 호텔 직원을 발견할 수 있을지도 모른다고 생각했을 것이다. 결국 그는 내 여행 가방을 엘리베이터 옆에 내려놓고, 뭐라고 중얼중얼 변명하면서 작별을 고했다.

로비는 꽤 널찍한 편이어서, 주위에 커피 탁자들이 늘어놓였는데도 별로 옹색하다는 느낌이 들지 않을 정도였다. 하지만 천장이 낮은 데다 불쑥 내려앉은 곳까지 있어서 밀폐된 장소에 갇힌 듯한 분위기를 자아냈다. 밖에는 햇빛이 눈부신데도 로비는 어두컴컴했다. 프런트 근처에만 한 줄기 햇살이 비쳐 거무스름한 판벽과 잡지꽂이를 비추고 있었다. 잡지꽂이에는 독일어, 프랑스어, 영어로 된 잡지들이 꽂혀 있는 게 보였다. 프런트 데스크 위에 작은 은종이 놓여 있는 것도 볼 수 있었다. 그 종을 울리려고 프런트 쪽으로 걸음을 옮기려는데, 뒤쪽에서 문이 열리더니 제복 차림의 젊은이가 나타났다.

"어서 오십시오, 손님." 그는 귀찮다는 듯이 말하고는 프런트 데스크 뒤로 돌아가서 숙박부를 꺼내 펼쳤다. 자리를 비워서 죄송하다고 중얼거리긴 했지만, 태도는 여전히 눈에 띄게 무뚝뚝했다. 그러나 내가 이름을 밝히자, 그는 흠칫 놀라면서 몸을 꼿꼿이 세웠다.

"라이더 씨, 몰라봬서 정말 죄송합니다. 실은 이 호텔 지배인인 호프만 씨가 선생님을 직접 마중하고 싶어 했지만, 공교롭게도 빠질 수 없는 중요한 회의가 있어서 지금 거기에 가 있습니다."

"괜찮습니다. 지배인은 나중에 만나기로 하죠."

프런트 직원은 서둘러 숙박부를 적으면서, 내가 도착했을 때 직접 마중하지 못한 것을 지배인이 얼마나 안타깝게 생각할지 모른다는 말을 계속해서 중얼중얼 늘어놓았다. 그리고 지배인은 '목요일 밤' 행사를 준비하느라 평소 때보다 훨씬 자주 호텔을 비워야 한다는 말을 두 번 되풀이했다. 나는 '목요일 밤' 행사가 정확히 무엇인지 궁금했지만, 물어볼 기운도 없어서 그냥 고개만 끄덕였다.

"브로즈키 씨는 오늘 정말 훌륭했습니다." 프런트 직원이 얼굴을 빛내면서 말했다. "참으로 훌륭했어요. 오늘 아침에는 잠시도 쉬지 않고 무려 네 시간 동안이나 오케스트라와 리허설을 가졌지 뭡니까. 들어 보세요, 지금도 그분 혼자서 연습에 열중하고 있으니까요."

그는 로비 뒤쪽을 가리켰다. 그제야 나는 건물 어딘가에서 피아노 소리가 들려오고 있다는 것을 알아차렸다. 밖을 오가는 자동차 소음 때문에 간신히 알아들을 수 있을 정도였다. 나는 고개를 들고 좀 더 열심히 귀를 기울였다. 누군가가 멀러리의 「수직성」 제2악장의 짧은 소절 하나를 천천히 되풀이해서 치고 있었다.

"지배인이 있었다면 브로즈키 씨를 불러서 선생님께 소개했을지 모릅니다만, 저는……." 프런트 직원이 짧게 웃었다. "브로즈키 씨를 방해해도 될지, 잘 모르겠습니다. 정신을 쏟아서 연습에 열중해 있다면……."

"물론입니다. 나중에 또 기회가 있겠죠."

"지배인이 있었다면……." 그는 말꼬리를 끌면서 또다시 짧게 웃었다. 그러고는 고개를 내밀고 작은 소리로 말했다. "글쎄, 어떤 손님들은 뻔뻔스럽게도 불평을 하지 뭡니까? 브로즈키 씨가 피아노를 치게 해 달라고 요구할 때마다 휴게실을 폐쇄하는 건 부당하다나요? 그런 생각을 하는 사람이 있다니, 정말 놀랄 일이죠! 어제도 손님 두 분이 호프만 씨한테 불평을 했지만, 당장에 분수를 깨닫게 됐답니다."

"당연히 그랬겠지요. 그런데, 브로즈키라고 했나요?" 나는 그 이름을 생각해 보았지만 떠오르는 것이 없었다. 프런트 직원이 의아한 표정으로 바라보는 것을 깨닫고는 얼른 말을 이었다. "아아, 예. 조만간 브로즈키 씨와 만나게 되기를 기다리겠습니다."

"지배인만 있었다면……."

"괜찮습니다. 자, 수속이 끝났으면 나는 그만……."

"그러시죠, 선생님. 먼 길을 오셨으니 피곤하시겠군요. 여기 열쇠가 있습니다. 저기 있는 구스타프가 방으로 안내해 드릴 겁니다."

나는 뒤를 돌아보았다. 나이 지긋한 포터 하나가 로비 건너편에서 기다리고 있는 게 보였다. 그는 문이 열린 엘리베이터 앞에 서서 그 안을 열심히 들여다보고 있었다. 내가 다가가자 그는 흠칫 놀라는 표정이더니, 내 가방을 집어 들고 나를 따라 서둘러 엘리베이터 안으로 들어왔다.

엘리베이터가 올라가기 시작했는데도 그는 여행가방 두 개를 계속 들고 있었다. 늙은 몸으로 무거운 가방을 들고 있기가 힘들었는지, 얼굴이 차츰 빨개지는 것이 보였다. 저러다가 힘에 부쳐 쓰러지는 건 아닐까. 나는 진심으로 걱정이 되어 말했다.

"가방을 내려놓으시죠."

"말씀만이라도 고맙습니다, 선생님." 가방을 들고 있느라 무척 힘들 텐데도, 목소리에는 그런 기색이 거의 없었다. "이 일을 처음 시작했을 때는 가방을 바닥에 내려놓곤 했답니다. 꼭 필요할 경우에만 들곤 했지요. 다른 장소로 옮기거나 할 때 말입니다. 여기서 일하기 시작한 지 15년 동안은 그런 방법을 썼다고 말할 수 있지요. 이 도시에서 일하는 젊은 포터들은 아직도 대부분 그 방법을 쓰고 있답니다. 하지만 저는 절대로 그런 짓을 하지 않습니다. 게다가 그렇게 높은 곳까지 올라가는 것도 아니니까요."

우리는 잠자코 계속 올라갔다. 잠시 뒤에 내가 입을 열었다.

"이 호텔에서 일하신 지가 꽤 오래됐나 보군요."

"27년입니다. 그동안 참으로 많은 걸 보았지요. 하지만 이 호텔은 그보다 훨씬 전에 세워진 겁니다. 프리드리히 대왕께서도 18세기에 묵은 적이 있다고 하더군요. 그런데 누구의 말을 들어 봐도, 이 호텔은 그때 이미 유서 깊은 호텔이었다는 겁니다. 여기서는 오랫동안 역사적으로 아주 흥미로운 사건들이 많이 일어났지요. 나중에 여독이 좀 풀리시면, 그런 사건들을 몇 가지 얘기해 드리겠습니다."

"영감님은 짐을 바닥에 내려놓는 게 잘못이라고 생각하시나 본데, 왜 그러시죠?"

"아아, 그거요. 그게 바로 흥미로운 점입니다. 선생님도 짐작할 수 있겠지만, 이런 도시에는 호텔이 많습니다. 그러니까 이 도시에 사는 많은 사람이 평생 한두 번은 시험 삼아 포터 일을 해 본다는 뜻이지요. 그런데 제복만 입으면 포터 일을 할 수 있을 거라고 생각하는 사람이 많은 것 같습니다. 그런 잘못된 생각은 특히 이 도시에 널리 퍼져 있지요. 이 도시의 신화라고 해도 좋습니다. 마저 털어놓자면, 저도 한때는 철없이 그런 생각에 동의한 적이 있었답니다. 그러다가 언젠가, 벌써 오래전 일입니다만, 휴가를 받아서 아내와 함께 스위스의 루체른으로 짧은 여행을 떠난 적이 있었습니다. 아내는 이제 이 세상 사람이 아닙니다만, 아내를 생각할 때마다 그 짧은 휴가가 생각나곤 한답니다. 그곳 호숫가는 경치가 정말 그만이지요. 선생님도 아마 아실 겁니다. 우리는 아침을 먹고 나면 호수에서 뱃놀이를 했지요. 아차, 얘기가 옆길로 샜군요. 어쨌든 그 휴가 중에 저는 알았습니다. 그 도시 사람들은 포터에 대한 생각이 이곳 사람들과는 다르다는 걸 말입니다. 그걸 뭐라고 표현하면 좋을까요? 그곳 사람들은 포터를 훨씬 '존중'해 주었습니다. 최고의 포터는 저명인사에 속했고, 일류 호텔들은 그런 포터를 끌어가려고 다투기까지 했지요. 실은 저도 그걸 보고 눈이 뜨인 겁니다. 하지만 이 도시에는 아주 오랫동안, 아까 말씀드린 그런 생각이 뿌리박혀 있었지요. 솔직히 말씀드려서 그런 생각이 과연 뿌리 뽑힐 수 있을지 의심스러울 때도 있습니다. 그렇다고 이곳 사람들이 우리한테 버릇없이 군다는 뜻은 아닙니다. 그러기는커녕, 저는 언제나 이곳에서 정중한 대우를 받았습니다. 하지만 이곳에는 누구나 마음만 먹으면 언제든지 포터 일을 할 수 있다는 생각이 뿌리 깊게 박혀 있습니다. 그건 아마 이 도시 사람들이 누구나 한 번쯤은 이곳에서 저곳으로 짐을 옮겨 본 경험이 있기 때문일 겁니다. 그런 경험들이 있기 때문에 호텔 포터를 그런 일의 연장쯤으로 여기는 것이지요. 저는 오랫동안 바로 이 엘리베이터 안에서 이렇게 말하는 사람을 많이 봤습니다. '나도 조만간 지금 하고 있는 일을 때려치우고 포터가 될까 보다.' 하고 말입니다. 루체른에서 짧은 휴가를 보내고 돌아온 지 얼마 안 되었을 때인데, 하루는 이 도시의 유력한 시의회 의원 한 분이 가방을 가리키면서 이렇게 말씀하시더군요. '나도 조만간 저걸 나르는 일을 하고 싶군. 세상에 걱정거리라곤 하나도 없을 테니 얼마나 속 편한 인생인가.' 그분은 아마 제 기분을 달래 주려고 그런 말씀을 하셨겠지요. 저 같은 인생도 남에게 부러움을 살 수 있다는 뜻으로 말입니다. 어쨌거나 그건 제가 젊었을 때였고, 그때는 가방을 들고 있지 않았습니다. 바로 이 엘리베이터 바닥에 내려놓고 있었지요. 그러니까 당시에는 그분 말씀대로 속 편한 사람처럼 보였을지도 모릅니다. 그런데 사실은 그 한마디 때문에 제 인내심이 바닥나고 말았어요. 그분의 말씀 자체가 저를 화나게 했다는 뜻은 아닙니다. 하지만 그분이 그런 말씀을 하시는 순간, 제가 얼마 전부터 생각하고 있던 것들이 완전히 제자리를 잡은 겁니다. 그건, 아까도 말씀드렸듯이 제가 루체른으로 짧은 휴가를 떠났다가 새로운 시각을 얻고 돌아온 직후였지요. 저는 이렇게 생각했습니다. 지금이야말로 이 도시의 포터들이 이곳에 널리 퍼져 있는 태도를 바꾸기 시작해야 할 때라고. 루체른에서 다른 태도를 보고 나니, 이곳에서 일어나고 있는 일이 별로 좋게 여겨지지 않았으니까요. 그래서 저는 열심히 생각한 끝에, 제가 개인적으로 취해야 할 조치들을 결정했습니다. 물론 그때도 저는 그 일이 얼마나 어려울지 알고 있었을 겁니다. 벌써 오래전 일이지만, 제 세대에 그걸 바꾸기에는 너무 늦었다는 것, 그릇된 생각이 너무나 뿌리 깊게 박혀 버렸다는 것을 그때 벌써 깨달았을지도 모릅니다. 하지만 제가 본분을 다해서 상황을 다소나마 바꿀 수 있다면 다음 세대에게는 일이 좀 더 쉬워질 거라고 생각했지요. 그래서 시의원이 그런 말씀을 하신 날부터 저는 제가 결정한 조치들을 실천에 옮겼고, 지금까지도 줄곧 지켜 왔습니다. 자부심을 가지고 말씀드릴 수 있지만, 이 도시의 다른 포터들 중에도 저를 본받은 사람이 적지 않습니다. 물론 그들이 저와 똑같은 방식을 채택했다는 뜻은 아닙니다. 하지만 그렇다고 해서 제 방식과 모순되는 것도 아닙니다. 사이좋게 공존할 수 있는 방식이라고 말할 수 있겠지요."

"알겠습니다. 그러니까 영감님이 채택한 방식 가운데 하나가 여행가방을 계속 들고 있는 거였군요."

"맞습니다. 제 말씀의 요점을 아주 잘 파악하셨군요. 물론 제가 스스로 그런 규칙을 정했을 때는 지금보다 훨씬 젊고 힘도 셌지요. 나이가 들면 체력이 약해진다는 걸 셈에 넣지 않았던 것 같습니다. 우스운 얘기지만 사실입니다. 다른 포터들도 비슷한 말을 하더군요. 그래도 우리는 모두 옛날의 결심을 지키려고 애쓰고 있습니다. 오래전에 상황을 바꾸기로 결심한 사람들 가운데 지금까지 생존해 있는 사람은 저를 포함해서 모두 열두 명인데, 우리 열두 명은 세월이 흐르는 동안 한 덩어리로 똘똘 뭉치게 되었지요. 이제 와서 결심을 뒤엎으려 하면 다른 사람들을 배신하는 기분이 들 겁니다. 반대로 그들이 규칙을 어기면 저도 배신당한 기분을 느끼겠지요. 그건 의심할 여지가 없습니다. 이 도시에서 그나마 발전이 이루어진 것도 그 때문일 겁니다. 사실은 아직도 갈 길이 멀지만, 우리는 거기에 대해 자주 얘기했습니다. 우리는 매주 일요일 오후에 옛시가지에 있는 '헝가리 카페'에서 만난답니다. 선생님도 원하신다면 거기에 오셔서 우리와 함께 어울려도 좋습니다. 모두가 진심으로 선생님을 환영할 겁니다. 어쨌든 우리는 그런 문제들을 자주 토론했고, 이곳 사람들이 우리를 대하는 태도가 많이 나아졌다는 데 의견 일치를 보았습니다. 우리보다 나중에 포터가 된 젊은이들은 물론 그걸 당연한 것으로 여기고 있지요. 하지만 헝가리 카페에 모이는 우리 열두 명은 비록 작은 변화라 해도 그 변화를 가져온 것은 바로 우리라는 사실을 알고 있습니다. 선생님이 우리 모임에 참석하시면 아주 따뜻한 환영을 받게 될 겁니다. 제가 기꺼이 선생님을 우리 모임에 소개하겠습니다. 우리는 예전만큼 격식을 차리지 않고, 얼마 전부터는 특별한 경우에는 손님을 데려와도 좋다는 양해가 이루어졌답니다. 1년 중 이맘때는 오후에 부드러운 햇살이 비쳐서 아주 기분이 좋지요. 우리 지정석은 옛광장이 건너다보이는 차양 그늘에 있는데, 거기에 앉아 있으면 기분이 저절로 유쾌해진답니다. 선생님도 마음에 드실 겁니다. 이거 참, 또 얘기가 옆길로 샜군요. 본론으로 다시 돌아가서…… 우리는 이 문제를 가지고 헝가리 카페에서 자주 토론했습니다. 오래전에 각자가 취한 결심에 대해서 말입니다. 나이가 들면 어떻게 될 것인가를 생각해 본 사람은 우리들 중에 아무도 없었습니다. 저마다 일에 바쁜 나머지, 하루하루의 일밖에 생각할 여유가 없었던 것 같습니다. 아니면 뿌리 깊게 박힌 이런 태도를 바꾸는 데 얼마나 오랜 시간이 걸릴 것인가를 과소평가했는지도 모르죠. 하지만 그게 바로 어쩔 수 없는 한계랍니다. 저는 이제 나이가 들었고, 해마다 점점 일이 힘들어지는군요."

포터는 잠시 말을 끊었다. 육체적으로 무척 힘이 들 게 분명한데도 생각에 몰두한 것처럼 보였다. 이윽고 그가 말을 이었다.

"솔직히 말씀드려야겠군요. 그래야 공정하니까요. 이런 규칙들을 처음 만든 젊은 시절에는 언제나 가방을 세 개씩 들곤 했답니다. 아무리 크고 무거운 가방도 최소한 세 개는 들고 있었지요. 손님이 들고 온 가방이 네 개인 경우에는 하나를 바닥에 내려놓곤 했습니다. 하지만 세 개인 경우에는 항상 들고 있을 수 있었습니다. 그러다가 4년 전에 건강이 나빠진 적이 있습니다. 저는 사정이 어렵다는 걸 알고, 헝가리 카페에서 그 문제를 의논했습니다. 결국 동료들은 제가 자신에게 그렇게 엄격하게 굴 필요는 없다는 데 의견이 일치했지요. 동료들 말이 이러더군요. 필요한 건 손님들에게 우리가 하는 일의 진정한 본질을 알리는 것이다, 가방을 두 개 들든 세 개 들든 효과는 거의 마찬가지일 것이다, 제가 최소한도를 세 개에서 두 개로 줄여도 전혀 지장이 없을 것이다……. 저는 동료들의 충고를 받아들였지만, 그건 사실이 아니라는 걸 알고 있습니다. 사람들이 저를 볼 때, 가방을 두 개 들고 있는 것과 세 개 들고 있는 것은 결코 똑같은 효과를 내지 않는다는 걸 알 수 있습니다. 가방을 두 개 들고 있는 포터를 보는 것과 세 개 들고 있는 포터를 보는 것의 차이는 분명합니다. 그건 선생님도 인정하셔야 할 겁니다. 별로 훈련되지 않은 사람이 보아도 효과가 상당히 다르다는 걸 알 수 있지요. 저는 그걸 알지만, 솔직히 말씀드리면 그걸 인정하기가 무척 괴롭습니다. 다시 요점으로 돌아가서, 이쯤 말씀드리면 제가 왜 선생님 가방을 바닥에 내려놓고 싶어 하지 않는지, 그 이유를 아셨으리라 믿습니다. 선생님은 가방이 두 개뿐입니다. 적어도 앞으로 몇 년 동안은 저도 가방 두 개는 너끈히 들 수 있을 겁니다."

"정말 훌륭하십니다. 영감님 말씀을 들으면서 저도 많은 생각을 하게 되는군요."

"규칙을 바꾸어야 했던 건 저만이 아니라는 사실을 알아주시기 바랍니다. 우리는 헝가리 카페에서 이런 문제들을 토론하는데, 실은 우리 모두가 처음에 만든 규칙을 바꾸어야 했답니다. 그렇다고 해서 우리가 합의한 기준이 낮아지는 걸 그냥 내버려 두고 있는 건 아닙니다. 만약에 그랬다면, 우리가 그동안 쏟아 온 노력은 모두 물거품이 되고 말 겁니다. 우리는 순식간에 남들의 웃음거리가 되고 말겠지요. 우리가 일요일 오후에 카페에 모여 있는 것을 보면, 지나가는 사람들이 우리를 비웃을 겁니다. 하지만 우리는 여전히 서로에게 아주 엄격하고, 이 도시 사람들은 우리의 일요일 모임을 높이 사게 되었답니다. 그 점은 힐데 양도 뒷받침해 줄 겁니다. 다시 한 번 말씀드리지만, 선생님이 우리 모임에 나오신다면 열렬한 환영을 받으실 겁니다. 요즘 같은 화창한 오후에는 카페와 광장에 나가 있으면 아주 기분이 좋지요. 때로는 카페 주인이 바이올리니스트를 불러서 연주하게 한답니다. 카페 주인도 우리에게 커다란 존경심을 갖고 있습니다. 카페가 별로 크진 않지만, 주인은 항상 우리가 지정석에 편안히 앉을 수 있도록 충분한 공간을 마련해 주곤 합니다. 카페가 손님들로 북적거릴 때에도 주인은 우리가 밀려나거나 방해받지 않도록 세심하게 신경을 써 주지요. 아무리 번잡한 오후에도 우리 자리는 여유가 있어서, 열두 명 모두가 동시에 탁자에 둘러앉아 양팔을 한껏 뻗어도 닿지 않을 정도랍니다. 주인은 그만큼 우리를 존중해 주고 있지요. 힐데 양은 제 말을 기꺼이 뒷받침해 줄 겁니다."

"실례지만…… 영감님 말씀에 되풀이 나오는 힐데 양은 도대체 누굽니까?"

이 말을 한 순간, 나는 포터가 내 어깨 너머로 내 등 뒤에 있는 무언가를 바라보고 있는 것을 알아차렸다. 고개를 돌려 보니, 놀랍게도 엘리베이터에 타고 있는 사람은 우리 둘만이 아니었다. 작은 몸집을 깔끔한 정장으로 감싼 젊은 여자가 엘리베이터 한구석에 바싹 붙어 서 있었다. 그녀는 내가 드디어 자기 존재를 알아차린 것을 느끼고, 미소를 지으며 구석에서 한 걸음 앞으로 나왔다.

"죄송합니다. 하지만 제가 엿듣고 있었다고 생각진 말아 주세요. 물론 듣지 않을 도리는 없었지만요. 구스타프가 선생님께 하는 말을 들었는데, 그중에는 다소 어폐가 있다는 생각이 드는군요. 이 도시에 사는 우리가 호텔 포터들을 제대로 평가하지 않고 있다고 말한 대목이 특히 그래요. 하지만 사실은 그렇지 않답니다. 우리는 포터들의 가치를 인정하고 있어요. 그중에서도 특히 여기 있는 구스타프를 높이 평가하고 있지요. 누구나 구스타프를 좋아해요. 구스타프가 방금 한 말에도 모순이 있다는 걸 선생님은 아실 거예요. 우리가 포터들의 진가를 모른다면, 헝가리 카페에서 그렇게 정중한 대우를 받는 것을 구스타프는 어떻게 설명할까요? 구스타프, 우리 모두가 라이더 씨한테 오해받을 얘기를 하다니 너무하세요."

그녀의 말투에는 애정이 듬뿍 담겨 있었지만, 포터는 진심으로 부끄러워하는 듯했다. 그는 우리한테서 떨어져 자세를 바로 하려다가 무거운 가방에 다리를 쿵 소리가 나도록 부딪히고는 부끄러운 듯이 눈길을 딴 데로 돌렸다.

"저것 보세요. 부끄러워서 우리를 똑바로 쳐다보지도 못하잖아요." 젊은 여자가 웃으면서 말했다. "하지만 구스타프는 최고로 훌륭한 포터예요. 우리는 모두 구스타프를 좋아한답니다. 구스타프는 지나칠 만큼 겸손하기 때문에 자기 입으로 선생님한테 말하진 않겠지만, 이 도시의 다른 호텔 포터들은 모두 구스타프를 존경하고 있답니다. 아니, 숭배한다고 해도 과언이 아닐 거예요. 일요일 오후가 되면 포터들이 카페 탁자에 둘러앉아 있는 걸 이따금 볼 수 있는데, 구스타프가 도착할 때까지는 아무도 입을 열려고 들지 않는답니다. 구스타프 없이 회의를 시작하는 건 실례라고 생각하는 거죠. 열 명이나 열한 명의 포터가 거기에 앉아 커피를 마시면서 말없이 기다리는 모습을 자주 볼 수 있어요. 어쩌다 대화를 나눈다 해도, 마치 교회에 들어가 있는 듯 작은 소리로 속삭이는 게 고작이죠. 구스타프가 도착한 뒤에야 비로소 긴장을 풀고 대화를 시작한답니다. 구스타프가 도착하는 광경을 보는 것만으로도 헝가리 카페에 가 볼 만한 가치가 있어요. 구스타프가 도착하기 전과 도착한 다음은 뚜렷이 차이가 나죠. 구스타프가 도착하기 전에는 시무룩한 얼굴들이 탁자 주위에 잠자코 앉아 있지만, 구스타프가 나타나면 언제 그랬느냐는 듯이 신나게 떠들고 웃어 대기 시작한답니다. 장난으로 주먹질을 하는가 하면, 손바닥으로 어깨를 철썩 때리기도 하고, 때로는 탁자 위에 올라가 춤까지 춘다니까요! '포터들의 춤'이라는 걸 특별히 고안했다나요. 그렇죠, 구스타프? 모두들 진심으로 즐거워하죠. 하지만 구스타프가 나타날 때까지는 다들 심드렁해 있답니다. 물론 구스타프는 너무 겸손하니까 이런 말을 자기 입으로 직접 하진 않을 거예요. 이 도시에 사는 사람들은 누구나 구스타프를 좋아한답니다."

젊은 여자가 말하는 동안 구스타프는 이쪽저쪽으로 몸을 돌리고 있었던 모양이다. 내가 다시 그를 보았을 때는 우리한테 등을 돌린 채 엘리베이터의 반대쪽 구석으로 얼굴을 돌리고 있었기 때문이다. 가방 무게 때문에 무릎이 반쯤 꺾이고 어깨는 후들후들 떨리고 있었다. 우리가 얼굴을 보지 못하도록 고개를 깊이 숙이고 있었지만, 부끄러움 때문인지 육체적으로 힘들어서 그러는지는 알 수 없었다.

"죄송해요, 선생님." 젊은 여자가 말을 이었다. "아직 제 소개를 안 드렸군요. 저는 힐데 슈트라트만이에요. 선생님이 이곳에 머무시는 동안 불편이 없도록 바라지하는 일을 맡았답니다. 선생님이 마침내 도착하셔서 정말 기뻐요. 우리 모두 걱정하고 있었거든요. 오늘 아침에도 각자 형편이 닿는 데까지 오랫동안 기다렸지만, 중요한 약속이 있는 분도 많아서 한 사람씩 떠날 수밖에 없었답니다. 그래서 이곳 예술협회의 말단 직원인 제가 감히 그분들을 대표해서 선생님을 영접하게 된 거예요. 선생님의 방문을 얼마나 영광스럽게 여기고 있는지 모른답니다."

"여기 오게 돼서 나도 기쁩니다. 하지만 오늘 아침에는…… 방금 말씀하신……."

"오늘 아침 일에 대해서는 조금도 걱정하지 마세요, 선생님. 그것 때문에 화난 사람은 아무도 없으니까요. 중요한 건 선생님이 이곳에 오셨다는 사실이에요. 구스타프가 말한 것 가운데, 다른 건 몰라도 옛시가지에 대한 얘기만큼은 저도 인정해요. 그곳은 정말이지 가볼 만한 곳이죠. 이 도시를 찾아오는 분들한테 항상 거기에 가 보라고 권한답니다. 노천카페와 수공예품 가게, 레스토랑 따위가 즐비해서 분위기가 기가 막히죠. 여기서 조금만 걸어가면 되니까, 스케줄이 비는 대로 짬을 내서 가 보세요."

"그렇게 하도록 해 보겠습니다. 그런데 슈트라트만 양, 내 스케줄에 대한 얘기는……."

나는 그녀가 깜박 잊었다고 소리치며 서류가방 속에서 종이나 서류철을 꺼낼 거라고 기대하면서 일부러 말을 끊었다. 그녀는 재빨리 내 말에 끼어들긴 했지만, 그녀의 입에서 나온 말은 엉뚱했다.

"스케줄은 물론 빡빡해요. 하지만 무리하지는 않을 거예요. 우리는 꼭 필요한 것만 스케줄에 넣으려고 애썼답니다. 이런저런 단체라든가 지방 언론이라든가, 온갖 곳에서 요청이 쇄도한 건 어쩔 수 없었죠. 이 도시에는 선생님 숭배자들이 많답니다. 선생님이 세계 최고의 현역 피아니스트일 뿐만 아니라 금세기의 가장 위대한 피아니스트라고 믿는 사람이 많거든요. 하지만 결국은 꼭 필요한 일정만으로 스케줄을 짜는 데 성공했다고 생각해요. 선생님이 불만스럽게 여길 만한 건 일정에 전혀 포함되어 있지 않을 거예요."

바로 그때 엘리베이터 문이 열리고, 늙은 포터가 복도로 나갔다. 가방 때문에 발을 카펫 바닥에 질질 끌고 있어서, 뒤따라가는 슈트라트만 양과 나는 포터를 앞지르지 않도록 걸음 속도를 조절해야 했다.

"기분 상한 사람이 없으면 좋겠군요." 나는 슈트라트만 양과 나란히 걸으면서 말했다. "내가 시간을 내주지 않아서……."

"천만에요. 그 점은 걱정하지 마세요. 우리는 선생님이 이곳에 오신 이유를 알고 있고, 선생님께 걱정을 끼쳤다는 소리는 아무도 듣고 싶어 하지 않아요. 사실 상당히 중요한 두 가지 사교 행사를 빼면, 다른 스케줄은 다소나마 목요일 밤 행사와 직접적인 관계가 있답니다. 물론 지금쯤은 선생님도 스케줄을 훑어보실 기회를 가지시겠지만요."

그녀가 이렇게 나오면, 나도 솔직하게 대답하기가 어려웠다. 그래서 나는 그냥 이렇게만 중얼거렸다.

"예, 물론입니다."

"스케줄이 빡빡하긴 해요. 하지만 우리는 되도록 많은 사람을 직접 만날 수 있게 해 달라는 선생님의 요청에 따르려고 애썼어요. 이런 말씀을 감히 드려도 된다면, 선생님의 그런 요청은 아주 훌륭한 태도라고 생각해요."

앞서 가던 포터가 어느 문 앞에서 걸음을 멈추었다. 마침내 그는 내 가방을 내려놓고 자물쇠를 만지작거리기 시작했다. 우리가 다가가자 구스타프는 가방을 다시 집어 들고 방 안으로 비틀비틀 들어가면서 말했다.

"이리 들어오세요, 선생님."

내가 막 안으로 들어가려 할 때 슈트라트만 양이 내 팔을 잡았다.

"시간을 오래 빼앗진 않을게요, 선생님. 다만 스케줄에 불만스러운 점은 혹시 없는지, 지금 이 단계에서 확인해 두고 싶을 뿐이에요."

복도에 서 있는 우리를 남겨 둔 채 문이 닫혔다.

"내가 보기에는 대체로…… 괜찮은 것 같습니다."

"시민상호부조단과의 만남을 마련한 건 선생님의 요청을 염두에 두었기 때문이에요. 상호부조단은 사회 각 계층의 평범한 사람들이 현재의 위기로 고통받고 있다는 의식으로 한데 뭉친 단체랍니다. 선생님은 몇몇 사람들이 겪어야 했던 일을 직접 들으실 수 있을 거예요."

"아아, 예. 그건 굉장히 유익하겠군요."

"그리고 우리는 크리스토프 씨를 직접 만나고 싶다는 선생님의 요청도 존중했답니다. 상황이 상황이니만큼, 선생님이 그런 만남을 요청하신 이유는 충분히 이해합니다. 선생님도 짐작하실 테지만, 크리스토프 씨도 무척 기뻐하고 있답니다. 당연히 그분은 선생님을 만나고 싶어 할 이유가 있으니까요. 크리스토프 씨와 그 친구들은 선생님이 자기네들과 같은 방식으로 문제를 보게 하려고 최선을 다할 거라는 뜻이에요. 물론 그건 모두 터무니없는 헛소리겠지만, 선생님이 여기서 일어난 일을 전체적으로 이해하시는 데 큰 도움이 될 거예요. 그런데 무척 피곤해 보이시는군요. 더 이상 붙잡지 않을게요. 이건 제 명함이에요. 문제가 생기거나 물어보실 일이 있으면 언제든지 사양 말고 전화 주세요."

나는 고맙다고 말하고, 복도를 따라 멀어져 가는 그녀의 뒷모습을 지켜보았다. 내 방으로 들어갔을 때에도 나는 여전히 그녀와 나눈 대화에 함축되어 있는 다양한 의미를 곰곰 되새기고 있었다. 그래서 구스타프가 침대 옆에 서 있는 것도 금방은 알아차리지 못했다.

"여기가 선생님이 쓰실 방입니다."

호텔에 도착한 뒤 거의 줄곧 거무스름한 널조각만 보았기 때문에, 그 방의 밝고 현대적인 분위기에는 놀랄 수밖에 없었다. 앞쪽은 바닥에서 천장까지 거의 전체가 유리로 되어 있고, 거기에 걸려 있는 블라인드 틈새로 햇살이 상쾌하게 비쳐 들고 있었다. 가방은 옷장 옆에 나란히 놓여 있었다.

"시간을 조금만 내주신다면 이 방의 시설을 설명해 드리겠습니다. 그러면 여기서 지내시는 데 다소 도움이 될 겁니다."

나는 구스타프를 따라 객실 안을 돌아다녔다. 구스타프는 스위치와 그 밖의 설비들을 가리키며 설명했다. 그 일이 끝나자, 이번에는 나를 욕실로 데려가서 설명을 계속했다. 호텔에 들었을 때 포터가 객실을 이것저것 설명하려 들면, 나는 으레 그 말을 짧게 잘라 버리곤 한다. 이번에도 여느 때처럼 그러려고 했지만, 주어진 임무에 최선을 다하는 그의 진지한 태도, 하루에도 몇 번씩 똑같은 일을 되풀이하면서도 그때마다 거기에 자신의 개성을 드러내려고 애쓰는 노력에 감동하여, 차마 말을 가로막을 수가 없었다. 그리고 그가 이곳저곳 가리키면서 설명을 계속하고 있을 때, 내게는 문득 어떤 생각이 떠올랐다. 그의 투철한 직업의식에도 불구하고, 나를 편하게 해주고 싶다는 소망에도 불구하고, 온종일 그를 사로잡고 있었던 어떤 문제가 다시금 그의 마음속으로 밀고 들어와 그를 들볶아 대고 있는 것은 아닐까. 달리 말하면, 그는 딸과 어린 외손자를 또다시 걱정하고 있었던 것이다.

그 문제가 처음 제기된 것은 몇 달 전이었다. 그때만 해도 구스타프는 그것이 단지 기쁨만을 가져다줄 거라고 생각했다. 뭔가 다른 것을 가져다주리라고는 거의 생각지 않았다. 그가 일주일에 한 번씩 오후에 외손자와 함께 옛시가지를 산책하면서 두어 시간을 보내면, 딸 소피는 그동안 외출하여 잠깐이나마 자기만의 시간을 즐길 수 있었다. 게다가 이 결정은 당장에 좋은 성과를 거두어, 몇 주도 지나기 전에 외할아버지와 외손자는 만족스러운 산책 코스를 개발했다. 날씨가 맑은 오후에는 놀이터—이곳에서 손자 보리스는 최근에 익힌 대담한 묘기를 마음껏 과시할 수 있었다—에서 산책을 시작했고, 비가 내리는 날에는 선박 박물관에서 산책을 시작하곤 했다. 그다음에는 옛시가지의 좁은 거리들을 어슬렁거리며 다양한 선물 가게를 들여다보고, 옛광장에서 무언극이나 곡예 공연을 구경하기도 했다. 구스타프는 이 동네에서 꽤 알려져 있었기 때문에, 몇 걸음 걷다 보면 누군가 인사를 해 오곤 했다. 그때마다 구스타프는 손자를 칭찬하는 말을 수없이 들었다. 다음에는 오래된 다리로 가서, 그 아래를 지나가는 배들을 구경하곤 했다. 이 산책은 으레 그들이 좋아하는 단골 카페에서 끝나곤 했다. 카페에 들어가면 그들은 케이크와 아이스크림을 주문하고 소피가 돌아오기를 기다렸다.

처음에는 이 짧은 외출이 구스타프에게 커다란 만족감을 안겨 주었다. 그러나 딸과 외손자를 만날 기회가 잦아지자, 구스타프는 전에는 무심코 넘겼을 일들에 대해서까지 주의를 기울일 수밖에 없었다. 그러다 보니 이제는 더 이상 만사가 순조로운 척할 수가 없게 되었다. 우선 소피의 기분이 문제였다. 초기에는 아버지와 아들에게 쾌활하게 작별인사를 하고, 쇼핑을 하거나 친구를 만나기 위해 서둘러 시내 중심가로 나가곤 했다. 하지만 요즘에는 자기와 아무 관계도 없는 남의 일이라도 보러 가는 사람처럼 축 처진 태도로 나가곤 했다. 게다가 뭐가 문제인지는 알 수 없지만, 소피의 그런 태도가 보리스에게 나쁜 영향을 미치기 시작했다. 사실 보리스는 아직까지는 대체로 쾌활했다. 하지만 구스타프는 이따금, 특히 가정생활에 대한 이야기가 나올 때면 어두운 그림자가 어린 손자의 얼굴을 스치고 지나가는 것을 알아차렸다. 그러다가 보름쯤 전에 구스타프가 도저히 잊지 못할 일이 일어났다.

그는 손자와 함께 옛시가지를 지나가다가, 어느 카페에 딸이 앉아 있는 것을 보았다. 차양이 유리창에 그늘을 만들어 준 덕분에 카페 안이 또렷이 들여다보였다. 소피는 커피잔을 앞에 놓고 낭패한 표정으로 혼자 앉아 있었다. 그 표정은 물론, 딸이 자리에서 일어날 기력조차 없을 만큼 지쳐 보인다는 것을 알고 포터는 큰 충격을 받았다. 충격이 너무 커서, 보리스의 관심을 딴 데로 돌려야 한다는 생각이 떠오른 것은 한참 뒤였다. 하지만 때는 이미 늦었다. 보리스는 할아버지의 눈길을 따라 카페 안을 들여다보다가 제 엄마의 모습을 똑똑히 보았던 것이다. 아이는 당장 고개를 돌렸고, 둘은 그 문제에 대해서는 한마디도 꺼내지 않고 산책을 계속했다. 보리스는 곧 유쾌한 기분을 되찾았지만, 그래도 이 일은 구스타프를 몹시 심란하게 만들었다. 그때부터 그는 이 문제를 마음속에서 수없이 곱씹었다. 그가 로비에서 무언가에 골똘한 태도를 보인 것도 실은 이 문제를 생각하고 있었던 탓이었고, 지금 내 방을 돌아다니며 이것저것 설명해 주고 있을 때에도 또다시 그 사건이 그를 괴롭히고 있었다.

나는 노인이 마음에 들었기 때문에, 그가 고민하는 것을 보자 동정심이 솟아나는 것을 느꼈다. 그는 오랫동안 골똘히 생각에 잠겨 있었던 게 분명하고, 이제는 걱정이 마음속에서 터무니없이 큰 비중을 차지할 위험마저 있었다. 이 문제를 내 쪽에서 먼저 거론하여 그와 대화를 나누어 보는 게 어떨까 생각했지만, 막상 구스타프가 판에 박힌 설명을 끝내자, 비행기에서 내린 뒤부터 간헐적으로 느끼고 있던 피로가 나를 한꺼번에 덮쳤다. 그래서 그 문제는 나중에 다시 이야기해 보기로 마음먹고, 팁을 듬뿍 주어 그를 내보냈다.

문이 닫히자, 나는 옷도 벗지 않은 채 침대에 쓰러져 한동안 멍하니 천장을 쳐다보았다. 처음에는 구스타프와 그의 고민거리에 대한 생각이 여전히 내 머리를 가득 채우고 있었다. 하지만 계속 누워 있노라니 어느새 나는 아까 슈트라트만 양과 나눈 대화를 곰곰 되새기고 있었다. 이 도시는 단순한 연주회가 아닌, 그 이상의 무언가를 나한테 기대하고 있음이 분명했다. 하지만 이번 방문에 대해 기본적인 세부사항들을 생각해 내려고 아무리 애써도 생각나는 것이 거의 없었다. 슈트라트만 양에게 좀 더 솔직히 말하지 않은 게 얼마나 어리석었는가를 나는 깨달았다. 내가 일정표 사본을 받지 않았다 해도, 그건 내 잘못이 아니라 그녀의 잘못이었다. 내가 수세에 몰릴 이유는 전혀 없었다.

브로즈키라는 이름이 다시금 생각났고, 이번에는 그 이름을 그리 멀지 않은 과거에 들었거나 어디선가 읽은 듯한 느낌이 들었다. 그러자 문득, 내가 좀 전에 끝낸 기나긴 비행기 여행이 기억에 되살아났다. 주위의 다른 승객들은 모두 잠들어 있었다. 나는 어두워진 비행기 객실에 앉아, 희미한 독서등 불빛 아래서 이번 방문의 일정표를 검토하고 있었다. 그때 옆자리에 앉아 있던 남자가 눈을 뜨더니 쾌활하게 말을 걸어 왔다. 그는 내 쪽으로 몸을 기울이면서 월드컵 축구대회에 출전한 선수들에 대해 간단한 질문을 던졌다. 일정표를 검토하고 있던 나는 주의가 산만해지는 게 싫어서 약간 쌀쌀하게 그를 물리쳤다. 그 모든 것이 이제 기억에 또렷이 되살아났다. 일정이 적혀 있던 두꺼운 회색 종이의 질감, 그 종이에 독서등 불빛이 던진 노란색 반점, 비행기 엔진의 단조로운 소리까지도 생생하게 기억해 낼 수 있었다. 하지만 아무리 애를 써도, 그 종이에 적혀 있던 내용은 전혀 기억나지 않았다.

얼마 후 나는 피로 속으로 빨려 들고 있는 것을 느끼고, 잠시 눈을 붙일 때까지는 더 이상 걱정해 봤자 소용없다는 판단을 내렸다. 휴식을 취하고 나면 만사가 얼마나 명료해지는가를 나는 경험으로 알고 있었다. 그러면 슈트라트만 양을 찾아가서 뭔가 오해가 있었다는 점을 설명하고, 일정표 사본을 얻어서 다시 한 번 검토하고, 분명히 해 둘 필요가 있는 것은 분명히 해 둘 수 있을 것이다.

막 잠 속으로 빠져들려는 순간, 나는 갑자기 눈을 뜨고 또다시 천장을 노려보았다. 한동안 그렇게 천장을 쳐다보다가 침대에 일어나 앉아 주위를 둘러보았다. 지금 다시 방을 둘러보니, 그 방을 어디선가 보았던 듯한 야릇한 느낌이 더욱 강해졌다. 지금 내가 있는 이 방은 잉글랜드와 웨일스의 접경 지방에 있는 고모네 집에서 부모님과 함께 2년 동안 살았을 때 내가 침실로 썼던 바로 그 방이 아닌가. 나는 다시 방을 둘러본 다음, 뒤로 벌렁 드러누워 또다시 천장을 쳐다보았다. 천장에는 회반죽과 페인트를 최근에 다시 칠했고, 크기는 훨씬 커졌고, 천장 돌림띠는 사라졌고, 조명등 주위의 장식은 완전히 달라져 있었다. 하지만 그것은 고모네 집에서 살던 시절 내가 삐걱거리는 좁은 침대에서 그토록 자주 쳐다보았던 것과 똑같은 천장이었다.

나는 옆으로 돌아누워, 침대 옆 바닥을 내려다보았다. 침대에서 내려갈 때 발이 닿는 부분에는 짙은 색 깔개가 놓여 있었다. 마룻바닥의 바로 그 부분이 전에는 낡아빠진 초록색 깔개로 덮여 있었던 것을 기억해 낼 수 있었다. 나는 그 깔개 위에 백 개도 넘는 장난감 병정들—나는 이 많은 병정들을 비스킷 깡통 두 개에 나누어 담아 두었다—을 전투 대형으로 조심조심 늘어놓으며 놀곤 했다. 나는 한 손을 아래로 뻗어, 손가락으로 거무스름한 깔개를 쓸어 보았다. 그러자 어느 날 오후의 기억이 되살아났다. 그때 나는 장난감 병정들의 세계에 몰두해 있었다. 그런데 갑자기 아래층에서 격렬한 말다툼 소리가 들려왔다. 목소리가 너무나 격렬했기 때문에, 예닐곱 살짜리 어린애였던 나도 예사로운 말다툼이 아니라는 것을 깨달았다. 하지만 나는 별일 아니라고 자신을 타이르면서, 초록색 깔개에 뺨을 대고 계속 작전을 짜는 데 몰두했다. 그 초록색 깔개는 한복판에 구멍이 나 있어서 항상 나를 짜증스럽게 했다. 하지만 그날 오후 아래층에서 나는 격렬한 고함 소리를 듣고 있을 때, 문득 그 구멍을 내 병사들이 통과해야 하는 덤불 지역으로 이용할 수 있겠다는 생각이 떠올랐다. 나는 이 발견—내 상상의 세계를 늘 허물어 버릴 것만 같았던 결점을 그 상상의 세계 속에 끼워 넣을 수 있다는 발견—에 상당히 들떴고, 그 '덤불'은 그 후 내가 지휘한 수많은 전투에서 아주 중요한 요소가 되었다.

천장을 쳐다보고 있는 동안 이 모든 기억이 생생하게 되살아났다. 나는 물론 그 방의 특징적인 요소들이 얼마나 많이 달라지거나 없어졌는가를 여전히 강하게 의식하고 있었다. 그런데도 그 오랜 세월이 지난 뒤 내 어린 시절의 성역으로 다시금 돌아온 것을 깨닫자 깊은 안도감과 평화가 나를 사로잡았다. 나는 눈을 감았다. 그러자 옛날의 가구들에 다시금 둘러싸여 있는 듯한 기분이 들었다. 오른쪽 구석에는 문손잡이가 망가진 키 높은 하얀색 옷장이 있었다. 머리

위의 벽에는 고모가 그린 솔즈베리 대성당 그림이 걸려 있었다. 침대 옆, 작은 서랍이 둘 달린 캐비닛에는 내 작은 보물과 비밀 들이 가득 들어 있었다. 이날의 모든 긴장들—긴 비행기 여행, 스케줄을 둘러싼 혼란, 구스타프의 고민거리—이 한꺼번에 사라지는 것 같았다. 나는 혼곤한 잠 속으로 서서히 빠져드는 것을 느꼈다.

2

나는 침대 옆 탁자에서 울리는 전화벨 소리에 잠에서 깨어났다. 전화벨이 한참이나 울리고 있었던 듯한 느낌이 들었다. 내가 수화기를 들자 어떤 목소리가 말했다.

"여보세요? 라이더 씨?"

"그렇습니다만."

"아아, 라이더 씨. 저는 호프만입니다. 이 호텔 지배인이죠."

"아아, 예. 안녕하십니까."

"라이더 씨, 마침내 와 주셔서 얼마나 기쁜지 모르겠습니다. 모두가 라이더 씨를 환영하고 있습니다."

"고맙습니다."

"정말로 잘 오셨습니다. 도착이 늦은 점에 대해서는 걱정하지 마세요. 슈트라트만 양한테 들으셨겠지만, 모두가 충분히 이해했으니까요. 어쨌든 장거리 여행이고, 게다가 이런저런 약속으로 전 세계를 날아다녀야 하는 분이니까, 하하하! 그런 사태가 일어나는 것도 때로는 어쩔 수 없는 일이겠죠."

"하지만……."

"그 문제에 대해서는 정말이지 더 이상 말씀하실 필요가 없습니다. 모든 분들이 이해심을 보여 주었으니까요. 그러니까 그 문제는 잊어버립시다. 중요한 건 라이더 씨가 지금 여기 계시다는 겁니다. 그것만으로도 우리는 라이더 씨한테 헤아릴 수 없는 고마움을 느끼고 있습니다."

"고맙습니다, 호프만 씨."

"지금 특별히 바쁘지 않으시면 직접 만나 뵙고 인사를 드렸으면 하는데요. 우리 도시에 오신 것을, 더구나 우리 호텔에 오신 것을 개인적으로 환영하고 싶습니다."

"정말 고맙습니다. 하지만 지금은 좀 곤란한데요. 실은 잠깐 낮잠을 자고 있었거든요."

"낮잠요?" 목소리에서 순간적으로 짜증스러운 기색이 느껴졌지만, 다음 순간에는 원래의 친절함이 완전히 되돌아와 있었다. "아아, 그러시군요. 피곤하신 게 당연합니다. 그렇게 먼 길을 오셨으니까요. 그러면 라이더 씨가 준비되시는 대로 뵙겠습니다."

"나도 빨리 만나고 싶군요, 호프만 씨. 준비되는 대로 내려가겠습니다. 그렇게 오래 걸리진 않을 겁니다."

"아무 때나 편리할 때 내려오세요. 저는 여기서, 그러니까 아래층 로비에서 기다리고 있겠습니다. 아무리 오래 걸리셔도 괜찮습니다."

나는 잠시 이 말을 생각하고 나서 말했다.

"하지만 다른 할 일이 무척 많으실 텐데요."

"그건 사실입니다. 지금이 가장 바쁜 시간이죠. 하지만 라이더 씨를 만나 뵙기 위해서라면 아무리 오래 걸리더라도 여기서 기꺼이 기다리겠습니다."

"호프만 씨, 나 때문에 귀중한 시간을 낭비하진 마세요. 곧 내려가서 뵙겠습니다."

"그건 조금도 귀찮은 일이 아닙니다. 오히려 여기서 라이더 씨를 기다리는 게 저한테는 영광이지요. 그러니까 부디 편리할 때 내려오세요. 저는 라이더 씨가 내려오실 때까지 여기에 계속 서 있겠습니다."

나는 다시 고맙다고 말하고 수화기를 내려놓았다. 그러고는 침대에 일어나 앉아서 주위를 둘러보았다. 햇빛의 각도로 보아 늦은 오후인 듯했다. 이렇게 피곤한 적은 난생처음이다 싶을 만큼 피곤했지만, 로비로 내려갈 수밖에 없을 것 같았다. 나는 여행가방으로 다가가, 아직 그대로 입고 있는 재킷보다 좀 덜 구겨진 재킷을 찾았다. 그 옷으로 갈아입고 있을 때, 문득 커피를 마시고 싶다는 생각이 나를 강렬하게 사로잡았다. 나는 점점 절박해지는 기분에 쫓겨, 서둘러 방에서 나왔다.

엘리베이터에서 내리자, 로비에는 아까보다 훨씬 활기가 돌고 있었다. 어디를 둘러보아도 손님들이 안락의자에 편안히 앉아서 신문을 뒤적거리거나 커피를 마시며 잡담을 나누고 있었다. 프런트 근처에서는 일본인 몇 명이 쾌활하게 인사를 나누고 있었다. 그동안 달라진 풍경에 마음이 사로잡혀 멍하니 서 있느라, 호텔 지배인이 내 앞에 올 때까지도 알아차리지 못할 정도였다.

호프만은 전화 목소리로 상상했던 것보다 키가 크고 뚱뚱한 50대

사내였다. 그가 활짝 웃으면서 손을 내밀었다. 나는 그가 숨을 헐떡이고 있으며 이마가 땀으로 덮여 있다는 것을 알아차렸다.

나와 악수를 나누면서, 그는 내 방문이 이 도시와 특히 자기 호텔에 얼마나 큰 영광인지 모른다고 몇 번이나 되뇌었다. 그러고는 고개를 내밀고 비밀이라도 털어놓는 듯한 태도로 말했다.

"목요일 밤 준비는 모두 끝났습니다. 라이더 씨가 걱정하실 일은 아무것도 없습니다."

지배인이 말을 계속하기를 기다렸지만 그냥 미소만 짓고 있었기 때문에, 나는 이렇게 말했다.

"그거 참 다행이군요."

"아니, 정말로 걱정하실 일은 전혀 없습니다."

어색한 침묵이 흘렀다. 잠시 뒤에 호프만은 뭔가 다른 말을 하려는 듯이 보였지만, 마음을 바꾸었는지 껄껄 웃으며 내 어깨를 가볍게 두드렸다. 나한테는 가당찮게 친밀한 몸짓으로 여겨졌다. 마침내 그가 말했다.

"라이더 씨, 여기 묵으시는 동안 좀 더 편안히 지내실 수 있도록 제가 할 수 있는 일이 있다면, 지체 없이 알려 주십시오."

"고맙습니다."

다시 침묵이 흘렀다. 잠시 뒤에 그는 또다시 껄껄 웃으며 가볍게 고개를 젓고, 다시 한 번 내 어깨를 가볍게 쳤다.

"호프만 씨, 혹시 나한테 특별히 하고 싶은 말씀이라도?"

"아니, 특별히 드릴 말씀은 없습니다. 다만 라이더 씨를 만나 뵙고, 불만스러운 점은 없는지 확인하고 싶었을 뿐입니다." 호프만은 이렇게 말하고 나서 느닷없이 소리를 질렀다. "아 참, 그렇지! 라이더 씨 말씀을 들으니까 생각이 나는군요. 실은 하고 싶은 얘기가 있었습니다. 하지만 하찮은 일이었어요." 그는 또다시 고개를 저으며 껄껄 웃고 나서 말했다. "실은 제 집사람의 앨범에 관한 얘기랍니다."

"부인의 앨범이라고요?"

"제 아내는 굉장히 교양 있는 여자이고, 당연히 라이더 씨의 열렬한 숭배자지요. 그래서 라이더 씨의 활동에 깊은 관심을 가지고 지켜보면서, 지난 몇 년 동안 라이더 씨에 관한 기사는 죄다 스크랩해 두었지 뭡니까."

"그래요? 그거 참 고마운 일이군요."

"라이더 씨에 관한 기사만 가지고 앨범을 두 권이나 모았답니다. 기사는 연대순으로 정리되어 있는데, 가장 오래된 것은 몇 년 전까지 거슬러 올라간답니다. 이제 요점을 말씀드리죠. 언젠가 라이더 씨한테 그 앨범을 보여 드리고 싶다는 게 집사람의 간절한 소망이었어요. 라이더 씨가 우리 도시를 방문한다는 소식을 접하고 나자 집사람의 오랜 숙원은 당연히 새로운 활력을 얻게 됐지요. 그런데도 집사람은 라이더 씨가 여기 계시는 동안 얼마나 바쁘실지 아니까, 그런 하찮은 일로 라이더 씨를 귀찮게 해서는 안 된다고 주장하더군요. 하지만 저는 집사람의 속마음을 알기 때문에, 어쨌든 라이더 씨한테 말씀드려 보겠다고 약속했답니다. 단 1분만이라도 좋으니까 그 앨범을 훑어봐 주신다면 집사람한테는 크나큰 영광이 될 겁니다."

"부인께 고맙다는 말씀을 꼭 전해 주십시오, 호프만 씨. 기꺼이 앨범을 보겠습니다."

"고맙습니다, 라이더 씨! 정말 고맙습니다! 실은 만약에 대비해서 앨범을 여기 호텔에 가져다 두었답니다. 하지만 라이더 씨가 얼마나 바쁘실지는 충분히 짐작할 수 있습니다."

"스케줄이 빡빡한 건 사실입니다. 하지만 부인의 앨범을 볼 정도의 시간은 낼 수 있을 겁니다."

"고맙습니다, 라이더 씨! 하지만 라이더 씨한테 쓸데없는 부담을 드리고 싶지는 않습니다. 분명히 말씀드리건대, 그건 결코 제가 바라는 바가 아닙니다. 그러니까 이렇게 하면 어떨까요. 앨범을 볼 준비가 되시면 언제든지 알려 주세요. 그때까지는 라이더 씨를 귀찮게 하지 않고 조용히 기다리고 있겠습니다. 밤이든 낮이든, 적당한 때라고 생각되시면 언제든 저를 찾아 주십시오. 대개는 저를 아주 쉽게 찾을 수 있을 겁니다. 저는 밤늦게까지 호텔에 남아 있으니까요. 라이더 씨가 찾으시면 당장 하던 일을 멈추고 가서 앨범을 가져오겠습니다. 그런 조건이라면 제 마음이 한결 편할 겁니다. 가뜩이나 바쁘신 라이더 씨한테 쓸데없는 부담을 드린다고 생각하면, 도저히 참을 수 없을 겁니다."

"이해심이 무척 많으시군요."

"진심입니다, 라이더 씨. 그런데 앞으로 며칠 동안은 저도 미친 듯이 바쁜 것처럼 보일지 모릅니다. 하지만 이 문제를 처리하지 못할 만큼 바쁘지는 않을 겁니다. 그 점을 알아주시기 바랍니다. 그러니까 제가 아무리 바쁜 듯이 보여도 앨범 보는 걸 미루지는 마세요."

"좋습니다. 명심해 두지요."

"우리끼리 신호를 정해 두는 게 어떨까요. 라이더 씨가 저를 찾으러 오셨을 때, 마침 제가 사람들로 북적거리는 방 한쪽 구석에 있을지도 모르니까요. 끊임없이 오가는 사람들을 헤치고 나아가기란 여간 힘든 일이 아니거든요. 게다가 라이더 씨가 저를 발견했더라도, 그 지점에 이르렀을 때쯤에는 제가 이미 다른 곳으로 자리를 옮겼을 수도 있고요. 그러니까 우리끼리 신호를 정해 두는 게 좋을 것 같습니다. 라이더 씨가 사람들 머리 위로 보낼 수 있고, 또 제가 쉽게 알아볼 수 있는 신호 말입니다."

"과연 그렇군요. 괜찮은 생각인 것 같습니다."

"라이더 씨가 이렇게 싹싹하고 친절한 분이라는 걸 알게 돼서 한결 마음이 놓입니다. 지금까지 우리 호텔에 묵으신 저명인사가 숱하게 많지만, 그분들에 대해서도 그렇게 말할 수 있다면 얼마나 좋겠습니까. 그러면 이제 남은 문제는 신호를 정하는 것뿐이군요. 제가 한 가지 제안해도 될까요……. 이런 건 어떻겠습니까?"

그는 한 손을 들어 손바닥을 바깥쪽으로 돌리고, 손가락을 부채처럼 활짝 펼친 다음, 창문을 닦는 듯한 시늉을 해 보였다.

"예를 하나 들어 본 것뿐입니다." 그는 손을 얼른 내리면서 말했다. "물론 라이더 씨는 다른 신호가 마음에 들지도 모르겠습니다만……."

"아니, 괜찮습니다. 부인의 앨범을 볼 준비가 되는 대로 그 신호를 보내겠습니다. 일부러 그런 수고를 하시다니, 부인은 정말 친절하신 분이군요."

"천만에요. 오히려 고마워해야 할 쪽은 집사람이죠. 혹시 나중에라도 마음에 드는 다른 신호가 생각나시면, 저한테 전화를 주시거나 호텔 직원한테 메시지를 남겨 주세요."

"아닙니다. 당신이 제안하신 신호가 썩 괜찮아 보이는데요. 그런데 호프만 씨, 어딜 가면 괜찮은 커피를 마실 수 있을까요. 지금 기분으로는 커피를 몇 잔은 마실 수 있을 것 같습니다."

호프만은 약간 연극적으로 껄껄 웃었다.

"그 기분은 잘 알겠습니다. 아트리엄으로 안내해 드리죠. 저를 따라오세요."

그는 나를 데리고 로비 구석으로 가서, 안팎으로 열리는 육중한 문을 두어 개 지나갔다. 이어서 우리는 양쪽 벽에 거무스름한 널빤지를 댄 길고 음침한 복도로 들어갔다. 복도에는 자연광이 거의 들어오지 않아서, 아직 날이 저물지 않았는데도 벽에 줄지어 매달린 희미한 등이 켜져 있었다. 호프만은 앞장서서 경쾌하게 걸으면서, 두어 걸음마다 한 번씩 어깨 너머로 미소를 던졌다. 복도를 절반쯤 갔을 때 우리는 꽤 육중해 보이는 문을 지나갔다. 호프만은 내가 그 문을 쳐다보는 것을 알아차렸는지, 이렇게 말했다.

"여느 때라면 저 휴게실에서 커피를 마실 수 있을 겁니다. 멋진 방이죠. 아주 편안하고요. 게다가 지금은 제가 최근에 피렌체에 갔을 때 발견한 골동품 탁자를 몇 개 더 들여놓았답니다. 라이더 씨도 마음에 드실 겁니다. 하지만 지금은 라이더 씨도 아시다시피 브로즈키 씨 때문에 그 방을 폐쇄했습니다."

"아아, 예. 내가 도착했을 때도 브로즈키 씨는 저 방에 있었지요."

"아직도 저 방에 계십니다. 라이더 씨를 저 방으로 안내해서 두 분을 소개하고 싶지만, 지금은 적당한 때가 아닌 것 같습니다. 브로즈키 씨는…… 뭐랄까…… 어쨌든 아직은 때가 안 된 것 같습니다. 하하하! 하지만 걱정 마세요. 두 분이 서로 만날 기회는 얼마든지 있으니까요."

"브로즈키 씨가 지금 저 방에 있다고요?"

나는 문을 힐끔 돌아보았다. 어쩌면 걸음을 약간 늦추었을지도 모른다. 어쨌거나 호프만은 내 팔을 잡더니, 단호하게 끌고 가기 시작했다.

"그렇습니다. 지금은 저 방에 조용히 앉아 있지만, 이제 곧 또다시 연습을 시작할 게 분명합니다. 오늘 아침에는 꼬박 네 시간 동안이나 오케스트라와 연습을 했지요. 누구의 말을 들어 봐도 만사가 아주 순조롭게 진행되고 있습니다. 그러니까 걱정하실 건 전혀 없습니다."

드디어 막다른 곳에 이르러 모퉁이를 돌아서자, 훨씬 밝아졌다. 이곳에는 복도 한쪽에 창문들이 늘어서 있어서, 그곳을 통해 쏟아져 들어온 햇살이 바닥에 빛의 웅덩이를 만들고 있었다. 이 밝은 복도를 따라 잠시 걸어간 뒤에야 호프만은 내 팔을 놓아주었다. 다시 여유 있는 걸음으로 돌아가자, 그는 당혹스러움을 감추려는 듯 짧게 웃었다.

"여기가 아트리엄입니다. 본래는 술을 파는 곳이지만, 편안합니다. 커피도 마실 수 있고, 원하는 것은 뭐든지 드실 수 있습니다. 이쪽으로 오시죠."

우리는 복도를 벗어나 아치 밑을 지나갔다.

호프만은 나를 안으로 이끌면서 말했다.

"이 별관은 3년 전에 지은 겁니다. 아트리엄이라고 부르는데, 우리 호텔의 자랑거리죠. 안토니오 자노토가 설계했답니다."

우리는 밝고 널찍한 방으로 들어갔다. 머리 위 높은 곳에 있는 천장이 유리로 되어 있어서 안마당에 들어선 듯한 느낌이 들었다. 널찍한 바닥에는 온통 하얀 타일을 깔았고, 한복판에는 주위를 압도하는 큰 분수가 있었다. 님프인 듯한 대리석상들이 서로 뒤엉켜 힘차게 물을 내뿜고 있었다. 내가 보기에는 물의 압력이 지나치게 높은 것처럼 느껴졌다. 아트리엄의 어디를 보아도 공기 속에 떠도는 물안개 때문에 뿌옇게 흐려져 있어서, 눈여겨보지 않고는 건너편이 잘 보이지 않을 정도였다. 그래도 나는 아트리엄의 모퉁이마다 독립된 바가 있고, 그곳마다 등받이 없는 높은 의자와 안락의자와 탁자 들이 놓여 있는 것을 재빨리 확인했다. 하얀 제복 차림의 웨이터들이 이리저리 바쁘게 오가고, 꽤 많은 손님이 여기저기에 흩어져 있는 것 같았다. 공간이 널찍하고 탁 트인 느낌을 주어서, 손님이 많다는 걸 알아차리기는 어려웠지만.

나는 호프만이 만족스러운 표정으로 나를 바라보고 있는 것을 알 수 있었다. 내 입에서 아트리엄에 대한 칭찬이 나오기를 기다리고 있는 게 분명했다. 그러나 바로 그 순간 커피를 마시고 싶은 욕망이 너무나 강렬하게 나를 사로잡았기 때문에, 나는 그냥 돌아서서 가장 가까운 바로 다가갔다.

호프만이 나를 따라잡았을 때, 나는 이미 등받이 없는 의자에 자리를 잡고 바 카운터에 팔꿈치를 올려놓고 있었다. 종업원이 주문을 받으러 다가오고 있었는데도, 호프만은 손가락을 올려 종업원을 부르면서 말했다.

"이분께 커피를 한 주전자 갖다 드리게. 진한 케냐산 커피로!" 그러고는 나를 돌아보며 말했다. "지금은 라이더 씨와 함께 있는 것보다 더 즐거운 일은 없을 겁니다. 음악과 예술에 대해 느긋하게 대화를 나눌 수 있다면 얼마나 즐겁겠습니까. 하지만 불행히도 당장 처리해야 할 일들이 산적해 있어서 이만 실례하고 싶은데, 괜찮으시겠습니까?"

나는 너무나 친절을 베풀어 주어서 고맙다고 말했지만, 그는 작별인사를 하느라 몇 분을 더 소비했다. 그러다가 마침내 손목시계를 힐끔 들여다보고는 놀란 듯이 소리를 지르며 허둥지둥 아트리엄을 떠났다.

혼자 남게 되자 나는 당장 깊은 상념 속으로 빠져든 모양이다. 종업원이 언제 커피를 가져왔는지도 알아차리지 못했기 때문이다. 하지만 나는 곧 카운터 뒷벽에 붙어 있는 거울을 쳐다보며 커피를 마시고 있었으니까, 종업원이 커피를 가져다준 건 분명하다. 거울 속에는 내 모습만이 아니라 내 뒤쪽에 있는 풍경도 비쳐 있었다. 얼마 후 문득 정신을 차리고 보니, 무슨 영문인지 몇 년 전에 본 축구경기의 주요 장면들을 머릿속에서 재연하고 있었다. 독일과 네덜란드가 맞붙은 경기였다. 거울에 비친 내 모습이 지나치게 등을 구부리고 있었기 때문에, 나는 등받이 없는 높은 의자 위에서 자세를 고치고, 그해에 네덜란드 축구팀에서 활약한 선수들의 이름을 생각해 내려고 애썼다. 레프, 크롤, 한, 네스켄스……. 잠시 뒤에 나는 두 명을 빼고는 모든 선수의 이름을 생각해 낼 수 있었지만, 마지막 남은 두 이름은 여전히 내 기억의 테두리 밖에 머물러 있었다. 그 이름을 기억하려고 애쓰는 동안, 뒤에서 들리는 분수 소리에 차츰 짜증이 나기 시작했다. 처음에는 그 물소리가 마음을 차분하게 가라앉혀 준다고 생각했지만, 이제는 신경에 거슬렸다. 물소리가 멈추기만 하면 기억의 빗장이 열려 마침내 두 선수의 이름을 기억해 낼 수 있을 것 같았다.

내가 아직도 이름을 기억해 내려고 애쓰고 있을 때, 뒤에서 목소리가 들렸다.

"실례지만, 라이더 선생님 아니신가요?"

뒤를 돌아보니, 얼굴에 풋풋하고 발랄한 기운이 넘쳐흐르는 20대 초반의 젊은이였다. 내가 답례의 뜻으로 고개를 끄덕이자, 그는 활기차게 카운터로 다가왔다.

"제가 방해가 되지 않았으면 좋겠군요. 하지만 좀 전에 선생님을 보고는, 선생님이 이곳에 와 주신 것 때문에 제가 얼마나 들떠 있는지를 말씀드리러 오지 않을 수가 없었어요. 실은 저도 피아니스트랍니다. 물론 완전한 아마추어지만요. 저는 늘 선생님을 존경하고 있었습니다. 선생님이 드디어 와 주시기로 했다는 얘기를 아버지한테 들었을 때, 저는 얼마나 흥분했는지 모릅니다. 가슴이 다 두근거리더군요."

"아버지?"

"아아, 죄송합니다. 저는 슈테판 호프만입니다. 이 호텔 지배인의 아들이죠."

"아아, 그렇군."

"잠깐 여기 앉아도 괜찮겠지요?" 젊은이는 내 옆의 높은 의자에 올라앉았다. "짐작하셨겠지만, 아버지도 무척 들떠 계신답니다. 저보다 더하지는 않겠지만요. 저는 아버지를 잘 아니까 드리는 말씀이지만, 아버지는 얼마나 들떠 있는지를 선생님께 말씀드리지 않았을지도 모릅니다. 하지만 아버지한테는 그게 굉장히 중요한 의미를 가지고 있지요."

"그래?"

"정말입니다. 결코 과장하고 있는 게 아닙니다. 아버지가 선생님의 회신을 기다리고 있을 때가 생각나는군요. 선생님 이름이 나올 때마다 아버지는 묘한 침묵에 잠기곤 했지요. 그러다가 도저히 견딜 수 없을 만큼 괴로워지면, 가슴을 짓누르고 있는 고민을 중얼거리기 시작하는 겁니다. '얼마나 더 기다려야 하지? 도대체 얼마나 더 기다려야 그분이 대답해 줄까? 라이더 씨는 거절할 거야. 느낌으로 알 수 있어.' 그럴 때마다 저는 아버지의 기운을 북돋워 주려고 무진 애를 써야 했지요. 어쨌든 선생님이 지금 여기에 와 계신다는 사실이 아버지한테 무엇을 의미하는지는 선생님도 짐작하실 수 있을 겁니다. 아버지는 대단한 완벽주의자예요! 아버지가 목요일 밤 같은 행사를 준비하면 모든 게, 그야말로 '모든 것'이 한 치의 오차도 없이 정확하게 진행되어야 합니다. 아버지는 머릿속에서 모든 세부사항을 수없이 되풀이하여 검토하고 또 검토하지요. 한 가지 일에 외곬으로 빠지는 게 때로는 좀 지나칠 때도 있을 정도랍니다. 하지만 아버지가 그런 면을 갖고 있지 않았다면, 아버지는 아버지가 아닐 겁니다. 아마 지금 하시는 일의 절반도 해내시지 못할걸요."

"듣고 보니 정말 훌륭한 분인 것 같군."

"실은 선생님께 부탁드리고 싶은 게 있습니다. 이건 말 그대로 부탁일 뿐입니다. 그러니까 들어주실 수 없으면 그렇다고 말씀해 주세요. 거절하셔도 언짢게 여기진 않을 테니까요."

슈테판 호프만은 용기를 끌어내려는 듯 잠시 말을 멈추었다. 나는 커피를 마시면서, 거울 속에 나란히 앉아 있는 우리 두 사람의 모습을 바라보았다.

이윽고 슈테판이 말을 이었다.

"이건 목요일 밤 행사와도 관계가 있습니다. 아버지는 그 행사에서 피아노를 쳐 달라고 저한테 부탁하셨죠. 저는 그동안 열심히 연습해서 이제 준비가 다 됐습니다. 그러니까 그 점을 걱정한다거나 그런 건 아니지만……." 그의 자신만만한 태도가 잠깐 비틀거렸다. 나는 그에게서 불안에 사로잡힌 청년의 모습을 얼핏 보았다. 하지만 그는 금세 자신감을 되찾고 태연히 어깨를 으쓱했다. "다만 목요일 밤 행사가 너무 중요하기 때문에 아버지를 실망시키고 싶지 않을 뿐입니다. 그래서 말씀인데요, 몇 분만 시간을 내서 제 연주를 들어 주실 수 없을까요? 저는 장루이 라로슈의 「달리아」를 연주할 생각입니다. 저는 아마추어일 뿐이니까, 제 연주를 들으시려면 대단한 인내심이 필요할 겁니다. 하지만 대충은 연주할 수 있을 테니까, 선생님께서 한번 들어 보시고 어떻게 하면 좀 더 나은 연주가 될 수 있을지에 대해 몇 가지 조언을 해 주실 수는 있지 않을까 생각했습니다."

나는 잠깐 생각하고 나서 말했다.

"그러니까 자네는 목요일 밤에 피아노를 연주하기로 되어 있나 보군."

"물론 제 연주는 그날 저녁 행사에서는 아주 사소한 부분일 뿐입니다." 젊은이가 짧게 웃었다. "그 행사에서 진행될 다른 일들에 비하면 말입니다. 하지만 그래도 저는 제 연주가 되도록 훌륭했으면 좋겠어요."

"그래. 그건 충분히 이해할 수 있네. 자네한테 도움을 줄 수 있는 일이 있다면 기꺼이 하겠네."

젊은이의 얼굴이 환해졌다.

"뭐라고 감사를 드려야 할지 모르겠군요. 그게 바로 저한테 필요한……."

"하지만 한 가지 문제가 있는데……. 자네도 짐작하겠지만, 내가 여기서 지내는 시간은 지극히 한정되어 있어. 그래서 단 몇 분이라도 비는 시간을 찾아봐야 할 걸세."

"물론입니다. 선생님이 편하실 때라면 언제든지 좋습니다. 이거, 괜히 우쭐해지는데요. 솔직히 말해서 저는 선생님이 한마디로 거절하실 줄 알았거든요."

젊은이의 옷 어딘가에서 호출기가 울리기 시작했다. 슈테판은 흠칫 놀랐지만, 곧 재킷 안으로 손을 집어넣었다.

"정말 죄송합니다. 급한 일이 생긴 모양이에요. 실은 벌써 오래전에 다른 곳에 가 있어야 했는데……. 하지만 선생님이 여기 계신 걸 보고는 찾아오지 않을 수가 있어야죠. 조만간 이 얘기를 계속할 수 있으면 좋겠군요. 하지만 지금은 이만 실례해야겠습니다."

그는 높은 의자에서 내려섰지만, 대화를 계속하고 싶은 유혹에 사로잡힌 듯 잠시 머뭇거렸다. 그때 호출기가 다시 울리자, 그는 낭패스러운 미소를 지으며 허둥지둥 가 버렸다.

나는 카운터 뒤의 거울에 비친 내 모습으로 고개를 돌리고, 다시 커피를 홀짝거리기 시작했다. 하지만 젊은이가 나타나기 전에 느긋한 사색을 즐기고 있었던 기분은 되찾을 수 없었다. 그 대신, 이곳 사람들이 나에게 너무 많은 것을 기대하고 있다는 느낌, 하지만 지금은 만사가 결코 만족할 만한 발판 위에 올라서 있지 않다는 느낌이 다시금 나를 들볶기 시작했다. 아무래도 슈트라트만 양을 찾아내서 몇 가지 점을 분명히 해 두는 수밖에 다른 방도가 없을 것 같았다. 잔에 남아 있는 커피만 다 마시면 당장 나가서 슈트라트만 양을 찾아보기로 마음먹었다. 그게 어색한 만남이 될 이유는 전혀 없었고, 아까 만났을 때 일어난 일을 설명하는 것은 지극히 간단할 터였다. 나는 이렇게 말할 수도 있을 것이다. "슈트라트만 양, 아까는 너무 피곤해서 당신이 내 스케줄에 대해 물었을 때 그만 오해를 했어요. 나는 당신이 그 자리에서 일정표를 건네주며 당장 훑어볼 시간이 있느냐고 묻는 줄 알았지 뭡니까." 아니면 공격적인 태도로 나가거나, 비난조의 말투를 사용할 수도 있을 것이다. "슈트라트만 양, 다소 실망했다고 말할 수밖에 없군요. 당신을 비롯한 이 도시 사람들은 내 어깨에 상당히 무거운 책임을 올려놓고 싶어 하는 모양인데, 그렇다면 나는 어느 정도의 행정적 뒷받침을 기대할 권리가 있다고 생각합니다."

그때 가까이에서 누군가가 움직이는 소리가 들렸다. 고개를 들어 보니, 늙은 포터 구스타프가 내 의자 옆에 서 있었다. 내가 돌아보자 그는 미소를 지으며 말했다.

"안녕하십니까. 선생님이 여기 계신 걸 방금 전에 보았습니다. 즐겁게 지내고 계신지 모르겠군요."

"예, 아주 즐겁습니다. 불행히도 영감님이 추천하신 옛시가지는 아직 가 볼 기회가 없었지만."

"유감이군요. 옛시가지는 우리 도시에서 가장 멋진 곳이고, 여기서 아주 가깝답니다. 게다가 지금 날씨는 그야말로 기가 막히죠. 공기가 좀 쌀쌀하긴 해도 화창한 날씨예요. 아직은 밖에 앉아 있을 수 없을 만큼 춥진 않지만, 그래도 재킷이나 가벼운 코트를 걸쳐야 할 겁니다. 옛시가지를 둘러보기에는 오늘이 가장 좋은 날이에요."

"지금 나한테 필요한 건 바로 맑은 공기일지도 모르겠군요."

"부디 그렇게 하십시오. 선생님이 옛시가지를 잠시라도 산책해 보지 않고 우리 도시를 떠나게 된다면, 그렇게 유감스러운 일은 없을 겁니다."

"그럴 생각입니다. 지금 당장 가 보겠습니다."

"옛광장의 헝가리 카페에 잠시만이라도 앉아 계시면 절대로 후회하지 않으실 겁니다. 거기에 가시거든 커피와 사과파이를 주문하세요. 그런데 선생님, 저는 방금……" 포터는 잠시 말을 끊었다가 다시 이었다. "선생님께 한 가지 사소한 부탁을 드려도 될지 어떨지를 생각하고 있었습니다. 평소 때라면 절대로 손님한테 부탁 같은 건 드리지 않겠지만, 선생님의 경우에는…… 우리가 이미 서로를 잘 알게 되었다는 생각이 들어서요."

"내가 할 수 있는 일이라면 기꺼이 하겠습니다."

포터는 잠시 말없이 서 있었다. 그러다가 마침내 입을 열었다.

"아주 사소한 부탁입니다. 실은 제 딸애가 지금 헝가리 카페에 있을 겁니다. 어린 보리스도 함께요. 제 딸애는 아주 상냥하고 호감이 가는 젊은 여자랍니다. 선생님도 보시면 호감을 느끼실 겁니다. 대부분의 사람들이 그러니까요. 미인이라고 할 수는 없지만 제법 매력적으로 생겼지요. 게다가 심성이 무척 곱답니다. 하지만 아무래도 옛날부터 사소한 결점을 갖고 있었던 것 같아요. 아마 자란 환경 탓이겠지만, 그걸 누가 알겠습니까? 어쨌든 옛날부터 지금까지 줄곧 그랬습니다. 자기 힘으로 충분히 해결할 수 있는 일인데도, 이따금 거기에 짓눌려 맥을 못 추는 경향이 있는 겁니다. 사소한 문제가 생기면 몇 가지 간단한 조치만 취하면 될 텐데, 그냥 끙끙 앓으면서 고민만 하고 있는 거예요. 그러면 호미로 막을 수 있는 일도 가래로 막게 되지요. 우물쭈물하다가 문제가 점점 커지면, 오래지 않아 제 딸애한테는 사태가 너무 심각해 보이고, 그 애는 절망적인 기분에 빠집니다. 전혀 그럴 필요가 없는데 말입니다. 지금 그 애가 정확히 무엇 때문에 고민하고 있는지는 모르지만, 이겨 낼 수 없는 문제는 절대로 아닐 겁니다. 이런 일은 전에도 자주 있었지요. 하지만 지금은 보리스가 그걸 알아차리기 시작했습니다. 소피가 문제를 빨리 해결하지 않으면 보리스가 몹시 걱정하게 될 겁니다. 보리스는 지금 우리에게 커다란 기쁨을 주는 존재랍니다. 솔직하고 남을 의심할 줄 모르는 아이죠. 보리스가 평생을 그런 식으로 살 수는 없을 테고, 그게 바람직하지도 않을 겁니다. 하지만 아직은 어리니까, 앞으로 몇 년 동안은 이 세상이 햇빛과 웃음으로 충만한 곳이라고 믿어야 한다는 게 제 생각입니다." 구스타프는 다시 입을 다물고, 잠시 깊은 상념에 잠겨 있는 것 같았다. 그러다가 고개를 들고 말을 이었다. "소피가 사태를 직시할 수만 있다면 문제도 해결할 수 있을 겁니다. 그 애는 아주 성실해서, 자기가 좋아하는 사람들을 위해서라면 최선을 다하고 싶어 하죠. 하지만 일단 이런 상태에 빠지면, 옆에서 누가 좀 도와주어야만 균형 감각을 되찾을 수 있습니다. 그 애한테 필요한 건 누군가와 대화를 나누는 것뿐입니다. 단 몇 분 만이라도 누군가가 그 애 옆에 앉아서, 그 애가 사태를 직시할 수 있게 해 주기만 하면 됩니다. 문제의 본질이 무엇인지를 분명히 깨닫고, 그 문제를 해결하려면 어떤 조치를 취해야 하는지를 알 수 있도록, 누군가가 옆에서 조금만 거들어 주면 됩니다. 그 애한테 필요한 건 그것뿐입니다. 그 애와 대화를 나누면서 상황을 전체적으로 올바르게 보는 능력을 그 애한테 돌려주기만 하면, 나머지는 그 애 스스로 해낼 수 있을 겁니다. 마음만 먹으면 아주 분별 있게 굴 수도 있는 애거든요. 그래서 말씀인데, 지금 옛시가지에 가셔서 소피와 잠깐 얘기를 나누어 주실 수 없을까요. 물론 선생님한테는 다소 불편한 일이겠지만, 어차피 그쪽으로 가신다니까 부탁해 볼 마음이 난 겁니다. 오래 얘기할 필요는 없을 겁니다. 그저 잠깐만 시간을 내주시면 됩니다. 그 애가 무엇 때문에 고민하고 있는지를 알아내고, 균형 감각을 되찾게만 해 주시면 충분합니다."

포터는 말을 끊고 호소하듯 나를 쳐다보았다.

잠시 뒤에 나는 한숨을 내쉬며 말했다.

"돕고 싶은 마음은 굴뚝같지만, 영감님 말씀을 들어 보니 따님의 걱정거리가 무엇이든, 그건 가족 문제와 관련되어 있을 가능성이 큰 것 같군요. 아시다시피 그런 문제는 그물처럼 얽히고설켜 있기 십상입니다. 가족이 아닌 나 같은 사람이 솔직한 대화를 나눠서 한 가지 문제를 알아낸다 해도, 그건 또 다른 문제와 연결되어 있다는 것을 깨달을 뿐이죠. 그리고 그건 또 다른 문제와 연결되어 있고, 계속 그런 식으로 나가는 겁니다. 솔직히 말해서 가족 문제를 가지고 대화를 나누는 데 가장 적당한 사람은 영감님 자신이 아닐까요. 소피의 아버지이자 보리스의 할아버지로서, 영감님은 나에게 없는 당연한 권위를 갖고 계실 테니까요."

포터는 이 말에 담겨 있는 뜻을 알아차린 것 같았다. 나는 쓸데없는 말을 했다고 후회했다. 내가 민감한 부분을 건드린 건 분명했다. 포터는 약간 고개를 돌리고, 아트리엄을 질러 분수 쪽을 멍하니 바라보았다. 그러다가 한참 뒤에야 입을 열었다.

"무슨 말씀인지 잘 알겠습니다. 저는 아비니까, 당연히 제가 그 애와 얘기를 나눠야겠지요. 그건 저도 압니다. 하지만 솔직히 말씀드리겠습니다. 이걸 어떻게 표현해야 할지는 잘 모르겠지만, 어쨌든 솔직하게 털어놓고 말씀드리죠. 사실 소피와 저는 오랫동안 대화를 나누지 않았답니다. 그 애가 어느 정도 나이가 든 뒤로는 대화다운 대화를 나누어 본 적이 없어요. 그러니까 제가 필요한 일을 해내기는 좀 어렵다는 걸 선생님도 이해하실 수 있을 겁니다."

포터는 발을 내려다보며, 재판관의 판결이라도 기다리는 듯이 내 다음 말을 기다렸다.

나는 잠시 뒤에 말했다.

"미안하지만 무슨 말씀인지 잘 모르겠군요. 그동안 따님을 한 번도 만나지 않았다는 말씀인가요?"

"그건 아닙니다. 아시다시피 그 애하고는 정기적으로 만나고 있습니다. 제가 보리스를 데리러 갈 때마다 만나지요. 제 말은 우리가 서로 말문을 닫고 있다는 뜻입니다. 한 가지 예를 들어 설명하면 이해하기가 좀 더 쉬울 겁니다. 보리스와 제가 옛시가지를 산책하고 나서 소피를 기다리고 있을 때를 예로 들어 보지요. 가령 우리가 크랑클 씨네 커피점에 앉아 있다고 칩시다. 보리스는 기분이 좋아서 큰 소리로 웃고 떠들어 댑니다. 하지만 제 어미가 문으로 들어오는 것을 보면 보리스는 당장 입을 다물어 버립니다. 기분이 상해서 그러는 건 아닙니다. 그냥 자신을 억제할 뿐이죠. 보리스는 의식을 존중합니다. 그러면 소피가 우리 탁자로 다가와서 보리스한테 말을 건넵니다. 재미있게 지냈지? 어디 갔었니? 할아버지가 무뚝뚝하게 구시진 않았니? 물론 소피는 만날 때마다 어김없이 내 안부를 묻습니다. 내가 그런 식으로 돌아다니다가 병이라도 날까 봐 걱정하고 있는 것이죠. 하지만 그 애가 나한테 직접 말을 건네는 일은 없습니다. '할아버지한테 안녕히 가세요 하고 인사해야지.' 소피는 나한테 작별인사를 하는 대신, 보리스한테 그렇게 말합니다. 그러고는 보리스를 데리고 가 버리죠. 우리는 오랫동안 그런 식으로 지내 왔고, 이제 와서 그 방식을 바꾸어야 할 필요는 없는 것 같습니다. 하지만 이런 상황에서는 어찌해야 좋을지 난감해집니다. 필요한 건 충분한 대화라고 생각합니다. 제 생각으로는 선생님 같은 분이 좋을 것 같습니다. 무엇이 정말로 문제인지를 소피가 확인할 수 있도록 도와주시기만 하면 됩니다. 그렇게만 해 주신다면, 나머지는 그 애가 알아서 할 겁니다. 그건 장담할 수 있습니다."

나는 이 말을 곰곰 생각해 본 뒤에 말했다.

"좋습니다. 내가 무슨 일을 할 수 있을지 생각해 보지요. 하지만 아까 말씀드린 것을 다시 한 번 강조해야겠군요. 이런 문제는 나 같은 제삼자가 관여하기에는 너무 복잡한 경우가 많습니다. 하지만 어쨌든 내가 할 수 있는 일을 생각해 보겠습니다."

"그렇게만 해 주신다면 큰 은혜로 알겠습니다. 소피는 지금 헝가리 카페에 있을 겁니다. 아마 쉽게 알아보실 수 있을 거예요. 검은 머리를 길게 기르고, 저를 많이 닮았으니까요. 확실치 않을 때는 카페 주인이나 종업원한테 물어보시면 될 겁니다."

"좋습니다. 지금 당장 가 보겠습니다."

"너무 큰 신세를 지는군요. 무슨 사정이 생겨서 소피와 대화를 나누지 못하신다 해도, 그 동네를 돌아다니면서 즐기실 수 있을 겁니다."

나는 높은 의자에서 내려와 포터에게 말했다.

"그럼 다녀와서 결과를 알려 드리죠."

"정말 고맙습니다, 선생님."

3

호텔에서 옛시가지까지는 걸어서 15분쯤 걸렸지만, 가는 길에는 별로 볼만한 게 없었다. 늦은 오후의 차량으로 시끄러운 도로를 따라 밋밋한 업무용 건물들이 나를 덮칠 듯 우뚝 솟아 있을 뿐이었다. 하지만 강변으로 나와서 옛시가지로 이어지는 다리—이 다리는 곱사등처럼 아치를 이루고 있었다—를 건너기 시작했을 때, 나는 이제까지 걸어온 길과는 전혀 다른 분위기 속으로 들어가고 있다는 것을 느낄 수 있었다. 맞은편 강둑에는 다채로운 차양과 카페 파라솔들이 보였다. 내 눈은 웨이터들과 부산을 떨며 뛰어다니는 아이들의 움직임을 포착했다. 작은 개 한 마리가 부두에서 짖어 대고 있었다. 내가 다가가는 것을 알아차린 모양이었다.

몇 분 뒤에 나는 옛시가지로 들어섰다. 자갈이 깔린 좁은 길에는 많은 사람이 느긋하게 거닐고 있었다. 나는 몇 분 동안 이렇다 할 목적지도 없이 돌아다니며 수많은 기념품 가게와 제과점과 빵집을 지나쳤다. 카페도 몇 개 지나쳤다. 나는 헝가리 카페를 찾기가 어렵지 않을까 잠시 걱정이 되었다. 하지만 이윽고 옛시가지 한복판에 있는 넓은 광장으로 나오자마자 금방 알 수 있었다. 줄무늬 차양 아래 있는 작은 문간에서 탁자들이 쏟아져 나와 광장 한 모퉁이를 온통 차지하고 있는 것이 보였다.

나는 잠시 멈춰 서서 숨을 가다듬고 주위를 둘러보았다. 해가 광장 너머로 기울고 있었다. 구스타프가 말했듯이, 이따금 차가운 바람이 지나면서, 카페를 둘러싸고 있는 파라솔들을 펄럭이게 했다. 그런데도 자리는 거의 다 차 있었다. 손님들은 대부분 관광객으로 보였지만, 현지 주민인 듯한 이들도 꽤 많다는 것을 알 수 있었다. 그들은 일찍 일을 끝내고 커피를 마시거나 신문을 읽으며 느긋한 한때를 보내고 있었다. 실제로 나는 광장을 건널 때, 서류가방을 든 채 광장 한복판에 모여 서서 쾌활하게 대화를 나누고 있는 회사원을 많이 지나쳤다.

카페에 도착하자, 나는 구스타프 영감의 딸일 듯한 여자를 찾으며 잠시 탁자들 사이를 어슬렁거렸다. 대학생 둘이 영화에 대해 논쟁을 벌이고 있었다. 《뉴스위크》를 읽고 있는 관광객, 발치에 모여든 비둘기들에게 빵부스러기를 던져 주는 노파도 있었다. 하지만 사내아이와 함께 있는, 길고 검은 머리의 젊은 여자는 보이지 않았다. 나는 카페 안으로 들어갔다. 어둑하고 좁았다. 탁자도 대여섯 개밖에 놓여 있지 않았다. 더 추운 계절에는 이 좁은 공간에 사람들이 들어차서, 구스타프가 말한 과밀 문제가 정말로 심각해지리라는 것을 알 수 있었다. 하지만 지금은 안쪽 탁자에 베레모를 쓴 노인 한 사람이 앉아 있을 뿐이었다. 나는 소피와 만나는 것을 포기하기로 작정하고 밖으로 나와 탁자에 앉았다. 커피를 주문하려고 두리번거리며 웨이터를 찾고 있을 때, 문득 내 이름을 부르는 소리가 들렸다.

돌아보니 가까운 탁자에 사내아이와 함께 앉아 있는 여자가 내 쪽으로 손을 흔들고 있었다. 그들 두 사람은 구스타프가 묘사한 인상에 딱 들어맞았다. 그런데 왜 아까는 그들을 알아보지 못했을까. 게다가 그들은 내가 올 것을 미리 알고 기다리고 있었던 게 분명했다. 나는 좀 당황하여 머뭇거리다가, 잠시 뒤에야 마주 손을 흔들고 그들 쪽으로 다가갔다.

구스타프는 소피를 '젊은 여자'라고 말했지만, 만나고 보니 중년에 접어든 나이였다. 아마 마흔 살 정도는 되었을 것이다. 그런데도 내가 예상했던 것보다 훨씬 매력적이었다. 큰 키에 몸매가 날씬한 데다 길게 기른 검은 머리 때문에 집시 같은 분위기를 풍기고 있었다. 옆에 앉아 있는 아이는 땅딸막하고 약간 뚱뚱한 편이었다. 지금은 시무룩한 표정으로 제 엄마를 바라보고 있었다.

소피는 미소를 지으며 나를 쳐다보고 있었다.

"앉지 않으실 건가요?"

"아, 예." 나는 잠시 머뭇거리며 거기에 서 있었다는 것을 깨닫고 말했다. "괜찮으시다면 앉겠습니다."

나는 아이한테 웃어 보였지만, 그 애는 못마땅한 눈으로 나를 바라볼 뿐이었다.

"물론 괜찮고말고요. 그렇지, 보리스? 보리스, 라이더 씨한테 인사해야지."

"안녕, 보리스." 나는 자리에 앉으면서 말했다.

아이는 계속 못마땅한 눈으로 나를 바라보았다. 그러다가 어머니에게 말했다.

"왜 이 아저씨한테 앉아도 좋다고 했어요? 내 얘기가 아직 안 끝났잖아요? 엄마한테 설명하고 있었는데……."

"보리스, 이분은 라이더 씨야. 아주 특별한 친구란다. 이분은 여기 앉고 싶으면 당연히 앉을 수 있어."

"하지만 나는 '보이저'호가 어떻게 날아갔는지를 설명하고 있었어요. 엄마가 귓등으로 듣고 있다는 건 알고 있었지만요. 엄마는 남의 말에 주의를 기울이는 법을 좀 배워야 해요."

"미안하다, 보리스." 소피는 나와 재빨리 미소를 나누면서 말했다. "나도 딴에는 애를 썼지만, 과학은 너무 어려워서 내 머리로는 도저히 이해할 수가 없구나. 자, 이젠 라이더 씨한테 인사해야지?"

보리스는 잠시 나를 쳐다보다가 심술궂게 말했다. "안녕하세요." 그러고는 눈길을 딴 데로 돌렸다.

"불화의 원인이 되고 싶진 않군요. 보리스, 하던 얘기를 계속하렴. 실은 나도 그 비행기 얘기를 듣고 싶구나. 아주 재미있을 것 같은데."

"그건 비행기가 아니에요." 보리스가 지겹다는 투로 말했다. "보이저는 별들 사이를 날아가는 우주선이라고요. 하지만 아저씨도 엄마처럼 이해하지 못할 거예요."

"내가 이해하지 못할 거라고? 그걸 어떻게 알지? 나는 지극히 과학적인 정신을 갖고 있을 수도 있어. 사람을 너무 성급하게 판단하면 안 돼."

보리스는 깊은 한숨을 내쉬고, 계속 나한테서 눈길을 돌린 채 말했다.

"아저씨도 엄마와 똑같을 거예요. 집중력이 부족할 거라고요."

"그만해라, 보리스." 소피가 말했다. "그렇게 퉁명스럽게 굴면 안 돼. 라이더 씨는 아주 특별한 친구니까 좀 더 친절하게 대해 드려야지."

"그것만이 아니야. 나는 네 할아버지의 친구이기도 한걸."

그러자 보리스는 호기심 어린 눈으로 나를 바라보았다.

"정말이야. 네 할아버지와 나는 좋은 친구가 되었단다. 나는 네 할아버지가 일하고 있는 호텔에 묵고 있지."

보리스는 여전히 주의 깊게 나를 살펴보고 있었다.

"보리스, 이젠 라이더 씨한테 얌전하게 인사해야지. 넌 계속해서 라이더 씨한테 무례하게 굴고 있어. 이 아저씨가 너를 버릇없는 애라고 생각한 채 가 버리면 어떡할래? 그건 너도 바라지 않겠지?"

보리스는 잠시 더 나를 바라보다가 갑자기 앞에 놓인 탁자 위로 쿵 쓰러져 두 팔에 머리를 묻었다. 그와 동시에 탁자 밑에서 두 발을 흔들기 시작했다. 나는 보리스의 구두가 쇠탁자 다리에 부딪치는 소리를 들을 수 있었다.

"죄송해요. 보리스가 오늘은 기분이 좀 우울했거든요." 소피가 말했다.

"실은 당신과 얘기하고 싶은 게 있었어요. 하지만……." 나는 나직한 소리로 말하면서 눈짓으로 보리스를 가리켰다.

소피는 나를 쳐다본 다음, 아들한테로 눈길을 돌리면서 말했다.

"보리스, 라이더 씨와 잠깐 할 얘기가 있는데, 너는 가서 고니라도 구경하는 게 어떠니? 잠깐이면 돼."

보리스는 잠든 것처럼 여전히 두 팔에 머리를 묻고 있었지만, 두 발은 계속해서 툭툭 탁자 다리를 걷어차고 있었다. 소피는 아들의 어깨를 부드럽게 흔들었다.

"자, 어서. 저기에 가면 검은 고니가 한 마리 있단다. 저기 수녀님들이 계시는 난간 보이지? 거기에 가면 검은 고니를 볼 수 있을 거야. 잠시 뒤에 돌아와서 네가 본 것을 말해 다오."

보리스는 아무 반응도 보이지 않았다. 그러나 잠시 뒤에 몸을 일으키더니, 다시금 지겹다는 듯 한숨을 내쉬고는 의자에서 일어났다. 무엇 때문에 그랬는지는 보리스 자신이 가장 잘 알 테지만, 그 애는 마치 술 취한 사람처럼 비틀거리는 걸음을 흉내 내며 탁자에서 멀어졌다.

아이가 저만치 멀어져 가자 나는 소피를 돌아다보았다. 무슨 말을 어떻게 꺼내야 할지 몰라서, 나는 잠시 망설이며 앉아 있었다. 어쨌든 내가 고민할 필요는 없었다. 소피가 미소를 지으며 먼저 말을 꺼냈기 때문이다.

"좋은 소식이 있어요. 마이어 씨한테서 아까 집 문제로 전화가 왔어요. 오늘 내놓은 집이래요. 아주 괜찮은 집인가 봐요. 저는 온종일 그 생각만 했다고요. 우리가 그동안 줄곧 찾고 있던 집일지도 모른다는 생각이 들어요. 마이어 씨한테는 이렇게 말해 두었어요. 내일 아침에 만사 제쳐 놓고 그 집에 가서 찬찬히 살펴보겠다고. 마이어 씨의 말을 들어 보면 나무랄 데 없는 집인가 봐요. 마을에서 도보로 30분쯤 걸리는 산마루에 외따로 서 있는 삼층집이래요. 그 집에서는 숲이 내려다보이는데, 마이어 씨가 이러더군요. 그렇게 좋은 전망은 몇 년 만에 처음 본다고. 요즘 당신이 무척 바쁘다는 건 알지만, 그 집에 가 봐서 정말로 괜찮은 집인 게 확인되면 당신한테 전화할 테니까 보러 오세요. 보리스도 갈 거예요. 그 집이 우리가 찾고 있던 바로 그 집일 수도 있어요. 물론 시간은 오래 걸렸지만, 마침내 마음에 드는 집을 찾았는지도 몰라요."

"아아, 예. 그거 참 잘됐군요."

"아침에 그리로 가는 첫 버스를 탈 생각이에요. 꾸물거릴 시간이 없어요. 그렇게 좋은 집이라면 언제 팔릴지 모르니까요."

소피는 그 집에 대해 자세히 이야기하기 시작했다. 나는 잠자코 듣기만 했다. 뭐라고 대꾸해야 좋을지 몰라서이기도 했지만, 그건 부분적인 이유일 뿐이었다. 사실은 함께 앉아 있는 동안 소피의 얼굴이 점점 낯익게 느껴지기 시작했고, 숲 속에 있는 바로 그런 집을 구입하는 문제를 가지고 전에도 소피와 의논했던 기억이 어렴풋이 떠오르는 듯했기 때문이다. 그러는 동안 내 얼굴에는 차츰 딴생각에 골몰한 표정이 떠오른 모양이다. 소피가 집 이야기를 중단하고, 지금까지와는 달리 머뭇거리는 투로 이렇게 말했기 때문이다.

"지난번 전화에 대해서는 미안하게 생각해요. 아직도 그 일 때문에 기분이 언짢은 건 아니겠죠?"

"아니, 천만에요."

"저는 줄곧 그 일을 생각하고 있었어요. 그런 말은 말았어야 하는 건데. 제 얘기를 마음에 새겨 두지 마세요. 지금 이런 상황에서 어떻게 당신이 집에 남아 있어 주기를 기대할 수 있겠어요? 그걸 집이라고 할 수나 있나요? 게다가 그 부엌이라니! 그리고 저는 우리가 살 집을 찾는 데 시간을 너무 오래 끌었어요. 하지만 이제 전 희망에 부풀어 있어요. 내일 보러 갈 그 집을 생각하면……."

그녀는 다시 그 집에 대해 이야기하기 시작했다. 그러는 동안 나는 그녀가 방금 언급한 전화 통화를 생각해 내려고 애썼다. 잠시 뒤에 나는 그리 멀지 않은 과거에 전화로 같은 목소리—또는 좀 더 딱딱하고 성난 목소리—를 들은 기억이 희미하게 되살아나는 것을 느꼈다. 마침내 나는 전화기에다 대고 그녀에게 외친 말도 기억해 낼 수 있었다. "당신은 너무 좁은 세계 속에서 살고 있어!" 그녀는 자기주장을 계속했고, 나는 같은 말을 내뱉듯 되풀이했다. "너무 좁은 세계야! 당신은 너무 좁은 세계 속에서 살고 있다고!" 그러나 낭패스럽게도 그때의 대화에 대해서는 더 이상 생각나지 않았다.

나는 기억을 되살리려고 애쓰면서 그녀를 빤히 쳐다보았던 모양이다. 그녀가 수줍은 듯이 이렇게 물었다.

"내가 살이 찐 것 같지 않으세요?"

"천만에." 나는 웃으면서 고개를 돌렸다. "아주 멋져 보이는데요."

나는 소피의 아버지가 걱정하고 있는 문제에 대해 아직 아무 말도 하지 않았다는 생각이 떠올라, 그 이야기를 꺼낼 적당한 방법을 궁리하기 시작했다. 하지만 바로 그때 무언가가 뒤에서 내 의자를 뒤흔들었다. 나는 보리스가 돌아온 것을 알아차렸다.

아이는 버려진 종이상자를 축구공처럼 걷어차면서 우리 탁자 주위에서 공연히 부산을 떨고 있었다. 내가 바라보고 있다는 것을 의식한 듯, 보리스는 상자를 한쪽 발에서 다른 쪽 발로 넘긴 다음, 내가 앉은 의자 다리 사이로 힘껏 걷어찼다.

"9번!" 보리스가 두 팔을 높이 쳐들며 외쳤다. "9번 선수의 멋진 골입니다."

"보리스." 내가 말했다. "그 상자를 쓰레기통에 버리는 게 낫지 않겠니?"

"언제 갈 거예요?" 보리스가 나를 돌아보면서 물었다. "이러다 늦겠어요. 이제 곧 어두워질 텐데."

나는 보리스의 머리 너머로 해가 광장 위에 낮게 떠 있고 많은 탁자가 어느새 비어 버린 것을 보았다.

"미안하다, 보리스. 그런데 넌 뭘 하고 싶어 했지?"

"서둘러요!" 아이가 내 팔을 잡아당겼다. "꾸물거리면 거기에 못 갈 거예요."

"보리스가 가고 싶어 하는 곳이 어딥니까?" 나는 소피한테 조용히 물었다.

"그야 물론 놀이터죠." 소피는 한숨을 내쉬며 일어섰다. "보리스는 자기 솜씨가 얼마나 좋아졌는지를 당신한테 보여 주고 싶은 거예요."

나도 따라 일어설 수밖에 없었다. 다음 순간, 우리 세 사람은 광장을 건너고 있었다.

보리스가 내 옆에서 보조를 맞추어 걷기 시작하자, 나는 그 애한테 말했다.

"그러니까 넌 나한테 묘기를 보여 주고 싶은 모양이구나."

보리스는 내 팔을 잡으면서 말했다.

"아까 거기에 갔을 때는 나보다 큰 아이가 있었지만, 어뢰 묘기도 못했어요. 엄마는 그 애가 나보다 적어도 두 살은 많을 거래요. 나는 어뢰 묘기를 다섯 번이나 보여 주었지만, 그 애는 겁이 나서 벌벌 떨더라고요. 간신히 꼭대기까지는 올라갔지만, 끝내 어뢰 묘기는 부리지 못했어요!"

"하지만 너는 물론 겁이 안 나겠지? 그 어뢰 묘기라는 게."

"그럼요! 겁이 날 게 뭐예요. 얼마나 쉬운데요. 그런 것쯤은 식은 죽 먹기라고요."

"그거 참 대단하구나!"

"그 애는 겁이 나서 벌벌 떨었어요. 그 꼴이 얼마나 우스웠다고요!"

우리는 광장을 벗어나 자갈이 깔린 좁은 거리로 들어섰다. 보리스는 그 길을 잘 아는지, 조금이라도 빨리 놀이터에 가고 싶어서 걸핏하면 몇 걸음 앞서 달려가곤 했다. 그러다가 다시 나와 나란히 걸으면서 물었다.

"할아버지를 아세요?"

"그래, 아까 말했잖니. 네 할아버지와 나는 좋은 친구란다."

"할아버지는 힘이 아주 세요. 이 도시에서 가장 힘셀 거예요."

"그래?"

"할아버지는 싸움도 아주 잘해요. 옛날에는 군인이었대요. 이제는 늙었지만, 아직도 할아버지를 이길 수 있는 사람은 별로 없어요. 길거리 깡패들이 이따금 할아버지한테 싸움을 걸었다가 호된 꼴을 당하고는 깜짝 놀라곤 하죠." 보리스는 걸으면서 권투의 스트레이트 동작을 해 보였다. "할아버지는 눈 깜짝할 사이에 놈들을 때려눕혀요."

"정말? 그거 참 재미있구나."

자갈이 깔린 좁은 길을 걷고 있는 동안, 소피와 말다툼한 기억이 더 많이 났다. 그 말다툼은 일주일쯤 전에 벌어졌다. 나는 어느 호텔 방에서 전화로 그녀의 목소리를 듣고 있었다. 그녀는 이렇게 소리를 질러 댔다.

"도대체 세상 사람들은 당신더러 언제까지 이런 생활을 계속하라고 요구하는 거죠? 우리는 이제 젊지 않아요! 당신은 할 만큼 했다고요! 이젠 다른 사람들보고 하라고 하세요!"

"이봐." 아직은 침착한 목소리로 내가 말했다. "사람들은 나를 필요로 해. 어딘가에 가 보면 골치 아픈 문제들을 발견하게 될 때가 많아. 고질병처럼 뿌리 깊고 겉으로는 도저히 해결할 수 없을 것처럼 보이는 문제들이지. 그런 문제를 안고 있는 사람들은 내가 가면 얼마나 고마워하는지 몰라."

"하지만 당신이 언제까지 그들을 위해 이런 일을 계속할 수 있겠어요? 게다가 우리한테는, 그러니까 나와 당신과 보리스한테는 시간이 쏜살같이 지나가고 있다고요. 보리스는 눈 깜짝할 사이에 어른이 될 거예요. 아무도 당신이 이런 식으로 계속하기를 요구할 수는 없어요. 사람들은 왜 자기 문제를 스스로 처리하지 못하고 당신한테 떠넘기는 거죠? 스스로 문제를 해결하면 그 사람들한테도 도움이 될 텐데……."

"당신은 몰라!" 나는 화가 나서 그녀의 말을 가로막았다. "당신은 스스로 무슨 말을 하고 있는지도 모르고 있어. 내가 찾아가는 곳에서도 사람들이 아무것도 모르는 경우가 있지. 그들은 현대음악을 전혀 이해하지 못해. 그걸 그냥 내버려 두면, 그들은 점점 더 깊은 궁지 속에 빠져들 게 뻔해. 그 사람들한테는 내가 필요해. 왜 그걸 모르는 거야? 여기서는 나를 필요로 해! 당신은 자기가 무엇에 대해 말하고 있는지도 모르고 있어!" 그녀한테 소리를 지른 건 바로 그때였다. "너무 좁은 세계야! 당신은 너무 좁은 세계 속에서 살고 있다고!"

우리는 철책으로 둘러싸인 작은 놀이터에 도착했다. 놀이터는 텅 비어 있었고, 어딘지 모르게 우울한 분위기가 감돌고 있는 듯했다. 그러나 보리스는 조금이라도 빨리 묘기를 보여 주고 싶은 마음에, 앞장서서 작은 문 안으로 들어갔다.

"보세요. 아주 쉬워요!"

보리스는 이렇게 말하고 정글짐 쪽으로 달려갔다.

소피와 나는 희미해지는 햇살 속에 나란히 서서, 점점 더 높이 올라가는 보리스의 모습을 잠시 지켜보았다. 이윽고 소피가 조용히 말했다.

"정말 이상해요. 마이어 씨 이야기를 듣고 있을 때, 마이어 씨가 그 집의 거실에 대해 설명하는 걸 듣고 있을 때, 내가 어렸을 때 살았던 아파트 광경이 계속 마음속에 떠오르는 거예요. 마이어 씨가 얘기하는 동안 나는 줄곧 그 광경을 생각했죠. 우리가 옛날에 살던 집의 거실. 엄마 아빠의 옛 모습……. 마이어 씨가 얘기한 집은 아마 그렇지는 않을 거예요. 그 집이 우리가 옛날에 살았던 집과 비슷하리라고는 전혀 생각지 않아요. 내일 가서 보면 우리 옛날 집과는 완전히 다르다는 걸 알게 되겠죠. 하지만 그것 때문에 나는 희망을 갖게 됐어요. 일종의 조짐이라고나 할까요." 그녀는 짧게 웃고 나서 내 어깨를 만졌다. "당신은 너무 침울해 보여요."

"내가요? 미안합니다. 긴 여행을 하느라 좀 피곤한 것 같습니다."

보리스는 정글짐 꼭대기에 이르렀지만, 햇빛이 너무 희미해져서 그 애의 모습은 하늘을 배경으로 한 실루엣으로 보일 뿐이었다. 보리스는 우리에게 소리를 지르고는 꼭대기의 가로대를 움켜잡더니 공중제비를 돌았다.

"보리스는 저걸 할 수 있다는 걸 무척 자랑스러워한답니다." 소피가 말했다. 그러고는 보리스를 향해 소리쳤다. "보리스, 이젠 너무 어두워졌어. 어서 내려와."

"이건 쉬워요. 어두우면 더 쉽다고요."

"이제 그만 내려와."

"모두 다 여행 탓입니다." 내가 말했다. "오늘도 호텔 방, 내일도 호텔 방. 아는 사람은 아무도 없고. 몹시 피곤했지요. 지금도 마찬가집니다. 이 도시에서는 나한테 너무나 많은 부담을 주고 있어요. 이곳 사람들…… 그들은 나한테 많은 것을 기대하고 있는 게 분명합니다. 그건 분명……."

"이봐요." 소피가 내 팔에 손을 얹으면서 부드럽게 말했다. "지금은 모든 걸 잊어버리는 게 어때요? 그 문제에 대해서 얘기할 시간은 나중에 충분히 있을 거예요. 우리는 다 피곤해요. 우리와 함께 아파트로 돌아가요. 여기서 몇 분만 걸어가면 돼요. 중세에 지은 예배당만 지나면 바로예요. 맛있는 저녁을 먹고 앉아서 잠시 쉴 기회가 있다면 좋을 거예요."

그녀는 내 귀에 입을 바싹 들이대고 낮은 소리로 말했다. 때문에 나는 그녀의 숨결을 느낄 수 있었다. 좀 전의 피로감이 다시금 나를 사로잡았고, 그녀의 아늑한 아파트에서 느긋하게 쉴 수 있다는 생각—소피가 식사를 준비하는 동안, 나는 보리스와 함께 방바닥을 뒹굴며 장난칠 수도 있을 것이다—이 불현듯 너무나 유혹적으로 느껴졌다. 그래서 나는 어쩌면 잠시 눈을 감고 꿈꾸는 듯한 미소를 지으며 거기에 서 있었는지도 모른다. 어쨌든 보리스가 돌아오는 바람에 나는 공상에서 깨어났다.

"어두우면 더 쉽다고요." 보리스가 말했다.

그때 나는 보리스가 추워 보이고 약간 심란해진 것을 알아차렸다. 좀 전에 보여 주었던 활기는 흔적도 없었다. 방금 보여 준 묘기는 보리스에게 상당한 체력과 용기를 요구했을 거라는 생각이 들었다.

"자, 우리 모두 아파트로 돌아가는 거야." 내가 말했다. "가서 맛있는 저녁을 먹는 거야."

"가요." 소피가 말하고는 걷기 시작했다. "시간이 흐르고 있어요."

가랑비가 내리기 시작했다. 게다가 날이 저물자 공기는 더욱 차가워졌다. 보리스는 다시 내 손을 잡았고, 우리는 소피를 따라 놀이터를 나와서 아무도 없는 뒷골목으로 들어섰다.

4

이제 우리가 옛시가지를 벗어난 것은 분명했다. 양쪽에 솟아 있는 칙칙한 벽돌벽에는 창문이 하나도 없어서 마치 창고 뒷벽처럼 보였다. 길을 가는 동안 소피는 줄곧 빠른 걸음으로 앞장서서 걸었다. 오래지 않아 나는 보리스가 어머니를 따라가느라 힘들어하는 것을 알 수 있었다. 그래서 "우리가 너무 빨리 걷고 있지?" 하고 물었더니, 보리스는 골난 표정으로 나를 쳐다보았다.

"나는 지금보다 훨씬 빨리 걸을 수도 있다고요!"

보리스는 이렇게 외치고는 내 손을 잡아끌면서 종종걸음으로 달리기 시작했다. 하지만 몇 걸음 못 가서 고통스러운 표정을 지으며 다시 걸음을 늦추었다. 나는 느린 속도를 유지했지만, 얼마 안 가서 보리스의 가쁜 숨소리를 들을 수 있었다. 이윽고 보리스가 혼잣말로 중얼거리기 시작했다. 나는 그 애가 스스로 기운을 내려고 그러는 모양이라고 생각했기 때문에, 처음에는 별로 관심을 기울이지 않았다. 하지만 얼마 후 보리스가 중얼거리는 소리가 들렸다.

"9번…… 9번이야……."

나는 의아한 눈으로 보리스를 힐끔 바라보았다. 비에 젖은 모습이 추워 보였다. 문득 보리스와 계속 이야기를 나누어야 한다는 생각이 들었다.

"그 9번은 축구선수니?"

"세계 최고의 축구선수예요."

"9번이라…… 그래, 물론 그렇겠지."

앞서 가던 소피의 모습이 모퉁이를 돌아 사라지자, 보리스가 내 손을 더욱 힘껏 움켜잡았다. 그제야 나는 소피와의 거리가 너무 떨어진 것을 알아차렸다. 우리는 걸음을 빨리했지만, 소피가 사라진 모퉁이에 이를 때까지는 아주 오랜 시간이 걸린 느낌이었다. 마침내 모퉁이를 돌았을 때, 낭패스럽게도 소피와의 거리는 아까보다 더욱 멀어져 있었다.

우리는 칙칙한 벽돌벽을 계속 지나쳤다. 어떤 벽에는 빗물에 젖은 부분이 넓게 번져 있었다. 길은 포장되어 있었지만 울퉁불퉁했다. 앞쪽에 가로등 불빛을 받아 반짝이는 물웅덩이가 여러 개 보였다.

"걱정 마라. 이제 거의 다 왔으니까." 내가 말했다.

보리스는 가쁜 호흡과 박자를 맞추며, 계속 혼잣말로 되풀이하고 있었다.

"9번…… 9번……."

보리스가 연방 중얼대고 있는 '9번'은, 그 말을 처음 들었을 때부터 뭔가 아련한 기억을 불러일으켰다. 이제 나는 보리스가 중얼거리는 소리를 들으며, 그 '9번'이 실은 진짜 축구선수가 아니라 보리스의 축구 장난감에 나오는 인형이라는 것을 생각해 냈다. 오뚝이 장난감 선수들은 손가락으로 튀기면 작은 플라스틱 공을 드리블도 하고 패스도 하고 슈팅도 할 수 있도록 만들어져 있었다. 이 놀이는 원래 두 사람이 각각 한 팀씩 맡아 감독하도록 되어 있었지만, 보리스는 언제나 혼자서 방바닥에 배를 깔고 엎드린 채 극적인 역전과 아슬아슬한 만회로 가득 찬 시합을 진두지휘하며 시간을 보냈다. 보리스는 여섯 개 팀의 선수 인형을 가지고 있었을 뿐 아니라, 네트가 달린 축소모형 골과 펼치면 경기장이 되는 초록색 펠트천까지 가지고 있었다. 장난감 제조업자들은 아이들이 장난감 축구팀을 '아약스 암스테르담'이나 'AC 밀란' 같은 진짜 축구팀으로 여길 거라고 기대했을지 모르나, 보리스는 이런 기대를 무시하고 자기 축구팀에 새로운 이름을 붙였다. 그러나 선수들에게는 이름을 붙이지 않고 그냥 번호로 부르기를 좋아했다. 보리스는 축구에서 등번호가 갖는 의미를 몰랐기 때문에 — 또는 그 애가 상상력을 발휘하여 또 한 번 고의적인 변덕을 부린 것인지도 모른다 — 선수들의 번호는 보리스가 배치한 포지션과는 아무 관계도 없었다. 따라서 어떤 팀의 10번 선수가 전설적인 중앙 수비수일 수도 있고, 2번 선수가 전도유망한 측면 공격수일 수도 있었다.

'9번'은 보리스가 가장 좋아하는 팀에 소속되어 있었고, 모든 선수들 가운데 가장 뛰어난 선수였다. 하지만 그 놀라운 기량에도 불구하고 9번 선수는 꽤 변덕스러운 성질을 가지고 있었다. 포지션은 미드필더였지만, 자기 팀이 크게 뒤지고 있다는 사실도 알지 못하는 듯 한참 동안이나 경기장 한구석에서 부루퉁한 표정을 짓고 있을 때가 많았다. 그 선수가 이따금 한 시간이 넘도록 이런 무기력한 태도를 보이면, 그의 팀은 넉 점이나 다섯 점, 심지어는 여섯 점이나 뒤지곤 했다. 그러면 해설자—보리스의 인형들 중에는 해설자도 있었다—는 어리둥절해진 목소리로 말하고 했다. "9번 선수는 아직도 컨디션을 회복하지 못했는데, 도대체 뭐가 잘못됐는지 모르겠군요." 그러다가 9번 선수는 게임 종료 20분을 남긴 상황에서 마침내 재능을 발휘하기 시작하여 멋진 솜씨로 골을 넣곤 했다. 그러면 해설자는 외치곤 했다. "드디어 9번 선수가 제 실력을 발휘하고 있습니다!" 그 순간부터 9번 선수의 컨디션은 점점 좋아져서, 오래지 않아 잇달아 골을 넣었다. 상대팀은 수단 방법을 가리지 않고 9번 선수를 방해하는 데 전력을 기울인다. 하지만 조만간 9번 선수는 공을 받게 마련이고, 상대팀 선수들이 제아무리 가로막아도, 그는 어떻게든 수비벽을 뚫고 들어가 골을 넣곤 했다. 9번 선수가 일단 공을 잡았다 하면 어김없이 점수가 나기 때문에, 해설자는 9번 선수가 일단 공을 받자마자—설령 자기편 진영 깊숙한 곳에서 받았다 해도—공이 골네트에 꽂히기도 전에 체념과 경탄이 뒤섞인 어조로 "골입니다!" 하고 외치곤 했다. 관중들—보리스의 인형들 중에는 물론 관중도 있었다—도 9번 선수가 공을 잡는 것을 보자마자 승리의 함성을 지르곤 했다. 이 함성은 9번 선수가 우아하고 날쌘 동작으로 상대팀 진영을 헤집고 들어가 골키퍼가 미처 손을 쓰기도 전에 공을 네트에 꽂아 넣은 다음 동료 선수들의 아첨을 받으러 돌아설 때까지 격렬하게 계속되었다.

이런 기억을 더듬고 있는 동안, 최근에 9번 선수와 관련하여 어떤 문제가 일어났다는 기억이 아련히 떠올랐다. 나는 보리스의 중얼거림을 가로막고 물었다.

"요즘 9번은 어때? 컨디션은 좋으냐?"

보리스는 잠자코 몇 걸음 걷다가 대답했다.

"우린 상자를 놔두고 왔어요."

"상자라니?"

"9번은 받침대가 떨어져 나갔어요. 그런 선수가 꽤 많지만, 그 정도는 쉽게 고칠 수 있어요. 난 9번을 특별한 상자에다 넣어 두고, 엄마가 접착제를 구하는 대로 고칠 작정이었어요. 그래서 상자에 넣어 두었죠. 특별한 상자에다. 그래야 9번을 어디다 두었는지 잊어버리지 않을 테니까요. 그런데 9번을 놔두고 온 거예요."

"알겠다. 그러니까 전에 살던 집에 놔두고 왔다는 얘기구나."

"엄마가 짐을 꾸릴 때 깜박했지 뭐예요. 하지만 엄마는 곧 돌아가서 찾아오면 된다고 했어요. 전에 살던 아파트에 가면 돼요. 9번은 아직 거기 있을 테니까, 찾아오기만 하면 금방 고칠 수 있어요. 이젠 접착제를 구했으니까요. 접착제를 사려고 돈을 조금 모았거든요."

"알겠다."

"엄마는 괜찮을 거래요. 엄마가 다 알아서 할 테니까 걱정 말래요. 새로 이사 온 사람들이 9번을 버리지 않도록 손을 써 놓겠다고 했어요. 엄마는 이제 곧 그 집에 가서 9번을 찾아오자고 했어요."

나는 보리스가 무언가를 암시하고 있는 듯한 인상을 받았다. 그래서 그 애가 다시 입을 다물자 이렇게 말했다.

"보리스, 원한다면 내가 너를 그 집에 데려다 줄 수도 있어. 우리 둘이 함께 가면 돼. 전에 살던 아파트에 가서 9번을 찾아오자꾸나. 언제든지 괜찮아. 내가 잠시 짬을 낼 수 있다면 내일이라도 괜찮아. 접착제가 있으니까, 9번은 금세 최상의 컨디션으로 돌아갈 수 있을 거야. 그러니까 걱정하지 마라. 며칠 안으로 그렇게 하자꾸나."

소피의 모습이 또다시 우리 시야에서 사라졌다. 이번에는 너무 갑자기 사라졌기 때문에, 나는 소피가 어느 문으로 들어간 모양이라고 생각했다. 보리스가 내 손을 잡아끌었다. 우리는 소피가 사라진 지점으로 부랴부랴 다가갔다.

우리는 소피가 옆 골목으로 들어간 것을 곧 알게 되었다. 골목 입구는 벽에 뚫린 틈새나 다를 게 없었다. 골목은 가파른 내리막길이었고, 폭이 너무 좁아서 팔꿈치를 양쪽 벽에 긁히지 않고는 내려갈 수 없을 것처럼 보였다. 어둠을 깨뜨리는 것은 가로등 두 개뿐이었다. 하나는 골목 중간쯤에 있었고, 또 하나는 골목이 끝나는 곳에 있었다.

이 좁은 골목길을 내려가기 시작하자, 보리스가 내 손을 움켜잡았다. 몇 걸음 못 가서 보리스는 또다시 숨을 헐떡이기 시작했다. 잠시 후 나는 소피가 이미 골목 끝에 도착한 것을 알았다. 그제야 소피는 우리가 곤경에 처해 있다는 것을 알아차리고 가로등 밑에 서서 약간 걱정스러운 표정으로 우리를 바라보고 있었다. 마침내 그녀 옆으로 다가가자 나는 화를 내며 말했다.

"이봐요, 당신을 따라잡느라 얼마나 고생했는지 알아요? 오늘은 나한테나 보리스한테나 피곤한 하루였단 말이오."

소피는 꿈꾸는 듯한 미소를 지었다. 그러고는 보리스의 어깨에 한 팔을 두르고 어린 아들을 끌어당기더니 부드럽게 말했다.

"괜찮아, 보리스. 이 동네가 좀 불쾌한 곳이라는 건 엄마도 알아. 게다가 오늘은 날씨가 추워졌고 비까지 내렸지. 하지만 괜찮아. 이제 곧 아파트에 도착할 테니까. 집에 가면 아주 따뜻할 거야. 두고 보렴. 티셔츠만 입고 돌아다닐 수도 있을 만큼 따뜻할 테니까. 그리고 집에는 커다란 새 안락의자도 있단다. 너처럼 작은 애는 몸이 푹 파묻혀서 안 보일지도 몰라. 너는 책을 읽거나 비디오를 볼 수도 있을 거야. 벽장에서 게임판을 꺼내다가 게임을 할 수도 있겠지. 엄마가 게임판을 몽땅 꺼내 줄 테니까, 너는 라이더 씨와 함께 하고 싶은 게임을 하면 돼. 카펫 위에다 방석들을 늘어놓고, 방바닥에 게임판을 펼쳐 놓을 수도 있어. 그동안 나는 저녁을 만들고 식탁을 차릴 거야. 큰 접시 한 개만 놓지 않고, 맛있는 음식을 조금씩 여러 가지 만들 수도 있어. 미트볼, 치즈파이, 케이크……. 걱정 마라. 네가 무얼 좋아하는지 다 기억하고 있으니까, 그걸 모두 식탁에 차려 놓을게. 준비가 끝나면 식탁에 앉아서 음식을 먹고, 식사가 끝난 다음에는 우리 셋이서 게임을 계속할 수도 있겠지. 물론 게임을 하고 싶지 않으면 하지 않아도 돼. 라이더 씨와 축구 얘기를 하고 싶을지도 모르겠구나. 그러다가 피곤해지면 침대로 가면 돼. 네 방이 너무 작다는 건 알지만, 아주 아늑해. 너도 그렇게 말했잖니. 오늘 밤에는 곤히 잠들 수 있을 거야. 그때쯤이면 이 춥고 불쾌한 길을 걸어온 기억은 모두 잊게 될 거다. 아니, 문을 들어서는 순간 그 기억을 모두 잊어버리고, 기분 좋게 덥혀진 공기를 느낄 수 있을 거야. 그러니까 힘을 내. 이제 조금만 더 걸어가면 돼."

그녀는 말하는 동안 보리스를 꼭 껴안고 있었지만, 말이 끝나기가 무섭게 보리스를 놓아주고는 홱 돌아서서 다시 걷기 시작했다. 그게 너무나 갑작스러워서 나는 깜짝 놀랐다. 나도 자장가처럼 부드러운 그녀의 말에 마음이 편해져서 잠시 눈을 감고 있었기 때문이다. 보리스도 어리둥절한 눈치였다. 내가 보리스의 손을 잡았을 때쯤, 소피는 다시 몇 걸음 앞서 가고 있었다.

이번에는 그녀를 가까이에서 따라가려고 했지만, 바로 그때 뒤에서 발소리가 다가오는 것을 알아차리고는 잠시 머뭇거릴 수밖에 없었다. 고개를 돌린 순간, 때마침 가로등 불빛의 웅덩이 속으로 그가 들어왔다. 내가 아는 사람이었다. 제프리 손더스. 영국에서 같은 학교에 다닌 친구였다. 졸업한 뒤로는 한 번도 만나지 못했기 때문에, 그가 너무 늙은 것을 보고 나는 크게 놀랐다. 가로등 불빛과 차가운 가랑비를 감안하더라도, 그는 예상 밖으로 초라해 보였다. 레인코트는 단추가 다 떨어져 나갔는지, 그는 앞자락을 모아 쥔 채 걷고 있었다. 그를 알은체해야 할지 말아야 할지 잠깐 망설였지만, 보리스와 내가 다시 걸음을 내딛기 시작하자 제프리 손더스가 빠른 걸음으로 다가와서 우리와 나란히 보조를 맞추었다.

"참 오랜만이군. 자네인 줄 알았지. 불쾌한 저녁이야. 안 그래, 옛 친구?"

"그래, 지독한 날씨야. 아까는 그렇게 날씨가 좋더니만."

골목이 끝나고, 우리는 인적이 끊긴 어두운 거리로 나왔다. 세찬 바람이 불고 있었다. 도시에서 멀리 떨어진 허허벌판이라도 걷는 듯한 기분이었다.

"아들인가?" 제프리 손더스가 보리스를 고갯짓으로 가리키며 물었다. 그러고는 내가 미처 대꾸하기도 전에 말을 이었다. "귀여운 녀석이군. 아주 영리해 보여. 잘했어. 난 아직도 총각이라네. 결혼할 생각은 늘 갖고 있었지만, 시간이 어느새 쏜살같이 지나가 버렸어. 이제는 평생 결혼하지 못할 거라는 생각이 들어. 솔직히 말해서 이유는 그것만이 아니야. 하지만 그동안 겪은 비참한 운명을 털어놓아 자네를 지겹게 만들 생각은 없네. 물론 좋은 일도 있었지. 하지만 그래도…… 어쨌거나 자네는 잘됐군. 귀여운 녀석이야.”

제프리 손더스는 고개를 앞으로 기울여 보리스에게 인사를 했다. 보리스는 너무 심란해 있었기 때문인지 아니면 다른 생각에 골몰해 있었기 때문인지는 모르지만, 아무 반응도 보이지 않았다.

길은 이제 내리막이었다. 어둠 속을 걸으면서 나는 학창 시절을 떠올렸다. 제프리 손더스는 우리 동급생들 가운데 가장 인기가 높았다. 우등생에다 만능선수였다. 그는 항상 모범생이었다. 나머지 학생들은 선생님들한테 제프리 손더스를 본받으라는 소리를 귀가 따갑게 들었다. 언젠가는 제프리가 학생회장이 될 거라고, 누구나 그렇게 생각했다. 하지만 그가 5학년 때 어떤 중대한 사건이 일어났고, 그래서 갑자기 학교를 그만두어야 했고, 그 때문에 결국은 학생회장이 되지 못했다.

“신문에서 자네가 온다는 기사를 읽었지.” 그가 말하고 있었다. “그 후 줄곧 자네한테서 연락이 오기를 기다리고 있었다네. 언제 이곳에 불쑥 나타날지, 나한테 알려 줄 거라고 생각했지. 그래서 자네가 오면 차와 함께 내놓으려고, 빵집에 가서 케이크도 좀 사다 놓았다네. 물론 내 집은 좀 황량할지도 몰라. 노총각 살림이 오죽하겠나. 하지만 그래도 나는 이따금 사람들이 찾아와 주기를 기대하고, 손님 접대도 괜찮게 할 수 있다고 자부하네. 그래서 자네가 온다는 소식을 듣자마자 당장 밖으로 뛰쳐나가 차와 함께 먹을 맛있는 고급 케이크를 사다 놓은 걸세. 그게 그저께였지. 어제만 해도 케이크는 먹을 만했어. 크림이 좀 딱딱해지긴 했지만, 손님한테 내놓지 못할 정도는 아니었지. 하지만 오늘도 자네한테서 연락이 오지 않기에 케이크를 몽땅 내버렸다네. 아마 자존심 때문이겠지. 자네는 이렇게 성공했는데, 나는 비좁은 셋방에서 귀한 손님한테 말라비틀어진 케이크밖에 대접하지 못하는 비참한 생활을 하고 있구나 하는 생각을 가진 채 자네가 떠나는 건 원치 않으니까. 그래서 나는 빵집에 가서 신선한 케이크를 좀 샀다네. 그리고 방도 대충 치워 놓았지. 하지만 자네는 여전히 연락이 없더군. 물론 그렇다고 자네를 탓할 수는 없겠지." 그는 다시 고개를 앞으로 기울여 보리스를 바라보았다. "괜찮니? 숨을 헐떡이고 있는 것 같은데."

또다시 힘겹게 걷고 있는 보리스는 그 말을 들은 척도 하지 않았다.

"꼬마 느림보를 위해 걸음을 좀 늦추는 게 좋겠어." 제프리 손더스가 말했다. "나는 한때 좀 불운한 사랑을 했을 뿐이야. 이 도시에는 나를 동성애자로 생각하는 사람이 많다네. 그건 내가 셋방에 혼자 살고 있기 때문이지. 처음에는 신경이 쓰였지만, 이제는 아무렇지도 않아. 그래. 사람들은 나를 동성애자로 생각하고 있어. 그래서 어쨌다는 거지? 내 욕구는 여자들이 채워 준다네. 돈을 받고 몸을 파는 여자들 말일세. 나한테는 딱 알맞은 상대야. 개중에는 제법 점잖고 호감이 가는 여자들도 있지. 그래도 얼마 지나면 그네들을 경멸하게 되고, 그네들도 나를 경멸하기 시작한다네. 그건 어쩔 수 없는 일이야. 나는 이 도시의 창녀들을 거의 다 알고 있다네. 그네들과 전부 잤다는 뜻은 아니야. 절대로 그런 뜻은 아닐세. 하지만 그네들은 나를 알고 있고, 나는 그네들을 알고 있지. 대부분이 길거리에서 만나면 고개를 끄덕여 인사를 나누는 사이라네. 자네는 내가 비참하게 살고 있다고 생각하겠지만, 그렇지 않아. 그건 단지 사물을 보는 관점의 문제일 뿐이야. 이따금 친구들이 찾아오면 차 한 잔쯤은 충분히 대접할 수 있어. 나는 손님 접대를 제법 잘한다네. 손님들도 나중에는 불쑥 찾아와서 얼마나 즐거웠는지 모른다고 말하곤 하지."

가파른 내리막길이 잠시 계속되다가, 이제는 평탄해졌다. 정신을 차리고 보니 우리는 버려진 농가의 앞마당 같은 곳에 들어와 있었다. 달빛 속에서 헛간과 별채의 검은 형체가 사방에 어렴풋이 보였다. 소피는 계속 앞서 가고 있었지만, 우리와는 얼마간 거리를 두고 있었다. 그녀의 모습은 걸핏하면 다 찌그러진 건물 모퉁이를 돌아 사라졌고, 나는 그럴 때만 그녀의 뒷모습을 힐끗 바라보곤 했다.

다행히 제프리 손더스는 길을 잘 알고 있는 듯, 어둠 속으로 이어진 길을 거침없이 걸어갔다. 그 뒤를 바싹 따라가고 있을 때 문득 학창 시절의 어떤 기억이 되살아났다. 추운 겨울 아침이었다. 하늘은 잔뜩 찌푸려 있어 우중충했고, 땅에는 서리가 하얗게 덮여 있었다. 당시 열네 살이나 열다섯 살이었던 나는 우스터셔 주의 어느 외딴 시골에 있는 선술집 바깥에 제프리 손더스와 함께 서 있었다. 우리는 둘이 한 조가 되어 크로스컨트리 경주의 진행을 거들고 있었다. 우리가 하는 일은 선수들이 안개 속에서 나타나면, 가까운 들판을 가로지르는 정확한 방향을 그들에게 일러 주는 것뿐이었다. 그날 아침에 나는 유난히 심란해서, 제프리와 함께 안개 속을 응시하며 말없이 15분쯤 서 있다가 그만 울음을 터뜨리고 말았다. 울음을 참으려고 애썼지만 소용이 없었다. 그때는 제프리 손더스를 잘 알지 못했지만, 나도 다른 아이들처럼 그에게 호감을 사려고 애쓰고 있었다. 그래서 나는 수치감을 느꼈는데, 마침내 감정을 다스릴 수 있게 되었을 때 받은 인상은 제프리가 경멸에 찬 표정으로 나를 무시하고 있다는 것이었다. 하지만 바로 그때 제프리가 입을 열었다. 처음에는 눈길을 딴 데 보냈지만, 결국은 나를 돌아보며 말을 걸었다. 안개 자욱한 그날 아침에 그가 무슨 말을 했는지는 이제 기억나지 않지만, 그의 말이 나에게 끼친 영향은 똑똑히 기억할 수 있었다. 나는 심한 자기모멸감에 빠져 있었지만, 그가 보여 주는 너그러움을 알아차릴 수 있었고, 그에게 깊은 고마움을 느꼈다. 학교에서 가장 인기 있는 모범생에게 또 다른 일면 — 제프리가 사람들의 기대에 결코 부응하지 못하리라는 것을 알려 주는 나약한 측면 — 이 있다는 것을 내가 처음으로 깨달은 것도 바로 그 순간이었다. 어둠 속을 함께 걸으면서 나는 그날 아침에 제프리가 정확히 무슨 말을 했는지를 기억해 내려고 애썼지만 소용이 없었다.

길이 평탄해졌기 때문에 보리스는 가쁘게 몰아쉬던 숨을 다소 가라앉힌 것 같았다. 아이는 다시금 낮은 소리로 중얼거리기 시작했다. 목적지에 거의 다 왔다는 생각에 기운이 났는지, 길바닥에 있는 돌멩이를 걷어차면서 큰 소리로 외치기까지 했다. "9번!" 돌멩이는 울퉁불퉁한 땅바닥을 날아가다가 어둠 속 어딘가에 착륙했다.

"네가 활기를 되찾으니까 좀 낫구나." 제프리 손더스가 보리스에게 말했다. "그런데 그게 네 포지션이냐? 9번이?"

보리스가 대꾸하지 않았기 때문에 내가 얼른 말했다.

"아니야. 그건 보리스가 좋아하는 축구선수라네."

"그래? 축구경기라면 나도 많이 보는 편이지. 텔레비전에서." 그는 고개를 다시 앞으로 기울여 보리스를 바라보았다. "어느 팀의 9번 선수지?"

"그냥 그 애가 좋아하는 선수야." 내가 다시 말했다.

"센터포워드라면……" 제프리 손더스가 말을 이었다. "나는 밀란

팀에서 뛰고 있는 그 네덜란드 선수가 가장 좋더군. 정말 대단한 선수야."

나는 보리스의 '9번'에 대해 좀 더 설명하려고 했지만, 그 순간 우리는 걸음을 멈추었다. 나는 우리가 드넓은 풀밭 가장자리에 서 있는 것을 알았다. 얼마나 넓은지는 확인할 수 없지만, 짐작건대 달빛으로 볼 수 있는 거리보다 훨씬 멀리까지 뻗어 있는 듯했다. 거기에서 있을 때, 사나운 바람이 풀밭을 가로질러 어둠 속으로 사라졌다.

"아무래도 길을 잃은 것 같은데……" 나는 제프리 손더스에게 말했다. "이 근처 지리를 알고 있나?"

"물론이지. 난 여기서 그리 멀지 않은 곳에 살고 있다네. 그런데 지금은 너무 피곤해서 집에 가자마자 잠자리에 들어야 하기 때문에 자네를 초대할 수 없는 게 유감이군. 하지만 내일은 자네를 맞이할 준비가 되어 있을 거야. 9시 이후라면 언제든지 찾아와도 좋아."

나는 들판을 가로질러 어둠 속을 바라보았다.

"솔직히 말해서 우린 지금 곤경에 빠져 있다네. 우린 아까 앞장서서 걷고 있던 여자의 아파트로 가는 길이었어. 그런데 이제 길을 잃어버렸으니! 게다가 나는 그 여자 주소도 몰라. 중세 예배당 근처에 산다고 말하긴 했는데……."

"중세 예배당? 그건 시내 한복판에 있는데……."

"아아, 그래? 그럼 저곳을 건너면 시내로 들어갈 수 있나?" 나는 들판 너머를 가리켰다.

"아니야. 그쪽에는 아무것도 없어. 허허벌판뿐이지. 저기 사는 사람은 브로즈키뿐이라네."

"브로즈키? 흐음, 그렇군. 실은 오늘 호텔에서 브로즈키라는 사람이 피아노를 연습하는 걸 들었다네. 이 도시 사람들은 모두 브로즈키란 사람을 알고 있는 모양이군."

제프리 손더스는 나를 힐끔 돌아보았다. 그 눈초리를 받고, 나는 무슨 바보 같은 말이라도 한 게 아닐까 하는 생각이 들었다.

"그 사람은 여기서 오랫동안 살았다네. 그러니 그 사람을 아는 게 당연하지 않은가?"

"그래. 그야 물론 그렇겠지."

"그 미친 늙은이가 오케스트라를 지휘할 능력이 있다는 건 좀 믿기 어렵지만, 나는 기다려 볼 각오가 되어 있다네. 사정이 그렇게 쉽게 나빠질 리는 없으니까. 게다가 '자네' 같은 사람이 브로즈키야말로 대단한 사람이라고 말하면, 나 같은 놈이야 뭐라고 말할 수 있겠나?"

나는 뭐라고 대꾸해야 할지 알 수가 없었다. 어쨌든 제프리 손더스는 갑자기 들판에 등을 돌리면서 이렇게 말했다.

"시내는 저쪽일세. 원한다면 길을 가르쳐 줄 수도 있어."

"그렇게 해 준다면 정말 고맙겠네."

나는 거센 찬바람을 정면으로 받으면서 말했다.

"어디 보자." 제프리 손더스는 잠시 생각에 잠겼다가 이윽고 입을 열었다. "아무래도 버스를 타는 게 제일 좋겠어. 여기서 걸어가려면 30분은 너끈히 걸릴 거야. 그 여자는 아마 자기 아파트가 가까운 곳에 있다고 말했겠지. 그런 여자들은 항상 그런다네. 전형적인 속임수지. 그런 여자들의 말은 절대로 곧이들으면 안 돼. 하지만 버스를 타면 문제없어. 어딜 가면 버스를 탈 수 있는지 가르쳐 주겠네."

"그렇게 해 준다면 정말 고맙겠네. 보리스가 떨고 있어. 정류장이 그리 멀지 않은 곳에 있으면 좋겠군."

"정류장은 아주 가까워. 나를 따라오게."

제프리 손더스는 오던 길로 돌아서서 우리를 버려진 농가 앞마당 쪽으로 데려갔다. 하지만 나는 왠지 아까 왔던 길을 되짚어 가는 게 아니라는 느낌이 들었다. 얼마 안 가서 우리는 교외 주택가의 좁은 길을 따라 걷고 있었다. 그다지 유복해 보이는 동네는 아니었다. 길 양쪽에 작은 연립주택들이 늘어서 있었다. 여기저기 창문에 불빛이 보였지만, 대부분은 어두웠다. 주민들은 벌써 불을 끄고 잠자리에 든 모양이었다.

"괜찮아." 나는 보리스가 기진맥진한 것을 알아차리고 조용히 말했다. "이제 곧 집에 도착할 거야. 우리가 갈 때쯤이면 네 엄마는 우리를 맞을 준비를 다 끝내 놓고 있을 거야."

우리는 길가에 늘어선 집들을 지나 계속 걸어갔다. 그때 보리스가 또다시 중얼거리기 시작했다.

"9번…… 그건 9번이야……."

"꼬마야, 도대체 어느 팀의 9번 선수를 말하는 거냐?" 제프리 손더스가 보리스를 돌아보며 물었다. "그 네덜란드 선수를 말하는 거 아니냐?"

"9번은 역사상 가장 훌륭한 선수예요."

"그래. 하지만 어느 팀의 9번을 말하는 거냐고?" 제프리 손더스의 목소리에는 짜증 난 기색이 담겨 있었다. "이름이 뭐지? 소속은 어디야?"

"보리스는 이름을 부르지 않고 그냥 번호로만……." 내가 말했다.

"언젠가는 마지막 10분 동안 열일곱 골을 넣은 적도 있어요!" 보리스가 말했다.

“말도 안 돼.” 제프리 손더스는 이제 정말로 짜증이 난 것 같았다. “네가 진지한 줄 알았는데, 이제 보니 엉터리 얘기를 하고 있구나.”

“정말이에요!” 보리스가 외쳤다. “그건 세계 기록이라고요!”

“그래! 세계 기록이야!” 나는 침착성을 되찾고 짧게 웃었다. “다시 말하면 당연히 그래야 한다는 뜻이지.”

나는 제프리 손더스에게 웃어 보이면서 그만하라는 뜻을 보냈지만, 그는 아랑곳하지 않았다.

“하지만 도대체 누구를 말하고 있는 거냐? 그 네덜란드 선수냐? 어쨌든 너는 골을 넣는 게 전부가 아니라는 걸 알아야 해. 수비수도 공격수 못지않게 중요하단다. 정말로 위대한 선수는 수비수인 경우가 많아.”

“9번은 역사상 가장 훌륭한 선수예요! 컨디션이 좋을 때는 어떤 수비수도 9번을 막을 수 없어요!”

“그 말이 맞다.” 내가 말했다. “9번이 세계에서 가장 훌륭한 선수라는 건 의심할 여지가 없어. 미드필더로도 훌륭하고 공격수로도 완벽한 만능선수지. 9번은 못하는 게 없어. 정말이야.”

“황당무계한 소리를 하고 있군. 둘 다 자기가 무슨 말을 하고 있는지도 모르고 있어.”

“천만에. 아주 잘 알고 있어.” 이때쯤에는 나도 제프리 손더스에게 몹시 화가 나 있었다. “사실 우리 얘기는 보편적으로 인정받고 있어. 9번 선수가 컨디션이 좋을 때, 정말로 제 컨디션일 때는, 공만 잡았다 하면 골에 넣기도 전에 해설자가 ‘골인!’을 외치지. 경기장 어디서 공을 잡든…….”

"맙소사!" 제프리 손더스는 진저리가 난다는 듯 고개를 돌렸다. "자네가 그런 시시껄렁한 생각을 아들놈 머릿속에 채워 넣고 있다면, 자네 아들도 정말 불쌍하군."

"이것 봐." 나는 그의 귀에다 얼굴을 들이대고 성난 목소리로 속삭였다. "이봐, 정말로 이해하지 못하겠나……."

"그건 쓰레기 같은 생각이야. 자네는 아들놈 머릿속에 쓰레기를 채워 넣고 있어."

"하지만 보리스는 어려. 아직도 어린애라고. 자네는 이해하지 못하겠나?"

"아무리 어려도 그렇지. 그 애 머리에다 쓰레기를 채워 넣어야 할 이유는 없어. 게다가 이 녀석은 그렇게 어려 보이지도 않아. 저만한 나이의 사내 녀석이라면 나름대로 세상에 도움이 되어야 해. 무엇이든 자기한테 알맞은 역할을 시작해야 한다고. 예를 들면 벽지를 바르거나 타일을 까는 일을 배워야 해. 환상 속의 축구선수에 대해 엉터리 소리나 늘어놓지 말고……."

"이 바보 같은 자식! 입 닥쳐! 조용히 하란 말이야!"

"저만한 나이의 사내 녀석이라면, 이제 제 몫의 역할을 해낼 때가 됐어."

"보리스는 내 아들이니까, 그건 내가 판단할 문제야. 언제……."

"벽지를 바르거나 타일을 깔거나…… 내 생각에 그런 일은……."

"이봐, 자네는 거기에 대해 뭘 알고 있지? 궁상맞은 노총각 주제에 뭘 안다는 거야? 거기에 대해 알고 있는 게 뭐냐고?"

나는 그의 어깨를 거칠게 떼밀었다. 제프리 손더스는 갑자기 풀이 죽었다. 그는 우리보다 몇 걸음 앞서서 발을 질질 끌며 걸었다.

고개를 약간 숙이고, 여전히 레인코트 앞자락을 움켜쥔 채.

"괜찮아." 내가 보리스에게 조용히 말했다. "이제 곧 도착할 거야."

보리스는 대꾸하지 않았다. 아이는 저만치 앞에서 비틀거리며 걸어가는 제프리 손더스의 뒷모습만 응시하고 있었다.

걸어가는 동안 옛 동창생에 대한 분노도 가라앉기 시작했다. 게다가 버스 정류장에 가려면 그에게 전적으로 의존할 수밖에 없었다. 잠시 뒤에 나는 제프리가 이제 나하고는 말도 하지 않으려 하면 어쩌나 걱정하면서 그에게 다가갔다. 그런데 놀랍게도 제프리 손더스는 낮은 소리로 혼자 중얼거리고 있었다.

"그래, 그래. 자네가 차를 마시러 오면 이런 문제에 대해 얘기하자고. 온갖 이야기를 나누고, 학창 시절과 옛 친구들 이야기를 하면서 한두 시간쯤 향수에 잠기자고. 방을 말끔히 치워 놓을게. 우리는 벽난로 양쪽에 놓인 안락의자에 앉으면 돼. 그래, 그 방은 영국의 셋방과 비슷하지. 아니, 적어도 몇 해 전에는 비슷했을 거야. 내가 그 방을 빌린 건 바로 그 때문이었어. 고향 생각이 나게 해 주었거든. 어쨌든 우리는 벽난로 양쪽에 앉아서 많은 얘기를 나눌 수 있을 거야. 선생님들, 동창생들, 아직까지 서로 연락하고 있는 친구들 소식도 나눌 수 있겠지. 아아, 다 왔군."

우리는 마을 광장처럼 보이는 곳에 들어와 있었다. 구멍가게가 몇 개 보였다. 아마 이 동네 주민들이 식료품 따위를 사는 가게일 것이다. 가게는 모두 닫혀 있었고, 문에는 쇠창살이 쳐져 있었다. 광장 한복판에 교통안전지대만 한 크기의 녹지대가 있었다. 제프리 손더스는 가게들 앞에 오도카니 서 있는 가로등을 가리켰다.

"저기서 기다리면 돼. 정류장 표시는 없지만, 걱정하지 말게. 공인된 버스 정류장이니까. 그럼 나는 그만 가 봐야겠네."

보리스와 나는 제프리가 가리킨 곳을 바라보았다. 비는 그쳤지만, 가로등 밑에는 아직도 안개가 감돌고 있었다. 사방은 쥐 죽은 듯 조용했다. 움직이는 것은 하나도 없었다.

"정말로 버스가 올까?"

"물론이지. 이렇게 밤늦은 시간에는 좀 뜸할지도 몰라. 하지만 결국에는 올 걸세. 인내심을 갖고 기다리면 돼. 여기에 서 있으면 좀 추워질지 모르지만, 버스는 기다릴 만한 가치가 있어. 휘황찬란하게 불을 밝히고 어둠 속에서 나타날 거야. 일단 버스에 올라타면, 그곳은 아주 따뜻하고 편안하지. 게다가 버스에는 언제나 쾌활한 승객들이 타고 있다네. 그들은 웃고 농담을 하고 따끈한 음료와 간식을 건네줄 걸세. 자네와 자네 아들을 따뜻하게 환영해 줄 거야. 운전사한테 중세 예배당 앞에서 내려 달라고 하게. 버스로 가면 금방이야."

제프리 손더스는 작별인사를 하고 돌아서서 가 버렸다. 보리스와 나는 그가 두 집 사이의 골목으로 사라지는 것을 지켜본 다음, 버스 정류장으로 걸어가기 시작했다.

5

우리는 몇 분 동안 정적에 둘러싸인 채 가로등 밑에 서 있었다. 이윽고 나는 보리스를 끌어안으면서 말했다.

"춥지?"

보리스는 내 몸에 바싹 달라붙었지만 아무 말도 하지 않았다. 내가 힐끔 내려다보니, 보리스는 시무룩한 얼굴로 어두운 거리를 바라보고 있었다. 어딘가 멀리서 개 한 마리가 짖기 시작하다가 이내 멈추었다. 한동안 그렇게 서 있다가 내가 말했다.

"보리스, 미안하다. 내가 일을 좀 더 잘 처리했어야 하는 건데. 미안하구나."

아이는 잠시 말이 없다가 입을 열었다.

"걱정 마세요. 버스는 금방 올 거예요."

나는 작은 광장 너머로 눈길을 던졌다. 몇 채 늘어서 있는 가게들 앞을 안개가 자욱이 떠돌고 있었다.

"버스가 정말로 올지 모르겠구나."

"틀림없이 올 거예요."

우리는 계속 기다렸다. 그렇게 몇 분이 지난 뒤에 내가 다시 말했다.

"보리스, 버스가 정말로 올까?"

아이는 나를 쳐다보고 지겨운 듯이 한숨을 내쉬었다.

"걱정 마세요. 그 아저씨도 말했잖아요. 인내심을 가지고 기다리라고."

"때로는 일이 기대한 대로 되지 않는 경우도 있어. 틀림없이 그렇게 될 거라고 누군가가 장담하더라도……."

보리스는 다시 한숨을 내쉬었다.

"난 믿어요. 어쨌든 엄마는 우리를 기다리고 있을 거예요."

무슨 말을 할까 생각하고 있을 때 느닷없이 기침 소리가 들렸다. 우리는 둘 다 흠칫 놀랐다. 돌아보니, 가로등 불빛 옆에 서 있는 자동차에서 누군가가 고개를 내밀고 있었다.

"안녕하세요, 라이더 선생님. 여길 지나가다 우연히 선생님을 보았지 뭡니까. 괜찮으세요?"

나는 자동차 쪽으로 몇 걸음 다가갔다. 그는 호텔 지배인의 아들인 슈테판이었다.

"아아, 괜찮네. 우린…… 버스를 기다리고 있다네."

"태워다 드릴까요. 아버지의 심부름으로 어딜 가는 길이긴 하지만……. 밖은 꽤 춥습니다. 차에 타시죠."

젊은이는 차에서 내려 앞문과 뒷문을 열었다. 나는 고맙다고 말하면서 보리스를 먼저 뒷좌석에 태우고 나는 앞좌석에 올라탔다. 다음 순간, 차는 벌써 움직이기 시작했다.

"저 애가 아드님이군요." 텅 빈 거리를 빠른 속도로 달리면서 슈테판이 말했다. "아드님을 만나서 반갑지만, 좀 지친 것 같은데요. 아니, 그냥 쉬게 내버려 두세요. 악수는 나중에 해도 되니까요."

뒤를 돌아보니, 보리스는 쿠션을 댄 팔걸이에 머리를 얹고 잠 속으로 빠져들고 있었다.

"호텔로 가실 건가요?"

"아니. 실은 보리스와 함께 누군가의 아파트를 찾아가는 길이었다네. 시내 한복판에 있는 중세 예배당 근처에 산다고 했는데……."

"중세 예배당요? 흐음."

"무슨 문제라도?"

"아닙니다. 문제는 전혀 없습니다." 슈테판은 좁은 길모퉁이를 돌아 어두운 길거리로 들어섰다. "아까도 말씀드렸듯이 저는 어딜 가는 길이었습니다. 약속이 있어서요. 어디 보자……."

"급한 약속인가?"

"실은 그렇습니다. 브로즈키 씨와 관련된 일이죠. 실은 아주 중대한 일이랍니다. 흐음. 볼일을 마칠 때까지 몇 분만 기다려 주신다면, 어디든 선생님이 원하시는 곳까지 태워다 드릴 수 있을 텐데요."

"당연히 볼일을 먼저 봐야지. 하지만 너무 오래 걸리지 않았으면 좋겠군. 실은 보리스가 아직 저녁도 먹지 않았다네."

"최대한 빨리 끝내겠습니다. 지금 당장 선생님의 목적지까지 모셔다 드릴 수 있다면 얼마나 좋겠습니까만, 약속 시간에 늦을 수는 없으니까요. 게다가 좀 복잡하고 미묘한 일이라서……."

"물론 그 일을 먼저 처리해야지. 우리는 기꺼이 기다리겠네."

"최대한 빨리 끝내도록 노력하겠습니다. 하지만 솔직히 말해서 시간을 얼마나 줄일 수 있을지는 모르겠습니다. 이런 종류의 일은 평소에는 아버지가 직접 처리하거나 이 도시의 명사들에게 부탁하곤 하는데, 콜린스 여사가 워낙 저를 편애하시기 때문에…….” 젊은이는 난처한 표정을 지으며 말을 끊었다가 잠시 뒤에 덧붙였다. “오래 걸리지 않도록 애쓰겠습니다.”

우리는 이제 좀 더 산뜻한 동네를 지나고 있었다. 짐작건대 도심이 가까워진 모양이었다. 거리의 불빛도 훨씬 밝아져서, 우리와 나란히 달리고 있는 전차 선로를 알아볼 수 있었다. 영업을 끝내고 문을 닫은 카페와 레스토랑도 이따금 보였지만, 이 지역은 대부분이 당당한 아파트 건물로 가득 차 있었다. 창문은 모두 어두웠고, 몇 킬로미터를 달리는 동안 정적을 깨뜨리는 것은 우리 자동차뿐인 것 같았다. 슈테판은 몇 분 동안 말없이 차를 몰다가 불쑥 입을 열었다. 한동안 침묵을 지킨 게 마치 그 말을 꺼내려고 용기를 끌어모으고 있었던 듯싶었다.

“주제넘은 말씀입니다만, 호텔에는 정말로 돌아가고 싶지 않으십니까? 실은 기자들이 선생님을 기다리고 있습니다.”

“기자들이라니?” 나는 어두운 창밖을 내다보았다. “아아, 기자들.”

“괜히 말씀드렸나 보군요. 아까 호텔에서 나올 때 우연히 보았을 뿐입니다. 로비에 앉아서 서류철과 가방을 무릎에 올려놓고, 선생님을 만난다는 생각에 몹시 들떠 있는 것 같더군요. 물론 제가 알 바는 아니고, 모든 일은 당연히 선생님이 알아서 처리하실 테지만요.”

“아아, 그렇고말고.”

나는 여전히 차창 밖을 내다보며 부드럽게 말했다.

슈테판은 대꾸하지 않았다. 그 문제는 더 이상 거론하지 않기로 작정한 모양이었다. 그러나 나 자신은 기자들에 대해 생각하고 있었다. 잠시 후, 나는 언젠가 그와 비슷한 약속을 했던 기억을 되살릴 수 있었다. 슈테판이 불러일으킨 이미지 — 서류철과 가방을 무릎에 올려놓고 앉아 있는 사람들 — 가 무언가를 생각나게 했다. 하지만 내 일정표에 기자회견이 들어 있었다는 것을 기억해 낼 수 없었기 때문에, 그 문제는 잊어버리기로 했다.

"아아, 여깁니다, 선생님." 슈테판이 말했다. "잠깐이면 됩니다. 편히 앉아 계세요. 되도록 빨리 돌아오겠습니다."

우리는 여러 층 높이의 커다란 흰색 아파트 건물 앞에 멈춰 섰다. 층마다 검은색 철제 발코니가 달려 있어서 스페인의 정취를 풍기고 있었다.

슈테판이 차에서 내렸다. 나는 그가 건물 입구로 다가가는 것을 지켜보았다. 그는 초인종 단추판 앞에서 걸음을 멈추더니, 그 가운데 하나를 누른 다음, 거기에 서서 기다렸다. 자세만 보아도 그가 신경이 곤두서 있다는 것을 알 수 있었다. 잠시 후 현관홀에 불이 켜졌다.

나이 지긋한 은발 여자가 문을 열었다. 날씬하고 연약해 보였지만, 미소를 지으며 슈테판을 맞아들이는 몸짓에는 우아한 기품이 담겨 있었다. 슈테판이 들어가자 문이 닫혔지만, 자동차 앞좌석에서 등받이에 몸을 기대자 현관문 옆에 있는 좁은 유리창에 두 사람의 모습이 또렷이 비치는 것을 볼 수 있었다. 슈테판은 현관에 깔아 놓은 흙털개에 신창을 문지르면서 말했다.

"이렇게 불쑥 찾아와서 죄송합니다."

그러자 나이 든 여자가 말했다.

"괜찮아, 슈테판. 내가 누누이 말했잖니. 의논할 일이 있으면 언제든지 찾아와도 좋다고……."

"콜린스 여사님, 오늘 찾아온 것은…… 여느 때와 같은 용건이 아니라, 실은 다른 문제 때문입니다. 아주 중요한 문제예요. 다른 때라면 아버지가 직접 찾아왔겠지만, 아시다시피 지금은 너무 바빠서……."

"아아……" 여자가 미소로 슈테판의 말을 가로막았다. "아버지가 맡긴 다른 일이라……. 지저분한 일은 몽땅 자네한테 떠맡기다니, 여전하시구나."

그녀의 목소리에는 장난기가 어려 있었지만, 슈테판은 알아차리지 못한 듯했다.

"전혀 그렇지 않습니다. 지저분하기는커녕, 아주 미묘하고 어려운 임무예요. 그 일을 아버지는 저한테 맡겼고, 저는 흔쾌히 맡았는걸요."

"그러니까 그 일을 이제는 내가 떠맡게 된 셈이구나! 그것도 보통 임무가 아니라 미묘하고 어려운 임무를!"

"아닙니다. 그건 다시 말하면……." 슈테판은 당황하여 말을 끊었다.

나이 든 여자는 슈테판을 충분히 놀려 주었다고 판단한 모양이었다.

"괜찮아. 자, 들어가자꾸나. 셰리주라도 한잔 하면서 의논하는 게 낫겠어."

"고맙습니다, 콜린스 여사님. 하지만 오래 머물 수는 없어요. 실은 밖에 세워 둔 차에서 사람들이 저를 기다리고 있거든요."

슈테판이 우리 쪽을 가리켰다. 그러나 나이 든 여자는 어느새 아파트로 들어가는 문을 열고 있었다.

나는 그녀가 슈테판을 데리고 깔끔하게 정돈된 작은 거실을 가로지르는 것을 지켜보았다. 그들은 두 번째 문을 지나 어둑어둑한 복도를 걸어갔다. 양쪽 벽에는 작은 수채화 액자들이 걸려 있었다. 복도 끝에 응접실이 있었다. 건물 뒤편에 있는 기역자 모양의 널찍한 방이었다. 불빛은 은은하고 아늑했다. 얼핏 보기에 돈을 많이 들여 구식으로 우아하게 꾸민 것 같았다. 그러나 좀 더 자세히 살펴보니 가구는 대부분 낡았고, 처음에 내가 골동품으로 여겼던 것들이 사실은 폐품이나 다를 게 없었다. 한때는 호사스러웠던 소파와 안락의자들이 파손된 채 여기저기 놓여 있었고, 바닥까지 내려오는 벨벳 커튼은 닳아 해지고 얼룩덜룩했다. 슈테판은 그 방이 낯설지 않은 듯 편안한 태도로 의자에 앉았지만, 콜린스 여사가 찬장 앞에서 마실 것을 마련하는 동안 줄곧 긴장한 표정을 풀지 않았다. 콜린스 여사가 마침내 술잔을 건네주고 가까이에 앉자, 젊은이는 불쑥 말을 꺼냈다.

"실은 브로즈키 씨와 관련된 일이에요."

"그래? 내 그럴 줄 알았다."

"우리를 도와줄 생각을 갖고 계신지요. 아니, 우리라기보다는 브로즈키 씨를……." 슈테판은 말을 끊고 짧게 웃으며 고개를 돌렸다.

콜린스 여사는 생각에 잠긴 듯 고개를 갸우뚱했다. 그러고는 이렇게 물었다.

"레오를 도와 달라고 부탁하는 거냐?"

"여사님이 불쾌하게…… 고통스럽게 느끼실 일을 해 달라고 부탁하지는 않겠습니다. 여사님이 어떤 기분을 느끼실지 아버지도 충분히 이해하고 있어요." 슈테판은 다시 짧게 웃었다. "다만, 브로즈키 씨가 회복되고 있는 지금 단계에서 여사님의 도움은 결정적일 수도 있습니다."

콜린스 여사는 고개를 끄덕였다. 그러고는 슈테판이 한 말을 잠깐 생각하는 것 같았다. 이윽고 그녀가 말했다.

"나한테 도움을 청하는 것은…… 자네 아버님이 레오 문제에서 그다지 성공을 거두지 못했다는 뜻으로 받아들여도 될까?"

그녀의 목소리에는 슈테판을 짓궂게 놀리는 기색이 아까보다 훨씬 뚜렷이 드러나 있었지만, 이번에도 슈테판은 알아차리지 못했다.

"천만에요. 전혀 그렇지 않습니다!" 그가 시무룩하게 말했다. "그와는 반대로, 아버지는 기적이나 다름없는 성공을 거두었고, 엄청난 진전을 이루었습니다! 쉽진 않았지만, 아버지의 평소 방식에 익숙해져 있는 우리가 보기에도 이번에 아버지가 보여 준 인내와 끈기는 유별났습니다."

"그래? 그럼 인내와 끈기가 충분치 않았나 보군."

"여사님은 모르십니다! 전혀 모르세요! 아버지는 호텔에서 지독한 하루를 보내고 기진맥진해서 돌아오실 때도 있었습니다. 너무 지쳐서, 집에 돌아오면 곧장 2층 침실로 올라가야 할 정도였지요. 어머니가 내려와서 불평을 하시기에 2층으로 올라가 봤더니, 아버지는 침대에 벌렁 쓰러진 채 요란하게 코를 골고 계시더군요. 아시다시피 아버지는 반듯이 누워서 주무시면 코를 심하게 골기 때문에, 절대로 반듯이 눕지 않고 모로 주무십니다. 그건 오랫동안 중요한 양해 사항이었지요. 그러니까 아버지가 반듯이 누워서 코를 고시는 걸 목격했을 때 어머니가 얼마나 진저리를 냈을지는 여사님도 쉽게 짐작하실 수 있을 겁니다. 아버지를 깨우는 건 쉬운 노릇이 아니지만, 그래도 어떻게든 깨워야 합니다. 그러지 않으면, 아까도 말씀드렸듯이 어머니가 침실로 돌아가지 않으려 하니까요. 어머니는 잔뜩 화난 표정으로 복도를 서성이다가, 제가 아버지를 깨워서 옷을 벗기고 가운을 입혀서 욕실로 안내한 뒤에야 겨우 침실로 들어가시죠. 하지만 여사님께 드리려는 말씀은 그게 아니라, 이따금 호텔 직원이 전화를 걸어와 브로즈키 씨가 불안으로 신경이 곤두서서 술을 요구하고 있다고 말하면, 아버지는 그렇게 피곤하실 때에도 어떻게든 기력을 끌어내곤 한다는 겁니다. 어디서 찾아내는지는 모르지만, 아버지는 남아 있는 힘을 모두 끌어모아 기운을 되찾습니다. 눈빛을 보면 알 수 있지요. 아버지는 옷을 갈아입고 어두운 밤 속으로 나가서 몇 시간이나 돌아오지 않습니다. 아버지가 그러시더군요. 어떤 일이 있어도 브로즈키 씨의 건강을 회복시키겠다고. 그 일을 위해서라면 모든 것을 다 바치겠답니다."

"정말 훌륭하시군. 하지만 정확히 어느 정도나 성공하고 있지?"

"장담하건대, 놀라운 진전이 이루어졌습니다. 최근에 브로즈키 씨를 본 사람은 다들 그렇게 말하고 있지요. 그분의 눈 속에서는 전보다 훨씬 많은 일이 일어나고 있습니다. 말씀도 날이 갈수록 또렷해지고 있어요. 하지만 가장 중요한 것은 능력입니다. 그분의 위대한 능력, '그것'이 돌아오고 있다는 건 의심할 여지가 없어요. 연습도 아주 순조롭게 진행되는 모양입니다. 다들 그렇게 말하고 있으니까요. 기대해도 좋을 거라고 하더군요. 브로즈키 씨는 오케스트라를 완전히 휘어잡았습니다. 콘서트홀에서 오케스트라와 리허설을 하지 않을 때는 그분 혼자서 연습하느라 바쁩니다. 호텔을 돌아다니다 보면 그분이 피아노 치는 소리를 자주 들을 수 있는데, 그 소리를 들으면 아버지는 절로 기운이 나서, 잠자는 것도 얼마든지 희생할 각오가 되어 있는 것 같습니다."

슈테판은 말을 끊고 콜린스 여사를 바라보았다. 잠시 그녀는 멀리서 들려오는 피아노 소리에 귀를 기울이기라도 하는 듯 고개를 한쪽으로 갸웃한 채, 마음은 어딘가 먼 곳을 헤매고 있는 듯했다. 이윽고 부드러운 미소가 그녀의 얼굴에 돌아왔다. 그녀는 다시 슈테판을 바라보았다.

"듣자니까 자네 아버님이 레오를 호텔 휴게실에 앉혀 놓았다면서? 무슨 마네킹처럼 피아노 앞에 앉혀 놓았지만, 레오는 피아노를 치기는커녕 건반조차 건드리지 않고 몸만 건들거리면서 조용히 몇 시간씩이나 앉아 있다며?"

"콜린스 여사님, 그건 당치도 않은 소립니다! 물론 처음엔 한동안 가끔 그럴 때가 있었어요. 하지만 지금은 다릅니다. 어쨌든 브로즈키 씨가 이따금 조용히 앉아 있다 해도, 그렇다고 아무 일도 일어나고 있지 않다는 뜻은 결코 아닙니다. 그 점을 잊으시면 안 됩니다. 침묵은 지극히 심오한 생각이 형성되고 있다는 징후, 가장 강력한 에너지가 집결되고 있다는 징후일 가능성이 큽니다. 실제로 며칠 전에는 이런 일도 있었어요. 유난히 침묵이 오래 계속되었기 때문에 아버지가 휴게실로 들어가 보니, 브로즈키 씨가 피아노 건반을 뚫어지게 내려다보고 있더랍니다. 그러다가 잠시 뒤에는 아버지를 쳐다보면서 이렇게 말했다는 거예요. '바이올린 소리는 거칠어야 해. 귀에 거슬리는 거친 소리를 내야 해.' 이게 그분이 한 말입니다. 침묵이 있었을지는 모르지만, 브로즈키 씨의 머릿속에는 음악의 전 우주가 있었던 겁니다. 목요일 밤에 그분이 무엇을 보여 줄지, 생각만 해도 가슴이 설렙니다. 그분이 지금 이 단계에서 용기를 잃지만 않는다면……."

"하지만 슈테판, 자네는 아까 이랬잖아. 어떤 면에서는 내 도움이 필요하다고."

활기를 되찾은 젊은이는 마음을 가다듬었다.

"예, 그렇습니다. 바로 그 문제를 의논하러 찾아온 겁니다. 브로즈키 씨는 옛날의 재능을 빠른 속도로 되찾아 가고 있습니다. 그리고 당연한 일이지만, 그분의 위대한 능력과 함께 그 밖의 다양한 면도 다시 나타나고 있습니다. 지금까지 그분을 별로 알지 못했던 우리한테 그것은 뜻밖의 새로운 사실이지요. 요즘 그분은 말도 똑똑히 발음하고 행동도 점잖게 할 때가 많습니다. 어쨌거나 중요한 것은, 다른 모든 것과 더불어 그분이 옛날을 기억하기 시작했다는 겁니다. 마저 말씀드리면, 여사님 얘기도 하십니다. 줄곧 여사님을 생각하고 여사님 얘기를 하십니다. 한 예를 들면, 가령 어젯밤에는…… 이런 말씀을 드리면 곤혹스러우실지 모르지만, 그래도 말씀드릴게요. 그분이 갑자기 울어 대기 시작해서, 아무리 달래도 그치질 않는 거예요. 그냥 계속 우시면서, 여사님에 대한 감정을 죄다 쏟아 냈지요. 그런 일이 처음은 아니지만, 어젯밤에는 특히 심했습니다. 자정이 다 되었는데도 그분이 휴게실에서 나오지 않기에 아버지가 문에 귀를 대 보니 흐느끼는 소리가 들리더랍니다. 그래서 아버지가 들어가 보니, 휴게실은 칠흑처럼 어둡고, 그 캄캄한 어둠 속에서 브로즈키 씨가 피아노 앞에 고개를 숙인 채 흐느끼고 있었다는 겁니다. 마침 2층에 빈방이 있어서 아버지는 브로즈키 씨를 그 방으로 데려가고, 주방에 연락해서 브로즈키 씨가 좋아하는 수프 — 그분은 수프만 먹습니다 — 를 끓여 오게 하고, 오렌지 주스와 청량음료를 그분한테 권했지만, 솔직히 말해서 어젯밤에는 정말이지 애를 먹었습니다. 브로즈키 씨는 열에 들뜬 사람처럼 주스를 몇 병이나 마셔 댄 모양입니다. 아버지가 그때 거기에 없었다면, 애써 이 단계까지 와서 브로즈키 씨가 무너져 버렸을 가능성이 큽니다. 그리고 그동안 내내 그분은 여사님 얘기를 했습니다. 이제 요점을 말씀드리죠. 차에서 사람들이 기다리고 있기 때문에 오래 머물 수가 없거든요. 요컨대 우리 도시의 미래는 그분께 달려 있습니다. 그렇기 때문에 우리는 그분이 이 마지막 난관을 무사히 극복하도록 전력을 다해야 합니다. 아버지는 이제 우리가 마지막 장애물에 가까워지고 있다고 생각하시는데, 여기에는 카우프만 박사님도 동의하고 계십니다. 따라서 지금이 가장 불안정한 상태라고 할 수 있습니다. 이 점은 여사님도 이해하실 겁니다."

콜린스 여사는 여전히 꿈꾸는 듯한 미소를 띤 채 슈테판을 바라보고 있었지만, 아무 말도 하지 않았다. 잠시 뒤에 젊은이가 말을 이었다.

"제 말씀이 여사님의 해묵은 상처를 건드렸는지도 모르겠군요. 그건 저도 알고 있습니다. 여사님과 브로즈키 씨 사이에 오랫동안 대화가 없었다는 것도……."

"아니, 그 말은 정확하지 않아. 올해 초에 내가 폴크스 공원을 산책하고 있는데, 그 사람이 나를 보고는 큰 소리로 온갖 음탕한 말을 퍼부었거든."

슈테판은 콜린스 여사의 기분을 어떻게 다루어야 좋을지 몰라서 어색하게 웃었다. 그러고는 진지하게 말을 이었다.

"콜린스 여사님, 브로즈키 씨와 장시간 만나 달라고 요구하는 게 아닙니다. 그건 절대로 아닙니다. 여사님이 과거를 잊고 싶어 한다는 건 아버지를 비롯해서 다른 분들도 모두 이해하고 있습니다. 우리가 부탁하고 싶은 것은 한 가지뿐입니다. 그것만 해 주시면 큰 효과가 있을 거예요. 그건 그분께 큰 용기를 심어 줄 테고, 그분께 커다란 의미를 가지게 될 겁니다. 이런 정도의 부탁이라면 여사님도 그리 언짢게 여기지 않으실 거라고, 우린 그렇게 생각했습니다."

"나는 이미 약속했어. 연회에 참석하기로."

"물론 그렇죠. 아버지도 말씀하시더군요. 여사님이 참석해 주시기로 약속했다고, 그래서 얼마나 고마운지……."

"다만, 그 사람과는 직접 만나지는 않는다는 조건으로……."

"그건 양해된 사항입니다. 연회석상에서는 물론 직접적인 접촉이 절대로 없을 겁니다. 하지만 실은 여사님께 부탁드리고 싶은 게 또 있습니다. 괴로우시겠지만, 한번 고려해 주실 수 없을까요. 실은 내일 폰 빈터슈타인 시장님을 비롯한 여러 어르신들이 브로즈키 씨를 동물원에 데려갈 예정입니다. 브로즈키 씨는 동물원에 가 본 지가 오래된 모양이에요. 물론 그분의 개는 동물원에 들어갈 수 없지만, 그 개는 개를 잘 돌보는 사람한테 두어 시간 맡겨 두기로 했습니다. 이 점은 그분 자신도 동의했습니다. 그런데 왜 그분을 동물원에 데려가기로 했느냐 하면, 그런 외출이 그분의 마음을 가라앉히는 데 도움이 될 거라고 생각했기 때문이지요. 특히 기린은 브로즈키 씨의 마음을 진정시키는 데 크게 도움이 될 겁니다. 이제 요점을 말씀드리죠. 그분들은 여사님께서 동물원에서 합류해 줄 수는 없는지, 그 점을 알고 싶어 했습니다. 브로즈키 씨한테 한두 마디만이라도 건네주시면 더욱 좋고요. 그분들과 끝까지 동행하실 필요는 없을 겁니다. 거기서 그분들을 만나 잠깐 같이 다니면서 브로즈키 씨와 얘기를 나누고 격려의 말씀이라도 한두 마디 해 주시면 됩니다. 그러면 큰 효과가 있을 겁니다. 몇 분 뒤에는 마음대로 떠나셔도 됩니다. 콜린스 여사님, 이 문제를 좀 고려해 주십시오. 그게 사태를 크게 좌우할지도 모르니까요."

슈테판이 말하는 동안 콜린스 여사는 의자에서 일어나 천천히 벽난로로 다가갔다. 그녀는 이제 몇 초 동안 꼼짝도 않고 서서, 몸을 지탱하려는 듯이 한 손을 벽난로 위에 올려놓고 있었다. 마침내 슈테판 쪽으로 몸을 돌렸을 때 그녀의 눈은 촉촉이 젖어 있었다.

"슈테판, 내 처지를 한번 생각해 봐. 나는 한때 그 사람과 결혼했을지도 모르는 사이였어. 하지만 벌써 오래전 일이야. 게다가 그 뒤로 어쩌다 만나면, 그 사람은 욕설만 해 댔어. 그래서 이제는 그가 무슨 화제를 좋아하는지, 나로서는 짐작도 하기 어려워."

"콜린스 여사님, 맹세코 말씀드리지만 브로즈키 씨는 이제 완전히 딴사람이 되었어요. 요즘에는 너무나 점잖고 고상하고……. 물론 여사님도 기억하실 겁니다. 우리 제의를 한번 생각해 봐 주십시오. 거기에 너무나 많은 것이 걸려 있다고요."

콜린스 여사는 생각에 잠긴 얼굴로 셰리주를 홀짝거렸다. 그녀가 막 대답할 기색을 보인 순간, 보리스가 뒷좌석에서 꼼지락거리는 소리가 들렸다. 나는 뒤를 돌아보았다. 아이는 아까부터 깨어 있었던 모양이다. 그 애는 뒷좌석 유리창을 통해 조용하고 텅 빈 길거리를 내다보고 있었다. 어딘지 모르게 슬퍼 보였다. 내가 말을 걸려고 하자, 보리스는 내 관심이 자기를 향해 있다는 것을 알아차린 듯, 움직이지도 않은 채 조용히 물었다.

"욕실을 고칠 수 있나요?"

"욕실을 고칠 수 있냐고?"

보리스는 무겁게 한숨을 내쉬고 계속 어둠 속을 내다보다가 말했다.

"난 한 번도 타일을 붙여 본 적이 없어요. 그래서 그런 실수를 한 거예요. 누군가가 가르쳐 주었다면 나도 할 수 있었을 텐데."

"그래. 넌 틀림없이 할 수 있었을 거야. 새 아파트의 욕실을 말하는 거냐?"

"누군가가 가르쳐 주었다면 아주 잘할 수 있었을 거예요. 그러면 엄마는 그 욕실에 만족했을 테고요. 엄마는 그 욕실을 좋아했을 거예요."

"아, 그러니까 엄마는 지금 그 욕실에 만족하지 않나 보구나?"

보리스는 내가 엄청나게 어리석은 말이라도 한 것처럼 나를 쳐다보았다. 그러고는 빈정거리는 투로 말했다.

"욕실이 마음에 든다면, 엄마가 대체 무엇 때문에 욕실에서 울겠어요?"

"아니, 그게 정말이냐? 그러니까 엄마는 욕실에서 우는구나. 왜 그럴까?"

보리스는 다시 창문 쪽으로 고개를 돌렸다. 여러 방향에서 자동차 안으로 불빛이 들어왔다. 그 불빛 덕에 나는 보리스가 울음을 삼키려고 애쓰는 것을 볼 수 있었다. 마지막 순간에 보리스는 하품 때문에 눈물이 나온 것처럼 꾸미고, 주먹으로 눈가를 훔쳤다.

"결국에는 모든 문제를 해결할 수 있을 거야. 두고 보렴."

"누군가가 가르쳐 주었다면 그 일을 제대로 해낼 수 있었을 거예요. 그러면 엄마는 울지 않았을 거고요."

"그래, 너는 틀림없이 잘해 냈을 거야. 하지만 이제 곧 모든 문제를 해결할 수 있겠지."

나는 똑바로 앉아서 앞유리창으로 밖을 내다보았다. 길거리 어디에도 불 켜진 유리창은 보이지 않았다. 잠시 뒤에 내가 말했다.

"보리스, 이제 우린 잘 생각해 봐야 해. 듣고 있니?"

뒷좌석에서는 아무 소리도 들리지 않았다.

"보리스, 우린 결정을 내려야 해. 아까 우리는 엄마한테 가는 길이었어. 하지만 이제 시간이 너무 늦었어. 듣고 있니, 보리스?"

나는 어깨 너머로 돌아보았다. 보리스는 여전히 어둠 속을 물끄러미 내다보고 있었다. 몇 분 동안 잠자코 있다가, 내가 다시 말했다.

"이젠 시간이 너무 늦었어. 호텔로 가면 할아버지를 만날 수 있을 거야. 할아버지는 너를 보면 기뻐하시겠지. 너는 방을 따로 잡아서 혼자 잘 수도 있고, 원한다면 내 방에 네가 잘 침대를 들여놓을 수도 있어. 맛있는 음식을 방으로 가져오게 할 수도 있고. 너는 음식을 먹고 나서 잠을 자면 돼. 내일 아침에 일어나서 식사를 하고, 그런 다음에 어떻게 할 것인지 결정하자꾸나."

뒤에서는 여전히 아무 소리도 나지 않았다.

"내가 일을 좀 더 잘 처리했어야 하는 건데. 미안하구나. 난…… 오늘 밤에는 머리가 잘 돌아가지 않았어. 온종일 너무 바빴거든. 하지만 내일은 그걸 벌충할 수 있을 거야. 내일은 온갖 일을 다 할 수 있어. 네가 원한다면 전에 살던 아파트로 가서 9번 선수를 가져올 수도 있을 거야. 어떻게 생각하니?"

보리스는 여전히 아무 말도 하지 않았다.

"오늘은 우리 둘 다 피곤한 하루였어. 보리스, 어떻게 생각하니?"

"호텔로 가는 게 좋겠어요."

"그래, 그게 가장 좋을 것 같다. 그럼, 그렇게 결정한 거야. 저 집에 들어간 사람이 돌아오면, 계획이 바뀌었다고 말하자꾸나."

6

바로 그때, 어떤 움직임이 내 눈에 잡혔다. 아파트 건물 쪽을 힐끔 돌아보니 현관문이 열려 있었다. 콜린스 여사가 슈테판을 배웅하는 중이었다. 다정하게 작별인사를 나누고 있었지만, 그들의 태도에서는 어딘지 모르게 만남이 어색하게 끝난 듯한 낌새가 느껴졌다. 문은 곧 닫혔고, 슈테판은 서둘러 자동차로 돌아왔다.

"너무 오래 걸려서 죄송합니다." 슈테판이 차에 오르면서 말했다. "보리스가 괜찮았는지 모르겠군요." 그는 핸들을 잡으면서 한숨을 내쉬었다. 그러고는 억지 미소를 지으며 말했다. "자, 그럼 가십시다."

"실은 좀 전에 보리스와 의논했는데, 결국 호텔로 돌아가기로 결정했다네."

"외람된 말씀이지만, 잘하신 것 같습니다. 그러니까 호텔로 돌아가기로 결정했다는 말씀이시죠? 아주 잘하셨습니다." 그는 손목시계를 들여다보았다. "금방 도착할 겁니다. 기자들은 불평할 이유가 전혀 없습니다. 그렇고말고요."

슈테판은 시동을 걸었고, 우리는 출발했다. 텅 빈 길거리를 달리는 동안 비가 다시 내리기 시작했다. 슈테판이 앞유리창의 와이퍼를 켰다. 잠시 뒤에 그가 말했다.

"선생님, 외람된 줄 알지만, 아까 나눈 대화를 상기시켜 드려도 될까요. 오늘 오후에 아트리엄에서 만났을 때 나눈 대화 말입니다."

"아아, 목요일 밤에 자네가 연주할 거라는 얘기?"

"선생님은 저를 위해 잠시 시간을 내줄 수 있을 거라고 하셨지요. 제가 라로슈의 곡을 치는 걸 들어 주시겠다고……. 그래서 부탁드리고 싶은데…… 불가능한 일인 줄 알지만, 그저 한번 부탁해 보는 것뿐이라면 선생님도 그리 언짢게 여기지는 않으실 것 같아서요. 실은 호텔로 돌아가면 오늘 밤에 좀 더 연습할 작정입니다. 그래서 말인데요, 기자들과 인터뷰를 끝내시면, 귀찮으시겠지만 몇 분만이라도 제 연주를 들어 보시고 어떻게 생각하는지 말씀해 주실 수 없을까 해서……."

그는 웃음으로 말꼬리를 흐렸다.

젊은이에게는 이 일이 상당히 중요한 문제라는 것을 알 수 있었기 때문에, 나는 그의 부탁을 들어주고 싶은 마음이 들었다. 그런데도 잠시 생각한 뒤에 나는 이렇게 말했다.

"미안하지만 오늘 밤에는 너무 피곤하군. 되도록 일찍 잠자리에 들어야겠어. 하지만 걱정하지 말게. 조만간 기회가 있을 테니까. 이렇게 하는 게 어떨까? 다음에 언제 짬이 날지는 정확히 알 수 없지만, 짬이 나는 대로 프런트에 전화해서 자네를 찾아 달라고 부탁하겠네. 자네가 호텔 안에 없으면, 다음에 짬이 날 때 다시 프런트에 전화하겠네. 그렇게 하면 오래지 않아 서로에게 편한 시간을 찾을 수 있을 거야. 하지만 오늘 밤에는 정말이지…… 잠 좀 푹 자야겠어. 괜찮겠지?"

"물론입니다, 선생님. 충분히 이해합니다. 선생님 말씀대로 하죠. 정말 고맙습니다. 그럼 연락을 기다리고 있겠습니다."

슈테판은 공손하게 말했지만, 적이 실망한 눈치였다. 어쩌면 내 말을 교묘한 거절로 오해했는지도 모른다. 분명히 그는 다가오는 연주회 때문에 심한 불안에 사로잡혀 있어서, 아무리 사소한 좌절을 당해도 격렬한 공황 상태에 빠질 수 있을 것 같았다. 나는 그에게 동정심을 느끼고 안심시키듯이 말했다.

"걱정 말게. 조만간 기회를 찾을 수 있을 테니까."

우리가 밤거리를 달리는 동안 비는 꾸준히 내렸다. 젊은이는 오랫동안 말이 없었다. 혹시 나한테 화가 난 게 아닐까. 나는 걱정이 되었다. 하지만 스쳐 가는 불빛 속에서 그의 옆얼굴을 보고, 그가 몇 년 전에 일어난 어떤 사건을 속으로 되씹고 있다는 것을 알아차렸다. 그것은 그가 전에도 수없이 — 대개는 밤중에 침대에 누워 있거나 혼자 운전하고 있을 때 — 되새긴 사건이었고, 이제 내가 자기를 도와줄 수 없을지도 모른다는 두려움 때문에 또다시 그 사건이 그의 마음에 떠오른 것이다.

그것은 어머니 생일에 일어난 사건이었다. 그날 밤 그는 낯익은 찻길에 차를 세우고 — 당시 그는 독일에서 대학에 다니고 있었다 — 앞으로 있을 고통스러운 몇 시간에 대비하여 마음을 다잡았다. 하지만 문을 열어 준 아버지는 들뜬 태도로 속삭였다. "네 어머니가 기분이 아주 좋단다. 아주 좋아." 그러고는 돌아서서 집 안에 대고 외쳤다. "여보, 슈테판이 왔소. 좀 늦긴 했지만 그래도 왔어." 그러고는 다시 슈테판에게 속삭였다. "네 어머니 기분이 아주 좋아. 이렇게 기분이 좋은 건 정말 오랜만이야."

거실로 들어간 젊은이는 어머니가 칵테일 잔을 손에 들고 소파에 비스듬히 앉아 있는 것을 보았다. 어머니는 새 옷을 입고 있었다. 슈테판은 어머니가 얼마나 우아한 여자인가를 새삼 깨달았다. 어머니는 아들을 맞이하러 일어나지도 않았기 때문에, 슈테판은 허리를 구부려 어머니 뺨에 입을 맞추어야 했다. 하지만 그래도 맞은편 안락의자에 앉으라고 권하는 어머니의 태도가 너무나 다정해서 슈테판은 오히려 당황했다. 아버지는 저녁이 이처럼 따뜻한 분위기에서 시작된 것에 만족한 듯 뒤에서 작은 소리로 킬킬거리고는, 자기가 입고 있는 앞치마를 가리키며 서둘러 부엌으로 돌아갔다.

어머니와 단둘이 남게 되자 슈테판이 맨 먼저 느낀 감정은 공포였다. 내 말이나 행동이 어머니의 좋은 기분을 망치지나 않을까. 그래서 아버지가 공들여 이룩한 평화를 허물지나 않을까. 아버지는 적어도 몇 시간 동안, 어쩌면 며칠 동안 어머니의 생일잔치를 준비했을 것이다. 그래서 슈테판은, 처음에는 대학생활에 대한 어머니의 질문에 짤막하고 어색하게 대답했지만, 어머니의 태도가 여전히 너그러운 것을 보고는 저도 모르게 답변이 차츰 길어졌다. 교수 한 분에 대해서는 "우리나라 외무장관과 닮았지만, 정신적으로는 좀 더 균형 잡힌 사람"이라는 말로 설명했다. 그는 이 표현을 특히 자랑스럽게 여겼고, 친구들한테도 수없이 사용하여 상당한 성공을 거두었다. 어머니와의 대화가 그처럼 순조롭게 진행되지 않았다면, 그 표현을 어머니한테까지 써먹는 모험은 언감생심이었을 것이다. 하지만 그는 모험에 나섰고, 순간 어머니의 얼굴이 즐거움으로 환해지는 것을 보고 가슴이 뛰었다. 그런데도 아버지가 돌아와서 저녁이 준비되었다고 말했을 때는 안도감을 느꼈다.

그들은 식당으로 갔다. 호텔 지배인인 아버지는 식탁에 오드볼을 차려 놓았다. 식사는 조용히 시작되었다. 잠시 뒤에 아버지가 — 슈테판의 생각으로는 다소 갑작스럽게 — 호텔에 투숙한 이탈리아 손님들과 관련된 재미난 일화를 늘어놓기 시작했다. 그 이야기가 끝나자 아버지는 슈테판에게 이번에는 네가 재미난 얘기를 해 보라고 재촉했다. 슈테판이 약간 주뼛거리며 이야기를 시작하자, 아버지는 다소 과장된 웃음으로 아들을 격려해 주었다. 시간은 그렇게 지나갔다. 슈테판과 아버지는 번갈아 가며 재미난 이야기를 꺼내고, 애정 어린 반응으로 서로를 격려했다. 이 전술은 효과가 있는 듯했다. 슈테판으로서는 거의 믿기지 않는 일이었지만, 결국은 어머니도 꽤 오랫동안 웃었기 때문이다. 게다가 식사도 호텔 지배인인 아버지의 성품대로 세심한 주의를 기울여 준비된 놀라운 요리였다. 포도주는 최상급이었고, 식사가 절반쯤 진행되어 거위와 들딸기로 만든 훌륭한 요리가 나왔을 무렵에는 실로 유쾌한 분위기가 식당에 감돌게 되었다. 바로 그때, 포도주와 웃음 때문에 얼굴이 발그레해진 아버지가 고개를 앞으로 내밀면서 말했다.

"슈테판, 네가 묵었던 호스텔 얘기를 다시 한 번 해 다오. 부르고뉴 숲에 있는 그 유스호스텔 말이다."

슈테판은 잠시 공포에 휩싸였다. 어떻게 아버지가, 이제까지 그토록 완벽하게 모든 일을 처리해 온 아버지가 그런 뻔한 실수를 저지를 수 있단 말인가? 아버지가 요구한 이야기에는 유스호스텔의 화장실 사용 규칙에 대한 언급이 다양하게 포함되어 있어서, 어머니 앞에서 꺼내기에는 분명히 부적당한 화제였다. 하지만 슈테판이 망설이자, 아버지는 "나를 믿으렴. 그건 효과가 있을 거야. 네 어머니도 그 이야기를 좋아할 거다. 그건 대성공을 거둘 거야." 하고 말하는 듯 그에게 눈을 깜박여 보였다. 슈테판은 혹시나 하면서도 아버지를 믿고 있었기 때문에 그 일화를 털어놓기 시작했다. 그러나 얼마 지나기도 전에, 이제까지 놀랄 만큼 성공적이었던 저녁이 주위에서 와르르 무너져 내리려 하고 있다는 생각이 그의 마음을 스쳤다. 그런데도 아버지의 너털웃음에 용기를 얻어 이야기를 계속했고, 다음 순간에는 놀랍게도 어머니가 입을 벌리고 거침없이 웃는 소리를 들었다. 식탁 너머로 어머니를 바라보니, 어머니는 힘에 겨운 듯 고개를 젓고 있었다. 이야기가 거의 끝날 때쯤 모두 한창 웃고 있을 때, 슈테판은 어머니가 애정 어린 시선을 아버지에게 던지는 것을 보았다. 짧은 눈길이었지만 틀림없었다. 아버지는 너무 웃어서 눈에 눈물이 맺혀 있었지만, 역시 어머니의 눈길을 놓치지 않은 듯, 아들을 돌아보며 이번에는 우쭐한 태도로 또다시 눈짓을 보냈다. 그 순간 젊은이는 가슴에서 무언가 힘찬 것이 솟구치는 것을 느꼈다. 하지만 그 정체를 미처 확인하기도 전에 아버지가 말했다.

"슈테판, 디저트를 먹기 전에 좀 쉬어야겠다. 오늘은 네 어머니 생일이니, 어머니를 위해 피아노를 좀 쳐 드리는 게 어떠냐?"

그러면서 아버지는 벽 앞에 놓여 있는 피아노를 가리켰다.

그 몸짓 — 식당의 피아노를 무심코 가리킨 손짓 — 은 그 후 여러 해 동안 슈테판의 마음속에서 걸핏하면 떠오르곤 했다. 그리고 그럴 때마다 그 순간에 느꼈던 불쾌한 오한 같은 것이 되돌아오곤

했다. 슈테판은 믿기지 않는 눈으로 아버지를 바라보았지만, 아버지는 손을 피아노 쪽으로 뻗은 채 뿌듯한 미소를 머금고 있을 뿐이었다.

"어서 쳐 봐라, 슈테판. 어머니가 좋아할 만한 곡으로. 바흐가 어떨까. 아니면 현대음악도 좋겠지. 카잔이나 멀러리 같은……."

젊은이는 억지로 시선을 돌려 어머니의 얼굴을 바라보았다. 낯설게 느껴지는 주름살과 웃음으로 부드러워진 어머니의 얼굴은 그에게 미소를 보내고 있었다. 이어서 그녀는 아들이 아니라 남편을 돌아보며 말했다.

"그래, 슈테판. 멀러리가 좋겠구나. 멋질 거야."

"어서 쳐 봐, 슈테판." 아버지가 유쾌하게 말했다. "어쨌든 오늘은 네 어머니 생일이야. 어머니를 실망시키지 마라."

그때 문득 어떤 생각—부모님이 공모하여 아들을 괴롭히고 있다는 생각—이 슈테판의 마음을 스쳤지만, 다음 순간 그는 이 생각을 물리쳤다. 슈테판을 바라보는 그들의 눈길—자랑스러운 기대감으로 차 있는 눈길—로 보아, 그들은 그의 피아노 연주를 둘러싼 괴로운 사연을 전혀 기억하지 못하는 듯했다. 어쨌든 머릿속에서 체계를 갖추기 시작한 항변은 그의 입속에서 슬며시 사라져 버렸고, 그는 저도 모르게 자리에서 일어났다. 아버지가 시키는 대로 피아노를 치러 일어나는 사람은 그가 아니라 누군가 다른 사람인 것처럼 느껴졌다.

벽 앞에 놓인 피아노의 위치 때문에 슈테판은 시야 끝으로 부모님의 모습을 볼 수 있었다. 그들은 탁자에 팔꿈치를 괴고 서로를 향해 약간 몸을 기울이고 있었다. 잠시 뒤에 슈테판은 고개를 돌려 부모님을 똑바로 바라보았다. 두 분의 그런 모습—소박한 행복감으로 묶여 있는 듯 사이좋게 앉아 있는 모습—을 마지막으로 한 번만 더 보고 싶었던 것이다. 그는 그날 저녁의 즐거움이 무너지려 한다는 확신에 사로잡힌 채, 피아노 쪽으로 다시 돌아앉았다. 묘하게도 그는 사태의 이 새로운 전개에 자기가 더 이상 놀라지 않는다는 것, 사실은 그동안 내내 그런 변화가 일어나기를 기다렸으며, 그것이 오히려 안도감을 가져다주었다는 것을 깨달았다.

슈테판은 포도주의 취기를 떨쳐 버리고, 이제 치려고 하는 곡을 마음에 떠올리면서 잠시 피아노 앞에 가만히 앉아 있었다. 한순간 슈테판은 놀라운 일이 일어날 가능성—어쨌든 오늘 저녁은 놀랄 만한 일의 연속이었다—을 보고 현기증을 느꼈다. 어쩌면 이제까지 한 번도 도달해 보지 못한 기량으로 그 곡을 연주할 수 있을지도 모른다. 연주가 끝나면, 부모님은 흐뭇한 미소를 머금고 깊은 애정이 담긴 눈길을 서로 나누면서 아들에게 박수갈채를 보낼지도 모른다. 하지만 슈테판은 멀러리의 「외파선(外擺線)」 첫 소절을 치자마자, 그런 시나리오는 도저히 성립될 수 없다는 것을 깨달았다.

그래도 그는 연주를 계속했다. 오랫동안—첫 악장이 거의 끝날 때까지—그의 시야 끝에 있는 부모님의 모습은 꼼짝도 하지 않았다. 이어서 그는 어머니가 의자에 앉은 채 몸을 약간 뒤로 젖히고 한 손을 턱으로 들어 올리는 것을 보았다. 몇 소절이 지난 뒤에는 아버지가 슈테판에게서 시선을 돌리고, 두 손을 무릎 위에 올려놓고, 고개를 앞으로 숙였다. 그 모습은 마치 앞에 있는 탁자의 얼룩을 관찰하고 있는 듯이 보였다.

그러는 동안에도 연주는 계속되었다. 젊은이는 연주를 그만 멈추고 싶은 유혹을 여러 번 느꼈지만, 그것은 가장 끔찍한 선택처럼 여겨졌다. 그래서 그는 연주를 계속했고, 마침내 곡이 끝나자 한참 동안 건반을 뚫어지게 내려다보며 앉아 있다가, 겨우 용기를 내어 자기를 기다리고 있는 장면 쪽으로 눈길을 돌렸다.

아버지도 어머니도 아들을 바라보고 있지 않았다. 아버지의 고개는 이제 너무 깊이 숙여 있어서, 이마가 탁자에 거의 닿을 정도였다. 어머니는 슈테판이 너무나 익숙해져 있는 그 싸늘한 표정—놀랍게도 오늘 저녁에는 한 번도 보이지 않았던 표정—을 지은 채 방 건너편을 바라보고 있었다.

이 장면에 함축된 의미를 슈테판이 판단하기까지는 1초밖에 걸리지 않았다. 그는 일어나서 재빨리 식탁으로 돌아갔다. 그렇게 하면 식탁을 떠나 있는 동안의 시간이 지워져 버릴 수 있다고 생각하는 것 같았다. 세 사람은 한동안 말없이 앉아 있었다. 마침내 어머니가 자리에서 일어나면서 말했다.

"아주 멋진 저녁이었어요. 고마워요, 여보. 슈테판, 고맙다. 하지만 이젠 너무 피곤해서 잠자리에 들어야 할 것 같구나."

호텔 지배인은 처음에는 이 말을 듣지 못한 것 같았다. 하지만 아내가 문 쪽으로 걸어가자 고개를 들고 조용히 말했다.

"여보, 생일 케이크. 케이크를 먹어야지. 그건…… 그건 좀 특별한 거야."

"고마워요. 하지만 벌써 과식했어요. 지금은 잠을 좀 자야겠어요."

"물론, 물론 그래야겠지." 호텔 지배인은 체념한 태도로 다시 탁자를 내려다보았다. 하지만 슈테판의 어머니가 막 문으로 나가려는 순간, 아버지는 몸을 꼿꼿이 세우면서 큰 소리로 말했다. "여보, 먹지 않아도 좋으니까, 와서 보기만이라도 해. 그냥 보기만 하면 돼. 아까도 말했듯이 그건 특별한 거야."

어머니가 망설이다가 말했다.

"좋아요. 그럼 빨리 보여 줘요. 나는 정말로 자야 해요. 아마 포도주 때문이겠지만, 너무 피곤해요."

이 말을 듣자마자 호텔 지배인은 벌떡 일어났다. 그러고는 곧바로 아내를 식당 밖으로 데리고 나갔다.

젊은이는 부모님의 발소리에 귀를 기울였다. 발소리는 부엌 쪽으로 사라졌다가 1분도 지나기 전에 복도를 따라 되돌아와 층계를 올라갔다. 그 후에도 한동안 슈테판은 식탁에 앉아 있었다. 2층에서는 다양한 소리들이 조그맣게 들려왔지만, 사람 목소리는 들리지 않았다. 결국 밤새 차를 몰고 하숙집으로 돌아가는 게 좋겠다는 생각이 문득 떠올랐다. 아침 식탁에 있어 봤자 어머니의 기분을 되살리려는 아버지의 노력에는 거의 도움이 되지 못할 것이다.

그는 부모가 눈치채지 못하게 살짝 집을 빠져나갈 작정으로 식당을 나왔지만, 현관홀에서 층계를 내려오는 아버지와 마주치고 말았다. 아버지는 입술에 손가락을 대면서 말했다.

"조용히 얘기해야 해. 네 어머니가 방금 잠자리에 들었으니까."

슈테판이 하이델베르크로 돌아가겠다는 뜻을 알리자 아버지는 이렇게 말했다.

"정말 유감이구나. 우린 네가 좀 더 오래 머물 줄 알았는데. 하지만 내일 아침에 강의가 있다면 어쩔 수 없지. 어머니한테는 내가 말하마. 틀림없이 이해해 줄 거다."

"어머니가 즐거운 저녁을 보내셨다면 좋겠어요."

아버지는 미소를 지었지만, 그 전에 잠깐 쓸쓸한 표정이 얼굴을 스친 것을 슈테판은 놓치지 않았다.

"물론 즐겁게 보냈지. 그렇고말고. 네가 이렇게 짬을 내어 먼 길을 와 주어서 네 어머니도 무척 기뻐했단다. 어머니는 네가 며칠 동안 집에 머물기를 바라고 있었지만, 걱정하지 마라. 내가 잘 말할 테니."

그날 밤 텅 빈 고속도로를 달리면서 슈테판은 저녁의 사건들이 지니고 있는 모든 측면을 곰곰 생각해 보았다. 그리고 그 후에도 몇 년 동안 그날 저녁의 사건들을 되풀이 곱씹었다. 그 사건이 생각날 때마다 느끼는 고통은 세월과 함께 차츰 누그러졌지만, 목요일 밤이 착착 다가오자 옛날의 공포가 되살아났다. 그래서 비 오는 밤거리를 나와 함께 달릴 때 그의 마음은 또다시 몇 년 전의 그 고통스러운 저녁으로 돌아가 있었다.

나는 젊은이가 너무 가여워서 침묵을 깨고 말았다.

"내가 상관할 일은 아니지만, 자네 부모님은 자네의 피아노 연주 문제로 그동안 자네를 좀 부당하게 대한 것 같아. 내 말이 무례하게 들리지 않았으면 좋겠군. 자네한테 충고를 한다면, 피아노 연주를 최대한 즐기려고 애쓰라는 걸세. 부모님이 뭐라고 하든 상관하지 말고, 피아노 연주에서 만족과 의미를 찾아내라는 얘기야."

젊은이는 내 말을 잠깐 생각하고 나서 말했다.

"제 처지를 이해해 주셔서 고맙습니다, 선생님. 하지만 솔직히 말씀드리면, 선생님이 정말로 이해하신다고는 생각지 않아요. 남들에게는 그날 밤 우리 어머니의 행동이 좀 무심하게 보일 수도 있다는 건 저도 압니다. 하지만 그건 어머니를 잘못 판단하는 거예요. 선생님이 우리 어머니에 대해 그런 인상을 가진 채 떠나시는 건 정말 싫습니다. 선생님은 이 문제의 배경을 이해하셔야 해요. 저는 네 살 때부터 틸코브스키 부인에게 피아노를 배웠습니다. 선생님께는 별다른 의미가 없을지 모르지만, 틸코브스키 부인이 이 도시에서는 대단히 존경받는 분이라는 걸 아셔야 합니다. 그분은 확실히 여느 피아노 선생과는 달라요. 그분이 피아노를 가르치는 건 단순히 돈 때문이 아닙니다. 물론 다른 선생들처럼 교습비를 받긴 하지만요. 다시 말해서 그분은 자기가 하는 일에 아주 진지하고, 이 도시에서 예술적으로나 지적으로 가장 뛰어난 분들의 자녀만 제자로 받아들입니다. 예를 들면 초현실주의 화가인 파울로 로자리오가 한때 이 도시에 살았던 적이 있는데, 틸코브스키 부인은 그분의 딸을 둘 다 가르쳤습니다. 디겔만 교수의 자녀들과 백작부인의 조카딸들도 가르쳤지요. 틸코브스키 부인은 제자를 고를 때 매우 까다로운 편입니다. 그러니까 제가 그분의 제자가 된 건, 선생님도 짐작하시겠지만 대단한 행운이었습니다. 더구나 당시에는 우리 아버지가 이 도시에서 오늘날과 같은 지위를 누리지 못했으니까요. 하지만 부모님은 지금과 마찬가지로 당시에도 예술에 관심이 많았던 모양입니다. 지금도 기억이 나지만, 저는 어린 시절 내내 두 분이 화가와 음악가에 대해 얘기하는 것을 들으면서 자랐습니다. 두 분은 예술가를 지원하는 게 얼마나 중요한 일인지 모른다고 하셨지요. 이제는 어머니가 대개 집 안에만 틀어박혀 계시지만, 당시에는 훨씬 외향적이었습니다. 가령 음악가나 오케스트라가 우리 도시에 오면 어머니는 어김없이 지원하러 나서곤 했지요. 연주회에 참석하는 건 물론이고, 연주회가 끝난 뒤에는 분장실까지 찾아가서 직접 찬사를 전하곤 했답니다. 연주가 신통찮았을 때에도 직접 찾아가서 격려해 주고, 몇 가지 친절한 조언을 해 주는 것을 잊지 않았습니다. 음악가를 우리 집에 초대하거나 시내 관광을 시켜 주겠다고 제의한 적도 많았지요. 대개는 그 사람들의 일정이 너무 빡빡해서 어머니의 제의를 받아들이지 못했지만, 그런 초대가 그들에게 커다란 격려가 된다는 건 선생님도 인정하실 겁니다. 아버지는 무척 바쁘셨지만, 제 기억으로는 아버지도 최선을 다하곤 했습니다. 우리 도시를 방문한 저명인사를 위해 환영 리셉션이 열리면, 아버지는 아무리 바빠도 어머니와 함께 참석해서 손님을 영접하는 본분을 다하셨지요. 제가 기억할 수 있는 한 오래전부터 부모님은 우리 사회에서 예술이 갖는 중요성을 인식한 교양 있는 분들이었고, 틸코브스키 부인이 결국 저를 제자로 받아들이는 데 동의한 것도 그 때문이었다고 믿습니다. 그건 우리 부모님한테, 특히 저를 틸코브스키 부인의 제자로 들여보내려고 애쓴 어머니한테는 진정한 승리였을 겁니다. 아들놈이 로자리오 씨나 디겔만 교수의 자녀들과 함께 틸코브스키 부인의 가르침을 받게 되었으니, 부모님으로서는 얼마나 대견하고 뿌듯했겠습니까. 이제는 그 점을 분명히 알 수 있습니다. 저도 처음 몇 년 동안은 아주 잘해 냈습니다. 정말로 잘했지요. 한때는 틸코브스키 부인이 제자들 가운데 저를 가장 유망한 제자로 꼽았을 정도니까요. 그렇게 만사가 잘되어 갔습니다. 제가…… 제가 열 살이 될 때까지는…….”

젊은이는 너무 솔직하게 털어놓은 게 후회스러운 듯 갑자기 말을 끊었다. 하지만 그의 또 다른 부분은 계속 말하고 싶어 한다는 걸 알 수 있었기 때문에, 나는 물었다.

"열 살 때 무슨 일이 일어났는데?"

"털어놓기가 부끄럽군요. 특히 선생님께는……. 하지만 말씀드리죠. 저는 열 살 때 피아노 연습을 그만두었습니다. 연습도 하지 않고 틸코브스키 부인 댁에 가곤 했지요. 왜 연습하지 않느냐고 그분이 캐물어도 저는 아무 말도 하지 않았습니다. 참으로 낯 뜨거운 일입니다. 제가 아닌 다른 사람 이야기를 하고 있는 듯한 기분이 드는군요. 무슨 요술이라도 부려서, 이게 정말로 다른 사람 얘기가 될 수 있다면 얼마나 좋겠습니까. 하지만 그게 사실입니다. 저는 그렇게 행동했습니다. 그런 일이 몇 주 동안 계속되자 틸코브스키 부인도 우리 부모님께 알릴 수밖에 없었지요. 제가 연습을 하지 않으면 더 이상 가르칠 수 없다고 말입니다. 나중에 저는 어머니가 틸코브스키 부인에게 화를 내며 소리를 지른 걸 알았습니다. 어쨌든 그 일은 좀 불쾌하게 끝났습니다."

"그래서 그 후 다른 선생한테 갔나?"

"예. 헨제 여사라는 분인데, 그렇게 나쁘지는 않았습니다. 하지만 틸코브스키 부인보다는 훨씬 못했지요. 저는 여전히 연습을 하지 않았지만, 헨제 여사는 그렇게 까다롭거나 엄하지 않았습니다. 그러다가 제가 열두 살 때 모든 게 바뀌었습니다. 정확히 무슨 일이 일어났는지는 설명하기가 어렵고, 다소 이상하게 들릴지도 모르지만, 어쨌든 말씀드리죠. 하루는 우리 집 거실에 앉아 있었습니다. 화창한 오후였고, 지금도 기억이 나지만 저는 축구 잡지를 읽고 있었습니다. 그때 아버지가 거실로 들어오셨습니다. 아버지는 회색 조끼를 입었고, 셔츠 소매를 걷어 올리고 있었죠. 아버지는 거실 한가운데에 서서 창문으로 정원을 내다보시더군요. 그 무렵 어머니는 정원의 과일나무 밑에 놓아둔 벤치에 앉아 있곤 했기 때문에, 나는 아버지가 정원으로 나가서 어머니 곁에 앉으려니 생각했습니다. 그런데 그냥 거기에 계속 서 계시는 거예요. 저한테 등을 돌리고 있어서 얼굴은 보이지 않았지만, 저는 고개를 들 때마다 아버지가 정원을, 어머니가 계신 정원을 내다보고 있는 것을 볼 수 있었습니다. 제가 서너 번 고개를 들 때까지도 아버지는 여전히 그렇게 서 계셨습니다. 그때 문득 어떤 생각이 떠올랐습니다. 제가 깨달은 것은 바로 그때였습니다. 어머니와 아버지가 몇 달 동안 거의 말씀을 나누지 않았다는 사실을 말입니다. 두 분 사이에 대화가 거의 없었다는 걸 어느 날 불현듯 깨닫다니, 기분이 정말 묘했습니다. 진작 알아차리지 못한 게 이상하지만, 실제로 그때까지는 전혀 알아차리지 못했습니다. 하지만 그 순간 저는 똑똑히 알았습니다. 갑자기 수많은 사례들이, 그러니까 아버지와 어머니가 당연히 대화를 나누었어야 하는데 실제로는 아무 말씀도 나누지 않은 경우들이 기억에 되살아나더군요. 두 분이 완전히 침묵을 지켰다는 뜻은 아닙니다. 하지만 두 분 사이에는 냉랭한 공기가 감돌았고, 그런데도 저는 그 순간까지 그걸 알아차리지 못한 겁니다. 깨달음이 갑자기 덮쳐 온 듯한 기분, 그건 정말 야릇한 느낌이었습니다. 그리고 그걸 깨닫자마자 또 다른 무서운 생각이 떠올랐습니다. 부모님의 이런 변화는 제가 틸코브스키 부인한테 쫓겨났을 때부터 시작된 게 틀림없다는 생각이. 너무 많은 시간이 흘렀기 때문에 확신할 수는 없었지만, 일단 그런 생각이 들자, 이 일은 바로 그때부터 시작된 거라는 확신이 들었어요. 그때 아버지가 정원으로 나갔는지 어떤지는 기억나지 않습니다만, 어쨌든 저는 말없이 축구 잡지를 읽는 척하다가, 잠시 뒤에 제 방으로 올라가 침대에 누워서 그 문제를 곰곰 생각했습니다. 제가 다시 노력하기 시작한 건 그 후였습니다. 정말이지 저는 부지런히 피아노를 연습하기 시작했고, 솜씨도 한결 나아진 게 분명합니다. 몇 달 뒤에 어머니가 틸코브스키 부인을 찾아가서 저를 다시 받아들이는 문제를 고려해 달라고 부탁했으니까요. 지난번에 틸코브스키 부인한테 마구 소리를 질러 놓고 다시 찾아가서 그런 부탁을 한다는 게 어머니로서는 견딜 수 없는 굴욕이었을 겁니다. 틸코브스키 부인을 설득하려고 어머니는 무진 애를 쓴 게 분명합니다. 어쨌든 틸코브스키 부인은 저를 다시 받아 주기로 했고, 이번에는 저도 연습하고 또 연습하면서 열심히 노력했지요. 하지만 저는 중요한 2년을 허송세월로 보냈던 거예요. 열 살부터 열두 살까지가 얼마나 중요한 시기인지는 누구보다도 선생님이 잘 아실 겁니다. 그 잃어버린 세월을 만회하려고 제가 할 수 있는 모든 노력을 다했지만, 때는 이미 늦었지요. 지금도 저는 이따금 연습을 멈추고 자문합니다. '그때는 도대체 무슨 생각으로 그랬을까?' 하고 말입니다. 그 세월을 되찾을 수만 있다면 어떤 희생도 달게 치를 겁니다! 하지만 부모님은 그 잃어버린 세월이 얼마나 큰 손실인지를 제대로 이해하지 못했습니다. 제가 다시 틸코브스키 부인의 제자가 되었으니까 열심히 노력하면 2년을 허송세월한 것쯤은 별로 중요하지 않다고 생각한 모양이에요. 틸코브스키 부인은 우리 부모님한테 사정을 여러 번 설명했지만, 부모님은 저를 사랑하고 자랑스럽게 여긴 나머지 실상을 알아차리지 못하셨을 겁니다. 몇 년 동안 부모님은 제 실력이 상당히 나아지고 있다고, 제가 정말로 천부적인 재능을 타고났다고 생각하셨지요. 그러다가 제가 열일곱 살이 되었을 때에야 두 분은 비로소 실상을 깨닫게 되었습니다. 그 당시 이 도시에는 유망한 젊은이들을 위해 예술 협회가 주최하는 '위르겐 플레밍 상'이라는 피아노 경연대회가 있었습니다. 지금은 자금 부족으로 중단되었지만, 당시에는 상당한 평판을 얻은 대회였습니다. 제가 열일곱 살 때, 부모님은 저를 그 대회에 참가시키기로 마음먹고, 어머니는 사전 준비를 하느라 부지런히 돌아다녔지요. 제 실력이 기준에 훨씬 못 미친다는 것을 두 분이 깨달은 건 바로 그때였습니다. 부모님은 제 연주를 주의 깊게 들었습니다. 두 분이 제 연주를 '정말로' 들은 건 아마 그때가 처음이었을 겁니다. 그리고 부모님은 제가 대회에 참가하면 저뿐만 아니라 가족 전체가 망신만 당하리라는 것을 깨달았지요. 저는 그래도 시험 삼아 한번 나가 보고 싶었지만, 부모님은 생각이 달랐습니다. 망신을 당하면 제 자신감이 너무 많이 손상될 거라고 판단하신 겁니다. 아까도 말씀드렸듯이, 제 연주가 형편없다는 것을 두 분이 알아차린 건 그때가 처음이었습니다. 그때까지는 아들에 대한 기대와 애정 때문에 제 연주를 객관적으로 듣지 못했던 겁니다. 잃어버린 2년 세월이 얼마나 큰 손실이었는지를 두 분은 그제야 깨달은 것이지요. 너무나 당연한 일이지만, 그 후 부모님은 몹시 낙심하셨습니다. 특히 어머니는 이제까지 쏟은 모든 노력, 틸코브스키 부인에게 배운 그 오랜 세월, 나를 다시 받아 달라고 간청하러 갔을 때의 굴욕 따위가 모두 수포로 돌아갔다는 참담한 생각에 충격이 더욱 컸던 모양입니다. 그 모든 것을 엄청난 낭비로 생각하는 것 같았지요. 어머니는 풀이 죽었고, 외출도 별로 안 하시고, 연주회와 공식 행사에 참석하는 것도 그만두었답니다. 하지만 아버지는 여전히 저에 대한 기대를 버리지 않았습니다. 참으로 아버지다운 처신이죠. 지금도 이따금, 1년에

한 번쯤 저한테 피아노를 쳐 보라고 하십니다. 그럴 때마다 아버지는 저에 대한 기대로 차 있습니다. 저는 아버지가 '이번에는, 이번에는 다를 거야.' 하고 생각하는 것을 알 수 있습니다. 하지만 이제까지는 연주를 끝내고 고개를 들 때마다 다시금 낭패감에 빠진 아버지를 볼 수밖에 없었지요. 물론 아버지는 실망감을 감추려고 애쓰지만, 저는 아버지가 실망하신 걸 분명히 알 수 있습니다. 하지만 아버지는 끝내 희망을 버리지 않았고, 그 변함없는 기대가 저한테는 아주 중요한 의미를 갖고 있었지요."

우리는 이제 사무용 건물들이 양쪽에 늘어서 있는 큰길을 빠른 속도로 달리고 있었다. 이따금 가지런히 주차된 차들을 지나쳤지만, 몇 킬로미터를 달리는 동안 움직이는 차량은 여전히 우리 차뿐인 것 같았다.

"그러니까 목요일 밤에 자네가 피아노를 연주하는 건 아버님 생각이군?"

"그렇습니다. '너를 믿는다!'고 하시면서……. 아버지가 처음 그 얘기를 꺼낸 건 반년 전이었습니다. 아버지는 거의 2년 동안 제 연주를 듣지 않았는데도 여전히 저에 대한 신뢰를 보여 주고 계십니다. 물론 아버지는 저한테 거절할 기회를 주었지만, 그토록 여러 번 실망시킨 저를 아직도 진심으로 믿어 주시는 데 감동해서 그 제의를 받아들인 겁니다."

"용기 있는 결정이었군. 그게 올바른 결정으로 판명되기를 진심으로 바라겠네."

"제가 아버지의 제의를 받아들인 건…… 실은 저 혼자 생각이긴 하지만, 최근 들어 실력이 부쩍 좋아진 것 같아섭니다. 설명하기는 좀 어렵지만, 선생님은 제가 무슨 말을 하고 있는지 아실 겁니다. 제 머릿속에 있는 무언가가, 댐처럼 저의 진보를 가로막고 있던 무언가가 갑자기 무너지면서 완전히 새로운 정신이 흘러들어 온 것 같습니다. 잘 설명할 수는 없지만, 지금은 아버지가 제 연주를 마지막으로 들었을 때보다 훨씬 훌륭한 피아니스트가 되었다고 자부합니다. 그래서 아버지가 목요일 밤에 연주해 보지 않겠느냐고 물었을 때, 저는 좀 겁이 나긴 했지만 좋다고 했습니다. 거절하는 건 저를 그토록 신뢰해 주시는 아버지한테 미안한 일이죠. 목요일 밤이 걱정되지 않는 건 아닙니다. 나름대로 열심히 연습했지만, 그래도 불안합니다. 그건 솔직히 인정하겠습니다. 하지만 부모님을 깜짝 놀라게 해 드릴 가능성도 충분히 있다고 생각합니다. 어쨌든 저는 늘 이런 꿈을 꾸었습니다. 제 연주가 한심할 정도로 서툴렀을 때에도 이 꿈은 버리지 않았지요. 저는 몇 달 동안 어딘가에 틀어박혀 연습에 연습을 거듭합니다. 그동안 부모님은 저를 만나지 못합니다. 그러던 어느 날 제가 불쑥 집으로 돌아갑니다. 어느 일요일 오후겠지요. 어쨌든 아버지도 집에 계실 때일 겁니다. 저는 집 안으로 들어가서, 한마디 말도 없이 곧장 피아노 쪽으로 다가갑니다. 그러고는 뚜껑을 열고 피아노를 치기 시작합니다. 코트도 벗지 않고…… 그저 계속해서 피아노를 치는 겁니다. 바흐, 쇼팽, 베토벤…… 다음에는 현대음악으로 넘어와서 그레벨과 카잔, 멀러리를 칩니다. 치고 또 치는 겁니다. 저를 따라 식당으로 들어오신 부모님은 깜짝 놀라서 그냥 저를 바라보고만 계십니다. 그런 일이 있으리라고는 꿈에도 생각지 못하셨을 겁니다. 이윽고 부모님은 제가 연주를 하는 동안에도 점점 실력이 좋아지고 있다는 것을 깨닫고 놀라실 겁니다. 웅장하면서도 섬

세한 아다지오. 고도의 기교가 필요한 화려한 악절을 격렬하게 연주하는 솜씨. 저는 점점 더 높은 수준으로 올라갑니다. 부모님은 너무나 놀라서 식당 한가운데에 그저 멍하니 서 계시겠지요. 마침내 제가 놀랄 만큼 아름다운 악장으로 연주를 끝내고 부모님을 돌아보면…… 그다음에는 무슨 일이 일어날지 모르겠습니다. 하지만 이건 제가 열서너 살 때부터 줄곧 품어 온 꿈입니다. 목요일 밤은 이 환상 속의 장면과 똑같지는 않겠지만, 아주 비슷할 수는 있습니다. 무언가가 달라졌고, 저는 이제 거기에 거의 도달했다고 확신하니까요. 아아, 선생님, 다 왔군요. 기자들을 만나기에는 아주 적당한 때인 것 같습니다."

주위가 너무 조용하고 지나다니는 차량도 없어서, 나는 도심에 들어온 것도 알아차리지 못했다. 하지만 확실히 우리는 호텔 입구로 다가가고 있었다.

슈테판이 말을 이었다.

"괜찮으시다면 여기서 선생님과 보리스를 내려 드리겠습니다. 저는 차를 뒤쪽으로 가져가야 하니까요."

뒷좌석에 있는 보리스는 지쳐 보였지만, 아직 깨어 있었다. 우리는 차에서 내렸다. 나는 슈테판에게 고맙다는 인사를 하라고 보리스에게 말한 뒤, 보리스를 데리고 호텔로 걸어갔다.

7

로비의 불빛은 어두웠고, 호텔 전체가 적막에 잠겨 있었다. 프런트에는 내가 이곳에 도착했을 때 만난 젊은이가 근무하고 있었지만, 그는 데스크 뒤의 의자에 앉아 깊이 잠들어 있었던 모양이다. 우리가 다가가자 그는 고개를 들어 나를 알아보고는 졸음을 떨쳐내려고 애썼다.

"안녕하십니까, 선생님." 그는 쾌활하게 말했지만, 아직도 피로감을 다 떨쳐 내지 못한 것 같았다.

"안녕하시오. 방이 하나 더 필요한데…… 보리스가 잘 방이오." 나는 아이의 어깨 위에 손을 올려놓았다. "되도록이면 내 방과 가까운 방이면 좋겠는데……."

"잠깐만 기다려 주십시오."

"보리스는 구스타프의 손자요. 이 호텔 포터인 구스타프 말이오. 그 영감님이 아직 호텔에 있는지 모르겠군."

"아, 그렇군요. 구스타프는 이 호텔에서 살고 있습니다. 다락층에서 작은 방을 쓰고 있지요. 하지만 지금은 아마 자고 있을 겁니다."

"깨워도 언짢게 여기진 않을 거요. 보리스를 당장 보고 싶어 할 테니까."

프런트 직원은 걱정스러운 눈으로 손목시계를 들여다보았다. "정 그러시다면……." 하고 망설이듯이 말하고는 전화기를 집어 들었다. 잠시 후 저쪽에서 수화기를 드는 소리가 들렸다.

"구스타프? 정말 죄송합니다. 저는 발터인데요, 예, 예, 주무시는데 깨워서 죄송합니다. 예, 정말 죄송합니다. 하지만 제 얘기를 좀 들어 보세요. 라이더 씨가 방금 들어오셨는데, 손자분을 데려오셨어요."

그 후 프런트 직원은 여러 번 고개를 끄덕이며 상대의 말을 듣고 있었다. 잠시 뒤에 그는 전화기를 내려놓고 나에게 미소를 지었다.

"당장 내려오겠답니다. 모든 걸 알아서 처리하겠다는군요."

"좋습니다."

"선생님도 몹시 고단하시죠."

"정말 피곤한 하루였어요. 하지만 약속이 하나 더 남아 있소. 기자들이 나를 기다리고 있을 텐데……."

"기자들이요? 한 시간쯤 전에 떠났습니다. 나중에 약속을 다시 정하겠다고 하더군요. 그래서 제가 말해 두었습니다. 선생님이 성가시지 않도록 슈트라트만 양과 직접 교섭하라고. 무척 피곤해 보이시는데, 그런 일은 걱정하지 마시고 올라가서 주무세요."

"안 그래도 그럴 생각이오. 흐음, 그러니까 기자들은 떠났군. 일찌감치 나타났나 했더니, 일찌감치 떠나고……."

"예, 선생님. 정말 귀찮은 작자들이죠. 그거야 어쨌든, 지금 당장 올라가서 주무셔야겠습니다. 더 이상 아무 걱정도 하지 마세요. 만사가 잘될 테니까요."

이렇게 위로의 말을 해 주는 젊은이가 고마웠고, 오랜만에 긴장이 풀리면서 안도감이 밀려오는 것을 느꼈다. 나는 프런트 데스크에 양쪽 팔꿈치를 올려놓고 거기에 선 채 꾸벅꾸벅 졸기 시작했다. 하지만 정말로 잠든 것은 아니었다. 그동안 내내 보리스가 내 옆구리에 머리를 기대고 있는 것도, 내 얼굴 바로 앞에서 여전히 나를 안심시키는 투로 말하고 있는 프런트 직원의 목소리도 분명히 의식하고 있었기 때문이다.

"구스타프는 곧 내려올 겁니다." 프런트 직원이 말하고 있었다. "내려오면 보리스가 편히 잘 수 있도록 조치할 겁니다. 이제 걱정하실 일은 하나도 없습니다. 슈트라트만 양은 오랫동안 이 호텔에서 일했는데, 아주 유능한 여자죠. 지금까지 이 호텔을 찾아오신 수많은 저명인사들을 도맡아 처리하여 그분들 모두에게 깊은 인상을 심어 주었답니다. 슈트라트만 양은 절대로 실수를 하지 않습니다. 그러니까 성가신 기자들 문제는 슈트라트만 양한테 맡겨 두셔도 괜찮을 겁니다. 그리고 보리스한테는 선생님의 바로 맞은편 방을 내주겠습니다. 전망이 아주 좋은 방이니까, 아침에 일어나면 보리스도 무척 기뻐할 겁니다. 그러니까 선생님은 지금 당장 올라가서 주무시는 게 좋겠습니다. 선생님이 오늘 할 수 있는 일은 더 이상 아무것도 없습니다. 외람된 말씀이지만, 보리스도 제 할아버지한테 맡기라고 권하고 싶군요. 구스타프는 이제 곧 내려올 겁니다. 옷을 갈아입느라 시간이 좀 걸리는 모양인데, 이제 곧 내려올 겁니다. 어디 하나 흠잡을 데 없는 제복을 말쑥하게 차려입고 말입니다. 구스타프는 원래 그렇거든요. 구스타프가 나타나면, 모든 일을 그분한테 맡기세요. 구스타프는 최대한 빨리 움직이고 있을 겁니다. 지금 이 순간에는 아마 작은 침대에 걸터앉아서 구두끈을 매고 있을 겁니다. 준비가 끝나면 벌떡 일어나겠지요. 물론 머리가 서까래에 부딪히지 않도록 조심해야겠지만요. 머리를 재빨리 빗은 다음, 복도로 나올 겁니다. 이제 곧 나타나겠죠. 그러면 선생님은 방으로 올라가셔서 잠시 긴장을 푼 다음, 편안히 주무실 수 있을 겁니다. 가볍게 술을 한 잔 드셔도 좋겠지요. 객실의 미니바에 각종 칵테일이 준비되어 있을 겁니다. 기막히게 좋은 칵테일이죠. 아니면 따끈한 음료를 주문하셔도 좋고요. 라디오가 있으니까, 음악을 들으면서 기분을 달랠 수도 있을 겁니다. 지금 시간에는 스톡홀름에서 방송하는 음악 채널이 있는데, 늦은 밤에 어울리는 조용한 재즈를 들려준답니다. 그걸 들으면 정말로 마음이 차분하게 가라앉아서, 저도 긴장을 풀려고 자주 듣곤 하지요. '정말로' 긴장을 풀어야 할 필요가 있다면, 나가서 영화를 보시는 게 어떻겠습니까? 지금 이 시간에도 우리 호텔 손님들 중에 많은 분들이 영화를 보고 계신답니다."

이 마지막 말—영화 이야기—이 졸음을 몰아냈다. 나는 몸을 똑바로 일으키면서 물었다.

"방금 뭐라고 했소? 많은 손님들이 영화를 보러 나갔다고 했나요?"

"예. 모퉁이를 돌면 바로 극장이 있는데, 심야 영화를 상영하고 있지요. 거기에 가서 영화를 보면 힘들었던 하루의 긴장을 푸는 데 도움이 된다고 생각하시는 손님이 많습니다. 칵테일이나 따끈한 음료를 마시기 싫으시면, 언제든지 영화를 보실 수 있습니다."

프런트 직원의 손 옆에서 전화벨이 울렸다. 그는 나에게 양해를 구하고 수화기를 들었다. 나는 그가 수화기에 귀를 댄 채 몇 번 어색하게 내 쪽을 바라보는 것을 알아차렸다. 이윽고 그가 말했다. "지금 여기 계십니다." 그러고는 나에게 수화기를 건네주었다.

"여보세요." 내가 말했다.

잠시 침묵이 흐른 뒤, 어떤 목소리가 말했다. "저예요."

그게 소피라는 것을 깨닫기까지는 잠시 시간이 걸렸다. 하지만 그걸 깨달은 순간, 그녀에 대한 분노가 왈칵 치밀었다. 내가 전화에 대고 소리를 지르지 않은 것은 옆에 보리스가 있었기 때문이다. 마침내 나는 냉정하게 말했다.

"아, 당신이군."

또다시 짧은 침묵이 흐른 뒤 그녀가 말했다.

"지금 밖에서 전화하는 거예요. 길거리에서요. 당신과 보리스가 호텔로 들어가는 걸 보았어요. 지금은 보리스가 저를 보지 않는 게 나을 거예요. 보리스는 잠잘 시간이 지났어요. 당신이 저하고 통화하고 있다는 걸 그 애가 눈치채지 못하게 해 주세요."

나는 보리스를 힐끔 내려다보았다. 보리스는 나에게 몸을 기대선 채 꾸벅꾸벅 졸고 있었다.

"그런데 당신 지금 도대체 뭘 하고 있는 거요?"

그녀는 무겁게 한숨을 내쉬고 나서 말했다.

"화내시는 건 당연해요. 저는…… 저도 어찌 된 영문인지 모르겠어요. 제가 지금 알 수 있는 건 그동안 제가 얼마나 어리석었는지……."

"이봐요." 나는 그녀에 대한 분노를 더 이상 억누를 수 없을 듯한 불안에 사로잡혀 그녀의 말을 가로막았다. "지금 어디 있소?"

"호텔 건너편이에요. 골동품 상가 앞에 있는 아치 밑에 있어요."

"지금 곧 갈 테니까 꼼짝 말고 그대로 있어요."

나는 수화기를 프런트 직원에게 돌려주고, 전화벨이 울렸을 때부터 통화가 끝날 때까지 보리스가 계속 잠을 잔 것을 알고 마음이 놓였다. 어쨌든 그 순간 엘리베이터 문이 열리고 구스타프가 걸어 나왔다.

그의 제복은 정말로 깨끗해 보였다. 성긴 백발은 촉촉하게 젖어 있고, 빗질도 되어 있었다. 몇 분 전만 해도 곤히 자고 있었다는 증거는 눈두덩이 약간 푸석하고 걸음걸이가 좀 뻣뻣하다는 것뿐이었다.

"안녕하십니까, 선생님." 그가 나에게 다가오면서 말했다.

"예, 안녕하십니까."

"보리스를 데려오셨군요. 그런 수고를 하시다니, 정말 고맙습니다." 구스타프는 몇 걸음 더 우리 쪽으로 다가오면서 온화한 미소를 띤 채 손자를 바라보았다. "맙소사. 저 애 좀 보세요. 선 채로 잠들어 버렸군요."

"무척 고단했을 겁니다."

"이렇게 잠들어 있으면 아직도 너무 어려 보입니다." 구스타프는 잠시 다정한 눈길로 손자를 내려다보았다. 그러다가 고개를 들어 나를 쳐다보면서 말했다. "소피와 만나셨는지 궁금했습니다. 일이 어떻게 진행되었을까, 오후 내내 그 생각만 했답니다."

"예, 따님과는 만났습니다."

"아아, 그래요? 그래, 무슨 단서라도 잡으셨나요?"

"단서라뇨?"

"소피가 무슨 생각에 골몰해 있는지……."

"아아, 예. 의미 있는 얘기를 몇 가지 하긴 했지만…… 아까 낮에도 말씀드렸듯이, 나 같은 제삼자가 그런 의미를 이해하기는 대단히 어렵습니다. 물론 따님이 무엇 때문에 고민하고 있는지에 대해 한두 가지 막연한 생각을 꿰맞추긴 했지만, 영감님이 직접 얘기해 보는 게 가장 좋겠다는 생각이 아까보다 더 절실해졌습니다."

"하지만 아까도 설명드렸다시피……."

"예, 예. 영감님과 소피는 직접 대화를 나누지 않는다는 것 말씀이죠. 기억하고 있습니다." 나는 갑자기 짜증스럽게 말했다. "그래도 이 문제가 영감님한테 중요하다면……."

"저한테는 굉장히 중요한 문제랍니다. 더할 나위 없이 중요하죠. 그건 보리스를 위해섭니다. 뭐가 문제인지를 하루빨리 밝혀내지 않으면 보리스는 심각하게 걱정할 겁니다. 저는 그걸 압니다. 벌써부터 조짐이 나타나고 있어요. 보리스를 보기만 해도 알 수 있습니다. 지금 보리스가 어떤지 보세요. 이렇게 잠들어 있는 보리스를 보면, 아직도 너무 어려 보입니다. 우리는 그런 걱정이 없는 보리스의 세계를 조금이라도 더 오래 지켜 주어야 할 의무가 있습니다. 그렇게 생각지 않으십니까? 이 문제는 저한테도 중요합니다. 중요한 정도가 아니지요. 요즘에는 밤낮으로 그 걱정을 떨쳐 버릴 수가 없습니다. 하지만……." 포터는 말을 끊고 바닥을 내려다보았다. 그러다가 가볍게 고개를 저으며 한숨을 내쉬었다. "선생님은 제가 소피와 직접 얘기해야 한다고 하시지만, 그게 그렇게 간단하지가 않습니다. 선생님은 이런 상황이 어디서 비롯했는지를 이해하셔야 합니다. 우리 사이에 이런 양해가 이루어진 것은 벌써 오래되었습니다. 소피가 어렸을 때부터 그랬지요. 물론 그 애가 아주 어렸을 때는 사정이 달랐습니다. 소피가 여덟 살이나 아홉 살이 될 때까지는 사이가 좋았어요. 저는 소피한테 이런저런 얘기를 해 주고, 단둘이 손을 잡고 옛시가지를 오랫동안 산책하면서 내내 얘기를 나누곤 했습니다. 저는 그 애를 깊이 사랑했습니다. 아니, 오해는 마십시오. 그 점은 오늘날까지도 변함이 없으니까요. 소피가 어렸을 때는 정말이지 사이가 '무척' 좋았습니다. 그런데 소피가 여덟 살쯤 되었을 때, 아까 말씀드린 양해가 시작된 겁니다. 예, 그게 당시 소피의 나이였어요. 이 양해가 이렇게 오랫동안 지속될 줄, 처음엔 생각지도 못했습니다. 그저 며칠 그러다 말 줄 알았지요. 그것뿐입니다. 전 며칠 동안만 그렇게 할 작정이었어요. 첫날은 제가 마침 비번이라서, 아내의 부탁을 받고 부엌에 선반을 달고 있었습니다. 그런데 소피가 저를 졸졸 따라다니면서 이것저것 물어보고, 이것저것 가져다주겠다고 말하면서 저를 도우려고 애썼지요. 저는 침묵을 지켰습니다. 한마디도 하지 않고 입을 꽉 다물고 있었던 겁니다. 소피는 곧 어리둥절해졌고 기분이 상했습니다. 저는 그걸 알아차릴 수 있었지만, 전 이미 결심을 했고, 단호하게 그 결심을 지켜야 했습니다. 저한테도 쉬운 노릇이 아니었어요. 결코 쉬운 일은 아니었습니다. 저는 딸애를 세상 무엇보다도 사랑했으니까요. 하지만 강해져야 한다고 자신을 타일렀습니다. 사흘, 사흘이면 충분할 거다, 사흘 뒤에는 끝내자고 생각했습니다. 딱 사흘만 지나면 다시 전처럼 해야지, 퇴근해서 집에 돌아가면 소피를 번쩍 안아 올려 힘껏 안아 줘야지, 온갖 얘기를 다 해 줘야지……. 그러면 그동안 못한 것을 벌충해 줄 수 있을 거라고 생각했습니다. 그 당시 저는 알바 호텔에서 일하고 있었는데, 셋째 날이 끝날 무렵에는 어서 집으로 돌아가 어린 소피를 만날 생각에 근무 시간이 빨리 끝나기만 기다리고 있었습니다. 그런데 아파트로 돌아가자마자 소피를 불렀는데도, 소피는 인사는커녕 나와 보지도 않더군요. 그때 제가 얼마나 낙담했을지는 선생님도 충분히 이해하실 수 있을 겁니다. 게다가 제가 소피한테 가 보니, 그 애는 일부러 눈길을 돌리고는 한마디도 않은 채 방을 나가 버렸습니다. 저는 몹시 기분이 상했습니다. 그리고 화도 조금은 났던 것 같습니다. 저는 힘든 하루를 보내면서 줄곧 소피와 만나는 것을 낙으로 삼고 기다렸으니까요. 그래서 생각했습니다. 그래 좋다, 네 녀석이 그렇게 나오면 그게 어떤 결과를 초래할지 깨닫게 해 주마. 그래서 저는 아내와 단둘이 저녁을 먹고 나서, 소피한테는 한마디도 하지 않고 잠자리에 들었지요. 그때부터 서먹서먹해진 상태가 계속된 것 같습니다. 하루 이틀 지나면서 어느새 우리 사이에서는 그게 정해진 규범이 되어 버린 겁니다. 그렇다고 오해하지는 말아 주십시오. 우리는 말다툼을 한 것도 아니고, 또 서로 미워한 것도 아니었으니까요. 사실 그때에도 상황은 지금과 똑같았습니다. 소피와 저는 여전히 서로에게 관심을 기울이고 마음을 썼습니다. 다만 말을 하지 않을 뿐이지요. 물론 그 단계에서는 그런 상태가 이렇게 오래 계속될 줄 꿈에도 생각지 못했다는 건 솔직히 인정하겠습니다. 저는 언젠가 적당한 기회에, 예를 들면 소피의 생일 같은 특별한 날에 모든 앙금을 털어 버리고 옛날로 다시 돌아갈 생각이었습니다. 하지만 소피의 생일이 왔다가 가고, 크리스마스도 왔다가 갔지만, 우리는 끝내 다시 시작하지 못했습니다. 그러다가 소피가 열한 살 때 슬픈 사건이 일어났습니다. 그 무렵 소피는 하얀 햄스터를 키우고 있었지요. 소피는 그 녀석한테 울리히라는 이름을 붙여 주고 아주 귀여워했습니다. 햄스터를 손에 쥐고 아파트를 돌아다니면서 몇 시간이나 계속 햄스터한테 말을 걸곤 했답니다. 그러던 어느 날 햄스터가 사라졌습니다. 소피는 온갖 사방을 찾아다녔지요. 그 애 엄마도 나도 아파트를 샅샅이 뒤지고 이웃들한테도 햄스터를 보지 못했느냐고 물어보았지만 소용이 없었습니다. 아내는 소피를 달래려고 애썼습니다. 울리히는 안전할 거다, 잠깐 휴가를 보내러 나갔을 뿐이다, 오래지 않아 돌아올 거다……. 그러던 어느 날 저녁, 아내가 외출해서 아파트에는 소피와 저만 있었습니다. 라디오에서 마침 연주회를 방송하고 있었기 때문에, 저는 침실에서 라디오를 크게 틀어 놓고 있었지요. 그러다가 소피가 거실에서 울고 있는 것을 알아차린 겁니다. 그걸 안 순간, 저는 소피가 마침내 울리히를 찾았구나, 아니 울리히의 시체를 찾았구나 하고 짐작했습니다. 울리히가 사라진 지 벌써 몇 주가 지났을 때니까요. 거실로 통하는 침실문은 닫혀 있었고, 라디오가 크게 켜져 있었기 때문에, 제가 소피의 울음소리를 듣지 못했을 가능성도 충분히 있었습니다. 그래서 저는 방에서 나가지 않고, 라디오도 그대로 켜둔 채 문에 귀를 갖다 댔습니다. 물론 소피한테 가서 달래 줄 생각도 했지만, 문간에 오래 서 있을수록 갑자기 문을 열고 거실로 나가는 게 이상하게 여겨졌습니다. 소피도 그렇게 큰 소리로 울고 있는 것 같진 않았습니다. 저는 잠시 의자에 앉아서 소피의 울음소리를 못 들은 체하려고 애쓰기까지 했지요. 하지만 소피가 그렇게 흐느끼는 소리를 듣고 있자니까 가슴이 찢어지는 것 같아서, 저도 모르게 다시 문간으로 돌아와 문에 귀를 갖다 대고 음악 소리 너머로 소피의 목소리를 들으려고 애썼습니다. 소피가 저를 부르면, 문을 두

드리거나 아빠를 부르면 거실로 나가자고 생각했습니다. 소피가 '아빠!' 하고 외치면 나가자. 음악 소리 때문에 네가 우는 소리를 못 들었다고 변명하자. 한참을 기다렸지만, 소피는 저를 부르지도 않았고 문을 두드리지도 않았습니다. 소피는 한동안 미친 듯이 흐느끼고 나서 — 그 비통한 울음소리는 제 가슴에 사무쳤습니다 — 마치 혼잣말이라도 하는 듯이 외쳤습니다. 다시 한 번 강조하지만, 꼭 혼잣말을 하는 듯한 말투였습니다. '난 울리히를 상자 속에 내버려 두었어. 내 잘못이야! 난 잊어버렸어! 내 잘못이었어!' 나중에 확인해 보니, 소피는 울리히를 작은 선물상자 속에 넣어 두었답니다. 햄스터를 어딘가에 데려가고 싶었겠지요. 소피는 울리히한테 세상을 보여 주려고 그 녀석을 자주 데리고 나가곤 했거든요. 그때도 자기가 갖고 있던 작은 선물상자 속에 울리히를 넣고 외출 준비를 다 마쳤지만, 무슨 일이 생기는 바람에 그만 정신이 팔려 결국 밖에 나가지 않았고, 그러는 동안 울리히를 상자 속에 넣어 둔 걸 까맣게 잊어버린 겁니다. 그로부터 몇 주 뒤인 그날 밤, 소피는 집 안을 돌아다니며 무언가를 하다가 문득 그 생각이 났던 것이지요. 짐작하시겠지만, 제 어린 딸에게는 끔찍한 순간이었을 겁니다! 그렇게 기억이 문득 되살아나자, 소피는 어쩌면 제 기억이 틀렸을지도 모른다는 가냘픈 기대를 품고 상자로 달려갔습니다. 아니나 다를까 상자 안에는 울리히가 들어 있었지요. 문이 닫혀 있었기 때문에 저는 그때 일어난 일을 전부 확인할 수는 없었지만, 소피가 '난 울리히를 상자 속에 내버려 두었어! 내 잘못이야!' 하고 외친 순간 대강은 짐작했습니다. 하지만 소피는 그 말을 혼잣말처럼 외쳤다는 걸 이해해 주십시오. 만약 소피가 '아빠! 나와 보세요!' 하고 말했다면……. 하지만 아니었습니다. 그래도 저는 속으로 생각했습니다. 소피가 또다시 그렇게 외치면 거실로 나가자고 말입니다. 하지만 소피는 외치지 않았습니다. 그냥 계속 흐느껴 울기만 했지요. 저는 울리히를 아직 살릴 수 있지 않을까 하는 실낱같은 기대를 품고 그 조그만 동물을 손으로 감싸 쥐고 있는 소피의 모습을 상상할 수 있었습니다……. 아아, 저한테는 쉬운 일이 아니었어요. 하지만 라디오에서는 연주회가 계속되고 있었고, 저는 침실에 남아 있었습니다. 한참 뒤에 아내가 들어오는 소리가 들리고, 아내와 소피가 얘기하는 소리가 들리고, 소피가 또다시 우는 소리가 들렸습니다. 이어서 아내가 방으로 들어오더니, 무슨 일이 있었느냐고 묻더군요. '아무 소리도 못 들었어요?' 아내가 묻기에 저는 '아니, 못 들었는데. 연주회 방송을 듣고 있었거든.' 하고 말했지요. 이튿날 아침밥을 먹을 때, 소피는 저한테 아무 말도 하지 않았고 저도 그 애한테 아무 말도 하지 않았습니다. 다시 말하면 둘 사이에 묵계된 양해 사항을 고집스레 지킨 것이지요. 하지만 저는 분명히 알아차렸습니다. 방 안에서 내가 다 듣고 있었다는 걸 소피는 '알고 있었구나' 하고 말입니다. 그건 의심할 여지가 없었습니다. 게다가 소피는 그것 때문에 저를 원망하지도 않았습니다. 소피는 평상시처럼 우유병과 버터를 건네주고, 평소 때와는 달리 제 그릇을 치워 주기까지 했지요. 요컨대 소피는 우리의 묵계를 이해하고 존중한 겁니다. 선생님도 짐작하실 수 있겠지만, 그 후로는 매사가 그 원칙에 따라 결정되게 되었습니다. 울리히 문제로도 서로의 양해를 깨지 않았으니까, 적어도 그 문제만큼 중대한 일이 일어나기 전에는 그 묵계를 지키는 것이 옳다고 생각하게 된 것이지요. 특별한 이유도 없이 어느 날 갑자기 묵계를 깨는 것은 이상할뿐더러, 울리히 사건이 그 애한테 안겨 준 비극의 의미를 과소평가하는 짓이었을 겁니다. 이 점을 이해해 주셨으면 합니다. 어쨌든 그 후 우리의 양해는 시멘트처럼 확고해졌고, 그래서 지금과 같은 상황에서도 오랫동안 지속된 그런 합의를 느닷없이 깨는 것은 적절치 않은 일로 여겨집니다. 아마 소피도 그렇게 느끼고 있을 겁니다. 제가 선생님께 특별히 그런 부탁을 드린 것은 그 때문입니다. 게다가 선생님은 오늘 오후에 마침 그쪽으로 가실 예정이었기 때문에……."

"아아, 예, 예." 나는 다시금 짜증이 물결처럼 밀려오는 것을 느끼면서 노인의 말을 가로막았다. 그러고는 좀 더 부드럽게 말했다. "영감님과 따님 사이에 어떤 문제가 있는지는 잘 알겠습니다. 하지만 바로 그 문제, 그러니까 두 분 간의 묵계 자체가 따님을 괴롭히는 고민거리의 핵심일 가능성은 없을까요? 영감님이 그토록 풀 죽은 모습으로 카페에 앉아 있는 따님을 보았을 때, 따님은 바로 두 분의 양해 사항에 대해 생각하고 있었을 가능성은 없을까요?"

이 말에 구스타프는 깜짝 놀란 듯 한동안 멍해 있다가, 이윽고 이렇게 말했다.

"글쎄요. 그런 생각은 이제껏 한 번도 해 보지 않았습니다. 방금 선생님이 말씀하신 그런 생각은…… 생각을 좀 해 봐야겠군요. 지금까지는 그런 생각이 머리에 떠오른 적이 없었거든요." 그러고는 다시 곤혹스러운 표정을 지은 채 잠시 입을 다물고 있다가 고개를 들고 말했다. "하지만 왜 그 애가 이제 와서 그 문제로 고민할까요? 그렇게 오랜 세월이 흐른 뒤에 말입니다." 그는 천천히 고개를 저었다. "한 가지 여쭤 봐도 될까요? 선생님은 딸애와 만나 본 뒤에 그런 생각을 하신 건가요?"

나는 갑자기 진저리가 나서 이 모든 문제에서 손을 떼고 싶었다.

"모릅니다. 몰라요. 전에도 누차 말했듯이 이런 가족 문제는……. 나는 제삼자일 뿐입니다. 그걸 내가 어떻게 판단할 수 있겠습니까? 다만 그럴 가능성도 있다고 말했을 뿐입니다."

"물론 선생님 말씀은 생각해 보겠습니다. 보리스를 위해서요. 저는 모든 가능성을 검토해 볼 각오가 되어 있습니다. 예, 그럴 가능성도 한번 생각해 봐야겠군요." 그는 다시 침묵에 빠졌다. 얼굴에 떠오른 곤혹스러운 표정이 점점 짙어졌다. 이윽고 그가 입을 열었다. "한 가지만 더 부탁드려도 될지 모르겠군요. 다음에 소피를 만나시면 그 가능성을 좀 알아봐 주실 수 없을까요? 선생님은 잘해 내실 수 있을 겁니다. 보통 때라면 이런 부탁을 드리지 않겠지만, 여기 있는 어린 보리스가 걱정이 돼서요. 그렇게만 해 주신다면 정말 고맙겠습니다."

그는 호소하듯 나를 쳐다보았다. 결국 나는 한숨을 내쉬고 말했다.

"좋습니다. 보리스를 위해 할 수 있는 데까지 해 보겠습니다. 하지만 다시 한 번 말할 수밖에 없군요. 나 같은 제삼자는……."

자기 이름이 나왔기 때문이겠지만, 바로 그때 보리스가 흠칫 놀라서 깨어났다.

"할아버지!" 보리스는 내 곁을 떠나 들뜬 표정으로 구스타프에게 다가갔다. 할아버지를 껴안으려는 게 분명했다. 하지만 마지막 순간에 정신이 들었는지, 할아버지를 껴안는 대신 손을 내밀었다.

"안녕하세요, 할아버지." 보리스가 침착하게 말했다.

"안녕, 보리스." 구스타프는 손자의 머리를 부드럽게 쓰다듬었다.

"너를 또 보게 돼서 기쁘구나. 오늘은 어땠니?"

"좀 피곤했어요. 언제나 그렇죠, 뭐."

"잠깐만 기다려라. 할아비가 다 알아서 조치할 테니까."

구스타프는 손자의 어깨를 끌어안고 프런트 데스크로 다가갔다. 그 후 몇 분 동안 구스타프와 프런트 직원은 낮은 소리로 호텔 은어를 주고받았다. 그러고는 무언가에 합의한 듯 둘 다 고개를 끄덕였고, 젊은이는 노인에게 열쇠 하나를 건네주었다.

"저를 따라오세요." 구스타프가 말했다. "보리스가 잘 방을 보여 드릴 테니까요."

"실은 또 약속이 있습니다."

"이 시간에요? 무척 바쁘시군요. 그렇다면 제가 보리스를 방으로 데려가서 재워도 될까요?"

"그게 좋겠군요. 그렇게 해 주신다면 고맙겠습니다."

나는 그들과 함께 엘리베이터로 걸어가서, 엘리베이터 문이 닫힐 때 그들에게 손을 흔들었다. 그들의 모습이 사라지자, 지금까지 간신히 억누르고 있던 낭패감과 분노가 갑자기 홍수처럼 밀려와, 나는 프런트 직원에게 한마디도 건네지 않고 로비를 건너 어두운 밤거리로 다시 나갔다.

8

거리는 텅 비어 있었다. 그리고 사위가 고요했다. 소피가 전화로 말한 곳, 호텔 맞은편 길을 따라 조금 내려간 곳에 있는 석제 아치를 찾는 데에는 조금 시간이 걸렸다. 그쪽으로 걸어가는 동안, 소피가 겁을 먹고 달아나 버린 것은 아닐까 하는 생각이 문득 들었다. 하지만 그 순간 소피가 어두운 그늘에서 불쑥 나타났다. 그녀의 모습을 보자마자 나는 또다시 분노가 치미는 것을 느낄 수 있었다.

그녀의 표정은 내가 예상했던 만큼은 온순하지 않았다. 그녀는 조심스럽게 나를 살펴보고 있다가, 내가 다가가자 차분하게 말했다.

"그래요. 당신은 화낼 권리가 있어요. 뭐가 어떻게 된 건지, 저도 잘 모르겠어요. 아무래도 제가 좀 당황했던 것 같아요. 당신이 화를 내시는 건 당연해요."

나는 차갑게 그녀를 노려보았다.

"화를 낸다고? 아아, 알겠소. 오늘 저녁에 당신이 한 행동을 말하는 거로군. 사실 나는 크게 실망했지만, 그건 나 때문이 아니라 보리스 때문이었소. 보리스가 몹시 실망하고 심란해하는 것 같아서 말이오. 나는 아무래도 좋아요. 솔직히 말해서 그 일은 많은 시간을 들여 생각할 만큼 중요한 일도 아니오. 지금은 그것 말고도 생각해야 할 일이 많으니까."

"뭐가 어떻게 된 건지, 잘 모르겠어요. 당신이 저한테 얼마나 의지하고 있었는지는 저도……."

"당신한테 의지해? 천만에. 나는 그런 적이 없어요. 당신은 마음을 좀 가라앉혀야 할 것 같군." 나는 짧게 웃고 나서 천천히 걷기 시작했다. "나에 관한 한, 이건 그리 중요한 문제가 아니오. 당신이 도와주든 말든 나로서는 언제든지 내 일을 시작할 준비가 되어 있었소. 나는 다만 보리스 때문에 실망했을 뿐이오."

"전 너무 어리석었어요. 이제야 그걸 알겠어요." 소피는 나와 나란히 걷고 있었다. "저는 당신과 보리스가 뒤에서 꾸물거리고 있는 줄 알았어요. 제 입장에서 생각해 보세요. 오늘 저녁을 위해 제가 세운 계획이 당신 마음에 별로 들지 않은 모양이라고 생각했나 봐요. 그래서 당신은 어떻게 해서든 슬며시 다른 곳으로 빠져나가려 한다고……. 원한다면 전부 다 말씀드릴게요. 당신이 알고 싶어 하는 건 전부 다요. 아무리 사소한 것도 빠짐없이……."

나는 걸음을 멈추고 그녀를 돌아보았다.

"내가 말뜻을 분명하게 전달하지 못한 것 같은데, 난 이 일에 전혀 관심이 없소. 내가 여기 나온 건 맑은 공기나 좀 마시면서 긴장을 풀고 싶었기 때문이오. 오늘은 힘든 날이었소. 실은 잠자리에 들기 전에 영화나 한 편 볼까 해서 나왔을 뿐이오."

"영화라고요? 무슨 영화인데요?"

"내가 어떻게 알겠소? 어쨌든 심야 영화랍디다. 여기서 조금만 내려가면 극장이 있다고 하더군요. 거기 가서, 무슨 영화를 하고 있든 그 영화를 볼 생각이었소. 오늘은 무척 힘든 날이었거든요."

이번에는 좀 더 단호한 태도로 다시 걷기 시작했다. 잠시 뒤에 나는 뒤쫓아 오는 발소리를 듣고 기분이 좋았다.

"정말로 화나지 않으셨어요?" 그녀가 나를 따라잡으면서 물었다.

"물론 화나지 않았소. 내가 왜 화를 내야 하죠?"

"저도 따라가도 돼요? 그 극장에?"

나는 어깨를 으쓱하고 꾸준한 걸음으로 계속 걸었다.

"좋으실 대로. 나는 아무래도 좋으니까."

소피가 내 팔을 잡았다.

"듣고 싶으시다면 모든 걸 남김없이 털어놓을게요. 전부 다 말씀드리겠어요. 당신이 알고 싶어 하는 건 전부 다……."

"이봐요, 도대체 몇 번이나 말해야 합니까? 나는 전혀 관심이 없어요. 내가 지금 원하는 건 긴장을 푸는 것뿐이오. 앞으로 며칠 동안은 정신없이 바쁠 테니까."

그녀는 내 팔을 놓지 않았고, 우리는 말없이 걸었다. 잠시 뒤에 그녀가 조용히 말했다.

"당신은 정말 친절하세요. 이렇게 이해심이 많으시니."

나는 아무 대꾸도 하지 않았다. 얼마 후 우리는 인도를 벗어나 텅 빈 거리 한복판을 걸어갔다. 이윽고 그녀가 말했다.

"적당한 집을 찾으면 모든 일이 한결 잘될 거예요. 틀림없어요. 아침에 보러 갈 집에 전 상당한 기대를 하고 있어요. 우리가 늘 원했던 바로 그런 집인 것 같아요."

"아아, 그러기를 기대해 봅시다."

"좀 더 들뜬 투로 말씀하셔도 좋을 텐데. 우리에게 전환점이 될 수도 있다고요."

나는 어깨를 으쓱하고 계속 걸었다. 극장까지는 아직 얼마간의 거리가 남아 있었지만, 컴컴한 거리에서 불이 켜져 있는 곳은 사실상 그곳뿐이었기 때문에, 얼마 전부터 우리의 눈길은 거기에 고정되어 있었다. 그런데 극장이 가까워지자 소피가 한숨을 내쉬고는 내 팔을 잡은 채 걸음을 멈췄다.

"전 들어가지 않을래요." 그녀가 내 팔을 놓으면서 말했다. "내일 아침에 그 집을 둘러보려면 충분한 시간이 필요해요. 아마 아침 일찍 출발해야 할 거예요. 그러니까 이만 돌아가는 게 좋겠어요."

무엇 때문인지 나는 그녀의 말에 당황해서 뭐라고 대답해야 할지 몰랐다. 나는 극장 쪽을 힐끔 바라보고 다시 소피한테로 눈길을 돌렸다.

"하지만 당신과 아까 영화를……" 나는 말을 잠시 끊었다가, 좀 더 차분한 어조로 말을 이었다. "아주 좋은 영화요. 당신도 재미있어할 거요."

"하지만 무슨 영화를 하는지도 모르시잖아요."

그녀가 일종의 게임을 하고 있는지도 모른다는 생각이 문득 내 머리를 스쳤다. 그래도 나는 묘한 공포에 사로잡히기 시작하여, 간청하는 듯한 어조가 되는 것을 막을 수가 없었다.

"내 말이 무슨 뜻인지 모르겠소? 프런트 직원이 권합디다. 그 영화를 보라고 말이오. 아주 믿을 만한 사람이오. 게다가 호텔은 평판을 염려해야 하는데, 그런 호텔의 프런트가 형편없는 영화를 추천할 가능성은…….” 나는 말꼬리를 얼버무렸다. 소피가 나한테서 멀어지기 시작하자, 이제 공포감은 더욱 고조되고 있었다. “이봐!” 나는 목청을 높였다. 누가 내 목소리를 듣든, 이제는 상관할 바가 아니었다. “좋은 영화일 거야. 게다가 우리가 함께 영화를 본 지도 꽤 오래됐잖아. 안 그래? 마지막으로 함께 영화를 본 게 언제지?”

소피는 이 말을 생각하는 것 같더니, 마침내 미소를 지으며 돌아왔다. 그러고는 내 팔을 부드럽게 잡으며 말했다.

“좋아요. 시간이 늦긴 했지만, 당신과 함께 들어가겠어요. 당신 말대로 우리가 함께 영화를 본 지도 꽤 오래됐군요. 즐거운 시간을 보내기로 해요.”

나는 안도감을 느꼈다. 극장 건물 안으로 들어갈 때 내가 할 수 있는 일은 그녀를 너무 단단히 붙잡지 않으려고 애쓰는 것뿐이었다. 소피는 뭔가를 느낀 듯 내 어깨에 머리를 기댔다.

“당신은 너무 상냥해요.” 그녀가 부드럽게 말했다. “나한테 화도 안 내고…….”

“화낼 일이 뭐가 있겠어?” 나는 휴게실을 둘러보면서 중얼거렸다.

조금 떨어진 앞쪽에 줄을 서 있던 사람들 가운데 맨 끝 사람이 극장 안으로 들어가고 있었다. 나는 매표소를 찾아 두리번거렸지만 그곳은 문이 닫혀 있었다. 호텔과 극장 사이에 어떤 특별한 협약이 맺어져 있을지도 모른다는 생각이 문득 떠올랐다. 어쨌든 소피와 내가 줄 뒤에 서자, 초록빛 양복 차림으로 문간에 서 있던 사내가 미소를 지으며 다른 사람들과 함께 우리를 안으로 들여보내 주었다.

극장은 만원이었다. 불은 아직 꺼지지 않았고, 많은 사람이 자리를 찾아 이리저리 오가고 있었다. 내가 앉을 자리를 찾고 있을 때, 소피가 들뜬 듯이 내 팔을 잡았다.

"뭘 좀 사 와요. 아이스크림이나 팝콘 같은 거 말이에요."

그녀가 가리키는 극장 앞쪽에는 과자 광주리를 든 제복 차림의 여자 앞에 짧은 줄이 생겨나 있었다.

"그러지. 하지만 서두르는 게 좋겠어. 꾸물거리다가는 남아 있는 자리가 하나도 없을 거야. 여긴 사람들로 북적거리니까."

우리는 앞쪽으로 내려가 짧은 줄 뒤에 섰다. 거기에 서 있는 동안 나는 또다시 분노가 치미는 것을 느낄 수 있었다. 너무 화가 나서 결국에는 소피한테 완전히 등을 돌려야 했다. 그러자 뒤에서 그녀가 말하는 소리가 들렸다.

"솔직히 말해야겠군요. 사실 오늘 밤에 호텔에 간 건 당신을 찾으러 간 게 아니었어요. 당신과 보리스가 거기에 나타날 줄은 꿈에도 몰랐어요."

"그래?"

나는 앞으로 시선을 돌려 과자 파는 여자 쪽을 바라보았다.

"그런 일이 일어나자…… 그러니까 제가 얼마나 어리석었는지를 깨닫자, 어찌해야 좋을지 알 수가 없더군요. 그때 문득 생각이 났어요, 아버지의 겨울 코트가. 아직 아버지한테 겨울 코트를 드리지 않았다는 게 생각난 거예요."

바스락거리는 소리가 났다. 나는 뒤를 돌아보았다. 그제야 소피가 갈색 종이로 싼 꾸러미를 한 팔에 안고 있었다는 게 생각났다. 그녀는 그 커다란 꾸러미를 허공으로 들어 올렸지만, 너무 무거운 듯 금세 다시 내렸다.

"어리석은 짓이었죠. 그렇게 허둥댈 필요는 전혀 없었는데……. 하지만 공기 속에서 문득 겨울이 느껴졌고, 그러자 아버지의 겨울 코트가 생각났고, 한시라도 빨리 아버지한테 갖다 드리고 싶었어요. 그래서 코트를 종이에 싸 들고 나왔던 거예요. 그런데 호텔에 도착했을 때는 공기가 너무 따뜻했어요. 괜히 허둥댔다는 걸 그제야 알 수 있었죠. 오늘 밤에 호텔로 들어가서 아버지한테 코트를 건네 드려야 하나 말아야 하나. 그렇게 망설이며 서 있는 동안 시간은 점점 흐르고, 결국은 아버지가 이미 잠자리에 들었으리라는 걸 깨달았죠. 코트를 프런트에 맡겨 놓고 갈까도 생각했지만, 직접 전해 드리고 싶었어요. 아직은 날씨가 따뜻하니까 몇 주 뒤에 갖다 드려도 괜찮겠다는 생각을 하고 있을 때, 차가 달려오더니 당신과 보리스가 내린 거예요. 그게 다예요."

"알았어."

"안 그랬다면 당신과 만날 용기가 나지 않았을 거예요. 하지만 당신이 차에서 내렸을 때 저는 바로 길 건너편에 있었기 때문에, 심호흡을 한 번 하고 나서 전화를 걸었던 거예요."

"전화해 줘서 기뻐. 어쨌든 우리가 이렇게 함께 영화를 보러 온 것도 오랜만이니까."

그녀는 아무 반응도 보이지 않았다. 내가 쳐다보니 그녀는 팔에 안은 꾸러미를 다정한 눈길로 내려다보고 있었다. 그러고는 빈손으로 꾸러미를 토닥거렸다.

"계절이 바뀌려면 좀 더 있어야 할 거예요." 그녀는 나만이 아니라 코트한테도 말을 거는 듯이 중얼거렸다. "그러니까 그렇게 급히 서두를 필요는 없어요. 몇 주 안으로 갖다 드리면 돼요."

우리는 이제 맨 앞줄에 이르렀다. 소피가 내 앞으로 불쑥 나오더니, 제복 차림의 여자가 들고 있는 광주리를 들여다보았다.

"뭘 드실 거예요?" 그녀가 물었다. "저는 아이스크림을 먹고 싶어요. 초콜릿 아이스크림이 좋겠어요. 이걸로 주세요."

그녀의 어깨 너머로 바라보니 광주리에는 아이스크림과 초콜릿이 놓여 있었다. 그런데 묘하게도 이런 것은 모두 가장자리로 아무렇게나 밀려나 있고, 가운데 자리는 커다란 헌책 한 권이 차지하고 있었다. 나는 그 책을 좀 더 살펴보려고 몸을 앞으로 기울였다.

"아주 유용한 안내서랍니다." 제복 차림의 여자가 말했다. "자신 있게 권할 수 있어요. 이 책을 여기서 이런 식으로 팔면 안 되지만, 지배인은 우리가 색다른 개인 물건을 팔아도 상관하지 않아요. 그런 일이 너무 잦지만 않으면 말예요."

책표지에는 손에 붓을 들고 겨드랑이에는 둘둘 만 벽지를 끼우고 사다리를 반쯤 올라가서 미소 짓고 있는 작업복 차림의 남자 사진이 실려 있었다. 그 책을 집어 든 순간, 나는 표지가 금세라도 떨어져 나갈 것 같은 느낌을 받았다.

"이 책은 실은 우리 아들놈 거예요." 제복 차림의 여자가 말을 이었다. "하지만 그 애는 이제 장성해서 스웨덴으로 갔답니다. 지난주에야 그 애 물건을 정리했는데, 감상적인 가치가 있다고 생각되는 물건만 놔두고 나머지는 모두 버렸지요. 하지만 두기도 그렇고 버리기도 아까워 보이는 물건이 한두 개 있었는데, 이 낡은 책도 그중 하나랍니다. 이 책이 감상적인 가치를 갖고 있다고는 말할 수 없지만, 상당히 유익한 책이에요. 이 책에는 숱한 집안일, 예를 들면 집에 페인트를 칠하거나 벽지를 바르거나 타일을 바르거나 하는 법이

나와 있지요. 모든 작업을 그림을 통해서 단계별로 차근차근 가르쳐 준답니다. 제 아들놈이 언젠가 아주 쓸모 있는 책이라고 말한 게 생각나는군요. 지금은 좀 낡았지만, 정말로 유용한 책이랍니다. 싸게 드릴게요."

"보리스가 좋아하겠군." 나는 책장을 훌훌 넘기면서 소피에게 말했다.

"한창 자라는 아들이 있다면 정말 더없이 좋을 거예요. 제가 직접 경험했기 때문에 자신 있게 말씀드릴 수 있어요. 제 아들놈은 그만한 나이에 이 책에서 너무나 많은 것을 얻었답니다. 페인트칠과 타일 붙이기만이 아니라 모든 걸 다 가르쳐 주거든요."

불빛이 어두워지기 시작했다. 나는 우리가 아직도 자리를 잡지 못했다는 걸 생각해 냈다.

"좋습니다."

내가 책값을 치르자, 여자는 지나칠 정도로 고마워했다. 우리는 책과 아이스크림을 들고 돌아섰다.

"보리스를 그렇게까지 생각해 주시다니, 정말 고맙군요."

통로를 올라오면서 소피가 말했다. 그러고는 다시 바스락거리는 소리를 내며 꾸러미를 들어 올려 가슴에 끌어안았다.

"아버지가 지난겨울 내내 변변한 코트도 없이 지내신 걸 생각하면 이상해요. 하지만 아버지는 자존심이 너무 강해서 이렇게 낡은 코트는 도저히 입을 수 없었을 거예요. 작년에는 겨울 날씨가 따뜻했으니까 그래도 별로 문제될 게 없었지만, 또다시 그런 식으로 겨울을 지내실 수는 없어요."

"그래. 확실히 그럴 수는 없을 거야."

"전 그 점에 대해서는 그다지 감상적이지 못해요. 전 아버지가 이제 늙어 가고 있다는 걸 알아요. 여러 가지 일을 곰곰 생각해 봤죠. 예를 들면 아버지의 은퇴에 대해서도 생각해 봤어요. 아버지는 늙어 가고 있으니까 언젠가는 은퇴 문제에 직면해야 해요." 이어서 그녀는 조용히 덧붙였다. "이삼 주 내로 이 코트를 아버지한테 갖다 드릴 거예요. 그게 좋겠어요."

불빛은 점점 어두워졌고, 관객들은 영화가 시작되기도 전에 조용해졌다. 극장은 아까보다 더 붐비는 것 같았다. 자리를 잡기에는 너무 늦은 게 아닐까, 앉을 자리가 없어서 그냥 밖으로 나가야 하는 게 아닐까 걱정이 되었다. 하지만 바로 그때 안내원이 손전등을 들고 통로를 내려오더니, 앞쪽에 있는 자리 두 개를 가리켰다. 이미 착석해 있는 사람들에게 사과의 말을 웅얼거리면서 그들 앞을 지나가 막 자리에 앉았을 때, 광고가 시작되었다.

이 도시의 상점들을 선전하는 광고였는데, 지루할 정도로 계속되었다. 그러다가 마침내 영화가 시작되었다. 우리가 자리에 앉은 지 적어도 30분은 지난 뒤였다. 오늘 상연되는 영화가 「2001년 — 우주 오디세이」인 것을 알고 나는 안도감을 느꼈다. 공상과학 영화의 고전으로 알려진 이 영화는 내가 가장 좋아하는 영화 가운데 하나여서, 아무리 보아도 싫증이 나지 않는 작품이었기 때문이다. 선사시대의 세계를 보여 주는 인상적인 첫 장면이 스크린에 나타나자마자 나는 기분이 느긋해지는 것을 느낄 수 있었고, 곧이어 편안한 마음으로 영화 속에 빨려 들어가고 있었다. 영화가 절반쯤 진행되었을 때 — 클린트 이스트우드와 율 브리너가 목성으로 가는 우주선에 올라탔을 때 — 옆에서 소피가 말하는 소리가 들렸다.

"하지만 날씨는 언제든지 변할 수 있어요. 꼭 저렇게 말예요."

나는 그녀가 영화 이야기를 하는 줄 알고, 옳은 말이라고 중얼거렸다. 하지만 잠시 뒤에 그녀는 또 말했다.

"작년에는 가을 날씨가 아주 좋았어요. 꼭 이렇게 말예요. 화창한 날씨가 계속되었죠. 11월이 시작된 지 한참 뒤에도 사람들은 길가에 나와 앉아서 커피를 마셨어요. 그러다 어느 날 갑자기, 그야말로 하룻밤 사이에 날씨가 추워졌지 뭐예요. 올해도 얼마든지 그럴 수 있어요. 그건 아무도 모르는 일이잖아요?"

"그야 그렇지." 이때쯤에는 나도 그녀가 코트 이야기를 하고 있다는 것을 알아차렸다.

"하지만 아직은 그렇게 급하지 않아요." 그녀가 중얼거렸다.

내가 힐끗 돌아보았을 때, 그녀는 다시 영화를 보고 있는 것 같았다. 나도 스크린 쪽으로 고개를 돌렸지만, 잠시 뒤에 어떤 기억의 단편이 어둠 속에서 되살아나기 시작했고, 내 관심은 또다시 영화에서 멀어졌다.

불편하고 더러운 의자에 앉아 있었던 경험이 아주 생생하게 되살아나고 있었다. 아마 아침이었을 것이다. 구름이 잔뜩 낀 음산한 날이었다. 나는 신문을 펼쳐 들고 앉아 있었다. 보리스는 카펫 바닥에 배를 깔고 엎드려, 크레용으로 스케치북에 그림을 그리고 있었다. 보리스의 나이 — 그는 아직 어린애였다 — 로 보아 6, 7년 전의 기억인 듯싶었지만, 우리가 있는 장소가 어떤 집의 어느 방인지는 기억나지 않았다. 옆방으로 통하는 문이 빠끔히 열려 있어서, 여자들이 수다 떠는 소리를 들을 수 있었다.

한동안 나는 불편한 의자에 앉아서 신문을 읽다가 어떤 낌새 —

아마 보리스의 태도나 자세의 미묘한 변화—를 느끼고 보리스를 힐끔 내려다보았다. 그 순간 나는 눈앞에 펼쳐진 상황을 한눈에 파악할 수 있었다. 보리스가 종이에다 그림을 그렸는데, 그것은 누가 보아도 '슈퍼맨'임을 알아볼 수 있는 그림이었다. 보리스는 벌써 몇 주 동안이나 슈퍼맨을 그리려고 애썼지만, 우리가 아무리 격려해 주어도 슈퍼맨 비슷한 것조차 그리지 못했다. 그런데 갑자기 그럴듯한 슈퍼맨을 그리는 데 성공한 것이다. 어린 시절에 자주 경험하듯 솜씨가 그야말로 비약적인 발전을 이룩한 덕분이기도 하겠지만, 어느 정도는 요행도 작용했을 것이다. 스케치는 아직 완성되어 있지 않았지만—아직은 입과 눈을 마무리할 필요가 있었다—그래도 나는 그것이 보리스에게는 위대한 승리를 의미한다는 것을 당장 알 수 있었다. 그 순간 보리스가 몸을 앞으로 기울여 크레용을 쥔 손을 종이 위에 들어 올린 자세로 바짝 긴장해 있는 것을 알아차리지 못했다면, 나는 틀림없이 보리스에게 무언가 말을 걸었을 것이다. 보리스는 그림을 망칠 위험을 무릅쓰고 손질을 계속할까 말까 망설이고 있었다. 나는 보리스의 진퇴양난을 느낄 수 있었기 때문에 큰 소리로 이렇게 말하고 싶은 유혹을 느꼈다. "그만둬, 보리스. 그걸로 충분해. 거기서 그만두고, 네가 해낸 일을 사람들한테 보여 줘. 우선 나한테 보여 주고, 다음에는 엄마한테 보여 주고, 지금 옆방에서 얘기하고 있는 사람들한테도 보여 줘. 마무리가 되지 않았다 해도, 그게 무슨 상관이냐? 다들 깜짝 놀라면서 너를 자랑스럽게 생각할 거야. 그림을 망쳐 버리기 전에 거기서 그만둬." 하지만 나는 아무 말도 하지 않고, 신문 너머로 그 애를 계속 관찰하고 있었다. 마침내 보리스는 마음을 정한 듯, 몇 군데에 조심스럽게 크레용을 칠하기 시작했다. 그러다가 차츰 자신감이 생겼는지, 얼굴이 거의 바닥에 닿도록 허리를 구부리고 약간 무모하게 크레용을 움직이기 시작했다. 잠시 뒤에 보리스는 손길을 멈추고 말없이 그림을 내려다보았다. 이어서 나는 보리스가 망가진 그림을 어떻게든 구해 보려고 크레용으로 덧칠하는 것을 지켜보았다. 마침내 보리스는 침통한 표정으로 크레용을 내던지고는 아무 말도 하지 않고 방에서 나갔다. 그 때 내 마음속에 퍼져 간 고통을 나는 지금도 되살릴 수 있다.

이 사건은 나에게 놀랄 만큼 강렬한 영향을 주었다. 그런데 내가 미처 감정을 다잡기도 전에 소피의 목소리가 들려왔다.

"당신은 몰라요. 그렇죠?"

그녀의 신랄한 말투에 깜짝 놀라서 들고 있던 신문을 내리자, 어느새 그녀가 방에 들어와 나를 노려보고 있었다. 그녀가 말을 이었다.

"아까 일어난 일을 지켜보면서 내 기분이 어땠는지, 당신은 몰라요. 당신은 절대로 나와 같은 기분을 느끼지 못할 거예요. 당신을 보세요. 그저 신문만 읽고 있잖아요." 이어서 그녀는 목소리를 낮추더니 아까보다 훨씬 격앙된 어조로 말을 이었다. "바로 그게 차이예요! 보리스는 당신 자식이 아니에요. 당신이 뭐라고 하든, 그게 차이를 낳는 거라고요. 당신은 절대로 보리스에게 친아버지 같은 기분을 느끼지 못할 거예요. 당신을 보세요. 방금 내가 어떤 기분을 느꼈는지 전혀 모르잖아요."

이 말과 함께 그녀는 홱 돌아서서 방을 나가 버렸다.

손님이 있든 없든 옆방으로 그녀를 뒤따라가서, 다시 이 방으로 데려와 이야기를 계속해 볼까 하는 생각이 들었다. 하지만 결국 그 방에서 그녀가 돌아오기를 기다리는 편이 낫겠다고 판단했다. 아니나 다를까, 몇 분 뒤에 소피가 방으로 돌아왔다. 하지만 그녀는 왠지 말을 붙이기가 어려운 태도를 취하고 있다가 다시 나가 버렸다. 사실 소피는 그 후 30분 동안 몇 번 더 방을 들락날락했지만, 나는 내 감정을 소피에게 솔직히 털어놓자고 작심하고도 여전히 침묵을 지켰다. 결국 나는 그 화제를 꺼낼 기회가 모두 지나가 버린 것을 깨달았고, 그래서 고통과 낭패감을 절실히 느끼면서 신문을 다시 읽기 시작했다.

"실례합니다." 뒤에서 어떤 목소리가 들리더니, 누군가의 손이 내 어깨를 만졌다. 돌아보니 내 뒷줄에 앉은 남자가 고개를 내밀고 나를 유심히 살펴보고 있었다.

"혹시 라이더 씨 아니십니까? 이런! 정말로 라이더 씨군요. 이거 죄송합니다. 줄곧 여기에 앉아 있으면서도 불빛이 너무 어두워서 미처 알아 뵙지 못했습니다. 나는 카를 페더젠이라고 합니다. 오늘 아침 리셉션에서 만나게 되기를 기대했는데……. 물론 불의의 상황 때문에 도착이 늦어지셨겠지요. 어쨌거나 지금 이렇게 만나다니, 나는 정말 운이 좋군요."

그는 백발에 안경을 쓰고 있었는데, 호감이 가는 얼굴이었다. 나는 앉음새를 약간 고쳤다.

"아아, 예. 페더젠 씨. 만나 뵙게 돼서 반갑습니다. 말씀하신 대로 오늘 아침에는 정말 재수가 나빴어요. 나도 여러분을 만나기를 기대했는데……."

"마침 이곳에는 다른 의원들도 여럿 들어와 있습니다. 다들 오늘 아침에 당신을 만나지 못한 것을 못내 유감스러워했지요." 그는 어둠 속을 둘러보았다. “그들이 앉아 있는 곳을 확인할 수만 있다면 당신을 모시고 가서 적어도 한두 명은 소개해 드리고 싶은데…….” 그는 몸을 돌리고 목을 길게 빼어 뒷줄을 살폈다. “불행히도 지금은 아무도 보이지 않는군요.”

“물론 나도 동료분들을 만나고 싶습니다만, 지금은 시간이 늦었고, 그분들이 영화를 즐기고 있다면 방해가 될 테니까 나중에 만나기로 하지요. 기회는 앞으로도 많을 테니까요.”

“지금은 아무도 보이지 않는군요.” 남자가 다시 내 쪽으로 고개를 돌리면서 말했다. “정말 유감입니다. 분명히 이 극장 어딘가에 있을 텐데. 어쨌든 시의회 의원으로서 당신의 방문을 우리 모두가 얼마나 기뻐하고 영광스럽게 여기는지를 말씀드려도 되겠지요?”

“고맙습니다.”

“듣자니까, 브로즈키 씨는 오늘 오후에 콘서트홀에서 대단한 발전을 보였다더군요. 서너 시간 동안 쉬지 않고 연습을 했다는 거예요.”

“예, 나도 들었습니다. 정말 대단합니다.”

“혹시 오늘 우리 콘서트홀엔 가 보셨나요?”

“콘서트홀요? 아닙니다. 아직은 불행히도 그럴 기회가…….”

“물론 그러시겠죠. 먼 길을 오셨으니까요. 시간은 충분합니다. 우리 콘서트홀을 보시면 틀림없이 깊은 인상을 받으실 겁니다. 정말 아름답고 오래된 건물이지요. 이 도시에 있는 다른 유서 깊은 건물들은 세월과 함께 퇴락하도록 내버려 두었을지 몰라도, 콘서트홀만은 무심하게 방치해 두었다고 아무도 비난하지 못할 겁니다. 건물 자체도 아름답고 오래되었지만, 주변 환경도 무척이나 훌륭하답니다. 리프만 공원 안에 있으니까요. 내 말이 무슨 뜻인지 아실 겁니다. 나무들 사이로 기분 좋게 걸어가다 보면 탁 트인 곳이 나오는데, 바로 거기에 콘서트홀이 있지요. 당신도 직접 보시게 될 겁니다. 혼잡한 거리에서 멀찌감치 떨어져 있어서 시민들이 모이기에는 더없이 좋은 곳이지요. 내가 어렸을 때 일이 기억나는군요. 당시에는 시립관현악단이 있었는데, 매달 첫 번째 일요일에는 시민들이 콘서트홀 앞 공터에 모이곤 했답니다. 멋지게 차려입은 사람들이 가족 동반으로 도착하고, 나무들 사이에서 사람들이 잇달아 나타나 서로 인사를 나누던 모습이 지금도 눈에 선합니다. 우리 같은 아이들은 사방을 뛰어다니며 놀곤 했지요. 가을이면 놀이를 했습니다. 특별한 놀이죠. 사방을 뛰어다니며 낙엽을 죄다 모아서는 정원사네 헛간으로 가져다가 그 앞에 쌓아 올렸답니다. 헛간 벽을 두르고 있는 널빤지 중에는 키만 한 높이에 독특한 얼룩무늬가 들어 있는 놈이 있었는데, 우리는 어른들이 연주회장 안으로 들어가기 전에 낙엽을 모아서 그 얼룩무늬에 닿을 만큼 쌓아 올려야 한다고 말하곤 했지요. 그러지 않으면 도시 전체가 수백만 조각으로 폭발하거나 뭐 그런 사태가 일어날 거라고……. 그래서 우리는 모든 낙엽을 한 아름씩 안아 들고 이리저리 뛰어다녔답니다. 내 나이쯤 되면 누구나 과거에 대한 향수에 빠지기 쉽지만, 이곳이 한때는 너무나 행복한 공동체였다는 건 의심할 여지가 없습니다. 이곳에는 행복한 대가족들이 있었지요. 평생 동안 지속되는 진정한 우정도 있었고요. 사람들은 온정과 우애를 가지고 서로를 대했답니다. 이곳에도 한때는 훌륭한 공동체가 있었어요. 아주 오랫동안 말입니다. 나도 이제 곧 일흔여섯이 되는 몸이라, 책임지고 그렇게 단언할 수가 있어요."

페더젠은 잠시 입을 다물었다. 그는 내 의자 등받이에 팔을 얹은 채 몸을 앞으로 기울이고 있었다. 내가 힐끔 돌아보니, 그는 스크린이 아니라 어딘가 먼 곳을 바라보고 있었다. 그러는 동안에도 영화는 계속되어, 우주비행사들이 'HAL'—이 컴퓨터는 우주선 생활의 모든 측면에서 핵심적인 역할을 맡고 있었다—의 동기를 처음으로 의심하는 장면이 가까워지고 있었다. 클린트 이스트우드가 총신이 긴 권총을 들고 좁은 복도를 성큼성큼 걸어가고 있었다. 내가 막 영화에 몰입하려는 순간, 페더젠이 다시 이야기를 시작했다.

"솔직히 말씀드려서, '그 사람'을 좀 딱하게 여기지 않을 수 없어요. 크리스토프 씨 말입니다. 당신한테는 이상하게 들릴지 모르나, 참으로 딱한 노릇입니다. 몇몇 동료들한테도 똑같은 말을 했지만, 동료들은 단지 그 사람을 머리가 돈 녀석쯤으로 생각할 뿐입니다. 누가 그 사기꾼한테 조금이라도 동정심을 느낄 수 있겠느냐고 하더군요. 하지만 나만큼 그 일을 잘 기억하는 사람도 드물 겁니다. 크리스토프 씨가 이 도시에 처음 왔을 때 무슨 일이 있었는지, 나는 지금도 똑똑히 기억하고 있지요. 물론 나도 그 사람한테는 누구 못지않게 분노를 느끼고 있습니다. 하지만 처음에는 크리스토프 씨가 자진해서 자기를 내세우지 않았다는 것도 나는 잘 알고 있습니다. 그래요, 그 사람을 선전한 건 바로 '우리'였지요. 다시 말해서 나 같은 사람들이 그런 겁니다. 그건 부인하지 않겠어요. 나는 그때 제법 영향력 있는 지위에 있었습니다. 우리는 크리스토프 씨를 부추기고, 찬양하고, 아첨하면서, 그가 우리를 계몽하고 선도해 주기를 기대하고 있다는 걸 분명히 했지요. 그 후에 일어난 사태의 책임 가운데 적어도 일부는 우리한테 있습니다. 젊은 동료 의원들은 초기에는 별로 활동하지 않았습니다. 그들은 크리스토프 씨를 유력한 인물 정도로 알고 있을 뿐이지요. 그들은 크리스토프 씨가 자진해서 그런 지위에 앉혀 달라고 요구한 적이 한 번도 없었다는 걸 잊고 있습니다. 하지만 나는 크리스토프 씨가 이 도시에 처음 나타났을 때를 똑똑히 기억하고 있습니다. 당시만 해도 그 사람은 상당히 젊었고, 잘난 체하지 않는 겸손한 사람이었지요. 아무도 부추기지만 않았다면, 그 사람은 배경 속에 기꺼이 녹아들어 개인 행사에서 이따금 연주하는 데 만족하고, 그 이상은 절대로 바라지 않았을 겁니다. 하지만 문제는 시기였습니다. 그 사람이 이곳에 나타난 시기가 나빴어요. 그가 우리 도시에 나타났을 때, 우리는 일종의 공백기를 겪고 있었답니다. 화가인 베른트 씨와 작곡가인 폴뵐러 씨가 오랫동안 우리 도시의 문화생활을 선도하는 지위에 있었는데, 그분들이 불과 몇 달 사이에 잇달아 세상을 떠났거든요. 그러자 우리는 일종의 불안감에 사로잡히게 되었지요. 그렇게 훌륭한 두 예술가의 죽음을 두고 다들 애석하게 여겼지만, 이제는 변화의 기회가 왔다고도 생각한 것 같습니다. 새롭고 신선한 것을 누릴 기회 말입니다. 우리는 모두 행복했지만, 두 예술가가 오랫동안 모든 것의 중심에 있었기 때문에, 필연적으로 일종의 욕구불만이 쌓일 수밖에 없었지요. 따라서 로트 부인네 집에 하숙하고 있던 타관 사람이 고텐부르크 교향악단과 협연한 적이 있고, 카지미에슈 스투진스키의 지휘로 연주한 경험이 있는 전문 첼리스트라는 소문이 돌았을 때, 적잖은 흥분이 일어난 건 당신도 짐작할 수 있을 겁니다. 나는 크리스토프 씨를 환영하는 일에 개인적으로 깊이 관여했기 때문에 잘 기억하고 있습니다. 우리가 그 사람을 어떻게 환영했는지, 그리고 그가 처음에는 얼마나 겸손했는지도 기억하고 있어요. 이제 와서 돌이켜 보면 그 사람은 자신감이 부족했다고까지 말할 수 있습니다. 아마 그 사람은 여기 오기 전에 몇 차례 좌절을 겪었을 겁니다. 하지만 우리는 그 사람에 대해서 야단법석을 떨고, 사사건건 의견을 말해 달라고 졸라 대면서 귀찮게 했지요. 모든 일은 그렇게 시작된 겁니다. 첫 번째 연주회 문제로 그 사람을 설득하는 일에 나도 한몫 거든 게 생각나는군요. 그 사람은 정말로 망설였습니다. 어쨌든 그 첫 번째 연주회는 원래는 백작부인 저택에서 소규모 행사로 치러질 예정이었어요. 그런데 연주회가 열리기 불과 이틀 전에야 많은 사람들이 거기에 참석할 생각을 갖고 있다는 게 분명해졌고, 그래서 백작부인은 부랴부랴 연주회장을 홀트만 미술관으로 옮겨야 했답니다. 우리는 적어도 반년에 한 번씩은 연주회를 가져 달라고 요구했는데, 그때부터 크리스토프 씨의 연주회는 줄곧 콘서트홀에서 열렸고, 오랫동안 우리가 자랑으로 내세우는 이야깃거리가 되었지요. 하지만 아까도 말했듯이 크리스토프 씨가 처음에는 내켜 하지 않았습니다. 아니, 처음에만 그런 게 아닙니다. 처음 몇 년 동안 우리는 계속 그 사람을 설득해야 했으니까요. 그러다가 자연히 찬사와 갈채, 아첨이 효과를 발휘했고, 얼마 안 가서 크리스토프 씨는 자신을 내세우기 시작한 겁니다. 그 무렵 그 사람은 '나는 여기서 꽃을 피웠다.'고 말했지요. 요컨대 그 사람을 앞으로 떼민 건 우리였습니다. 나는 이제 그 사람을 딱하게 생각합니다. 그 사람을 동정하는 사람은 이 도시에 아마 나밖에 없겠지만요. 당신도 알아차렸겠지만, 그 사람에게는 많은 분노가 쏟아지고 있습니다. 나는 상황에 대해 충분히 현실주의적인 사람입니다. 사람은 냉혹해질 필요가 있지요. 우리 도시에는 위기가 닥쳐오고 있습니다. 불행이 널리 퍼져 있습니다. 우리는 어딘가에서부터 사태를 바로잡아 가야 합니다. 아마 중심부터 고치기 시작하는 게 좋겠지요. 우리는 무자비해야 합니다. 나는 그 사람을 동정하지만, 달리 어찌할 도리가 없다는 건 이해할 수 있습니다. 크리스토프 씨와 그 사람이 상징하게 된 모든 것을 이제는 우리 역사의 어두운 구석으로 밀어내야 합니다."

나는 노인 쪽으로 약간 몸을 돌리고 앉아서 내가 여전히 경청하고 있다는 것을 분명히 했지만, 내 관심은 어느새 영화로 돌아가 있었다. 클린트 이스트우드가 마이크를 통해 지구에 있는 아내한테 말하고 있었다. 눈물이 그의 뺨을 타고 흘러내렸다. 조금 있으면, 율 브리너가 방으로 들어와 이스트우드 앞에서 손뼉을 쳐서 그의 반응이 얼마나 빠른지를 시험하는 그 유명한 장면이 나타날 터였다.

"크리스토프 씨가 이 도시에 온 지는 얼마나 됐습니까?"

나는 별생각 없이, 적어도 관심의 절반은 영화 쪽에 쏟으면서 물었다. 사실 나는 몇 분 더 영화를 본 뒤에야 뒷줄에서 페더젠이 몹시 부끄러운 태도로 고개를 떨구고 있는 것을 알아차렸다. 그는 내 눈길이 자기한테 돌아온 것을 느끼고는 고개를 들고 말했다.

"당신 말씀이 옳습니다, 라이더 씨. 우리를 비난하시는 건 당연합니다. 그 사람이 여기 온 건 17년 7개월 전입니다. 긴 세월이지요. 우리가 저지른 실수는 어디서나 일어날 수 있겠지만, 그렇게 오랫동안 실수를 바로잡지 않는 곳은 없겠지요? 당신 같은 이방인의 눈에 우리가 어떻게 보일지, 생각만 해도 정말 부끄럽습니다. 변명은 않겠습니다. 우리가 실수를 인정하는 데에는 오랜 시간이 걸렸습니다. 잘못을 깨닫는 데 오래 걸렸다는 뜻은 아닙니다. 하지만 잘못을 스스로 인정하는 게 어려웠고, 그래서 오랜 시간이 필요했던 것이지요. 어쨌든 우리는 크리스토프 씨한테 깊이 빠져 있었으니까요. 모든 의원들이 적어도 한 번쯤은 그 사람을 집으로 초대했답니다. 해마다 열리는 시민 잔치에서 그 사람은 항상 폰 빈터슈타인 씨 옆에 앉았고, 그 사람 사진은 우리 도시의 연감 표지를 장식했고, 로겐캄프 박람회 프로그램의 머리말도 그 사람이 썼습니다. 그 사람은 그 밖에도 여러 가지 일에 관여했지요. 상황은 더욱 나빠졌습니다. 예를 들면 리프리히 씨의 불행한 사건이 있었지요. 아니, 잠깐만요. 저쪽에 앉아 있는 사람이 콜만 씨인 것 같은데……." 그는 다시 목을 길게 빼고 영화관 뒤쪽을 돌아보았다. "예, 콜만 씨가 맞군요. 불빛이 너무 어두워서 잘 보이진 않지만, 내가 잘못 본 게 아니라면 그 옆에 앉아 있는 사람은 셰퍼 씨인 것 같습니다. 두 분도 오늘 아침의 환영 리셉션에 참석했지요. 당신을 만나면 무척 기뻐할 겁니다. 게다가 우리가 지금 얘기하고 있는 문제에 대해서는 둘 다 할 말이 많을 거예요. 어떻습니까? 저쪽으로 자리를 옮겨서 그들을 만나고 싶지 않으십니까?"

"영광입니다. 하지만 좀 전에 하려다 만 얘기는……."

"아아, 그렇군요. 리프리히 씨의 불행한 사건에 대해 말하고 있었지요. 리프리히 씨는 크리스토프 씨가 오기 전에 오랫동안 우리 도시에서 가장 존경받는 바이올린 선생이었답니다. 이 도시의 명문자제들을 가르쳤고, 높은 평가를 받았지요. 그런데 크리스토프 씨는 첫 번째 연주회를 마친 지 얼마 되기도 전에 누군가가 리프리히 씨에 대한 의견을 묻자, 리프리히 씨를 별로 좋아하지 않는다고 대답했답니다. 리프리히 씨의 연주도 그렇고 가르치는 방법도 마음에 안 든다고 말입니다. 리프리히 씨는 몇 해 전에 세상을 떠났는데, 사실상 모든 걸 잃어버린 상태였지요. 제자, 친구, 사회적 지위……. 리프리히 씨 경우는 지금 내 머리에 떠오른 한 가지 사례일 뿐입니다. 우리가 크리스토프 씨를 처음부터 잘못 판단했다는 사실을 인정하는 게 얼마나 엄청난 일인지 짐작하실 수 있겠지요? 예, 우리는 우유부단했습니다. 그 점은 인정합니다. 게다가 우리는 사태가 지금과 같은 위기에 이르게 될 줄은 전혀 몰랐어요. 사람들은 여전히 대체로 행복해 보였지요. 세월은 유수와 같이 흐르고, 설령 의심을 품은 사람이 있다 해도 그것을 가슴속에만 묻어 둔 채 아무도 내색하지 않았답니다. 하지만 우리의 태만을 변명하지는 않겠습니다. 추호도 그럴 생각은 없습니다. 그리고 나는 그 당시 의회에서 꽤 높은 지위에 있었던 만큼 어느 누구보다도 책임이 크다는 걸 잘 알고 있습니다. 이 사실을 인정하기는 너무나 부끄럽지만, 결국 우리에게 우리 자신의 책임을 인정하도록 강요한 것은 이 도시의 평범한 시민들이었습니다. 이때쯤 서민들의 생활은 이미 전보다 훨씬 비참해지고 있었지요. 그들은 우리보다 적어도 한 걸음은 앞서 있었습니다. 이 사실이 처음으로 떠오른 순간을 나는 지금도 정확히 기억하고 있습니다. 그건 3년 전이었지요. 그날 나는 크리스토프 씨의 연주회가 끝난 뒤 집으로 돌아가고 있었습니다. 내 기억이 맞다면, 그 연주회에서 크리스토프 씨는 카잔의 「첼로와 세 개의 플루트를 위한 그로테스크」를 연주했을 겁니다. 날씨가 몹시 추웠어요. 그래서 나는 어둠이 내린 리프만 공원을 지나 걸음을 서두르고 있었지요. 그때 화학자인 콜러 씨가 조금 앞에서 걸어가고 있는 게 보이더군요. 콜러 씨도 연주회에 왔다가 돌아가는 길이었습니다. 그래서 나는 그를 따라잡아 얘기를 나누기 시작했지요. 처음에는 속내를 드러내지 않으려고 조심했지만, 결국 크리스토프 씨의 연주가 마음에 들었느냐고 물었습니다. 콜러 씨는 그렇다고 대답하더군요. 하지만 잠시 뒤에 내가 다시 같은 질문을 되풀이한 걸 보면, 콜러 씨의 말투에 뭔가 석연치 않은 게 있었던 모양입니다. 이번에는 콜러 씨도 속마음을 조금 드러내어, 연주회를 즐기긴 했지만 크리스토프 씨의 연주는 다소 기능적인 것 같았다고 대답하더군요. 그래요, 콜러 씨는 '기능적'이라는 표현을 사용했습니다. 짐작하실 수 있겠지만, 나는 다음 말을 하기 전에 신중하게 생각했습니다. 결국 나는 신중함을 바람에 날려 보내고 과감하게 말했지요. '콜러 씨, 실은 나도 동감입니다. 그 연주는 확실히 건조했어요.' 그러자 콜러 씨는 '차갑다'는 표현이 떠오른다고 하더군요. 그때쯤 우리는 공원 입구에 이르러 있었습니다. 거기서 우리는 작별인사를 하고 헤어졌지요. 하지만 나는 그날 밤 거의 잠을 이루지 못했습니다. 평범한 사람들, 콜러 씨 같은 훌륭한 시민들은 이제 그런 견해를 드러내고 있었습니다. 더 이상 눈 가리고 아웅 하는 식의 속임수를 계속할 수 없다는 건 분명했지요. 우리가, 영향력 있는 지위에 있는 우리 모두가 아무리 광범위하게 연루되어 있다 할지라도, 우리 잘못을 솔직히 인정해야 할 때가 온 겁니다. 아니, 잠깐만요. 콜만 씨 옆에 앉아 있는 사람은 셰퍼 씨가 맞군요. 저 두 사람은 그동안 일어난 일에 대해 흥미로운 관점을 갖고 있답니다. 나보다는 젊은 세대니까, 나와는 약간 다른 각도에서 이 사태를 보고 있을 겁니다. 저 사람들은 오늘 아침에 당신을 무척 만나고 싶어 했지요. 자, 그럼 저쪽으로 가 봅시다."

페더젠이 자리에서 일어났다. 그러고는 허리를 구부리고 사과의 말을 중얼거리며 좌석 사이를 빠져나갔다. 통로에 이르자 그는 허리를 펴고 나에게 손짓을 보냈다. 나는 지겨운 기분이 들었지만, 아무래도 그를 따라갈 수밖에 없을 것 같아서, 자리에서 일어나 통로로 나가기 시작했다. 그 순간 거의 축제처럼 흥겨운 분위기가 극장에 가득 퍼져 있는 것을 알아차렸다. 도처에서 사람들은 영화를 보면서 거기에 대한 의견을 말하고 있었다. 내가 좌석 사이의 좁은 틈새로 지나가는 것을 아무도 언짢게 여기지 않는 것 같았다. 그러기는커녕 다리를 한쪽으로 모으거나 벌떡 일어나서 열심히 길을 비켜 주는 것 같았다. 몇 사람은 의자에서 뒤로 벌렁 넘어져 다리를 허공으로 내차고는 즐거운 비명을 지르기까지 했다.

내가 통로에 이르자, 페더젠은 카펫이 깔린 비탈진 통로를 앞장서서 올라가기 시작했다. 이윽고 그는 뒷줄 어딘가에서 걸음을 멈추더니, 안내인 같은 몸짓을 하며 말했다.

"먼저 가시죠, 라이더 씨."

9

나는 또다시 자리에 앉아 있는 사람들 앞을 지나가야 했다. 이번에는 페더젠이 내 뒤에서 사과의 말을 중얼거렸다. 오래지 않아서 우리는 남자 몇 명이 모여 앉아 있는 곳에 이르렀다. 그들이 카드놀이를 하고 있다는 것을 확인하기까지는 잠시 시간이 걸렸다. 카드놀이를 하고 있는 사람들 가운데 몇몇은 뒷줄에서 앞으로 고개를 내민 자세였고, 몇 사람은 앞줄에서 몸을 뒤로 젖힌 자세였다. 우리가 다가가자 그들은 일제히 시선을 들었다. 페더젠이 나를 소개하자, 그들은 모두 엉거주춤 일어섰다. 그리고 내가 한복판에 편안히 자리를 잡은 뒤에야 그들도 다시 자리에 앉았다. 나는 어둠 속에서 불쑥불쑥 튀어나오는 수많은 손들과 악수를 나누어야 했다.

가장 가까이에 있는 남자는 양복 차림이었지만, 칼라 단추를 풀고 넥타이도 느슨하게 풀고 있었다. 그에게서는 위스키 냄새가 났고, 나를 바라보는 눈은 초점이 흐려 보였다. 그의 어깨 너머로 바라보고 있는 그의 친구는 비쩍 마른 데다 얼굴에는 주근깨가 앉아 있었고, 역시 넥타이를 느슨하게 풀고 있었지만, 그렇게 많이 취한 것 같지는 않았다. 내가 미처 나머지 사람들을 살펴보기도 전에 내 옆에 앉은 술 취한 사내가 내 손을 다시 잡으면서 말했다.

"영화를 재미있게 보고 계신지 모르겠군요."

"예, 재미있게 보고 있습니다. 사실 이 영화는 내가 가장 좋아하는 영화 중의 하나거든요."

"아아, 그렇다면 오늘 밤 이 영화를 상영하는 게 다행이군요. 나도 이 영화를 좋아합니다. 고전이죠. 라이더 씨, 혹시 이 패를 넘겨받고 싶지 않으세요?"

그는 손에 든 카드를 내 앞으로 들어 올렸다.

"아니, 괜찮습니다. 나 때문에 게임을 중단하지 마세요."

"내가 좀 전에 라이더 씨한테 말했다네." 페더젠이 내 뒤에서 말했다. "이곳 생활이 옛날부터 줄곧 이렇지는 않았다고. 나보다 젊은 사람들도 내 말을 뒷받침할 수 있겠지만……."

"그럼요. 아아, 그리운 옛날이여." 술 취한 사내가 꿈꾸듯이 말했다. "아아, 좋았던 옛날에는 이곳 생활도 정말 괜찮았지요."

"테오는 로자 클레너를 생각하고 있답니다."

뒷줄에 앉아 있던 주근깨 사내가 말하자 다들 웃음을 터뜨렸다.

"허튼소리 좀 작작 해." 술 취한 사내가 항의했다. "점잖은 손님 앞에서 나를 난처하게 만들려고 하지 마."

"아아, 그래. 그래." 친구가 말을 받았다. "그 무렵 테오는 로자 클레너한테 푹 빠져 있었지요. 현재의 크리스토프 부인한테."

"천만에. 난 그 여자를 사랑하지 않았어. 그땐 이미 결혼한 몸이었다고."

"그러니까 더 불쌍하지. 더 불쌍해."

"말도 안 돼."

"난 지금도 기억이 나, 테오." 뒷줄에서 새로운 목소리가 말했다. "자넨 몇 시간이고 로자 클레너 얘기를 늘어놓아서 우리를 진저리 나게 만들곤 했지."

"그때는 로자의 본색을 몰랐어."

"자네의 마음을 사로잡은 건 바로 로자의 본색이었어." 목소리가 말을 받았다. "자네는 언제나 자네에게 눈길조차 제대로 안 주는 여자들만 짝사랑했지."

"그 말도 일리가 있어." 주근깨 사내가 말했다.

"그건 사실이 아니야."

"아니긴. 내가 라이더 씨한테 설명하지." 주근깨 사내는 술 취한 친구의 어깨에 손을 올려놓고 내 쪽으로 몸을 기울였다. "현재의 크리스토프 부인은 우리와 함께 자란 이곳 여자랍니다. 그래서 우리는 아직도 그 여자를 로자 클레너라고 부르고 있지요. 지금도 여전히 미인이지만, 당시에는 우리 모두를 사로잡았어요. 로자는 너무나 아름답고 너무나 쌀쌀맞은 여자였지요. 지금은 문을 닫은 슐레겔 미술관에서 일했답니다. 그곳 책상 뒤에 앉아 있곤 했는데, 실은 안내원에 불과했어요. 출근하는 날은 화요일과 목요일……."

"화요일과 금요일이야." 술 취한 사내가 끼어들었다.

"아, 죄송합니다. 화요일과 금요일이 맞습니다. 테오의 기억이 틀릴 리가 없지요. 미술관이라고 해 봤자 벽을 하얗게 칠한 작은 방에 불과했지만, 테오는 늘 그곳에 가서 그림을 보는 척했으니까요."

"말도 안 돼……."

"테오, 자네만 그런 건 아니잖아? 자네한테는 경쟁자가 많았어. 위르겐 하제, 에리히 브룰, 하인츠 보다크까지……. 그 친구들도 모두 그 미술관에 늘상 드나드는 단골이었지."

"그리고 오토 뢰셔도……." 테오가 옛날을 그리워하는 투로 말했다. "그 친구도 자주 거기에 왔었지."

"그래? 과연 로자는 많은 숭배자를 거느리고 있었군."

"나는 절대로 로자한테 말을 걸지 않았어." 테오가 말했다. "딱 한 번 카탈로그를 달라고 부탁했을 때 말고는……."

"우리가 모두 10대였던 시절 이후 로자에 대해 분명해진 사실은, 그 여자가 이곳 남자들을 하나같이 깔아뭉갰다는 겁니다. 자기와는 걸맞지 않은 시시한 존재로 취급한 것이지요." 주근깨 사내가 말을 이었다. "로자는 자기한테 구애하는 남자들을 너무나 잔인한 방법으로 퇴짜 놓는다는 평판을 얻었지요. 여기 있는 테오 같은 가련한 남자들이 현명하게도 그 여자한테 말 한마디 걸지 않은 건 바로 그 때문입니다. 하지만 유명한 사람들, 화가나 음악가나 작가 같은 사람이 이 도시에 들를 때면 로자는 전혀 부끄러운 기색도 없이 그 사람들 꽁무니를 따라다니곤 했지요. 로자는 늘 이런저런 위원회에 참여했기 때문에, 사실상 이 도시를 방문하는 모든 저명인사한테 쉽게 접근할 수 있었거든요. 리셉션이란 리셉션에는 빠짐없이 쫓아다녔고, 리셉션이 시작된 지 30분쯤 뒤에는 손님을 구석으로 데려가서 그 사람 눈을 들여다보며 열심히 대화를 나누곤 했답니다. 그러니 온갖 소문이 나돌 수밖에요. 로자의 바람기에 대해서 말입니다. 하지만 아무도 그걸 증명하지는 못했어요. 로자는 늘 영악했으니까요. 하지만 로자가 이 도시를 방문한 저명인사들에게 꼬리 치는 꼴을 보았다면, 그 사람들 가운데 적어도 몇 명과 관계를 가진 것은 아무도 의심할 수 없을 겁니다. 로자는 아주 매력적이었으니까, 많은 저명인사를 사로잡은 건 분명해요. 하지만 이곳 남자들한테는 눈길조차 주지 않았답니다."

"한스 용뵈드는 자기가 로자와 실컷 놀아났다고 주장했지." 테오라는 사내가 끼어들었다. 그러자 모두 웃음을 터뜨렸고, 가까이에 있던 몇몇은 조롱하듯 그 이름을 되뇌었다. "한스 용뵈드!"

그러나 페더젠은 거북한 듯이 몸을 움직이고 있었다.

"이보게들, 라이더 씨와 나는 좀 전에……."

"나는 결코 로자한테 말을 걸지 않았어. 딱 한 번…… 카탈로그를 달라고 부탁했을 때만 빼고는……."

"이봐, 테오. 괜찮아." 주근깨 사내가 친구의 등을 탁 때렸다. 그 바람에 술 취한 사내가 앞으로 푹 고꾸라졌다. "괜찮아. 지금 로자가 어떤 지경에 빠져 있는지 보라고."

테오는 잠시 생각에 잠긴 눈치더니, 이렇게 말했다.

"그 여자는 매사에 그런 식이었어. 사랑에 대해서만 그런 게 아니었지. 로자가 상대한 건 예술계 사람들뿐이었고, 그것도 진짜 엘리트뿐이었어. 그 밖의 사람들은 로자한테 어떤 존경도 받을 수 없었지. 로자는 누구한테나 미움을 받았어. 크리스토프와 결혼하기 오래전에 이미 혐오의 대상이었지."

"로자가 그렇게 아름답지 않았다면……" 주근깨 사내가 나에게 말했다. "누구나 그 여자를 싫어했을 겁니다. 하지만 얼굴이 제법 반반했기 때문에 테오처럼 그 여자한테 홀딱 빠지는 사내들이 있었던 것이죠. 어쨌거나 크리스토프가, 프로 첼리스트에다 상당한 경력까지 쌓은 사람이 이 도시에 나타난 거예요. 그러자 로자는 꼬리를 치기 시작했지요. 창피한 줄도 모르고. 우리가 어떻게 생각하든 아랑곳하지 않았어요. 로자는 자신이 원하는 게 뭔지 알고 있었고, 그걸 얻기 위해서는 무자비한 짓도 서슴지 않았지요. 좀 지독하긴 하지만, 그 노력은 정말 가상했어요. 크리스토프는 로자한테 홀딱 반해서, 여기 온 첫해에 결혼했답니다. 크리스토프야말로 로자가 그동안 애타게 기다려 온 대상이었지요. 나는 로자가 본전이라도 찾았으면 싶습니다. 16년 동안 마누라 노릇을 하면서 바친 대가는 얻었으면 싶어요. 뭐, 결혼생활이 그렇게 나쁘지는 않았습니다. 하지만 지금은 어떤 줄 아세요? 크리스토프는 끝장이 났습니다." 그는 동료들을 둘러보면서 덧붙였다. "이제 로자는 어떻게 될까?"

"이제는 미술관에서도 일할 수 없을 거야." 테오가 말했다. "로자는 그동안 우리한테 너무나 큰 상처를 주었어. 우리 자존심을 상하게 했다고. 크리스토프만이 아니라 로자도 이 도시에서는 끝장난 거야."

"로자가 이 도시를 떠나 어딘가에 정착할 때까지 크리스토프를 버리지 않을 거라고 말하는 이들도 있습니다. 하지만 여기 있는 드렘러 씨는……" 주근깨 사내는 앞줄에 앉아 있는 남자를 가리켰다. "로자가 계속 여기에 남아 있을 거라고 믿고 있지요."

앞줄에 앉은 남자는 자기 이름이 나오자 뒤를 돌아보았다. 그도 뒷줄에서 오가는 대화에 귀를 기울이고 있었던 모양이다. 위엄 있는 태도로 이렇게 말했기 때문이다.

"로자 클레너에 대해 명심해야 할 건 말이야, 그 여자가 아주 소심한 면을 갖고 있다는 점이야. 나는 로자와 같은 학교에 다녔어. 게

다가 같은 학년이었지. 그때도 로자는 늘 소심한 면을 갖고 있었어. 그건 로자에게 늘 따라다니는 저주 같은 거야. 이 도시는 로자한테 별로 달가운 곳이 아니지만, 그렇다고 이곳을 떠나기에는 너무 소심해. 로자는 야심이 많았지만, 그래도 이곳을 떠나려고 한 적은 한 번도 없었다는 걸 생각해 봐. 사람들은 대부분 로자의 소심한 면을 알아차리지 못하지만, 로자는 분명히 그런 면을 갖고 있어. 로자가 이곳을 떠나지 않을 거라고 믿는 건 그 때문이야. 로자는 계속 여기에 남아서 또다시 운명을 시험해 볼 거야. 이 도시에 들르는 다른 저명인사를 낚고 싶어 하겠지. 로자가 그 나이치고는 아직도 미인이니까 말이야."

어딘가 가까운 곳에서 새된 목소리가 말했다.

"어쩌면 브로즈키를 유혹할지도 모르지."

이 말이 좌중에 폭소를 불러일으켰다.

"웃을 일이 아니야. 충분히 그럴 수 있다고." 새된 목소리가 동료들의 비웃음에 기분이 상한 투로 말을 이었다. "물론 브로즈키는 늙었지만, 로자도 이제는 젊지 않아. 게다가 로자와 같은 부류에 속하는 인간이 이 도시에 브로즈키 말고 또 누가 있지?" 또다시 웃음보가 터지자, 새된 목소리는 여기에 자극을 받아 더욱 힘주어 말을 이었다. "사실 말해서 로자한테는 브로즈키야말로 최선책이라고. 나 같으면 그 방침을 권하겠어. 안 그러면 이 도시가 지금 크리스토프한테 느끼고 있는 분노는 평생 로자를 따라다닐 거야. 하지만 로자가 브로즈키의 애인이나 '마누라'가 되면, 그거야말로 크리스토프와의 관계를 사람들의 기억에서 지워 버리는 데 가장 좋은 방법이 될 수 있지. 게다가 그건 로자가 현재의 지위를 계속 누릴 수 있는 길이기도 하고 말이야."

이때쯤에는 사방이 온통 웃음바다가 되어 있었다. 세 줄 앞에 앉아 있는 사람들도 고개를 돌려, 자기가 얼마나 요란하게 웃고 있는지를 과시하고 있었다. 내 옆에 앉아 있던 페더젠이 헛기침을 했다.

"이보게들, 제발 이러지들 말게. 나는 실망했어. 라이더 씨가 이 소동을 어떻게 생각하겠나? 자네들은 아직도 브로즈키, 아니 브로즈키 씨를 옛날과 똑같이 생각하고 있어. 그러면 자네들 자신이 어리석어 보일 뿐이야. 브로즈키 씨는 더 이상 웃음거리가 아닐세. 자네들이 크리스토프 부인에 대한 슈미트 씨의 제안을 어떻게 생각하든, 브로즈키 씨는 어떤 경우에도 결코 우스운 선택이……."

"우리 도시에 와 주셔서 고맙습니다, 라이더 씨." 테오가 페더젠의 말을 가로막았다. "하지만 너무 늦었어요. 이곳 상황은 도저히 손쓸 수 없는 단계에 이르렀거든요. 이젠 너무 늦었어요……."

"쓸데없는 소리는 그만두게, 테오." 페더젠이 말했다. "우리는 전환점에, 중대한 전환점에 와 있어. 라이더 씨는 그걸 우리한테 알려 주러 오신 거야. 그렇지요, 라이더 씨?"

"예……."

"너무 늦었어요. 우리는 시기를 놓쳤다고요. 이젠 그만 체념하고, 또 하나의 춥고 쓸쓸한 도시가 되는 게 어때요? 다른 도시들도 그렇게 해 왔잖아요. 어쨌든 우리는 시대의 조류를 타고 흘러갈 겁니다. 라이더 씨, 이 도시의 정신은 병든 게 아니라 완전히 죽었어요. 이젠 너무 늦었습니다. 아마 10년 전에는…… 그때는 아직 기회가 있었겠지요. 하지만 지금은 없습니다. 페더젠 씨……" 술 취한 사내가 내 옆에 앉아 있는 페더젠을 힘없이 가리켰다. "당신입니다. 당신과 토마스 씨였어요. 그리고 슈티카 씨…… 당신들은 모두 훌륭한 신사분들입니다. 그런 당신들이 거짓말로 우리를 속였다고요."

"그 일은 다시 거론하지 말기로 하세, 테오." 주근깨 사내가 끼어들었다. "페더젠 씨 말씀이 옳아. 아직은 그렇게 체념할 때가 아니야. 우리는 브로즈키를, 아니 브로즈키 씨를 발견했어. 그리고 브로즈키 씨는 아마……."

"브로즈키, 브로즈키……. 너무 늦었어. 우린 이제 끝장이야. 그냥 차가운 현대 도시가 되는 걸로 만족하자고."

나는 페더젠의 손이 내 팔 위에 놓이는 것을 느꼈다.

"라이더 씨, 정말 죄송합니다."

"당신은 거짓말을 둘러댔어요! 무려 17년 동안이나. 17년 동안이나 크리스토프가 제멋대로 일을 처리해도 문제 삼지 않고 그냥 내버려 두었다고요. 그래 놓고는 이제 와서 우리한테 브로즈키를 내놓는 겁니까? 브로즈키라니! 라이더 씨, 이젠 너무 늦었어요."

"정말 죄송합니다." 페더젠이 나에게 말했다. "저런 허튼소리를 듣게 해서……."

뒤에서 누군가가 말했다.

"테오, 자네는 술에 취해서 우울해졌어. 내일 아침에는 라이더 씨를 찾아가서 사과해야 할 거야."

"나는 다양한 관점을 모두 듣고 싶은데요……." 내가 말했다.

"하지만 이건 관점이 아닙니다!" 페더젠이 항변했다. "분명히 말씀드리지만, 테오의 감정은 지금 이곳 사람들이 느끼고 있는 감정을 대표하지 못합니다. 나는 도처에서, 길거리에나 전차 안에도 아주 좋은 기분, 낙관적인 기분이 가득 차 있는 것을 느낍니다."

그러자 사방에서 이 말에 동의하는 중얼거림이 들려왔다.

"믿지 마세요, 라이더 씨." 테오가 내 소매를 잡으며 말했다. "당신은 헛걸음을 하신 거예요. 지금 당장 이 극장에서 즉석 여론조사를 해 봅시다. 여기 있는 몇 사람한테 물어봅시다……."

"라이더 씨." 페더젠이 재빨리 말했다. "이젠 집에 가서 자야겠습니다. 영화는 훌륭하지만, 벌써 수없이 보았거든요. 당신도 피곤하실 텐데……."

"예, 사실 피곤합니다. 괜찮으시다면 함께 나가고 싶은데요." 나는 고개를 돌려 다른 사람들에게 말했다. "죄송하지만, 저는 그만 호텔로 돌아가겠습니다."

"하지만 라이더 씨." 주근깨 사내가 걱정스러운 목소리로 말했다. "아직 가지 마세요. 적어도 우주비행사들이 HAL을 해체하는 장면까지는 보고 가셔야지요."

"라이더 씨." 아래쪽 줄에서 어떤 목소리가 말했다. "이쯤에서 내 패를 넘겨받는 게 어떻겠습니까. 나는 오늘 밤 카드놀이에 진력이 났어요. 게다가 이렇게 어두운 곳에서 카드를 보기란 어려운 법이지요. 내 시력도 이젠 예전 같지 않아요."

"정말 친절하시군요. 하지만 정말로 가 봐야겠습니다."

내가 막 작별인사를 나누려 할 때, 페더젠은 벌써 자리에서 일어나 통로로 나가기 시작했다. 나는 그 뒤를 따라가면서 사람들에게 손을 흔들었다.

통로에 이르렀을 때에도 고개를 떨군 채 말없이 계속 걸은 걸 보면, 페더젠은 좀 전에 있었던 소동에 마음이 착잡해진 모양이었다. 극장에서 나올 때 나는 마지막으로 스크린을 돌아보았다. 클린트 이스트우드가 거대한 스크루드라이버를 점검하면서 HAL을 해체할 준비를 하고 있는 중이었다.

밤거리는 쥐 죽은 듯 조용했고, 차가운 안개가 짙게 끼어 있었다. 따뜻하면서 소란스러운 극장과는 너무나 대조적이었기 때문에, 우리는 방향감각을 되찾으려는 듯 인도에 잠시 멈춰 섰다.

"라이더 씨, 뭐라고 죄송한 말씀을 드려야 할지 모르겠군요. 테오는 훌륭한 친구지만, 이따금 저녁을 먹을 때 과음하면……." 페더젠은 힘없이 고개를 저었다.

"걱정하지 마세요. 열심히 일하는 사람들은 긴장을 풀 필요가 있지요. 오늘 저녁에는 무척 즐거웠습니다."

"정말 부끄럽습니다……."

"제발 그러지 마세요. 잊어버립시다. 정말로 즐거웠습니다."

우리는 걷기 시작했다. 인적 없는 거리에 우리가 내딛는 발소리가 메아리쳤다. 페더젠은 생각에 골몰한 듯 한동안 말이 없다가 이윽고 입을 열었다.

"내 말을 믿으셔야 합니다. 우리는 그런 착상을 우리 공동체에 도입하는 어려움을 결코 과소평가하지 않았습니다. 브로즈키 씨에 대한 아이디어 말입니다. 분명히 말씀드리지만, 우리는 상당히 조심스럽게 모든 일을 처리해 왔습니다."

"물론 그러셨겠지요."

"처음에는 누구에게 그 아이디어를 털어놓을 것인지에도 굉장히 신경을 썼습니다. 초기 단계에서는 우리 생각에 공감할 가능성이 높은 사람들한테만 얘기하는 게 아주 중요했거든요. 그런 다음, 이 사람들을 통해 그 얘기가 일반 대중에게 서서히 새나게 했습니다. 그런 방법으로 우리 생각이 가장 긍정적으로 전달되도록 신경을 썼지요. 동시에 우리는 다른 조치도 취했습니다. 예를 들면 브로즈키 씨를 위해 여러 차례 만찬회를 열고, 상류층에서 세심하게 고른 사람들을 손님으로 초대했답니다. 처음에는 규모도 작았고 사실상 비밀 만찬이었지만, 그러는 동안 조금씩 그물을 넓혀서 우리 입장을 지지하는 사람을 점점 늘릴 수 있었지요. 중요한 공개행사에서도 다른 고위층 인사들과 함께 반드시 브로즈키 씨를 내빈으로 초대했습니다. 예를 들어 북경 발레단이 왔을 때는 브로즈키 씨를 바이스 씨 내외와 같은 로열박스에 앉혔답니다. 물론 사적인 차원에서도 브로즈키 씨에 대해 언급할 때는 반드시 최대의 경어만 쓰는 것을 잊지 않았습니다. 우리는 벌써 이태 동안 그런 식으로 노력했고, 그 성과에 대체로 만족하고 있었습니다. 브로즈키 씨에 대한 일반인들의 생각도 분명히 달라지고 있었어요. 그래서 이제는 중요한 조치를 취할 때가 되었다고 판단한 겁니다. 내가 지금 이렇게 낙담하는 것은 그 때문입니다. 극장에서 만난 신사들은 마땅히 남의 모범이 되어야 할 사람들이거든요. 그런 사람들이 긴장을 풀 때마다 그런 태도로 되돌아간다면, 일반인들이 우리를 지지하고 따라오기를 어떻게 기대할 수 있겠습니까……." 그는 말꼬리를 흐리면서 또다시 고개를 저었다. "나는 이만저만 실망하고 있는 게 아닙니다. 나를 위해서도 그렇고, 라이더 씨 당신을 위해서도 그렇고."

그는 다시 입을 다물었다. 한동안 침묵이 흐른 뒤, 내가 한숨을 내쉬면서 말했다.

"여론을 바꾸기란 쉬운 일이 아니죠."

페더젠은 말없이 몇 걸음을 더 걷고 나서 말했다.

"우리의 출발점을 생각하셔야 합니다. 그런 식으로 사태를 바라보면, 다시 말해서 우리의 출발점을 돌이켜 생각해 보면, 우리가 상당한 전진을 이룩했다는 것을 알게 되실 겁니다. 브로즈키 씨는 벌써 오랫동안 여기서 우리와 함께 살았지만, 그동안 그 사람이 음악을 연주하기는커녕 음악 이야기를 하는 것조차도 들은 사람이 아무도 없다는 점을 이해하셔야 합니다. 그 사람이 한때 모국에서 지휘자로 활동했다는 건 우리 모두 막연하게 알고 있었습니다. 하지만 그 사람의 지휘자다운 면을 한 번도 보지 못했기 때문에, 그 사람을 그런 식으로 생각해 본 적도 없었어요. 솔직히 말해서 얼마 전까지만 해도 브로즈키 씨는 술에 취해 고래고래 고함을 지르며 갈지자걸음으로 시내를 휘젓고 다닐 때에나 겨우 사람들의 눈길을 받는 정도였지요. 그러지 않을 때는 그저 북쪽 큰길 옆에서 개와 단둘이 살고 있는 고독한 은자에 불과했습니다. 아니, 꼭 그렇지는 않군요. 도서관에도 규칙적으로 나타나곤 했으니까요. 일주일에 두세 번은 오전에 도서관에 들어가서 늘 앉는 창가에 자리를 잡고 개를 책상 다리에 묶어 두곤 했습니다. 개를 도서관에 데리고 들어가는 건 규정에 어긋나지만, 도서관 직원들은 그냥 내버려 두는 게 상책이라고 오래전에 판단을 내린 겁니다. 브로즈키 씨와 실랑이를 벌이기보다는 그게 훨씬 간단하니까요. 그래서 이따금 도서관에 가 보면 발치에 개를 묶어 놓고 책 더미에 파묻혀 엄지손가락으로 책장을 넘기고 있는 브로즈키 씨를 볼 수 있었습니다. 그 책들은 언제나 지나칠 만큼 두툼해 보이는 역사책이었지요. 그런데 그 방에 있는 누군가가 속삭이는 소리로 얘기를 시작하면, 그저 잠깐 인사를 나누기만 해도, 브로즈키 씨는 벌떡 일어나서 그 사람한테 호통을 치곤 했습니다. 이치로 따지면야 브로즈키 씨가 옳지요. 하지만 도서관에서는 정숙을 유지해야 한다는 규정을 우리는 별로 엄격하게 지키지 않았습니다. 사람들은 다른 공공장소에서와 마찬가지로 도서관에서도 서로 만나면 잠시나마 대화를 나누고 싶어 합니다. 게다가 브로즈키 씨 자신도 개를 데리고 들어와 규정을 어긴 걸 생각하면, 사람들이 그의 행동을 부당하게 여긴 것도 놀랄 일은 아니지요. 하지만 어떤 날 아침에는 브로즈키 씨도 이따금 특별한 기분에 사로잡히곤 했답니다. 책상 앞에 앉아서 책을 읽고 있다가 갑자기 비참하고 쓸쓸한 표정을 짓는 겁니다. 멍하니 허공을 바라보거나, 때로는 눈에서 눈물이 샘솟듯 솟아나는 모습까지 보이곤 했지요. 그런 일이 일어나면, 사람들은 이제 이야기를 나누어도 괜찮다는 것을 압니다. 대개는 누군가가 먼저 시험 삼아 한두 마디 소곤거려 보지요. 그래도 브로즈키 씨가 아무런 반응을 보이지 않으면, 방에 있는 사람들이 모두 주절대기 시작하는 겁니다. 그런 경우에는 도서관이 브로즈키 씨가 없을 때보다 훨씬 소란스러워지기도 하지요. 사람들은 본디 심술궂은 면을 갖고 있으니까요. 어느 날 아침에 있었던 일이 생각나는군요. 나는 책을 돌려주러 갔는데, 도서관이 꼭 기차역처럼 시끄러운 거예요. 대출창구에서 목청껏 고함을 지르지 않으면 내 목소리가 들리지 않을 정도였으니까요. 그런데 거기에 브로즈키 씨가 있었어요. 그렇게 시끄러운 와중에도 꼼짝도 않고 자기 세계 속에 틀어박혀 있더군요. 그건 서글픈 광경이었다고 말할 수밖에 없습니다. 아침 햇살 때문에 브로즈키 씨는 좀 허약해 보였습니다. 코끝에는 콧물이 맺혀 있고, 눈은 아득히 먼 곳을 바라보는 것 같았고, 손에 들고 있는 책은 까맣게 잊어버린 것 같았지요. 분위기가 그렇게 싹 바뀌는 건 좀 잔인하다는 생각이 들더군요. 사람들은 브로즈키 씨를 이용하고 있는 것 같았습니다. 어떤 의미로 이용하고 있는지는 잘 모르겠지만요. 하지만 브로즈키 씨가 다른 날 아침에는 모든 사람을 당장 침묵시킬 수 있었습니다. 어쨌든 내가 말하고자 하는 것은 그것이 브로즈키 씨가 오랫동안 우리에게 심어 준 인상이었다는 겁니다. 따라서 사람들이 브로즈키 씨에 대한 견해를 비교적 짧은 시일 안에 완전히 바꾸기를 기대하는 건 무리일 겁니다. 물론 상당한 진전은 이루어졌지만, 방금 전에도 보았듯이……." 그는 또다시 분노에 사로잡힌 듯 중얼거렸다. "하지만 그들은 좀 더 분별을 가져야 합니다."

우리는 교차로에서 멈춰 섰다. 안개는 아까보다 훨씬 짙어져서 나는 방향감각을 잃어버렸다. 페더젠은 주위를 둘러보고는 다시 걷기 시작하여, 자동차들이 인도에 줄지어 서 있는 좁은 길로 나를 데려갔다.

"호텔까지 바래다 드리지요. 내가 집으로 돌아가기에도 다른 길보다 이 길로 가는 편이 나으니까요. 호텔은 마음에 드세요?"

"예, 아주 좋습니다."

"호프만 씨는 좋은 호텔을 운영하고 있습니다. 훌륭한 지배인이고, 모든 면에서 뛰어난 사람이지요. 당신도 아시다시피 브로즈키 씨가 그나마 회복된 건 호프만 씨 덕분이니까 우리는 당연히 그 사람한테 감사해야 합니다."

"아아, 예. 물론 그러시겠죠."

인도에 차들이 줄지어 서 있었기 때문에, 한동안 우리는 나란히 걷지 못하고 페더젠이 앞장서서 걸었다. 이윽고 우리는 거리 한복판으로 나갔다. 페더젠 옆으로 다가갔을 때, 나는 그의 기분이 다소 밝아진 것을 알아차렸다. 그가 미소를 지으며 말했다.

"내일은 그 레코드를 들으러 백작부인 댁에 가실 예정이죠? 우리 시장인 폰 빈터슈타인 씨는 거기서 당신을 만날 작정입니다. 시장은 당신과 따로 만나 몇 가지 문제를 의논하고 싶어 합니다. 하지만 가장 중요한 건 물론 그 레코드죠. 참으로 놀라운 레코드랍니다!"

"예, 나도 기대가 큽니다."

"백작부인은 대단한 분입니다. 이따금 우리 모두를 부끄럽게 만들 만큼 차원 높고 대범한 생각을 보여 주곤 했지요. 도대체 어디서 그런 착상을 얻느냐고 여러 번 물어보았지만, 백작부인의 대답은 한결같았습니다. '직감이에요. 어느 날 아침에 눈을 떴을 때 이 직감이 번득였어요.' 정말 대단한 분입니다! 그 레코드를 구하는 건 결코 쉬운 일이 아니었을 겁니다. 하지만 그분은 베를린의 전문점을 통해서 결국 해내셨지요. 당시만 해도 우리는 거기에 대해 전혀 몰랐고, 설령 알았다 해도 비웃는 게 고작이었을 겁니다. 하루는 백작부인이 우리를 저택으로 불렀습니다. 정확히 2년하고도 한 달 전, 햇빛이 눈부신 맑고 쾌적한 저녁이었어요. 우리 열한 명은 모두 백작부인의 응접실에 모였지요. 무슨 일로 백작부인이 우리를 불렀는지는 아무도 몰랐습니다. 그분은 간단한 음식을 내놓고는 당장 용건을 꺼내기 시작했습니다. 우리는 오랫동안 애를 태우면서 살았다, 이제는 행동해야 할 때다, 우리가 얼마나 잘못된 방향으로 인도되었는가를 인정하고, 그동안 입은 손실을 최대한 벌충하기 위해 적극적인 조치를 취해야 할 때가 왔다, 그러지 않으면 우리의 후손들은 결코 우리를 용서하지 않을 것이다……. 사실 이런 얘기는 결코 새로운 게 아니었습니다. 우리는 벌써 몇 달 전부터 서로에게 그런 심정을 털어놓았으니까요. 그래서 우리는 모두 고개를 끄덕이며 공감을 표시하고, 일상적인 불만을 늘어놓았습니다. 하지만 백작부인은 다시 말을 이었습니다. 크리스토프 씨에 관해서는 더 이상의 조치를 취할 필요가 없다, 그 사람은 이제 우리 도시의 모든 계층에서 완전히 평판을 잃어버렸다, 하지만 그것 자체만으로는 우리 공동체의 중추에서 차츰 추진력을 얻고 있는 불행의 악순환을 역전시킬 수 없다, 우리는 어떻게든 새로운 기풍을 만들어 새로운 시대를 건설해야 한다……. 우리는 이 말에도 모두 고개를 끄덕였지만, 이것도 우리가 그때까지 여러 번 주고받은 의견이었습니다. 그래서 폰 빈터슈타인 시장은 지극히 공손한 말투로 백작부인에게 그런 취지의 얘기를 했지요. 그러자 백작부인은 자신의 생각을 털어놓기 시작했습니다. 해결책은 그동안 줄곧 우리들 사이에 있었다고 선언하더니, 그 해결책은 바로 브로즈키 씨라고 말하는 거예요. 이 말을 듣는 순간, 처음엔 우리도 귀를 의심할 수밖에 없었답니다. 브로즈키 씨라니? 도서관에 틀어박혀 있거나 술에 취해서 비틀거리며 돌아다니는 그 브로즈키 말이야? 백작부인은 지금 제정신으로 말하고 있는 걸까? 백작부인이 아닌 다른 사람이 그런 말을 했다면 우리는 아마 포복절도했을 겁니다. 하지만 백작부인은 자신만만했지요. 그분은 우리한테 들려줄 음악이 있으니까 다들 편안한 자세로 음악을 들으라고 말했습니다. 깊이 유념해서 들어야 할 음악이라고 하더군요. 그러고는 그 레코드를 하나씩 들려주기 시작한 겁니다. 밖에서는 해가 기울어 가고, 우리는 거기에 앉아서 귀를 기울였지요. 녹음의 질은 형편없었습니다. 게다가 내일 가서 보시면 알겠지만, 백작부인의 전축은 좀 오래된 물건이지요. 하지만 그런 건 전혀 문제가 되지 않았습니다. 몇 분도 지나기 전에 음악은 우리 모두를 사로잡았고, 우리 기분을 너무나 평온하고 차분하게 가라앉혀 주었지요. 어떤 이들은 눈물까지 흘렸답니다. 우리는 오랫동안 그토록 간절히 그리워했던 음악을 듣고 있다는 걸 깨달았습니다. 우리가 그동안 크리스토프 씨 같은 사람을 찬양했다는 것이 어느 때보다도 어처구니없는 일로 여겨졌습니다. 우리는 참으로 오랜만에 진정한 음악을 다시 듣고 있었습니다. 놀라운 재능만이 아니라 '우리와 같은 가치관을 가진' 지휘자의 작품이었지요. 이윽고 음악이 끝나자 우리는 일어나서 다리를 폈습니다. 무려 세 시간이 넘게 앉아서 음악을 듣고 있었기 때문에 다리가 뻣뻣했거든요. 하지만 브로즈키 씨한테서 해결책을 찾자는 생각은 그 어느 때보다도 어리석은 것으로 여겨졌습니다. 브로즈키 씨라니! 우리는 백작부인에게 지적했습니다. 그건 아주 오래전에 녹음한 레코드라고, 브로즈키 씨는 자신이 가장 잘 알고 있는 이유 때문에 오래전에 음악을 포기했다고, 게다가 브로즈키 씨한테는 문제가 있다고, 지금의 브로즈키 씨를 옛날 그 레코드를 녹음한 브로즈키 씨와 같은 사람이라고 말하기는 어렵다고……. 우리는 모두 고개를 저었습니다. 하지만 백작부인이 다시 입을 열었습니다. 위기가 닥쳐오고 있다, 이젠 열린 마음을 가져야 한다, 브로즈키 씨를 찾아내서 충분히 이야기를 하여, 현재 어느 정도의 능력을 유지하고 있는지 확인해야 한다……. 물론 우리가 얼마나 절박한 상황에 놓여 있는가를 새삼 일깨울 필요는 없었습니다. 우리는 비참한 사례를 저마다 수십 가지는 토로할 수 있었지요. 외로움으로 망가진 인생에 대해, 한때 당연하게 여겼던 행복을 되찾을 희망을 완전히 잃어버린 가족에 대해……. 바로 그때 당신이 묵고 있는 호텔 지배인인 호프만 씨가 갑자기 헛기침을 하더니, 자기가 브로즈키 씨를 맡겠다고 선언한 겁니다. 자리에서 일어나 아주 엄숙하게 말했지요. 브로즈키 씨가 현재 어떤 상태에 있는지 판단하고, 회복시킬 가망이 조금이라도 있으면 책임지고 해 보겠노라고 말입니다. 그 일을 자기한테 맡겨 주면 우리 공동체를 실망시키지 않겠다고 맹세했지요. 그게 아까도 말했듯이 2년쯤 전이었습니다. 그 후 호프만 씨는 약속을 지키려고 온 힘을 쏟았고, 우리는 놀란 눈으로 호프만 씨의 그 헌신적인 노력을 지켜보았지요. 항상 순조롭지는 못했지만, 그래도 전체적으로 보면 놀랄 만한 진전이 이루어졌습니다. 그리고 브로즈키 씨도 현재와 같은 상태까지 회복되었습니다. 그래서 우리는 더 이상 기다리지 말고 결정적인 조치를 취해야 한다고 생각하게 된 겁니다. 결국 우리가 할 수 있는 일은 좀 더 유리한 상태에서 브로즈키 씨를 사람들 앞에 내놓는 것뿐이니까요. 언젠가는 이 도시 사람들이 눈과 귀로 직접 판단해야 합니다. 여태껏 나타난 모든 징후는 우리의 기대가 지나치지 않았다는 것을 보여 주고 있습니다. 브로즈키 씨는 정기적으로 연습해 왔고, 누구의 말을 들어 보아도 오케스트라 단원들에게 충분한 존경을 얻었다고 합니다. 브로즈키 씨가 마지막으로 공연한 지는 오래되었을지 모르지만, 그 오랜 세월 동안 잃어버린 것은 거의 없는 듯싶습니다. 그 열정, 우리가 그날 저녁에 백작부인네 응접실에서 마주친 그 뛰어난 상상력은 어딘가 내면 깊숙이에서 깨어나기를 기다리고 있다가, 이제 서서히 깨어나고 있습니다. 브로즈키 씨가 다가오는 목요일 밤에는 우리 모두의 자랑거리가 될 거라고 믿어 의심치 않습니다. 지금까지 우리는 '목요일 밤'의 성공을 위해 우리가 할 수 있는 모든 일을 다 했습니다. '슈투트가르트 나겔 재단 오케스트라'는 비록 일류 관현악단은 아니지만, 아주 좋은 평을 듣고 있습니다. 공연료도 결코 싼 편이 아닙니다. 그런데도 이번의 중요한 행사를 위해 그 관현악단을 초빙하는 데 반대하는 목소리는 거의 없었고, 고용 기간에 대해서도 거의 이의가 없었습니다. 처음에는 연습 기간을 두 주로 할 생각이었지만, 재정위원회의 전폭적인 지원을 얻어 그것을 삼 주로 늘렸지요. 공연료 외에도 삼 주 동안 관현악단을 먹이고 재우는 데 드는 비용을 생각하면 결코 만만한 사업이 아닙니다. 하지만 반대의 목소리는 거의 없었습니다. 모든 의원들이 이제는 목요일 밤의 중요성을 이해하게 되었지요. 브로즈키 씨에게 기회를 주어야 한다는 것이 모든 사람의 일치된 생각입니다. 그런데도……" 페더젠은 갑자기 한숨을 내쉬었다. "그런데도 불구하고, 오늘 저녁에 당신도 보았듯이, 오랫동안 뿌리박힌 생각은 좀처럼 없애기 어렵군요. 당신의 도움이 우리에게 절대적으로 중요한 건 바로 그 때문입니다. 당신이 이 보잘것없는 도시에 와 주신 것이 우리에게는 결정적인 도움이 될지도 모릅니다. 사람들은 당신 말이라면 우리 말을 들을 때와는 전혀 다른 태도로 귀를 기울일 겁니다. 실제로 당신이 도착했다는 소식만으로도 이 도시의 분위기가 달라졌습니다. 목요일 밤에 당신이 무슨 말을 할 것인가를 둘러싸고 기대감이 고조되고 있습니다. 전차에서도 카페에서도, 오로지 그 얘기뿐입니다. 물론 당신이 우리를 위해 무엇을 준비했는지는 나도 정확히 모릅니다. 어쩌면 당신은 지나치게 장밋빛 그림을 그리지 않도록 조심해 왔는지도 모릅니다. 어쩌면 우리가 옛날에 누렸던 행복을 되찾기 위해서는 우리 각자가 열심히 노력해야 한다고 경고하실지도 모르지요. 그런 경고를 하시는 건 당연할 겁니다. 하지만 나는 당신이 청중의 공공심이라는 긍정적이고 건설적인 측면에 교묘하게 호소해 주시리라는 것도 알고 있습니다. 어쨌든 한 가지는 분명합니다. 당신이 연설을 마치고 나면, 브로즈키 씨를 옛날처럼 초라한 주정뱅이 늙은이로 생각할 사람은 이 도시에 아무도 없게 될 겁니다. 아아, 걱정스러운 표정을 짓고 계시는군요, 라이더 씨. 걱정하지 마세요. 이곳은 침체된 시골 동네처럼 보일지 모르지만, 어떤 경우에는 다른 도시들보다 훨씬 뛰어날 수도 있으니까요. 특히 호프만 씨는 정말이지 웅장하고 화려한 저녁을 만들려고 열심히 일했답니다. 지위 고하를 막론하고 모든 시민이 행사에 참석할 테니 안심하세요. 그리고 브로즈키 씨는 절대로 우리를 실망시키지 않을 겁니다. 모든 사람이 기대한 것보다 훨씬 잘해 낼 거예요. 나는 확신합니다."

페더젠이 언급한 내 표정은 사실 '걱정'과는 아무 관계도 없었고, 그보다는 나 자신에 대해 느끼고 있는 짜증스러움이었다. 나는 이 도시에서 해야 할 연설을 준비하기는커녕 아직 예비조사도 끝내지 못한 상태였기 때문이다. 그렇게 경험이 많은 내가 어쩌다 이런 지경에 이르렀는지, 도무지 이해할 수가 없었다. 오늘 오후 호텔의 우아한 아트리엄에서 진한 커피를 홀짝거리며, 한정된 시간을 최대한 이용할 수 있도록 신중하게 계획을 짜는 것이 중요하다고 몇 번이나 속으로 다짐한 게 생각났다. 카운터 뒤의 거울에 비친 안개 같은 분수를 바라보면서, 내가 좀 전에 극장에서 겪은 것과 비슷한 상황에 놓여 있는 나 자신을 머릿속에 그려 보기까지 했다. 그런 상황에 놓이면 이곳의 문제에 대해 여유 있게 권위 있는 진단을 내려 사람들에게 강렬한 인상을 심어 주고, 크리스토프에 대해서도 이튿날 시내 전역에서 화제에 오를 만큼 기억할 만한 재담을 적어도 한 가지쯤은 자연스럽게 입에 올리는 내 모습을 상상했는데, 다른 문제에 시간을 뺏기는 바람에 결국 극장에서는 주목할 만한 발언을 하나도 하지 못했던 것이다. 그러기는커녕, 전혀 세련되지 못한 인간이라는 인상밖에 주지 못했을지도 모른다. 이런 혼란이 일어난 게 모두 소피 탓이라고 생각하자, 내 평소의 규범을 그토록 철저히 양보하도록 강요한 그녀에게 다시금 격렬한 분노가 치미는 것을 느꼈다.

우리는 다시 걸음을 멈추었다. 그제야 나는 우리가 호텔 앞에 서 있는 것을 깨달았다.

"오늘은 정말 즐거웠습니다." 페더젠이 손을 내밀면서 말했다. "앞으로는 좀 더 오랫동안 함께 시간을 보내고 싶군요. 하지만 지금은 좀 쉬셔야겠습니다."

나는 고맙다고 말하고 작별인사를 한 다음, 어둠 속으로 사라져 가는 페더젠의 발소리를 들으면서 호텔 로비로 들어갔다.

젊은 프런트 직원은 아직도 근무 중이었다. 그가 내 방 열쇠를 건네주면서 말했다.

"영화는 재미있게 보셨는지 모르겠군요."

"예, 아주 재미있었어요. 영화를 보라고 권해 주어서 고맙소. 덕분에 긴장이 많이 풀렸어요."

"영화를 보는 게 하루를 마무리 짓는 좋은 방법이라고 생각하는 손님이 많답니다. 아 참, 구스타프가 전해 달라더군요. 보리스는 그 방이 마음에 들었고, 방에 들어가자마자 곧장 잠자리에 들었다고요."

"아아, 잘됐군요."

나는 그에게 작별인사를 하고, 서둘러 엘리베이터 쪽으로 걸어갔다.

내 방으로 들어가자, 긴 하루를 보내는 동안 온몸이 더러워진 듯한 기분이 들었다. 나는 가운으로 갈아입고 샤워할 준비를 하기 시작했다. 하지만 욕실을 점검하고 있을 때 갑자기 격렬한 피로감이 덮쳐 와, 나는 다시금 비틀거리며 침대로 돌아와 고꾸라지듯 쓰러졌다. 그러고는 깊은 잠 속으로 빠져들었다.

10

잠이 든 지 얼마 지나기도 전에 귓가에서 전화벨이 울리기 시작했다. 나는 한동안 내버려 두었지만, 결국 침대에 일어나 앉아서 수화기를 들었다.

"아아, 라이더 씨. 접니다. 호프만이에요." 나는 그가 잠을 방해한 이유를 설명해 주기를 기다렸지만, 호텔 지배인은 말을 잇지 않았다. 어색한 침묵이 흐른 다음, 그가 똑같은 말을 되풀이했다. "접니다. 호프만이에요." 또다시 침묵이 흐른 다음 그가 말을 이었다. "저는 지금 로비에 있습니다."

"아아, 예."

"죄송합니다. 무언가 다른 일을 하시는 중이었나 보군요."

"사실은 잠깐 잠을 자고 있었습니다."

또다시 어색한 침묵이 흐른 것을 보면, 호프만은 이 말에 깜짝 놀라서 말문이 막힌 모양이었다. 나는 얼른 웃으면서 말했다.

"아니, 침대에 누워 있었다는 뜻입니다. 말할 필요도 없겠지만,

하루 일이 전부 끝날 때까지는 정식으로 잠을 잘 수 없지요."

"물론 그렇고말고요." 호프만이 안심한 듯 말했다. "말하자면 잠깐 한숨 돌리고 계셨군요. 충분히 이해합니다. 어쨌든 저는 로비에서 기다리고 있겠습니다."

나는 수화기를 내려놓고, 어떻게 할까 망설이며 침대에 앉아 있었다. 피로는 전혀 풀리지 않았다. 기껏해야 몇 분도 자지 못했을 것이다. 나는 모든 것을 잊어버리고 다시 잠들고 싶은 마음뿐이었다. 하지만 그럴 수 없다는 것을 깨닫고, 지친 몸을 간신히 일으켜 세웠다.

나는 가운을 입은 채 잠들어 있었다. 가운을 벗고 옷을 차려입으려다가, 그냥 가운을 입은 채 로비로 내려가서 호프만과 만나도 괜찮을 거라는 생각이 들었다. 이런 밤늦은 시간에는 호프만과 프런트 직원 말고는 다른 사람을 만날 염려도 없었고, 그런 차림으로 내려가는 것은 밤이 깊었다는 사실, 그리고 내가 호프만 때문에 잠을 자지 못하고 있다는 사실을 미묘하지만 날카롭게 강조해 줄 거라고 생각했기 때문이다. 나는 복도로 나가, 적잖이 짜증스러운 기분으로 엘리베이터 쪽으로 걸어갔다.

적어도 처음에는 내 가운이 기대했던 효과를 낸 것 같았다. 내가 로비로 들어가자, 호프만이 우선 이렇게 말했기 때문이다.

"쉬시는 데 방해해서 죄송합니다, 라이더 씨. 먼 길을 오시느라 무척 피곤하실 텐데."

나는 피로를 굳이 감추려 하지 않고, 머리칼을 한 손으로 쓸어 올리면서 말했다.

"괜찮습니다, 호프만 씨. 하지만 너무 오래 걸리진 않겠죠? 실은 지금 몹시 피곤하거든요."

"오래 걸리진 않을 겁니다. 절대로 오래 걸리지 않습니다."

"그럼 좋습니다."

나는 호프만이 레인코트를 입고 그 밑에는 장식 허리띠와 나비넥타이까지 갖춘 정식 야회복 차림이라는 것을 알아차렸다.

"나쁜 소식은 물론 들으셨겠지요?"

"나쁜 소식이라뇨?"

"나쁜 소식이긴 하지만, 심각한 사태로 발전하진 않을 거라고 자신 있게 말할 수 있습니다. 그리고 오늘 밤 안으로 라이더 씨도 저와 똑같이 그걸 확신하게 될 겁니다."

"그렇겠지요." 나는 호프만을 안심시키려고 고개를 끄덕이며 말했다. 그러나 잠시 뒤에 나는 상황이 절망적이라는 판단을 내리고, 단도직입적으로 물었다. "미안하지만 당신이 말하는 나쁜 소식이라는 건 뭡니까? 최근에는 나쁜 소식이 아주 많았는데요."

그는 놀라서 나를 쳐다보았다.

"나쁜 소식이 많았다고요?"

"아프리카에서 일어난 전쟁 따위를 말하는 겁니다." 나는 짧게 웃었다. "사방이 온통 나쁜 소식뿐이지요."

"아아, 알겠습니다. 저는 물론 브로즈키 씨의 개에 대한 소식을 말하고 있는 겁니다."

"아아, 브로즈키 씨의 개요."

"이게 얼마나 재수 없는 사건인지는 라이더 씨도 짐작하실 겁니다. 시기가 나빠요." 그는 다소 과장되게 한숨을 내쉬었다. "아무리 일을 조심스럽게 진행해도 이런 일이 터지곤 한다니까요!"

"예, 정말 끔찍하지요. 끔찍해요."

"하지만 아까도 말씀드렸듯이 저는 확신하고 있습니다. 이게 결코 중대한 장애가 되지는 않을 거라고 말입니다. 지금 당장 가 보실까요? 사실 이제 와서 생각해 보니 라이더 씨 말씀이 옳았습니다. 출발하기에는 지금이 훨씬 좋은 때예요. 옳습니다. 이런 일은 침착하게 받아들여야죠. 절대로 당황해서 허둥대면 안 됩니다. 자, 그럼 가십시다."

"저…… 호프만 씨, 아무래도 옷차림이 걸리는군요. 몇 분만 기다려 주시면 방으로 돌아가서 옷을 갈아입고 오겠습니다."

호프만은 나를 흘끗 바라보았다. "괜찮아 보이는데요, 뭐. 걱정하지 마세요." 그는 불안한 듯 손목시계를 들여다보았다. "지금이 딱 좋은 시간이에요. 어서 가십시다."

밖은 어두웠고, 비는 꾸준히 내리고 있었다. 나는 호프만을 따라 호텔 건물을 돌아서 샛길을 지나, 대여섯 대의 자동차가 서 있는 작은 옥외 주차장으로 들어갔다. 불빛이라고는 울타리 기둥에 매달린 전등 하나뿐이었다. 나는 그 불빛으로 내 앞에 커다란 물웅덩이들이 버티고 있는 것을 알아볼 수 있었다.

호프만은 검은색 대형 승용차로 달려가 조수석 문을 열었다. 나는 그쪽으로 다가가면서 실내용 슬리퍼를 통해 물기가 스며드는 것을 느낄 수 있었다. 차에 막 오르려 할 때, 한 발이 웅덩이에 빠져 흠뻑 젖어 버렸다. 나는 작은 소리로 비명을 질렀지만, 호프만은 이미 운전석 쪽으로 서둘러 돌아가고 있었다.

호프만이 차를 주차장에서 몰고 나가는 동안, 나는 바닥에 깔려 있는 깔개 위에서 어떻게든 젖은 발을 말리려고 애썼다. 고개를 들어 보니 우리는 벌써 큰길로 나와 있었다. 나는 오가는 차량이 갑자기 많아진 것을 보고 깜짝 놀랐다. 게다가 많은 가게와 식당 들이 이제는 잠에서 깨어나 문을 열었고, 불 켜진 진열창 안에서는 많은 고객들이 떼 지어 돌아다니고 있었다. 우리가 달리는 도중에도 교통량은 꾸준히 늘어나, 결국 도심 가까운 삼차선 도로 한복판에서 우리는 차량 사이에 갇혀 옴짝달싹도 못하는 상태에 빠지고 말았다. 호프만은 손목시계를 들여다보고는 안절부절못하고 핸들을 손바닥으로 탕 내리쳤다.

"정말 운이 나쁘군요." 내가 동정하는 투로 말했다. "내가 좀 전에 나왔을 때는 온 도시가 잠든 것 같았는데……."

호프만은 뭔가 다른 생각에 골몰한 듯 멍하니 대답했다.

"이 도시는 교통 사정이 날로 나빠지고 있습니다. 해결책이 뭔지 모르겠어요."

그는 다시 핸들을 때렸다.

그 후 몇 분 동안 우리는 기어가듯 천천히 움직이는 차 안에 말없이 앉아 있었다. 이윽고 호프만이 조용히 말했다.

"라이더 씨는 줄곧 여행을 하셨습니다."

나는 그의 말을 잘못 들은 줄 알았지만, 그는 또다시 — 이번에는 손을 세련되게 흔들면서 — 같은 말을 되풀이했다. 그제야 나는 우리가 목적지에 도착했을 때 늦은 이유를 설명하기 위해 할 말을 미리 연습하고 있다는 걸 알았다.

"라이더 씨는 줄곧 여행을 하셨습니다. 라이더 씨는…… 줄곧 '여행'을 하셨습니다."

혼잡한 밤거리를 뚫고 나아가는 동안 호프만은 이따금 낮은 소리로 웅얼거렸지만, 내가 알아들을 수 있는 말은 거의 없었다. 그는 자기 자신의 세계 속으로 들어가 버렸고, 갈수록 점점 더 긴장하는 듯이 보였다. 한번은 빨간 신호등에 걸려 멈춰 섰을 때, 그가 이렇게 중얼거리는 소리가 들렸다. "아니, 아닙니다, 브로즈키 씨! 그 사람은 훌륭한, 아주 훌륭한 분이었습니다!"

마침내 우리는 교차로에서 왼쪽으로 돌아 교외로 달리고 있었다. 오래지 않아 건물들은 사라지고, 우리는 탁 트인 어두운 공간—아마 농지일 것이다—을 양쪽에 끼고 길게 뻗은 도로를 달리고 있었다. 교통량은 점점 줄어들어, 우리가 탄 차는 계속 속력을 높일 수 있었다. 나는 호프만이 눈에 띄게 긴장을 푸는 것을 알 수 있었다. 다음에 그가 나에게 말을 걸었을 때는 평상시의 세련된 태도를 거의 되찾고 있었다.

"라이더 씨, 호텔에서는 모든 게 마음에 드십니까?"

"예, 아주 좋습니다. 고맙습니다."

"방도 마음에 드세요?"

"물론이죠."

"침대는 편안하신가요?"

"예, 아주 편안합니다."

"우리는 특히 침대를 자랑스럽게 여기고 있기에 여쭤 보는 겁니다. 우리는 매트리스를 자주 바꾸지요. 이 도시의 어떤 호텔도 우리 호텔만큼 매트리스를 자주 바꾸진 않습니다. 이건 제가 사실로서 알고 있는 일입니다. 우리가 내버리는 매트리스를 우리의 소위 경쟁자들이 보면, 몇 년을 충분히 더 쓸 수 있다고 생각할 겁니다. 5년 동안 우리가 내버리는 헌 매트리스를 늘어놓으면 시의회에서 출발하는 큰길을 따라 분수를 거쳐 슈테른 가 모퉁이를 돌아 빙클러 씨의 약국까지 선을 그을 수 있다는 걸 아십니까?"

"정말입니까? 그거 참 대단하군요."

"솔직히 말씀드리겠습니다. 실은 라이더 씨의 방 문제로 고민을 많이 했답니다. 라이더 씨가 도착하실 때까지 며칠 동안, 어떤 방을 드릴 것인가를 놓고 오랫동안 심사숙고를 거듭했지요. 대부분의 호텔은 '이 호텔에서 가장 좋은 방은 어느 방이냐?'고 물으면 간단히 대답할 수 있을 겁니다. 하지만 우리 호텔은 그렇지 않습니다. 오랫동안 저는 그 수많은 방에 일일이 개별적인 관심을 기울여 왔습니다. 심지어는 어느 방 하나에 집착할 때도 있었지요. 하하하! 그래요, 그걸 '집착'이라고 말하는 사람도 있을 겁니다. 어느 방의 잠재적 가능성이 눈에 뜨이면, 오랫동안 그 생각이 머리에 달라붙어 떠나질 않으니까요. 그러면 며칠 동안 그걸 생각하다가, 그 방을 제가 생각한 이상적인 모양에 가장 가깝게 바꾸려고 최대한의 주의를 기울이는 겁니다. 매번 성공하는 건 아니지만, 많은 노력을 기울이면 대개는 제가 머릿속으로 그려 본 것과 비슷해졌고, 결과는 물론 대단히 만족스럽게 되지요. 하지만—아마 그게 제 성격의 결함일 겁니다만—저는 어느 방을 개조하는 일을 만족스럽게 끝내자마자 또 다른 방의 잠재적 가능성에 사로잡히곤 한답니다. 문득 정신을 차리고 보면, 어느새 저는 많은 시간과 생각을 그 새로운 계획에 바치고 있지요. 어떤 이들은 그걸 지나친 집착이라고 부르겠지만, 저는 그게 잘못되었다고는 생각하지 않습니다. 천편일률적인 개념에 따라 치장된 방들이 줄줄이 늘어서 있는 호텔만큼 따분한 것도 없지요. 방들은 저마다 그 방의 독특한 개성에 따라 고려되어야 한다고 생각합니다. 어쨌든 제 말의 요점은 우리 호텔에서 제가 특별히 좋아하는 방은 하나도 없다는 겁니다. 그래서 오랫동안 심사숙고한 뒤, 저는 라이더 씨가 지금 쓰고 있는 방이 라이더 씨에게 가장 만족스러울 거라는 결론을 내렸지요. 하지만 막상 라이더 씨를 만나고 보니 더 이상 확신할 수가 없군요."

"아아, 아닙니다." 나는 호프만의 말을 가로막았다. "지금 쓰고 있는 방도 아주 좋습니다."

"하지만 저는 라이더 씨를 만난 뒤로 온종일 그 생각만 했답니다. 아무리 생각해도 라이더 씨는 지금 제가 염두에 두고 있는 다른 방에 더 어울릴 것 같습니다. 아침에 그 방을 보여 드리죠. 틀림없이 그 방이 더 마음에 드실 겁니다."

"아니, 정말로 괜찮습니다, 호프만 씨. 지금 쓰고 있는 방도……."

"솔직히 말씀드리죠, 라이더 씨. 지금 쓰고 계시는 방은 이번에 처음으로 진정한 시험을 받고 있는 겁니다. 4년 전에 그 방을 새로운 개념에 따라 다시 꾸민 이후, 제가 그 방에 모신 손님 가운데 명실상부한 저명인사는 라이더 씨가 처음이라는 뜻입니다. 물론 저는 언젠가 라이더 씨를 손님으로 모시게 될 줄은, 그런 영광을 얻게 될 줄은 꿈에도 생각지 못했지요. 하지만 공교롭게도 저는 바로 라이더 씨 같은 분을 염두에 두고 그 방을 꾸몄답니다. 제 말뜻은 라이더 씨가 오신 이제야 비로소 그 방이 원래 의도된 대로 적절히 쓰이게 되었다는 겁니다. 그런데 4년 전에 그 방을 새롭게 꾸밀 때 몇 가지 중대한 판단착오를 저질렀다는 것을 분명히 알 수 있습니다. 저 같이 경험이 많은 사람한테도 그건 무척 어려운 일이지요. 예, 의심할 여지 없이 저는 불만입니다. 라이더 씨와 그 방은 어울리지 않아요. 그래서 말씀인데, 343호실로 옮겨 주셨으면 합니다. 그 방이 라이더 씨의 기질에 훨씬 더 어울릴 것 같습니다. 그 방에 계시면 마음도 훨씬 차분해지고 잠도 한결 편히 주무실 수 있을 겁니다. 현재 쓰고 계시는 방에 대해서 이따금 생각해 봤는데, 지금의 형태는 파괴해 버리고 싶은 마음이 굴뚝같습니다."

"그건 안 됩니다!"

내가 이렇게 외치자, 호프만은 깜짝 놀라 길에서 눈길을 돌려 나를 바라보았다. 나는 멋쩍게 웃고 나서 얼른 기분을 돌이켜 말했다.

"내 말은 나 때문에 괜히 그런 수고와 비용을 들이지 마시라는 겁니다."

"제 마음의 평화를 위해서 하는 겁니다. 정말입니다, 라이더 씨. 제 호텔은 제 필생의 사업입니다. 그런데 저는 그 방에 대해 터무니없는 실수를 저질렀어요. 파괴하는 수밖에 다른 도리가 없습니다."

"그 방은…… 사실 나는 그 방에 많은 애착을 느끼고 있습니다. 그 방에 있으면 정말로 기분이 좋아요."

"이해할 수가 없군요." 호프만은 진심으로 당혹스러워하는 것 같았다. "그 방은 분명히 라이더 씨한테 어울리지 않습니다. 이제 라이더 씨를 만났기 때문에 자신 있게 말씀드릴 수 있습니다. 그렇게 예의를 차리실 필요는 없습니다. 라이더 씨가 그 방에 그렇게 특별한 애착을 갖고 계시다니, 정말 놀랍군요."

나는 느닷없이 웃음을 터뜨렸다. 아마 불필요하게 큰 소리로 웃었을 것이다. "전혀 그렇지 않습니다. 특별한 애착이라고요?" 나는 또 한 번 웃었다. "그건 단지 방일 뿐입니다. 그 이상도 그 이하도 아니에요. 꼭 파괴해야 한다면 그래야겠죠! 나는 기꺼이 다른 방으로 옮기겠습니다."

"아아, 그렇게 생각하신다니 기쁩니다. 그 방은 라이더 씨가 계시는 동안만이 아니라 앞으로 몇 년 동안이나 저한테 커다란 좌절감을 안겨 줄 겁니다. 라이더 씨가 언젠가 우리 호텔에 묵으실 때 그렇게 부적당한 방을 참고 견디셔야 했다고 생각하면, 제 기분이 어떻겠습니까. 4년 전에 제가 도대체 무슨 생각을 했는지, 정말 알 수가 없군요. 완전한 계산착오였어요!"

우리는 다른 헤드라이트와 마주치지 않고 얼마 동안 어둠 속을 빠른 속도로 달리고 있었다. 저 멀리 농가의 불빛으로 여겨지는 불빛이 몇 개 보였지만, 그것 말고는 양쪽에 펼쳐진 텅 빈 어둠을 깨뜨리는 것은 거의 없었다. 우리는 한동안 말없이 달렸다. 이윽고 호프만이 입을 열었다.

"이건 잔인한 운명의 장난입니다, 라이더 씨. 그 개는 그렇게 젊은 놈은 아니지만, 앞으로 이삼 년은 쉽게 버틸 수 있었을 겁니다. 준비가 그렇게 잘되어 가고 있었는데……." 그는 고개를 저었다. "시기가 아주 나빠요." 그러고는 미소를 지으며 나를 돌아보고 말을 이었다. "하지만 저는 확신합니다. 확신하고말고요. 그 사람은 이제 빗나가지 않을 겁니다. 이런 일이 일어나도 절대 빗나가진 않을 거예요."

"브로즈키 씨한테 다른 개를 선물해야겠군요. 어린 강아지를……."

나는 별생각 없이 말했지만, 호프만은 정중하게 내 말을 생각하는 척했다.

"글쎄요, 어찌해야 좋을지 모르겠군요. 브로즈키 씨는 브루노한테 지나칠 정도로 강한 애착을 갖고 있었다는 걸 이해하셔야 합니다. 브루노는 브로즈키 씨에게 거의 유일한 친구였지요. 브로즈키 씨는 비탄에 빠질 겁니다. 하지만 라이더 씨 말씀이 옳을지도 모르겠군요. 이제 브루노가 죽었으니, 브로즈키 씨의 외로움을 우리가 다소나마 달래 주어야 합니다. 개가 아닌 다른 동물이 좋을지도 모르지요. 위로가 될 만한 동물 말입니다. 예를 들면 새장에 든 새라든가……. 그러다가 나중에 브로즈키 씨가 마음의 준비가 되면 다른 개를 붙여 줄 수도 있겠지요. 하지만 저는 잘 모르겠습니다."

호프만은 그 후 몇 분 동안 침묵에 잠겼다. 나는 그의 마음이 다른 생각으로 옮아가 버린 모양이라고 생각했다. 하지만 그때 갑자기 호프만이 눈앞에 펼쳐지는 어두운 도로를 노려본 채 낮은 소리로 격렬하게 중얼거렸다.

"황소! 그래, 황소, 황소, 황소야!"

하지만 이때쯤 나는 브로즈키 씨의 개 문제에 진저리가 나서, 자동차 여행이 끝날 때까지 느긋하게 쉬기로 작정하고 등받이에 몸을 기댄 채 아무 말도 하지 않았다. 도중에 나는 우리의 여행 목적을 알 수 있는 실마리라도 잡아 보려고 호프만에게 슬쩍 말해 보았다.

"우리가 너무 늦지 않았으면 좋겠군요."

"천만에요. 딱 알맞은 시간입니다." 호프만이 대답했다. 그러나 그의 마음은 어딘가 다른 곳에 가 있는 것 같았다. 그리고 몇 분 뒤에 나는 그가 다시 한 번 날카롭게 중얼거리는 소리를 들었다. "황소야, 황소!"

잠시 후 우리는 탁 트인 도로를 벗어나 쾌적한 주거지역으로 들어갔다. 나는 어둠 속에서 대부분 높은 담장이나 산울타리로 둘러싸인 부지에 서 있는 널찍한 집들을 볼 수 있었다. 호프만은 나무가 우거진 가로수 길을 따라 조심스럽게 차를 몰았다. 나는 또다시 그가 낮은 소리로 대사를 연습하는 것을 들을 수 있었다.

우리는 높은 철대문을 지나 상당히 큰 저택의 안마당으로 들어갔다. 이미 많은 자동차가 마당 여기저기에 세워져 있어서, 호텔 지배인이 빈자리를 찾는 데에는 잠시 시간이 걸렸다. 그는 겨우 찾은 빈터에 차를 세운 다음, 차에서 내려 현관문으로 서둘러 걸어갔다.

나는 잠시 내 자리에 남아서, 우리가 참석하려는 행사의 실마리를 찾으려고 그 커다란 집을 유심히 살펴보았다. 정면에는 거의 땅바닥까지 내려오는 거대한 유리창들이 길게 늘어서 있었다. 창문은 대부분 밝았지만, 모두 커튼이 쳐져 있어서 그 안에서 무슨 일이 진행되고 있는지는 전혀 알 수가 없었다.

호프만은 초인종을 울리고 나서, 나에게 어서 오라고 손짓을 했다. 차에서 내려 보니, 비는 기세가 누그러져 이슬비가 되어 있었다. 나는 가운 앞자락을 잡아당겨 몸을 단단히 감싸고, 물웅덩이를 밟지 않도록 조심하면서 현관 쪽으로 걸어갔다.

하녀가 문을 열고, 우리를 대형 초상화들로 장식된 널찍한 현관홀로 맞아들였다. 하녀는 호프만을 알고 있는 듯, 그의 레인코트를 받아 들면서 빠른 말씨로 이야기를 나누었다. 호프만은 거울 앞에서 잠시 나비넥타이를 매만진 다음, 건물 깊숙한 곳으로 앞장서서 걸어갔다.

우리는 불빛이 넘쳐흐르는 커다란 방에 이르렀다. 거기서는 리셉션이 한창 진행되고 있었다. 리셉션에 참석한 사람은 적어도 백 명은 되어 보였다. 멋진 야회복 차림의 그들은 술잔을 들고 여기저기 모여 서서 대화를 나누고 있었다. 문간에 서자, 호프만은 내 앞에서 마치 나를 보호하려는 듯이 한 팔을 들고 눈으로 실내를 살폈다.

"아직 오지 않았군." 그는 이렇게 중얼거리고는 미소 띤 얼굴로 나를 돌아보며 말했다. "브로즈키 씨는 아직 오지 않았군요. 하지만 저는 확신합니다. 오래지 않아 올 거라고 굳게 믿습니다."

호프만은 다시 방 쪽으로 돌아섰지만, 어찌할 바를 모르고 난감해하는 눈치였다. 잠시 뒤에 그가 말했다.

"잠시만 여기서 기다려 주시면 제가 가서 백작부인을 모시고 오겠습니다. 아아, 그리고 괜찮으시다면 조금 뒤로 물러서 계세요. 하하하! 사람들 눈에 띄지 않게 조금만 물러서 계시면 됩니다. 라이더 씨는 느닷없이 나타나서 사람들을 놀래 줘야 하니까요. 곧 돌아오겠습니다."

그는 방으로 들어갔다. 잠시 나는 손님들 사이를 돌아다니는 그의 모습을 지켜보았다. 그의 걱정스러운 태도는 주위의 유쾌한 분위기와 뚜렷한 대조를 이루고 있었다. 많은 사람이 호프만에게 말을 걸었지만, 그때마다 호프만은 건성으로 미소를 지으며 서둘러 걸음을 옮겼다. 결국 나는 그의 모습을 놓쳐 버렸고, 그래서 그의 위치를 확인하려고 조금 앞으로 나아갔고, 그 바람에 남의 눈길을 끌고 말았던 모양이다. 바로 내 옆에서 이렇게 말하는 목소리가 들렸기 때문이다.

"아아, 라이더 씨. 이제 도착하셨군요. 드디어 당신을 만나게 되다니 얼마나 기쁜지 모르겠어요."

예순 살쯤 된 덩치 큰 여자가 내 팔을 잡았다. 내가 미소를 지으며 의례적인 인사말을 몇 마디 중얼거리자, 그녀가 말했다.

"여기 있는 분들 모두 당신을 간절히 만나고 싶어 한답니다."

그러고는 다짜고짜 나를 방 한복판으로 끌고 들어갔다.

그녀를 따라 손님들 사이를 비집고 들어가는 동안, 그 덩치 큰 여자는 벌써 나에게 질문을 퍼붓기 시작했다. 처음에는 내 안부와 여행에 대한 인사치레였다. 하지만 방을 누비며 나아가는 동안 그녀는 호텔에 대해 꼬치꼬치 캐묻기 시작했다. 너무 사소한 것까지 — 예를 들면 비누가 마음에 드느냐, 로비의 카펫을 어떻게 생각하느냐 등등 — 물었기 때문에, 이 여자는 직업상 호프만의 경쟁자가 아닐까, 내가 자기 호텔이 아니라 호프만의 호텔에 묵고 있는 것에 약이 올라서 이런 질문을 하는 게 아닐까 하는 생각까지 들었다. 하지만 그녀의 전반적인 태도나 우리가 지나치는 사람들에게 고개를 끄덕이며 미소 짓는 태도로 미루어 보아, 그녀가 이 행사를 주최한 여주인인 것은 거의 의심할 여지가 없었다. 그래서 나는 그녀가 백작 부인이라는 결론을 내렸다.

나는 그녀가 그 방의 특정한 장소나 특정한 인물에게 나를 데려가고 있는 줄 알았는데, 얼마쯤 지나자 우리가 천천히 원을 그리며 방을 빙빙 돌고 있다는 느낌을 받았다. 지나갔던 곳을 또다시 지나가고 있다는 확신이 든 것도 한두 번이 아니었다. 내 호기심을 끈 것이 또 하나 있었다. 우리가 지나가면 사람들은 고개를 돌려 여주인에게 인사를 했지만, 여주인은 나를 누구에게도 소개하려 하지 않는다는 점이었다. 게다가 이따금 나에게 정중하게 미소를 보내는 사람들도 있었지만, 나에게 특별한 관심을 보이는 사람은 아무도 없는 듯했다. 어쨌든 내가 지나가는 것 때문에 대화를 중단한 사람이 아무도 없는 건 확실했다. 나는 여느 때처럼 질문과 찬사에 파묻힐 것을 예상하고 단단히 마음의 준비를 갖추고 있었기 때문에, 여기에는 약간 당황할 수밖에 없었다.

얼마 후 나는 방의 전체적인 분위기가 좀 묘하다는 것을 알아차렸다. 어디가 어떻게 이상하다고 꼬집어 말할 수는 없었지만, 들뜬 분위기를 조성하기 위해 모두 억지로 웃고 떠들어 대는 듯이 부자연스럽고 연극적이기까지 했다. 마침내 우리는 걸음을 멈추었다. 백작부인은 온몸에 보석을 휘감은 두 여자와 대화를 나누기 시작했다. 드디어 나는 주위를 둘러보며 몇 가지 인상을 종합할 기회를 얻었다. 그제야 나는 이 행사가 칵테일파티가 아니라 만찬회라는 것을 알았다. 그 방에 모인 사람들은 모두 만찬장으로 불려 들어가기를 기다리고 있었다. 만찬은 적어도 두 시간 전에 시작되었어야 했지만, 이 만찬회의 공식 주빈인 브로즈키와 참석자들을 깜짝 놀라게 해 줄 뜻밖의 인물인 내가 도착하지 않았기 때문에, 백작부인과 동료들은 만찬을 늦출 수밖에 없었던 것이다. 계속 주위를 두리번거리는 동안, 나는 우리가 도착하기 전에 무슨 일이 일어났는지를 차츰 알아차리기 시작했다.

이 행사는 지금껏 브로즈키를 위해 열린 만찬회 가운데 가장 규모가 큰 것이었다. 또한 목요일 밤의 중요한 행사를 앞두고 마지막으로 열린 만찬회이기도 했기 때문에, 느긋한 행사였을 것 같지는 않았다. 게다가 브로즈키의 도착이 늦어지는 것이 긴장을 더욱 고조시켰다. 하지만 처음에는 손님들 — 그들은 모두 이 도시의 엘리트라는 것을 강하게 의식하고 있었다 — 도 침착성을 잃지 않았고, 브로즈키의 신뢰성의 의문을 던지는 것으로 해석될 수 있는 말은 신중하게 삼가고 있었다. 브로즈키를 입에 올리는 사람도 거의 없었고, 대부분은 언제 만찬회가 시작될 것인지를 놓고 끝없는 추측을 되풀이하는 것으로 불안을 달래고 있었다.

바로 그때 브로즈키의 개가 죽었다는 소식이 날아든 것이다. 어떻게 그런 소식이 그처럼 아무렇게나 발표되었는지는 분명치 않았다. 아마도 이 집으로 전화가 걸려와 그 소식을 전했고, 시의 지도층 인사들 가운데 하나가 분위기를 진정시키려는 마음이 앞선 나머지 일부 손님에게 그 소식을 누설하는 실수를 저질렀을 것이다. 어쨌든, 그렇지 않아도 이미 걱정과 허기로 신경이 곤두서 있는 사람들 사이에 그런 소식이 입에서 입으로 퍼져 가게 만든 결과는 충분히 예측할 수 있는 것이었다. 순식간에 온갖 터무니없는 소문이 방안에 퍼지기 시작했다. 브로즈키가 개 시체를 안고 술에 만취한 상태로 발견되었다느니, 브로즈키가 길가의 물웅덩이 속에 드러누워 헛소리를 지껄여 대고 있는 것을 발견했다느니, 슬픔에 짓눌린 브로즈키가 파라핀을 마시고 자살을 기도했다느니……. 이 마지막 소문은 몇 해 전에 실제로 일어난 사건에서 비롯된 것이었다. 그때 브로즈키는 술을 진탕 마시고 떠들다가 파라핀을 들이켰고, 근처에 사는 농부가 서둘러 그를 병원으로 데려간 덕분에 간신히 목숨을 구했다. 브로즈키가 자살하려고 파라핀을 마셨는지, 아니며 취중에 파라핀을 술인 줄 알고 들이켰는지는 끝내 확인되지 않았다. 이런 소문들은 참석자들을 낭패감으로 몰아넣었고, 오래지 않아 도처에서 절망적인 이야기가 오가기 시작했다.

"그 개는 브로즈키한테는 세상에서 가장 귀중한 존재였어. 그런 개를 잃었으니, 브로즈키는 절대로 일어서지 못할 거야. 우리는 현실을 직시해야 해. 우리는 원점으로 돌아가고 말았어."

"목요일 밤의 행사를 취소해야 해. 당장 취소해. 그건 이제 재난이 될 수밖에 없어. 강행하면 이 도시 시민들은 다시는 우리한테 기회를 주지 않을 거야."

"그 사람은 처음부터 너무 위험했어. 일이 여기까지 오기 전에 진작 제동을 걸었어야 하는 건데, 하지만 이젠 어떡하지? 우리는 이제 글렀어. 만사가 끝장이야."

백작부인과 그 동료들이 통제력을 되찾으려 애쓰고 있을 때, 방 한복판에서 느닷없이 외침 소리가 터져 나왔다.

많은 사람이 그곳으로 달려가고 있었지만, 겁에 질려 뒷걸음질치는 사람도 몇 있었다. 젊은 시의원 하나가 땅딸막한 대머리 사내를 마룻바닥에 때려눕히고는 꼼짝 못하게 깔고 앉아 있었다. 잠시 뒤에 사람들은 밑에 깔린 사람이 수의사 켈러임을 알아보았다. 사람들은 젊은 시의원을 켈러한테서 떼어 내려고 힘껏 잡아당겼지만, 시의원이 수의사의 옷깃을 단단히 움켜잡고 있어서 켈러의 몸도 시의원과 함께 끌려 올라왔다.

"나는 최선을 다했어!" 켈러는 시뻘게진 얼굴로 외치고 있었다. "최선을 다했다고! 더 이상 뭘 어쩌란 거야? 이틀 전만 해도 그 개는 멀쩡했다고!"

"돌팔이!"

젊은 시의원은 고함을 지르며 또다시 수의사한테 덤벼들었다. 사람들은 또다시 그를 떼어 놓았지만, 이제는 다른 사람들도 절호의 희생양을 발견하고 역시 켈러에게 고함을 지르기 시작했다. 한동안 사방에서 수의사에게 비난이 쏟아졌다. 그가 태만했다고, 그래서 공동체 전체의 미래를 위태롭게 했다고 그를 탓했다. 바로 그때 어떤 목소리가 외쳤다.

"브로이어네 새끼 고양이들은 어떻게 됐지? 그 고양이들이 한 마리씩 죽어 가는 동안, 당신은 브리지나 하면서 시간을 보냈어……."

"내가 브리지를 하는 건 일주일에 한 번뿐이야. 그리고 브리지를 할 때도……."

수의사는 쉰 목소리로 항변하기 시작했지만, 당장에 더 많은 목소리가 그에게 고함을 질러 댔다. 갑자기 방에 있는 사람들 모두가 애완동물이나 그 밖의 문제로 수의사한테 해묵은 감정을 품고 있는 듯이 보였다. 어떤 사람은 켈러가 돈을 빌려 갔는데 아직도 갚지 않았다고 외쳤고, 또 어떤 사람은 켈러가 6년 전에 빌려 간 쇠스랑을 아직도 돌려주지 않았다고 외쳤다. 수의사에 대한 적대감은 순식간에 고조되어, 젊은 시의원을 붙잡고 있던 사람들이 그 손을 늦추는 게 당연하게 여겨질 정도였다. 그리고 또다시 수의사에게 덤벼든 시의원은 이번에는 그 자리에 참석한 이들을 대표하여 수의사를 응징하는 것처럼 보였다. 상황이 지극히 불쾌한 방향으로 전개되려는 순간 방 건너편에서 어떤 목소리가 울려 퍼졌고, 그제야 사람들은 정신을 차렸다.

방 안이 그처럼 순식간에 조용해진 것은, 소리친 사람이 원래 그만한 권위를 갖고 있었기 때문이라기보다 오히려 그의 정체를 알고 사람들이 깜짝 놀랐기 때문일 것이다. 사람들이 소리가 난 쪽을 돌아보니, 연단 위에서 눈을 부릅뜨고 그들을 노려보고 있는 인물은 이 도시에서 겁쟁이로 알려진 야코프 카니츠였던 것이다. 40대 후반인 야코프 카니츠는 언제부터인지 기억할 수도 없을 만큼 오랫동안 시청에서 따분한 사무를 보고 있는 만년 서기였다. 그는 자신의 의견을 과감하게 밝힌 적도 거의 없었고, 하물며 남의 말을 반박하거나 남과 논쟁을 벌인다는 것은 상상도 할 수 없는 일이었다. 가깝게 지내는 친구도 없었고, 여러 해 전에 아내와 세 아이와 함께 살고 있던 작은 집을 나와서 같은 동네에 있는 작은 다락방에 세 들어 살고 있었다. 누군가가 이 문제를 거론할 때마다 그는 이제 곧 가족과 합치겠다는 뜻을 밝혔지만, 몇 해가 지나도록 그의 처지는 바뀌지 않았다. 그러는 동안 그는 이 도시 예술계의 일원이 되었다. 예술계 인사들이 약간 생색을 내면서 그를 받아들인 까닭은 주로 문화 행사를 준비하는 데 따르는 허드렛일을 그가 기꺼이 떠맡고 나섰기 때문이다.

그 방에 모인 사람들이 미처 놀라움에서 깨어날 시간 여유도 갖기 전에 야코프 카니츠는—아마 자신의 용기가 그리 오래가지 않으리라는 것을 알고—연설을 시작했다.

"여러분! 다른 도시라면 어떨까요! 파리를 말하는 게 아닙니다! 슈투트가르트를 말하는 것도 아닙니다! 그보다 작은 도시들, 우리보다 결코 크지 않은 다른 도시들을 말하는 겁니다. 그 도시에서 가장 훌륭한 시민들을 모아 놓고 그들 앞에 이런 위기를 던져 놓으면, 그 사람들은 어떻게 할까요? 틀림없이 침착하고 자신만만할 겁니다. 그 사람들은 무엇을 해야 할지, 어떻게 행동해야 할지를 알 겁니다. 제가 여러분께 말씀드리고자 하는 것은, 여기 모인 우리는 모두 이 도시에서 가장 훌륭한 시민이라는 겁니다. 우리가 감당해 내지 못할 리가 없습니다. 우리가 힘을 합치면 이 위기에서 헤어날 수 있습니다. 슈투트가르트 시민들이 위기를 맞았을 때 주먹질을 하며 싸울까요? 아직은 공포에 질려 허둥댈 필요가 전혀 없습니다. 포기할 필요도 없고, 우리끼리 다툴 필요도 없습니다. 물론 개가 죽은 것은 문제지만, 그렇다고 끝장이 난 건 아닙니다. 그건 아직 어떤 결과도 낳지 않았습니다. 브로즈키 씨가 지금 이 순간 어떤 상태에 놓여 있든지 간에, 우리는 그분을 다시 예정된 궤도에 올려놓을 수 있습니다. 오늘 밤 우리 모두가 제 역할을 완수한다면, 우리는 얼마든지 해낼 수 있습니다. 저는 확신합니다. 우리는 할 수 있고, 또 해내야 한다고. 브로즈키 씨를 다시 예정된 궤도 위에 올려놓아야 한다고. 그러지 않으면, 오늘 밤 우리가 힘을 합쳐 이 상태를 바로잡지 못하면, 우리에게는 불행밖에 남지 않을 겁니다! 깊고 쓸쓸한 불행밖에는 아무것도 남지 않을 겁니다! 우리가 의지할 사람은 오직 하나, 바로 브로즈키 씨뿐입니다. 브로즈키 씨 말고는 의지할 만한 사람이 아무도 없습니다. 브로즈키 씨는 아마 지금 이리로 오고 있을 겁니다. 우리는 침착해야 합니다. 그런데 지금 우리는 뭘 하고 있습니까? 지금이 싸움이나 하고 있을 때입니까? 슈투트가르트 시민들도 싸울까요? 우리는 분명하게 생각해야 합니다. 브로즈키 씨의 입장에 서서 생각해 보세요. 기분이 어떻겠습니까? 우리 모두가 브로즈키 씨와 함께 슬퍼하고 있다는 것, 온 도시가 그분의 슬픔을 나누어 갖고 있다는 것을 보여 주어야 합니다. 그다음에는 그분을 격려해 주어야 합니다. 그렇고말고요! 여러분, 한번 생각해 보세요. 밤새 우울하게 지내면서 이제 우리에게는 아무것도 남지 않았다고 체념하고, 그분을 쫓아 버려서는 안 됩니다. 브로즈키 씨도 다시 옛날 상태로 돌아가는 편이 차라리 나을 거라고 생각하여……. 아니, 아닙니다! 문제는 적절한 균형을 유지하는 겁니다! 우리는 슬퍼하는 동시에 유쾌하기도 해야 합니다. 인생에는 많은 것이 있다는 것, 우리 모두 그분에게 기대를 걸고 있다는 것, 그분에게 의존하고 있다는 것을 그분이 깨닫도록 해 주어야 합니다. 앞으로 몇 시간 사이에 사태를 바로잡아야 합니다. 그분은 아마 지금 이리로 오고 있을 겁니다. 어떤 상태에 있는지는 모르지만요. 어쨌든 앞으로 몇 시간이 중요합니다. 정신 똑바로 차리고 제대로 해내야 합니다. 그러지 않으면 오직 불행만이 있을 뿐입니다. 우리는…… 우리는…… 그러니까 우리는…….”

여기서 야코프 카니츠는 혼란에 휩싸이기 시작했다. 말문을 닫은 채 연단 위에 서 있는 몇 초 동안, 커다란 낭패감이 조금씩 그를 집어삼키고 있었다. 그가 방에 모인 사람들을 마지막으로 노려본 것은 좀 전까지 그를 사로잡았던 감정의 찌꺼기 때문이었다. 그 남은 찌꺼기마저 사라지자, 그는 수줍게 돌아서서 연단을 내려왔다.

하지만 이 어설픈 호소는 당장 효과를 나타냈다. 야코프 카니츠가 연설을 끝내기도 전에 그 말에 동의하는 중얼거림이 들리기 시작했고, 수의사를 때린 젊은 시의원 — 그는 이때쯤 부끄러운 듯 발을 질질 끌면서 슬금슬금 그 자리를 떠나고 있었다 — 의 어깨를 비난하듯 밀쳐 낸 사람도 한둘이 아니었다. 야코프 카니츠가 연단에서 내려온 뒤, 몇 초 동안 어색한 침묵이 흘렀다. 그러다가 여기저기서 말문이 열리기 시작했다. 사람들은 브로즈키가 도착하면 어떻게 할 것인가를 진지하면서도 차분한 어조로 토론하고 있었다. 오래지 않아 야코프 카니츠가 상황을 대체로 정확히 이해했다는 여론이 형성되었다. 문제는 슬픔과 유쾌함 사이에서 알맞은 균형을 유지하는 것이었다. 참석자들은 너나없이 분위기를 주의 깊게 감시해야 할 것이다. 단호한 결의가 방 전체로 퍼져 나갔고, 조금 뒤에는 사람들이 차츰 긴장을 풀기 시작하여 나중에는 지난 30분 동안의 추태 따위는 아예 일어나지도 않았던 듯이 우아하고 세련된 어조로 인사를 나누고 미소를 지으며 잡담을 지껄이기 시작했다. 호프만과 내가 도착한 것은 바로 이 무렵, 그러니까 야코프 카니츠가 연설을 끝낸 지 불과 20분 뒤였다. 내가 세련되고 유쾌한 분위기의 이면에 숨어 있는 뭔가 야릇한 것을 탐지했다 해도 결코 놀랄 일은 아니었다.

내가 도착하기 전에 일어난 사태를 곰곰 생각하고 있을 때, 방 반대쪽에서 나이 든 부인과 이야기하고 있는 슈테판의 모습이 보였다. 내 옆에 있는 백작부인은 여전히 온몸을 보석으로 치장한 두 여자와 대화에 열중해 있었다. 그래서 나는 실례한다는 말을 중얼거리고 그들 곁을 떠났다. 내가 다가가자, 슈테판도 나를 알아보고 미소를 지었다.

"아아, 선생님도 마침내 도착하셨군요. 콜린스 여사를 소개해도 될까요?"

그제야 나는 슈테판과 이야기하고 있는 그 호리호리한 노부인이 저녁에 슈테판과 함께 갔던 아파트의 여주인이라는 것을 알아보았다. 그녀는 검은색 긴 드레스를 수수하지만 우아하게 차려입고 있었다. 슈테판이 나를 소개하자, 그녀는 미소를 지으며 손을 내밀었다. 그녀와 인사말을 나눈 뒤 내가 정중한 대화를 시작하려 할 때 슈테판이 몸을 앞으로 기울이며 조용히 말했다.

"저는 너무나 바보였어요, 선생님. 솔직히 말씀드려서, 저는 어느 게 최선인지 모르겠습니다. 콜린스 여사님은 여느 때처럼 친절했지만, 선생님 의견도 듣고 싶습니다."

"브로즈키 씨의 개에 대한 의견 말인가?"

"아닙니다. 물론 그게 끔찍한 일이라는 건 알고 있습니다. 하지만 우리는 지금 전혀 다른 문제를 논의하고 있었어요. 저한테 조언해 주시면 정말 고맙겠습니다. 실은 콜린스 여사님이 좀 전에 선생님을 찾아보라고 권하셨어요. 그렇죠, 여사님? 이 문제로 선생님을 귀찮게 하고 싶지는 않지만, 골치 아픈 문제가 있었어요. 목요일 밤의 제 연주와 관련해서요. 저는 너무나 바보였습니다! 전에도 말씀드렸듯이 저는 장루이 라로슈의 「달리아」를 준비했지만, 아버지한테는 그 얘기를 하지 않았습니다. 오늘 밤에야 비로소 말씀드렸지요. 아버지를 깜짝 놀라게 해 줄 생각이었어요. 아버지는 라로슈를 무척 좋아하시니까요. 게다가 아버지는 제가 그렇게 어려운 작품을 칠 수 있으리라고는 꿈에도 생각지 못했을 겁니다. 그래서 그건 아버지한테 두 가지 점에서 엄청난 놀라움을 안겨 줄 거라고 생각했던 겁니다. 하지만 요즘 들어서 그 중요한 밤이 코앞에 닥쳐오자, 그 일을 비밀로 하는 건 현실적인 노릇이 아니라고 생각하게 되었습니다. 더구나 연주곡목은 행사에 앞서 프로그램에 인쇄되어야 할 테니까요. 아버지는 프로그램 디자인을 놓고 줄곧 고민하고 계셨지요. 프로그램의 돋을새김 무늬나 뒷면에 실을 해설이나 그 밖의 모든 것을 결정하려고 애쓰면서 말입니다. 며칠 전에 저는 아버지한테 말씀드려야 한다는 걸 깨달았지만, 그래도 여전히 아버지를 놀라게 해 드리고 싶었기 때문에 적당한 순간이 오기를 기다렸습니다. 아까 선생님과 보리스를 차에서 내려 준 뒤, 자동차 열쇠를 돌려놓으려고 아버지 사무실에 들어갔더니, 아버지가 바닥에 엎드려 산더미처럼 쌓인 서류 사이를 돌아다니고 계시더군요. 아버지가 바닥에 서류를 가득 늘어놓고 카펫 위를 엉금엉금 기어 다니는 건 결코 드문 일이 아닙니다. 아버지는 자주 그런 식으로 일을 하시지요. 아버지 사무실은 아주 작고, 어쨌든 책상이 많은 공간을 차지하고 있기 때문에, 저는 열쇠를 돌려놓으러 갈 때도 서류를 밟지 않도록 발꿈치를 들고 방 가장자리로 빙 돌아서 가야 했답니다. 아버지는 별일 없냐고 물으시고는, 제가 대답도 하기 전에 다시 서류에 몰두하더군요. 무엇 때문인지는 모르지만, 저는 방을 나가려다가 그렇게 바닥에 엎드려 있는 아버지를 보고는, 지금이야말로 아버지한테 말씀드리기에 적당한 순간이라고 생각했습니다. 그건 그야말로 충동이었지요. 그래서 저는 무심코 지나는 말투로 말했습니다. '저어 아버지, 목요일 밤에는 라로슈의 「달리아」를 연주할 작정입니다. 아버지가 알고 싶어 하실 것 같아서…….' 저는 결코 유별난 태도로 말하지는 않았습니다. 그냥 지나가는 투로 말하고 나서 아버지의 반응을 기다렸지요. 아버지는 읽고 있던 서류를 옆으로 치웠지만, 눈은 계속 앞에 있는 카펫을 바라보고 있었습니다. 이윽고 아버지 얼굴에 미소가 떠오르면서 이런 말씀을 하셨습니다. '아아, 그래, 「달리아」…….' 그러고는 한동안 무척 흡족하신 듯 보였습니다. 고개도 들지 않고 여전히 바닥에 엎드려 있었지만, 아주 만족스러워 보였지요. 그러다가 눈을 감고 아다지오의 첫 부분을 콧노래로 흥얼거리기 시작하는 거예요. 바닥에 무릎을 꿇고 두 손을 짚은 채 박자에 맞춰 고개를 흔들며 흥얼거리기 시작한 겁니다. 그 모습이 너무나 행복하고 평온해 보였습니다. 그 순간 저는 저 자신을 축하했지요. 이어서 아버지는 눈을 뜨시더니 꿈꾸듯이 저를 쳐다보며 미소를 지었습니다. '그래, 아름다운 곡이지. 그런데 네 어머니가 왜 이 곡을 그토록 경멸하는지 나는 이해할 수가 없구나.' 콜린스 여사님께도 방금 전에 말씀드렸듯이, 처음에는 제가 아버지 말씀을 잘못 들은 줄 알았어요. 그런데 아버지는 그 말을 되풀이하시는 거예요. '네 어머니는 이 곡을 몹시 싫어해. 너도 알다시피 네 어머니는 요즘 라로슈의 작품을 아주 싫어하게 되었지. 네 어머니는 내가 집 안 어디에서라도 라로슈의 음반을 트는 걸 허락하지 않아. 헤드폰을 쓰고 듣는 것도 안 된다지 뭐냐.' 그제야 아버지는 제가 얼마나 놀라고 당황했는지를 알아차린 게 분명합니다. 아버지답게 당장 제 기분을 달래 주려고 애쓰셨으니까요. '진작 너한테 물어봤어야 하는 건데……. 모두 내 탓이다.' 그러다가 문득 생각난 것처럼 이마를 탁 치면서 말했습니다. '슈테판, 내가 어머니와 너를 둘 다 실망시켰구나. 그때는 간섭하지 않는 게 옳다고 생각했다만, 이제는 너와 어머니를 둘 다 실망시켰다는 걸 알겠어.' 무슨 말씀이냐고 여쭈었더니, 아버지는 이렇게 설명했습니다. 어머니는 그동안 줄곧 제가 카잔의 「유리의 정열」을 연주하기를 기대했다고 말입니다. 어머니는 얼마 전에 아버지한테 그런 뜻을 알렸고, 그러면 아버지가 모든 일을 알아서 처리해 줄 거라고 생각한 모양입니다. 하지만 아버지는 제 입장에서 그 문제를 생각하셨습니다. 아버지가 그런 일에는 아주 자상하지요. 음악가라면, 설령 저 같은 아마추어라 할지라도, 그렇게 중요한 연주에 대해서는 직접 결정을 내리고 싶어 하리라는 것을 아버지는 깨달았습니다. 그래서 저한테는 아무 말씀도 안 하시고, 기회가 오면 어머니한테 사정을 설명할 작정이었습니다. 하지만 물론…… 아니, 좀 더 자세히 말씀드리는 게 좋겠군요. 저는 어머니가 아버지한테 카잔의 곡을 원한다는 뜻을 알렸다고 말했지만, 그건 어머니가 실제로 그렇게 말했다는 뜻은 아닙니다. 남에게 설명하기는 좀 어렵지만, 어머니는 직접 입 밖에 내지 않고 어떻게든 당신의 뜻을 아버지한테 알리곤 한답니다. 어머니는 신호를 보내곤 하는데, 그 신호의 뜻을 아버지는 분명하게 이해하지요. 어머니가 이번에는 어떤 신호를 보냈는지, 그건 저도 잘 모릅니다. 어쩌면 아버지가 퇴근해서 집에 돌아왔을 때, 어머니가 전축으로 「유리의 정열」을 듣고 있었는지도 모르죠. 어머니는 전축으로 음악을 듣는 일이 거의 없으니까, 그건 아주 명백한 신호일 겁니다. 아니면 아버지가 목욕을 하고 잠자리에 들었을 때, 어머니가 침대에서 카잔에 대한 책을 읽고 있었는지도 몰라요. 부모님 사이에서는 만사가 그런 식으로 이루어진답니다. 그러니까 아버지도 대놓고, '곡목은 슈테판이 스스로 선택해야 해.' 하고 말씀하실 수는 없었을 겁니다. 아버지는 당신의 뜻을 전달할 적당한 방법을 찾으려고 애쓰면서 기회가 오기를 기다렸습니다. 물론 아버지는 제가 하고많은 작품 중에서 하필이면 라로슈의 「달리아」를 준비하고 있는 줄은 까맣게 모르고 있었지요. 저는 정말 바보였어요! 어머니가 그 곡을 그토록 싫어하는 줄은 꿈에도 몰랐지 뭡니까. 아버지한테 사정을 듣고 나서 어떻게 하면 좋겠냐고 물었더니, 아버지는 한참 생각하시다가 그러시더군요. 이제 와서 곡을 바꾸기에는 너무 늦었으니까, 준비한 곡을 계속 밀고 나아가라고. 그러고는 이렇게 말했습니다. '네 어머니도 너를 나무라진 않을 거다. 조금도 너를 나무라진 않을 거야. 어머니는 차라리 나를 탓할 테고, 그건 너무나 당연해.' 가엾은 아버지는 저를 달래려고 애썼지만, 저는 아버지가 이 문제로 얼마나 고민하고 있는지를 알 수 있었습니다. 잠시 뒤에 아버지는 카펫 위의 한 점을 물끄러미 바라보고 있었습니다. 아버지는 여전히 바닥에 있었지만, 이때쯤에는 팔굽혀펴기라도 하는 듯이 팔을 구부리고 있었지요. 저는 아버지가 카펫을 바라보면서 혼잣말로 중얼거리는 소리를 들을 수 있었습니다. '나는 견뎌 낼 수 있을 거야. 견뎌 낼 수 있을 거야.' 아버지는 제가 거기에 있다는 것도 잊어버린 것 같았습니다. 그래서 저는 말없이 방을 나와 조용히 문을 닫았지요. 그리고 그때부터…… 저녁 내내 거의 그 생각만 했답니다. 솔직히 말씀드려서 어찌해야 좋을지 난감합니다. 시간이 별로 없습니다. 게다가 「유리의 정열」은 그렇게 어려운 작품인데, 어떻게 제가 그 곡을 준비할 수 있겠습니까? 솔직히 말씀드리면, 제 능력으로는 아직 그 작품을 제대로 쳐 내기 어렵습니다. 꼬박 1년을 준비해도 모자랄 겁니다."

젊은이는 심란한 듯 한숨을 내쉬며 말을 끊었다. 한동안 슈테판도 콜린스 여사도 입을 열지 않았기 때문에, 나는 슈테판이 내 의견을 기다리고 있다는 결론을 내리고 이렇게 말했다.

"이건 물론 내가 상관할 일이 아니고, 자네 스스로 결정을 내려야 해. 하지만 내 생각을 말한다면, 여기까지 온 이상 자네는 준비한 곡을 그대로 밀고 나아가는 게 좋을 것 같은데……."

"그렇게 말씀하실 줄 알았어요, 라이더 씨." 내 말이 끝나기도 전에 끼어든 것은 콜린스 여사였다. 그녀의 말투가 뜻밖에 냉소적이어서, 나는 말을 끊고 그녀를 돌아보았다. 노부인은 교활하고 약간 우월감에 젖은 태도로 나를 쳐다보고 있었다. 그녀가 말을 이었다. "분명 당신은 그걸…… 뭐라고 하더라? 아아, 그렇지. '예술적 완성도'라고 부르겠지요."

"그렇게 거창한 건 아닙니다, 콜린스 여사. 다만 실제적인 관점에서 볼 때, 지금 이 단계에서 작품을 바꾸는 건 너무 늦었다고 생각……."

"하지만 너무 늦었다는 걸 어떻게 아시죠, 라이더 씨?" 그녀는 또 다시 내 말을 가로챘다. "당신은 슈테판의 능력이 어느 정도인지도 모르잖아요. 더구나 슈테판이 지금 놓여 있는 곤경에 내포되어 있는 심층적인 의미를 모르고 계시는 건 말할 나위도 없고요. 그런데 어떻게 우리한테는 없는 특별한 초감각이라도 갖고 계시는 것처럼 주제넘게 그런 식으로 말씀하시는 거죠?"

나는 콜린스 여사가 처음 끼어들었을 때부터 기분이 점점 불쾌해지는 것을 느끼고 있었다. 그녀가 이렇게 말하는 동안, 나는 그녀의 눈길을 피하려고 나도 모르게 고개를 돌리고 있었다. 그녀의 질문에 대꾸할 말이 얼른 떠오르지 않아서, 잠시 뒤에 나는 이 만남을 이쯤에서 끝내는 게 상책이라고 판단하고 가볍게 웃으며 그들 곁을 떠나 사람들 속으로 들어갔다.

그 후 몇 분 동안 나는 이곳저곳 방을 돌아다녔다. 내가 지나가면 사람들은 아까처럼 나를 쳐다보긴 했지만, 나를 알아보는 사람은 아무도 없는 것 같았다. 방을 돌아다니는 동안 극장에서 만난 페더젠이 다른 손님들과 함께 웃고 있는 것을 보고 그쪽으로 갈까 생각했지만, 그에게 다가가기 전에 무언가가 내 팔꿈치에 닿는 것이 느껴졌다. 돌아보니 호프만이 내 옆에 서 있었다.

"혼자 계시게 해서 죄송합니다. 따분하지 않으셨으면 좋겠군요. 도대체 이게 무슨 일입니까!"

호프만은 거칠게 숨을 몰아쉬고 있었다. 얼굴은 땀으로 뒤덮여 있었다.

"아주 즐겁게 지냈습니다."

"죄송합니다. 전화를 받으러 이 방을 나갈 수밖에 없었거든요. 하지만 이제 그들은 이쪽으로 오는 중입니다. 틀림없이 오고 있습니다. 브로즈키 씨는 이제 곧 도착할 겁니다. 맙소사!" 그는 주위를 둘러보고 나서 나에게 좀 더 가까이 몸을 기울이며 목소리를 낮추었다. "오늘 밤의 손님 명단은 잘못 짠 겁니다. 너무 사려가 부족했어요. 나는 분명히 경고했습니다. 참석자들 가운데 일부는 정말이지……." 그는 고개를 저었다. "이게 도대체 무슨 일입니까!"

"하지만 적어도 브로즈키 씨는 이리로 오고 있으니까……."

"아아, 예. 그거야 물론 그렇죠. 라이더 씨가 오늘 밤 이곳에 와 주셔서 얼마나 마음이 놓이는지 모르겠습니다. 오늘 밤은 라이더 씨가 꼭 필요하거든요. 전반적으로 보아서, 상황 때문에 라이더 씨가 연설 내용을 많이 바꿔야 할 이유는 없을 겁니다. 그 슬픈 일에 대해 한두 마디 언급하는 건 괜찮겠지만, 브로즈키 씨의 개에 대해서는 다른 분한테 부탁해서 몇 마디 하도록 조처할 테니까, 라이더 씨가 준비해 둔 연설에서 벗어날 필요는 전혀 없습니다. 딱 한 가지만 부탁을 드린다면, 너무 길게 하진 말아 주십시오. 하하하! 하기야 라이더 씨는 결코……." 그는 작은 소리로 웃으면서 말꼬리를 흐렸다. 그러고는 다시 주위를 둘러보며 아까 했던 말을 되풀이했다. "오늘 참석한 사람들 가운데 일부는 정말이지……. 사려분별이 모자랐어요. 분명히 경고했는데 말입니다."

호프만은 방 여기저기로 연방 눈길을 던졌고, 그래서 나는 그가 언급한 연설 문제로 잠시 생각을 돌릴 수 있었다. 얼마 후에 내가 말했다.

"호프만 씨, 우리가 지금 놓여 있는 상황을 고려해 볼 때, 내가 정확히 언제 일어나서 연설을 해야 할지 잘 모르……."

"아아, 예. 그렇군요. 옳으신 말씀입니다. 정말 세심하시군요. 라이더 씨 말씀대로 지금은 상황이 상황이니만큼, 보통 연설이 시작되는 시점에 라이더 씨가 일어선다 해도, 지금 상황에서는 아무도 무슨 일인지 모를 겁니다……. 정말이지 선견지명이 대단하십니다. 저는 브로즈키 씨 옆에 앉아 있을 테니까, 언제가 가장 좋은 순간인지를 판단하는 건 저한테 맡겨 주시면 됩니다. 제가 신호를 보낼 때까지 기다려 주세요. 정말이지 라이더 씨 같은 분이 이런 시기에 우리와 함께 있다는 게 얼마나 마음 든든한지 모르겠습니다."

"도움이 될 수 있어서 나도 기쁩니다."

방 반대쪽에서 시끄러운 소리가 들리자, 호프만은 그쪽으로 홱 고개를 돌렸다. 그는 목을 길게 빼고 방 건너편을 보려고 했지만, 중요한 일이 일어나지 않은 건 분명해 보였다. 나는 다시 그의 주의를 끌려고 헛기침을 했다.

"호프만 씨, 사소한 문제가 한 가지 더 있는데……." 나는 내가 입고 있는 가운을 가리켰다. "이걸 좀 더 격식을 차린 옷으로 갈아입는 게 어떨까요. 옷을 빌릴 수 있을지 모르겠군요. 튀지 않는 옷으로……."

호프만은 건성으로 내 차림새를 흘끔 바라보고는 또다시 고개를 돌리며 방심한 듯이 말했다.

"걱정하지 마세요, 라이더 씨. 이곳 사람들은 고리타분하게 격식을 따지거나 하진 않으니까요."

그는 방 건너편을 보려고 또다시 목을 길게 빼고 있었다. 그가 내 문제에 전혀 관심이 없는 것은 분명해 보였지만, 그래도 나는 다시 한 번 그 문제를 제기하려고 했다. 바로 그때, 입구 근처가 갑자기

소란해지면서 사람들이 분주하게 움직였다. 호프만은 벌떡 일어나더니, 창백한 미소를 지으며 나를 돌아보았다. "그분이 오신 모양입니다!" 이렇게 속삭이고는 내 어깨를 가볍게 한 번 눌러 주고 서둘러 가 버렸다.

방 안이 갑자기 조용해지고, 몇 초 동안 모든 사람의 시선이 문 쪽으로 쏠렸다. 나도 무슨 일이 일어나고 있는지 보려고 했지만, 시야가 완전히 막혀 있었다. 다음 순간, 내 주위에 있던 사람들은 갑자기 좀 전의 결심을 생각해 낸 것처럼 적당히 쾌활한 어조로 대화를 나누기 시작했다.

나는 사람들을 헤치고 나아가, 드디어 브로즈키가 사람들의 안내를 받으며 방으로 들어오는 것을 볼 수 있었다. 백작부인과 호프만이 양쪽에서 브로즈키의 팔을 하나씩 부축했고, 네댓 명이 가까이에서 불안한 듯 서성거리고 있었다. 브로즈키는 자기를 시중드는 사람들을 알아차리지 못하고, 화려하게 장식된 천장을 음울한 눈으로 쳐다보고 있었다. 예상했던 것보다는 키가 크고 자세도 곧았지만, 지금 이 순간에는 너무나 뻣뻣한 자세를 — 게다가 묘하게 기울어진 각도로 — 취하고 있어서, 멀리서 보면 시중꾼들이 그를 운반용 바퀴 위에 올려놓고 앞으로 굴려 가는 것처럼 보였다. 그는 면도를 하지 않았지만 예의에 어긋날 정도는 아니었고, 야회복 상의는 다른 사람이 입혀 준 듯 약간 비뚤어져 있었다. 얼굴은 거칠어지고 늙었지만, 구김살 없이 활달하게 살았던 시절의 흔적이 남아 있었다.

한순간 나는 사람들이 브로즈키를 나한테 데려오는 줄 알았지만, 이윽고 그들이 옆에 있는 식당으로 가고 있다는 것을 깨달았다. 문간에 서 있던 웨이터가 브로즈키와 시중꾼들을 맞아들였다. 그들이 사라지자 방은 다시금 쥐 죽은 듯 조용해졌다. 오래지 않아 손님들은 또다시 말문을 열기 시작했지만, 방 전체에 새로운 긴장감이 감도는 것을 느낄 수 있었다.

그 순간 나는 등이 곧은 의자 하나가 벽 앞에 외따로 놓여 있는 것을 보았다. 시점을 바꾸면 지금 이 방에 충만해 있는 분위기를 좀 더 잘 판단할 수 있을지 모른다는 생각이 들었다. 분위기를 파악해 두면 만찬 때 무슨 말을 하는 것이 가장 적절할 것인지를 판단하는 데에도 도움이 될지 모른다. 그래서 나는 그 의자로 다가가 자리를 잡고 몇 분 동안 방 안을 이리저리 살펴보았다.

손님들은 여전히 웃고 떠들어 댔지만, 그런 겉모습 밑에서 긴장이 차츰 고조되고 있는 것은 의심할 여지가 없었다. 이 점을 고려하여, 그리고 브로즈키의 개에 관해서는 다른 사람이 언급할 예정이라는 사실을 고려하여, 나는 도리에 어긋나지 않을 만큼 유쾌하게 연설하는 편이 현명할 듯싶었다. 결국 나는 지난번 이탈리아 순회공연 때 겪은 잇따른 재난에 대해 재미난 후속담을 언급하는 게 가장 좋겠다고 결정했다. 이 경험담은 사람들 앞에서 자주 이야기했기 때문에, 그것으로 긴장된 분위기를 누그러뜨릴 자신이 있었고, 지금과 같은 상황에서는 그런 이야기가 훨씬 고맙게 여겨질 거라고 확신했다.

어떤 말로 연설을 시작하면 좋을까를 궁리하면서 속으로 몇 가지 문장을 시험 삼아 중얼거리고 있다가, 문득 방에 가득 차 있던 사람들이 상당히 줄어든 것을 알아차렸다. 그제야 나는 사람들이 식당으로 천천히 들어가고 있는 것을 깨닫고 얼른 자리에서 일어났다.

내가 식당으로 들어가는 행렬에 가담하자, 몇 사람이 나에게 희미한 미소를 지어 보였지만, 말을 걸어 온 사람은 아무도 없었다. 나는 여전히 그럴듯한 첫 문장을 머릿속으로 궁리하고 있었기 때문에, 사람들의 그런 태도에는 별로 신경을 쓰지 않았다. 식당 문으로 다가가는 동안, 나는 두 가지 문장 가운데 어느 쪽을 택할까 망설이고 있었다. 첫 번째는 이랬다. "사람들은 오랫동안 제 이름을 몇 가지 속성과 결부 지어 생각하는 경향이 있었습니다. 예컨대 완벽주의자, 연주의 정밀성, 엄격하게 통제된 강약법 따위가 그렇습니다." 처음에는 이처럼 거드름을 피우면서 거창하게 시작하지만, 곧이어 로마에서 실제로 겪은 사건을 재미나게 털어놓으면 분위기를 단번에 역전시킬 수 있을 터였다. 두 번째 방법은 아예 처음부터 익살을 떠는 것이다. "떨어진 장막, 독약 먹은 쥐, 잘못 인쇄된 악보. 제 이름을 그런 현상과 결부 지어 생각할 사람은 아마 거의 없을 겁니다." 이 두 가지 방안은 제각기 장단점이 있었기 때문에, 나는 결국 만찬장의 분위기를 좀 더 파악할 때까지 최종 선택을 미루기로 결정했다.

식당에 들어가 보니, 사방에서 사람들이 들뜬 얼굴로 이야기를 나누고 있었다. 식당에 들어가자마자 나는 그 규모에 질리고 말았다. 백 명이 넘는 손님이 들어와 있는데도 식당 전체에 불을 켜 놓을 필요도 없었다. 나는 식당의 극히 일부에만 불이 켜져 있는 이유를 이해할 수 있었다. 하얀 식탁보가 덮이고 은식기가 차려진 원탁들이 수없이 놓여 있었지만, 남아도는 식탁도 최소한 그만큼은 되어 보였다. 이 식탁들은 방 건너편의 어둠 속으로 줄지어 사라져 가고 있었다. 많은 손님이 벌써 자리에 앉아 있었고, 전체 그림 — 귀부인들을 치장하고 있는 보석의 광채, 웨이터들이 입고 있는 제복의 산뜻한 회색, 검은 야회복과 그 너머의 어둠이 이루고 있는 배경막 —

은 꽤 인상적이었다. 내가 문간에서 이 광경을 바라보며 가운을 매만질 기회를 갖고 있을 때, 백작부인이 내 옆에 나타났다. 그녀는 아까처럼 내 팔을 잡아끌면서 말했다.

"라이더 씨, 당신 자리는 저쪽 식탁에 마련해 뒀어요. 거기에 있으면 별로 사람들 눈에 띄지 않을 거예요. 사람들이 당신을 알아보면 나중에 깜짝 놀라게 해 줄 수가 없잖아요. 그 즐거움을 망치고 싶지 않아요. 하지만 걱정하지 마세요. 우리가 당신이 이곳에 와 있다는 걸 알리고, 그런 다음 당신이 자리에서 일어나면, 모든 참석자들이 당신 모습을 보고 당신 연설을 들을 수 있을 테니까요."

그녀가 나를 데려간 식탁은 구석에 있었지만 그 자리가 다른 자리보다 특별히 눈에 띄지 않을 이유가 뭔지는 알 수 없었다. 그녀는 나를 자리에 앉히고 웃으면서 뭐라고 말하고는—주위가 너무 시끄러워서 알아들을 수가 없었다—서둘러 가 버렸다.

내가 앉은 자리에는 나 말고도 네 명—중년 부부, 약간 젊은 부부—이 앉아 있었다. 그들은 나에게 의례적인 미소를 보낸 다음 하던 이야기를 계속했다. 옆에서 듣자니까 중년 부부의 자녀들이 화제에 올라 있었는데, 남편은 왜 아들이 미국에서 계속 살고 싶어 하는지, 그 이유를 설명하고 있었다. 이어서 화제는 그들 부부의 다른 자식들 이야기로 옮아갔다. 네 사람 중에 누군가가 이따금 내 존재를 기억하고는 인사치레로—나를 힐끗 쳐다보거나, 누군가가 농담을 하면 나에게 미소를 보내는 식으로—나를 자기들 틈에 끼워 주었다. 하지만 아무도 나에게 직접 말을 걸지는 않았고, 나도 얼마 후에는 더 이상 그들에게 관심을 보이려고 애쓰지 않았다.

하지만 웨이터들이 수프를 나르기 시작했을 때, 나는 그들의 대화가 뜸해지고 산만해진 것을 알아차렸다. 메인 코스를 먹고 있는 동안, 드디어 그들은 모든 가식을 떨쳐 버리고 그들의 마음을 빼앗고 있는 진짜 문제를 논의하기 시작했다. 그들은 브로즈키가 앉아 있는 쪽을 거의 노골적으로 힐끔거리면서, 낮은 소리로 그 노인의 현재 상태를 추측했다.

"누군가가 저기로 가서 우리가 얼마나 슬퍼하고 있는지를 말해야 해요." 젊은 여자가 말했다. "우리 모두 저기로 가야 해요. 아직까지는 아무도 저분한테 말 한마디 건넨 것 같지 않아요. 보세요. 저분과 함께 앉아 있는 사람들은 저분과 거의 이야기를 나누지 않잖아요. 우리가 가서 말해요. 그러면 다른 사람들도 우리를 본받을 거예요. 사람들은 모두 기다리고 있어요. 우리처럼 말예요."

그러자 나머지 세 사람은 만찬회를 주최한 이들이 만사를 책임지고 있고, 어쨌거나 브로즈키 씨는 건강해 보인다고 말하면서 서둘러 그녀를 안심시켰지만, 다음 순간에는 그들도 불안한 눈으로 방 건너편을 바라보고 있었다.

당연히 나도 브로즈키를 유심히 살펴볼 기회를 가졌다. 그는 다른 곳보다 조금 큰 식탁에 앉아 있었다. 그 양옆에는 호프만과 백작 부인이 앉아 있고, 그 식탁에 둘러앉은 나머지 인사들은 하나같이 근엄한 표정을 짓고 있는 백발의 노신사들이었다. 그들은 낮은 소리로 뭔가를 의논하고 있는 것 같았다. 그래서 그 자리에는 전체적인 분위기에 별로 도움이 되지 않는 음모적인 분위기가 감돌고 있었다. 브로즈키는 술 취한 기색도 전혀 없이, 열심히 먹지는 않았지만 그래도 꾸준히 음식을 입으로 가져가고 있었다. 그런데도 그는 자신의 세계 속에 틀어박혀 있는 듯이 보였다. 메인 코스가 진행되는 동안 호프만은 줄곧 브로즈키에게 귓속말로 소곤거리고 있었지만, 노인은 아무 반응도 없이 허공만 침울하게 바라볼 뿐이었다. 한번은 백작부인이 그의 팔을 만지면서 뭐라고 말했지만, 그는 역시 아무 대꾸도 하지 않았다.

디저트가 끝날 무렵—음식은 호화롭지는 않았지만 만족스러웠다—나는 호프만이 바쁘게 돌아다니는 웨이터들을 지나 방을 질러오는 것을 보고, 그가 나에게 오고 있다는 것을 알아차렸다. 내 곁에 이르자 그는 허리를 구부리고 내 귀에 속삭였다.

"브로즈키 씨는 몇 마디 하고 싶은 모양이지만, 솔직히 말씀드려서…… 하하하! 우리는 그러지 않는 게 좋겠다고 생각합니다. 그래서 여태 브로즈키 씨를 설득하려 애쓰고 있었지요. 오늘 밤에는 브로즈키 씨한테 더 이상 정신적인 부담을 주어서는 안 된다는 게 우리들 생각입니다. 그래서 말씀인데요, 저를 주의 깊게 보고 계시다가, 제가 신호를 하거든 곧바로 일어나 주십시오. 라이더 씨가 연설을 끝내시면, 백작부인이 공식적인 절차를 끝낼 겁니다. 우리는 브로즈키 씨에게 더 이상 스트레스를 주지 않는 게 상책이라고 생각합니다. 하하하! 정말 가엾은 분이죠. 오늘 초대받은 손님들은 도무지……." 그는 고개를 저으며 한숨을 내쉬었다. "라이더 씨가 오늘 이 자리에 참석하신 게 얼마나 다행인지 모르겠습니다."

내가 뭐라고 대꾸도 하기 전에 그는 다시 웨이터들 사이를 이리저리 빠져나가 서둘러 자기 자리로 돌아갔다.

그 후 몇 분 동안 나는 식당을 둘러보면서, 아까 준비해 둔 두 가지 가운데 어느 문장으로 연설을 시작할 것인가를 저울질했다. 내가 잠시 망설이고 있을 때, 실내에 가득했던 소란한 분위기가 갑자기 가라앉았다. 그제야 나는 백작부인 옆에 앉아 있는 근엄한 표정의 남자가 일어나 있는 것을 알아차렸다.

그는 은발의 노신사였다. 그가 풍기는 권위적인 인상 때문에 식당 전체가 쥐 죽은 듯 조용해졌다. 그 노인은 일어선 뒤에도 잠시 동안 뭔가 질책하는 듯한 표정을 지은 채 그 자리에 모인 손님들을 바라보고만 있었다. 그러다가 차분하면서도 쩌렁쩌렁 울리는 목소리로 말하기 시작했다.

"그토록 훌륭하고 고귀한 벗이 죽으면, 남들이 뭐라고 위로의 말을 해 봤자 그저 공허하고 천박하게 들릴 뿐입니다. 그래도 우리는 브로즈키 씨 당신께 우리가 느끼고 있는 깊은 동정을 전하기 위해 공식적으로 몇 마디 하지 않고 오늘 밤을 그냥 넘길 수는 없습니다." 이 말에 동의하는 수군거림이 방 전체로 퍼져 가는 동안 그는 잠시 말을 끊었다가 다시 이었다. "우리는 당신의 벗 브루노가 우리 도시를 돌아다니며 자신이 해야 할 일을 하는 것을 보고 그를 무척 사랑했습니다. 그뿐만이 아닙니다. 브루노는 네발 달린 짐승들은 물론 인간들 사이에서도 보기 드문 지위를 획득하게 되었습니다. 다시 말해서 브루노는 하나의 상징이 된 것입니다. 그렇습니다. 브루노는 우리에게 하나의 귀감이었습니다. 강한 충성심, 생명에 대한 두려움 없는 사랑, 경멸을 거부하는 자존심, 거만한 관찰자의 눈에는 아무리 색달라 보일지라도 자기 나름의 독특한 방식을 고수하려는 충동…… 이것들이야말로 오랫동안 자랑스러운 우리 공동체를 건설하는 데 이바지해 온 미덕들이고, 브루노는 그 중요한 미덕들의 귀감이었던 것입니다. 감히 이렇게 말해도 좋다면……" 그는 의미심장하게 말의 속도를 늦추었다. "우리는 그 미덕들이 이제 곧 이곳의 각계각층에서 다시금 활짝 꽃피기를 기대하고 있습니다."

그는 말을 끊고 다시 한 번 실내를 둘러보았다. 여전히 서릿발 같은 눈길로 청중을 잠시 바라보고 나서, 끝으로 이렇게 말했다.

"우리 다 함께, 저세상으로 떠난 친구를 추모하며 1분 동안 묵념합시다."

그가 시선을 떨구자 사람들도 모두 고개를 숙였다. 완벽한 정적이 또다시 실내를 뒤덮었다. 나는 도중에 고개를 들어, 브로즈키의 식탁에 앉아 있는 지도층 인사들 가운데 일부가 — 좋은 본보기를 보이려는 열망 때문이겠지만 — 우스꽝스러울 만큼 과장된 자세로 슬픔을 표현하고 있는 것을 보았다. 예컨대 한 노인은 두 손으로 이마를 짓누르고 있었다. 은발 노인이 연설하는 동안 단 한 번도 시선을 들어 연설자를 바라보거나 방을 둘러보지 않고 조용히 앉아 있었던 브로즈키는 여전히 꼼짝도 하지 않고 앉아 있었다. 그의 전체적인 자세는 또다시 기묘한 각도로 기울어져 있었다. 어쩌면 의자에 앉은 채 잠이 들었는지도 모른다. 그의 등 뒤로 돌아가 있는 호프만의 팔은 어쩌면 잠든 노인의 몸이 쓰러지지 않도록 떠받치는 물리적인 기능을 맡고 있었는지도 모른다.

1분 동안의 묵념이 끝나자, 근엄한 표정의 노인은 더 이상 아무 말도 하지 않고 자리에 앉았다. 그 바람에 진행 절차에 어색한 빈틈이 생겼다. 그래서 몇 사람이 다시 조심스럽게 말문을 열었지만, 바로 그때 다른 식탁에서 움직임이 일어났다. 그쪽을 돌아보니, 낯빛이 얼룩덜룩하고 덩치가 큰 대머리 남자가 자리에서 일어나 있었다.

"신사 숙녀 여러분." 그는 힘찬 목소리로 말을 꺼냈다. 그러고는 브로즈키 쪽으로 돌아서서 가볍게 허리를 굽히고 중얼거렸다. "그리고 브로즈키 선생님." 그는 몇 초 동안 제 손을 내려다보다가, 눈을 들어 실내를 둘러보았다. "이미 알고 계시는 분도 많겠지만, 오늘 저녁에 우리의 사랑하는 친구 브루노의 시체를 발견한 건 저였습니다. 잠시만 저를 너그럽게 봐주신다면, 그때 일어난 일에 대하여 몇 말씀 드리고 싶습니다." 그는 다시 브로즈키를 바라보았다. "사실은 선생님의 용서를 빌어야 합니다. 어쨌든 제 입장을 해명하고 싶습니다." 덩치 큰 사내는 말을 끊고 침을 꿀꺽 삼켰다. "오늘 저녁에 저는 평소 때처럼 배달을 하고 있었습니다. 그때쯤에는 배달이 거의 끝나, 배달할 곳이 두세 군데밖에는 남아 있지 않은 상태였지요. 저는 지름길을 택해서, 철로와 실드 가 사이에 뻗어 있는 골목길을 지나고 있었습니다. 여느 때라면 특히 어두워진 뒤에는 그런 지름길을 택하지 않겠지만, 오늘은 평소 때보다 시간이 일렀고, 아시다시피 해질녘의 그 무렵은 무척 상쾌한 날씨였습니다. 그래서 지름길을 택한 것입니다. 그런데 골목길을 절반쯤 갔을 때, 저는 우리의 사랑하는 친구 브루노를 보았습니다. 브루노는 안전한 장소에 웅크리고 있었지요. 아니, 가로등과 나무 울타리 사이에 사실상 숨어 있었습니다. 저는 브루노가 정말로 죽었는지 확인하려고 그 옆에 무릎을 꿇었습니다. 그 순간 수많은 생각이 제 마음을 스쳐 갔습니다. 저는 물론 브로즈키 선생님을 생각했습니다. 브루노가 선생님께 얼마나 좋은 친구였는지, 그리고 브루노를 잃은 게 얼마나 비극적인 손실인지를 생각했지요. 저는 또한 우리 시민 모두가 브루노를 얼마나 그리워할지, 얼마나 많은 시민이 브로즈키 선생님과 함께 비탄에 잠길 것인지도 생각했습니다. 그러나 그 순간의 슬픔에도 불구하고, 저는 운명이 저에게 특권을 주었다고 느꼈습니다. 예, 선생님, 그것은 특권이었습니다. 우리 친구의 시체를 동물병원으로 나르는 임무가 저에게 주어진 것입니다. 그런데 그다음에 일어난 일에 대해서는…… 변명할 여지가 없습니다. 방금 전에 폰 빈터슈타인 시장님이 연설하는 동안, 저는 결단을 내리지 못하고 고민하면서 앉아 있었습니다. 나도 지금 일어나서 말해야 하나? 결국 저는 그렇게 하기로 결심했습니다. 여러분이 내일 아침에 소문으로 듣는 것보다는 제 입으로 직접 말씀드리는 편이 훨씬 낫겠다고 생각한 것입니다. 그다음에 일어난 일을 저는 진심으로 부끄러워하고 있습니다. 제가 말씀드리고 싶은 것은 어떤 목적이 있어서 일부러 그런 건 결코 아니었다는 것뿐입니다. 그건 절대로 아닙니다……. 저는 이제 선생님과 여러분의 용서를 빌 따름입니다. 지난 몇 시간 동안 수없이 되새겨 보니, 그때 어떻게 했어야 했는가를 이제는 알 것 같습니다. 저는 마땅히 배달을 중단했어야 했습니다. 저는 아직도 마지막 남은 소포 두 개를 가지고 있었지만, 그걸 그 자리에 놔두고 브루노를 병원으로 옮겼어야 했습니다. 그 골목길의 울타리 옆에 치워 두면 소포는 안전했을 것입니다. 설령 누군가가 그 소포를 훔쳐 달아난다 해도, 그게 어떻다는 겁니까? 하지만 머저리 같은 이유 때문에, 미련한 직업적 본능 때문에 저는 그러지 않았습니다. 그런 건 생각지도 않았지요. 브루노의 시체를 들어 올렸을 때도 저는 여전히 소포에 집착하고 있었습니다. 제가 무얼 예상했는지는 모르겠습니다. 하지만 분명한 사실은…… 여러분도 어차피 내일이면 아실 테니까 지금 제가 직접 말씀드리죠. 분명한 사실은 브루노가 한동안 거기에 있었던 게 분명하다는 겁니다. 브루노의 몸은 죽은 뒤에도 여전히 아름다웠지만, 이미 차갑게 식어 있었고 뻣뻣하게 경직되어 있었기 때문입니다. 예, 그렇습니다. 이미 뻣뻣해져 있었어요. 죄송하지만 이제부터 제가 드리는 말씀은 여러분을 비탄에 빠뜨릴지도 모릅니다. 하지만…… 하지만 계속하고 싶습니다. 소포를 배달하려고—아아, 정말 후회막급입니다. 지금까지 벌써 수천 번은 후회했답니다—소포 배달을 계속하려고, 저는 브루노의 몸이 뻣뻣해진 것은 조금도 염두에 두지 않고 브루노를 제 어깨에 둘러멨습니다. 이런 식으로 골목길을 거의 다 지나왔을 때에야 저는 어딘가에서 어린애가 외치는 소리를 듣고 걸음을 멈추었습니다. 그러자 당연히 제가 얼마나 엄청난 잘못을 저질렀는가를 깨닫게 되었지요. 신사 숙녀 여러분, 그리고 브로즈키 선생님, 그걸 자세히 말씀드릴 필요가 있을까요? 그래야 한다는 건 알고 있습니다. 사실은 이렇습니다. 우리 친구의 몸이 이미 뻣뻣해져 있었기 때문에, 그리고 제가 브루노를 어깨에 둘러메고 나르는 어리석은 방법을 택했기 때문에, 실드 가에 있는 모든 집에서는 울타리 너머로 브루노의 상반신 전체를 볼 수 있었다는 겁니다. 사실 끔찍하기 짝이 없는 일이지만, 그때는 대부분의 가정에서 저녁밥을 먹기 위해 가족들이 뒷방에 모여 있는 시간이었습니다. 그들은 식사를 하면서 정원을 내다보았을 것이고, 우리의 고귀한 친구가 앞발을 앞으로 쑥 내민 채 지나가는 걸 울타리 너머로 보았을 것입니다. 아아, 이 얼마나 브루노에게 큰 모욕입니까! 모든 가정에 차례로 그 처참한 꼴을 보여 주고 말았으니! 그 장면은 제 머리를 한시도 떠나지 않고 끊임없이 떠오르게 되었습니다. 지금도 눈앞에 선합니다. 그 꼴이 사람들에게 어떻게 보였을지……. 용서해 주십시오, 선생님, 용서해 주십시오. 저의 졸렬함을 말해 주는 이 증거를 털어놓지 않고는 더 이상 한순간도 이 자리에 앉아 있을 수가 없었습니다. 이 슬픈 특권이 저같이 미련한 얼간이에게 주어진 건 너무나 큰 불운이었습니다! 브로즈키 선생님, 선생님의 고귀한 친구가 세상을 떠나자마자 그런 굴욕을 당하게 한 제 잘못에 대해서는 아무리 사과해도 모자라겠지만, 부디 제 사과를 받아 주십시오. 그리고 실드 가의 선량한 주민 여러분, 그 주민 가운데 몇 분은 아마 지금 이 자리에 계시겠지만, 다른 모든 분들과 마찬가지로 그분들도 브루노를 무척 좋아했을 것입니다. 그런데 마지막에 그런 꼴을 보게 되다니……. 브로즈키 선생님, 그리고 신사 숙녀 여러분, 제발 저를 용서해 주십시오."

덩치 큰 사내는 슬픈 듯이 고개를 저으며 자리에 앉았다. 그러자 가까운 식탁에 앉아 있던 여자가 손수건으로 눈시울을 누르며 일어섰다.

"의심할 여지가 없습니다. 브루노는 자기 세대의 개들 중에서 가장 위대한 개였습니다. 그건 추호도 의심할 여지가 없습니다."

동의하는 중얼거림이 방 전체로 퍼져 갔다. 브로즈키 주위에 있는 지도자들은 진지하게 고개를 끄덕이고 있었지만, 브로즈키 자신은 여전히 고개도 들지 않았다.

우리는 여자가 좀 더 말하기를 기다렸지만, 그녀는 계속 서 있으면서도 아무 말도 하지 않고 흐느껴 울면서 손수건으로 가볍게 눈시울을 두드릴 뿐이었다. 잠시 후 그녀 곁에 앉아 있던 벨벳 야회복 차림의 남자가 일어나더니, 그녀가 다시 자리에 앉는 것을 상냥하게 도와주었다. 하지만 그 자신은 앉지 않고 비난하듯 실내를 노려보았다. 그러고는 이렇게 말했다.

"동상. 청동으로 만든 동상. 우리가 영원히 브루노를 기억할 수 있도록 기념 동상을 세웁시다. 크고 당당한 동상을 세웁시다. 발저가에 세우는 게 어떨까요, 폰 빈터슈타인 시장님?" 그는 근엄한 표정의 노신사에게 말했다. "오늘 저녁 이 자리에서 브루노의 동상을 세우기로 결의합시다."

누군가가 "찬성이오! 찬성!" 하고 외쳤다. 찬성의 뜻을 밝히는 목소리가 요란하게 일어났다. 근엄한 표정의 노신사만이 아니라 브로즈키의 식탁에 앉아 있는 지도자들은 갑자기 당혹스러운 표정을 지었다. 낭패스러운 눈짓이 몇 번 오간 뒤, 근엄한 표정의 노신사가 앉은 채 말했다.

"할러 씨, 그 문제는 신중히 검토해 보겠소. 어떻게 하면 브루노를 가장 잘 기념할 수 있는지에 대해서는 그것 말고도 여러 가지 생각이 있을 테니까, 그런 생각들도 함께 고려해서……."

"그건 좀 지나칩니다." 방 반대쪽 끝에서 어떤 남자의 목소리가 노신사의 말을 가로챘다. "정말 어리석은 생각입니다. 그 개를 위해서 동상을 세운다고요? 그 짐승이 동상으로 기념할 만한 가치가 있다면, 우리 거북이 페트라는 그보다 다섯 배나 큰 동상을 받을 자격이 있습니다. 게다가 페트라는 그처럼 잔인한 죽임을 당했어요. 그건 사리에 어긋납니다. 게다가 브루노는 올해 초에 란 부인을 공격해서……."

그다음 말은 방 전체에서 일어난 소란에 묻혀 버렸다. 한동안 모든 참석자가 한꺼번에 소리를 지르고 있는 것 같았다. 동상 건립에 이의를 제기한 사내는 여전히 선 채 자기 식탁에 앉아 있는 누군가를 돌아보며 격렬한 논쟁을 벌이기 시작했다. 점점 심해지는 혼란 속에서 나는 호프만이 나에게 손을 흔들고 있는 것을 알아차렸다.

아니, 손을 흔든다기보다 손으로 동그라미를 그리는 묘한 동작— 마치 눈에 보이지 않는 유리창을 닦고 있는 듯한 동작—을 하고 있었다. 나는 그게 호프만이 제의한 신호라는 것을 어렴풋이 기억해 냈다. 나는 자리에서 일어나 단호하게 헛기침을 했다.

방 안은 순식간에 조용해졌고, 모든 사람의 눈길이 나에게 쏠렸다. 동상 건립에 반대하고 나선 사내는 논쟁을 중단하고 서둘러 자리에 앉았다. 나는 두 번째로 헛기침을 하고 입을 열려는 순간, 내 가운 앞자락이 열려서 알몸의 앞부분이 송두리째 드러나 있는 것을 알아차렸다. 나는 너무나 당황하여 잠시 머뭇거리다가 다시 자리에 앉았다. 그러자 방 건너편에서 한 여자가 일어나 불쾌한 목소리로 말했다.

"동상을 세우는 게 실제적이 아니라면, 브루노의 이름을 따서 거리 이름을 짓는 게 어떨까요? 지금까지도 우리는 죽은 사람을 기념하여 거리 이름을 자주 바꾸었습니다. 폰 빈터슈타인 시장님, 이건 결코 무리한 요구가 아닐 겁니다. 마인하르트 가를 브루노 가로 바꾸거나, 아니면 얀 가를 바꿀 수도 있겠죠."

이 제안에 찬성하는 목소리가 합창처럼 일어났고, 곧이어 사람들은 다른 거리 이름을 한꺼번에 외쳐 대기 시작했다. 시의 지도자들은 또다시 골치 아픈 표정을 짓고 있었다.

내가 앉아 있는 식탁 가까이에서 키가 크고 턱수염을 기른 사내가 일어나, 우렁우렁 울리는 목소리로 말했다.

"나는 홀랜더 씨 의견에 동의합니다. 이건 너무 지나칩니다. 물론 우리는 모두 브로즈키 씨를 동정하고 있습니다. 하지만 제발 솔직해집시다. 그 개는 다른 개들이나 사람들에게 똑같이 위협적인 존재였습니다. 브로즈키 씨가 이따금 그 짐승의 털을 빗질해 주고, 그 개가 오랫동안 앓고 있었던 피부병을 치료해 줄 생각만 했더라도…….”

성난 항의가 폭풍처럼 일어나 사내의 말을 삼켜 버렸다. 사방에서 “부끄러운 줄 알라!”느니 “고얀 녀석!”이라느니 하는 외침이 터져 나왔고, 몇 사람은 자기 자리를 떠나 그 건방진 자를 훈계하러 달려왔다. 호프만은 또다시 나에게 신호를 보내고 있었다. 이를 드러내고 불쾌한 웃음을 지은 채 격렬하게 허공을 닦는 동작을 되풀이하고 있었다. 턱수염 사내의 목소리가 들려왔다. 그는 브루노가 사람들을 공격하여 상처를 입힌 사례들을 큰 소리로 말하고 있었다. “정말입니다. 그 개는 진절머리 나고 처치 곤란한 녀석이었어요!”

가운이 단단히 여며져 있는지를 확인하고 다시 일어서려는 순간, 브로즈키가 갑자기 몸을 움직여 일어나는 것이 보였다.

그가 일어날 때 식탁이 소리를 내자, 모든 사람이 그에게 고개를 돌렸다. 자리를 떠났던 사람들은 순식간에 제자리로 돌아갔고, 또다시 방 안은 쥐 죽은 듯 조용해졌다.

순간 나는 브로즈키가 요란한 소리를 내며 식탁 위에 엎어지지 않을까 생각했지만, 그는 몸의 균형을 간신히 유지하며 잠시 실내를 둘러보았다. 이윽고 그가 입을 열었을 때, 그의 목소리는 나직하고 약간 쉬어 있었다.

“이게 도대체 뭡니까? 그 개가 나한테 그렇게 중요했다고 생각하십니까? 그 개는 죽었고, 그것뿐입니다. 내게는 여자가 필요합니다. 종종 외로워질 때가 있어요. 나는 여자가 필요합니다.” 그가 말을 끊고 한동안 자기 생각에 몰두하는 듯싶더니, 꿈꾸듯이 말을 이었다. “우리 뱃사람들. 술 취한 뱃사람들. 그들은 지금 어떻게 되었을까? 그때는 그 여자도 젊었다네. 젊고 너무나 아름다웠지." 그는 다시 생각 속으로 빠져들어 높은 천장에 매달린 전등을 쳐다보았다. 또다시 나는 그가 앞으로 고꾸라져 요란한 소리를 내며 탁자에 엎어지지 않을까 생각했다. 호프만이 일어나서 브로즈키의 등에 살짝 손을 대고 브로즈키에게 뭐라고 귓속말을 소곤거린 것을 보면, 호프만도 나와 비슷한 걱정을 한 게 분명했다. 브로즈키는 잠시 아무런 반응도 보이지 않다가 이렇게 중얼거렸다. "그 여자는 한때 나를 사랑했지. 이 세상 무엇보다도 나를 사랑했다네. 우리 술 취한 뱃사람들. 그들은 지금 어디에 있을까?"

호프만은 브로즈키가 뭔가 재치 있는 말이라도 한 것처럼 껄껄 웃었다. 그러고는 그 방에 모인 사람들에게 활짝 미소를 지은 다음, 다시 브로즈키의 귀에 대고 뭐라고 속삭였다. 브로즈키는 마침내 자기가 어디에 있는지를 생각해 낸 듯 호텔 지배인을 멍하니 돌아보았다. 호프만은 그를 살살 달래어 다시 자리에 앉혔다.

이어서 침묵이 흘렀다. 움직이는 사람은 아무도 없었다. 그때 백작부인이 활기찬 미소를 지으며 일어섰다.

"신사 숙녀 여러분, 오늘 밤 이 순간 여러분을 깜짝 놀라게 해 드릴 멋진 선물이 있습니다! 그분은 오늘 오후에야 겨우 도착하셔서 무척 피곤하실 텐데도, 우리의 깜짝 손님이 되는 데 동의해 주셨습니다. 그렇습니다, 여러분! 라이더 씨가 지금 이 자리에 여러분과 함께 계십니다!"

백작부인이 화려한 몸짓으로 내 쪽을 가리키자, 흥분한 외침 소리가 사방에서 터져 나왔다. 내가 뭔가를 할 틈도 없이 나와 같은 식탁에 앉아 있던 사람들이 당장 나를 에워싸고 악수를 청해 왔다.

다음 순간 나는 사람들에게 완전히 둘러싸인 것을 알았다. 그들은 기쁨으로 숨을 헐떡이며 나에게 인사를 하고 손을 내밀었다. 나는 되도록 정중하게 응했지만, 어깨 너머를 힐끔 돌아보니 — 나는 미처 의자에서 일어날 기회도 없었다 — 내 뒤에는 엄청난 군중이 운집해 있었다. 나에게 다가오려고 앞사람을 밀치거나 발돋움을 하고 있는 사람도 많았다. 나는 걷잡을 수 없는 혼란으로 치닫기 전에 어서 빨리 상황을 통제해야 한다는 것을 깨달았다. 많은 사람이 벌써 일어나 있었기 때문에, 나는 누구나 나를 볼 수 있도록 발판을 딛고 올라서는 게 상책이라고 판단했다. 나는 가운이 제대로 여며져 있는지를 재빨리 확인한 뒤, 의자 위로 올라섰다.

와글거리는 소리가 뚝 그쳤다. 사람들은 그 자리에 얼어붙은 듯이 서서 나를 쳐다보았다. 유리한 고지에 올라서서 보니, 손님의 절반 이상이 제자리를 떠난 것을 알 수 있었다. 나는 지체 없이 연설을 시작하기로 결정했다.

"떨어진 장막! 독약 먹은 쥐! 잘못 인쇄된 악보!"

나는 한 사람이 부동자세로 서 있는 군중 사이를 뚫고 내 쪽으로 다가오고 있는 것을 알아차렸다. 콜린스 여사였다. 그녀는 나에게 다가오자 옆 탁자에서 의자 하나를 끌어다 놓고 앉아서 나를 쳐다보기 시작했다. 그 태도에는 어딘지 모르게 께름칙한 데가 있었다. 나는 잠시 주의가 산만해져서 다음 말이 생각나지 않았다. 그녀는 내가 머뭇거리는 것을 보고는 다리를 꼬며 걱정스러운 목소리로 말했다.

"라이더 씨, 어디 불편하세요?"

"아니, 괜찮습니다. 고맙습니다, 콜린스 여사."

"아까 내가 한 말을 너무 마음에 깊이 새겨 두지 마세요. 당신을 찾아와서 사과하고 싶었지만, 어디 계신지 보이질 않더군요. 내가 필요 이상으로 귀에 거슬리는 말을 했는지도 몰라요. 용서하세요. 지금도 당신과 같은 직업을 가진 사람을 만나면 갑자기 옛날 생각이 나서, 그만 나도 모르게 그런 말투를 쓰곤 한답니다."

"괜찮습니다, 콜린스 여사." 나는 미소 띤 얼굴로 그녀를 내려다보며 조용히 말했다. "걱정하지 마세요. 나는 전혀 기분이 상하지 않았으니까요. 내가 그렇게 갑자기 당신 곁을 떠난 건 당신이 남의 방해를 받지 않고 슈테판과 단둘이 얘기할 기회를 갖고 싶어 할 거라고 생각했기 때문입니다. 그뿐이에요."

"그렇게 이해심이 많으시다니, 정말 친절도 하셔라. 아까 내가 화를 낸 건 죄송하게 생각해요. 하지만 정말이에요, 라이더 씨. 정당한 이유가 있어서 화를 낸 건 아니었어요. 나는 정말이지 당신께 도움이 되고 싶어요. 당신이 똑같은 실수를 되풀이하는 걸 보면 나는 너무나 슬플 거예요. 당신한테 말해 주고 싶었어요. 이제 우리가 만났으니까, 오후에 언제든지 찾아와도 좋다고. 차를 마시면서 당신의 고민거리를 가지고 의논하면 나는 너무나 행복할 거예요. 당신이 어떤 고민을 털어놓아도 나는 기꺼이 들어 드리겠어요. 정말이에요."

"정말 친절하시군요, 콜린스 여사. 그건 물론 호의에서 나온 말이겠지요. 하지만 이렇게 말하면 좀 뭣하지만, 당신은 과거의 경험 때문에, 당신 말마따나 나와 같은 직업을 가진 사람들에게는 전혀 호감을 갖고 있지 않은 것 같습니다. 내가 찾아가는 걸 당신이 좋아할 거라는 생각은 전혀 들지 않는군요."

콜린스 여사는 내 말을 잠깐 생각하는 눈치더니, 이윽고 말했다.

"당신이 염려하는 건 충분히 이해할 수 있어요. 하지만 우리가 피차 정중하고 점잖게 대하는 건 얼마든지 가능할 거예요. 원하신다면 잠깐만 있다 가셔도 좋아요. 즐거웠다고 생각되시면 언제든지 또 찾아오시면 돼요. 잠깐 산책을 하러 나갈 수도 있겠죠. 슈테르베르크 공원이 우리 아파트에서 아주 가깝거든요. 라이더 씨, 나는 과거를 되새겨 볼 시간을 그동안 충분히 가졌기 때문에, 이제 그 과거를 모두 잊어버릴 준비가 되어 있어요. 당신 같은 분을 다시 한 번 도와드리고 싶어요. 물론 어떤 질문에도 전부 다 대답하겠다고 약속할 수는 없어요. 하지만 호의적인 태도로 당신 말에 귀를 기울이겠어요. 그리고 나는 경험이 모자란 여자처럼 당신을 이상화하거나 감상적으로 다루진 않을 거예요. 그건 약속할 수 있어요."

"초대는 신중하게 생각해 보겠습니다, 콜린스 여사. 하지만 당신은 나를 내가 아닌 다른 사람과 혼동했다고 생각하지 않을 수 없군요. 세상은 온갖 천재를 자칭하는 자들로 가득 차 있는 듯이 보이기 때문에 이런 말씀을 드리는 겁니다. 그들은 실제로는 자기 인생을 체계적으로 계획하고 조직하지 못하는 어마어마한 무능 때문에 눈에 띌 뿐인데도 말입니다. 하지만 어찌 된 셈인지, 그런 자들을 구원하러 달려가고 싶어 하는 당신 같은 사람들, 선의를 가진 사람들도 항상 줄 서 있게 마련이죠. 내가 너무 우쭐대는 것 같지만, 분명히 말씀드려서 나는 그런 사람이 아닙니다. 실제로 이 시점에서 내가 구원을 받아야 할 필요는 전혀 없다고 자신 있게 말할 수 있습니다."

콜린스 여사는 한동안 고개를 젓고 있다가, 내 말이 끝나자 이렇게 대꾸했다.

"라이더 씨, 당신이 똑같은 실수를 계속 되풀이한다면, 내게는 그야말로 커다란 슬픔일 거예요. 더구나 그동안 내내 내가 여기 있으면서도 그저 당신을 지켜보기만 할 뿐 아무 일도 하지 않은 걸 생각하면……. 지금 당신이 빠져 있는 곤경에서 내가 다소나마 도움이 될 수 있을 거예요. 물론 레오와 함께 살았을 때는……" 그녀는 한 손을 들어 막연히 브로즈키 쪽을 가리켰다. "내가 너무 젊었고, 거의 아무것도 알지 못했어요. 무슨 일이 일어나고 있는지 이해할 수가 없었죠. 하지만 이제는 모든 것을 생각할 시간을 충분히 가졌어요. 당신이 우리 도시에 온다는 말을 들었을 때, 나는 지금이야말로 원한을 자제하는 법을 배워야 할 때라고 생각했죠. 나는 비록 늙었지만, 아직은 끝나지 않았어요. 인생의 이런저런 문제들을 아주 잘 이해하게 되었고, 그것을 활용하도록 애써 볼 생각이에요. 아직은 그렇게 늦지 않았어요. 나는 그런 마음으로 당신을 초대하고 있는 거예요. 아까 당신을 만났을 때 내가 좀 무뚝뚝하게 군 것에 대해서는 다시 한 번 사과하겠어요. 다시는 그런 일이 없을 거예요. 약속할게요. 우리 집에 오겠다고 말해 주세요."

그녀가 말하는 동안, 그녀의 응접실 광경 — 아늑한 불빛, 낡은 벨벳 커튼, 망가진 가구들 — 이 눈앞에 떠올랐다. 그녀의 소파에 드러누워 생활의 온갖 중압으로부터 멀리 떠난다는 생각은 아주 잠깐이지만 묘하게도 유혹적으로 느껴졌다. 나는 숨을 깊이 들이마셨다가 내쉬었다.

"친절한 초대는 기억해 두겠습니다, 콜린스 여사. 하지만 지금은 침대에 들어가 좀 쉬어야겠어요. 내가 몇 달 동안 줄곧 여행하고 있다는 점을 이해하셔야 합니다. 게다가 여기 도착한 뒤에도 거의 쉴 틈이 없었어요. 지금 나는 완전히 녹초가 되었답니다."

이렇게 말하는 동안, 그동안 쌓인 피로가 한꺼번에 몰려왔다. 눈두덩이 근질거렸다. 나는 손바닥으로 얼굴을 문질렀다. 그때 누군가가 내 팔꿈치를 건드리며 부드럽게 말하는 소리가 들렸다.

"제가 바래다 드리겠습니다, 라이더 선생님."

슈테판이 나를 부축하려고 내 쪽으로 손을 뻗고 있었다. 나는 한 손으로 그의 어깨를 짚고 의자에서 내려왔다.

"저도 지금 무척 피곤합니다. 선생님과 함께 걸어서 돌아가겠습니다."

"걸어서 돌아간다고?"

"예, 오늘 밤에는 호텔에서 잘 작정입니다. 아침 일찍 근무가 있을 때는 종종 그렇게 하거든요."

나는 그의 말을 이해하지 못해 잠시 어리둥절해 있었다. 그러다가 서 있거나 앉아 있는 손님들을 지나고 웨이터와 식탁들을 지나 거대한 방이 어둠 속으로 사라지는 지점을 바라본 순간, 나는 문득 여기가 바로 호텔의 아트리엄이라는 사실을 깨달았다. 오늘 오후에는 반대쪽에서 이곳으로 들어왔기 때문에, 그리고 반대쪽에서 이곳을 보았기 때문에, 여기가 아트리엄이라는 것을 알아보지 못했다. 반대쪽 끝의 어둠 속 어딘가에는 내가 커피를 마시며 오늘 할 일을 계획한 호텔 바가 있을 것이다.

그러나 나는 이 깨달음을 찬찬히 생각할 기회가 전혀 없었다. 슈테판이 놀랄 만큼 고집스럽게 나를 잡아끌고 있었기 때문이다.

"돌아가시죠. 게다가 선생님께 드릴 말씀도 있고요."

우리가 성큼성큼 지나가자 콜린스 여사가 소리쳤다.

"안녕히 주무세요, 라이더 씨."

나는 그녀에게 작별인사를 하려고 힐끔 뒤를 돌아보았다. 슈테판이 계속 나를 잡아끌지 않았다면 그렇게 허둥지둥 작별인사를 하지는 않았을 것이다. 나는 방을 질러가는 동안 사방에서 날아오는 작별인사를 들을 수 있었다. 나는 최대한 미소를 지으며 손을 흔들었지만, 별로 우아한 퇴장은 아니라는 것을 줄곧 의식하고 있었다. 하지만 슈테판은 분명 무언가에 마음을 빼앗기고 있어서, 내가 어깨너머로 사람들의 인사에 답례하고 있는 동안에도 계속 내 팔을 잡아끌면서 말했다.

"저는 줄곧 생각하고 있었습니다. 제가 지금 분수도 모르고 주제넘게 굴고 있을 뿐인지는 모르지만, 아무래도 카잔의 작품을 시도해 봐야 할 것 같습니다. 아까 선생님이 주신 충고는 기억하고 있습니다. 그동안 준비해 온 작품을 고수하라고 하셨지요. 하지만 곰곰 생각해 보니, 「유리의 정열」을 마스터할 수 있을 것 같다는 기분이 듭니다. 그 정도는 지금 제 능력으로도 충분히 칠 수 있을 거예요. 진짜 문제는 시간입니다. 그 작품에 진정으로 덤벼들어 밤낮을 가리지 않고 열심히 연습하면 칠 수 있을 거라고 생각합니다."

우리는 아트리엄의 어두운 구역으로 들어갔다. 슈테판의 뒤꿈치는 공허한 메아리를 만들었고, 내 슬리퍼가 파닥거리는 소리는 대위법을 나타내고 있었다. 나는 어둠 속에서 하얀 대리석으로 이루어진 거대한 분수가 있는 것을 알아볼 수 있었다. 분수는 이제 멈추어 있어서 아무 소리도 내고 있지 않았다.

"내가 상관할 일은 아니지만, 내가 자네 입장이라면 원래 예정했던 작품을 그대로 밀고 나갈 거네. 그건 자네가 선택한 작품이고, 따라서 충분히 능숙하게 칠 수 있을 거야. 어쨌든 마지막 순간에 프로그램을 바꾸는 건 잘못이라는 게 내 생각일세."

"하지만 선생님은 이해하지 못하세요. 문제는 어머니입니다. 어머니는……."

"자네가 아까 말한 건 전부 다 알고 있네. 그리고 방금도 말했듯이 나는 간섭하고 싶지 않아. 하지만 사람이 살다 보면 자신의 결정을 고수해야 할 때가 반드시 오는 법이지. '이게 나다, 이게 내가 선택한 것이다.'라고 말해야 할 때가……."

"선생님 말씀은 충분히 이해합니다. 하지만 선생님이 그렇게 말씀하시는 건, 물론 선의의 충고라는 점은 알고 있지만, 저 같은 아마추어가 카잔을 제대로 연주할 수 있겠느냐고 생각하시기 때문입니다. 더구나 저한테는 제한된 시간밖에 남아 있지 않으니까 더욱 그렇게 생각하시겠지요. 하지만 저는 저녁을 먹는 동안 열심히 생각한 끝에 이제는 정말로……."

"아니, 자네는 내 말의 요점을 놓치고 있어." 나는 약간 짜증을 느끼면서 말했다. "내 말의 참뜻을 모르고 있다고. 내 말은 자네가 분명한 입장을 견지해야 한다는 걸세."

하지만 젊은이는 내 말을 귀담아듣고 있는 것 같지 않았다.

"밤이 이슥해졌고 선생님이 무척 피곤하시다는 건 알고 있습니다. 하지만 저는 생각했지요. 선생님이 저한테 몇 분만, 단 15분만이라도 시간을 내주실 수 있다면 좋을 텐데 하고 말입니다. 그러면 지금 당장 휴게실로 가서 카잔의 작품을 조금 들려 드릴 수 있을 겁니다. 그 작품 전체가 아니라 한 소절만 들어 주십시오. 그러면 제가 목요일 밤까지 그 작품을 마스터할 가능성이 있는지 어떤지 판단하시고 저한테 조언해 주실 수 있을 겁니다. 아아, 잠깐 실례합니다."

우리는 아트리엄의 반대쪽 끝에 이르러 있었다. 슈테판이 복도로 나가는 문을 열쇠로 여는 동안 우리는 어둠 속에 서 있었다. 나는 뒤를 힐끔 돌아보았다. 우리가 식사한 구역은 어둠 속의 작은 불빛 웅덩이로밖에 보이지 않았다. 손님들은 다시 자리에 앉은 모양이었다. 웨이터들이 쟁반을 들고 분주하게 돌아다니는 모습이 보였다.

복도는 어두컴컴했다. 복도로 나가자 슈테판은 아트리엄으로 들어가는 문을 다시 잠갔다. 우리는 나란히 걸었지만 말은 나누지 않았다. 얼마 뒤에 젊은이가 나를 힐끔 쳐다보았을 때, 문득 그가 내 결정을 기다리고 있다는 생각이 들었다. 나는 한숨을 내쉬며 말했다.

"나도 자네를 도와주고 싶네. 지금과 같은 처지에 놓인 자네를 무척 딱하게 여기고 있어. 하지만 지금은 밤이 너무 깊었고……."

"선생님이 피곤하신 건 알고 있습니다. 한 가지 제안을 해도 될까요? 저 혼자 휴게실에 들어가서 피아노를 칠 테니까, 선생님은 문밖에 서서 들으시면 어떻겠습니까? 그렇게 하면, 판단을 내릴 수 있을 만큼 들으신 뒤에는 조용히 잠자리에 드실 수 있을 겁니다. 물론 저는 선생님이 아직 밖에 계신지 어떤지 모를 테니까, 끝까지 최선을 다해 연주할 동기를 갖게 되겠죠. 저에게 필요한 건 바로 그겁니다. 제가 목요일 밤에 제대로 해낼 가능성이 있는지 어떤지는 내일 아침에 말씀해 주시면 됩니다."

나는 이 제안을 생각해 보고 나서 결국 말했다.

"좋아. 아주 합리적인 제안인 것 같군. 자네한테도 나한테도 편리한 제안이야. 그렇게 하면 우리 둘 다 욕구를 충족시킬 수 있을 걸세. 좋아. 자네 말대로 하세."

"정말 고맙습니다, 선생님. 선생님은 이게 저한테 얼마나 큰 도움이 되는지 모르실 겁니다. 저는 지금까지 진퇴양난의 궁지에 빠져 있었답니다."

젊은이는 들뜬 나머지 걸음이 빨라졌다. 모퉁이를 돌자 희미한 불빛마저 사라져 복도는 칠흑처럼 어두워졌다. 서둘러 복도를 걸어가는 동안 벽에 부딪힐까 겁이 나서 손을 내밀어야 했던 적이 한두 번이 아니었다. 복도 끝에는 호텔 로비로 통하는 유리문에서 희미한 불빛이 비쳐 들고 있었지만, 그것을 빼고는 어떤 불빛도 없는 것 같았다. 다음에 호프만을 만나면 이 문제를 제기해야겠다고 생각했다. 그때 슈테판이 말했다. "아아, 다 왔군요." 그러고는 걸음을 멈추었다. 그제야 나는 우리가 휴게실 출입문 옆에 서 있는 것을 알았다.

슈테판은 더 많은 열쇠를 짤랑거렸고, 마침내 문이 열렸다. 문 안쪽에는 암흑 말고는 아무것도 보이지 않았다. 그러나 젊은이는 주저 없이 안으로 들어간 다음, 다시 복도로 고개를 쑥 내밀면서 말했다.

"악보를 찾을 시간을 좀 주실 수 없을까요? 악보는 피아노 의자 속에 있을 겁니다. 하지만 거기에는 온갖 악보가 마구 뒤섞여 있거든요."

"걱정하지 말게. 명쾌한 판단을 내릴 때까지는 여길 떠나지 않을 테니까."

"정말 고맙습니다. 오래 걸리진 않을 겁니다."

문이 덜컹거리며 닫히고, 잠시 정적이 흘렀다. 나는 어둠 속에 서서 로비에서 들어오는 불빛과 그 불빛에 비추어진 복도 끝을 이따금 힐끔거렸다.

마침내 슈테판이 「유리의 정열」 제1악장을 치기 시작했다. 처음 몇 소절이 지난 뒤, 나는 어느새 점점 귀를 기울이게 되었다. 젊은이가 그 작품에 익숙하지 않다는 것은 당장 알 수 있었지만, 나는 불안정하고 딱딱한 연주 밑에 독창성과 감정적 섬세함을 갖춘 상상력이 숨어 있음을 분명히 알 수 있었다. 나는 적잖이 놀랐다. 다듬어지지 않은 현재의 연주만 들어 보아도, 카잔에 대한 젊은이의 해석은 대다수 해석에서는 결코 엿볼 수 없는 새로운 차원을 제시하는 것 같았다.

나는 문에 좀 더 가까이 다가서서, 머뭇거리며 치는 듯한 연주의 뉘앙스를 빠짐없이 포착하려고 귀를 곤두세웠다. 하지만 제1악장이 끝날 무렵 피로가 갑자기 나를 삼켰다. 나는 시간이 얼마나 늦었는가를 생각해 냈다. 더 이상 들을 필요는 없다는 생각이 들었다. 시간만 충분히 주어진다면, 슈테판이 카잔의 작품을 쳐 낼 능력이 있는 것은 분명했다. 나는 로비 쪽으로 천천히 걸어가기 시작했다.

2부

11

나는 침대 옆 탁자 위에서 울리는 전화벨 소리에 잠에서 깨어났다. 가장 먼저 떠오른 생각은 몇 분밖에 못 잤는데 또 방해를 받았구나 하는 것이었다. 하지만 방으로 비쳐 드는 햇살을 보니 해가 꽤 높이 뜬 것을 알 수 있었다. 나는 늦잠을 잔 게 아닐까 걱정하면서 얼른 수화기를 집어 들었다.

"아아, 라이더 씨." 호프만의 목소리가 말했다. "편히 주무셨습니까?"

"고맙습니다, 호프만 씨. 아주 잘 잤습니다. 하지만 지금은 잠에서 깨어나는 중이었어요. 오늘도 바쁜 하루가 기다리고 있으니까요." 나는 짧게 웃었다. "이제 그만 일어나서 활동을 시작해도 좋을 때지요."

"정말 그렇습니다. 게다가 라이더 씨 말씀대로 무척 바쁜 하루가 기다리고 있으니까요. 아침 이 시간에 되도록 많은 정력을 보존해 두고 싶어 하는 건 충분히 이해할 수 있습니다. 이런 말씀을 드리기가 좀 뭣하지만, 아주 현명하십니다. 더구나 어젯밤에는 그렇게 애써 주셨으니까요. 아아, 정말 놀랄 만큼 재치 있는 연설이었습니다! 오늘 아침에는 시내가 온통 그 얘기뿐이랍니다! 어쨌든 라이더 씨가 지금쯤은 일어나실 것 같아서 전화로 상황을 알려 드리는 게 좋겠다고 생각한 겁니다. 343호실이 준비가 끝났는데, 지금 당장 옮기시는 게 어떨까요? 이의가 없으시다면 짐은 아침을 드시는 동안 옮겨 놓겠습니다. 343호실이 지금 쓰고 계신 방보다 훨씬 마음에 드실 겁니다. 실수를 다시 한 번 사과드리겠습니다. 그런 실수를 저지르다니 참으로 통탄할 일입니다. 하지만 어젯밤에도 말씀드렸듯이, 이런 일은 판단하기가 무척 어려울 때도 있는 법이거든요."

"예, 예, 충분히 이해합니다. 하지만 호프만 씨……" 나는 목소리를 억제하려고 애쓰면서 말했다. "좀 복잡한 문제가 하나 있습니다. 내 아들 보리스가 지금 이 호텔에 있는데……."

"아아, 예. 그건 대환영입니다. 저는 이미 그 문제를 검토하여, 옆방인 342호실로 그 애를 옮겨 두었습니다. 실은 구스타프가 오늘 새벽에 그 일을 처리했지요. 그러니까 걱정하실 일은 전혀 없습니다. 아침식사가 끝나면 343호실로 가십시오. 그때쯤에는 짐도 그 방으로 옮겨져 있을 겁니다. 그 방은 지금 계시는 층보다 하나 위층일 뿐이고, 라이더 씨의 취향에도 훨씬 잘 맞을 거라고 확신합니다. 하지만 혹시라도 마음에 들지 않거든 당장 저한테 알려 주십시오."

나는 고맙다고 말하고 수화기를 내려놓았다. 그러고는 침대에서 내려와 다시 한 번 주위를 둘러보고 숨을 깊이 들이마셨다. 아침 햇살 속에서 보니, 내 방은 별로 특별해 보이지도 않았다. 그저 전형적인 호텔 객실일 뿐이었다. 이 방에 걸맞지 않은 애착을 보이고 있었다는 생각이 들었다. 그런데도 샤워를 하고 옷을 입으면서 나는 또 다시 감정적이 되어 가는 것을 느꼈다. 그 순간 느닷없이 어떤 생각이 떠올랐다. 아침을 먹으러 내려가기 전에, 보리스가 잘 있는지부터 확인하러 가야겠다는 생각이었다. 아마 보리스는 지금 새로 옮긴 방에 혼자 앉아서 당황해하고 있을 것이다. 나는 얼른 몸차림을 끝내고, 마지막으로 한 번 뒤를 돌아본 뒤 방에서 나왔다.

342호실을 찾아 3층 복도를 걷고 있을 때 무슨 소리가 들리는가 싶더니, 보리스가 복도 끝에서 달려오는 것이 보였다. 그 모습이 아무래도 좀 기묘했다. 나는 보리스를 보고 그 자리에 멈춰 섰다. 그 순간 나는 보리스가 두 손으로 핸들을 움직이는 동작을 하고 있는 것을 보고, 그 애가 빠르게 달리는 자동차의 운전자를 흉내 내고 있는 모양이라고 짐작했다. 보리스는 오른쪽 좌석에 있는 눈에 보이지 않는 승객에게 낮은 소리로 중얼거리면서, 나를 알아본 기색은 전혀 보이지 않은 채 내 곁을 쏜살같이 스쳐 지나갔다. 복도 아래쪽에 문 하나가 빠끔히 열려 있었다. 보리스는 그 문으로 다가가더니 소리를 질렀다. "조심해요!" 그러고는 홱 방향을 틀어 그 방으로 들어갔다. 방 안에서는 충돌음을 흉내 내는 보리스의 목소리가 들려왔다. 나는 그 문으로 다가가, 그게 342호실이라는 것을 확인하고 안으로 들어갔다.

보리스는 침대에 드러누워 두 발을 허공에 높이 쳐들고 있었다.

"보리스, 그렇게 소리를 지르면서 뛰어다니면 안 돼. 여긴 호텔이야. 사람들은 아마 잠을 자고 있을 거야."

"잠을 잔다고요? 이 시간에!"

나는 등 뒤로 문을 닫았다.

"어쨌든 그렇게 시끄럽게 굴면 안 돼. 손님들이 불평할 거야."

"불평한다면 큰일이군요. 할아버지한테 부탁해서 처리하겠어요."

보리스는 여전히 두 발을 허공에 들어 올린 채, 이제는 구두를 맞부딪치기 시작했다. 나는 의자에 앉아 잠시 그 애를 지켜보았다.

"보리스, 너하고 얘기 좀 해야겠다. 내 말은 우리 둘이 대화를 나누어야 한다는 뜻이야. 그건 우리한테 도움이 될 거다. 너는 나한테 물어보고 싶은 게 많겠지. 이 모든 일에 대해서…… 예를 들면 우리가 왜 호텔에 있는지……."

나는 보리스가 뭐라고 하는지 보려고 말을 멈추었다. 보리스는 계속 두 발을 허공에서 맞부딪치고 있을 뿐이었다.

"보리스, 넌 지금까지 아주 잘 참았어. 하지만 궁금한 게 많을 거야. 그건 나도 알고 있어. 내가 너무 바빠서, 너와 마주 앉아 거기에 대해 제대로 얘기를 나누지 못한 건 미안하다. 그리고 어젯밤에도 미안했어. 너만이 아니라 나도 실망했단다. 보리스, 나한테 묻고 싶은 게 많을 거야. 쉽사리 대답할 수 없는 질문도 있겠지만, 최대한 대답하려고 노력하마."

이렇게 말하고 있을 때, 무엇 때문인지 — 아마 그것은 내가 좀 전까지 있던 방과 이제 그 방으로 영원히 돌아갈 수 없을지도 모른다는 생각과 관계가 있을 것이다 — 마음속에서 강렬한 상실감이 솟아나, 나는 잠시 말을 끊을 수밖에 없었다. 보리스는 여전히 두 발을 맞부딪치고 있었다. 그러다가 지친 듯 다리를 침대 위에 털썩 내려놓았다. 나는 헛기침을 하고 나서 말했다.

"자, 그럼 어디서부터 시작할까?"

"태양 인간!"

보리스가 느닷없이 새된 소리를 지르고는 큰 소리로 어느 주제가의 첫 부분을 노래하기 시작했다. 그러면서 쿵 소리를 내며 바닥으로 떨어져 침대와 벽 사이의 틈으로 사라져 버렸다.

"보리스, 나는 지금 진지하게 말하고 있어. 제발 나오렴. 우리는 여기에 대해 얘기해야 해. 보리스, 제발 거기서 나와."

아무 대답도 없었다. 나는 한숨을 내쉬고 일어섰다.

"보리스, 뭐든지 나한테 묻고 싶은 게 있으면 언제든지 물어봐도 좋다는 것만 알아 다오. 그러면 만사 제쳐 놓고 거기에 대해 너와 얘기하러 올 테니까. 아주 중요해 보이는 사람들과 같이 있을 때라도, 나한테는 그 사람들이 너보다 더 중요하지는 않다는 걸 알아주기 바란다. 보리스, 내 말 들리니? 보리스, 거기서 나와."

"안 돼요. 꼼짝할 수가 없어요."

"보리스, 제발."

"몸을 움직일 수가 없어요. 등뼈가 세 개나 부러졌다고요."

"좋아, 보리스. 네 기분이 좀 나아지면 다시 얘기하자꾸나. 나는 지금 아래층에 내려가서 아침을 먹을 거야. 보리스, 내 말 잘 들어. 네가 원한다면, 아침을 먹고 나서 우리 둘이서 네가 전에 살던 아파트로 돌아가도 좋아. 네가 원한다면 그렇게 할 수 있어. 거기 가서 그 상자를 가져올 수 있어. 9번 선수가 들어 있는 상자 말이다."

여전히 아무 반응도 없었다. 나는 잠시 더 기다리다가 말했다.

"그럼 잘 생각해 봐, 보리스. 나는 아침을 먹으러 갈 테니까."

나는 이렇게 말하면서 방을 나와 조용히 문을 닫았다.

나는 로비 정면과 이웃해 있는 장방형의 방으로 안내되었다. 방에는 햇살이 가득 차 있었다. 커다란 창문들은 인도와 같은 높이로 거리에 면해 있었지만, 손님들의 사생활을 보호하기 위해 창문 아래쪽에는 불투명 유리가 끼워져 있고, 밖을 지나는 자동차 소리도 훨씬 약해져서 희미한 소리로밖에 들리지 않았다. 키 큰 야자수와 천장에서 돌아가는 선풍기가 실내에 다소 이국적인 분위기를 주고 있었다. 탁자들은 길게 두 줄로 놓여 있었다. 나는 웨이터를 따라 가운데 통로를 지나가면서, 탁자들 대부분이 이미 치워진 것을 알아차렸다.

웨이터는 나를 뒤쪽 자리에 앉히고 커피를 따라 주었다. 그가 가버린 뒤 주위를 둘러보니, 손님이라고는 문간 근처에 앉아서 스페인어로 대화를 나누고 있는 부부와 나한테서 조금 떨어진 자리에서 신문을 읽고 있는 노인뿐이었다. 아무래도 내가 아침을 먹으러 내려온 마지막 손님인 듯싶었다. 하지만 나는 유난히 힘든 밤을 보냈으니까, 늦게야 아침식사를 하러 왔다 해도 죄책감을 느낄 이유는 전혀 없다고 생각했다.

죄책감을 느끼기는커녕, 자리에 앉아 빙글빙글 돌아가는 선풍기 밑에서 부드럽게 흔들리는 야자수를 바라보고 있으려니까 만족감이 솟아나기 시작했다. 어쨌든 나는 이 도시에 도착한 뒤 그렇게 짧은 시간 안에 그렇게 많은 일을 해냈으니까 만족감을 느낄 이유는 충분했다. 물론 이곳의 위기에는 아직도 불분명하고 신비롭기까지 한 측면이 많이 남아 있었다. 하지만 내가 이곳에 온 지 스물네 시간도 채 지나지 않았다. 의문에 대한 대답은 오래지 않아 저절로 떠오를 것이다. 예를 들어 오늘 백작부인을 찾아가면, 브로즈키가 옛날에 녹음한 음반을 듣고 그의 작품에 대한 기억을 새롭게 할 수 있을 뿐 아니라, 백작부인과 시장과 함께 이 도시의 위기를 자세히 토론할 기회도 갖게 될 것이다. 그다음에는 현안 문제에 직접 영향을 받고 있는 시민들과 만나고—어제 나는 이 만남의 중요성을 슈트라트만 양에게 강조해 두었다—크리스토프와도 만나게 될 것이다. 다시 말해서 가장 중요한 약속 몇 가지가 아직 남아 있었다. 그러니 지금 이 단계에서 결론을 내리거나 내 연설을 마무리 짓는 문제를 생각하는 건 부질없는 노릇이었다. 당분간은 내가 이미 흡수한 정보의 양에 만족감을 느낄 자격이 있었고, 아침을 먹으면서 긴장을 풀고 느긋하게 식사를 즐길 여유도 있었다.

웨이터가 차가운 고기와 치즈, 갓 구운 롤빵이 담긴 바구니를 들고 돌아왔다. 나는 진한 커피를 잔에 따르면서 느긋하게 먹기 시작했다. 마침내 슈테판 호프만이 방에 들어왔을 때, 나는 거의 느긋하고 평온한 기분에 잠겨 있었다.

"안녕히 주무셨습니까, 선생님." 젊은이는 미소 띤 얼굴로 다가오면서 말했다. "방금 내려오셨다는 얘기를 들었습니다. 아침식사를 방해하고 싶지 않으니까, 여기 오래 있지는 않겠습니다."

그는 얼굴에 여전히 미소를 띤 채 내 탁자 옆을 서성거렸다. 내가 뭐라고 말하기를 기다리고 있는 게 분명했다. 그제야 나는 어젯밤의 약속을 기억해 냈다.

"아아, 그렇지. 카잔……." 나는 버터나이프를 내려놓고 그를 쳐다보았다. "물론 「유리의 정열」은 이제까지 피아노를 위해 작곡된 작품들 중에서 가장 어려운 곡이네. 그 곡을 자네가 연습한 지 얼마 안 되었다는 사실을 고려하면, 마디와 마디가 이어지는 부분이 좀 거칠게 들린 것도 놀랄 일은 아니지. 그것 말고는 지적할 게 별로 없네. 마디와 마디가 이어지는 부분이 좀 거칠 뿐이야. 그 작품을 제대로 연주하려면 많은 시간을 들여 연습을 거듭할 수밖에. 아주 많은 시간이 필요할 거야."

슈테판의 얼굴에서 미소가 서서히 사라졌다.

"하지만 전체적으로 보면…… 어젯밤 자네의 연주는 대단한 가능성을 보여 주었다고 생각하네. 나는 이런 말을 아무렇게나 내뱉지 않아. 시간만 충분하다면, 그 어려운 작품도 자네는 아주 훌륭하게 연주해 낼 수 있을 걸세. 문제는……."

그러나 젊은이는 더 이상 듣고 있지 않았다. 그는 나에게 한 발짝 다가오면서 말했다.

"선생님 말씀은 요컨대 저에게 필요한 건 연습뿐이라는 건가요? 그 작품이 저한테 벅차지는 않다는 건가요?" 슈테판은 갑자기 얼굴을 일그러뜨리더니, 몸을 둘로 접으면서 들어 올린 무릎을 주먹으로 내리쳤다. 그러고는 다시 몸을 펴고 숨을 깊이 들이마신 다음 기쁨으로 얼굴을 빛냈다. "선생님은 모르실 거예요. 이게 저한테 무엇을 의미하는지. 얼마나 멋진 격려인지 선생님은 짐작도 못 하실 거예요. 건방진 말씀 같지만, 실은 저도 속으로는 늘 그렇게 느꼈거든요. 그 작품을 얼마든지 칠 수 있다고. 그런데 다른 사람도 아닌 바로 선생님이 그런 말씀을 해 주시니, 저한테는 너무나 큰 힘이 됩니다! 어젯밤에 저는 줄곧 피아노를 쳤습니다. 피로가 몰려올 때마다, 연습을 그만두고 싶은 유혹을 느낄 때마다, 마음속에서는 작은 목소리가 이렇게 속삭이곤 했어요. '라이더 선생님은 아직 밖에 서 계실지도 몰라. 평가를 내리려면 좀 더 내 연주를 들어 볼 필요가 있을

지 몰라.' 그래서 저는 연주에 더 많은 것을 쏟아부었습니다. 제 모든 것을 바쳐서 연주를 계속했지요. 솔직히 말씀드리면, 두 시간쯤 전에 연습을 끝냈을 때 저는 문으로 다가가서 밖을 내다보았습니다. 물론 선생님은 현명하게도 벌써 잠자리에 든 뒤였지요. 하지만 친절하게도 선생님은 최대한 오랫동안 거기에 있어 주셨습니다. 선생님이 저 때문에 잠을 너무 많이 희생하지 않았기를 바랍니다."

"천만에. 내가 문밖에 서 있었던 시간은…… 그렇게 길지는 않았네. 평가를 내릴 수 있을 만큼만 연주를 들었지."

"고맙습니다, 선생님. 오늘 아침에는 딴사람이 된 기분입니다. 제 인생에서 먹구름이 완전히 걷혔어요!"

"내 말을 오해하진 말게. 내 말은 그 작품을 자네의 능력으로 충분히 칠 수 있다는 뜻일세. 하지만 앞으로 충분한 시간이 남아 있는지……."

"충분한 시간을 갖도록 하겠습니다. 기회가 있을 때마다 피아노 앞에 앉아서 연습하겠습니다. 잠에 대해서는 잊어버리겠습니다. 걱정하지 마세요, 선생님. 내일 밤에는 부모님이 저를 자랑스럽게 여기도록 하겠습니다."

"내일 밤이라고요? 아아……."

"그런데 아까부터 제 얘기만 하고 있으니, 저는 정말 이기적이군요. 선생님이 어젯밤에 얼마나 멋진 성공을 거두었는지는 언급조차 하지 않았으니……. 어젯밤 만찬회에서 말입니다. 시내가 온통 그 얘기뿐이랍니다. 정말 대단한 연설이었어요."

"고맙네. 내 연설이 그런 평가를 받았다니 기쁘군."

"그리고. 그 연설은 나중에 일어난 일의 분위기를 조성하는 데 크게 이바지한 게 분명합니다. 예, 그건 분명해요. 이건 '정말로' 좋은 소식이니까 선생님께 당장 알려 드렸어야 하는 건데……. 선생님도 보셨듯이 어젯밤에 콜린스 여사가 만찬회장에 나타났습니다. 그런데 만찬회장을 떠날 때 브로즈키 씨와 미소를 주고받은 겁니다. 정말입니다! 많은 사람이 두 눈으로 똑똑히 보았어요. 아버지도 보셨습니다. 아버지는 콜린스 여사와 브로즈키 씨를 직접 접촉시키려고 애쓰지는 않았어요. 오히려 일이 너무 빨리 추진되지 않도록 조심하고 있었지요. 특히 콜린스 여사는 동물원에서 브로즈키 씨를 만나는 문제나 그 밖의 일에 대해 아직도 심사숙고하는 중이었으니까요. 하지만 콜린스 여사가 만찬회장을 막 떠나려 할 때였습니다. 브로즈키 씨는 콜린스 여사가 떠나려 하는 것을 알아차리고 자리에서 일어섰습니다. 그때쯤에는 사람들이 여느 때처럼 자유롭게 돌아다니고 있었지만, 브로즈키 씨는 어젯밤 내내 자리에 앉아 있었지요. 하지만 브로즈키 씨는 자리에서 일어나더니, 콜린스 여사가 몇 사람과 작별인사를 나누고 있는 문간 쪽을 건너다보았습니다. 콜린스 여사는 어떤 신사분 — 아마 베버 씨였을 겁니다 — 의 호위를 받으며 밖으로 나가고 있었지만, 어떤 본능으로 브로즈키 씨의 눈길을 알아차린 모양입니다. 어쨌든 콜린스 여사는 방을 돌아보았고, 브로즈키 씨가 일어서서 자기를 바라보고 있다는 것도 물론 보았지요. 아버지는 이걸 알아차렸고, 손님들도 알아차렸기 때문에 방 안이 조용해졌습니다. 아버지는 콜린스 여사가 차갑고 무자비한 눈길을 브로즈키 씨한테 던질 것 같아서 한순간 가슴이 조마조마했다고 하시더군요. 콜린스 여사의 얼굴은 꼭 그런 표정을 띠고 있었으니까요. 하지만 마지막 순간에 콜린스 여사는 미소를 지었습니다. 예, 정말로 브로즈키 씨한테 미소를 보낸 겁니다! 그러고는 밖으로 나갔습니다. 브로즈키 씨는…… 콜린스 여사의 미소가 브로즈키 씨한테 무엇을 의미했을지는 선생님도 짐작할 수 있을 겁니다. 한번 상상해 보세요. 그토록 오랜 세월이 흐른 뒤에! 저는 방금 아버지를 만나고 왔는데, 아버지 말씀에 따르면 브로즈키 씨는 오늘 아침에 새로운 활력을 보이면서 정력적으로 일을 시작했다고 합니다. 그리고 벌써 한 시간 동안이나 피아노 앞에 앉아 있답니다! 제가 때마침 피아노 앞을 떠나길 잘했지요! 아버지 말씀에 따르면, 오늘 아침의 브로즈키 씨는 여느 때와는 전혀 다른 모습을 보이고 있다는 겁니다. 술이 필요한 기색은 물론 조금도 보이지 않았고요. 그건 어느 누구보다도 아버지의 승리지만, 선생님의 연설이 엄청난 기여를 한 게 분명합니다. 우리는 동물원에 가서 브로즈키 씨와 만나는 문제에 대해 아직도 콜린스 여사한테서 대답이 오기를 기다리고 있지만, 어젯밤에 그런 일이 일어난 뒤로는 낙관적이 될 수밖에 없습니다. 오늘은 정말 멋진 아침입니다! 선생님을 더 이상 붙잡지 않겠습니다. 식사를 빨리 끝내고 싶으시겠죠. 다만 모든 일에 대해 선생님한테 다시 한 번 감사를 드리고 싶을 뿐입니다. 나중에 다시 만나게 되면 제 연습의 진척 상황을 알려 드리겠습니다."

나는 그에게 행운을 빌어 주고, 그가 단호한 걸음으로 나가는 것을 지켜보았다.

젊은이를 만난 뒤, 나는 아까보다 더욱 뿌듯한 만족감을 느꼈다. 그 후 몇 분 동안 나는 아까처럼 느긋하게 식사를 계속했고, 특히 이곳에서 만든 버터의 신선한 풍미를 즐기고 있었다. 도중에 웨이터가 나타나 커피 한 주전자를 식탁에 내려놓고 다시 가 버렸다. 어찌 된 영문인지는 모르지만, 잠시 뒤에 나는 비행기에서 내 옆자리에 앉은 사내가 나에게 던진 질문의 대답을 기억해 내려고 애쓰고 있었다. 그는 지금까지 월드컵 결승전에서 함께 뛴 형제 선수는 세 쌍이라고 말하면서, 그들이 누군지 기억나느냐고 물었다. 나는 대화에 끌려들고 싶지 않아서, 핑계를 둘러대고 다시 책을 읽기 시작했다. 하지만 그 후 줄곧, 어쩌다 몇 분 동안 나 혼자 있게 되는 지금 같은 때에는 그 사내의 질문이 되살아나곤 했다. 짜증스러운 노릇은 그 세 쌍의 형제가 모두 기억날 때도 있지만 가끔은 어느 한 쌍의 이름을 잊어버릴 때도 있다는 거였다. 오늘 아침이 바로 그랬다. 나는 찰턴 형제가 1966년도 월드컵 결승전에서 잉글랜드 소속으로 뛰었고, 1978년도 결승전에서는 반 데르 케르코프 형제가 네덜란드 팀에서 뛴 것을 기억해 냈다. 하지만 아무리 머리를 쥐어짜도 세 번째 형제는 기억해 낼 수가 없었다. 잠시 뒤에 나는 나 자신에게 짜증이 나기 시작했다. 너무 짜증이 난 나머지, 세 쌍의 형제를 모두 기억할 때까지는 아침 식탁을 떠나지도, 하루 일을 시작하지도 않겠다고 단단히 결심하기까지 했다.

내가 이런 생각에서 깨어난 것은 보리스가 식당에 들어와 내 쪽으로 다가오고 있는 것을 깨달았기 때문이다. 나에게 가까이 다가오고 있는 것은 단지 우연일 뿐이라는 듯, 보리스는 식탁을 여기저기 오락가락하면서 조금씩 내 쪽으로 다가오고 있었다. 나를 보지 않으려고 일부러 애쓰는 눈치였고, 내 옆 탁자에 이르렀을 때에도 나에게 등을 돌린 채 식탁보를 손가락으로 만지작거리며 머무적대고 있었다.

"보리스, 아침 먹었니?" 내가 물었다.

보리스는 여전히 식탁보를 만지작거리고 있었다. 그러다가 자기는 아무래도 좋다는 투로 물었다.

"전에 살던 아파트에 갈 거예요?"

"원한다면. 네가 원한다면 나도 함께 가겠다고 약속했잖니. 가고 싶니, 보리스?"

"하실 일이 있잖아요."

"그래. 하지만 그건 나중에 해도 돼. 네가 원한다면 전에 살던 아파트에 가도 좋아. 하지만 거기 가려면 지금 당장 출발해야 할 거야. 네 말대로 내 앞에는 바쁜 하루가 기다리고 있으니까."

보리스는 곰곰 생각하는 눈치였다. 나한테는 여전히 등을 돌린 채 식탁보만 계속 만지작거렸다.

"어때, 보리스? 갈래?"

"9번은 거기 있을까요?"

"아마 있을 거야." 나는 주도권을 잡기로 작정하고, 자리에서 일어나 냅킨을 접시 옆에 던졌다. "당장 떠나자꾸나. 밖은 화창한 것 같아. 재킷을 가지러 위층으로 올라갈 필요도 없겠다. 지금 당장 나가자꾸나."

보리스는 여전히 망설이는 듯 보였지만, 나는 보리스의 어깨를 안고 식당 밖으로 데리고 나갔다.

보리스와 함께 로비를 지날 때, 나는 프런트 직원이 손을 흔드는 것을 알아차렸다.

"라이더 선생님, 기자들이 아까 또 왔었습니다. 지금은 돌려보내는 게 좋을 것 같아서, 한 시간 뒤에 다시 와 보라고 했습니다. 걱정하지 마세요. 기자들은 기꺼이 그러겠다고 했으니까요."

나는 잠시 생각하고 나서 말했다.

"공교롭게도 나는 지금 아주 중요한 일을 하고 있는 중이오. 기자들이 다시 오거든, 슈트라트만 양을 통해 정식으로 약속 시간을 정하라고 말해 주시오. 미안하지만 우리는 이제 가 봐야겠소."

호텔에서 나와 햇살이 눈부신 인도로 나섰을 때에야 비로소 전에 살던 아파트로 가는 방법이 기억나지 않는다는 사실이 떠올랐다. 나는 눈앞을 지나가는 차들을 바라보며 잠시 머뭇거렸다. 그러자 보리스가 내 어려움을 눈치챈 듯 말했다.

"전차를 타면 돼요. 소방서 앞에서."

"그게 좋겠다. 네가 길을 안내하렴."

자동차 소리가 너무 시끄러워서, 그 후 몇 분 동안은 거의 말을 나눌 수가 없었다. 우리는 사람들로 북적거리는 비좁은 인도를 지나고, 차들로 붐비는 좁은 도로를 두 개 건너 넓은 큰길로 나왔다. 큰길에는 전찻길이 뻗어 있었고, 몇 개 차선을 가득 메운 차들이 거북이걸음을 하고 있었다. 인도는 아까보다 훨씬 넓어져서, 우리는 행인들 사이를 아까보다 여유 있게 걸으면서 은행과 사무실과 식당들을 지나쳤다. 바로 그때 뒤에서 달려오는 발소리가 들리더니, 누군가가 내 어깨에 한 손을 올려놓았다.

"라이더 씨! 아아, 마침내 여기 오셨군요!"

돌아보니, 왕년의 록 가수를 닮은 남자가 서 있었다. 얼굴은 햇볕에 그을렸고, 길게 기른 지저분한 머리를 한가운데에서 갈라 빗었고, 크림색의 헐렁한 셔츠와 바지를 입고 있었다.

"안녕하십니까."

나는 보리스가 의심스러운 눈길로 사내를 쳐다보고 있는 것을 알아차리고 조심스럽게 말했다.

"오해가 그렇게 잇달아 생겨나다니, 얼마나 불운한 일입니까!" 사내가 웃으면서 말했다. "약속 시간이 너무 많이 변경되었지요. 그리고 어젯밤에는 오랫동안, 두 시간이 넘도록 기다렸지 뭡니까. 하지만 신경 쓰지 마세요. 이런 일도 때로는 일어나는 법이니까요. 당신 잘못이 아닙니다. 정말로 나는 그렇게 믿고 있습니다. 그건 절대로 당신 책임이 아니라고 말입니다."

"아아, 예. 그리고 오늘 아침에도 기다리셨지요. 예, 예. 프런트 직원이 그러더군요."

"오늘 아침에도 오해가 있었습니다." 장발 사내는 어깨를 으쓱했다. "호텔 사람들은 한 시간 뒤에 다시 오라고 했지요. 그래서 사진기자와 나는 저기 카페에서 그냥 시간을 죽이고 있었습니다. 그런데 당신이 지나가는 게 보이기에, 지금 당장 인터뷰를 하고 사진을 몇 장 찍을 수 있지 않을까 생각한 겁니다. 그러면 앞으로 다시는 당신을 귀찮게 할 필요가 없을 테니까요. 물론 당신 같은 분에게는 우리처럼 작은 지방 신문사와 인터뷰하는 게 우선순위에서 그리 높은 자리를 차지하지는 않겠지만……."

"천만에요. 절대로 그렇지 않습니다." 내가 얼른 말했다. "나는 언제나 당신네 신문사 같은 지방 신문사를 가장 중요하게 생각합니다. 지방 신문사는 그 지방의 정서로 들어가는 열쇠를 쥐고 있지요. 나는 당신 같은 분들을 가장 귀중한 중개자로 생각하고 있습니다."

"말씀만이라도 고맙습니다, 라이더 씨. 외람된 말씀이지만, 상당히 날카로운 통찰력을 가지고 계시군요."

"하지만 불행히도 나는 지금 다른 볼일이 있다고 말할 작정이었어요."

"물론 그러시겠죠. 바로 그 때문에 지금 당장 모든 일을 끝내 버리자고 제안한 겁니다. 온종일 당신을 귀찮게 구는 것보다는 그게 낫지 않겠습니까. 우리 사진기자인 페드로가 지금 저 카페에 있습니다. 내가 당신께 몇 가지 질문을 하는 동안 페드로가 얼른 몇 장 찍으면 됩니다. 그 일만 끝나면 당신과 여기 있는 꼬마 신사분은 목적지로 서둘러 가시면 됩니다. 기껏해야 사오 분밖에 안 걸릴 겁니다. 그게 훨씬 간단한 해결책인 것처럼 생각되는데요."

"흐음, 몇 분이면 된다는 거지요?"

"몇 분만이라도 시간을 내주시면 감지덕지지요. 그 밖에도 당신이 시간을 쪼개야 하는 중요한 일들이 얼마나 많은지는 충분히 알고 있습니다. 우리는 바로 저기에 있습니다. 저 카페에요."

그는 조금 떨어진 지점을 가리켰다. 그곳에는 탁자와 의자 몇 개가 인도로 넘쳐 나와 있었다. 인터뷰를 하기에 적당한 곳으로 보이지는 않았지만, 이게 기자들 문제를 끝낼 수 있는 가장 간단한 방법일지도 모른다는 생각이 들었다.

"좋습니다. 하지만 오늘 아침에는 일정이 빡빡하다는 점을 강조해 둘 수밖에 없군요."

"라이더 씨, 정말 너그러우시군요. 더구나 우리처럼 보잘것없는 작은 신문사를 위해 귀중한 시간을 내주시다니! 되도록 빨리 끝내겠습니다. 자, 이쪽으로 오시죠."

장발의 기자는 우리를 데리고 인도를 되돌아가기 시작했다. 빨리 카페로 돌아가고 싶은 마음에 하마터면 다른 행인들과 부딪힐 뻔했을 정도였다. 그는 곧 우리보다 몇 걸음 앞서게 되었고, 나는 그 틈을 타서 보리스에게 말했다.

"걱정 마라. 오래 걸리진 않을 테니까. 금방 끝내도록 할게." 그래도 보리스가 계속 언짢은 표정을 짓고 있었기 때문에 나는 이렇게 덧붙였다. "너는 기다리는 동안 저 카페에서 맛있는 걸 먹으면 돼. 아이스크림이나 치즈케이크라도 먹으렴. 인터뷰가 끝나면 당장 떠나자꾸나."

우리는 파라솔들이 비좁게 늘어서 있는 좁은 안마당 옆에서 걸음을 멈추었다.

"다 왔습니다." 기자가 말하면서 탁자 하나를 가리켰다. "우리 자리는 저깁니다."

"괜찮다면 우선 보리스를 카페 안에 데려다 놓고 오겠습니다. 1분만 기다려 주시면 됩니다."

"좋은 생각입니다."

안마당에 나와 있는 탁자들은 대부분 손님들로 차 있었지만, 안에는 손님이 하나도 없었다. 밝은 실내장식은 현대적이었고, 햇빛이 가게 안을 가득 채우고 있었다. 북유럽인의 용모를 가진 포동포동한 젊은 웨이트리스가 유리 카운터 뒤에 서 있고, 카운터 안에는 케이크와 파이 따위가 진열되어 있었다. 보리스가 구석 자리에 앉자, 젊은 웨이트리스가 미소를 지으며 우리에게 다가왔다.

"뭘 먹고 싶니?" 그녀가 보리스에게 물었다. "오늘 아침에는 우리 가게에 있는 케이크가 이 도시 전체에서 가장 신선하단다. 10분 전에 도착했거든. 뭐든지 다 신선해."

보리스는 이 가게에 있는 케이크에 대해 꼬치꼬치 묻고 나서, 아몬드와 초콜릿을 넣은 치즈케이크를 먹기로 결정했다.

"좋아. 오래 걸리진 않을 거야." 나는 보리스에게 말했다. "가서 그 사람들을 만나고 곧 돌아올게. 필요한 게 있으면 언제든지 나를 불러. 나는 바로 밖에 있을 테니까."

보리스는 어깨를 으쓱하고, 진열장에서 케이크를 꺼내고 있는 웨이트리스 쪽으로 관심을 돌렸다.

12

안마당으로 나와 보니, 장발의 기자는 어디에도 보이지 않았다. 나는 탁자에 앉아 있는 사람들의 얼굴을 눈여겨보면서 잠시 파라솔 사이를 어슬렁거렸다. 안마당을 한 바퀴 돌고 나서, 나는 걸음을 멈추고, 기자가 마음을 바꾸어 가 버렸을 가능성을 생각했다. 하지만 그것은 너무나 어이없는 일로 여겨졌기 때문에, 나는 다시 한 번 주위를 둘러보았다. 다양한 사람들이 커피를 마시면서 신문을 읽고 있었다. 발치에 모여든 비둘기들에게 말을 걸고 있는 노인도 있었다. 그때 누군가가 내 이름을 들먹이는 소리가 들렸다. 그쪽으로 고개를 돌리자, 기자가 바로 내 뒤에 있는 탁자에 앉아 있는 게 보였다. 그는 사진기자일 것으로 짐작되는 땅딸막하고 까무잡잡한 남자와 대화를 나누고 있었다. 나는 소리를 지르면서 그들에게 다가갔지만, 묘하게도 두 사람 다 나를 쳐다보지도 않고 여전히 토론에 열중해 있었다. 내가 남아 있는 의자를 끌어당겨 앉았을 때에도 기자는 하던 말을 계속하면서 나를 건성으로 힐끔 바라볼 뿐이었다. 그러고는 다시 까무잡잡한 사진기자 쪽으로 고개를 돌리며 말을 이었다.

"그러니까 그 건물의 의미를 눈치챌 수 있는 실마리를 그 사람한테 주면 안 돼. 자네는 그 사람이 계속 그 건물 앞에 있어야 하는 이유, 다시 말해서 그걸 예술적으로 정당화하는 핑계를 꾸며 내야 할 거야."

"문제없어." 사진기자는 고개를 끄덕이며 말했다. "문제없다고."

"하지만 너무 지나치게 그 사람을 몰아대진 마. 슐츠가 지난달에 빈에서 실패한 건 바로 그 점 때문인 것 같아. 그리고 그런 타입의 사람들이 모두 그렇듯이 그 사람도 허영심이 강하다는 걸 잊지 마. 그러니까 그 사람의 열렬한 팬인 척하란 말이야. 신문사가 자네를 파견할 때는 자네가 그 사람 팬이라는 걸 전혀 몰랐지만, 사실 자네는 그 사람의 열렬한 팬이라고 말해. 그러면 그 사람을 손아귀에 넣을 수 있을 거야. 하지만 신뢰관계를 형성하기 전에는 자틀러 빌딩 이야기는 입 밖에도 내면 안 돼."

"알았어, 알았다고." 사진기자는 여전히 고개를 끄덕이고 있었다. "하지만 지금쯤은 이 문제가 벌써 해결되었을 줄 알았는데……. 자네가 이미 그 사람의 동의를 받아 냈을 거라고 생각했어."

"전화로 처리하려고 했지만, 그 사람은 까다롭기 짝이 없는 녀석이라고 슐츠가 경고하더군."

기자는 이렇게 말하면서 나를 돌아보고 정중한 미소를 지었다. 사진기자는 동료의 시선을 따라 나를 바라보면서 멍하니 고개를 까딱했다. 그러고 나서 두 사람은 다시 논의를 시작했다.

"슐츠의 문제는 그런 사람들한테 충분히 아첨하지 않는다는 거야. 그리고 사실은 그렇지 않을 때에도 조바심이 난 것처럼 짜증스러운 태도를 보이지. 그런 타입의 사람들한테는 계속 아첨을 해 줘야 해. 그러니까 자네도 사진을 찍는 동안 '아주 좋습니다'를 연발하라고. 계속 소리쳐. 끊임없이 그 사람의 자부심을 만족시켜 주는 거야."

"알았어. 문제없어."

"그러니까 나는 이렇게 시작할 거야……." 기자는 지겨운 듯 한숨을 내쉬었다. "우선 그 사람이 빈에서 한 공연이나 그런 것에 대한 얘기부터 꺼내야겠지. 여기에 자료가 좀 있으니까, 이걸 밑천으로 허풍을 좀 떨 거야. 하지만 시간을 너무 많이 낭비할 수는 없어. 몇 분이 지나면 자네가 그 얘기를 꺼내라고. 자틀러 빌딩으로 가면 좋은 사진을 찍을 수 있다는 영감을 얻었다고 주장해. 나도 처음에는 좀 난처한 표정을 짓다가 결국 멋진 생각이라고 맞장구를 칠 테니까."

"좋아, 알았어."

"자신감을 가져. 실수하지 말고 멋지게 한번 해 보자고. 그 사람은 까다로운 녀석이라는 걸 잊지 마."

"알았어."

"뭔가가 잘못되는 것 같으면 재빨리 아첨을 해."

"좋아, 알았어."

두 사람은 서로 고개를 끄덕였다. 그러고 나서 기자는 숨을 깊이 들이마시고 두 손을 마주친 다음, 갑자기 환해진 얼굴을 내 쪽으로 돌렸다.

"아아, 라이더 씨! 여기 계셨군요! 우리한테 귀중한 시간을 내주셔서 정말 고맙습니다. 그런데 아까 그 꼬마는 저 안에서 즐겁게 지내고 있겠지요?"

"예, 예. 큼지막한 치즈케이크를 주문했지요."

두 남자는 즐겁게 웃었다. 까무잡잡한 사진기자가 싱긋 웃으면서 말했다.

"치즈케이크라…… 저도 그걸 무척이나 좋아하죠. 아주 어렸을 때부터 좋아했답니다."

"라이더 씨, 이쪽은 페드로입니다."

사진기자는 미소를 지으며 정중하게 손을 내밀었다.

"만나 뵙게 돼서 반갑습니다. 저한테는 이런 행운이 없어요. 저는 오늘 아침에야 이 임무를 맡았지요. 아침에 일어났을 때 제가 할 일이라곤 시의회 회의실에서 사진 몇 장 찍는 것뿐이었어요. 그런데 샤워를 하고 있을 때 전화를 받은 겁니다. 이 일을 하고 싶지 않으냐고 묻더군요. 그래서 저는 대답했지요. 하고 싶지 않냐고? 도대체 무슨 소리를 하고 있는 거냐? 그분은 어렸을 때부터 내 영웅이었다. 하고 싶지 않냐고? 공짜로 해 주겠다. 아니, 그 일을 시켜 주기만 하면 내가 당신한테 돈을 주겠다. 어디로 가야 하는지만 말해 달라. 임무를 부여받고 이렇게 들뜨기는 난생처음이라고 대답했답니다."

"솔직히 말씀드려서……" 기자가 말했다. "어젯밤에 저와 함께 호텔에 있었던 사진기자는 몇 시간 기다리자 짜증을 내기 시작했습니다. 당연히 저는 그 친구한테 화가 났지요. 그래서 말했습니다. '자네는 모르는 모양인데, 라이더 씨가 예정된 시간보다 늦는다면 그건 아주 중요한 볼일이 있기 때문일 거다. 그분은 친절하게도 우리한테 귀중한 시간을 내주기로 동의하셨으니까, 우리가 해야 할 일이 잠시 기다리는 것뿐이라면 우리는 마땅히 기다려야 한다.'고 말입니다. 사실 말인데 저는 그 녀석한테 몹시 화가 났습니다. 그래서 신문사로 돌아가자 편집부장한테 말했지요. '내일 아침에 나와 함께 일할 다른 사진기자를 찾아 달라. 라이더 씨의 입장을 충분히 이해하고, 그분에게 적절한 고마움을 표할 수 있는 사람이 좋겠다.'고 말입니다. 저는 그 문제로 상당히 흥분했던 것 같습니다. 어쨌든 그렇게 해서 페드로가 대신 오게 되었는데, 알고 보니 페드로는 저만큼이나 열렬한 당신 팬이지 뭡니까."

"자네보다 더 열렬한 팬이지. 훨씬 열렬해." 페드로가 대꾸했다. "오늘 아침에 그 전화를 받았을 때, 저는 믿을 수가 없었습니다. 내 영웅이 우리 도시에 와 있고, 내가 그분의 사진을 찍게 되다니. 내 평생 최고의 작품을 만들어 보자. 저는 샤워를 하면서 그렇게 다짐했습니다. 그런 분이 모델이라면 반드시 최고의 작품을 만들어야 한다. 자틀러 빌딩을 배경으로 사진을 찍자. 저는 그렇게 생각했습니다. 샤워를 하는 동안 벌써 전체적인 구도가 머릿속에 떠오르는 것을 볼 수 있었지요."

"이보게, 페드로." 기자가 엄격한 눈으로 사진기자를 바라보며 말했다. "라이더 씨가 우리 사진을 위해서 자틀러 빌딩까지 가 주실까. 물론 거기까지는 차로 몇 분밖에 안 걸리지만, 빡빡한 일정에 쫓기는 분에게는 몇 분도 결코 하찮은 시간이 아니야. 안 돼, 페드로. 자네는 여기서 최선을 다해야 해. 우리가 이 탁자에서 얘기를 나누는 동안 라이더 씨 사진을 몇 장 찍으라고. 물론 노천카페는 너무 진부한 배경이라서 라이더 씨가 지니고 있는 독특한 카리스마를 효과적으로 보여 주기는 어렵겠지. 하지만 그렇게 할 수밖에 없어. 하기야. 라이더 씨를 자틀러 빌딩 앞에 세우고 싶다는 자네 착상이 번득이는 영감이라는 건 나도 인정해. 하지만 라이더 씨는 시간이 없어. 그러니 그저 평범한 사진으로 만족할 수밖에."

페드로는 한쪽 손바닥을 다른 쪽 주먹으로 때리면서 고개를 저었다.

"아마 자네 말이 옳겠지. 하지만 유감이군. 위대한 라이더 씨를 찍을 기회가, 일생에 단 한 번뿐인 기회가 왔는데, 평범한 카페 장면으로 만족해야 하다니. 인생은 그런 식으로 사람을 골탕 먹이는 건가."

그는 또다시 슬픈 듯이 고개를 저었다. 그러고 나서 두 사람은 잠시 나를 쳐다보며 앉아 있었다.

나는 결국 이렇게 말할 수밖에 없었다.

"그 건물은 정말로 여기서 몇 분밖에 안 걸립니까?"

페드로는 열의에 빛나는 얼굴로 갑자기 윗몸을 일으켜 세웠다.

"진정이십니까? 자틀러 빌딩 앞에서 포즈를 취해 주시겠습니까? 아아, 이 얼마나 멋진 행운인가! 저는 당신이 위대한 분이라는 걸 진작부터 알고 있었어요!"

"아니, 잠깐만요……."

"정말이십니까, 라이더 씨?" 기자가 내 팔을 잡으면서 말했다. "정말 괜찮으시겠어요? 일정이 빡빡하실 텐데……. 참으로 훌륭하십니다! 택시를 타면 기껏해야 3분밖에 안 걸릴 겁니다. 여기서 기다려 주시면 제가 가서 택시를 불러오겠습니다. 페드로, 기다리는 동안 여기서 라이더 씨 사진을 몇 장 찍는 게 어때?"

기자는 서둘러 가 버렸다. 다음 순간 나는 그가 길모퉁이에서 한 팔을 쳐들고 다가오는 차들을 향해 몸을 내밀고 있는 것을 보았다.

"라이더 씨, 그럼 찍겠습니다."

페드로는 한쪽 무릎을 땅바닥에 대고 쭈그려 앉아, 카메라 파인더를 통해 나를 바라보았다. 나는 의자에서 자세를 가다듬고 — 느긋하면서도 지나치게 늘어지지는 않은 자세를 취하고 — 상냥한 미소를 지었다.

페드로는 몇 번 셔터를 눌렀다. 그러고는 약간 뒤로 물러서서 이번에는 빈 탁자 옆에 다시 쭈그려 앉아, 부스러기를 쪼아 먹고 있던 비둘기 떼를 방해했다. 내가 자세를 다시 바로잡으려 할 때 기자가 뛰어서 돌아왔다.

"라이더 씨, 지금은 빈 택시를 잡을 수가 없군요. 하지만 전차가 방금 도착했습니다. 서두르면 탈 수 있습니다. 페드로, 빨리 가서 전차를 잡아 둬."

"하지만 전차가 택시만큼 빠를까요?" 내가 물었다.

"이렇게 교통이 혼잡한 경우엔 전차가 택시보다 훨씬 빠를 겁니다. 걱정하실 필요는 전혀 없습니다. 자틀러 빌딩은 아주 가까우니까요. 사실은……" 그는 손을 들어 눈 위에 차양을 만들고 먼 곳을 바라보았다. "실은 여기서도 보일 정도랍니다. 저기 있는 저 회색 탑만 없다면 지금도 자틀러 빌딩을 볼 수 있을 텐데……. 그만큼 가깝답니다. 당신이나 나처럼 보통 키를 가진 사람이 이렇게 맑은 아침에 자틀러 빌딩의 지붕 위로 올라서서 장대 같은 물건, 예를 들면 집에서 쓰는 대걸레 같은 것을 들어 올리면, 저 회색 탑 너머로 그것을 쉽게 볼 수 있을 겁니다. 그러니까 눈 깜짝할 사이에 도착할 수 있습니다. 하지만 전차를 타야 하니까 서둘러야 합니다."

페드로는 벌써 연석으로 내려가 있었다. 나는 그가 무거운 장비 가방을 어깨에 메고 전차 운전사에게 우리를 기다려 달라고 설득하는 것을 볼 수 있었다. 나는 기자를 따라 카페 안마당을 나가서 전차에 올라탔다.

우리 세 사람이 중앙 통로를 걸어가는 동안, 전차가 다시 출발했다.

전차 안이 붐볐기 때문에 우리는 서로 가까이에 앉을 수가 없었다. 나는 객차 뒤쪽으로 가서, 몸집이 작은 노인과 무릎에 어린애를 앉힌 점잖은 부인 사이에 간신히 끼어 앉았다. 좌석은 놀랄 만큼 편안해서, 얼마쯤 지나자 나는 여행을 즐기기 시작했다. 맞은편에는 세 노인이 앉아 있었다. 그들은 가운데 노인이 펼쳐 든 신문 한 장을 함께 읽고 있었다. 전차가 흔들려서 신문을 읽기가 어려운 듯했고, 이따금 특정한 페이지를 독차지하려고 다투기도 했다.

잠시 뒤에 나는 주위에서 일어나는 움직임을 알아차리게 되었다. 무슨 일인가 하고 둘러보니, 검표원이 통로를 따라 다가오고 있었다. 나는 내 동행자들이 내 차표까지 샀으려니 생각했다. 나는 전차에 탈 때 표를 구입하지 않았기 때문이다. 두 번째로 어깨 너머를 돌아보니, 검표원은 거의 우리 자리에 다다른 참이었다. 검표원은 몸집이 작은 여자였고, 꼴사나운 검정 제복도 그녀의 매력적인 몸매를 감추지는 못했다. 주위 사람들은 모두 차표나 정기승차권을 내밀고 있었다. 나는 애써 낭패감을 억누르며, 당당하면서도 설득력 있게 들리는 변명을 궁리하기 시작했다.

이윽고 검표원이 우리 앞으로 다가왔다. 내 옆에 앉은 이들은 모두 차표를 내밀었다. 검표원이 그 차표에 구멍을 뚫고 있는 동안 나는 단호하게 말했다.

"나는 차표가 없지만, 내 경우에는 특별한 사정이 있어요. 허락하신다면 그 사정을 설명하겠소."

검표원이 나를 쳐다보고 나서 말했다.

"차표가 없는 것도 문제지만 어젯밤에 너는 우리를 실망시켰어."

나는 그녀가 피오나 로버츠라는 것을 알아보았다. 피오나는 내가 아홉 살쯤 되었을 때 우스터셔에 있는 고향 마을의 초등학교에서 특별한 우정을 맺은 소녀였다. 그녀는 우리 집에서 샛길을 따라 조금 내려간 곳에 사는 이웃이었다. 그녀네 집도 우리 집과 비슷한 시골집이었는데, 나는 특히 우리 가족이 맨체스터로 이사하기 전의 어려운 시절에는 걸핏하면 그 집으로 놀러 가서 그녀와 함께 오후 시간을 보내곤 했다. 우리가 맨체스터로 떠난 뒤로는 한 번도 그녀를 만나지 못했고, 그래서 그녀의 비난하는 태도에 나는 무척 당황했다.

"아아, 그래. 어젯밤에……."

피오나 로버츠는 계속 나를 바라보고 있었다. 아마 그녀가 비난하는 표정을 짓고 있었기 때문이겠지만, 갑자기 어린 시절의 어느 날 오후가 기억에 떠올랐다. 그때 우리 두 사람은 그녀네 집 식탁 밑에 함께 들어가 있었다. 우리는 여느 때처럼 담요와 커튼 따위를 식탁 옆으로 늘어뜨려 우리만의 '은신처'를 만들어 놓았다. 그날 오후는 따뜻하고 화창했지만, 우리는 숨 막히는 더위와 어둠을 무릅쓰고 우리 은신처 안에 고집스럽게 앉아 있었다. 나는 피오나에게 무슨 얘기인가를 하고 있었다. 심란한 태도로 상당히 장황하게 이야기한 게 분명하다. 그녀는 여러 번 내 말을 가로채려고 했지만 나는 이야기를 계속했다. 그러다가 마침내 내 이야기가 끝나자 그녀가 말했다.

"말도 안 돼. 그건 네가 완전히 외톨이가 될 거라는 뜻이야. 넌 외로워질 거야."

"상관없어. 나는 외로워지고 싶어."

"또 허튼소리를 하는군. 외로워지는 걸 좋아할 사람은 아무도 없어. 나는 아이를 많이 낳을 거야. 적어도 다섯은 낳을 거야. 그리고 아이들을 위해 저녁마다 멋진 요리를 만들 거야." 내가 아무 반응도 보이지 않자 그녀가 다시 말했다. "넌 바보같이 굴고 있을 뿐이야. 혼자가 되기를 좋아하는 사람은 아무도 없어."

"난 그래. 난 좋아한다고."

"외로운 걸 어떻게 좋아할 수가 있니?"

"난 좋아. 그냥 좋아."

사실 나는 이 주장에 어떤 확신을 느꼈다. 나는 이미 몇 달 전부터 '훈련'을 시작했기 때문이다. 실제로 그 특별한 집념은 그때쯤 절정에 이르러 있었다.

내 '훈련'은 예기치 않게 시작되었다. 어느 우중충한 오후에 나는 샛길에서 공상에 잠기거나, 줄지어 늘어선 포플러와 들판 사이로 뻗어 있는 바싹 마른 도랑 속으로 내려갔다가 다시 올라오면서 혼자 놀고 있었다. 내가 문득 공포감에 사로잡혀 부모님과 함께 있고 싶은 욕구를 느낀 것은 바로 그때였다. 우리 집은 멀지 않았다. 들판 너머로 우리 집 뒷벽이 보였다. 하지만 공포감은 순식간에 커져서, 결국에는 거친 풀밭을 가로질러 전속력으로 집을 향해 달려가고 싶은 충동에 사로잡혔다. 그런데 무엇 때문인지—그런 기분은 미숙한 어린애나 느끼는 기분이라는 생각이 언뜻 들었기 때문일 것이다—나는 애써 그 충동을 억누르고 거기서 미적거렸다. 내가 이제 곧 들판을 질러 달려가기 시작할 건 분명했다. 속으로는 그것을 추호도 의심하지 않았다. 다만 의지력으로 그 순간을 몇 초 동안 늦추고 있을 뿐이었다. 바싹 마른 도랑 속에 못 박힌 듯 서 있을 때 나는 두려움과 기쁨이 뒤섞인 기묘한 기분을 느꼈고, 몇 주 뒤에는 그 기분에 완전히 익숙해졌다. 며칠도 지나기 전에 그 '훈련'은 내 생활에서 정기적이고 중요한 일면이 되었기 때문이다. 이윽고 그것은 일정한 의식 절차를 갖추게 되어, 집으로 돌아가고 싶은 충동이 고개를 들 조짐을 보이면 나는 얼른 샛길 옆의 특별한 지점—커다란 참나무 아래—으로 달려가 몇 분 동안 내 감정과 싸우며 서 있곤 했다. 이제 충분히 했으니까 집으로 떠나도 된다는 판단이 선 뒤에도, 앞으로 내디딘 발을 억지로 다시 끌어당겨 몇 초 동안 더 나무 밑에서 있을 때도 많았다. 그럴 때마다 내가 점점 커져 가는 불안이나 두려움과 함께 기묘한 스릴을 느낀 것은 의심할 여지가 없었다. 그 '훈련'이 나에게 거의 강박적인 지배력을 갖게 된 것은 아마 그 짜릿한 기분 때문이었을 것이다.

그날 오후에 피오나는 어둠 속에서 나에게 얼굴을 바싹 들이대고 말했다.

"하지만 너도 알고 있잖아. 네가 결혼한다 해도 네 부모님처럼 살 필요는 없어. 절대로 그렇게 되지는 않을 거야. 남편과 아내가 늘상 말다툼만 하는 건 아니야. 남편과 아내는…… 특별한 일이 일어날 때에만 그런 식으로 말다툼을 하지."

"무슨 특별한 일?"

피오나는 잠시 침묵을 지켰다. 내가 이번에는 좀 더 공격적으로 같은 질문을 되풀이하려 할 때, 피오나가 신중하게 말했다.

"네 부모님은 단지 사이가 나빠서 그렇게 말다툼을 하는 건 아니야. 그걸 모르겠니? 네 부모님이 왜 날마다 말다툼을 하는지 모르겠어?"

바로 그때 은신처 밖에서 느닷없이 성난 목소리가 들려왔다. 피오나는 은신처 밖으로 사라졌다. 나는 식탁 밑의 어둠 속에 혼자 앉아서, 피오나와 피오나의 어머니가 부엌에서 낮은 소리로 다투는 소리를 들었다. 도중에 피오나가 성난 투로 되풀이 말하는 소리가 들렸다. "하지만 왜 안 돼요? 왜 그 애한테 말하면 안 돼요? 다른 사람은 모두 다 알고 있잖아요." 그러자 피오나의 어머니는 더욱 목소리를 낮추어 말했다. "그 애는 너보다 어려. 너무 어려. 그 애한테 말하면 안 돼."

이런 회상은 피오나 로버츠가 몇 걸음 다가와 나에게 말을 걸었기 때문에 중단되었다.

"나는 10시 반까지 기다렸어. 그러고 나서 사람들한테 식사를 하자고 말했지. 그때쯤에는 모두 시장해서 죽을 지경이었으니까."

"물론 그렇겠지. 당연해." 나는 힘없이 웃으며 객차 안을 둘러보았다. "10시 반이라면…… 그때쯤에는 배가 고파지는 게 당연하지."

"그리고 그때쯤에는 네가 오지 않으리라는 것도 분명해졌어. 네가 올 거라고 믿는 사람은 아무도 없었지."

"그래. 그때쯤에는 당연히……."

"처음에는 순조로웠어. 나는 여태껏 그런 모임을 연 적이 한 번도 없지만, 순조롭게 진행되고 있었어. 모두 내 아파트에 모였지. 잉게도, 트루데도 왔어. 나는 신경이 좀 곤두서 있었지만 만사가 잘되어 갔고, 나도 정말로 들떠 있었어. 어제저녁을 위해 많은 준비를 한 여자들도 있었어. 너에 대한 정보와 사진으로 가득 찬 서류철을 가져왔으니까. 9시쯤 되었을 때에야 비로소 불안해지기 시작하더군. 네가 안 올지도 모른다는 생각이 떠오른 건 그때였어. 나는 계속 방을 들락거리면서 커피를 더 가져오고, 간식 그릇을 다시 채우고, 만사가 계속 순조롭게 하려고 애썼어. 손님들이 수군거리기 시작한 걸 알 수 있었지만, 그래도 나는 여전히 네가 올지도 모른다고 생각했어. 어딘가에서 교통체증에 걸려 늦어지고 있을 뿐이라고……. 그런데 시간은 자꾸만 흐르고, 결국 손님들은 불만을 터뜨리기 시작했어. 내가 방에 있는데도 말이야. 내 아파트에서! 내가 손님들에게 식사를 하자고 말한 건 그때였어. 그때는 그저 모임을 빨리 끝내고 싶은 마음뿐이었지. 그래서 사람들은 모두 식탁에 둘러앉아 먹기 시작했어. 나는 오믈렛을 준비했지. 음식을 먹으면서도, 울리케 같은 사람들은 계속 수군거리고 킬킬거렸어. 하지만 어떤 면에서는 차라리 킬킬거리는 사람이 더 나았어. 트루데처럼 나를 동정하는 체하고 마지막까지 점잖게 굴려고 조심하는 사람들보다는 훨씬 나았지. 나는 그 여자가 너무 싫어! 그 여자가 아파트를 나가면서 속으로 이렇게 말하는 게 빤히 보이더라고. '가엾어라. 피오나는 환상의 세계 속에서 살고 있어. 그걸 짐작했어야 하는 건데.' 그 사람들은 딱 질색이야. 애당초 그런 사람들과 상종한 나 자신을 경멸해. 하지만 나는 4년 동안 아파트 단지에서 살면서도 진정한 친구를 한 사람도 사귀지 못했어. 완전한 외톨이였지. 그 여자들, 어젯밤 내 아파트에 온 여자들은 오랫동안 나를 상종하려 하지 않았으니까. 그 여자들은 우리 단지의 엘리트를 자처하고, 자칭 '여성예술문화재단'이라는 걸 만들었어. 웃기는 짓이지. 어떤 의미에서도 그건 진정한 재단이 아니지만, 재단이라고 하면 대단하게 들린다고 생각하는 모양이야. 그들은 이 도시에서 무슨 행사가 열릴 때마다 바쁘게 뛰어다니기를 좋아해. 예를 들면 북경 발레단이 왔을 때도 환영 리셉션에 쓸 깃발을 도맡아 만들었지. 어쨌든 그들은 자신들을 특권층으로 생각하고, 최근까지만 해도 나 같은 사람과 관계를 맺는다는 건 생각조차 하지 않았어. 잉게라는 여자는 단지 안에서 나를 만나도 인사조차 하지 않았으니까. 하지만 그 소문이 퍼지자 상황이 바뀌었어. 내가 너와 아는 사이라는 소문 말이야. 그 소문이 어떻게 퍼졌는지는 나도 몰라. 나 자신이 그걸 자랑하고 다니지는 않았으니까. 아마 내가 누군가에게 말했겠지. 너도 짐작할 수 있겠지만, 어쨌든 그게 모든 것을 바꾸어 놓았어. 올해 초에 계단에서 잉게와 마주쳤는데, 그 여자가 나를 불러 세우더니 자기네 모임에 나오라는 거야. 나는 정말로 그들과 어울리고 싶지 않았지만, 그래도 모임에 갔어. 드디어 친구를 사귈 수 있을지도 모른다고 생각했기 때문이겠지만, 잘 모르겠어. 처음부터 잉게와 트루데 같은 여자들은 내가 너의 옛 친구라는 걸 반신반의했지. 하지만 결국에는 그걸 믿었어. 그래야 기분이 좋기 때문이겠지. 네 부모님을 돌봐 드린다는 건 내가 생각해 낸 게 아니지만, 내가 너를 안다는 사실이 그 일과 깊은 관계가 있는 건 분명해. 네가 이 도시를 방문한다는 소식이 처음 전해졌을 때, 잉게가 폰 브라운 씨한테 가서 그걸 제안했어. 재단은 북경 발레단을 접대하면서 경험을 쌓았고, 그래서 이제는 중요한 일을 떠맡을 준비가 되었다고, 그리고 어쨌든 자기네 재단에는 너의 옛 친구도 하나 있다고 잉게는 말했지. 일은 그렇게 된 거야. 그렇게 해서 재단은 네 부모님이 여기 머무시는 동안 돌봐 드리는 일을 맡았고, 당연히 모두들 흥분해서 어쩔 줄 몰랐지만, 어떤 여자들은 그런 중요한 책임을 맡은 것 때문에 신경이 곤두서 있었지. 하지만 잉게는 이제 우리 재단도 그만한 책임을 맡을 자격이 충분하다면서 모두에게 자신감을 불어넣었어. 우리는 계속 그런 모임을 가지면서, 네 부모님을 어떻게 접대할 것인가를 의논했지. 나는 이 말을 듣고 마음이 아팠지만, 잉게는 네 부모님이 지금 둘 다 건강이 별로 안 좋으시니까, 손님을 접대할 때 으레 하는 일들, 예를 들면 시내 관광 같은 건 별로 적당치 않다고 말했어. 하지만 그래도 많은 의견이 나왔고, 모두 흥분하기 시작했어. 그러다가 지난번 회의에서 누군가가 '너'를 초대해서 우리 모두가 너를 직접 만나는 게 어떠냐는 의견을 내놓은 거야. 네 부모님이 뭘 좋아하실지 아들인 너와 의논해 보자는 거였지. 그러자 잠시 쥐 죽은 듯 조용해졌어. 잠시 뒤에 잉게가 말했지. '그래요, 그러면 안 될 이유는 없잖아요? 어쨌든 우리는 그분을 초대할 자격이 충분해요.' 그러자 다들 나를 빤히 쳐다보는 거야. 그래서 결국 나는 말했지. '그분은 무척 바쁘겠지만, 모두들 원하신다면 부탁해 볼 수는 있어요.' 사람들이 얼마나 들떴는지 몰라. 그러다가 너한테서 답장이 오자 나는 공주가 되었지. 다들 나를 고맙게 생각하고, 만날 때마다 미소를 지으면서 친절하게 말을 걸고, 우리 애들한테 선물을 가져오고, 나를 위해 이런저런 일을 해 주겠다고 제의하고……. 그러니까 어젯밤 네가 나타나지 않았을 때 그게 어떤 결과를 가져왔을지는 너도 충분히 짐작할 수 있을 거야."

그녀는 깊은 한숨을 내쉬고 잠깐 침묵을 지키면서, 창밖을 스쳐 지나는 건물들을 멍하니 바라보았다. 그러다가 다시 말을 이었다.

"너를 탓해서는 안 되겠지. 어쨌든 우리는 벌써 오랫동안 만나지 않았으니까. 하지만 나는 네가 부모님을 위해서라도 우리 모임에 오고 싶어 할 줄 알았어. 네 부모님을 위해 우리가 무엇을 할 수 있을까를 놓고 의견이 분분했거든. 오늘 아침에는 모두들 내 얘기를 하고 있을 거야. 그 여자들 가운데 일하러 나가는 사람은 거의 없어. 돈 잘 버는 남편을 두고 있으니까. 서로 전화를 걸거나 찾아다니면서 다들 이렇게 말하고 있겠지. '가련한 여자, 그 여자는 자신의 세계 속에서 살고 있어. 진작 그걸 알았어야 하는 건데. 그 여자를 돕고 싶지만, 그 여자는 사람을 너무 피곤하게 만들어.' 그 여자들이 하는 말이 귀에 들려. 그들은 정말로 즐거워하고 있을 거야. 그리고 잉게, 그 여자는 몹시 화를 내겠지. '그 개 같은 년이 우리를 속였어.' 하고. 하지만 한편으로는 만족하고 안심하겠지. 잉게는 내가 너를 안다는 사실을 좋게 생각한 만큼, 거기에 늘 위협을 느꼈으니까. 나는 그걸 알 수 있었어. 그리고 너한테서 답장이 온 뒤 지난 몇 주 동안 다른 사람들이 나를 대하는 태도가 잉게한테 생각할 거리를 주었는지도 몰라. 잉게는 심한 갈등을 느꼈겠지. 잉게만이 아니라 다른 여자들도 모두 마찬가지였어. 어쨌든 오늘 아침에 그 여자들은 모두 즐거워하고 있을 거야. 난 알아."

나는 피오나의 말을 들으면서, 당연히 어젯밤 일어난 일에 대해 상당한 양심의 가책을 느껴야 한다는 것을 깨달았다. 하지만 그녀가 자기 아파트에서 벌어진 장면을 그토록 생생하게 묘사하는 것을 듣고 그녀를 깊이 동정하면서도, 나는 그런 모임에 참석하는 것이 내

일정에 들어 있었다는 것을 기억해 낼 수가 없었다. 게다가 그녀의 말을 듣고서야 나는 부모님이 이 도시에 도착하는 데 따른 여러 가지 문제를 지금까지 고려하지 않았다는 사실을 깨닫고 충격을 받았다. 피오나가 말했듯이 부모님은 둘 다 건강이 좋지 않아서, 두 분 스스로가 모든 일을 꾸려 가도록 내버려 둘 수는 없는 상태였다. 창밖을 스쳐 지나는 수많은 자동차와 밋밋한 건물들을 바라보면서, 나는 늙은 부모님을 보호해야 한다는 강한 의무감을 느꼈다. 사실 이곳 여자들한테 부모님을 돌보는 일을 맡기는 것은 가장 이상적인 해결책이었다. 그런데 그들을 만나 이야기할 기회를 놓치다니, 나는 정말 바보였다. 부모님을 어떻게 할 것인가를 생각하자, 공포감에 사로잡히기 시작했다. 나는 내 방문의 모든 측면을 거의 생각하지 않았다. 어떻게 그럴 수 있었는지, 정말 알 수 없는 노릇이었다. 한동안 내 마음은 바쁘게 돌아가고 있었다. 갑자기 눈앞에 아버지와 어머니의 모습이 떠올랐다. 몸집이 작고 나이가 들어 머리에는 서리가 내리고 허리가 구부정해진 부모님이 기차역 밖에 서서, 손수 들고 갈 수도 없는 짐에 둘러싸인 채 어쩔 줄 모르고 쩔쩔매고 있다. 낯선 도시를 둘러보는 부모님의 모습, 자존심 때문에 억지로 짐을 두 개, 아니 세 개 집어 드는 아버지의 모습, 가냘픈 손으로 아버지의 팔을 잡고 말리는 어머니의 모습……. 어머니는 '안 돼요, 안 돼. 짐이 너무 무거워서 들고 갈 수가 없다고요.' 하면서 아버지를 말리려고 애쓰지만 소용이 없다. 짐을 직접 들고 가겠다는 결의로 얼굴이 굳어진 아버지는 어머니를 뿌리치면서 말한다. '내가 아니면 누가 이걸 나른다는 거요? 내가 짐을 나르지 않으면 어떻게 호텔에 도착하지? 우리가 스스로 돕지 않으면, 이 낯선 곳에서 누가 우리를 도와주겠소?' 그러는 동안, 승용차와 트럭들은 요란한 소리를 내며 부모님 앞을 지나가고 통근자들은 부모님 곁을 종종걸음으로 지나간다. 어머니는 슬픈 얼굴로 체념하고, 무거운 짐 때문에 비틀거리는 아버지를 지켜본다. 네 걸음, 다섯 걸음……. 그러다가 아버지는 마침내 녹초가 되어 짐을 내려놓고, 가쁜 숨을 몰아쉬면서 어깨를 축 늘어뜨린다. 그러면 잠시 뒤에 어머니가 아버지한테 다가가서 팔을 부드럽게 잡는다. '걱정 마세요. 우리를 도와줄 사람이 나타날 거예요.' 그러면 아버지는 체념하고, 적어도 당신의 기백을 확실하게 보여 준 것으로 만족하고, 눈앞에서 벌어지고 있는 분주한 움직임을 조용히 지켜보면서, 당신들을 만나러 왔을지도 모르는 사람, 짐을 처리해 주고 환영하는 말을 해 주고 편안한 차에 태워 호텔까지 데려다 줄 사람을 찾을 것이다.

피오나가 말하는 동안 이런 이미지들이 내 머리를 가득 채우고 있었기 때문에, 한동안 피오나의 불행한 처지에 대해서는 거의 생각할 수가 없었다. 하지만 바로 그때 나는 피오나가 이렇게 말하고 있는 것을 알아차렸다.

"그들은 말할 거야. 앞으로는 좀 더 조심해야겠다고. 이렇게 말하는 소리가 귀에 들려. '우리는 이제 훨씬 유명해졌습니다. 따라서 온갖 사기꾼들이 우리를 속이려고 덤벼들 게 뻔합니다. 우리는 조심해야 합니다. 특히 지금은 이렇게 큰 책임을 맡았으니까 더더욱 조심해야죠. 그 개 같은 년을 교훈으로 삼아야 합니다.' 대충 이런 소리를 지껄이고 있을 거야. 내가 그 단지에서 앞으로 어떤 생활을 하게 될지는 아무도 몰라. 그런데 내 아이들은 거기서 자라야 해……."

"이봐, 피오나." 내가 그녀의 말을 가로막았다. "그 점에 대해서는 나도 유감스럽게 생각해. 하지만 어젯밤에는 전혀 예상하지 못했던 일이 일어났어. 여기서 그 사연을 늘어놓아 너를 따분하게 만들지는 않겠어. 너를 실망시킬 수밖에 없어서 나도 물론 괴로웠지만, 전화를 할 수도 없었어. 네가 너무 많은 어려움을 당하지 않았으면 좋겠군."

"나는 벌써 '많은' 어려움을 당했어. 여자 혼자서 한창 자라는 아이를 둘이나 키우는 건 결코 쉬운 일이 아니야."

"그 점에 대해서는 정말 미안하게 생각해. 내가 한 가지 제안을 할게. 지금은 저기 있는 기자들과 함께 해야 할 일이 있지만, 그 일은 오래 걸리지 않을 거야. 되도록 빨리 일을 처리할게. 그 일이 끝나면 택시를 잡아타고 네 아파트로 달려가겠어. 30분, 늦어도 45분 뒤에는 도착할 거야. 그러면 우리 이렇게 하자. 우리 둘이서 네 아파트 단지를 함께 돌아다니는 거야. 그러면 그 사람들, 네 이웃들, 잉게니 트루데니 하는 여자들도 모두 우리가 정말로 친구라는 걸 눈으로 확인할 수 있을 거야. 그다음에는 잉게처럼 좀 더 영향력 있는 사람들을 찾아가자. 네가 나를 소개하면, 나는 어젯밤에 약속을 지키지 못한 걸 사과하고, 마지막 순간에 피치 못하게 늦은 사정을 설명하겠어. 우리는 그 사람들을 하나씩 설득해서, 내가 어젯밤에 너한테 끼친 손실을 만회할 수 있어. 우리가 이 일을 잘해 내면 오히려 전화위복이 돼서, 너는 네 친구들한테 훨씬 인정받을 수 있을 거야. 어떻게 생각해?"

잠시 피오나는 지나가는 창밖의 광경을 바라보고 있었다. 그러다가 마침내 이렇게 말했다.

"마음 같아서는 이렇게 말하고 싶어. 잊어버리라고. 나는 네가 내

옛 친구라고 주장했지만, 그건 아무 쓸모도 없었어. 그리고 어쨌든 나는 잉게 패거리에 낄 필요는 없어. 전에는 단지에서 너무 외로웠지만, 그 여자들이 어떻게 행동하는지를 직접 경험한 뒤로는 그냥 내 아이들을 동무 삼아 사는 편이 더 행복하지 않을까 싶어. 밤에는 좋은 책을 읽을 수도 있고, 텔레비전을 볼 수도 있어. 하지만 나 자신만 생각하면 안 돼. 내 아이들도 생각해야지. 아이들은 단지에서 자라야 하고, 단지에서 따돌림을 당해서는 안 돼. 아이들을 위해서는 네 제의를 받아들일 수밖에 없어. 네 말대로 우리가 잘해 내면, 파티가 떠들썩하게 성공을 거두었을 때보다 내 입장이 훨씬 좋아질지도 몰라. 하지만 넌 약속해야 해. 네가 사랑하는 모든 것을 걸고, 나를 또다시 실망시키지 않겠다고 약속해. 네 계획을 실천에 옮기려면, 나는 근무시간이 끝나자마자 여기저기 전화를 걸어서 찾아가도 되는지 물어보고 약속을 정해야 하니까. 불쑥 찾아가서 남의 집 문을 두드릴 수는 없어. 거긴 그런 동네가 아니야. 그러니까 내가 약속을 다 해 놓았는데도 네가 나타나지 않으면 어떻게 될지 알겠지. 나 혼자 돌아다니면서 네가 오지 않은 이유를 다시 한 번 해명할 수밖에 없어. 그러니까 다시는 나를 실망시키지 않겠다고 약속해야 해."

"약속할게. 아까도 말했지만, 여기서 사소한 일을 끝내는 대로 택시를 잡아타고 너한테 달려가겠어. 걱정하지 마, 피오나. 만사가 잘 해결될 테니까."

이렇게 말하고 있을 때, 누군가가 내 팔을 만지는 것이 느껴졌다. 돌아보니 페드로가 다시 가방을 어깨에 둘러메고 서 있었다.

"라이더 씨, 가시죠."

그가 출구 쪽을 가리켰다. 기자는 벌써 내릴 준비를 하고 앞문 근처에 서 있었다. 그가 나에게 손을 흔들며 외쳤다.

"여기서 내려야 합니다, 라이더 씨."

나는 전차가 멈추려고 속력을 늦추는 것을 느낄 수 있었다. 나는 일어나서 승객들을 헤치고 출구 쪽으로 나갔다.

13

전차는 우리 세 사람을 바람이 휘몰아치는 황량한 시골에 남겨 둔 채 덜컹거리며 가 버렸다. 산들바람이 상쾌했다. 나는 잠시 거기에 서서, 전차가 들판을 가로질러 지평선 쪽으로 사라져 가는 것을 지켜보았다.

"라이더 씨, 이쪽으로 오시죠."

기자와 페드로는 몇 걸음 떨어진 곳에서 기다리고 있었다. 나는 그들과 함께 풀밭을 헤치며 걷기 시작했다. 이따금 세찬 바람이 불어와 옷깃을 당기고 풀밭에 잔물결을 일으켰다. 마침내 우리는 언덕 기슭에 도착하여 가쁜 숨을 고르려고 걸음을 멈추었다.

"여기서 조금만 올라가면 됩니다."

기자가 언덕을 가리키며 말했다.

키 자란 풀숲을 헤치며 걷느라 고생한 뒤였기 때문에, 언덕 위로 올라가는 흙길을 보자 기분이 좋아졌다.

"시간이 별로 없으니까, 빨리 올라가는 게 좋겠습니다."

"물론이죠, 라이더 씨."

기자는 앞장서서 지그재그로 나 있는 가파른 길을 올라가기 시작했다. 나는 한두 걸음 뒤처져서 그와 같은 속도로 올라갔다. 페드로는 무거운 가방 때문에 걸음이 느려져서, 순식간에 저만치 뒤처지고 말았다. 언덕을 올라가는 동안 나는 피오나를 생각하고 어젯밤에 피오나를 얼마나 실망시켰는가를 생각하고 있었다. 이번 방문에서 지금까지는 떳떳하게 행동했고 많은 일을 해냈지만, 어떤 경우에는 문제를 처리하는 방식에 유감스러운 점이 많았다는 생각이 들었다. 피오나를 난처하게 만든 것은 제쳐 놓고라도, 부모님이 이제 곧 도착할 예정인데 그분들을 보살피는 일을 맡은 사람들과 이런저런 복잡한 문제를 의논할 기회를 놓쳐 버린 것은 정말 안타까운 노릇이었다. 숨을 쉬기가 점점 힘들어지자, 내 일을 혼란에 빠뜨린 소피에게 격렬한 분노가 되살아나는 것을 느낄 수 있었다. 내 인생에서 이렇게 중요한 순간에는 소피도 나를 끌어들이지 말고 어떻게든 스스로 자신의 혼란을 처리했어야 했다. 그건 확실히 지나친 요구는 아니었다. 소피에게 하고 싶은 온갖 말들이 내 머리를 가득 채우기 시작했다. 그렇게 숨이 가쁘지만 않았다면 그 말들을 소리 내어 내뱉었을지도 모른다.

오솔길을 따라 서너 번 구부러진 뒤, 우리는 잠시 쉬려고 걸음을 멈추었다. 눈길을 들어 보니, 우리는 지금 주위의 전원 풍경을 한눈에 내려다볼 수 있는 전망 좋은 곳에 서 있었다. 들판이 멀리까지 끝없이 펼쳐져 있었다. 저 멀리 지평선 언저리에만 옹기종기 모여 있는 농가처럼 보이는 건물들이 있을 뿐이었다.

"멋진 전망이군요." 기자가 흘러내린 머리카락을 쓸어 넘기면서 헐떡이는 소리로 말했다. "여기 올라오니 저절로 기운이 나는데요. 맑은 공기를 마음껏 들이마시면 오늘 하루 종일 기운이 솟아날 겁니다. 이렇게 전망을 즐기는 것도 유쾌하지만, 시간을 낭비하지 않는 게 좋겠군요."

그는 쾌활하게 웃고 나서 다시 걷기 시작했다.

나는 그를 바싹 따라갔고, 페드로는 뒤에 처졌다. 한번은 우리가 유난히 가파른 곳을 올라가느라 헐떡이고 있을 때 페드로가 밑에서 뭐라고 외쳤다. 나는 그가 걸음을 좀 늦추어 달라고 부탁하는 모양이라고 생각했지만, 기자는 보조를 흩뜨리지도 않고 바람을 거슬러 어깨 너머로 이렇게 외쳤을 뿐이다.

"뭐라고?"

페드로가 헐떡이는 숨소리가 들리더니, 이윽고 그의 외침 소리가 들려왔다.

"그 녀석을 납득시킨 것 같다고 말했어. 녀석은 계속 협력할 거야."

"글쎄." 기자도 소리를 맞질렀다. "지금까지는 협력적이었지만, 그런 족속을 물렁하게 보면 안 돼. 그러니까 아첨을 계속하라고. 녀석은 이렇게 높은 데까지 올라온 걸 아주 흡족하게 여기는 것 같아. 하지만 저 바보가 건물의 의미를 알지는 못할 거야."

"녀석이 물어보면 뭐라고 하지? 틀림없이 물어볼 텐데."

"화제를 바꿔. 포즈를 바꾸라고 해. 용모에 대해 얘기하면 녀석의 관심을 다른 데로 돌릴 수 있어. 그래도 계속 물어보면 결국에는 말할 수밖에 없겠지만, 그때쯤에는 이미 많은 사진을 찍었을 테고, 녀석이 할 수 있는 일은 아무것도 없을 거야."

"이 일이 다 끝나면 속이 후련할 거야." 페드로가 점점 더 가쁘게 숨을 몰아쉬면서 말했다. "녀석이 두 손을 계속 맞비비는 걸 보면 몸이 오싹해져."

"이제 거의 다 왔어. 지금까지 잘해 냈으니까, 막판에 일을 망치지 말자고."

"미안하지만……" 내가 끼어들었다. "나는 잠시 쉬어야겠어요."

"그렇군요, 라이더 씨. 제가 생각이 너무 짧았습니다." 기자가 말하고는 걸음을 멈추었다. "저는 사실 마라톤 선수거든요. 그래서 보통 사람보다 유리하죠. 하지만 당신은 정말로 건강하신 것 같군요. 게다가 당신 나이의 남자치고는……. 저는 여기 있는 메모 덕에 당신 나이를 알고 있을 뿐입니다. 그렇지 않다면 당신 나이를 짐작조차 못했을 거예요. 당신은 가엾은 페드로를 완전히 앞지르셨어요." 그때 페드로가 우리를 따라잡자, 기자가 페드로에게 말했다. "어서 오게, 굼벵이 친구. 라이더 씨가 자네를 비웃고 계신다네."

"이건 정말 불공평한데요." 페드로가 미소를 지으면서 말했다. "라이더 씨는 탁월한 재능만 타고나신 게 아니라, 운동선수 못지않게 튼튼한 몸까지 타고나셨으니 말입니다. 우리들 중에는 그렇게 운이 좋지 못한 사람도 있답니다."

우리는 서서 호흡을 가다듬으며 전망을 바라보았다. 이윽고 기자가 말했다.

"이제 거의 다 왔습니다. 계속 가십시다. 어쨌든 라이더 씨에겐 오늘도 바쁜 하루가 기다리고 있으니까요."

마지막 길목이 가장 힘들었다. 길은 점점 더 가팔라지고, 진흙 웅덩이가 되어 버린 곳도 많았다. 앞서 가는 기자는 꾸준히 걸음을 옮졌지만, 나는 이제 그가 몸을 구부리고 간신히 발을 내딛고 있는 것을 알 수 있었다. 그 뒤를 비틀거리며 따라가는 동안, 내 머리는 또다시 소피에게 해 주고 싶은 말로 가득 차기 시작했다. "당신은 알고 있소?" 나는 걸음과 박자를 맞추어 악다문 잇새로 중얼거리고 있었다. "당신은 알고 있소?" 어찌 된 영문인지 문장은 거기서 더 이상 앞으로 나아가지 않았지만, 걸음을 옮길 때마다 나는 머릿속으로 또는 작은 소리로 이 문장을 되풀이 중얼거렸다. 나중에는 그 말 자체가 내 분노를 더욱 부채질하기 시작했다.

마침내 길이 평탄해지고, 언덕마루에 서 있는 하얀 건물이 보였다. 기자와 나는 그쪽으로 비틀거리며 다가갔다. 다음 순간 우리는 건물 벽에 기대어 가쁜 숨을 몰아쉬었다. 잠시 뒤에 페드로가 미친 듯이 헐떡거리며 우리와 합류했다. 그는 두 무릎을 꿇고 맥없이 쓰러지면서 벽에 등을 기대고 축 늘어졌다. 나는 그가 발작을 일으키는 게 아닐까 걱정이 되었다. 하지만 그는 여전히 씨근거리고 헐떡거리면서도 가방을 열기 시작했다. 가방에서 맨 먼저 나온 것은 카메라였고, 다음에는 렌즈였다. 이 시점에서 그는 완전히 녹초가 된 것 같았다. 그는 벽에 한 팔을 대고 팔이 구부러진 곳에 머리를 묻고는 공기를 들이마시기 위해 계속 헐떡거렸다.

마침내 체력이 어느 정도 회복되었다고 느껴지자, 나는 건물 전체를 바라보려고 건물에서 몇 걸음 떨어진 곳으로 걸어갔다. 세찬 바람이 나를 다시 벽 쪽으로 쓰러뜨릴 기세였지만, 나는 결국 건물이 보이는 지점에 이르렀다. 나는 하얀 벽돌로 지은 높다란 원통형 건물을 쳐다보았다. 꼭대기 근처에 세로로 길쭉한 틈이 하나 나 있을 뿐, 창문이 전혀 없는 건물이었다. 중세의 성에서 작은 탑 하나를 떼어다가 이 언덕마루에 옮겨다 놓은 것 같았다.

"라이더 씨, 준비가 되시는 대로 시작하겠습니다."

기자와 페드로는 건물에서 10미터쯤 떨어진 곳에 자리를 잡고 있었다. 이제 기력을 완전히 회복한 페드로는 삼각대를 세우고, 파인더를 들여다보고 있었다.

"벽을 등지고 서 주시겠습니까, 라이더 씨?" 기자가 소리쳤다.

나는 건물 쪽으로 돌아갔다. 그러고는 바람 소리보다 더 크게 목청을 높여 말했다.

"시작하기 전에, 우리가 고른 이 배경의 성격이 정확히 뭔지를 설명해 주셨으면 하는데요."

"라이더 씨, 어서요." 페드로가 허공에서 손을 흔들며 소리쳤다. "바로 벽 앞에 서세요. 한 팔을 벽에 대고…… 이런 식으로요." 그가 바람을 향해 팔꿈치를 내밀었다.

나는 벽 쪽으로 좀 더 다가가서 페드로가 시키는 대로 포즈를 취했다. 페드로는 이따금 삼각대의 위치를 바꾸거나 렌즈를 바꾸면서 수많은 사진을 찍었다. 그동안 줄곧 기자는 페드로 곁에 머물면서, 동료의 어깨 너머로 나를 바라보며 이런저런 의논을 하고 있었다.

잠시 뒤에 나는 또다시 말했다.

"내가 설명을 요구하는 게 결코 무리한 요구는 아닐……."

"라이더 씨, 잠깐만요." 페드로가 카메라 뒤에서 펄쩍 뛰어올랐다. "넥타이를 좀 바로잡아 주세요!"

내 넥타이가 바람에 날려 어깨 너머로 돌아가 있었다. 나는 넥타이를 바로잡고, 그 기회에 흐트러진 머리도 다시 매만졌다.

"라이더 씨." 페드로가 소리쳤다. "손을 이런 식으로 들어 올려

주시겠습니까? 예, 예! 건물 쪽으로 누군가를 안내하는 것처럼 말입니다. 예, 좋습니다. 아주 좋아요. 하지만 뿌듯한 미소를 지어 주세요. 건물이 당신의 아이라도 되는 것처럼 아주 자랑스러운 표정을 지으세요. 예, 좋습니다. 예, 정말 당당해 보이는군요."

세찬 바람 때문에 부드러운 표정을 유지하기가 힘들었지만, 그래도 나는 최선을 다해 지시에 따랐다.

얼마 후, 나는 왼쪽에 한 인물이 서 있는 것을 알아차렸다. 검은 코트를 입은 남자가 벽 가까이에 몸을 움츠리고 있는 듯한 인상을 받았지만, 그 순간 나는 포즈를 유지하고 있어야 했기 때문에 시야 끝으로 겨우 볼 수 있을 뿐이었다. 페드로는 바람 소리를 뚫고 계속 큰 소리로 지시를 내렸다. 턱을 한쪽으로 약간 움직여라. 좀 더 활짝 미소를 지어라……. 그래서 내가 마음대로 고개를 돌려 그 인물을 쳐다볼 수 있을 때까지는 한참 시간이 흐른 것 같았다. 마침내 내가 고개를 돌리자, 그 남자—그는 키가 크고 꼬챙이처럼 마른 몸집에 머리가 벗겨지고 깡마른 얼굴을 하고 있었다—는 기다렸다는 듯이 내 쪽으로 다가오기 시작했다. 그는 코트 앞자락을 단단히 여며 잡고 있었지만, 나에게 다가오자 손을 내밀었다.

"라이더 씨, 안녕하십니까? 만나 뵙게 돼서 영광입니다."

"아아, 예." 나는 그를 유심히 살펴보면서 말했다. "반갑습니다. 그런데 성함이……."

꼬챙이같이 마른 사내가 당황한 표정을 지었다. 그러다가 이렇게 대답했다.

"크리스토프라고 합니다. 내가 크리스토프요."

"아아, 크리스토프 씨." 그 순간 유난히 거센 돌풍이 몰아치는 바람에 우리는 몇 초 동안 두 다리를 땅바닥에 힘껏 버티고 있어야 했다. 그동안 나는 놀라움에서 어느 정도 회복될 수 있었다. "아아, 크리스토프 씨. 그렇군요. 당신 이야기는 많이 들었습니다."

"라이더 씨." 크리스토프가 내 쪽으로 몸을 기울이면서 말했다. "솔직히 말씀드려서, 당신이 오찬회에 참석하기로 동의해 주셔서 얼마나 고마운지 모르겠습니다. 당신이 얼마나 문화적인 분인지는 진작부터 알고 있었기 때문에, 당신이 긍정적인 대답을 했을 때도 전혀 놀라지 않았어요. 당신이 최소한 우리에게도 공정한 발언 기회를 주실 분이라는 건 알고 있었습니다. 아니, 우리 쪽 이야기를 몹시 듣고 싶어 하실 분이죠. 나는 전혀 놀라지 않았지만, 그래도 역시 고맙게 생각합니다. 자, 그러면……" 그는 손목시계를 들여다보았다. "좀 늦었지만 상관없습니다. 교통체증은 그리 심하지 않을 겁니다. 자, 이쪽으로 오시지요."

나는 크리스토프를 따라 하얀 건물 뒤로 돌아갔다. 이곳에는 바람이 그리 심하지 않았고, 벽돌벽에서 튀어나온 파이프들이 웅웅거리는 소리를 내고 있었다. 크리스토프는 두 개의 나무 기둥이 서 있는 언덕 가장자리로 앞장서서 걸어갔다. 나는 그 기둥 너머에 가파른 낭떠러지가 있을 거라고 생각했는데, 거기에 도착해서 아래를 내려다보니 흔들거리는 돌계단이 언덕 비탈을 따라 아래까지 아찔하게 뻗어 있었다. 까마득히 멀어 보이는 언덕 밑에서 돌계단은 포장도로와 만났고, 우리를 기다리고 있는 듯한 검은 자동차가 그 도로에 서 있는 것을 알아볼 수 있었다.

"자, 앞장서시지요, 라이더 씨." 크리스토프가 말했다. "당신한테 알맞은 속도로 내려가세요. 서두를 필요는 전혀 없습니다."

그러나 나는 그가 또다시 걱정스러운 눈으로 손목시계를 힐끔 들여다보는 것을 알아차렸다.

"늦어서 죄송합니다. 사진을 찍는 데 예상보다 시간이 좀 오래 걸렸어요."

"걱정하지 마세요, 라이더 씨. 마침 알맞은 시간에 도착할 테니까요. 자, 어서 내려가시죠."

계단을 내려가기 시작했을 때 나는 약간 현기증을 느꼈다. 좌우 어느 쪽에도 난간이 없어서, 발을 헛디디면 언덕 아래로 곧장 굴러 떨어질 거라는 두려움 때문에 애써 정신을 집중해야 했다. 하지만 다행히 바람은 아까보다 잠잠해졌고, 잠시 뒤에는 나도 차츰 자신감을 갖게 되었다. 그건 다른 계단을 내려가는 것과 별로 다를 게 없었다. 결국에는 이따금 발에서 완전히 눈을 떼고 눈앞에 펼쳐져 있는 전경을 바라볼 여유까지 생겼다.

하늘은 여전히 우중충했지만, 해가 구름장 사이로 나타나기 시작했다. 나는 자동차가 기다리고 있는 도로가 언덕 중턱에 만들어져 있다는 것을 알 수 있었다. 도로 너머에는 나무가 울창한 언덕 비탈이 우듬지 사이로 이어져 있었다. 그보다 더 아래쪽에는 들판이 사방으로 멀리까지 뻗어 있는 것을 볼 수 있었다. 아득한 지평선에 도시의 스카이라인이 희미하게 보였다.

크리스토프는 내 뒤를 바싹 따라왔다. 처음 얼마 동안은 내가 난간도 없는 계단을 내려가느라 신경이 곤두서 있다는 것을 눈치챈 듯, 나에게 말을 거는 것을 삼가고 있었다. 하지만 내가 일단 리듬을 얻게 되자 그는 한숨을 내쉬며 말했다.

"저 숲을 보세요, 라이더 씨. 오른쪽 아래에 있는 저 숲 말입니다.

베르덴베르거 숲이라고 하는데, 이 도시의 돈 많은 사람들은 대부분 저 숲 속에 오두막을 가지고 싶어 하죠. 베르덴베르거 숲은 아주 쾌적하답니다. 차를 타면 시내까지 금방인데도, 모든 것에서 멀리 떨어져 있는 듯한 기분을 느낄 수 있지요. 이제 곧 차를 타고 비탈을 내려가면 오두막들을 볼 수 있을 겁니다. 벼랑 끝에 아슬아슬하게 올라앉아 있는 오두막도 있답니다. 거기서 바라다보이는 전망은 기가 막힐 겁니다. 로자는 그런 오두막을 좋아했을 거예요. 사실 우리는 어떤 오두막을 염두에 두고 있었지요. 나중에 차를 타고 내려가다가 그 오두막을 알려 드리겠습니다. 비교적 수수한 오두막이지만, 그래도 무척 매력적이랍니다. 현재 주인은 그 오두막을 거의 사용하지 않습니다. 기껏해야 1년에 이삼 주 사용할 뿐이죠. 내가 값을 후하게 불렀다면, 그 사람은 오두막을 파는 문제를 진지하게 고려했을 겁니다. 하지만 이제 와서 그런 걸 생각해 봤자 무슨 소용이 있겠습니까. 다 끝난 일인데."

그는 잠시 침묵에 잠겼다. 그러다가 다시 내 뒤에서 그의 목소리가 들려오기 시작했다.

"결코 호화로운 집은 아닙니다. 로자와 나는 그 집 내부를 한 번도 본 적이 없지만, 수없이 차를 타고 그 앞을 지나갔기 때문에 내부가 어떨지 상상할 수 있을 정도랍니다. 그 집은 작은 절벽 위에 자리 잡고 있습니다. 저기에 깎아지른 벼랑이 하나 있지요. 그 집에 있으면 하늘 높이 매달려 있는 듯한 기분이 들 겁니다. 이 방에서 저 방으로 걸어 다니면서, 모든 창문으로 구름을 볼 수 있을 겁니다. 로자는 그걸 무척 좋아했겠지요. 우리는 차를 몰고 그 집 앞을 지나갈 때면 속도를 늦추고, 때로는 아예 차를 세워 놓고 차 안에 앉아서 집 내부는 어떨까를 상상하면서 방들을 하나씩 머리에 그려 보곤 했답니다. 아까도 말했듯이 이젠 모두 지난 일입니다. 그걸 곰곰 생각해 봤자 부질없는 짓이지요. 어쨌거나 당신은 이런 얘기나 들으려고 귀중한 시간을 내주신 게 아닌데……. 죄송합니다. 이제 좀 더 중요한 문제로 돌아가십시다. 당신이 우리와 얘기를 하러 오기로 동의하신 것 때문에 우리는 모두 엄청나게 기뻐하고 있습니다. 이 공동체를 이끌어 가는 지도자로 자처하는 인물들과는 얼마나 대조적입니까! 우리는 그들을 세 번이나 오찬회에 초대했습니다. 당신이 이제 곧 하려는 것처럼, 우리한테 와서 문제를 논의하자고 말입니다. 하지만 그들은 우리 초대를 고려해 보려고도 하지 않았어요. 단 1초도 생각해 보지 않고 딱 잘라 거절했지요. 그들은 하나같이 거만하기 짝이 없어요. 폰 빈터슈타인, 백작부인, 폰 브라운…… 전부 다요. 그건 불안하기 때문입니다. 속으로는 자기네가 아무것도 이해하지 못한다는 걸 알고 있기 때문에 여기 와서 우리와 정식으로 토론하기를 거부하는 겁니다. 우리는 세 번 초대했지만, 매번 거절당했지요. 어쨌거나 그들과 얘기하는 건 쓸데없는 헛수고였을 겁니다. 그들은 우리 얘기를 절반도 이해하지 못했을 테니까요."

그는 다시 침묵에 잠겼다. 나는 뭐라고 한마디 해야 할 것 같다는 기분을 느꼈지만, 고개를 돌려 소리를 질러야만 그에게 내 목소리가 들릴 거라는 생각이 들었다. 나는 계단에서 눈을 떼는 위험을 무릅쓸 각오는 되어 있지 않았다. 그 후 몇 분 동안 우리는 말없이 계단을 내려갔다. 뒤에서 들려오는 크리스토프의 숨소리가 차츰 괴로워지고 있었다. 이윽고 그가 말하는 소리가 들렸다.

"공정하게 말해서, 그건 그들 책임이 아닙니다. 현대음악은 이제 너무 복잡해요. 카잔, 멀러리, 요시모토……. 나처럼 훈련받은 음악가조차도 이제는 이해하기가 어렵습니다. 아주 난해해요. 하물며 폰 빈터슈타인이나 백작부인 같은 사람이 그걸 이해할 가능성이 얼마나 되겠습니까? 그건 그들이 이해할 수 있는 범위를 완전히 벗어나 있지요. 그들에게 그건 완전한 소음, 이상한 리듬의 소용돌이일 뿐입니다. 아마 그들은 거기에서 무언가를 알아들을 수 있다고, 어떤 감정과 의미를 포착할 수 있다고 오랫동안 확신했을 거예요. 하지만 실은 아무것도 찾아내지 못했지요. 그건 그들이 이해할 수 있는 범위를 벗어나 있습니다. 그들은 현대음악이 어떻게 작동하는지를 절대로 이해하지 못할 겁니다. 과거에는 음악이라면 그저 모차르트, 바흐, 차이콥스키였지요. 보통 사람도 그런 종류의 음악에 대해서는 꽤 조리 있게 추론할 수 있었어요. 하지만 현대음악은! 훈련받지 않은 시골 사람들이 어떻게 그런 걸 이해할 수 있겠습니까? 그들이 아무리 공동체에 대해 커다란 의무감을 느끼고 있다 해도 말입니다. 그건 도저히 불가능한 일이죠, 라이더 씨. 그들은 압축된 마침꼴과 확정된 모티프도 구별하지 못합니다. 분할된 박자표와 쉼표의 반복도 구별하지 못해요. 그리고 이제 그들은 모든 상황을 잘못 해석하고 있습니다. 그래서 만사를 정반대 방향으로 이끌어 가고 싶어 합니다! 라이더 씨, 피곤하시면 잠깐 쉬었다 갈까요?"

사실 나는 새 한 마리가 내 얼굴 가까이까지 날아오는 바람에 깜짝 놀라서 하마터면 균형을 잃을 뻔했고, 그래서 잠시 걸음을 멈추고 서 있었다.

"아니, 전 괜찮습니다."

나는 다시 계단을 내려가기 시작하면서 뒤에다 대고 소리를 질렸다.

"이 계단은 앉아 있기에는 흙먼지가 너무 많습니다. 하지만 원하신다면 언제든지 걸음을 멈추고 서 있으면 됩니다."

"고맙지만, 정말로 괜찮습니다."

우리는 그 후 몇 분 동안 말없이 내려갔다. 이윽고 크리스토프가 말했다.

"마음이 가장 초연해진 순간에는 그 사람들한테 실제로 동정심을 느낍니다. 나는 그들을 나무라지 않아요. 그들이 나에 대해 그런 짓을 하고 그런 말을 했지만, 그래도 나는 이따금 상황을 객관적으로 보고 있지요. 그리고 그건 그들 잘못이 아니라고 나를 타이릅니다. 음악이 이렇게 난해하고 복잡해진 건 그들 탓이 아니지요. 이런 촌구석에 사는 사람들이 그렇게 난해한 음악을 이해하기를 기대하는 건 지나친 노릇입니다. 하지만 그들, 이 도시의 지도층 인사들은 자신들이 하고 있는 일을 잘 알고 있다는 인상을 주어야 합니다. 그래서 그들은 어떤 정보를 속으로 되풀이 암송하고, 얼마 후에는 자기네가 그 방면의 권위자라고 스스로 믿기 시작하지요. 이런 곳에는 그들의 말을 반박할 수 있는 사람이 아무도 없습니다. 아아, 라이더 씨. 앞으로 몇 계단은 아주 조심해야 합니다. 가장자리가 좀 떨어져 나갔거든요."

나는 그 후 몇 걸음을 아주 천천히 조심스럽게 내디뎠다. 그러고 나서 고개를 들어 보니, 이제 갈 길이 얼마 남지 않았다는 걸 알 수 있었다.

"그건 아무 소용도 없었을 겁니다." 뒤에서 크리스토프의 목소리가 들렸다. "그 사람들이 우리 초대를 받아들였다 해도 소용이 없었을 거예요. 그들은 우리 말을 절반도 이해하지 못했을 테니까요. 당신은 적어도 우리 주장을 이해하실 겁니다. 우리가 당신을 납득시키지는 못한다 해도, 적어도 당신은 우리 주장을 존중하는 마음을 가지고 떠나실 게 분명합니다. 하지만 물론 우리는 당신을 설득할 수 있게 되기를 바라고 있습니다. 나 개인의 운명이야 어찌 되든, 어떤 희생을 치르더라도 현재의 방향은 계속 유지되어야 한다는 걸 당신한테 납득시키고 싶어요. 당신은 훌륭한 음악가입니다. 세계 전역에서 현역으로 활동하고 있는 음악가들 가운데 가장 탁월한 재능을 지닌 음악가의 한 분이죠. 하지만 당신처럼 뛰어난 전문가라 할지라도, 어느 지방의 특별한 상황에 맞도록 자기 지식을 응용할 필요가 있습니다. 모든 공동체는 나름대로 독자적인 역사와 특별한 욕구를 갖고 있게 마련이죠. 내가 이제 곧 당신한테 소개해 드릴 사람들은 이 도시에서 지식인이라고 부르기에 합당한 극소수의 사람들입니다. 그들은 수고를 아끼지 않고 현재 이곳에 만연되어 있는 특별한 상황을 분석했지요. 게다가 그들은, 폰 빈터슈타인 같은 자들과는 달리, 현대음악이 어떻게 작동하는가를 어느 정도는 이해하고 있습니다. 나는 그들의 도움을 얻어, 물론 문화적이고 정중한 방법으로 현재 당신이 취하고 있는 입장을 수정하도록 당신을 설득할 수 있게 되기를 기대하고 있습니다. 물론 당신이 만나게 될 사람들은 모두 당신과 당신이 대표하는 모든 것을 더없이 존경하고 있습니다. 하지만 당신이 아무리 날카로운 통찰력을 갖고 있다 해도, 이곳 상황에는 당신이 충분히 이해할 수 없는 어떤 측면이 존재할 가능성도 있다고 우리는 생각합니다. 아, 이제 거의 다 왔군요."

층계를 스무 계단쯤 내려오자 도로에 이르렀다. 크리스토프는 나머지 계단을 내려오는 동안 침묵을 지키고 있었다. 나는 그의 마지막 발언에 곤혹스러움을 느끼기 시작했기 때문에, 그가 침묵을 지키자 마음이 놓였다. 그의 말 속에는 내가 현지 사정에 어둡고, 그런데도 현지의 특수한 사정이라는 요소를 고려하지 않고 섣불리 결론을 내리는 사람이라는 암시가 깔려 있었다. 이것은 상당히 모욕적이었다. 나는 이 도시에 도착한 이후, 빡빡한 스케줄과 누적된 피로에도 불구하고 현지 사정을 파악한다는 바로 그 일에 전념해 왔다. 어제 오후에도 호텔의 편안한 아트리엄에서 얼마든지 휴식을 취할 수 있었고 충분히 그럴 자격이 있었는데도, 나는 현지의 분위기를 직접 느끼기 위해 시내로 나갔다. 크리스토프의 말을 생각하면 할수록 화가 났다. 그래서 마침내 자동차에 이르러 크리스토프가 조수석 문을 열어 주었을 때도 나는 한마디도 하지 않고 차에 올랐다.

"그렇게 많이 늦지는 않았습니다." 크리스토프가 운전석에 오르면서 말했다. "교통 사정이 좋으면 금방 도착할 겁니다."

그가 이렇게 말한 순간, 내 머릿속에는 오늘 일정에 들어 있는 수많은 약속이 떠올랐다. 피오나는 틀림없이 내가 곧 자기 아파트에 갈 거라고 생각할 것이다. 이 상황을 타개하려면 단호한 태도를 취해야 한다는 것을 알 수 있었다.

크리스토프가 차를 출발시켰다. 우리는 가파르고 구불구불한 길을 내려가기 시작했다. 크리스토프는 그 길을 잘 알고 있는 듯, 길이 갑자기 구부러지는 곳도 자신만만하게 통과했다. 아래로 내려갈수록 굴곡은 줄어들었고, 길 양쪽에 크리스토프가 말한 오두막들이 나타나기 시작했다. 오두막들은 대부분 절벽 위에 아슬아슬하게 올라앉아 있었다. 결국 나는 그를 돌아보며 말했다.

"크리스토프 씨, 나는 당신과 친구분들이 베풀어 주시는 오찬회에 큰 기대를 걸고 있었습니다. 당신네 쪽 얘기도 듣고 싶었고요. 하지만 오늘 아침에 여러 가지 일들이 예기치 않게 일어나는 바람에 오늘은 무척 바쁘답니다. 실은 이렇게 얘기하고 있는 동안에도……."

"라이더 씨, 설명하실 필요는 없습니다. 당신이 얼마나 바쁘실지 처음부터 알고 있었으니까요. 오찬회에 참석한 사람들은 모두 이해해 줄 겁니다. 당신이 한 시간 반 뒤에 떠나셔도, 아니 한 시간 뒤에 떠나셔도, 불쾌하게 생각할 사람은 아무도 없을 겁니다. 그건 장담해도 좋습니다. 모두 좋은 사람들이죠. 이 도시에서 이만한 수준으로 생각하고 느낄 수 있는 건 그들뿐입니다. 오찬회의 결과가 어떻게 되든, 당신은 그들과 만난 걸 기쁘게 생각하실 겁니다. 나는 그들이 젊음과 열정을 가졌던 때를 기억하고 있지요. 아주 좋은 사람들입니다. 그건 내가 보증할 수 있어요. 과거에는 자기들이 내 부하라고 생각했을 겁니다. 지금도 그들은 나를 우러러보고 있지요. 하지만 요즘에는 우리 모두 동료이고 '친구'랍니다. 아니, 그보다 훨씬 깊은 관계죠. 지난 몇 해 동안의 시련은 우리를 더욱 가깝게 만들어 주었을 뿐입니다. 물론 나를 떠난 사람도 몇 명 있지요. 그건 불가피한 일입니다. 하지만 내 곁에 남은 사람들은 결코 흔들리지 않았습니다. 나는 그들이 자랑스럽고, 진심으로 사랑하고 있습니다. 그들은 앞으로도 꽤 오랫동안 여기서 어떤 영향력도 행사할 수 없겠지만, 이 도시의 가장 큰 희망입니다. 아아, 라이더 씨. 이제 곧 내가 좀 전에 말한 오두막을 지나가게 될 겁니다. 저 다음번 모퉁이를 돌면 그 집이 보이지요. 당신 쪽에 나타날 겁니다."

그는 입을 다물었다. 그를 쳐다보니 눈에 눈물이 가득 고여 있었다. 나는 동정심이 솟아나는 것을 느끼고 부드럽게 말했다.

"미래가 무엇을 가져다줄지는 아무도 모릅니다, 크리스토프 씨. 언젠가는 당신과 부인께서도 그것과 아주 비슷한 오두막을 찾아낼지도 모르지요. 이 도시가 아니면 다른 도시에서라도……."

크리스토프는 고개를 저었다.

"나를 위로해 주려고 애쓰는 건 알고 있습니다. 하지만 아무 소용도 없어요. 로자와 나 사이는 완전히 끝났습니다. 로자는 나를 떠날 겁니다. 얼마 전부터 그걸 알고 있었지요. 사실은 온 시민이 알고 있습니다. 당신도 사람들이 쑥덕거리는 소리를 들으셨을 겁니다."

"한두 가지 들은 것 같긴 합니다만……."

"온갖 소문이 나돌고 있을 겁니다. 하지만 나는 별로 개의치 않습니다. 중요한 건 로자가 이제 곧 나를 떠날 거라는 사실입니다. 그런 일이 일어난 이상, 로자는 오랫동안 나와 결혼생활을 유지하는 걸 참지 못할 겁니다. 오해하시면 안 됩니다. 우리는 오랜 세월이 흐르는 동안 서로를 사랑하게 되었습니다. 아주 깊이 사랑하게 되었지요. 하지만 그것은 처음부터 언제나 암묵적으로 양해되어 있는 합의 사항이었어요. 아아, 저기 있군요, 라이더 씨. 오른쪽에요. 로자는 당신이 지금 앉아 있는 바로 그 자리에 앉아서 이곳을 천천히 지나가곤 했지요. 한번은 저 집에 몰두한 채 너무 천천히 지나갔기 때문에, 하마터면 맞은편에서 올라오는 차와 충돌할 뻔한 적도 있답니다. 하지만 우리는 피차 양해하고 있었습니다. 예, 로자는 나를 사랑했습니다. 진심으로 사랑했지요. 나는 절대적인 확신을 가지고 그렇게 말할 수 있습니다, 라이더 씨. 하지만 그 여자한테는 내가 과거에 누렸던 것과 같은 지위에 있는 사람과 결혼하는 게 인생에서 무엇보다도 중요한 일일 겁니다. 이렇게 말하면 로자가 좀 천박한 여자처럼 여겨질지도 모르겠군요. 하지만 그 여자를 오해하면 안 됩니다. 로자는 나름대로, 자기가 알고 있는 방식으로 나를 깊이 사랑했습니다. 어쨌든 사랑하는 사람들은 무슨 일이 일어나도 여전히 서로를 사랑할 거라고 생각하는 건 터무니없는 일입니다. 로자의 경우는 어떤 특정한 상황에서만 나를 사랑할 수 있습니다. 로자는 원래 그런 여자지요. 그렇다고 해서 나에 대한 로자의 사랑이 진실성을 조금이라도 잃어버리는 것은 결코 아닙니다."

크리스토프는 다시 입을 다물었다. 잠시 깊은 생각에 잠겨 있는 게 분명했다. 길이 완만하게 구부러지면서 내 쪽에 깎아지른 벼랑이 나타났다. 깊은 골짜기를 내려다보니, 커다란 집들이 드문드문 서 있는 부유한 교외 주택가 같은 것이 보였다. 집들은 저마다 1에이커쯤 되는 땅을 차지하고 있었다.

"나는 방금 이 도시에 처음 왔을 때를 생각하고 있었습니다. 사람들은 모두 흥분해서 어쩔 줄 몰랐지요. 그리고 로자가 예술회관에서 나에게 처음 다가왔을 때도 생각나는군요." 크리스토프는 잠시 입을 다물었다가 다시 말했다. "그때는 나 자신에 대해 환상적인 생각은 전혀 갖고 있지 않았습니다. 그때쯤에는 내가 결코 천재가 아니라는 사실을 받아들이고 있었지요. 천재는커녕 천재 비슷한 것도 못된다는 사실을 이미 깨닫고 있었습니다. 나는 보잘것없는 성공을 거두긴 했지만, 그때쯤에는 내 한계를 깨달을 수밖에 없는 일들이 많이 일어났으니까요. 이 도시에 왔을 때, 내가 원래 갖고 있었던 계획은 정기적으로 들어오는 약간의 수입으로 조용히 사는 것이었어요.

가능하면 제자도 몇 명 가르치면서 말입니다. 하지만 이곳 사람들은 내 하찮은 재능을 인정해 주었습니다. 내가 온 것을 더없이 기뻐했지요. 그리고 얼마 후 나는 생각하기 시작했습니다. 어쨌든 나는 열심히 공부했다, 현대음악의 방식에 익숙해지려고 정말 열심히 노력했다, 그래서 그걸 어느 정도 이해했다고 말입니다. 나는 주위를 둘러보면서 생각했습니다. 나는 이곳에 뭔가 이바지할 수 있을 거라고. 이런 도시의 당시 형편으로는 나 같은 사람도 충분히 이바지할 수 있는 길이 있다는 걸 알 수 있었지요. 어떻게 하면 이 도시에 진정한 도움이 될 수 있는지도 알았습니다. 오랜 세월이 흐른 지금, 과거를 돌이켜 보면 나는 충분히 가치 있는 일을 했다는 생각이 듭니다. 진심으로 그렇게 믿습니다. 당신이 이제 곧 만나게 될 내 부하들—아니, 내 동료나 '친구'라고 말해야겠군요—의 말을 듣고 그렇게 생각하게 된 건 아닙니다. 그건 내 믿음입니다. 나는 굳게 믿고 있습니다. 여기서 가치 있는 일을 했다고 말입니다. 하지만 이런 도시가 어떤지 아실 겁니다. 조만간 사람들의 생활은 뭔가 잘못되기 시작하죠. 불만이 싹틉니다. 그리고 외로움도 커지지요. 이런 사람들, 음악에 대해 거의 문외한인 사람들은 우리가 모든 일을 완전히 잘못한 게 분명하다고 생각합니다. 그렇다면 정반대로 해 보자고 생각하지요. 그들이 나한테 퍼붓고 있는 비난이라니! 그들은 내 방식이 기계적인 것을 찬양하고 있다느니, 내가 자연스러운 감정을 억누르고 있다느니 하고 말합니다. 아무것도 모르는 주제에! 이제 곧 당신에게 확실히 보여 드리겠지만, 나는 이런 사람들이 카잔이나 멀러리 같은 음악가들의 세계 속으로 조금이나마 들어갈 수 있게 해 주는 접근방식이나 체제를 도입했을 뿐입니다. 그들의 작품 속에서 의미와 가치를 발견하는 방법을 도입한 겁니다. 사실을 말하면, 내가 처음 여기 왔을 때 그들은 바로 그것을 요구하고 있었어요. 어떤 규정이랄까, 자기네가 이해할 수 있는 체제를 필요로 하고 있었지요. 이곳 사람들은 이해할 수 없는 체제에 짓눌려, 만사가 엉망진창으로 무너져 가고 있었습니다. 사태가 자기네 통제력에서 벗어나고 있다는 걸 느끼고 모두 겁에 질려 있었지요. 나는 기록을 갖고 있으니까, 이제 곧 당신한테 전부 다 보여 드리겠습니다. 그러면 당신은 현재의 여론이 얼마나 오도되어 있는지를 알게 될 겁니다. 확실히 나는 평범한 보통 사람입니다. 그건 부인하지 않겠어요. 하지만 내가 걸어온 길이 항상 타당했다는 걸 당신은 알게 될 겁니다. 내가 이룩한 업적은 비록 보잘것없지만, 그래도 그게 출발점이었다는 것, 이 사회에 유익한 이바지가 되었다는 걸 알게 될 겁니다. 지금 필요한 것—나는 당신이 그걸 알게 되길 바랍니다. 당신이 그걸 알기만 하면, 이 도시가 모든 것을 잃어버리진 않을 겁니다—지금 필요한 것은 나보다 재능이 있되, 내가 지금껏 해 온 일을 이어받아 그것을 바탕으로 새롭게 '추진할' 수 있는 사람입니다. 나는 이 도시에 이바지했습니다. 나는 그 증거를 갖고 있어요. 목적지에 도착하면 당신도 그 증거를 보시게 될 겁니다."

우리는 큰길로 나와 있었다. 널찍하고 곧게 뻗은 길 앞쪽에 넓은 하늘이 드러나 있었다. 저 멀리 두 대의 대형 트럭이 안쪽 차선을 따라 달리는 것이 보였지만, 그것을 제외하면 앞쪽 도로는 사실상 텅 비어 있었다.

잠시 뒤에 크리스토프가 말을 이었다.

"내가 오늘 당신을 오찬회에 모셔 가는 게 이곳에서 내가 과거에 누린 지위를 되찾으려는 필사적인 책략이라고 생각지는 말아 주십시오. 나는 개인적인 지위를 누리기가 이미 불가능해졌다는 걸 충분히 이해하고 있습니다. 게다가 나에게는 줄 게 아무것도 남아 있지 않습니다. 나는 이미 내가 가진 모든 것을 주었으니까요. 모든 것을 이 도시에 바쳤으니까요. 나는 이제 어딘가로 멀리 떠나고 싶습니다. 혼자서 어딘가 조용한 곳으로 떠나, 더 이상 음악과는 아무 관계도 갖지 않고 살고 싶습니다. 내가 떠나면 내 부하들은 물론 낙심하겠죠. 그들은 아직도 그걸 받아들이지 못하고 있습니다. 그들은 내가 맞서 싸우기를 바라고 있어요. 내가 한마디만 하면 그들은 움직이기 시작할 겁니다. 그들은 최선을 다할 테고, 집집마다 찾아다니는 것도 마다하지 않을 겁니다. 나는 현 사태가 어떻게 되어 있는지를 설명했습니다. 아주 솔직하게 설명했지만, 그들은 여전히 그걸 받아들이지 못하고 있습니다. 그들에게는 너무나 어려운 일이죠. 그들은 너무나 오랫동안 나를 숭배했고, 항상 나를 통해 자신들의 존재 의미를 찾았으니까요. 내가 떠나면 넋을 잃을 겁니다. 하지만 그건 문제가 아닙니다. 이제는 끝내야 합니다. 나는 끝내고 싶습니다. 로자와도 끝내고 싶습니다. 우리 결혼생활은 순간순간이 나한테는 더없이 소중했습니다. 그 결혼생활이 끝나리라는 것은 알지만, 정확히 언제 끝날지는 모른다는 것…… 그건 정말 끔찍했습니다. 나는 지금 모든 것을 끝내고 싶습니다. 로자가 잘되기를 바랍니다. 로자가 다른 사람, 자기한테 걸맞은 재능을 가진 사람을 찾았으면 좋겠어요. 로자가 이 도시 너머로 시야를 넓힐 만한 분별이 있기를 바랄 뿐입니다. 이 도시에는 로자가 남편감으로 원하는 인물이 없습니다. 음악을 제대로 이해하는 사람은 이 도시에 하나도 없으니까요. 하지만 내가 당신만 한 재능을 갖고 있다면 얼마나 좋을까요! 그러면 로자와 나는 함께 늙어 갈 수 있을 텐데."

하늘은 잔뜩 흐려져 있었다. 지나다니는 차량은 여전히 드물었다. 장거리 트럭들이 가끔씩 우리를 추월하여 쏜살같이 달려갔다. 도로 양쪽에 울창한 숲이 나타났다가, 결국 평탄한 농경지에 자리를 양보했다. 지난 며칠 동안 쌓인 피로가 한꺼번에 몰려들기 시작했다. 나는 눈앞에 단조롭게 펼쳐지는 간선도로를 바라보면서 꾸벅꾸벅 졸지 않을 수 없었다. 이윽고 크리스토프의 목소리가 들렸다.

"아, 다 왔습니다."

나는 다시 눈을 떴다.

14

우리는 속도를 늦추어, 길가에 외따로 서 있는 작은 카페 — 하얀 방갈로 — 로 다가갔다. 트럭 운전사들이 샌드위치를 먹으러 들를 만한 가게였지만, 크리스토프가 자갈이 깔린 앞마당을 건너가 차를 세웠을 때 다른 차는 한 대도 보이지 않았다.

"여기서 점심을 먹는 겁니까?" 내가 물었다.

"예, 우리는 벌써 몇 년 동안 여기서 조촐한 모임을 가져 왔답니다. 모든 게 지극히 비공식적이지요."

우리는 차에서 내려 카페로 들어갔다. 차양에 다양한 메뉴가 적힌 울긋불긋한 색깔의 판지가 매달려 있는 것이 보였다.

"모든 게 지극히 비공식적입니다." 크리스토프가 카페 문을 열면서 같은 말을 되풀이했다. "그러니까 마음을 편히 가지세요."

실내장식은 간소했다. 방을 빙 둘러싸고 사방에 통유리를 끼운 붙박이창이 나 있었다. 여기저기에 청량음료나 땅콩을 선전하는 포스터들이 나붙어 있었다. 햇빛에 색이 바랜 포스터도 있었고, 그중 하나는 하늘색의 네모꼴 종이로밖에 보이지 않았다. 구름이 잔뜩 낀 지금도 카페 안에는 강렬한 햇살이 쏟아져 들어오고 있었다.

열 명 남짓한 사람들이 벌써 안쪽 탁자에 앉아 있었다. 그들 앞에는 모락모락 김을 피워 올리는 그릇이 하나씩 놓여 있고, 거기에는 으깬 감자처럼 보이는 음식이 담겨 있었다. 그들은 나무 숟가락으로 그것을 걸신들린 듯이 먹고 있다가, 우리가 들어가자 모두 숟가락질을 멈추고 나를 빤히 쳐다보았다. 한두 명이 자리에서 일어났지만, 크리스토프가 쾌활하게 인사하면서 그냥 앉으라고 손짓을 보냈다. 그러고는 나를 돌아보며 말했다.

"보시다시피 오찬회가 벌써 시작되었군요. 하지만 우리가 좀 늦었으니까, 너그럽게 봐주시리라 믿습니다. 다른 사람들도 이제 곧 나타날 겁니다. 어쨌든 더 이상 시간을 낭비하지 맙시다. 이쪽으로 와 주시면, 내 친구들한테 소개하겠습니다."

내가 그를 따라가려 할 때, 턱수염이 더부룩하고 줄무늬 앞치마를 두른 사내가 가까운 카운터 뒤에서 우리 쪽으로 은밀하게 신호를 보내고 있는 것이 눈에 띄었다.

"좋아, 게르하르트." 크리스토프가 그 사내를 돌아보고 어깨를 으쓱하며 말했다. "자네부터 시작하지. 이분이 라이더 씨일세."

턱수염 사내가 내 손을 잡아 흔들면서 말했다.

"시장하시죠? 이제 곧 점심을 준비하겠습니다."

그러고는 크리스토프에게 재빨리 무슨 말인가를 속삭이면서 카페 뒤쪽을 힐끔 돌아보았다.

크리스토프와 나는 턱수염 사내의 시선을 눈으로 좇았다. 반대쪽 구석에 웬 사내가 혼자 앉아 있다가, 우리의 관심이 자기한테 쏠리기를 기다리고 있었던 듯 자리에서 일어났다. 그는 뚱뚱하고 머리가 희끗희끗했다. 나이는 50대 중반쯤 되어 보였는데, 눈부시게 하얀 재킷과 셔츠를 입고 있었다. 그는 우리 쪽으로 다가오다가, 방 중간쯤에서 걸음을 멈추고는 크리스토프에게 미소를 던졌다. 그러고는 반갑게 두 팔을 들어 올리며 말했다.

"앙리!"

크리스토프는 차갑게 그 사내를 노려보다가 돌아섰다.

"자네는 여기에 볼일이 없을 텐데?"

하얀 재킷의 남자는 못 들은 척했다.

"자네를 지켜보고 있었어, 앙리." 그가 창밖을 가리키며 여전히 상냥하게 말했다. "자네가 차에서 내려 걸어오는 걸 줄곧 지켜보았지. 자네는 아직도 구부정한 자세로 걷더군. 과거에는 일종의 허세였지만, 지금은 정말로 허리가 굽은 것처럼 보여. 그럴 필요 없어, 앙리. 상황이 자네한테 유리하게 돌아가고 있지는 않을지도 모르지만, 그렇게 구부정하게 걸어 다닐 필요는 전혀 없어."

크리스토프는 여전히 사내에게 등을 돌리고 있었다.

"이봐, 앙리. 이건 어린애 같은 짓이야."

"내가 분명히 말했을 텐데. 우리는 서로에게 할 말이 없다고."

하얀 재킷의 사내는 어깨를 으쓱하고 우리에게 몇 걸음 더 다가왔다.

"라이더 씨, 앙리는 나를 소개해 주지 않기로 작심한 모양이니까, 내가 직접 나를 소개하리다. 나는 루반스키 박사올시다. 아시다시피 앙리와 나는 한때 아주 가까운 사이였지요. 하지만 지금은 보시다시피 이렇습니다. 앙리는 이제 나하고는 말도 하지 않아요."

“여기서 자네는 환영받지 못해.” 크리스토프는 여전히 사내를 외면한 채 말했다. “자네가 여기 있기를 원하는 사람은 아무도 없어.”

“보셨죠, 라이더 씨? 앙리는 늘 이렇게 어린애 같은 면이 있었답니다. 너무 어리석어요. 나는 오래전에 우리의 갈 길이 갈라졌다는 사실을 감수하고, 거기에 익숙해지려고 애썼습니다. 앙리와 나는 옛날에는 몇 시간씩 앉아서 얘기를 나누곤 했지요. 안 그런가, 앙리? 쇼펜하우스에서 맥주를 마시면서 이런저런 작품을 분석하고, 모든 각도에서 그 작품을 논했지. 지금도 쇼펜하우스에서 보낸 그 시절이 생각난다네. 때로는 차라리 자네 말에 반대할 만한 양식을 갖고 있지 않았더라면 얼마나 좋았을까 하는 생각까지 들 정도야. 그러면 우리는 오늘 밤에 다시 마주 앉아서 몇 시간이고 음악을 논하고, 자네가 이런저런 작품을 어떻게 준비할 것인가를 토론할 수 있을 텐데. 나는 혼자 살고 있답니다, 라이더 씨. 당신도 짐작하시겠지만……” 사내가 가볍게 웃었다. “때로는 적적해질 때도 있지요. 그러면 과거에는 어떠했는지를 회상하기 시작합니다. 다시 앙리와 마주 앉아 이 친구가 준비하고 있는 악보에 대해 토론할 수 있다면 얼마나 좋을까 하고 생각하지요. 앙리는 작품에 대해 내 조언을 먼저 청하지 않고는 아무것도 하지 않으려 한 시절도 있었답니다. 그렇지 않나, 앙리? 이보게, 제발 유치하게 굴지 말게. 적어도 교양인답게 최소한의 예의는 차리자고.”

“왜 하고많은 날 중에 하필이면 오늘인가?” 크리스토프가 느닷없이 소리를 질렀다. “아무도 자네가 여기 있는 걸 원치 않아! 저 친구들은 아직도 자네한테 화가 나 있어! 보라고! 자네 눈으로 직접 보란 말이야!”

루반스키 박사는 이 같은 감정의 폭발을 무시하고, 자신과 크리스토프에 관한 회고담을 계속 이야기했다. 얼마 지나기도 전에 나는 요점을 이해할 수 없게 되었고, 내 눈길은 그를 지나쳐 안쪽 탁자에서 걱정스러운 눈길로 이쪽을 지켜보고 있는 사람들 쪽으로 옮아갔다.

그들 가운데 마흔 살이 넘은 사람은 하나도 없는 듯했다. 세 명은 여자였는데, 나는 특히 그중 한 사람이 유난히 강렬한 눈빛으로 나를 바라보고 있는 것을 알아차렸다. 30대 초반으로 보이는 그녀는 기다란 검은 옷을 입고, 두꺼운 렌즈를 끼운 작은 안경을 쓰고 있었다. 시간 여유가 있었다면 다른 사람들도 좀 더 유심히 관찰했겠지만, 바로 그때 나는 오늘이 얼마나 바쁜 날인가를 또다시 기억해 냈다. 할당된 시간이 지나도록 여기에 붙잡혀 있지 않으려면 이 오찬회 주최자들한테 단호한 태도를 유지할 필요가 있었다.

루반스키 박사가 잠시 말을 끊은 틈에, 나는 크리스토프의 팔을 만지며 조용히 말했다.

"다른 분들이 다 도착하려면 아직도 한참 걸릴 것 같은데요."

"글쎄요……." 크리스토프는 방을 둘러보고 나서 말했다. "오늘 올 사람은 다 온 것 같습니다."

그는 누군가가 이 말에 반박해 주기를 기대하는 눈치였다. 하지만 아무도 입을 열지 않자 그는 다시 나를 돌아보며 짧게 웃었다.

"작은 모임이지만, 그래도 우리는…… 이 도시에서 가장 훌륭한 정신을 가지고 있습니다. 자, 라이더 씨. 이쪽으로 오시지요."

그가 친구들에게 나를 소개하기 시작했다. 자기 이름이 불리면, 그들은 하나같이 신경질적인 미소를 지으며 인사말을 했다. 그러는 동안 나는 루반스키 박사가 우리한테 한시도 눈을 떼지 않은 채 천천히 방 안쪽으로 멀어져 가는 것을 알아차렸다. 크리스토프가 소개를 거의 끝냈을 때 루반스키 박사가 커다란 웃음소리를 냈다. 그러자 크리스토프는 말을 끊고, 차가운 분노가 담긴 눈길을 그에게 던졌다. 이때쯤 다시 구석자리에 앉아 있던 루반스키 박사는 또다시 껄껄 웃으면서 말했다.

"앙리, 자네는 지난 몇 해 동안 다른 건 전부 잃어버렸다 해도 뻔뻔스러움만은 잃지 않았군. 라이더 씨한테 오펜바흐의 무용담을 되풀이할 작정인가? 다른 분도 아닌 라이더 씨한테?"

크리스토프는 옛 친구를 계속 노려보았다. 통렬한 대꾸가 금방이라도 그의 입에서 튀어나올 것 같았지만, 마지막 순간에 그는 말없이 고개를 돌렸다.

"원한다면 나를 밖으로 던져 버려." 루반스키 박사는 으깬 감자를 먹기 시작하면서 말했다. "하지만……" 그가 숟가락을 휘둘러 방 전체를 가리켰다. "여기 있는 사람들이 모두 다 내 존재를 귀찮게 여기지는 않는 것 같은데……. 표결에 부쳐도 좋아. 정말로 나를 원치 않는다면 기꺼이 떠나겠어. 거수로 결정하는 게 어떤가?"

"자네가 계속 남아 있겠다고 고집을 부려도 나는 전혀 개의치 않아." 크리스토프가 말했다. "그건 문제가 아니야. 나는 사실을 속속들이 파악하고 있으니까. 이게 바로 그거야." 그는 어딘가에서 꺼낸 파란색 서류철을 들어 올려 손으로 톡톡 두드렸다. "나는 내 입장을 확신하고 있네. 자네 마음대로 해도 좋아."

루반스키 박사는 어깨를 으쓱하며 다른 사람들을 돌아보았다. 그 몸짓은 마치 "당신들은 도대체 이런 작자와 무엇을 할 수 있지?" 하고 말하는 듯했다. 두꺼운 안경을 쓴 젊은 여자는 당장 눈길을 돌렸지만, 그녀의 동료들은 몹시 당황한 것 같았다. 한두 명은 루반스키 박사에게 수줍은 미소를 보내기까지 했다.

"라이더 씨, 어서 편히 앉으세요." 크리스토프가 말했다. "이제 곧 게르하르트가 점심을 내올 겁니다. 자……" 그는 두 손을 짝짝 마주치고, 마치 커다란 홀에서 연설하는 사람 같은 어조로 목청을 높였다. "여러분, 바쁘신데도 이 자리에 참석하여 우리와 함께 토론을 벌이기로 동의해 주신 라이더 씨께, 우선 여러분을 대표하여 고마운 말씀을 드려야겠습니다."

"자네는 확실히 전보다 훨씬 뻔뻔스러워졌어." 루반스키 박사가 안쪽에서 소리쳤다. "나한테만이 아니라 라이더 씨한테도 겁을 먹지 않다니, 대단한 배짱이야."

"나는 겁먹지 않아." 크리스토프가 대꾸했다. "사실을 파악하고 있으니까. 사실은 사실이지! 이게 바로 그거야. 이게 증거라고! 그래, 아무리 라이더 씨일지라도…… 그래." 그는 나를 돌아보았다. "당신만 한 명성을 가진 사람일지라도 '사실'은 존중해야 하지 않겠습니까."

"이건 목격해 둘 가치가 있을 거요." 루반스키 박사가 다른 사람들에게 말했다. "촌구석의 첼리스트가 라이더 씨에게 강의하는 광경이라니. 참 보기 좋군. 어디 한번 들어 보세. 들어 보자고."

크리스토프는 잠시 머뭇거렸다. 그러다가 단호한 태도로 서류철을 열면서 말했다.

"우선 한 가지 사례를 말씀드리겠습니다. 나는 이 사례가 순환화성법을 둘러싼 논쟁의 핵심으로 이어진다고 생각합니다."

그 후 몇 분 동안 크리스토프는 서류철을 뒤적이고 이따금 인용문이나 통계자료를 들먹이면서 이곳의 어느 기업인 가족의 사례를 대충 이야기하고 그 배경을 설명했다. 그는 사례를 아주 적절하게 제시하는 듯했지만, 쓸데없이 느린 말투로 같은 내용을 두세 번씩 반복하는 방식은 당장 내 신경을 거슬렀다. 실제로 루반스키 박사의 말에 일리가 있다는 생각이 들 정도였다. 나에게 감히 강의를 하고 있는 이 실패한 시골 음악가에게는 확실히 어리석은 데가 있었다.

크리스토프가 시의회 의사록을 읽고 있을 때, 루반스키 박사가 갑자기 끼어들었다.

"자네는 '그걸' 사실이라고 부르나? 하! 앙리의 '사실'은 늘 재미있지. 안 그렇소, 여러분?"

"끝까지 들어 봅시다. 앙리가 사례를 라이더 씨한테 제시하게 내버려 둬요!"

이렇게 소리친 젊은이는 통통한 얼굴에 짧은 가죽 재킷을 입고 있었다. 크리스토프는 만족스러운 듯이 그에게 미소를 보냈다. 루반스키 박사는 두 손을 들어 올리면서 말했다.

"좋아요, 좋아."

"끝까지 좀 들어 봅시다!" 통통한 얼굴의 젊은이가 다시 말했다. "그러면 알게 될 겁니다. 라이더 씨가 그걸 어떻게 생각하시는지. 그러면 우리는 결정적인 해답을 찾아내게 될 겁니다."

크리스토프가 이 마지막 말에 함축된 의미를 이해하기까지 몇 초는 족히 걸린 듯했다. 처음에는 서류철을 들어 올린 채 얼어붙은 듯이 꼼짝도 하지 않았다. 그러다가 자기를 둘러싸고 있는 얼굴들을 마치 처음 보는 것처럼 둘러보았다. 방 전체에서 날카로운 눈길이 그에게 쏠려 있었다. 크리스토프는 충격을 받은 것 같았다. 잠시 뒤에 그는 눈길을 피하면서 혼잣말처럼 중얼거렸다.

"이건 엄연한 사실일세. 나는 여기에 증거를 모아 두었어. 자네들은 누구나 이걸 볼 수 있고, 자세히 조사할 수도 있네." 그가 서류철을 들여다보았다. "나는 증거를 간단히 요약하고 있을 뿐이야. 그것뿐이라고." 그러고 나서 그는 애써 평정을 되찾은 것 같았다. "라이더 씨, 잠시만 더 내 얘기를 들어 주십시오. 이제 곧 사태가 훨씬 분명해질 겁니다."

크리스토프는 자기주장을 계속했다. 목소리는 약간 긴장되어 있었지만, 그 점을 빼고는 전과 거의 똑같은 태도였다. 그가 말하는 동안, 어젯밤에 현지 사정을 조사하기 위해 귀중한 수면 시간을 포기한 것이 문득 생각났다. 그렇게 피곤했는데도 나는 극장에 앉아서 이 도시의 지도층 인사들과 더불어 이곳의 문제들을 철저히 토론했다. 그런데도 크리스토프는 내가 이곳 사정을 전혀 모른다고 단정했기 때문에 — 그래서 그는 지금도 내가 뻔히 알고 있는 사실을 설명하기 위해 본론에서 한참 벗어난 이야기를 장황하게 늘어놓고 있었다 — 나는 짜증이 나다 못해 분통이 터질 지경이었다.

짜증이 난 것은 나만이 아닌 듯했다. 다른 사람들도 대부분 초조하게 몸을 꼼지락거리고 있었다. 나는 두꺼운 안경을 쓴 젊은 여자가 크리스토프의 얼굴과 내 얼굴을 번갈아 노려보는 것을 알아차렸다. 금방이라도 크리스토프의 이야기를 가로막을 것처럼 보인 적도 한두 번이 아니었다. 하지만 결국 크리스토프의 이야기에 참견한 것은 내 뒤에 앉아 있던 짧은 머리의 남자였다.

"잠깐만요. 계속하기 전에 한 가지만 분명히 해 둡시다. 최종적으로 그 문제를 해결하고 넘어가자는 겁니다."

카페 안쪽에서 또다시 루반스키 박사의 웃음소리가 들려왔다.

"클로드와 채색된 삼화음! 자네들은 아직도 그 문제를 해결하지 못했군?"

"아닙니다. 라이더 씨가 오셨으니까 이번 기회에 그 문제를 해결하고 싶습니다."

"클로드, 지금은 그 문제를 제기할 때가 아닐세. 나는 지금 증거를 제시하고 있는……."

"사소한 문제일지는 모르지만, 해결하고 넘어갑시다. 라이더 씨, 채색된 삼화음이 전후관계와는 상관없이 본래의 고유한 감정적 가치를 갖고 있다는 건 사실입니까? 이 문제에 대해 당신은 어떻게 생각하십니까?"

나는 실내의 초점이 나에게 쏠려 있는 것을 느꼈다. 크리스토프는 재빨리 나를 바라보았다. 두려움과 애원이 뒤섞인 눈빛이었다. 하지만 이 질문의 진지함을 고려해 볼 때 — 지금까지 크리스토프가 보여 준 건방진 태도는 말할 것도 없고 — 나는 솔직하게 대답하지 말아야 할 이유를 전혀 찾을 수 없었다. 그래서 나는 말했다.

"채색된 삼화음은 본래의 고유한 감정적 특성 따위는 전혀 갖고 있지 않습니다. 실제로 그것의 감정적 색채는 전후관계만이 아니라 음량에 따라서도 크게 달라질 수 있습니다. 이것이 내 개인적인 의견입니다."

아무도 입을 열지 않았지만, 내 말이 그들에게 안겨 준 충격은 분명히 느낄 수 있었다. 엄격한 눈길이 하나씩 크리스토프 쪽을 향했다. 그동안 크리스토프는 서류철을 들여다보는 척하고 있었다. 이윽고 클로드라는 사내가 조용히 말했다.

"나는 알고 있었습니다. 처음부터 줄곧 알고 있었어요."

"하지만 크리스토프는 자네가 틀렸다고 생각하게 했지." 루반스키 박사가 말했다. "크리스토프는 자네를 위협해서 자네가 틀렸다고 믿게 했어."

"그게 도대체 무슨 상관인가?" 크리스토프가 외쳤다. "클로드, 자네는 엉뚱한 문제로 우리를 끌어들였어. 그런데 라이더 씨는 시간이 별로 없어. 다시 오펜바흐 사건으로 돌아가야 해."

그러나 클로드는 생각에 잠겨 있는 것 같았다. 마침내 그가 고개를 돌려 루반스키 박사 쪽을 바라보았다. 루반스키 박사는 고개를 끄덕이며 침착하게 미소를 지었다.

"라이더 씨는 시간이 별로 없어." 크리스토프가 같은 말을 되풀이했다. "그러니까 여러분이 모두 허락한다면 나는 내 주장을 요약해서 말하도록 애써 보겠네."

크리스토프는 오펜바흐 일가의 비극과 관련하여 가장 중요한 핵심이라고 생각하는 바를 자세히 이야기하기 시작했다. 그는 짐짓 차분한 태도를 꾸미고 있었지만, 이제는 그가 몹시 당황하고 있다는 것을 모두 알고 있었다. 어쨌든 이 무렵에 나는 그에게 주의를 기울이는 것을 그만두었다. 내가 시간이 별로 없다는 그의 말을 듣고 나자, 갑자기 그 작은 카페에서 나를 기다리고 있는 보리스가 생각났기 때문이다.

보리스를 그곳에 혼자 놔두고 나온 지 꽤 오랜 시간이 흘렀다는 걸 나는 깨달았다. 내가 떠나자마자 구석 자리에 앉아 음료수와 케이크를 먹으면서, 전에 살던 아파트로 돌아간다는 기대에 부풀어 있는 어린 소년의 모습이 떠올랐다. 햇살이 눈부신 안마당에 앉아 있는 다른 손님들을 들뜬 얼굴로 내다보고, 이따금 그들 너머의 큰길을 오가는 차량들을 바라보며, 오래지 않아 자기도 도로에 나가 전차를 타고 달릴 거라고 생각하는 보리스의 모습을 상상할 수 있었다. 보리스는 전에 살던 아파트를 회상하고, 그 아파트 거실 구석에 있는 벽장을 생각할 것이다. 보리스는 이제 9번 선수를 넣어 둔 상자를 그 벽장 속에 놓아두었다고 확신하게 되었다. 그리고 몇 분이 지나면, 어딘가에 늘 숨어 있던 의심, 지금까지는 용케 묻어 두었던 의심이 표면으로 떠오르기 시작할 것이다. 하지만 그래도 한동안은 기운을 잃지 않을 것이다. 그 아저씨는 예기치 않게 발목이 잡혀 조금 늦어지고 있을 뿐이라고 애써 자신을 달랠 것이다. 아니면 여행 중에 먹을 간식이라도 사러 갔는지 모른다고 생각할 것이다. 어쨌든 시간은 아직 충분히 남아 있었다. 그때 뚱뚱한 스칸디나비아 출신의 웨이트리스가 보리스에게 더 주문할 게 없느냐고 물을 것이다. 그러면서 그녀는 걱정스러운 기색을 드러낼 테고, 보리스는 틀림없이 그걸 알아차릴 것이다. 그러면 보리스는 조금도 걱정하지 않는 체 허세를 부리며 밀크셰이크를 또 한 잔 주문할 것이다. 그러나 시간은 계속 재깍거리며 지나갈 것이다. 보리스는 바깥 안마당에 있던 손님들, 자기가 이 카페에 온 뒤에도 오랫동안 앉아 있던 손님들이 하나씩 신문을 접고 일어나 떠나는 것을 알아차릴 것이다. 하늘이 구름으로 뒤덮이고 시간이 오후로 넘어가는 것을 알아차릴 것이다. 그토록 좋아했던 아파트, 거실 벽장, 상자 속에 넣어 둔 9번 선수를 다시 생각할 테고, 남은 케이크를 포크로 쿡쿡 찌르며 또다시 배신당할 거라는 생각, 결국 여행은 떠나지 못할 거라는 생각을 받아들이기 시작할 것이다.

내 주위에서 몇 사람이 소리를 지르고 있었다. 초록색 양복 차림의 젊은이가 일어나서, 크리스토프에게 자기주장이 옳다는 것을 보여 주려 애쓰고 있었다. 그러는 동안 적어도 세 사람은 손가락을 흔들며 뭔가를 역설하고 있었다.

"하지만 그건 지금 내가 제기하고 있는 문제와는 관계가 없어." 크리스토프가 그들에게 소리를 지르고 있었다. "그리고 어쨌든 그건 라이더 씨의 개인적인 의견일 뿐이야……."

그러자 거센 공격이 그에게 퍼부어졌다. 방에 있는 사람들이 거의 동시에 이 말에 대꾸하려고 했다. 그러나 결국은 크리스토프가 고함을 질러서 겨우 그들을 다시 침묵시켰다.

"그래! 그래! 나도 라이더 씨가 누군지는 '잘' 알고 있네! 하지만 현지 사정, 이곳 사정은 그것과는 별개 문제야! 라이더 씨는 우리의 특수한 사정을 아직 모르고 있어! 하지만 나는 여기서……."

이 말의 뒷부분은 사람들의 고함 속에 묻혀 버렸지만, 크리스토프는 파란 서류철을 머리 위로 높이 들어 올려 흔들었다.

"뻔뻔스러워! 정말 뻔뻔스러워!"

카페 안쪽에서 루반스키 박사가 웃으면서 외치고 있었다.

"외람된 말이지만……" 크리스토프는 이제 나에게 직접 말하고 있었다. "외람된 말이지만, 나는 당신이 이곳 사정을 듣는 데 좀 더 관심을 기울이지 않는 데 놀랐습니다. 그럼에도 불구하고 전문가의 의견을 제시하는 데에도 사실 놀랐습니다. 당신이 그처럼 단숨에 결론으로 비약한 데에도 놀랐습니다……."

항변의 합창이 다시금 격렬하게 터져 나왔다.

"예를 들면……" 크리스토프는 지지 않고 고함을 질렀다. "예를 들면 당신이 자틀러 기념관 앞에서 기자들에게 사진을 찍게 한 데에도 무척 놀랐습니다."

놀랍게도 이 말에 사람들은 갑자기 입을 다물었다.

"그렇다네!" 크리스토프는 제 말의 효과를 기뻐하고 있는 게 분명했다. "그래! 나는 라이더 씨를 보았다네! 라이더 씨를 데리러 갔을 때 두 눈으로 똑똑히 보았지. 라이더 씨는 자틀러 기념관 앞에서 있었어. 미소를 짓고 자틀러 기념관을 가리키면서!"

충격의 침묵은 계속되었다. 그 자리에 있는 사람들 가운데 몇몇은 당황한 것 같았지만, 나머지는—두꺼운 안경을 쓴 젊은 여자를 포함하여—모두 설마 하는 표정으로 나를 쳐다보았다. 내가 미소를 지으며 뭐라고 말하려 할 때, 이제는 억제되고 권위 있는 루반스키 박사의 목소리가 뒤에서 들려왔다.

"라이더 씨가 정말로 그런 제스처를 했다면, 그건 한 가지를 나타낼 뿐이야. 지도자들이 우리를 잘못 이끌어 간 정도가 애당초 우리가 생각했던 것보다 훨씬 크다는 것이지."

모든 눈이 루반스키 박사에게로 쏠렸다. 그는 일어나서 우리 쪽으로 몇 걸음 다가왔다. 그러고는 멈춰 서서, 멀리 떨어진 고속도로에서 들리는 소리에 귀를 기울이기라도 하는 것처럼 머리를 한쪽으로 기울였다. 그러다가 이렇게 말을 이었다.

"우리는 모두 라이더 씨의 메시지를 신중히 검토해서 마음에 깊이 새겨야 하네. 자틀러 기념관! 물론 라이더 씨가 옳아. 자틀러 기념관은 단 한순간도 사실을 과장하지 않네! 자네들을 보게. 자네들은 아직도 앙리의 어리석은 견해에 매달리려고 버둥대고 있어! 앙리의 견해를 있는 그대로 본 사람들조차도 무관심했던 건 사실이네. 자틀러 기념관! 바로 그거야. 이 도시는 지금 위기에 빠져 있네. 중대한 위기에!"

루반스키 박사가 크리스토프의 말이 얼마나 엉터리인가를 당장 눈에 띄게 해 준 동시에, 내가 이 도시에 보내고 싶었던 강력한 메시지를 강조해 준 것은 기분 좋은 일이었다. 그런데도 나는 어느덧 크리스토프에게 강한 분노를 느끼고 있어서, 지금이야말로 그의 콧대를 꺾어 놓기에 좋은 때라고 판단했다. 하지만 또다시 방에 있는 사람들이 한꺼번에 고함을 질러 대고 있었다. 클로드라는 사내는 멜빵바지에 진흙 묻은 장화를 신고 있는 늙수그레한 사내한테 자기주장을 강조하려고 탁자를 주먹으로 연방 내리치고 있었다. 적어도 네 사람이 각기 다른 방향에서 크리스토프에게 고함을 지르고 있었다. 상황은 바야흐로 혼란에 빠져들기 직전이었다. 지금이야말로 슬며시 이 자리를 떠나기에 가장 좋은 기회라는 생각이 문득 떠올랐다. 그러나 내가 일어난 순간, 두꺼운 안경을 쓴 젊은 여자가 내 앞에 나타났다.

"라이더 씨, 말씀해 주세요. 끝까지 한번 가 보자고요. 카잔의 작품을 연주할 때는 어떤 희생을 치르더라도 순환적 강약법을 포기해서는 안 된다는 앙리의 생각은 옳은가요?"

그녀는 작은 소리로 말했지만, 그녀의 목소리는 잘 들리는 특징을 갖고 있었다. 방에 있는 사람들이 모두 그 질문을 듣고 당장 조용해졌다. 그녀의 동료들 가운데 몇 명은 날카로운 눈으로 그녀를 노려보았지만, 그녀는 도전적인 태도로 그들을 마주 보았다.

"아니, 난 물어봐야겠어요. 지금은 둘도 없는 기회예요. 이 기회를 놓칠 수는 없어요. 난 물어봐야겠어요. 라이더 씨, 제발 말씀해 주세요."

"하지만 나는 사실을 파악하고 있어." 크리스토프가 비참하게 중얼거렸다. "자, 이것 봐. 난 사실을 전부 다 갖고 있다고."

아무도 그에게 관심을 기울이지 않았다. 모든 눈은 또다시 나에게 쏠려 있었다. 나는 답변의 말을 신중하게 골라야 한다는 것을 깨닫고 잠시 생각하다가 말했다.

"내 생각은 이렇습니다. 카잔은 형식적인 제약에서 어떤 이익도 얻지 못하고 있다. 순환강약법도, 겹세로줄 구조도 마찬가집니다. 카잔의 작품에는 층과 감정이 너무 많습니다. 특히 후기 작품이 그렇지요."

나는 존경의 물결이 밀려오는 것을 피부로 느낄 수 있었다. 통통한 얼굴을 가진 사내는 거의 경외에 가까운 표정으로 나를 쳐다보고 있었다. 빨간 방한복 차림의 여자는 자신이 오랫동안 체계화하려고 애써 온 것을 내가 명료하게 표현하기라도 한 것처럼 "그래, 바로 그거야." 하고 중얼거리고 있었다. 클로드라는 사내는 일어나서 힘차게 고개를 끄덕이며 나에게 몇 발짝 다가왔다. 루반스키 박사도 고개를 끄덕이고 있었지만, 클로드보다는 훨씬 속도가 느렸다. 그는 "그래, 그래. 무언가를 정말로 알고 있는 사람이 드디어 나타났군." 하고 말하는 듯이 눈을 지그시 감고 있었다. 그러나 두꺼운 안경을 쓴 젊은 여자는 꿈쩍도 하지 않고 여전히 나를 주의 깊게 관찰하고 있었다.

"그런 장치에 의지하고 싶은 유혹을 느끼는 건 충분히 이해할 수 있습니다. 음악이 음악가의 역량에 넘치지나 않을까 하는 두려움은 자연스러운 것이죠. 하지만 해결책은 제약에 의지하지 말고 그런 도전에 맞서는 것입니다. 물론 도전이 너무 강력할 수도 있습니다. 그런 경우, 해결책은 공연히 카잔을 건드려 긁어 부스럼을 만들지 말고 그냥 내버려 두는 겁니다. 어쨌든 자기 능력의 한계를 넘어서는 일을 하려고 해서는 안 됩니다."

내 마지막 말에, 방에 있는 사람들은 대부분 자신의 감정을 더 이상 억제할 수 없게 된 것 같았다. 진흙 묻은 장화를 신고 머리가 희끗희끗한 사내가 열심히 박수를 치면서 크리스토프에게 으르렁거리는 듯한 눈길을 던졌다. 그 밖에도 몇몇이 다시금 크리스토프에게 고함을 지르기 시작했고, 빨간 방한복 차림의 여자는 또다시, 이번에는 좀 더 큰 소리로, "바로 그거야, 그거. 바로 그거야." 하고 중얼거리고 있었다. 나는 묘하게 들뜬 기분을 느끼고, 점점 고조되는 흥분으로 소리를 지르고 있는 사람들에게 들리도록 목청을 높여 말을 이었다.

"오만으로 말미암은 이런 실패는, 내 경험에 따르면, 다른 밋밋한 특징들과 결부되는 경우가 아주 많습니다. 내성적 음조에 대한 반감, 이것은 대부분의 경우 압축된 마침꼴의 과다사용을 특징으로 하지요. 아무 의미도 없이 단편적인 악절을 서로 연결시키기를 좋아하는 것. 그리고 좀 더 개인적인 차원에서는 겸손하고 친절한 태도로 위장한 과대망상……."

나는 여기서 말을 끊을 수밖에 없었다. 방에 있는 모든 사람이 크리스토프에게 고함을 질러 대고 있었기 때문이다. 크리스토프는 파란 서류철을 허공으로 들어 올려 엄지손가락으로 서류를 넘기면서 외치고 있었다.

"사실은 여기 있어! 여기!"

"물론……" 나는 소음보다 더 큰 소리로 고함을 질렀다. "이것도 흔히 볼 수 있는 또 하나의 실수입니다. 서류철에 무언가를 집어넣으면 그게 사실로 변할 거라는 믿음 말입니다."

이 말은 요란한 웃음을 자아냈지만, 그 웃음의 한복판에는 격렬한 분노가 끓어오르고 있었다. 두꺼운 안경을 쓴 젊은 여자가 일어나서 크리스토프에게 다가갔다. 그녀는 아주 침착하게, 지금까지 첼리스트 주위에 유지되고 있던 좁은 공간으로 침입해 들어갔다.

"이 바보 멍청이." 그녀의 목소리는 또다시 와글거리는 소리를 뚫고 또렷이 울려 퍼졌다. "당신은 우리 모두를 당신과 함께 끌어내렸어." 그러고는 손등으로 크리스토프의 뺨을 후려갈겼다.

아연실색한 침묵이 덮쳤다. 한순간이 지나자 다른 사람들도 모두 의자에서 일어나, 크리스토프에게 먼저 다가가려고 밀쳐 대기 시작했다. 젊은 여자를 본받아 크리스토프를 때리고 싶은 욕망이 그들을 사로잡은 게 분명했다. 나는 누군가의 손이 내 어깨를 흔드는 것을 알아차렸지만, 눈앞에서 전개되고 있는 사태에 너무 몰두한 나머지 그쪽에는 관심을 돌릴 겨를이 없었다.

"그만, 그만, 그만!" 루반스키 박사가 어떻게든 크리스토프에게 맨 먼저 도달하여, 두 손을 높이 쳐들고 있었다. "도대체 이게 무슨 짓들인가? 그만하면 충분해!"

루반스키 박사가 끼어들지 않았다면 크리스토프는 총공격을 면치 못했을 것이다. 나는 당황하고 겁먹은 크리스토프의 얼굴을 얼핏 보았지만, 곧이어 성난 얼굴들이 그를 에워싸는 바람에 더 이상 그를 볼 수 없었다. 누군가의 손이 또다시 내 어깨를 흔들고 있었다.

돌아보니, 턱수염을 기르고 앞치마를 두른 사내 — 나는 그의 이름이 게르하르트라는 것을 생각해 냈다 — 가 김이 모락모락 피어오르는 으깬 감자를 들고 서 있었다.

"점심 좀 드시겠습니까, 라이더 씨? 늦어서 죄송합니다. 하지만 아시다시피 음식을 처음부터 새로 만들어야 했기 때문에……."

"고맙소. 하지만 나는 이제 정말로 가 봐야 합니다. 어린 아들이 나를 기다리고 있거든요." 그러고는 그를 소란에서 떨어진 곳으로 데려가면서 말했다. "이 건물 정면으로 나를 좀 안내해 주시오."

내가 이렇게 말한 것은 바로 그 순간 이 카페와 내가 보리스를 놔두고 온 카페가 사실상 같은 건물에 있다는 것을 기억해 냈기 때문이다. 이곳은 다양한 부류의 고객을 상대하기 위해 다양하게 꾸민 방 — 출입문도 제각기 다른 길거리로 나 있었다 — 을 여러 개 두고 있는 건물이었다.

턱수염 사내는 내가 점심을 거절하자 다소 실망한 눈치였지만, 곧 기분을 돌이켜 말했다.

"물론이죠, 라이더 씨. 저를 따라오세요."

나는 그를 따라 앞쪽으로 가서 카운터를 빙 돌았다. 거기서 그는 작은 문의 빗장을 벗기고, 나에게 그 문을 지나가라고 손짓했다. 나는 문으로 들어가면서 마지막으로 뒤를 돌아보았다. 통통한 얼굴을 가진 사내가 탁자 위에 올라가 크리스토프의 파란 서류철을 허공에서 흔들어 대고 있는 것이 보였다. 이제는 성난 외침에 웃음소리도 간간이 섞여 있었다. 감정을 담아 호소하고 있는 루반스키 박사의 목소리가 들렸다.

"그만. 앙리는 충분히 당했어! 제발, 제발 이러지들 마시게! 그만

하면 됐어!"

나는 온통 하얀 타일을 바른 널찍한 주방으로 들어갔다. 식초 냄새가 코를 찔렀다. 덩치 큰 여자가 지글지글 소리를 내는 화덕 위에 허리를 굽히고 있는 것이 얼핏 보였지만, 턱수염 사내는 벌써 주방을 가로질러 반대쪽 구석에 있는 또 다른 문을 열고 있었다.

그가 나를 손짓해 부르면서 말했다.

"이쪽입니다."

그 문은 유난히 높고 좁았다. 너무 좁아서, 몸을 옆으로 돌려야만 겨우 빠져나갈 수 있을 정도였다. 게다가 문 안쪽을 들여다보니 캄캄한 어둠뿐이어서, 청소도구를 놓아두는 벽장으로밖에는 보이지 않았다. 하지만 턱수염 사내는 또다시 어서 들어가라는 몸짓을 하면서 말했다.

"계단을 조심하세요, 라이더 씨."

그제야 나는 문지방 바로 앞에 계단이 있는 것을 보았다. 계단은 나무 상자를 겹겹이 포개 놓고 못으로 붙박아 만든 것이었다. 나는 문을 지나 조심스럽게 계단을 하나씩 밟고 올라갔다. 꼭대기에 이르자 눈앞에 작은 네모꼴의 빛이 보였다. 두 걸음 더 나아가자 곧바로 그 네모꼴에 이르렀고, 판유리를 통해 햇빛 가득한 방이 보였다. 방에는 탁자와 의자들이 놓여 있었다. 나는 그곳이 아까 보리스를 혼자 놔두고 온 바로 그 카페라는 것을 알아보았다. 뚱뚱한 젊은 웨이트리스가 있었고, 구석 자리에는 보리스가 시무룩한 표정으로 허공을 노려보고 있었다. 보리스는 치즈케이크를 다 먹고, 방심한 듯 포크로 식탁보를 문지르고 있었다. 창가에 앉아 있는 젊은 남녀를 제

외하면 카페 안은 텅 비어 있었다.

무언가가 내 옆구리를 미는 것이 느껴졌다. 나는 턱수염 사내가 어느새 내 뒤에 바싹 다가와 어둠 속에서 허리를 구부리고 열쇠 뭉치를 쩔렁거리고 있는 것을 알아차렸다. 다음 순간 내 앞에 있는 칸막이 전체가 활짝 열리고, 나는 카페 안으로 들어섰다.

웨이트리스가 나를 돌아보고 미소를 지었다. 그러고는 보리스에게 소리쳤다.

"누가 왔는지 보렴!"

보리스는 나를 돌아보고 샐쭉한 표정을 지었다. 그러고는 지친 듯이 말했다.

"어디 갔었어요? 너무 오래 걸렸다고요."

"미안하다, 보리스." 나는 보리스에게 말하고 웨이트리스에게 물었다. "보리스가 얌전히 굴던가요?"

"예, 아주 귀여운 아이예요. 전에 살던 곳에 대해 전부 다 말해 주었답니다. 인공호수 옆에 있는 아파트 단지 말이에요."

"아아, 인공호수. 실은 지금 그곳에 가려던 참이오."

"하지만 너무 오래 걸렸어요." 보리스가 말했다. "이제 가면 늦을 거예요."

"미안하다, 보리스. 하지만 걱정하지 마라. 아직 시간은 충분하니까. 그리고 아파트가 어디로 달아나는 건 아니잖니? 그래도 네 말이 옳아. 우리는 당장 떠나야 해. 어디 보자." 나는 웨이트리스를 돌아보았다. 그녀는 턱수염 사내와 이야기를 시작한 참이었다. "미안하지만, 어떻게 하면 인공호수까지 가장 쉽게 갈 수 있는지, 방법을 좀 가르쳐 주겠소?"

“인공호수라고요?” 웨이트리스는 창밖을 가리켰다. “밖에서 기다리고 있는 저 버스를 타시면 돼요. 그러면 곧장 거기까지 데려다 줄 거예요.”

나는 그녀가 가리키는 쪽을 바라보았다. 안마당의 파라솔들 너머로, 번화한 거리에 주차해 있는 버스가 보였다. 버스는 바로 우리 앞에 서 있는 거나 마찬가지였다.

“저 버스는 벌써 오랫동안 기다리고 있었어요.” 웨이트리스가 말을 이었다. “그러니까 빨리 뛰어가서 타시는 게 좋을 거예요. 이제 곧 떠날 테니까요.”

나는 그녀에게 고맙다고 말하고, 보리스를 손짓으로 부르면서 건물을 뛰쳐나가 햇빛 속으로 나갔다.

15

우리는 운전사가 막 시동을 걸고 있을 때 버스에 올라탔다. 운전사한테 차표를 사면서 보니 버스가 만원이었다.

"아들놈과 나란히 앉을 수 있으면 좋겠는데……."

내가 걱정스러운 투로 말하자 운전사가 대답했다.

"걱정 마세요. 모두 좋은 사람들입니다. 저한테 맡겨 주세요."

그러고는 고개를 돌려 어깨 너머로 뭐라고 외쳤다. 버스 안은 이상하리만큼 들뜬 분위기로 왁자지껄했지만, 운전사가 소리를 지르자 쥐 죽은 듯 조용해졌다. 다음 순간 여기저기서 승객들이 일제히 일어나더니, 서로 손가락질을 하고 손을 휘두르며, 어떻게 하면 우리가 가장 편히 앉을 수 있을 것인가를 의논하기 시작했다. 덩치 큰 여자 하나가 중앙 통로로 몸을 내밀고 고함을 질렀다. "이리 오세요! 여기 앉으시면 돼요!" 하지만 다른 자리에서 다른 목소리가 외쳤다. "어린 아들을 데리고 계시다면 이 자리가 더 낫습니다. 여기 앉으면 아드님이 멀미를 하지 않을 거예요. 나는 하르트만 씨 옆자리로 옮기겠습니다.” 그러자 우리가 어느 자리에 앉아야 할 것인가를 놓고 또다시 의논이 시작된 것 같았다.

“보시다시피 아주 좋은 사람들입니다.” 운전사가 신이 난 목소리로 말했다. “이 도시에 처음 온 분들은 언제나 각별한 환영을 받거든요. 편안히 자리를 잡으시면, 곧 버스를 출발시키겠습니다.”

보리스와 나는 통로를 따라 안쪽으로 들어가, 우리가 앉을 자리를 가리키며 통로에 서 있는 승객 쪽으로 다가갔다. 보리스를 창가에 앉히고 그 옆자리에 앉자마자 버스가 떠나기 시작했다.

그 순간 누군가가 내 어깨를 톡톡 두드렸다. 뒷자리에 앉은 사람이 등받이 너머로 손을 뻗어 과자 봉지를 내밀고 있었다.

“어린애는 이걸 좋아할 겁니다.”

“고맙습니다.” 내가 말하고는 버스 전체를 향해 좀 더 큰 소리로 말했다. “고맙습니다, 여러분. 모두 고맙습니다. 정말 친절하신 분들이군요.”

“보세요!” 보리스가 내 팔을 잡았다. “북쪽 간선도로로 나가고 있어요.”

내가 미처 대꾸하기도 전에 한 중년 여자가 내 옆 통로에 나타났다. 그녀는 균형을 잡으려고 내 좌석 등받이를 움켜쥔 채 종이 냅킨에 싼 케이크 한 조각을 내밀었다.

“뒤에 앉은 신사분이 이걸 남겨 놓고 가셨어요. 아드님이 좋아할지 모르겠다고 하시면서…….”

나는 고맙게 그것을 받고, 다시 한 번 버스 승객 모두에게 고맙다고 말했다. 여자가 사라지자 몇 자리 떨어진 곳에서 누군가가 말하는 소리가 들렸다.

"아버지와 아들이 사이좋게 지내는 걸 보면 기분이 좋아. 함께 당일치기 여행을 떠나는 저 부자를 보라고. 요즘엔 저런 광경을 보기가 힘들지."

나는 이 말에 기분이 우쭐해져서 보리스를 힐끔 돌아보았다. 보리스도 그 말을 들은 모양이었다. 나를 바라보는 보리스의 얼굴에는 단순히 둘만의 비밀을 간직한 사람에게 보내는 은밀한 웃음이 아닌 의미 있는 웃음이 떠올랐기 때문이다.

나는 보리스에게 케이크를 건네주면서 말했다.

"정말 좋은 버스지? 기다린 보람이 있었어. 그렇게 생각지 않니?"

보리스는 또다시 미소를 지었지만, 지금은 케이크를 살펴보느라 아무 대꾸도 하지 않았다.

"보리스, 진작 말할 작정이었어. 네가 이따금 궁금해하는 것 같아서 말이다. 이보다 더 좋은 건 바랄 수 없었을 거야……." 나는 갑자기 웃었다. "내 말이 우습게 들리겠지. 내가 하고 싶은 말은 내가 너무 행복하다는 거야. 나는 너한테 만족해. 우리가 함께 있는 게 너무 행복해." 나는 또다시 웃었다. "이 버스 여행이 즐겁지 않니?"

보리스는 케이크 조각을 입에 가득 넣은 채 고개를 끄덕였다.

"좋아요."

"나는 정말로 즐거워. 사람들도 모두 친절하고……."

뒤쪽 자리에서 몇몇 승객이 노래를 부르기 시작했다. 나는 느긋한 기분을 느끼며 좌석에 몸을 깊이 묻었다. 바깥 날씨는 다시금 흐려지기 시작했다. 우리는 아직 시내의 체증 구역에 있었지만, 밖을 내다보는 동안 두 개의 도로 표지판이 잇달아 지나갔다. 거기에는

'북부간선도로'라는 글씨가 적혀 있었다.

"실례합니다." 우리 뒤에서 남자 목소리가 말했다. "운전사한테 말씀하시는 걸 들었는데, 인공호수까지 가신다면서요. 그곳이 너무 춥지 않았으면 좋겠군요. 오후를 어딘가 멋진 곳에서 보내고 싶은 것뿐이라면, 인공호수보다 몇 정거장 앞에 있는 마리아 크리스티나 공원을 권해 드리고 싶습니다만. 거기에 가면 뱃놀이를 할 수 있는 연못이 있으니까, 아드님이 좋아할 겁니다."

이 말은 한 사람은 바로 우리 뒷좌석에 앉아 있었다. 좌석 등받이가 워낙 높아서, 내가 목을 길게 빼고 뒤를 돌아보았다 해도 그 남자를 똑똑히 볼 수는 없었을 것이다. 어쨌든 나는 고맙다고 말한 다음, 인공호수에 가야 하는 특별한 사정을 설명하기 시작했다. 자세한 것까지 말할 생각은 아니었는데, 일단 시작하자 주위의 우호적인 분위기 때문에 이야기를 계속할 수밖에 없었다. 나는 진담과 농담을 적절히 뒤섞은 내 말투에 만족했다. 게다가 뒤에 앉은 남자는 내 말에 적절한 반응을 보이며 낮은 소리로 맞장구를 치고 있어서, 나는 그가 호의적으로 귀를 기울이고 있다는 것을 알 수 있었다. 오래지 않아서 나는 9번 선수에 대해 언급하고, 그 선수가 왜 그렇게 특별한가를 설명했다. 이어서 보리스가 9번 선수를 상자 속에 넣어 두고 오게 된 사정을 막 설명하려 할 때, 뒷자리의 승객이 정중하게 헛기침을 하며 끼어들었다.

"저어…… 이런 여행은 흔히 사소한 걱정을 불러일으키게 마련이죠. 그건 지극히 자연스러운 일입니다. 하지만 걱정하지 않으셔도 될 것 같습니다." 나를 위로하는 듯한 차분한 목소리가 보리스의 어깨와 내 어깨가 맞닿아 있는 지점 바로 뒤에서 들려오는 걸 보면, 그는 자리에서 고개를 앞으로 내밀고 있는 모양이었다. "틀림없이 그 9번 선수를 찾게 될 겁니다. 물론 지금은 걱정이 되시겠죠. 너무 많은 일들이 잘못될 수도 있다고 생각하실 겁니다. 그건 지극히 자연스러운 일입니다. 하지만 방금 하신 말씀을 듣고 보니 만사가 잘 풀릴 거라는 확신이 드는군요. 물론 그 집 문을 처음 두드리면, 그 집에 새로 이사 온 사람들은 당신이 누군지 몰라서 좀 의심할지도 모릅니다. 하지만 사정을 설명하면 그 사람들은 기꺼이 당신을 맞아들일 겁니다. 문을 열어 준 사람이 그 집 안주인이라면, 그 여자는 이렇게 말할 거예요. '아아, 드디어 오셨군요! 언제 오실까 하고 그동안 줄곧 기다리고 있었답니다.' 예, 그 여자는 틀림없이 그렇게 말할 겁니다. 그러고는 돌아서서 남편한테 소리를 지르겠죠. '전에 이 집에 살던 꼬마가 왔어요!' 그러면 남편이 나올 텐데, 남편도 친절한 사람일 겁니다. 아마 그 아파트를 꾸미는 일에 한창 열중하고 있었겠죠. 그 사람은 말할 겁니다. '마침내 오셨군요. 들어와서 차나 한잔 하시지요.' 그러고는 당신을 거실로 안내할 테고, 그동안 안주인은 부엌으로 들어가서 다과를 준비할 겁니다. 그리고 당신은 그 집이 그동안 많이 변한 걸 보고 다소 놀랄지도 모르겠군요. 그런 당신을 보고 집주인은 좀 미안해질 겁니다. 하지만 그들이 집을 새로 고친 것을 당신이 조금도 섭섭해하지 않는다는 점을 분명히 하면, 집주인은 아파트 전체를 당신한테 보여 주기 시작할 겁니다. 아파트 안을 샅샅이 돌아다니며, 여긴 이렇게 바꾸었고 저긴 저렇게 바꾸었다고 말하겠죠. 새로 이사 온 집주인은 개수 공사를 대부분 자기 손으로 직접 했고, 그걸 무척 자랑스럽게 여기고 있습니다. 그때쯤이면 안주인이 차와 손수 만든 케이크를 들고 거실로 들어올 테고, 당신들은 모두 자리에 앉아 즐겁게 먹고 마실 겁니다. 새로 이사 온 부부는 자기네가 그 아파트와 단지를 얼마나 좋아하는지를 얘기할 겁니다. 그러는 동안에도 당신과 아드님은 줄곧 9번 선수를 걱정할 테고, 찾아온 목적을 꺼내기 좋은 기회를 기다리고 있겠죠. 하지만 그 이야기는 아마 새 집주인들이 먼저 꺼낼 겁니다. 한동안 환담을 나누고 차를 마신 뒤에 안주인이 말할 겁니다. '그런데 여기 다시 오신 이유가 있겠죠? 뭐 두고 가신 거라도?' 그래서 당신은 9번 선수와 그 상자 얘기를 꺼내겠죠. 그러면 안주인은 말할 겁니다. '아아, 예. 그 상자는 특별한 곳에 보관해 두었답니다. 그게 중요한 물건이라는 걸 알 수 있었거든요.' 이렇게 말하면서 안주인은 남편에게 신호를 보낼 겁니다. 아니, 어쩌면 신호조차 보내지 않을지도 모르겠군요. 그들처럼 오랫동안 행복하게 살고 있는 부부라면 굳이 말하지 않아도 마음이 통하는 법이니까요. 물론 그들 부부가 말다툼을 하지 않는다는 뜻은 아닙니다. 그러기는커녕 그들은 어쩌면 말다툼을 자주 했을지도 모릅니다. 오랫동안 함께 살아오면서 때로는 심각한 지경에 이른 적도 있었을지 모르지요. 하지만 이런 부부를 만나보시면, 이런 문제들은 결국에는 저절로 해결되고 본질적으로는 그들이 지극히 행복한 부부라는 사실을 아시게 될 겁니다. 남편은 중요한 물건들을 보관해 두는 곳으로 가서 상자를 가져올 겁니다. 어쩌면 얇은 종이에 곱게 싼 채로 가져올지도 모르지요. 물론 당신은 당장 상자를 열어 볼 테고, 9번 선수는 상자 속에 원래 그대로 들어있을 겁니다. 떨어져 나간 받침대와 접착제로 연결되기를 기다리면서 말입니다. 당신은 상자를 닫을 테고, 그 친절한 부부는 당신에게 차를 더 마시라고 권할 겁니다. 잠시 뒤에 당신은 이제 그만 가 봐야겠다고, 너무 오래 폐를 끼치고 싶지 않다고 말하겠죠. 하지만 안주인은 케이크를 더 먹으라고 권할 겁니다. 남편은 당신들이 마지막으로 다시 한 번 아파트를 둘러보면서 자기가 꾸민 실내장식에 감탄해 주기를 바랄 겁니다. 그러고 나서야 그들은 현관에서 당신들한테 손을 흔들면서, 근처에 올 일이 있을 때는 잊지 말고 또 들르라고 말할 겁니다. 일이 꼭 그런 식으로 일어나지는 않을지도 모르지만, 당신의 말로 미루어 보건대 대개는 그런 식으로 진행될 겁니다. 그러니까 걱정하실 필요는 없습니다. 그러실 필요가 전혀……."

귓가에서 들리는 목소리는 간선도로를 달리는 버스의 가벼운 흔들림과 함께 엄청나게 긴장을 누그러뜨리는 결과를 낳고 있었다. 사실 나는 남자가 이야기를 시작하자마자 벌써 눈을 감고 있었고, 이때쯤에는 내 자리에 더욱 깊숙이 몸을 묻은 채 만족스럽게 졸고 있었다.

잠시 뒤 나는 보리스가 내 어깨를 흔들고 있는 것을 알아차렸다.

"이젠 내려야 해요."

잠이 깬 나는 버스가 멈춰 서 있고 남은 승객은 우리 둘뿐이라는 것을 알았다. 앞에서는 운전사가 자리에서 일어나, 우리가 내리기를 참을성 있게 기다리고 있었다. 우리가 통로를 따라 걸어가자, 운전사가 말했다.

"조심하세요. 밖은 몹시 춥습니다. 저 호수는 매립해야 한다는 게 제 생각입니다. 저건 귀찮은 존재에 불과하니까요. 해마다 저기서 빠져 죽는 사람이 여럿 된답니다. 물론 개중에는 자살하는 사람도 있고, 호수가 저기 없다면 그들은 좀 더 불쾌한 수단을 선택할지도 모릅니다. 하지만 제 견해로는 호수를 매립해야 합니다."

"예. 분명히 저 호수는 논란을 불러일으키고 있습니다. 나는 타관 사람이라서 이 논쟁에 끼어들지 않도록 조심하고 있답니다."

"아주 현명하십니다. 그럼 즐거운 하루를 보내세요." 운전사는 보리스에게도 인사를 하면서 말했다. "즐겁게 지내렴."

보리스와 나는 버스에서 내렸다. 버스가 떠나자 우리는 주위를 둘러보았다. 우리는 거대한 콘크리트 분지의 가장자리에 서 있었다. 저 멀리 분지 한가운데에 인공호수가 있었다. 호수는 콩팥 모양을 하고 있어서, 한때 할리우드 배우들의 저택에 갖추어져 있다고 소문난 외설적인 모양을 한 수영장을 거대하게 변형시킨 것과 비슷해 보였다. 나는 호수가—아니, 실은 단지 전체가—그 인공성을 자랑스럽게 과시하고 있는 데 감탄하지 않을 수 없었다. 어디에도 풀 한 포기 보이지 않았다. 콘크리트 비탈에 드문드문 서 있는 나무들조차도 모두 철제 화분에 심어져 포장재 속에 파묻혀 있었다. 우리를 에워싸고 있는 고층 아파트 단지의 수많은 창문들, 똑같은 모양의 창문들이 이 광경을 내려다보고 있었다. 나는 각 동의 정면이 거의 알아보기 어려울 만큼 휘어져 있다는 것, 그래서 이웃한 동들이 이음매 없이 연결되어 아파트 단지 전체가 운동경기장을 연상시키는 원형 구조물의 효과를 내고 있다는 것을 알았다. 하지만 우리는 지금 아파트—적어도 400세대는 될 거라고 나는 어림했다—에 둘러싸여 있는데도 사람은 거의 보이지 않았다. 나는 호수 건너편을 경쾌하게 걷고 있는 몇 사람의 모습을 알아볼 수 있었다. 개를 끌고 가는 남자, 유모차를 밀고 가는 여자. 하지만 이곳 분위기에는 분명 사람들을 실내에 붙잡아 두는 무언가가 있었다. 버스 운전사가 경고했듯이, 날씨는 도움이 되지 않았다. 보리스와 내가 거기에 서 있는 동안에도 차가운 바람이 호수를 가로질러 불어오고 있었다.

"보리스, 서두르는 게 좋겠다."

아이는 열의를 잃어버린 듯 멍하니 호수를 바라보며 꼼짝도 하지 않았다. 나는 우리 뒤에 있는 동을 향해 돌아서서 내 걸음에 탄력을 붙이려고 했지만, 바로 그 순간 이 거대한 단지에서 우리가 찾아가는 아파트가 정확히 어디에 있는지 모른다는 것을 생각해 냈다.

"보리스, 길을 안내하렴. 왜 그래?"

보리스는 한숨을 내쉬고 나서 걷기 시작했다. 나는 그 뒤를 따라 콘크리트 계단을 몇 개 올라갔다. 도중에 층계참을 돌아서 다음 계단을 막 올라가려 할 때, 보리스가 느닷없이 기합 소리를 지르며 무술 자세를 취했다. 나는 깜짝 놀랐지만, 공격자는 보리스의 상상 속에만 존재한다는 것을 당장 알아차렸다. 나는 그저 이렇게만 말했다.

"아주 잘하는데."

그 후 보리스는 층계참을 돌 때마다 기합 소리를 지르며 무술 자세를 취하곤 했다. 나는 점점 숨이 가빠지고 있었다. 다행히도 얼마 후 보리스는 계단을 벗어나 복도를 걷기 시작했다. 이렇게 높은 위치에서 보니 호수의 콩팥 모양이 더욱 뚜렷해졌다. 하늘은 음산한 잿빛이었고, 복도는 지붕으로 덮여 있었지만—그 바로 위에 복도 두세 개가 더 뻗어 있을 터였다—바람막이가 거의 없어서 강풍이 맹렬한 기세로 몰아쳤다. 복도 왼쪽에는 아파트가 늘어서 있었고, 짧은 콘크리트 계단들이 마치 성 밖 해자에 걸려 있는 도개교처럼 복도와 본건물을 이어 주고 있었다. 계단의 일부는 이쪽에 있는 아파트 문으로 이어져 있고, 나머지는 아래쪽에 있는 아파트 문으로 이어져 있었다. 나는 복도를 걸으면서 이 문들을 하나씩 살펴보았다. 하지만 몇 분이 지나도 흐릿한 기억이나마 불러일으키는 문은 하나도 없었다. 그래서 나는 기억을 되살리려는 노력을 포기하고 호수 쪽을 힐끔 바라보았다.

그동안 보리스는 줄곧 몇 발짝 앞에서 단호한 태도로 걷고 있었다. 보리스는 이제 우리의 모험에 대한 흥분을 되찾은 게 분명했다. 보리스는 혼잣말을 중얼거리고 있었는데, 걸으면 걸을수록 그 중얼거림은 더욱 격렬해지는 것 같았다. 이윽고 보리스는 걷다가 갑자기 펄쩍 뛰어올라 허공에서 태권도 자세를 취하기 시작했다. 뛰어올랐다가 착지할 때마다 신발이 찰싹거리는 소리가 주위에 메아리쳤다. 하지만 보리스는 계단에서와는 달리 기합 소리를 지르지 않았고, 복도에서 마주친 사람도 아직은 없었기 때문에, 보리스를 말릴 이유는 없다고 나는 판단했다.

잠시 뒤에 호수를 내려다본 나는 보는 각도가 아까와는 상당히 달라진 것을 알고 깜짝 놀랐다. 그제야 나는 복도가 완만한 원을 그리며 단지 전체를 한 바퀴 돌고 있다는 것을 알았다. 그렇다면 우리는 아파트 단지를 끝없이 맴돌 수도 있었다. 나는 보리스가 내 앞에서 별난 짓에 열중하며 걸음을 서두르고 있는 것을 지켜보면서, 보리스도 나처럼 아파트로 가는 길을 기억하지 못하는 건 아닐까 하고 생각했다. 내가 당초에 계획을 잘못 세웠다는 생각이 들었다. 적어도 그 아파트에 새로 이사 온 사람들에게 미리 연락해 두는 수고는 아끼지 말았어야 했는데. 생각해 보면 그들이 우리를 특별히 손님으로 맞아들이고 싶어 할 이유는 전혀 없었다. 이 탐방이 실패할지도 모른다는 비관적인 생각이 나를 사로잡기 시작했다.

"보리스, 정신 바짝 차려야 한다. 그 집을 그냥 지나쳐 버리면 큰 일이야."

보리스는 중얼거림을 계속하면서 나를 힐끔 돌아보고는 좀 더 앞으로 달려가 다시금 태권도 동작을 취하기 시작했다.

마침내 우리가 너무 오래 걸었다는 생각이 들었다. 다시 호수를 내려다보니, 호수를 적어도 한 바퀴는 완전히 돌아온 것을 알 수 있었다. 앞에서는 보리스가 여전히 혼잣말을 바쁘게 중얼거리고 있었다.

"보리스, 잠깐만 기다려. 기다리라니까."

보리스는 걸음을 멈추고, 내가 다가가자 실쭉한 표정을 지었다.

"전에 살던 아파트로 가는 길을 정말로 기억하고 있는 거냐?"

보리스는 어깨를 으쓱하며 시선을 돌렸다. 그러고는 힘없이 말했다.

"그야 물론이죠."

"하지만 아무래도 복도를 완전히 한 바퀴 돈 것 같은데."

보리스는 또다시 어깨를 으쓱했다. 이제는 제 구두에 몰두하여, 구둣발을 이쪽저쪽으로 돌리고 있었다. 마침내 보리스가 말했다.

"새로 이사 온 분들이 9번을 안전하게 보관해 두었을까요?"

"그럼. 9번은 상자 속에, 아주 중요해 보이는 상자 속에 들어 있었어. 그 사람들도 그런 건 따로 보관해 둘 거야. 선반 같은 곳에……."

보리스는 잠시 구두를 내려다보다가 말했다.

"실은 지나쳐 왔어요. 벌써 두 번이나 그 집을 지나쳤어요."

"뭐라고? 그럼 우리는 이 찬바람 속에서 아무 까닭도 없이 복도를 빙글빙글 돌았단 말이냐? 왜 그렇게 말하지 않았어? 도무지 이해할 수가 없구나."

보리스는 말없이 자기 발을 이쪽저쪽으로 움직였다.

"그럼 돌아갈까? 아니면 호수를 또다시 돌아야 하나?"

보리스는 한숨을 내쉬고, 잠시 깊은 생각에 잠겨 있는 것 같았다. 그러다가 고개를 들고 말했다.

"좋아요. 그 집은 바로 저기예요. 방금 지나쳐 왔어요."

우리는 복도를 따라 몇 걸음 되돌아갔다. 오래지 않아 보리스는 어느 계단 앞에서 걸음을 멈추고, 아파트 문을 재빨리 쳐다보았다. 그러고는 그 문을 등진 채 또다시 구두를 내려다보기 시작했다.

"아아, 그래."

나는 주의 깊게 그 문을 쳐다보면서 말했다. 사실 그 문—다른 문들과 전혀 다를 게 없는 파란색 문—은 나에게 어떤 기억도 불러일으키지 않았다.

보리스는 어깨 너머로 아파트를 쳐다보고는 다시 고개를 돌리고, 구두 앞코로 바닥을 쿡쿡 찔렀다. 나는 어떻게 해야 할지 몰라서, 잠시 계단 밑에 서 있다가 결국 이렇게 말했다.

"여기서 잠깐만 기다리고 있을래? 내가 올라가서 안에 사람이 있는지 보고 올 테니까."

보리스는 발로 바닥을 쿡쿡 찌르는 동작을 계속했다. 나는 계단을 올라가 문을 두드렸다. 아무 대답도 없었다. 두 번째로 문을 두드렸지만 결과는 마찬가지였다. 나는 문에 끼워진 작은 판유리에 얼굴을 들이댔다. 유리에 성에가 끼어 있어서 아무것도 보이지 않았다.

"창문이요." 보리스가 뒤에서 외쳤다. "창문으로 들여다보세요."

나는 왼쪽 발코니를 보았다. 발코니라고 해 봤자 의자 하나 내놓지 못할 만큼 비좁았기 때문에, 발코니라기보다는 건물 정면을 따라 둘러 붙인 장식 띠에 불과했다. 한 손을 뻗어 그 발코니의 쇠난간을 잡고 계단벽 너머로 고개를 내밀자, 가장 가까운 창문으로 집 안을 간신히 들여다볼 수 있었다. 한쪽 벽에 식탁이 놓여 있고, 다소 세월이 지난 근대식 가구로 꾸며진 다용도 거실이 들여다보였다.

"보여요?" 보리스가 외치고 있었다. "상자가 보여요?"

"잠깐만 기다려."

나는 저 밑에 입을 벌리고 있는 공간을 의식하면서도, 몸을 벽 너머로 더욱 내밀려고 애썼다.

"보여요?"

"잠깐 기다리라니까."

그 방은 점점 낯익어지고 있었다. 벽에 걸린 세모꼴 시계, 크림색 발포 고무로 만든 소파, 삼단 전축장…… 볼 때마다 그 물건들에 대한 기억이 새삼 되살아났다. 하지만 방을 계속 들여다보고 있을 때, 나는 실내 뒷부분 전체—주요 부분에 덧붙여 전체적으로 기역자 모양을 이루고 있는 부분—가 전에는 거기에 없었고, 최근에 덧붙여졌다는 인상을 강하게 받았다. 그런데도 그 부분을 계속 바라보고 있으려니까, 그 뒷부분 자체도 뭔가를 생각나게 하는 듯했다. 잠시 뒤에 나는 그 이유를 깨달았다. 그것은 그 뒷부분이 맨체스터에서 몇 달 동안 부모님과 함께 살았던 집의 거실 뒷부분과 똑같기 때문이었다. 비좁은 연립주택인 그 집은 습기가 차고 개수 공사를 해야 할 필요성이 절박했지만, 우리는 아버지의 사업이 잘돼서 훨씬 나은 집으로 이사할 수 있을 때까지만 임시로 지내고 있었기 때문에 그냥 참고 견뎠다. 당시 아홉 살이었던 나에게 그 집은 신나는 변화만이 아니라 우리 모두에게 새롭고 더 행복한 인생의 장이 이제 곧 열릴 거라는 희망도 상징하게 되었다.

뒤에서 남자 목소리가 들렸다.

"그 집에는 아무도 없을 거요."

몸을 펴고 뒤돌아보니, 목소리의 주인공은 옆집에서 나타난 사내였다. 그는 내가 서 있는 계단과 평행을 이루고 있는 층계참의 자기네 집 앞에 서 있었다. 나이는 쉰 살쯤 되어 보였고, 불도그처럼 우락부락한 얼굴을 하고 있었다. 차림새는 단정치 못했고, 티셔츠 가슴께에는 축축한 얼룩까지 묻어 있었다.

"그럼 이 아파트는 비어 있습니까?"

사내가 어깨를 으쓱했다.

"어쩌면 돌아올지도 모르겠소. 집사람과 나는 옆집이 비는 것을 좋아하지 않지만, 그 집에서는 말썽이 끊이지 않았기 때문에 솔직히 말해서 지금은 한시름 놓았소. 우리는 박정한 사람들이 아니지만, 그런 일이 있고 보면 차라리 지금처럼 옆집이 비어 있는 게 훨씬 낫소."

"그러니까 이 집은 한동안 비어 있었군요. 얼마나 됐습니까? 몇 주 아니면 몇 달?"

"적어도 한 달은 됐을 거요. 그 사람들은 돌아올지도 모르지만, 돌아오지 않아도 상관없어요. 때로는 그 사람들을 동정하기도 했지. 우리도 박정한 사람들은 아니니까. 게다가 우리도 어려운 시기를 겪었소. 하지만 그런 상태가 계속되면, 그 사람들이 떠나 주기를 바라는 게 인지상정일 거요. 우리로서는 그 집이 비어 있는 게 차라리 낫소."

"알겠습니다. 말썽이 많았나 보군요."

"물론이오. 공정하게 말하면 폭력행위가 있었다고는 생각지 않소. 하지만 그래도 그 사람들이 밤늦게 소리 지르는 것을 들으면 속이 뒤집힙디다."

"죄송하지만 이것 보세요."

나는 그에게 한 걸음 다가가면서, 보리스가 우리 말이 들리는 곳에 있다는 것을 눈짓으로 알렸다.

"집사람은 아주 질색을 했소." 사내는 내 눈짓을 무시하고 말을 이었다. "싸움이 시작될 때마다 집사람은 베개에 머리를 파묻곤 했지. 한번은 부엌에서도 그랬다오. 내가 부엌에 들어가 보니, 집사람이 베개를 머리에 두른 채 음식을 만들고 있지 않겠소? 정말 짜증 나는 일이었소. 그 남자는 겉보기에는 늘 조용하고 점잖았소. 우리를 만나면 재빨리 인사를 하고는 제 갈 길로 가곤 했지요. 하지만 집사람은 그런 겉모습 뒤에 숨어 있는 게 뭔지 알 만하다고 말했소. 술만 마셨다 하면……."

"이봐요." 나는 우리를 갈라놓고 있는 콘크리트 벽 너머로 몸을 내밀면서 성난 얼굴로 속삭였다. "내 아들이 여기 있는 게 안 보입니까? 그게 내 아들 앞에서 꺼낼 수 있는 얘긴가요?"

사내는 놀란 표정으로 보리스를 내려다보았다.

"그렇게 어리지도 않은데 뭘 그래요? 아버지라고 해서 모든 것으로부터 아들을 보호해 줄 수는 없는 법이오. 그래도 이런 얘기가 마음에 안 든다면, 좋소, 다른 얘기를 합시다. 할 수 있다면 더 나은 화제를 생각해 보시오. 나는 그저 옆집이 어떤 상태였는지를 말했을 뿐이지만, 그런 얘기를 하고 싶지 않다면……."

"예, 하고 싶지 않습니다! 듣고 싶지도 않고……."

"어차피 그건 중요한 얘기도 아니었으니까 아무래도 좋소. 다만 내가 옆집 여자보다 남자를 편드는 경향이 있었던 것은 당연한 일이오. 남자가 실제로 난폭하게 굴었다면 문제가 달랐겠지만, 폭력을 휘둘렀다는 증거는 전혀 없었소. 그래서 나는 '여자'를 탓하는 쪽으로 기울어져 있었지요. 물론 남자는 자주 집을 비웠지만, 우리가 알고 있는 바로는 그건 어쩔 수 없는 일이었소. 직업이 그런데 어쩌겠소. 그러니까 남자가 자주 집을 비운다는 건 여자가 그런 식으로 행동할 이유가 못 돼요. 내가 말하고자 하는 건 바로 그거요."

"이보세요, 제발 그만둘 수 없습니까? 도대체 분별이라는 걸 조금은 갖고 있는 겁니까? 내 아들이 들을 수도 있는데……."

"물론 듣고 있을지도 모르지요. 그래서 어쨌다는 거요? 아이들은 조만간 이런 얘기를 듣게 마련이오. 나는 다만 남자를 편든 이유를 설명했을 뿐이고, 내 집사람이 술 얘기를 꺼낸 건 내가 남자 편을 들었기 때문이라고 말했을 뿐이오. 집사람은 말하곤 했지요. 집을 자주 비우는 것과 술을 마시는 건 별개 문제……."

"이봐요. 계속 그런 식으로 나오면 이 대화를 지금 당장 끝낼 수밖에 없습니다. 나는 지금 경고하고 있는 거예요. 정말입니다."

"아들을 영원히 지켜 줄 수 있을 거라고 생각해서는 안 돼요. 아들이 지금 몇 살이오? 그렇게 어려 보이지는 않는데 뭐. 과보호는 좋지 않아요. 이제는 있는 그대로의 세상에 익숙해지도록 해야……."

“아직은 그럴 필요가 없어요! 아직은 아닙니다! 게다가 나는 당신이 어떻게 생각하든 관심이 없어요. 어쨌든 그게 당신과 무슨 관계가 있습니까? 저 애는 내 아들이고, 내 보호를 받고 있단 말입니다. 나는 저 애가 이런 얘기를…….”

“왜 그렇게 화를 내는지 모르겠군. 나는 다만 대화를 하고 있을 뿐이오. 우리가 어떻게 생각하는지를 말했을 뿐이란 말이오. 옆집 사람들도 나쁜 사람은 아니었소. 우리가 그 사람들을 싫어했다는 게 아니라, 이따금 좀 지나칠 때가 있었다는 뜻이오. 다투는 소리란 게 벽을 통해 들려올 때는 실제보다 훨씬 심하게 들리지요. 저만한 또래의 아이한테 그걸 숨기려고 애써 봤자 소용없는 일이오. 당신은 질 게 뻔한 싸움을 하고 있는 거요. 요컨대 문제는…….”

“당신이 어떻게 생각하든, 그건 내 알 바가 아니오! 앞으로 몇 년 동안은 안 됩니다. 내 아들이, 내 아들이 그런 얘기를 듣게 하지는 않겠어요. 절대로…….”

“어리석기는. 내가 말하고 있는 일들은 인생에서 늘상 일어나는 일이오. 집사람과 나 사이에도 기복이 있었소. 내가 옆집 남자를 동정한 건 그 때문이오. 남자가 어느 날 갑자기 그걸 깨달은 순간 기분이 어땠을지 나는 아니까…….”

“그만합시다. 이 대화를 끝내잔 말이오. 난 지금 경고하고 있는 거요.”

“하지만 나는 결코 술을 마시지 않았소. 그게 상황을 바꾸어 주지요. 자주 집을 비우는 것과 그런 식으로 술을 마시는 건 별개 문제…….”

“마지막 경고요. 한마디만 더 하면 나는 가겠소!”

"옆집 남자는 술을 마시면 잔인해졌소. 폭력을 휘두른 건 아니지만, 온갖 거친 말들이 우리한테까지 들려왔지요. 그 사람은 잔인했소. 그 말을 전부 다 알아들을 수는 없었지만, 우리는 어둠 속에 앉아서 귀를 기울이곤……."

"그만! 그만하면 됐어요! 나는 분명히 경고했어요. 이제 나는 가겠소."

나는 사내에게 등을 돌리고 보리스가 서 있는 계단 밑으로 뛰어 내려갔다. 내가 보리스의 팔을 잡고 재빨리 그곳을 떠나려 하자, 사내가 뒤에서 고함을 지르기 시작했다.

"당신은 질 게 뻔한 싸움을 하고 있소! 그 아이는 실상이 어떤지 알아야 해요! 그게 인생이오! 그건 전혀 잘못된 게 아니오! 그게 진짜 인생이란 말이오!"

보리스가 호기심에 찬 눈으로 뒤를 돌아보고 있었기 때문에, 나는 보리스의 팔을 모질게 잡아끌어야 했다. 한동안 우리는 안정된 속도를 유지했다. 나는 보리스가 걸음을 늦추려고 애쓰는 것을 여러 번 느꼈지만, 그 남자가 우리를 뒤쫓아 올 가능성을 완전히 없애고 싶어서 계속 걸음을 재촉했다. 마침내 걸음을 멈추었을 때 나는 가쁜 숨을 몰아쉬고 있었다. 나는 비틀비틀 벽으로 다가가서 — 벽은 불안할 만큼 낮아서, 내 허리까지밖에 오지 않았다 — 그 위에 팔꿈치를 올려놓고 벽 너머로 고개를 내밀었다. 나는 호수를 바라보고, 그 너머에 높이 솟은 아파트 건물을 바라보고, 창백한 빛깔의 드넓은 하늘을 바라보며 두근거리는 가슴이 가라앉기를 기다렸다.

잠시 후, 나는 보리스가 내 옆에 나란히 서 있는 것을 알아차렸다. 보리스는 나에게 등을 돌린 채 벽 꼭대기 근처에 헐겁게 끼워져 흔들거리는 벽돌 조각을 만지작거리고 있었다. 나는 방금 일어난 일에 낭패감을 느끼기 시작했다. 어떤 식으로든 보리스에게 설명을 해 주어야 할 듯싶었다. 할 말을 생각하려고 애쓰고 있을 때, 보리스가 나에게 등을 돌린 채 중얼거렸다.

"그 사람은 미쳤어요. 그렇죠?"

"그래. 완전히 미쳤어. 머리가 돌아 버린 모양이야."

보리스는 계속 벽을 만지작거리다가 말했다.

"이젠 아무래도 좋아요. 9번을 꼭 가져가야 할 필요는 없어요."

"그 남자만 아니었다면……."

"괜찮아요. 이제 상관없어요." 보리스가 내 쪽으로 돌아서며 싱긋 웃었다. 그러고는 쾌활하게 말했다. "지금까지는 멋진 하루였어요."

"즐겁니?"

"굉장히요. 버스 여행도 그렇고, 다른 것들도 다…… 엄청나게 즐거웠어요."

나는 팔을 뻗어 보리스를 껴안고 싶은 충동을 느꼈지만, 그러면 보리스가 놀라서 당황할지 모른다는 생각이 들었다. 결국 나는 보리스의 머리를 가볍게 쓰다듬어 주고는 눈앞에 펼쳐진 전망으로 다시 고개를 돌렸다.

바람은 더 이상 사납지 않았다. 우리는 거기에 나란히 서서, 한동안 말없이 아파트 단지를 바라보고 있었다. 이윽고 내가 말했다.

"보리스, 나도 안다. 네가 궁금해하고 있다는 걸. 우리 세 식구가 왜 한군데 자리를 잡고 조용히 살 수 없는지 궁금하겠지. 네 엄마가 그렇게 속상해하는데, 내가 왜 늘상 집을 떠나야 하는지 궁금할 거야. 하지만 내가 왜 여행을 계속하는지, 그 이유를 이해해야 해. 그건 너를 사랑하지 않아서, 너와 함께 살고 싶지 않아서가 아니야. 어떤 면에서는 함께 살기를 너나 엄마보다도 간절히 바라고 있어. 저기 있는 아파트도 좋고 어디든 좋으니까 우리 세 식구가 함께 살고 싶어. 하지만 그게 그렇게 간단한 문제가 아니란다. 나는 여행을 계속해야 해. 나는 아주 특별한 여행, 아주 중요한 여행, 나만이 아니라 모든 사람에게, 이 세상 모든 사람에게 아주아주 중요한 여행을 말하는 거야. 아직 어린 너한테 그걸 어떻게 설명할 수 있을까. 자칫하면 그 중요한 여행을 놓칠 수 있어. 한 번쯤 이렇게 말하기는 쉽겠지. 아니, 난 가지 않겠어, 난 쉬겠어, 하고 말이다. 그리고 나중에야 그게 바로 그 여행이었다는 것, 아주아주 중요한 여행이었다는 걸 알게 될 거야. 하지만 일단 기회를 놓치면 그 기회는 두 번 다시 오지 않아. 일단 기회를 놓친 뒤에는 너무 늦어. 그 후에 얼마나 열심히 여행하는지는 중요하지 않을 거야. 그건 중요하지 않아. 그때는 이미 늦을 거야. 내가 여행을 하면서 보낸 그 숱한 세월은 모두 물거품으로 돌아가 버릴 거야. 남들이 그런 꼴을 당하는 걸 나는 보았어. 여행을 하면서 오랜 세월을 보내면 피곤해지기 시작하고, 조금은 게을러지기도 하지. 하지만 그 중요한 기회는 바로 그럴 때 오는 경우가 많아. 그래서 그들은 기회를 놓치는 거야. 그러고는 평생을 후회하지. 쓰라린 고통과 슬픔은 날이 갈수록 심해져서, 죽을 때쯤에는 폐인이 되어 버리지. 그러니까 나는 당분간 여행을 계속해야 해. 내가 줄곧 여행만 하는 생활을 계속해야 하는 이유는 바로 그거란다. 그게 우리 모두에게 견디기 어려운 일이라는 건 나도 알아. 하지만 우리 세 사람은 강해져야 하고 참을성을 가져야 해. 그렇게 오래 걸리진 않을 거야. 아주 중요한 여행은 이제 곧 다가올 거야. 그러면 모든 일이 끝날 테고, 나도 느긋하게 쉴 수 있겠지. 집에서 실컷 지낼 수 있을 거야. 그래도 괜찮을 거야. 우리 세 식구는 유쾌하게 지낼 수 있을 거야. 그동안 못 했던 일들을 다 할 수 있겠지. 이제 얼마 남지 않았어. 그건 확실해. 하지만 우리는 인내심을 가져야 해. 보리스, 네가 내 말을 이해할 수 있다면 좋겠구나."

보리스는 한참 동안 말이 없었다. 그러다가 갑자기 몸을 쭉 펴고는 쌀쌀하게 말했다. "조용히 꺼져. 모두 다." 그러고는 몇 걸음 달려가서 다시 태권도 동작을 취하기 시작했다.

그 후 몇 분 동안 나는 벽에 기댄 채 보리스가 격렬하게 혼잣말로 중얼거리는 소리를 들으면서 전망을 바라보고 있었다. 잠시 뒤에 다시 보리스를 힐끔 돌아보니, 그 애는 지난 몇 주 동안 되풀이 연기한 환상극의 최신판을 상상 속에서 연기하고 있었다. 그 환상극의 실제 무대에 우리가 너무나 가까이 와 있었기 때문에, 그 환상극을 처음부터 다시 연기하고 싶은 유혹을 뿌리치지 못한 모양이었다. 그 시나리오에는 보리스가 한때 살았던 아파트 밖에 있는 바로 이 복도에서 할아버지가 깡패들을 용감하게 물리치는 장면이 포함되어 있었기 때문이다.

나는 보리스가 몇 미터 떨어진 곳에서 바쁘게 움직이는 것을 지켜보면서, 그 애가 이제는 할아버지와 나란히 서서 또다시 깡패들을 공격할 태세를 갖추고 있는 장면에 다다른 모양이라고 생각했다. 바닥에는 이미 의식을 잃은 몸뚱이들이 즐비하게 널브러져 있겠지만, 끈질긴 깡패들은 다시금 보리스와 할아버지를 공격하기 위해 재집결하고 있을 것이다. 깡패들이 어둠 속에서 수군거리며 전략을 짜는 동안, 보리스와 할아버지는 나란히 서서 침착하게 기다릴 것이다.

그런 시나리오들이 흔히 그렇듯이, 이 시나리오에서 보리스는 실제보다 좀 더 나이를 먹었다. 아직 어른은 아니지만 — 보리스를 어른으로 설정하면 실제와 너무 동떨어질 뿐 아니라 할아버지의 나이와 관련하여 골치 아픈 문제가 제기될 것이다 — 필요한 육체적 묘기가 설득력 있게 여겨질 만큼은 나이를 먹었다.

보리스와 구스타프는 깡패들에게 전투대형을 갖추는 데 필요한 시간을 줄 것이다. 그러다가 일단 파도가 밀려오면, 할아버지와 손자는 척척 손발이 맞는 팀을 이루어 사방에서 덤벼드는 깡패들을 효율적으로 처리할 것이다. 결국 공격은 끝날 테고……. 하지만 아니다. 마지막 깡패가 무시무시한 칼을 휘두르며 어둠 속에서 뛰쳐나올지도 모른다. 구스타프가 그 녀석의 목을 재빨리 강타할 테고, 그러면 전투는 마침내 끝날 것이다.

사방이 쥐 죽은 듯 조용해지면, 보리스와 할아버지는 주위에 나뒹구는 몸뚱이들을 엄격한 눈으로 둘러볼 것이다. 이윽고 구스타프가 노련한 눈으로 현장을 최종 확인한 뒤 고개를 끄덕이면, 두 사람은 해야 할 일을 했지만 그 일을 즐기지는 않은 사람의 표정으로 돌아설 것이다. 그들은 계단을 올라가 전에 살던 아파트 문에 이르면, 패배한 깡패들 — 그들 중에는 이제 신음 소리를 내거나 엉금엉금 기어서 달아나는 놈들도 있었다 — 을 마지막으로 돌아보고 나서 아파트 안으로 들어갈 것이다.

"이제 됐다." 구스타프가 문간에서 선언할 것이다. "놈들은 모두가 버렸어."

그러면 소피와 내가 걱정스러운 얼굴로 현관홀에 나타날 것이다. 보리스는 할아버지를 따라 들어오면서 덧붙일 것이다.

"하지만 아직 완전히 끝난 건 아니에요. 놈들은 다시 습격해 올 거예요. 아마 내일 아침이 되기 전에……."

이 상황 판단이 할아버지와 손자에게는 너무나 뻔해서 구태여 의논할 필요도 없지만, 소피와 나는 심한 불안감에 휩싸일 것이다.

"안 돼. 난 도저히 참을 수 없어!"

소피는 울부짖으며 그 자리에 쓰러져 흐느낄 것이다. 나는 소피를 달래려고 두 팔로 끌어안겠지만, 내 얼굴도 잔뜩 일그러져 있을 것이다. 이런 측은한 광경을 보고도 보리스와 구스타프는 경멸하는 기색을 보이지 않을 것이다. 구스타프는 나를 안심시키듯 내 어깨에 손을 올려놓고 이렇게 말할 것이다.

"걱정 말게. 보리스와 내가 여기 있겠네. 그리고 마지막 습격만 잘 막아 내면, 그걸로 습격은 영원히 끝날 걸세."

"맞아요." 보리스가 맞장구를 칠 것이다. "한 번만 더 싸우면 놈들은 끝장이에요." 그러고는 할아버지를 돌아보며 말할 것이다. "할아버지, 다음번에는 제가 놈들을 설득해 보겠어요. 얌전히 물러갈 마지막 기회를 주겠어요."

"놈들은 귓등으로도 듣지 않을 거야." 구스타프가 엄숙하게 고개를 저으면서 말할 것이다. "하지만 네 말이 옳다. 놈들한테 마지막 기회를 주어야 해."

소피와 나는 공포에 짓눌려, 서로 끌어안고 흐느끼면서 아파트 안쪽으로 더 깊이 사라질 것이다. 보리스와 구스타프는 서로를 바라보고 지겨운 듯이 한숨을 내쉰 다음, 현관문을 열고 다시 밖으로 나갈 것이다.

복도는 어둡고 조용하고 텅 비어 있을 것이다.

"좀 쉬는 게 좋겠다." 구스타프가 말할 것이다. "네가 먼저 자려무나, 보리스. 놈들이 오는 소리가 들리면 깨워 주마."

보리스는 고개를 끄덕이고 층계참에 앉아서, 현관문에 등을 기대고 당장 잠이 들 것이다.

얼마 후 보리스는 팔에 뭔가 닿는 감촉을 느끼고 벌떡 일어날 것이다. 할아버지는 이미 앞 복도에 모여든 깡패들을 노려보고 있을 것이다. 놈들은 어느 때보다도 수가 많을 것이다. 이 마지막 대결을 앞두고 전력을 보충하기 위해 시내의 온갖 으슥한 구석에서 모든 깡패들을 긁어모았기 때문이다. 이제 놈들은 모두 거기에 모여 있을 것이다. 찢어진 가죽옷이나 군용 재킷을 입고, 허리띠를 졸라매고, 쇠막대나 자전거 체인을 들고 집결해 있을 것이다. 다만 놈들도 나름대로 명예에 대한 관념을 갖고 있기 때문에 총은 가져오지 않을 것이다. 보리스와 구스타프는 천천히 계단을 내려가다가, 놈들보다 두세 단 높은 곳에서 걸음을 멈출 것이다. 이어서 보리스가 할아버지의 신호를 받아, 콘크리트 기둥 뒤까지 목소리가 울려 퍼지도록 목청을 높여 놈들에게 일장 연설을 시작할 것이다.

"우리는 그동안 수없이 너희들과 싸웠다. 이번에는 네놈들 수가 훨씬 많아진 것 같구나. 하지만 우리를 결코 이길 수 없다는 사실을 각자 속으로는 알고 있을 것이다. 그리고 이번에는 네놈들 가운데 일부가 중상을 입을지도 모른다. 그러지 않을 거라고는 할아버지도 나도 장담할 수 없다. 이 싸움에는 아무 의미도 없다. 너희들도 한때는 가정을 가지고 있었을 것이다. 어머니와 아버지. 아마 형제와 자매도 있었을 것이다. 지금 무슨 일이 벌어지고 있는지 알아주기 바란다. 우리 아파트를 네놈들이 이런 식으로 끊임없이 습격하기 때문에 우리 어머니는 공포에 떨면서 눈물로 세월을 보내고 계신다. 어머니는 한시도 긴장을 풀지 못하고 신경이 곤두서 있다. 그래서 걸핏하면 화를 내고 나를 야단치신다. 네놈들의 빈번한 습격 때문에 아버지도 오랫동안 집을 비우거나 때로는 외국으로 나가야 한다. 이게 다 네놈들이 우리 아파트를 습격한 결과다. 네놈들이 이런 짓을 하는 이유는 단지 너희들이 혈기왕성하고, 결손가정 출신이고, 분별이 없기 때문일 것이다. 지금 일어나고 있는 사태, 네놈들의 무분별한 행동이 초래한 결과를 내가 너희들에게 알려 주려고 애쓰는 것은 바로 그 때문이다. 조만간 우리 아버지는 아예 집으로 돌아오지 않게 될지도 모른다. 우리는 아예 이 아파트를 떠나 다른 곳으로 이사를 가야 할지도 모른다. 큰 호텔에서 중요한 일을 맡고 있는 우리 할아버지를 이리로 모셔 올 수밖에 없었던 것은 바로 그 때문이다. 우리는 네놈들이 이제껏 해 온 짓을 계속하도록 내버려 둘 수가 없다. 우리가 지금까지 네놈들과 싸운 것도 바로 그 때문이다. 나는 네놈들한테 사정을 설명했다. 다시 한 번 잘 생각해 보고 돌아갈 기회를 주겠다. 만약 돌아가지 않으면, 할아버지와 나는 또다시 네놈들과 싸울 수밖에 없을 것이다. 우리는 네놈들이 치명적인 상처를 입지 않도록, 잠시 기절만 하도록 최선을 다하겠지만, 대판 싸움에서는 어떤 결과가 생길지 알 수가 없다. 우리가 비록 고도의 기술을 갖고 있더라도, 네놈들 가운데 일부가 심한 타박상이나 골절상을 입지 않을 거라고 장담할 수는 없다. 그러니 기회를 놓치지 말고 얌전히 돌아가라."

구스타프는 이 연설에 흡족한 웃음을 지을 것이다. 그러고 나서 보리스와 구스타프는 눈앞에 늘어서 있는 흉측한 얼굴들을 다시 한

번 둘러볼 것이다. 상당수가 불안한 눈으로 서로를 훔쳐보고 있을 것이다. 놈들은 인간의 도리나 분별보다는 오히려 두려움 때문에 공격을 재고할 것이다. 하지만 그때 놈들의 두목—소름 끼칠 만큼 무시무시하고 험상궂은 얼굴을 한 녀석—이 도전적으로 으르렁거리는 소리를 내기 시작할 테고, 이것은 서서히 부하들 사이로 퍼져 갈 것이다. 그러면 놈들은 앞으로 달려들 것이다. 보리스와 구스타프는 재빨리 응전 태세를 취하고, 서로 등을 맞댄 대형으로 교묘하게 움직이면서, 태권도와 그 밖의 격투기를 결합하여 면밀히 개발한 독자적인 무술을 선보일 것이다. 깡패들은 사방에서 공격해 오겠지만, 경악과 공포가 뒤섞인 비명을 지르며 나동그라지거나 비틀거리거나 저만치 날아가 버리는 게 고작일 것이다. 그리하여 다시 한 번 복도 바닥은 의식을 잃고 쓰러진 몸뚱이들로 뒤덮일 것이다. 그 후 몇 분 동안 보리스와 구스타프는 나란히 서서, 깡패들이 꿈틀거리기 시작할 때까지 조심스레 지켜보며 기다릴 것이다. 놈들이 의식을 되찾아 신음 소리를 내거나 자기가 어디에 있는지를 알려고 고개를 흔들기 시작하면, 구스타프가 앞으로 한 발짝 나서서 말할 것이다.

"자, 이제는 가거라. 더 이상 싸우지 말기로 하자. 이 아파트를 그냥 내버려 두어라. 이 아파트는 네놈들이 습격을 시작하기 전에는 아주 행복한 가정이었다. 또다시 돌아오면, 내 손자와 나는 네놈들을 뼈도 못 추리게 만들 수밖에 없을 것이다."

이 연설은 할 필요도 없었다. 깡패들은 철저히 패배했다는 것, 더 심하게 다치지 않은 것만도 천만다행이라는 것을 알 것이기 때문이다. 놈들은 간신히 몸을 일으켜, 둘씩 셋씩 짝을 지어 서로 부축하면서, 대개는 고통스러운 신음 소리를 내면서, 다리를 절뚝거리며 떠나갈 것이다.

마지막 깡패가 다리를 절뚝이며 사라지고 나면, 보리스와 구스타프는 말없이 흐뭇한 눈짓을 나누고는 아파트로 돌아갈 것이다. 보리스와 구스타프가 집 안으로 들어오면, 소피와 나는 — 우리는 창문으로 그 광경을 모두 목격했을 것이다 — 기쁨에 넘쳐 그들을 맞이할 것이다.

"고맙게도 이제 다 끝났군." 나는 들뜬 목소리로 말할 것이다. "정말 잘됐어."

"나는 벌써 잔칫상을 차리기 시작했어요." 소피는 이제 모든 긴장이 사라진 얼굴로 흐뭇한 미소를 지으며 말할 것이다. "보리스, 고맙다. 아버지, 정말 고맙습니다. 오늘 밤에는 우리 모두 보드게임을 하는 게 어때요?"

"나는 가 봐야 할 것 같다." 구스타프가 말할 것이다. "호텔에 할 일이 많아. 또 무슨 문제가 생기면 알려 다오. 하지만 이젠 더 이상 문제가 없을 거야."

우리는 계단을 내려가는 구스타프에게 손을 흔들 것이다. 그러고 나서 문을 닫고, 보리스와 소피와 나는 즐거운 저녁 시간을 보내기 위해 편안히 자리를 잡을 것이다. 소피는 신나게 노래를 부르며 부엌에서 식사를 준비할 테고, 보리스와 나는 거실 바닥에 모로 누워 보드게임에 열중할 것이다. 한 시간쯤 논 뒤, 소피가 방을 나간 틈에, 나는 갑자기 진지한 표정으로 보리스를 쳐다보며 나직이 말할 것이다.

"고맙다, 보리스. 이젠 전처럼 살 수 있어. 전처럼."

"보세요!" 보리스가 외쳤다. 나는 보리스가 다시 내 옆에 서서 벽 너머를 가리키고 있는 것을 보았다. "저기요! 킴 이모예요!"

분명히 저 아래 땅바닥에서 한 여자가 우리의 눈길을 끌려고 미친 듯이 손을 흔들고 있었다. 초록색 카디건 앞자락을 단단히 여며 잡고, 머리카락은 어지럽게 사방으로 휘날리고 있었다. 우리가 마침내 자기를 발견한 것을 알아차리고는 뭐라고 외쳤지만, 그 목소리는 바람 소리에 묻혀 들리지 않았다.

"킴 이모!" 보리스가 외쳤다.

여자는 손짓을 하면서 또다시 뭐라고 외쳤다.

"내려가요."

보리스가 말하고는 갑자기 들뜬 태도로 앞장서서 달려가기 시작했다.

나는 콘크리트 계단을 한꺼번에 몇 단씩 뛰어 내려가는 보리스를 따라갔다. 1층에서 건물 밖으로 나오자마자 바람이 엄청난 기세로 우리를 후려쳤지만, 그래도 보리스는 그 여자를 위해 마치 낙하산으로 착륙한 것처럼 비틀거리는 동작을 연기해 보였다.

'킴 이모'는 마흔 살쯤 된 땅딸막한 여자였다. 약간 엄격한 얼굴은 분명 낯이 익었다.

우리가 다가가자 그녀가 말했다.

"둘 다 귀가 먹은 모양이야. 두 사람이 버스에서 내리는 걸 보고 계속 불러 댔는데, 못 들었어요? 그래서 두 사람을 데려가려고 이리로 내려왔지만 도무지 찾을 수가 있어야지."

"저런." 내가 말했다. "우린 아무 소리도 못 들었어. 그렇지, 보리스? 바람 때문일 거야. 그러니까……" 나는 주위를 둘러보았다. "처제는 처제네 아파트에서 우리를 지켜보고 있었어?"

땅딸막한 여자는 우리를 내려다보고 있는 수많은 창문들 가운데 하나를 막연히 가리켰다. "얼마나 불러 댔다고요." 그러고는 보리스를 돌아보며 말했다. "네 엄마도 저기에 계셔."

"엄마가요?"

"당장 올라가는 게 좋겠다. 너를 무척 보고 싶어 하시니까. 그리고 엄마는 오후 내내 요리를 했어. 네가 오늘 밤에 집에 오면 멋진 잔치를 벌일 준비를 하고 있지. 믿기지 않겠지만, 네가 좋아하는 음식은 다 준비했다더라. 네 엄마가 무엇 무엇을 준비했는지 전부 다 말해 주었어. 그러고 나서 창문으로 밖을 내다보았는데, 둘이 마침 버스에서 내리더구나. 나는 30분 동안이나 두 사람을 찾아다니느라 온몸이 꽁꽁 얼어 버렸어. 그런데 여기 이렇게 계속 서 있어야 하니?"

그녀는 손을 내밀고 있었다. 보리스는 그 손을 잡았고, 우리는 그녀가 가리킨 건물 쪽으로 걸어가기 시작했다. 그 건물이 가까워지자 보리스는 앞으로 달려가 방화문을 열고 안으로 사라졌다. 땅딸막한 여자와 내가 다가갔을 때, 문은 서서히 닫히고 있었다. 그녀가 문을 열어 주면서 말했다.

"형부는 지금 어딘가 다른 곳에 있어야 하는 거 아닌가요? 언니가 그러는데, 오후 내내 집 전화통에 불이 났대요. 사람들이 형부를 찾으려고 난리가 났나 봐요."

"그게 정말이야? 하지만 보다시피 난 여기 있어." 나는 짧게 웃었다. "내가 보리스를 이리로 데려왔지."

여자는 어깨를 으쓱했다.

"형부 일은 형부가 알아서 하겠죠."

우리는 희미한 불이 켜진 계단실 밑바닥에 서 있었다. 옆벽에는 우편함과 소화전이 있었다. 첫 번째 층계 — 우리 위에는 그런 층계가 적어도 다섯 개는 더 있었다 — 를 올라가기 시작하자, 층계를 뛰어 올라가는 보리스의 타닥거리는 발소리가 위에서 들려왔다. 이윽고 보리스가 외치는 소리가 들렸다. "엄마!" 기쁨에 넘친 외침과 타닥거리는 발소리가 들리고, 이어서 소피의 목소리가 들려왔다. "오오, 얘야!" 그녀의 목소리가 뭔가에 감싸인 듯 약해진 걸 보면, 두 사람은 서로 끌어안고 있는 게 분명했다. 땅딸막한 여자와 내가 층계참에 도착했을 때, 보리스와 소피는 이미 아파트 안으로 사라진 뒤였다.

"집 안이 엉망진창이라 미안해요." 여자가 나를 집 안으로 안내하면서 말했다.

나는 작은 현관홀을 지나, 단순한 가구들로 꾸며진 거실로 들어갔다. 커다란 붙박이 통유리창이 그 방을 압도하고 있었다. 내가 들어갔을 때 소피와 보리스는 그 유리창 앞에 나란히 서 있었다. 잿빛 하늘을 배경으로 서 있는 그들의 모습은 거의 실루엣으로 보였다. 소피는 나에게 잠깐 미소를 지어 보이고는 다시 보리스와 이야기를 나누기 시작했다. 그들은 뭔가에 들떠 있는 듯했고, 소피는 보리스의 어깨를 계속 끌어안고 있었다. 그들이 창밖을 가리키고 있는 것을 보고, 나는 소피가 아까 땅딸막한 여자와 함께 우리를 발견한 이야기를 하고 있는 모양이라고 짐작했다. 하지만 가까이 다가가자 소피가 이렇게 말하는 소리가 들렸다.

"그래, 정말이야. 사실상 준비는 다 끝났어. 이제 몇 가지 음식을 데우기만 하면 돼. 쇠고기 파이 같은 것……."

보리스가 뭐라고 말했지만 내 귀에는 들리지 않았다. 소피가 그 말에 대꾸했다.

"물론이지. 네가 원하는 건 뭐든지 하자꾸나. 식사를 끝내면 무슨 놀이를 하고 싶은지 골라 봐."

보리스는 미심쩍은 듯이 어머니를 쳐다보았다. 나는 보리스가 조심스러운 태도를 취하고 있다는 것, 그래서 소피가 원했던 만큼 들뜨지 못하고 있다는 것을 알아차렸다. 보리스가 방의 다른 쪽으로 가 버리자, 소피는 나에게 다가와서 슬픈 듯이 고개를 저었다.

"미안해요." 그녀가 조용히 말했다. "아무짝에도 쓸모없는 집이었어요. 지난달에 본 집보다도 형편없더라고요. 벼랑 끝에 서 있어서 전망은 기가 막히지만, 별로 튼튼하질 못해요. 마이어 씨도 결국 내 의견에 동의했죠. 그 사람 말로는, 강풍이 불면 지붕이 내려앉을 수도 있대요. 어쩌면 앞으로 몇 년 안에 그렇게 될지도 모른다지 뭐예요. 나는 곧장 돌아와서 11시쯤에는 벌써 집에 도착해 있었어요. 미안해요. 실망하셨군요."

그녀는 보리스를 힐끔 돌아보았다. 보리스는 선반 위에 놓여 있는 휴대용 카세트를 살펴보고 있었다.

"낙담할 필요는 없어." 나는 한숨을 내쉬며 말했다. "곧 다른 집을 찾아낼 수 있겠지."

"하지만 나는 생각했어요. 돌아오는 버스 안에서요. 집이 있든 없든, 지금 당장 우리가 함께 온갖 일을 시작하지 못할 이유는 전혀 없다고……. 그래서 집에 돌아오자마자 요리를 시작했죠. 오늘 밤에는 근사한 잔치를 벌일 수 있다고 생각했어요. 우리 셋이서. 내가 어렸을 때, 엄마가 병들기 전에 우리에게 어떻게 해 주셨는지를 생각해 냈죠. 엄마는 다양한 음식을 조금씩 많이 만들어서 우리가 마음대로 골라 먹을 수 있도록 차려 놓곤 했어요. 정말 멋진 저녁이었죠. 그래서 나는 생각했어요. 우리도 오늘 밤에 그러지 못할 이유는 전혀 없다고……. 우리 셋이서 말이에요. 전에는 한 번도 그런 생각을 하지 않았어요. 부엌이 그 모양이니까요. 하지만 부엌을 찬찬히 둘러보고, 내가 어리석었다는 걸 깨달았죠. 물론 이상적인 부엌과는 거리가 멀지만, 그래도 많은 게 작동돼요. 그래서 요리를 시작했어요. 오후 내내 요리를 했죠. 그리고 거의 모든 음식을 만들 수 있었어요. 보리스가 좋아하는 건 전부 다 만들었죠. 음식은 저기서 우리를 기다리고 있어요. 이제 데우기만 하면 돼요. 오늘 밤에는 멋진 잔치를 벌이자고요."

"좋지. 기대가 되는걸."

"그 아파트에서도 우리가 못 할 이유는 전혀 없어요. 게다가 당신은 늘 이해심이 많았으니까요. 모든 것에 대해서……. 나는 내내 그런 생각을 했어요. 돌아오는 버스 안에서요. 우리는 이제 과거를 잊어버려야 해요. 다시 함께 시작해야 해요. 즐거운 일들을……."

"그래. 당신 말이 맞아."

소피는 잠시 동안 창밖을 내다보다가 말했다.

"어머나, 하마터면 잊을 뻔했네. 그 여자한테서 몇 번이나 전화가 왔어요. 내가 요리하는 동안 내내요. 슈트라트만 양 말이에요. 당신이 어디 있는지 아느냐고 묻더군요. 그 여자와 연락이 되셨나요?"

"슈트라트만 양? 아니. 그 여자가 뭐라고 했는데?"

"당신의 오늘 스케줄에 문제가 생겼다는 것 같았어요. 태도는 아주 정중했고, 나를 귀찮게 한 걸 계속해서 사과하더군요. 그 여자는 당신이 모든 일을 잘 처리할 줄 믿는다고, 그냥 확인하기 위해 전화하는 거라고, 그것뿐이라고, 자기는 조금도 걱정하지 않는다고 했어요. 하지만 15분만 지나면 또 전화벨이 울렸고, 받아 보면 또 그 여자지 뭐예요."

"그거라면 걱정할 일은 아니야. 그런데…… 그 여자는 내가 당연히 가야 할 곳에 가지 않고 엉뚱한 곳에 가 있다고 생각하는 모양이지?"

"그 여자가 도대체 무슨 말을 한 건지, 나도 잘 모르겠어요. 태도는 아주 친절했지만, 줄기차게 전화를 걸었죠. 때문에 닭고기 파이를 너무 구워 버렸어요. 그리고 마지막으로 전화했을 때는 나더러 묻더군요. 리셉션에 갈 거냐고. 카르빈스키 미술관에서 오늘 저녁에 리셉션이 열린대요. 당신은 나한테 그 얘기를 안 했지만, 그 여자는 나도 초대한 것처럼 말했어요. 그래서 나는 그렇다고, 그 리셉션에 큰 기대를 걸고 있다고 대답했죠. 그러자 그 여자는 보리스도 갈 거냐고 묻더군요. 그래서 나는 그렇다고, 보리스도 가고 당신도 갈 거라고, 당신도 거기에 큰 기대를 걸고 있다고 말했죠. 그러자 그 여자는 안심한 것 같았어요. 자기는 걱정하지 않는다고, 혹시나 해서 그냥 물어본 것뿐이라고 하더군요. 전화를 끊고 나서, 처음에는 좀 실망했어요. 그 리셉션 때문에 우리 잔치가 방해를 받을지도 모른다는 생각이 들었거든요. 하지만 리셉션에 간다 해도, 그 전에 모든 준비를 미리 끝내 둘 시간이 있다는 걸 깨달았죠. 거기에 오래 머물 필요가 없다면, 우리 셋이 함께 리셉션에 갔다가 일찌감치 돌아와서 함께 저녁을 즐길 수 있다고 생각했어요. 그리고 그건 정말 좋은 일이라고 생각했죠. 그런 리셉션에 가는 건 나한테도 보리스한테도 아주 좋은 일이라고…….” 그녀는 우리 쪽으로 다가온 보리스에게 갑자기 손을 뻗어 거칠게 끌어안았다. “보리스, 너는 큰 인기를 모을 거야. 안 그래? 그 사람들한테 신경 쓸 필요는 없어. 그냥 자연스럽게 행동하면 돼. 그러면 정말 즐거울 거야. 너는 대단한 인기를 얻을 거야. 그러다 보면 어느새 집에 돌아올 시간이 될 테고, 우리는 집에 돌아와서 정말로 멋진 저녁을 보내게 될 거야. 우리 셋이서만. 나는 모든 걸 준비해 두었어. 네가 좋아하는 음식은 모두 만들어 놨단다.”

보리스는 지겨운 듯 버둥거리며 엄마 품에서 빠져나가 다시 가 버렸다. 소피는 미소 띤 얼굴로 보리스를 바라보다가 내 쪽으로 고개를 돌리며 말했다.

“당장 출발하는 게 낫지 않을까요? 여기서 카르빈스키 미술관까지 가려면 시간이 좀 걸릴 거예요.”

“그래.” 나는 손목시계를 들여다보았다. “그래, 당신 말이 맞아.” 나는 방으로 돌아온 땅딸막한 여자 쪽으로 돌아섰다. “어떤 버스를 타야 하지? 카르빈스키 미술관으로 가려면 말이야. 그 버스가 곧 올까?”

“카르빈스키 미술관이요?” 땅딸막한 여자는 나에게 경멸조의 눈길을 던지고 나서 말했다. 냉소적인 말을 덧붙이지 않은 것은 보리스가 옆에 있기 때문인 듯했다. “그 미술관까지 직접 가는 버스는 없어요. 우선 시내 중심가로 돌아가는 버스를 타고 간 다음, 도서관 앞에서 전차를 기다려야 할 거예요. 그런데 그렇게 가서는 제시간에 도착할 수 없어요.”

“그럼 어쩌지! 거기까지 가는 버스가 있을 줄 알았는데.”

땅딸막한 여자는 또다시 경멸하는 표정을 짓고 나서 말했다.

"내 차로 가세요. 오늘 저녁에는 차를 쓸 일이 없을 테니까요."

"고마워. 하지만……."

"허튼소리는 그만둬요. 카르빈스키 미술관까지 제시간에 갈 수 있는 방법은 그것뿐이에요. 차를 타고 간다 해도, 지금 당장 출발해야 할 거예요."

"그래. 나도 그렇게 생각하고 있었어. 하지만 처제한테 불편을 주고 싶진 않아."

"책 상자 몇 개만 차에 싣고 가 주면 돼요. 내일 버스를 타고 시내에 들어가야 한다면 책 상자를 들고 갈 수는 없을 테니까요."

"물론이지. 우리가 할 수 있는 일이면 뭐든지 다 하겠어."

"책 상자는 내일 아침에 헤르만 로트네 가게로 가져다주면 돼요. 10시 전이면 아무 때나 괜찮아요."

"걱정 마." 내가 대답하기도 전에 소피가 말했다. "그 일은 내가 책임지고 처리할 테니까. 정말 고마워."

"됐어. 그럼 이제 움직이기 시작하는 게 좋겠어. 애, 보리스." 땅딸막한 여자가 보리스에게 손짓을 했다. "내가 책을 싣는 걸 좀 도와줄래?"

그 후 몇 분 동안 나는 창가에서 혼자 전망을 내다보며 서 있었다. 다른 사람들은 침실로 사라졌고, 등 뒤에서 그들이 재잘거리며 웃는 소리가 들려왔다. 나도 침실에 들어가 그들을 도와주어야 한다는 생각이 문득 들었지만, 그보다는 이 기회에 오늘 저녁 행사에 대한 생각을 정리해 두는 편이 더 중요하다는 것을 깨닫고 계속 인공호수를 내려다보고 있었다. 몇몇 아이들이 호수 건너편에 있는 울타리를 향해 공을 차기 시작했지만, 그들을 빼면 호숫가는 텅 비어 있었다.

마침내 땅딸막한 여자가 나를 부르는 소리가 들렸다. 떠날 준비가 끝난 모양이었다. 소피와 보리스를 찾으러 현관홀로 들어가 보니, 두 사람은 골판지 상자를 하나씩 들고 벌써 복도로 나가는 중이었다. 두 사람은 층계를 내려가면서 뭔가에 대해 말다툼을 하기 시작했다.

땅딸막한 여자는 현관문을 열고 내가 나가기를 기다리고 있었다.

"언니는 단단히 결심했어요. 오늘 밤에는 모든 일이 잘돼야 한다고." 그녀가 낮은 소리로 말했다. "그러니까 언니를 또다시 실망시키지 마세요."

"걱정 마. 틀림없이 만사가 잘되도록 할 테니까."

그녀는 엄격한 눈으로 나를 바라보고는 돌아서서 열쇠를 쩔렁거리며 층계를 내려갔다.

나는 그녀를 따라갔다. 우리가 두 번째 층계를 내려가고 있을 때, 어떤 여자가 지친 걸음으로 올라오고 있는 것이 보였다. 그 여자는 "실례합니다." 하고 중얼거리면서 땅딸막한 여자 옆을 지나쳤다. 나는 지나친 뒤에야 그 여자가 피오나 로버츠라는 것을 깨달았다. 그녀는 아직도 검표원 제복을 입고 있었다. 그녀도 마지막 순간에야 나를 알아본 듯싶었지만—층계 불빛이 너무 어두웠다—지친 듯이 돌아서서 금속 난간에 한 손을 얹고 말했다.

"여기 있었구나. 이렇게 시간을 맞춰 와 주어서 정말 고마워. 약속했던 것보다 시간이 오래 걸려서 미안해. 노선 변경으로 동회귀선 전차를 탔기 때문에 내 근무 시간이 훨씬 길어졌지 뭐야. 오래 기다리진 않았겠지."

"천만에." 나는 층계를 한두 계단 도로 올라갔다. "오래 기다리진 않았어. 하지만 불행히도 내 일정이 너무 빡빡해져서……."

"괜찮아. 필요 이상으로 시간을 빼앗진 않을 테니까. 실은 너한테 말해 둘 게 있는데, 아까도 말했듯이 그 여자들한테 전화를 걸었어. 쉬는 시간에 역 매점에서 전화를 걸었지. 친구와 함께 찾아가겠다고. 하지만 그 친구가 '너'라고는 말하지 않았어. 처음에는 우리가 합의한 대로 말할 작정이었지. 하지만 우선 트루데한테 전화를 걸었는데, '아아, 예. 당신이군요.' 하는 그 여자 목소리를 듣자마자 생각이 바뀌었어. 잔뜩 생색을 내는 그 거만한 목소리를 들으니까 울화가 치밀지 뭐야. 그 여자가 온종일 나에 대해 얼마나 수다를 떨었는지 알 수 있었어. 계속 전화통을 붙잡고 잉게나 다른 여자들과 어젯밤 일을 재잘거리면서, 나를 동정하는 척, 어젯밤에는 얼마나 동정심을 가지고 나를 대해야 했는지를 얘기하고, 나는 결국 환자나 마찬가지니까 친절하게 대하는 게 자기네 의무라고 떠들어 댔겠지. 하지만 나를 재단에 그대로 둘 수는 물론 없을 거야. 나 같은 사람을 어떻게 재단에 둘 수 있겠어? 그 여자들은 오늘 즐거웠을 거야. 내 전화를 받자마자 '아아, 예. 당신이군요.' 하고 되받는 말투에서 나는 오늘 그 여자들 사이에 오간 얘기를 단박에 읽을 수 있었어. 그래서 생각했지. 그렇다면 좋다. 아무 예고도 하지 말자. 내 말을 믿지 않으면 어떻게 되는지 두고 보자. 문을 열고 내 옆에 서 있는 사람이 누군지 알았을 때, 네년이 당황해서 쩔쩔맸으면 좋겠다. 네년이 가장 형편없는 옷을 입고 있었으면 좋겠다. 화장을 지워서 코 옆의 사마귀가 그대로 드러나 있었으면 좋겠다. 네년이 종종 하는 대로 머리를 뒤로 빗어 넘겨 핀을 꽂고 있었으면 좋겠다. 그렇게 하면 적어도 열다섯 살은 더 늙어 보이니까. 그리고 네년 아파트가 엉망진창으로 보였으면 좋겠다. 네년이 읽는 그 시시껄렁한 잡지들, 스캔들만 다루는 신문과 싸구려 연애소설이 어수선하게 흩어져 있었으면 좋겠다. 너는 너무 당황해서 무슨 말을 해야 할지 모를 거야. 난감해서 쩔쩔매겠지. 그래서 저도 모르게 허튼소리를 잇달아 지껄여 사태를 더욱 악화시킬 거야. 너는 다과를 내놓으려고 하겠지만, 모든 게 부족한 것을 알고는 어쩔 줄 모르겠지. 내 말을 믿지 않은 게 어리석었다고 뼈저리게 후회할 거야. 나는 그렇게 해 주기로 작정했어. 그래서 트루데한테 말하지 않은 거야. 아니, 트루데만이 아니라 아무한테도 말하지 않았어. 그냥 친구와 함께 찾아가겠다고만 말했지." 피오나는 말을 끊고 마음을 조금 가라앉히고 나서 말을 이었다. "미안해. 내 말이 너무 앙심에 찬 것처럼 들리지 않았으면 좋겠어. 하지만 나는 온종일 복수를 갈망하고 있었어. 내가 오늘 하루를 버틸 수 있었던 것은 그 덕분이야. 그걸 생각하면, 그 많은 차표를 검표하는 일도 그리 힘들지 않았어. 승객들은 내가 왜 눈을 반짝이며 돌아다니는지 궁금했을 거야. 그런데 네 일정이 빡빡하다면, 지금 당장 시작해야겠구나. 우선 트루데의 집으로 가자. 잉게는 트루데와 함께 있을 거야. 이 시간에는 대개 거기에 있으니까, 먼저 두 사람을 한꺼번에 처리할 수 있어. 다른 여자들한테는 별로 관심이 없어. 그 두 여자가 어떤 표정을 지을지, 난 그게 보고 싶을 뿐이야. 자, 어서 가자."

그녀는 힘차게 층계를 올라갔다. 좀 전의 지친 모습은 씻은 듯이 사라져 버렸다. 계단은 끝없이 계속되는 것 같았다. 마침내 나는 헐떡거리기 시작했다. 그러나 피오나는 전혀 힘든 기색을 보이지 않았다. 계단을 올라가면서 그녀는 사방에서 사람들이 우리 대화를 듣고 있을지도 모른다고 생각하는 듯 낮은 소리로 이야기를 계속했다.

“그 여자들한테 너무 많은 얘기를 할 필요는 없어. 몇 분 동안 그 여자들이 너한테 알랑거리며 비위를 맞추게만 하면 돼. 물론 너는 부모님 얘기를 꺼내고 싶을지도 모르지만…….”

마침내 계단을 벗어났을 때, 나는 숨이 너무 차서 — 내 가슴은 실제로 헐떡이는 소리를 내고 있었다 — 주위에 관심을 기울일 여유가 없었다. 나는 피오나가 어두컴컴한 복도를 따라 수많은 문들을 지나가는 것을 알아차렸다. 그녀는 내가 겪고 있는 어려움 따위는 아랑곳하지 않은 채 앞장서서 씩씩하게 걷고 있었다. 그러다가 문득 걸음을 멈추고 어떤 문을 두드렸다. 겨우 그녀를 따라잡은 뒤, 나는 숨을 돌리기 위해 문틀에 한 손을 짚고 고개를 숙여야 했다. 문이 열렸을 때, 나는 우쭐해진 피오나 옆에서 약간 쭈글쭈글한 모습을 보이고 있었을 게 분명하다.

“트루데.” 피오나가 말했다. “친구하고 같이 왔어요.”

나는 간신히 허리를 펴고 애써 상냥한 미소를 지어 보였다.

16

문을 열어 준 사람은 짧은 백발에 포동포동한 몸매를 가진 쉰 살 남짓한 여자였다. 그녀는 후줄근한 분홍색 잠바와 헐렁한 줄무늬 바지를 입고 있었다. 트루데는 잠깐 나에게 눈길을 던졌지만, 이상한 점은 전혀 알아차리지 못하고 다시 피오나를 돌아보며 말했다.

"아아, 그래요. 들어오는 게 좋을 것 같군요."

생색내는 태도가 빤히 드러나 보였지만, 그것은 피오나의 기대를 오히려 높여 준 것 같았다. 피오나는 트루데를 따라 집 안으로 들어가면서 나에게 회심의 미소를 보냈다.

작은 현관홀로 들어가자 피오나가 물었다.

"잉게도 와 있나요?"

"그럼요. 우린 외출했다가 방금 돌아온 참이에요. 실은 알려 줄 게 아주 많아요. 그런데 당신이 마침 찾아왔으니까 우리가 가져온 소식을 맨 먼저 듣게 됐군요. 참 운도 좋으셔라."

이 마지막 말에 빈정거림이 담겨 있는 것 같지는 않았다. 이어서 트루데는 우리를 작은 현관홀에 세워 둔 채 어떤 방으로 사라졌다. 그녀의 말소리가 들려왔다.

"잉게, 피오나가 왔어. 친구랑 같이. 오늘 오후에 있었던 일을 피오나한테 들려줘야 할 것 같아."

"피오나라고요?" 잉게의 목소리는 좀 화가 난 것처럼 들렸다. 그러나 그녀는 애써 화를 가라앉히고 말했다. "그럼 들어오게 해야겠군요."

둘 사이에 오가는 대화를 들으면서 피오나는 다시금 들뜬 얼굴로 나에게 미소를 보냈다. 그때 트루데가 문간에서 고개만 내밀고 우리를 거실로 불러들였다.

그 방은 크기와 모양이 땅딸막한 여자네 집 거실과 비슷했지만, 가구는 한결 장식적이고 꽃무늬가 두드러졌다. 어쩌면 그것은 이 아파트가 다른 방향을 향하고 있기 때문이거나, 바깥 하늘이 좀 맑아졌기 때문인지도 모른다. 어쨌든 오후의 햇살이 커다란 창문을 통해 쏟아져 들어오고 있었다. 나는 햇빛 속으로 들어가면서, 두 여자가 나를 알아보고 깜짝 놀랄 거라고 생각했다. 피오나도 똑같은 기대를 품고 있는 게 분명했다. 자기 때문에 충격 효과가 줄어들지 않도록 주의 깊게 한쪽으로 비켜섰기 때문이다. 그러나 트루데도 잉게도 놀라움을 나타내는 것 같지 않았다. 그들은 무심한 눈길을 나에게 힐끔 던졌을 뿐이다. 트루데가 약간 차가운 태도로 의자를 권했다. 우리는 좁은 소파에 나란히 앉았다. 피오나는 처음에는 당황했지만, 이 예기치 않은 사태가 진실이 드러나는 순간의 충격 효과를 높이는 데 오히려 도움이 될 수 있다고 결론지은 것 같았다. 그녀는 또다시 나에게 유쾌한 웃음을 던졌다.

"내가 말할까요? 아니면 언니가 말하고 싶으세요?" 잉게가 트루데에게 묻고 있었다.

"아니, 자네가 말해, 잉게. 당연히 자네가 말해야지." 트루데가 말했다. 말하는 투로 보아, 자기보다 연하인 잉게를 꽤나 존경하고 있는 게 분명했다. 그녀는 우리를 돌아보면서 말을 이었다. "하지만 피오나, 아직은 사람들한테 떠들고 다니면 안 돼요. 오늘 밤 모임이 열릴 때까지는 비밀로 해 두었다가 사람들을 깜짝 놀라게 해 주고 싶으니까. 그래야 공평하죠. 아니, 오늘 밤 모임에 대해 말하지 않았던가요? 어쨌든 방금 말했으니까 됐네요. 시간 있으면 와요. 하지만 친구가 당신네 집에서 지내려고 왔으니까……" 그녀는 고갯짓으로 나를 가리켰다. "당신이 오지 못해도 우리는 충분히 이해할 거예요. 잉게, 자네가 말해. 당연히 자네가 말해야지."

"피오나, 당신도 틀림없이 흥미를 느낄 거예요. 오늘은 정말이지 가슴 설레는 날이었어요. 폰 브라운 씨가 오늘 낮에 우리를 사무실로 초대했지 뭐예요. 라이더 씨 부모님을 우리가 어떻게 보살필 계획인지, 그 문제를 직접 의논하고 싶다면서 말이에요. 아니, 몰랐나요, 피오나? 당신은 모든 걸 알고 있는 줄 알았는데. 어쨌든 그분과의 면담이 어떻게 진행되었는지도 오늘 밤 모임에서 자세히 보고할 거예요. 지금은 그 면담이 아주 유쾌했다는 것만 말해 둘게요. 면담을 생각보다 좀 일찍 끝내야 했던 게 유감이긴 했지만요. 폰 브라운 씨는 그 점에 대해 얼마나 미안해했는지 몰라요. 우리가 오히려 민망할 정도였다니까요. 그렇죠, 언니? 폰 브라운 씨는 일찍 나가 봐야 하는 걸 몹시 미안해했지만, 그 이유를 알고는 우리도 충분히 이해했답니다. 동물원을 방문해야 하는 아주 중요한 일정이 잡혀 있었거든요. 피오나, 당신은 웃을지 모르지만, 그건 통상적인 동물원 방문이 아니었어요. 고위층 인사들—거기에는 폰 브라운 씨도 당연히 포함되죠—이 브로즈키 씨를 동물원에 데려가기로 되어 있었던 거예요. 브로즈키 씨가 동물원에 가 본 적이 한 번도 없었대요. 하지만 중요한 건 콜린스 여사를 설득해서 거기로 오게 했다는 거예요. 동물원으로! 그 얘기를 듣자마자 우리는 이구동성으로 말했답니다. 브로즈키 씨는 적어도 그만한 보답을 받을 자격이 충분하다고. 콜린스 여사는 공직자 일행이 도착하기 전에 미리 동물원에 나와 약속 장소에서 기다리기로 되어 있었대요. 그러면 높은 분들은 우연히 마주친 것처럼 콜린스 여사와 만나고, 콜린스 여사는 브로즈키 씨와 대화를 나눈다는 거죠. 그렇게 하기로 사전 합의가 다 되어 있었대요. 그걸 상상할 수 있겠어요? 그렇게 오랜 세월이 흐른 뒤에 두 사람이 만나서 이야기를 나누다니! 우리는 면담을 짧게 끝낼 수밖에 없는 이유를 '충분히' 이해한다고 말했지만, 폰 브라운 씨는 친절하게도 그 점을 몹시 안타깝게 여기고 이렇게 말했답니다. '두 분도 함께 동물원에 가시지 않겠습니까? 공직자 일행에 끼워 달라고 부탁할 수는 없지만, 조금 떨어진 곳에서 지켜볼 수는 있을 겁니다.' 그래서 우리는 그거야말로 가슴 설레는 일일 거라고 말했죠. 그러자 그분은 말했어요. '물론 내가 말씀드린 대로 하신다면, 두 분은 브로즈키 씨가 그토록 오랜만에 아내와 재회하는 장면을 목격할 수 있을 뿐 아니라……' 여기서 폰 브라운 씨는 잠시 말을 끊었어요. 그랬죠, 언니? 잠깐 말을 끊었다가 이렇게 덧붙이는 거예요. '라이더 씨를 가까이에서 볼 수도 있을 겁니다. 라이더 씨는 친절하게도 공직자 일행에 참가하기로 동의하셨거든요. 장담할 수는 없지만,

적당한 기회가 오면 두 분께 신호를 보낼 테니까 우리 쪽으로 오세요. 그러면 내가 두 분을 라이더 씨한테 소개해 드릴 수도 있을 겁니다.' 우리는 너무 놀라서 말도 나오지 않을 정도였답니다. 하지만 나중에 집으로 돌아오면서 생각해 보니, 지금도 서로 그렇게 말하고 있었지만, 좀 더 차분하게 생각해 보면 실은 그렇게 놀랄 일도 아니었어요. 어쨌든 우리는 지난 몇 년 동안 북경 사람들을 위해 깃발도 만들고 앙리 르두의 오찬회에 쓸 샌드위치를 만드느라 온갖 고생을 다 하면서 사회적 지위가 상당히 높아졌으니까요."

"북경 발레단은 진정한 전환점이었어." 트루데가 끼어들었다.

"그래요. 그게 전환점이었죠. 하지만 우리는 한 번도 멈춰 서서 거기에 대해 생각하지 않고, 그저 앞으로만 내달렸죠. 열심히 덤벼들어 정신없이 일하느라, 우리가 그동안 모든 사람들에게 얼마나 높은 평가를 받게 되었는지를 깨닫지 못한 것 같아요. 솔직하게 말해서, 사실 우리는 이제 이 도시의 생활에서 아주 중요한 일부가 되었어요. 이런 사실을 우리는 진작 깨달았어야 했어요. 이젠 우리도 이런 현실을 직시해야 한다고요. 폰 브라운 씨가 우리를 사무실로 초대해서 그런 제의를 한 이유도 바로 그거예요. 그분은 이렇게 말했답니다. '적당한 기회가 오면 두 분을 라이더 씨한테 소개하겠습니다. 두 분을 만나면 라이더 씨도 무척 기뻐하실 겁니다. 특히 두 분은 라이더 씨의 부모님을 보살펴 드리기로 되어 있는데, 그건 라이더 씨한테 가장 큰 관심사니까요.' 그렇죠, 언니? 하기야 우리는 늘 말해 왔어요. 이런 임무를 맡게 되면 라이더 씨를 소개받을 가능성이 많다고. 하지만 그 기회가 이렇게 빨리 올 줄은 미처 예상치 못했기 때문에 굉장히 흥분했죠. 피오나, 왜 그래요?"

내 옆에 앉은 피오나는 청산유수 같은 잉게의 장광설에 끼어들고 싶은 나머지 안달거리며 몸을 들썩이고 있었다. 잉게가 잠시 말을 멈추자, 피오나는 내 팔을 쿡 찌르며 "지금이야! 지금이 기회라니까!" 하고 말하는 듯한 눈짓을 보냈다. 불행히도 나는 계단을 급히 올라온 탓에 아직도 숨이 가쁜 상태였고, 아마 그래서 잠시 머뭇거렸을 것이다. 어쨌든 세 여자가 모두 나를 빤히 바라보는 어색한 순간이 흘러갔다. 그래도 내가 아무 말도 하지 않자, 잉게가 말을 이었다.

"괜찮다면 하던 얘기를 마저 끝낼게요. 물론 당신도 우리한테 들려주고 싶은 얘기가 많을 테죠. 우리가 시내에서 그런 일을 겪고 있는 동안, 당신도 전차에서 재미난 하루를 보냈을 테니까요. 하지만 잠시 기다려 주면 굉장한 얘기를 들을 수 있을 거예요. 어쨌든……" 여기서 그녀의 목소리에 담겨 있던 빈정거림은 교양 있는 태도의 경계선을 넘어선 것 같았다. "당신의 '옛 친구'와 관련된 얘기니까요. 당신의 '옛 친구'인 라이더 씨……."

"잉게!" 트루데가 끼어들었다. 하지만 그녀의 입가에는 회심의 미소가 감돌고 있었다. 두 여자는 아니꼬운 웃음을 재빨리 교환했다.

피오나가 또다시 나를 쿡쿡 찌르고 있었다. 그녀를 힐끔 돌아보니, 그녀의 인내심이 바닥나 버린 것을 알 수 있었다. 피오나는 더 이상 지체하지 않고 자기를 괴롭히고 있는 두 여자에게 그들이 당연히 받아야 할 벌을 주고 싶어 하는 게 분명했다. 나는 앞으로 몸을 기울이며 헛기침을 했지만, 내가 미처 입을 열기도 전에 잉게가 또다시 이야기를 시작했다.

"내 말은 그러니까…… 그걸 생각해 보면 우리가 지금 이런 수준의 대우를 받는 것은 당연한 보답이라는 거예요. 어쨌든 폰 브라운 씨는 분명히 그렇게 믿고 있어요. 그분은 처음부터 끝까지 우리를 친절하고 공손하게 대했죠. 안 그래요, 언니? 공직자 일행을 만나러 시청으로 가야 했을 때는 너무나 미안해했어요. 그분은 이렇게 말했답니다. '우리는 30분쯤 뒤에 동물원에 도착할 겁니다. 두 분도 거기로 오시기 바랍니다.' 그러면서 우리가 공직자 일행한테서 오륙 미터 떨어진 곳까지 접근해도 괜찮을 거라고 말하지 뭐예요. 요컨대 우리를 평범한 일반인이 아닌 것처럼 대했다고요. 어머나, 미안해요, 피오나. 우리가 당신을 잊어버린 건 아니에요. 우리는 우리 모임의 회원 하나가, 즉 당신이 라이더 씨와 아주 친한 사이라는 것, 오랫동안 가깝게 지낸 친구 사이라는 걸 폰 브라운 씨한테 말할 작정이었어요. 정말로 말할 작정이었지만, 그럴 기회가 없었어요. 그렇죠, 언니?"

두 여자는 또다시 아니꼬운 웃음을 교환했다. 피오나는 차가운 분노가 서린 눈으로 두 여자를 노려보았다. 나는 사태가 심각해진 것을 깨닫고 끼어들기로 작정했다. 하지만 두 가지 방법 가운데 어느 쪽을 택할 것인가 하는 문제가 당장 제기되었다. 하나는 마침 잉게가 하고 있는 이야기의 흐름 속에 점잖게 끼어들어 내 정체에 대한 그들의 관심을 끄는 방법이었다. 예를 들면 침착한 태도로 이렇게 말할 수도 있을 터였다. "유감스럽게도 동물원에서는 만나지 못했지만, 지금 이렇게 편안하게 만날 수 있게 되어 얼마나 기쁜지 모르겠습니다." 하는 식으로. 또 하나는 벌떡 일어나 두 팔을 내밀면서, "내가 라이더올시다!" 하고 퉁명스럽게 선언하는 방법이었다. 나는 물론 최대한의 효과를 낼 수 있는 방법을 택하고 싶었지만, 어느 쪽이 더 효과적일까를 생각하며 망설이다가 또다시 기회를 놓치고 말았다. 잉게가 다시 입을 열었기 때문이다.

"우리는 동물원에 가서 기다렸어요. 20분쯤 기다렸죠, 언니? 간이매점 옆에서 커피를 마시며 20분쯤 기다렸을 때, 여러 대의 자동차가 출입문 쪽으로 곧장 올라오더니 높은 분들이 차에서 내리는 게 보이더군요. 일행은 열 명 남짓 되어 보였고, 모두 신사분들이었답니다. 폰 빈터슈타인 시장님도 있었고, 피셔 씨와 호프만 씨도 있었어요. 물론 폰 브라운 씨도 있었고요. 그리고 그분들 중에는 브로즈키 씨도 있었어요. 그분은 정말 기품이 있어 보였답니다. 안 그래요, 언니? 전과는 전혀 달랐어요. 물론 우리는 라이더 씨를 찾아보았지만, 그분은 거기에 없었어요. 우리는 신사분들의 얼굴을 유심히 살폈지만, 모두 낯익은 시의회 의원들뿐이었어요. 라이트마이어 씨가 막 차에서 내리고 있을 때, 우리는 그분을 잠시 라이더 씨로 착각했죠. 어쨌든 라이더 씨는 그분들과 함께 있지 않았어요. 그래서 우리는 말했죠. 그분은 일정이 너무 바빠서 조금 늦게 올지도 모른다고. 그 신사분들은 길을 따라 올라왔어요. 모두 검은 코트를 입고 있었지만, 브로즈키 씨만은 회색 코트를 입고 거기에 어울리는 모자를 쓰고 있어서 아주 기품이 있어 보이더군요. 모두 느긋한 걸음으로 단풍나무들을 지나 첫 번째 동물 우리 쪽으로 걸어갔어요. 폰 빈터슈타인 씨가 안내인 역할을 맡고 있는 것 같았어요. 브로즈키 씨한테 이것저것을 가리키고, 우리에 있는 동물들을 가리키며 설명하고 있었으니까요. 하지만 아무도 동물에는 별로 관심이 없다는 걸 알 수 있었어요. 그분들은 브로즈키 씨와 콜린스 여사의 재회 때문에 잔뜩 긴장해 있었죠. 우리는 더 이상 가만히 있을 수가 없었어요. 그렇죠, 언니? 그래서 우리는 그분들을 앞질러 모퉁이를 돌아서 중앙 광장 쪽으로 갔답니다. 거기에 콜린스 여사가 있었어요. 기린 우리 앞에 혼자 서서 기린들을 바라보고 있더군요. 다른 사람들도 몇 명 어슬렁거리고 있었지만, 물론 그 사람들은 까맣게 모르고 있었어요. 공직자 일행이 모퉁이를 돌아서 왔을 때에야 비로소 사람들은 무슨 일이 있다는 것을 알아차리고 얌전하게 자리를 피했죠. 콜린스 여사는 여전히 기린 우리 앞에 서 있었는데, 그 모습이 여느 때보다도 외로워 보였어요. 공직자 일행이 다가가자, 콜린스 여사가 그쪽을 힐끔 돌아보는 걸 알 수 있었죠. 콜린스 여사는 너무나 차분해 보였지만, 속마음이 어땠는지는 누가 알겠어요. 브로즈키 씨와 콜린스 여사는 아직 꽤 멀리 떨어져 있었고, 브로즈키 씨가 콜린스 여사에게 가려면 원숭이 우리와 너구리 우리를 지나가야 했지만, 브로즈키 씨는 벌써부터 바싹 긴장해서 콜린스 여사 쪽을 힐끔거리고 있더군요. 우리는 브로즈키 씨의 표정을 볼 수 있었죠. 폰 빈터슈타인 시장님은 모든 동물을 브로즈키 씨한테 설명하는 것 같았어요. 마치 동물들이 연회의 주빈인 것 같았죠. 안 그래요, 언니? 우리는 그분들이 왜 곧장 기린 우리 앞에 있는 콜린스 여사한테 다가가지 않는지 몰랐지만, 그렇게 하기로 미리 약속되어 있었던 게 분명해요. 너무나 가슴 설레고 너무나 '감동적'이어서, 우리는 라이더 씨를 잠시 잊어버렸을 정도랍니다. 브로즈키 씨의 입에서 안개처럼 하얀 입김이 나오는 걸 볼 수 있었어요. 다른 신사분들도 모두 하얀 입김을 내뿜고 있었죠. 마침내 콜린스 여사와 일행 사이에 몇 개 우리만 남았을 때, 브로즈키 씨는 동물에 흥미를 잃어버린 것 같았어요. 그러고는 모자를 벗었죠. 그건 참으로 예스럽고 정중한 몸짓이었어요. 우리는 거기서 그 광경을 목격할 수 있었던 걸 얼마나 영광스럽게 생각했는지 모른답니다."

"그 몸짓은 너무나 많은 것 말해 주었어요." 트루데가 끼어들었다. "모자를 벗어서 가슴에 갖다 댔을 뿐인데도, 그 단순한 몸짓에는 너무나 많은 것이 담겨 있었답니다. 그건 사랑을 고백하는 동시에 잘못을 사과하는 선언 같았어요. 얼마나 감동적이었는지 몰라요."

"미안하지만 내 얘기가 아직 안 끝났어요, 언니. 콜린스 여사는 너무나 우아해요. 멀리서 보면 그렇게 나이 든 여자라고는 도저히 짐작조차 못 할 거예요. 너무나 젊은 모습이죠. 콜린스 여사는 차분하게 브로즈키 씨 쪽으로 돌아섰어요. 두 분 사이는 우리 하나 정도밖에 떨어져 있지 않았죠. 이때쯤 일반 관람객들은 모두 멀찌감치 물러서 있었지만, 우리는 5미터 거리까지 접근해도 된다는 폰 브라운 씨의 말을 기억해 내고 용기를 내어 최대한 가까이까지 조심스럽게 다가갔답니다. 하지만 그건 두 분만의 은밀한 순간으로 여겨졌기 때문에 지나치게 가까이 가진 않았어요. 처음에 두 분은 서로 고개를 끄덕이고 아주 평범한 인사말을 나누더군요. 그러고는 브로즈키 씨가 갑자기 앞으로 몇 발짝 내딛더니 재빨리 손을 뻗는 거예요. 그렇게 하기로 미리 계획이라도 세워 놓은 것 같다고 트루데 언니는 생각……."

"그래. 브로즈키 씨는 며칠 동안 남몰래 연습한 것 같았어……."

"정말 그랬답니다. 나도 같은 의견이에요. 정말로 그랬다니까요. 브로즈키 씨는 손을 내밀어 콜린스 여사의 손을 잡고는 가볍게, 그러면서도 정중하게 그 손에 입을 맞추고는 놓아주었죠. 콜린스 여사는 우아하게 허리를 굽히고는, 곧바로 다른 신사분들한테 관심을 돌려 미소를 지으면서 그분들과 일일이 인사를 나누더군요. 우리는 너무 멀리 떨어져 있어서 무슨 말이 오가는지는 알아듣지 못했어요. 그런 식으로 모두 거기에 모여 있었지만, 다음에는 어떻게 해야 할지 아무도 모르는 것 같았어요. 이윽고 폰 빈터슈타인 시장님이 나서서, 브로즈키 씨와 콜린스 여사에게 기린을 설명하기 시작했죠. 마치 부부에게 말을 거는 것처럼 말이에요. 안 그래요, 언니? 브로즈키 씨와 콜린스 여사가 처음부터 동물원에 함께 구경 온 점잖은 노부부라도 되는 것처럼……. 브로즈키 씨와 콜린스 여사는 그토록 오랜 세월이 흐른 뒤, 거기에 나란히 서 있었다고요. 서로 몸이 닿지는 않았지만 나란히 서서 기린을 바라보며 폰 빈터슈타인 시장님의 설명에 귀를 기울이고 있었죠. 이런 장면이 한동안 계속되었어요. 다른 신사분들은 속삭이는 소리로 다음에는 어떻게 해야 할 것인가를 의논하는 것 같더군요. 이어서 그분들은 무슨 일이 일어나고 있는지 미처 알아차리기도 전에 모두 뒤로 물러섰어요. 정말 교묘하고 세련된 방법이었죠. 서로 대화에 열중한 척하면서 조금씩 물러서서, 결국에는 브로즈키 씨와 콜린스 여사만 기린 우리 앞에 남게 된 거예요. 물론 우리는 열심히 두 분을 지켜보고 있었고, 다른 분들도 모두 그랬을 게 분명하지만, 겉으로는 물론 안 보는 척했죠. 우리는 브로즈키 씨가 우아하게 콜린스 여사 쪽으로 돌아서서 한 손을 들어 기린 우리 쪽을 가리키며 뭐라고 말하는 걸 보았어요. 그런데 그 말이 굉장히 진정 어린 말이었나 봐요. 콜린스 여사는 그저 조금 고개를 숙였을 뿐이지만, 아무리 냉정한 콜린스 여사라도 감동하지 않을 수 없었을 거예요. 브로즈키 씨는 얘기를 계속했고, 이따금 기린 쪽으로 손을 들어 올리는 게 보였어요. 이런 식으로, 아주 품위 있게 손을 들어 올렸죠. 브로즈키 씨가 기린에 대해 얘기하는 건지 아니면 다른 얘기를 하고 있는 건지는 알 수 없었지만, 계속 기린 우리 쪽으로 손을 들어 올렸어요. 콜린스 여사는 다소 피곤한 것 같았지만, 워낙 우아한 분이니까 그런 내색은 전혀 보이지 않고 꼿꼿한 자세로 미소를 짓더군요. 이어서 두 분은 다른 신사분들이 얘기를 나누고 있는 곳으로 천천히 걸어갔어요. 콜린스 여사가 신사분들과 몇 마디 나누는 게 보였어요. 그러고는 아주 상냥하면서도 정중하게 피셔 씨와 꽤 오랫동안 얘기를 나누는 것 같았어요. 그 이야기가 끝나자, 신사분들한테 한 사람씩 차례로 작별인사를 하더군요. 브로즈키 씨한테는 가볍게 허리를 굽혔죠. 브로즈키 씨가 얼마나 기뻐하고 있는지, 멀리서도 알 수 있었어요. 브로즈키 씨는 모자를 가슴에 댄 채 꿈꾸듯 서 있더군요. 이윽고 콜린스 여사는 길을 따라 휴게소까지 올라간 다음, 분수를 지나 북극곰 우리 뒤로 사라졌어요. 콜린스 여사가 가 버리자, 신사분들은 그때까지 쓰고 있던 가면을 모두 벗어 버린 것 같았어요. 모두 브로즈키 씨 주위에 모여서 축하를 해 주는 것 같더군요. 다들 만족감과 흥분에 사로잡혀 있다는 걸 알 수 있었어요. 아아, 브로즈키 씨가 콜린스 여사한테 뭐라고 했는지 알 수만 있다면 얼마나 좋을까! 좀 더 용기를 내어 대담하게 몇 발짝 다가갔어야 했는지도 몰라요. 그랬다면 적어도 몇 마디는 알아들을 수 있었을 텐데. 하지만 우리는 이제 사회적 지위가 있으니까 좀 더 조심스럽게 처신해야 해요. 어쨌든 모든 게 너무나 멋졌어요. 게다가 이맘때쯤이면 동물원의 나무들은 또 얼마나 아름다운데요. 브로즈키 씨와 콜린스 여사가 무슨 대화를 나누었는지 궁금해서 미칠 지경이에요. 트루데 언니는 두 분이 이제 다시 합칠 거래요. 그런데 피오나, 두 분이 이혼하지 않았다는 걸 알고 있나요? 재미있지 않아요? 그렇게 오랜 세월이 흘렀고, 콜린스 여사는 브로즈키 부인이 아니라 콜린스 여사라고 불리기를 고집해 왔는데, 사실은 두 분이 이혼하지 않았다니 말이에요. 브로즈키 씨는 콜린스 여사를 되찾을 자격이 있어요. 오오, 미안해요. 내가 너무 흥분해서 가장 중요한 핵심에 대해서는 아직 말도 꺼내지 않았군요! 라이더 씨 말이에요! 라이더 씨가 공직자 일행과 함께 오지 않았기 때문에, 우리는 콜린스 여사가 가버린 뒤에도 앞으로 나설 수 있다고는 정말로 생각지 않았어요. 어쨌든 폰 브라운 씨는 자기가 신호를 보내면 앞으로 나와서 라이더 씨를 만나 보라고 구체적으로 한정해서 말했으니까요. 우리는 폰 브라운 씨를 유심히 지켜보고 있었고, 이따금 아주 가까이까지 다가가기도 했지만, 폰 브라운 씨는 한 번도 우리 쪽을 보지 않았어요. 브로즈키 씨한테 너무 열중해 있었기 때문이겠죠. 그래서 우리는 앞으로 나서지 않았어요. 하지만 그분들이 막 동물원을 떠나려 할 때였어요. 우리는 그분들이 출구로 나가는 것을 지켜보고 있었는데, 출구에서 일제히 멈춰 서는 거예요. 그러더니 누군가가 그분들과 합류하더군요. 남자인 건 확실했지만, 이때쯤에는 거리가 너무 멀어서 우리한테는 잘 보이지 않았어요. 하지만 트루데 언니는 그 신사분이 라이더 씨가 분명하다고 단언했죠. 트루데 언니는 나보다 시력이 좋고, 나는 콘택트렌즈도 끼고 있지 않았어요. 그런데 트루데 언니는 자신 있게 말했어요. 틀림없는 라이더 씨라고, 라이더 씨는 브로즈키 씨와 콜린스 여사에게 방해가 되지 않도록 재치 있게 자리를 피해 준 거라고, 그러다가 이제 출구에서 공직자 일행과 다시 합류한 거라고. 그렇죠, 언니? 나는 처음에 그 사람이 브라운탈 씨인 줄 알았지만, 콘택트렌즈를 끼고 있지 않았으니까 확실한 건 모르죠. 그런데 트루데 언니는 틀림없는 라이더 씨라고 확신했어요. 그리고 나중에 찬찬히 생각해 보니, 나도 그분이 라이더 씨였을 거라는 생각이 들더군요. 그러니까 우리는 그분을 소개받을 기회를 놓친 거예요! 이때쯤 그분들은 너무 멀리 떨어져 있었거든요. 벌써 출구에 가 있었으니까요. 우리가 쏜살같이 달려갔다 해도 제시간에 도착하지는 못했을 거예요. 그러니까 우리는 '엄밀한' 의미에서는 라이더 씨를 만나지 못했어요. 하지만 우리는 거기에 대해 의논한 결과, 그 밖의 모든 의미에서는, 다시 말해서 정말로 중요한 의미에서는 오늘 그분을 만났다고 말하는 게 공정하다는 결론을 내렸답니다. 어쨌든 그분이 공직자 일행과 함께 오셨다면, 그때 기린 우리 옆에서 콜린스 여사가 떠나 직후에 폰 브라운 씨가 우리를 그분께 소개했을 게 분명하니까요. 우리는 라이더 씨가 그처럼 재치 있게 출구 옆에 남아 계실 줄은 미처 몰랐지만, 그건 우리 잘못이라고 할 수 없죠. 어쨌든 중요한 건 상황이 그렇게 되지만 않았다면 우리는 '당연히' 그분을 소개받았으리라는 거예요. 그건 의심할 여지가 없어요. 요점은 그거죠. 폰 브라운 씨도 분명히 그렇게 생각하셨어요. 이제 우리의 지위가 전과는 달라졌으니까, 라이더 씨를 소개받는 건 당연하다고 말이에요. 그런데 트루데 언니……" 그녀는 친구를 돌아보았다. "좀 더 생각해 보니 언니 말이 옳은 것 같아요. 오늘 밤 모임에서 우리가 실제로 라이더 씨를 만났다고 발표하는 편이 낫겠어요. 언니 말대로, 우리가 만나지 않았다고 말하는 것보다는 만났다고 말하는 게 진실에 더 가까우니까요. 게다가 오늘 밤에는 해야 할 일이 너무 많아서, 자초지종을 처음부터 다시 설명할 시간이 없어요. 어쨌든 우리가 라이더 씨를 정식으로 소개받지 못한 건 운명의 장난일 뿐이에요. 어느 점으로 보나 우리는 그분을 만났어요. 그분은 아마 우리에 대한 얘기를 벌써 들었겠지만, 아직 못 들었다 해도 조만간 들을게 분명하고, 자기 부모님이 어떤 보살핌을 받게 될지를 자세히 물어보실 거예요. 그러니까 우리는 그분을 만난 거나 마찬가지예요. 언니 말대로, 사람들이 다른 식으로 생각한다면 그게 오히려 부당하죠. 어머나, 미안해요." 잉게가 갑자기 피오나를 돌아보았다. "깜박 잊고 있었네요. 내가 라이더 씨의 '옛 친구'한테 말하고 있다는 걸 말이에요. 그런 '옛 친구'한테는 우리가 아무것도 아닌 걸 가지고 공연히 야단법석을 떠는 것처럼 여겨질 텐데……."

"잉게." 트루데가 끼어들었다. "피오나가 당황해서 어쩔 줄 모르고 있잖아. 피오나를 너무 놀리지 마." 그러고는 피오나에게 미소를 지으며 말했다. "괜찮아요. 걱정하지 말아요."

트루데가 이렇게 말하고 있을 때, 내 마음속에는 피오나와 어렸을 때 나눈 따뜻한 우정이 되살아났다. 피오나가 살았던 우스터셔의 작은 시골집이 생각났다. 우리 집에서 진창길을 따라 조금만 내려가면 하얀색으로 칠해진 피오나네 집이 있었다. 우리는 피오나네 집 식탁 밑에서 몇 시간이나 놀곤 했다. 나는 심란하고 혼란스러운 기분으로 그 시골집까지 걸어갈 때마다 피오나가 얼마나 솜씨 있게 나를 위로해 주었는가를 생각했다. 그녀는 내가 방금 집에서 보고 온 장면을 순식간에 잊어버릴 수 있게 해 주었다. 바로 이 소중한 우정이 내 눈앞에서 조롱당하고 있다는 생각이 들자, 속에서 격렬한 분노가 솟아났다. 잉게가 다시 말을 시작했지만, 이런 상황을 더 이상 한순간도 내버려 둘 수 없다고 작정했다. 아까처럼 어물쩍거리다가 기회를 놓치는 실수를 다시는 되풀이하지 않기로 결심하고, 단호하게 몸을 앞으로 내밀었다. 나는 내가 누구인지를 대담하게 알려 잉게의 말을 중단시키고, 충격이 실내에 내려앉으면 다시 몸을 뒤로 젖힐 작정이었다. 그러나 불행히도 일은 뜻대로 되지 않았다. 목소리에 힘을 주어 잉게의 말에 끼어들었지만, 막상 입에서 나온 것은 억눌린 듯한 웅얼거림뿐이었다. 그래도 그 웅얼거리는 소리는 상당히 커서, 잉게는 말을 중단했고, 세 여자가 일제히 고개를 돌려 나를 쳐다보았다. 어색한 순간이 잠시 흐른 뒤, 피오나가 내 낭패감을 얼버무리기 위해 — 그녀가 옛날에 나에게 가지고 있던 보호본능이 순간적으로 다시 눈을 떴을 것이다 — 감정을 폭발시켰다.

"당신들은 자기가 얼마나 어리석은지 전혀 모르고 있어요! 그 이유를 아세요? 아니, 당신들은 짐작도 못 할 거예요. 당신들은 자기가 얼마나 어리석은지, 지금 이 순간 둘 다 얼마나 우스꽝스러워 보이는지 짐작도 못 할 거예요. 알 턱이 없죠. 정말 당신들다워요. 그게 당신들 두 사람의 전형적인 특징이죠! 나는 오랫동안 당신들한테 그렇게 말해 줄 작정이었어요. 당신들을 처음 만난 순간부터 말이에요. 당신들은 이제 스스로 알게 될 거예요. 이제 스스로 판단할 수 있을 거라고요. 당신들이 바보인지 아닌지를. 자, 보세요!"

피오나는 내 쪽으로 고개를 돌렸다. 잉게와 트루데는 어리둥절한 눈으로 다시 한 번 나를 빤히 바라보았다. 나는 또다시 내 정체를 밝히려고 온갖 노력을 기울였지만, 곤혹스럽게도 내 입에서 나온 것은 역시 웅얼거림뿐이었다. 아까보다는 힘찬 소리였지만, 의미를 이루는 소리가 아닌 것은 마찬가지였다. 나는 숨을 깊이 들이마셨다. 이제 공포가 나를 사로잡기 시작했다. 다시 한 번 시도해 보았지만,

역시 웅얼거리는 소리만 나왔을 뿐이다. 이번에는 아까보다 더 길게 늘어지고 긴장된 소리였다.

"도대체 저 여자가 무슨 말을 하고 있는 거죠, 언니?" 잉게가 말했다. "왜 이 암캐 같은 여자가 우리한테 저런 소리를 하는 거죠? 어떻게 감히? 머리가 어떻게 된 거 아네요?"

"내 잘못이야." 트루데가 말했다. "내 실수였어. 저 여자를 우리 모임에 끌어들이자고 한 건 나였으니까. 하지만 라이더 씨 부모님이 도착하시기 전에 저 여자가 본색을 드러낸 게 차라리 다행이야. 저 여자는 질투하고 있어. 그것뿐이야. 우리가 오늘 라이더 씨를 만난 걸 질투하는 거라고. 저 여자한테 있는 거라고는 그 맹랑한 거짓말 뿐인데……."

"오늘 라이더 씨를 만났다는 게 무슨 뜻이죠?" 피오나가 폭발했다. "당신들은 방금 자기 입으로 말했잖아요. 라이더 씨를 만나지 못했다……."

"그건 만난 거나 마찬가지라는 걸 당신도 잘 알고 있을 텐데. 안 그래요, 언니? 우리는 이제 라이더 씨를 만났다고 말할 자격이 충분해요. 당신은 그 사실을 순순히 받아들여야 할 거예요. 피오나……."

"그렇다면……" 피오나는 거의 비명을 지르고 있었다. "'이 사실'은 당신들이 순순히 받아들일 수 있는지 봅시다!" 그녀는 가장 극적인 인물의 등장을 알리기라도 하는 듯 내 쪽으로 힘차게 팔을 뻗었다. 다시 한 번 나는 그녀에게 호의를 베풀려고 최선을 다했다. 이번에는 고조되는 분노와 좌절감이 나를 자극하여 아까보다 더 심하게 긴장된 소리가 나왔고, 억지로 목소리를 쥐어짜 내려고 기를 쓰다 보니 소파가 덜덜덜 흔들리는 게 느껴졌다.

"당신 친구가 왜 저래요?"

잉게가 나에게 눈길을 돌리며 물었다. 하지만 트루데는 전혀 관심을 보이지 않았다.

"애당초 당신 얘기를 귀담아듣지 말았어야 하는 건데." 트루데가 피오나에게 신랄한 투로 말하고 있었다. "당신이 얼마나 지독한 거짓말쟁이인지는 처음부터 뻔했을 텐데. 그런데도 우리 아이들이 당신의 그 꼬마 녀석들과 함께 놀게 해 주었으니! 그 애들도 아마 당신처럼 거짓말쟁이일 테고, 지금쯤은 우리 아이들한테도 벌써 거짓말하는 법을 가르쳤을 거야. 어젯밤에 당신이 연 파티는 정말 어처구니가 없었지. 게다가 아파트를 장식해 놓은 꼴이라니! 얼마나 우스웠는지! 우린 모두 오늘 아침에 그 얘기를 하면서 배꼽을 쥐고……."

"왜 나를 도와주지 않는 거야!" 피오나가 나에게 소리를 질렀다. 그녀가 나에게 직접 말을 건 것은 이때가 처음이었다. "왜 그래? 왜 아무 말도 안 하는 거냐고?"

사실 나는 그동안에도 줄곧 온 힘을 다해 필사적으로 노력하고 있었다. 그런데 피오나가 나를 돌아본 순간, 나는 맞은편 벽에 걸려 있는 거울에 비친 내 모습을 얼핏 보았다. 내 얼굴은 새빨개진 데다 돼지 같은 모습으로 일그러져 있었고, 가슴께에서 움켜쥔 두 주먹은 몸통 전체와 함께 부들부들 떨고 있었다. 이런 내 모습을 보자 맥이 쭉 빠져 버렸다. 나는 용기를 잃고 소파 구석에 쓰러져 격하게 숨을 헐떡거렸다.

"피오나." 잉게가 말하고 있었다. "당신과…… 친구는 그만 가 보는 게 좋겠어요. 오늘 밤 모임에 당신이 참석할 필요는 없을 거예요."

"저 여자가 모임에 참석해? 그건 생각도 할 수 없는 일이야." 트루데가 외쳤다. "우리는 이제 책임을 맡았어. 저 여자처럼 날개가 부러진 새의 비위나 맞추고 있을 여유는 없다고. 우리는 이제 더 이상 자원봉사자들의 모임이 아니야. 이제는 아주 중요한 일거리를 맡았으니까, 일정 수준에 오르지 못한 사람은 모임에서 쫓아내야 할 거야."

피오나의 눈에 눈물이 글썽이는 게 보였다. 그녀는 다시 나를 돌아보았지만, 이제는 그 눈에 점점 커지는 원망이 담겨 있었다. 나는 한 번만 더 내 정체를 밝히려고 애써 볼까 생각했지만, 거울에서 얼핏 본 내 모습이 생각나서 그러지 않기로 했다. 나는 비틀거리며 일어나 출구를 찾으러 갔다. 아직도 긴장 때문에 숨이 가빠서, 문에 도착했을 때는 문틀에 몸을 기대고 잠시 서 있어야 했다. 뒤에서 두 여자가 여전히 열띤 어조로 말하는 소리가 들렸다. 잉게가 이렇게 말하는 것이 들려왔다.

"그런데 피오나, 당신도 참 대단한 여자군요. 저렇게 구역질 나는 사람을 내 집에 데려오다니!"

나는 간신히 문을 열고 서둘러 작은 복도를 가로질렀다. 그리고 현관문 빗장을 한동안 미친 듯이 만지작거린 뒤에야 겨우 문을 열고 밖으로 나가는 데 성공했다. 그 집에서 나오자마자 나는 당장 기분이 좋아져서, 침착한 태도로 층계를 향해 걸어갔다.

17

계단을 내려가면서 손목시계를 보니, 벌써 카르빈스키 미술관으로 떠나야 할 시간이었다. 피오나를 그런 상황에 놓아두고 올 수밖에 없었던 것은 물론 유감천만의 노릇이지만, 내가 우선해야 할 것은 분명 오늘 저녁의 중요한 행사에 늦지 않게 도착하는 일이었다. 그래도 조만간 피오나의 문제를 처리해 주기로 결심했다.

마침내 1층에 도착하자, 벽에 '주차장'이라고 적힌 표지판과 방향을 가리키는 화살표가 보였다. 나는 창고로 쓰이는 여러 개의 붙박이장 앞을 지나서 출구를 통해 밖으로 나왔다.

그곳은 아파트 건물 뒤쪽이었고, 인공호수와는 반대쪽이었다. 저녁 해가 하늘에 낮게 걸려 있었다. 앞에는 완만하게 비탈진 드넓은 초록빛 땅이 멀리까지 펼쳐져 있었다. 바로 눈앞에 있는 주차장은 미국 목장처럼 울타리가 쳐진 네모꼴 풀밭에 불과했다. 드나드는 차량 때문에 풀밭은 사실상 맨땅으로 변해 버렸지만, 바닥은 콘크리트로 포장되어 있지 않았다. 주차장에는 적어도 쉰 대는 너끈히 주차할 만한 공간이 있었지만, 지금 주차해 있는 차는 예닐곱 대뿐이었고, 그 차들은 서로 간격을 두고 띄엄띄엄 서 있었다. 저녁 햇살이 차체를 비스듬히 스치고 있었다. 주차장 안쪽에서 땅딸막한 여자와 보리스가 왜건형 자동차의 트렁크에 짐을 싣고 있는 것이 보였다. 나는 그들에게 다가가면서 소피가 조수석에 앉아 있는 것을 보았다. 그녀는 앞유리창을 통해 석양을 물끄러미 바라보고 있었다.

내가 다가갔을 때, 땅딸막한 여자는 막 트렁크 문을 닫고 있는 참이었다.

"미안해. 짐이 이렇게 많은 줄 알았다면 나도 좀 거들었을 텐데……."

"괜찮아요. 보리스가 대신 도와주었으니까요." 땅딸막한 여자가 보리스의 머리를 쓰다듬고 나서 말했다. "그러니까 걱정하지 마. 알았지? 너희 세 식구는 멋진 저녁 시간을 보내게 될 거야. 정말이야. 네 엄마는 네가 좋아하는 음식을 전부 다 만들었다고."

그녀는 허리를 굽혀 보리스를 안심시키듯 껴안아 주었지만, 아이는 꿈꾸는 듯한 눈길로 먼 곳을 바라보고 있을 뿐이었다. 땅딸막한 여자는 자동차 열쇠를 나에게 내밀었다.

"기름은 충분히 들어 있을 거예요. 운전 조심하세요."

나는 고맙다고 말하고, 그녀가 아파트 건물 쪽으로 걸어가는 것을 지켜보았다. 이어서 보리스 쪽으로 돌아서자, 보리스는 여전히 석양을 바라보고 있었다. 나는 그 애의 어깨를 안고 차를 빙 돌아서 뒷문 쪽으로 데려갔다. 보리스는 말없이 뒷좌석에 올라탔다.

석양은 최면 효과를 갖고 있는 모양이었다. 운전석에 올라타고 보니, 소피도 여전히 먼 곳을 물끄러미 바라보고 있었다. 내가 온 것도 거의 알아차리지 못하는 것 같았다. 그러나 내가 조종장치를 확인하고 있으려니까 그녀가 조용히 말했다.

"집 문제 때문에 우리 모두가 의기소침해질 수는 없어요. 그럴 여유가 없어요. 다음에는 또 언제 당신이 우리 곁으로 돌아올지 모르잖아요. 집이 있든 없든, 우리 다 함께 즐거운 일을 시작해야 해요. 오늘 아침에 버스를 타고 오면서 깨달은 건 바로 그거예요. 그 아파트에서도, 그리고 그 부엌에서도 즐거운 일을 하지 못할 이유는 전혀 없어요."

"그래, 맞아." 나는 시동장치에 열쇠를 꽂아 넣었다. "그런데 미술관으로 가는 길은 알고 있겠지?"

이 질문에 소피는 멍한 상태에서 깨어났다. 그녀는 방금 무언가를 생각해 낸 듯 두 손을 입가로 가져가면서 말했다.

"시내 중심가에서 출발하는 거라면 길을 찾을 수 있을 거예요. 하지만 여기서 가는 길은 몰라요."

나는 무겁게 한숨을 내쉬었다. 상황이 다시금 통제 불능의 위험에 빠져 있다는 것을 느낄 수 있었다. 나는 내 생활을 이토록 혼란스럽게 만든 소피에게 오늘 아침에 느꼈던 짜증이 얼마간 되돌아오는 것을 느꼈다. 하지만 그때 내 옆에서 그녀가 쾌활하게 말하는 소리가 들렸다.

"주차장 관리인한테 물어보면 어떨까요? 그 사람은 알고 있을지도 몰라요."

그녀는 주차장 입구를 가리키고 있었다. 그곳에는 나무로 지은 작은 간이건물이 있었고, 그 안에 제복 차림의 상반신이 보였다.

"좋아. 내가 가서 물어보지."

나는 차에서 내려 목조 건물 쪽으로 걸어갔다. 주차장을 나가려던 차 한 대가 그 옆에 멈춰 서 있고, 주차장 관리인 — 뚱뚱한 대머리 사내 — 이 카운터 너머로 고개를 내밀고는 운전자에게 손짓하는 것이 보였다. 그들의 대화는 한동안 계속되었고, 내가 기다리다 못해 두 사람 사이에 끼어들려고 했을 때에야 그 차는 마침내 주차장을 빠져나가기 시작했다. 그래도 관리인은 그 차가 아파트 단지를 둘러싼 긴 커브길을 따라 달려가는 동안 계속 눈으로 그 차를 좇았다. 관리인 역시 석양에 취해 꼼짝도 못하는 것 같았다. 내가 카운터 바로 밑에서 헛기침을 했는데도 그는 꿈꾸듯 그 차를 눈으로 뒤좇고 있었다. 결국 나는 고함을 질렀다.

"실례합니다."

뚱보 사내는 흠칫 놀라더니, 나를 내려다보며 대답했다.

"아아, 예. 안녕하십니까."

"방해해서 죄송하지만, 좀 급한 일이 있어서요. 카르빈스키 미술관으로 가야 하는데, 이 도시에 살고 있지 않아서 어느 길로 가야 가장 빨리 도착할 수 있는지 모르겠군요."

"카르빈스키 미술관이라고요?" 사내는 잠깐 생각하고 나서 덧붙였다. "솔직히 말씀드리면 여기서 곧장 갈 수 있는 방법은 없습니다. 제 생각으로는 방금 떠난 신사분을 따라가는 게 가장 손쉬운 길일 것 같군요. 저기 가는 빨간 차 말입니다." 그는 먼 곳을 가리켰다. "다행히도 그분이 카르빈스키 미술관 근처에 살고 계시거든요. 물론 제가 길을 가르쳐 드리려고 애써 볼 수는 있지만, 그러려면 우선 자리에 앉아서 약도를 그려야 합니다. 특히 미술관 근처에 이르면 방향을 이리저리 바꾸어야 하기 때문에 아주 복잡해요. 간선도로를 벗어나면 농장을 둘러싸고 있는 수많은 샛길을 지나야 한다는 뜻입니다. 빨간 차를 그냥 따라가는 게 훨씬 간단하죠. 제가 잘못 알고 있는 게 아니라면, 그 신사분은 카르빈스키 미술관에서 분기점을 두세 개 지난 곳에 살고 있습니다. 거긴 아주 쾌적한 곳이라서, 그 신사분 내외는 그곳을 무척 좋아하신답니다. 거기는 완전한 시골이에요. 그분은 거기에 멋진 시골집을 갖고 있는데, 뒷마당에는 닭도 키우고 사과나무도 한 그루 있다고 하더군요. 미술관이 자리 잡기에는 안성맞춤인 곳이죠. 좀 외떨어져 있는 게 흠이긴 하지만요. 거기까지 차를 몰고 갈 만한 가치는 충분합니다. 빨간 차를 탄 그 신사분은 날마다 이곳까지 꽤 먼 길을 와야 하지만, 이사할 생각은 추호도 없다고 하더군요. 예, 그분은 여기서 일하고 계십니다. 관리사무실에서요." 사내는 카운터 밖으로 고개를 내밀면서 뒤편에 있는 유리창을 가리켰다. "저기 있는 저 건물이죠. 여기 있는 건물들이 다 주거용 아파트인 건 아닙니다. 이만한 규모의 단지를 운영하려면 꽤 많은 서류 작업이 필요하지요. 그 신사분은 수도회사가 이곳에 아파트를 짓기 시작한 첫날부터 여기서 일했답니다. 지금은 이 단지의 모든 유지보수 공사를 감독하고 있지요. 여간 힘든 일이 아닙니다. 그분은 날마다 먼 길을 운전해서 출퇴근해야 하지만, 좀 더 가까운 곳으로 이사할 생각은 한 번도 해 본 적이 없다더군요. 그것도 무리는 아니죠. 거긴 아주 살기 좋은 곳이니까요. 아니, 제가 쓸데없는 소리만 늘어놓고 있군요. 무척 바쁘신 모양인데 죄송합니다. 요컨대 그 빨간 차를 따라가시면 훨씬 간단할 겁니다. 카르빈스키 미술관에서는 틀림없이 즐거운 시간을 보내실 수 있을 겁니다. 경치 좋은 시골에 있고, 미술관 자체도 훌륭하니까요. 아주 아름다운 물건도 몇

점 전시되어 있다고 들었습니다."

나는 고맙다고 말하고 차로 돌아왔다. 운전석에 올라타자, 소피와 보리스는 또다시 석양을 바라보고 있었다. 나는 말없이 시동을 걸었다. 목조 건물을 덜컹거리며 지나친 뒤에야 — 나는 주차장 관리인에게 재빨리 손을 흔들었다 — 소피가 물었다.

"길은 알았어요?"

"응. 방금 떠난 빨간 차만 따라가면 돼."

이렇게 말한 순간, 나는 아직도 그녀에게 몹시 화가 나 있다는 것을 깨달았다. 하지만 아무 말도 하지 않고, 단지를 에워싼 우회도로로 차를 몰았다.

우리는 아파트 건물을 잇달아 지나쳤다. 수많은 유리창에 석양이 비쳐 있었다. 얼마 후 아파트 단지는 시야에서 사라지고, 길은 전나무숲 사이에 끼여 있는 간선도로 쪽으로 구부러졌다. 간선도로는 사실상 텅 비어 있어서 저 앞까지 훤히 바라다보였다. 오래지 않아 나는 빨간 차를 발견했다. 거리가 너무 멀어서 작은 점처럼 보였지만, 느긋한 속도로 천천히 달리고 있었다. 간선도로를 달리는 차가 드물었기 때문에 그 뒤에 바싹 따라붙을 필요는 없었고, 그래서 나도 속력을 떨어뜨려 예의에 벗어나지 않는 차간거리를 유지했다. 그동안 소피와 보리스는 꿈이라도 꾸는 듯이 조용했고, 결국에는 나도 황량한 간선도로 너머로 저물어 가는 해를 바라보면서 평온한 기분에 잠기기 시작했다.

잠시 후, 나는 몇 년 전 월드컵 준결승전에서 네덜란드 축구팀이 이탈리아를 상대로 얻은 두 번째 골을 머릿속에서 재현하고 있었다. 그것은 놀라운 장거리 슛이었고, 스포츠와 관련하여 내가 가장 즐겨 떠올리는 장면 가운데 하나였지만, 안타깝게도 지금은 그 골을 넣은 선수의 이름이 좀처럼 기억나지 않았다. 렌센브링크라는 이름이 마음을 스치고 지나갔다. 그 선수가 그 시합에 출전한 것은 확실했지만, 결국 나는 그가 골을 넣지는 않았다고 결론지었다. 내 눈앞에는 공이 햇빛을 뚫고, 묘하게도 오금이 굳어 버린 듯 꼼짝 못하고 있는 이탈리아 수비수들을 지나 계속 공중을 날아서, 골키퍼가 내뻗은 손 위를 살짝 넘어가는 장면이 다시금 떠올랐다. 그런데 그 멋진 골을 넣은 선수의 이름이 기억나지 않는 것은 심한 낭패감을 안겨 주었다. 당시의 네덜란드 축구팀 선수들을 생각나는 대로 떠올리며 체계적으로 이름을 생각해 내려 하고 있을 때, 보리스가 갑자기 뒤에서 말을 걸었다.

"우리 차가 중앙선에 너무 가까이 있어요. 이러다가는 맞은편에서 오는 차와 충돌할 거예요."

"말도 안 돼. 우린 괜찮아."

"아니에요. 그렇지 않아요!" 나는 보리스가 내 좌석 등받이를 쾅쾅 때리는 것을 느낄 수 있었다. "중앙선에 너무 가까이 있다고요. 맞은편에서 차가 나타나면 충돌할 거예요."

나는 아무 대꾸도 하지 않고, 차를 길가 쪽으로 조금 움직였다. 보리스는 그제야 안심한 듯 다시 조용해졌다. 그러자 소피가 말했다.

"솔직히 말해서 리셉션 얘기를 처음 들었을 땐 조금도 기쁘지 않았어요. 리셉션 때문에 우리가 함께 보낼 저녁 시간이 엉망이 될 거라고 생각했으니까요. 하지만 좀 더 생각해 보고, 특히 리셉션에 참석해도 오늘 밤 우리가 식사를 하는 데에는 전혀 지장이 없으리라는 것을 깨달았어요. 그래서 리셉션에 참석하는 것도 즐거운 일이라고 고쳐 생각한 거예요. 어떤 면에서는 이거야말로 우리한테 꼭 필요한 일인지도 몰라요. 나는 리셉션에서 잘해 낼 수 있을 거예요. 보리스도 그렇고요. 우린 둘 다 잘해 낼 거예요. 그런 다음 집으로 돌아가서 파티를 열어요. 오늘 저녁에는 우리한테 좋은 일이 뭔지를 정말로 확인할 수 있을 거예요."

내가 이 말에 대꾸하기도 전에 보리스가 다시 외쳤다.

"중앙선에 너무 가까워졌어요!"

"더 이상은 중앙선에 가까이 가지 않을게. 우리는 이제 괜찮아."

"보리스가 겁이 나나 봐요." 소피가 조용히 말했다.

"천만에. 그렇지 않아."

"저는 겁이 나요! 우리는 대형 교통사고를 당할 거예요."

"보리스, 제발 조용히 해라. 나는 안전하게 차를 몰고 있으니까."

내가 엄하게 말하자 보리스는 입을 다물었다. 그러나 나는 운전을 계속하면서, 소피가 불안하게 나를 지켜보고 있는 것을 알아차렸다. 이따금 그녀는 보리스를 돌아보고는 다시 나에게로 눈길을 돌리곤 했다. 마침내 그녀가 조용히 말했다.

"어딘가에서 잠깐 쉬었다 가는 게 어때요?"

"어딘가에서 쉬었다 가자고? 왜 그래야 하지?"

"미술관에는 제시간에 도착할 수 있을 거예요. 몇 분 쉬었다 가도 늦진 않을 거예요."

"그러자면 우선 쉴 곳을 찾아야겠지."

소피는 그 후 몇 분 동안 침묵을 지켰다. 그러다가 다시 나를 돌아보며 말했다.

"아무래도 좀 쉬었다 가는 게 좋겠어요. 간단한 식사라도 좀 하고요. 그러면 당신도 마음을 가라앉히는 데 도움이 될 거예요."

"마음을 가라앉히다니, 그게 무슨 뜻이지?"

"저는 쉬었다 가고 싶어요!" 뒤에서 보리스가 외쳤다.

"마음을 가라앉힌다는 게 무슨 뜻이냐고?"

"당신과 보리스는 오늘 밤에 또다시 말다툼을 하면 안 돼요. 그건 아주 중요한 일이에요. 그런데 아무래도 말다툼이 또 시작될 것만 같아요. 하지만 오늘 저녁에는 안 돼요. 내가 내버려 두지 않겠어요. 우리 모두 어딘가에 가서 긴장을 풀고 한숨 돌려야 해요. 정상적인 기분으로 돌아가야 한다고요."

"정상적인 기분이라니, 그게 무슨 뜻이지? 우리한테는 아무 문제도 없어."

"저는 쉬었다 가고 싶어요! 겁이 나요! 속도 메슥거리고요."

"보세요." 소피가 표지판을 가리켰다. "이제 곧 휴게소가 나타날 거예요. 제발 들렀다 가요."

"그럴 필요가……."

"당신은 기분이 점점 나빠지고 있어요. 그런데 오늘 밤은 너무 중요해요. 오늘 밤에는 절대로 화를 내시면 안 돼요."

"저는 쉬었다 가고 싶어요! 화장실에 가고 싶어요!"

"이제 다 왔어요. 제발 쉬었다 가요. 상황이 더 나빠지기 전에 제대로 돌려놓자고요."

"제대로 돌려놓다니, 뭘?"

소피는 대답하지 않고 불안한 듯 앞유리창을 통해 밖을 계속 내다보았다. 우리는 이제 산악지방을 달리고 있었다. 전나무숲은 사라지고, 그 대신 양쪽으로 울퉁불퉁한 비탈이 하늘을 찌를 듯이 솟아 있었다. 지평선에 휴게소가 보였다. 높은 낭떠러지 끝에 세워진 우주선 비슷한 건물이었다. 소피에 대한 분노가 새삼 되살아났지만, 그럼에도 불구하고—거의 나도 모르게—나는 속도를 떨어뜨리면서 안쪽 차선으로 들어섰다.

"괜찮아. 이제 곧 차를 세울 테니까. 걱정 마." 소피가 보리스에게 말했다.

"그 녀석은 애당초 걱정하지도 않았어."

나는 차갑게 말했지만, 소피는 들은 척도 않고 보리스에게 말하고 있었다.

"휴게소에 도착하면 간식이라도 먹자꾸나. 그러면 우리 모두 기분이 한결 좋아질 거야."

나는 표지판을 따라 간선도로를 벗어나, 가파르고 좁은 길을 올라갔다. 급커브를 몇 차례 지나자 겨우 길이 평탄해졌고, 우리는 옥외 주차장으로 들어섰다. 트럭 몇 대가 나란히 서 있고, 승용차도 여남은 대쯤 보였다.

나는 차에서 내려 기지개를 켰다. 뒤를 돌아보니, 소피는 보리스가 차에서 내리는 것을 도와주고 있었다. 나는 보리스가 졸린 듯한 걸음으로 포장된 주차장을 질러가는 것을 지켜보았다. 보리스는 그렇게 몇 걸음 걷고 나서, 마치 졸음을 떨치려는 듯 얼굴을 쳐들고는 가슴을 주먹으로 두드리면서 타잔처럼 소리를 질렀다.

"보리스, 그만해!" 내가 외쳤다.

"하지만 보리스는 아무한테도 폐를 끼치고 있지 않아요." 소피가 말했다. "아무도 저 소리를 듣지 못할 거예요."

우리가 높은 절벽 꼭대기에, 유리집처럼 보이는 휴게소 건물에서 꽤 멀리 떨어진 곳에 서 있는 것은 사실이었다. 석양은 진홍빛으로 변하여 건물 전체에 반사되고 있었다. 나는 말없이 두 사람 곁을 지나 입구 쪽으로 걸어갔다.

"난 아무한테도 폐를 끼치고 있지 않아요." 뒤에서 보리스가 외쳤다. 그러고는 또다시 타잔처럼 소리를 질렀다. 이번에는 외침 소리가 갈수록 작아지면서 흥얼거리는 소리가 되었다.

나는 돌아보지도 않고 계속 걸었다. 입구에 이르렀을 때에야 나는 걸음을 멈추고 무거운 유리문을 열어, 소피와 보리스가 들어가기를 기다렸다.

우리는 공중전화가 늘어서 있는 로비를 가로지른 다음, 두 번째 유리문을 지나 식당 안으로 들어갔다. 구운 쇠고기 냄새가 우리를 맞이했다. 식당은 널찍했고, 타원형 탁자들이 늘어놓여 있었다. 사방에 거대한 통유리가 끼워져 있어서 넓은 하늘을 내다볼 수 있었다. 어딘가 멀리서 간선도로를 달리는 자동차 소리가 들려왔다.

보리스는 셀프서비스 카운터로 다가가 쟁반 하나를 집어 들었다. 나는 소피한테 생수 한 병만 사다 달라고 부탁하고, 우리가 앉을 자리를 잡으러 갔다. 손님은 별로 많지 않았다. 손님이 앉아 있는 탁자는 네댓 개뿐이었다. 하지만 나는 맨 끝에 있는 탁자로 곧장 걸어가서 유리창을 등지고 앉았다.

잠시 뒤에 보리스와 소피가 쟁반을 들고 통로를 걸어왔다. 그들은 내 앞에 앉더니, 조심스러운 태도로 소리를 내지 않으려고 애쓰면서 쟁반에 담아 온 음식을 탁자에 펼쳐 놓기 시작했다. 나는 소피가 보리스에게 눈짓을 보내는 것을 알아차렸다. 짐작건대, 카운터에 있을 때 소피가 보리스더러 나한테 무슨 말인가를 하라고 설득한 모양이었다. 이를테면 좀 전의 말다툼 때문에 손상된 관계를 화해하는 말을. 이때까지만 해도 나와 보리스 사이에 일종의 화해가 필요하다는 생각은 해 본 적이 없었기 때문에, 소피가 그토록 서투르게 참견하는 것을 보자 짜증이 났다. 나는 분위기를 가볍게 하려고 우리 주위의 초현대적 장식에 대해 농담을 했지만, 소피는 건성으로 대꾸하고는 보리스에게 다시금 눈짓을 보냈다. 내가 눈치채지 못하도록 교묘하게 눈짓을 하지 못할 바에야, 차라리 보리스를 팔꿈치로 쿡쿡 찌르는 편이 나았을 것이다. 보리스는 분명 엄마의 요구에 따르기가 싫은 듯, 카운터에서 사 온 땅콩 봉지를 손가락에 돌돌 감으면서 계속 뚱한 표정을 짓고 있었다. 그러다가 마침내 고개도 들지 않고 웅얼거렸다.

"프랑스 책을 읽었는데요……."

나는 어깨를 으쓱하고 석양을 내다보았다. 나는 소피가 보리스에게 말을 더 하라고 재촉하는 것을 알아차렸다. 결국 보리스는 시무룩하게 말했다.

"프랑스어로 된 책을 한 권 다 읽었어요."

나는 소피를 돌아보며 말했다.

"난 말이야, 프랑스어와는 인연이 없나 봐. 지금도 일본어보다 프랑스어가 더 골치 아파. 정말이야. 나는 파리보다는 도쿄에 있는 쪽이 훨씬 속 편해."

소피는 이 반응이 불만스러운 듯, 매서운 눈으로 나를 노려보았다. 나는 그녀의 고압적인 태도에 화가 나서, 고개를 돌려 어깨 너머로 다시 석양을 바라보았다. 잠시 뒤에 소피가 말하는 소리가 들렸다.

"보리스는 이제 외국어 실력이 훨씬 좋아지고 있어요."

보리스도 나도 대꾸하지 않자, 그녀는 보리스 쪽으로 몸을 기울이면서 말했다.

"보리스, 앞으로는 더 많이 노력해야 해. 이제 곧 미술관에 도착할 텐데, 거기에 가면 사람이 아주 많을 거야. 유명한 사람들도 있을지 모르지만, 겁먹으면 안 돼. 알았지? 엄마도 두려워하지 않을 테니까, 너도 그러면 안 돼. 우리가 얼마나 상황에 잘 대처할 수 있는지를 사람들한테 보여 주자꾸나. 우리는 대성공을 거둘 거야. 그렇지?"

보리스는 잠시 작은 봉지를 손가락에 돌돌 감고 있다가 고개를 들고 한숨을 내쉬었다.

"걱정 마세요. 어떻게 해야 하는지 알고 있으니까." 그러고는 똑바로 앉아서 말을 이었다. "우선 한 손을 주머니에 집어넣어야 해요. 이렇게요. 그러고 나서 술잔을 들어야 해요. 이렇게요."

보리스는 거만한 표정을 지으며 잠시 그 자세를 유지하고 있었다. 소피가 웃음을 터뜨렸다. 나도 가볍게 웃지 않을 수 없었다.

"사람들이 다가오면……" 보리스가 말을 이었다. "'훌륭합니다! 아주 훌륭해요!' 하는 말만 되풀이하면 돼요. 원한다면 이렇게 말해도 좋아요. '굉장합니다. 굉장해요!' 웨이터가 음식 쟁반을 들고 다가오면 이렇게 하면 돼요." 보리스는 언짢은 표정을 지으며 손가락 하나를 좌우로 흔들었다.

소피는 여전히 웃고 있었다.

"보리스, 넌 오늘 밤에 큰 인기를 끌 거야."

보리스는 스스로 만족한 듯 얼굴을 빛냈다. 그러다가 벌떡 일어나면서 말했다.

"화장실에 가야겠어요. 화장실에 가고 싶다는 걸 깜박 잊고 있었어요. 곧 돌아올게요."

보리스는 거만하게 손가락 흔드는 몸짓을 우리한테 한 번 더 보여 주고는 서둘러 화장실로 달려갔다.

"보리스는 이따금 아주 재미있을 때가 있어." 내가 말했다.

소피는 보리스가 통로를 걸어가는 것을 어깨 너머로 지켜보고 있었다. "보리스는 너무 빨리 자라고 있어요." 그러고는 한숨을 내쉬며 생각에 잠긴 표정을 지었다. "이제 곧 어른이 되겠죠. 우리한테는 시간이 별로 없어요."

나는 잠자코 그녀가 말을 잇기를 기다렸다. 그녀는 계속 어깨 너머를 돌아보고 있었다. 그러다가 내 쪽으로 고개를 돌리며 조용히 말했다.

"보리스의 어린 시절은 어느덧 지나가고 있어요. 이제 곧 보리스는 어른이 될 테고, 좋은 시절을 결코 다시는 경험하지 못할 거예요."

"보리스가 비참한 어린 시절을 보내고 있는 것처럼 말하는군. 보리스는 아주 행복한 생활을 하고 있어."

"그래요. 보리스의 생활이 그리 나쁘지 않다는 건 나도 알아요. 하지만 지금은 보리스의 어린 시절이에요. 어린 시절이 어때야 하는지는 나도 알고 있어요. 내 어린 시절이 어땠는지를 기억하고 있으니까요. 내가 어렸을 때, 어머니가 몸져눕기 전에는 정말 행복했죠." 그녀는 내 쪽으로 고개를 돌렸지만, 그녀의 눈은 내 등 뒤의 구름에 초점을 맞추고 있는 것 같았다. “보리스한테도 그런 시절을 주고 싶어요.”

“걱정하지 마. 이제 곧 모든 일이 해결될 거야. 그때까지 보리스는 아주 잘해 나갈 거라고. 그러니 걱정할 필요가 전혀 없어.”

“당신도 다른 사람들과 똑같아요.” 그녀의 목소리에는 분노가 담겨 있었다. “당신은 시간이 이 세상에 영원히 존재하는 것처럼 행동하죠. 사실은 그렇지 않다는 걸 모르시겠어요? 아버지도 앞으로 몇 년은 더 사시겠지만, 절대로 되젊어지지는 않을 거예요. 언젠가는 돌아가실 테고, 그러면 우리만 남게 될 거예요. 당신과 나와 보리스. 우리가 서둘러야 하는 이유는 바로 그거예요. 우리를 위해 무언가를 빨리 만들어야 한다고요.” 그녀는 앞에 놓은 커피잔에 눈길을 떨어뜨린 채 숨을 깊이 들이마시고는 고개를 저었다. “당신은 모르세요. 일을 서둘러 진척시키지 않으면 이 세상이 얼마나 쓸쓸한 곳이 될 수 있는지 모르고 있어요.”

나는 이의를 제기해 봤자 소용없다는 것을 알았다.

“그럼 그렇게 합시다. 무언가를 서둘러 찾아봅시다.”

“당신은 시간이 얼마나 없는지 모르고 있어요. 우리를 보세요. 우리는 이제야 겨우 출발했을 뿐이라고요.”

그녀의 목소리는 점점 더 비난조를 띠어 가고 있었다. 그녀는 우리가 ‘일을 서둘러 진척시키지’ 못하도록 하는 데 자신의 행동이 얼마나 중요한 역할을 맡았는지를 까맣게 잊어버린 것 같았다. 나는 문득 그동안 있었던 온갖 일들을 지적하고 싶은 유혹을 느꼈지만, 결국 아무 말도 하지 않았다. 한동안 침묵이 흐른 뒤, 나는 자리에서 일어나면서 말했다.

"나도 뭘 좀 먹어야겠어."

소피는 다시 하늘을 쳐다보고 있었다. 내가 자리를 떠나는 것도 알아차리지 못한 듯했다. 나는 셀프서비스 카운터로 가서 쟁반 하나를 집어 들었다. 여러 종류의 파이를 살펴보고 있을 때, 내가 카르빈스키 미술관으로 가는 길을 모른다는 사실, 그리고 우리는 전적으로 그 빨간 자동차에만 의지하고 있었다는 사실이 문득 생각났다. 그 빨간 자동차는 지금도 간선도로를 달리며 점점 멀어져 가고 있을 터였다. 이렇게 휴게소에서 어슬렁거리며 시간을 낭비할 여유가 없었다. 지체 없이 출발해야 한다는 생각이 들었다. 막 쟁반을 제자리에 돌려놓고 우리 자리로 돌아가려는 순간, 나는 가까이 앉아 있는 두 사람이 내 이야기를 하고 있는 것을 알아차렸다.

그쪽을 힐끔 돌아보니, 세련되게 차려입은 두 명의 중년 여자였다. 그들은 탁자 너머로 고개를 내밀어 머리를 맞대고 낮은 소리로 말하고 있었다. 화제의 주인공인 내가 그 순간 그렇게 가까이 서 있을 줄은 꿈에도 모르는 것 같았다. 그들은 내 이름을 거의 입에 올리지 않았고, 그래서 처음에는 내가 그 대화의 주제인지도 확신할 수 없었다. 하지만 오래지 않아서 그들의 입방아에 오른 인물이 내가 아닌 다른 사람이라고는 도저히 생각할 수 없게 되었다.

한 여자가 말하고 있었다.

"그래요. 그들은 슈트라트만이라는 여자와 수없이 접촉했대요. 슈트라트만은 그분이 이제 곧 점검하러 나타날 거라고 계속 장담하지만, 지금까지는 나타나지 않았죠. 디터가 그러는데, 그들은 별로 개의치 않는다는 거예요. 하지만 그건 처리할 일이 많지 않아서가 아니라, 그분이 금방이라도 나타날 것 같아서 다들 바싹 긴장해 있기 때문이라고요. 물론 슈미트 씨는 뻔질나게 들어와서 연주회장을 정돈하라고 고래고래 소리를 지른대요. 그분이 지금이라도 들어와서 연주회장이 이런 상태에 있는 걸 보면 어떻게 하느냐고. 디터가 그러는데, 그들은 모두 신경이 곤두서 있대요. 에드문도까지도요. 그분 같은 천재들은 어디서 무슨 흠을 찾아낼지 아무도 모르니까요. 이고르 코빌리안스키가 연주회장을 점검하러 왔을 때 얼마나 꼼꼼하게 살펴보았는지, 그들은 아직도 기억하고 있어요. 코빌리안스키가 무대를 네발로 기어 다니면서 바닥을 일일이 손으로 두드려 보고 바닥에 귀를 대고 소리를 듣는 동안, 다른 사람들은 모두 멀찌감치 서서 숨을 죽이고 지켜보았잖아요. 지난 이틀 동안 디터는 딴 사람이 된 것 같았다니까요. 일하러 나갈 때마다 너무나 신경이 곤두서 있었죠. 그 사람들한테 지난 이틀은 정말이지 너무 힘들었어요. 그분이 약속 시간에 나타나지 않을 때마다 그 사람들은 한 시간쯤 기다렸다가 슈트라트만이라는 여자한테 또 전화를 걸곤 했죠. 그러면 그 여자는 미안해하면서, 변명을 늘어놓고, 또 다른 시간을 약속하곤 한다는 거예요."

이 말을 듣고 있을 때, 지난 몇 시간 동안 여러 번 떠오른 생각이 또다시 마음의 표면으로 올라왔다. 지금까지 했던 것보다 더 자주 슈트라트만 양과 연락을 취하는 게 현명하리라는 생각이었다. 사실 나는 아까 로비에서 공중전화를 보았을 때 그녀한테 전화를 거는 게 좋겠다고 생각했다. 하지만 이 생각을 좀 더 고려해 보기 전에 그 여자가 다시 말을 이었다.

"지난 몇 주 동안 슈트라트만이라는 여자는 그분이 얼마나 사전점검을 하고 싶어 하는지 모른다고, 그분은 음향이나 그런 일상적인 것만이 아니라 부모가 그날 저녁에 연주회장에서 어떤 보살핌을 받을 것인지에도 관심이 많다고 주장해 놓고는, 이제 와서 그런 식이라니까요. 그분의 부모는 둘 다 건강이 안 좋은가 봐요. 그래서 특별한 좌석과 설비가 필요하고, 또 발작 같은 불상사가 일어날 경우에 대비해서 훈련받은 사람이 가까이에 대기할 필요도 있나 봐요. 필요한 준비는 지극히 복잡하고, 그래서 슈트라트만이라는 여자의 말에 따르면, 그분이 직접 준비 요원들과 함께 꼼꼼히 사전 점검을 하고 싶어 했대요. 어쨌든 늙은 부모를 걱정하는 마음을 보여 준 건 아주 감동적이었죠. 그런데 놀랍게도 그분은 아직 나타나지 않고 있대요! 물론 그건 그분 탓이 아니라, 슈트라트만이라는 여자와 관계가 있을 수도 있겠죠. 디터는 그렇게 생각하고 있어요. 누구의 말을 들어 봐도 그분의 평판은 훌륭하고, 이런 식으로 남에게 계속 폐를 끼칠 사람은 결코 아닌 것 같은데……."

나는 그 여자들한테 화가 나기 시작했지만, 마지막 말을 듣고는 마음이 누그러졌다. 하지만 슈트라트만 양에게 전화하는 것을 한시도 지체할 수 없다고 생각한 것은 내 부모님, 그러니까 부모님에게 필요한 다양하고 각별한 보살핌에 대한 이야기 때문이었다. 나는 카운터에 쟁반을 내려놓고 서둘러 로비로 나갔다.

나는 슈트라트만 양의 명함을 찾기 위해 주머니를 뒤지면서 공중전화 부스로 들어갔다. 잠시 뒤에 나는 명함을 찾아서 전화번호를 돌렸다. 신호가 떨어지자마자 슈트라트만 양이 직접 전화를 받았다.

"라이더 씨, 전화 주셔서 고맙습니다. 만사가 아주 순조롭게 진행되고 있어서 다행이에요."

"아아. 그러니까 당신은 만사가 아주 순조롭게 진행되고 있다고 생각하시는군요."

"더할 나위 없이 잘 진행되고 있어요! 선생님은 지금까지 어디서나 대성공을 거두셨어요. 사람들은 모두 흥분해서 야단이에요. 그리고 어젯밤 만찬이 끝난 뒤에 하신 연설은…… 그건 너무나 재치 있고 재미있었다고, '다들' 그렇게 말하고 있답니다. 외람된 말씀이지만, 선생님 같은 분과 함께 일하게 돼서 얼마나 기쁜지 모르겠어요."

"고맙습니다, 슈트라트만 양. 자상한 뒷바라지를 받는 건 기쁜 일이지요. 그런데 내가 지금 전화한 건…… 내 일정에 관해서 몇 가지 확인하고 싶은 게 있어서요. 물론 오늘은 피치 못할 사정으로 시간이 지체되는 바람에 한두 가지 불행한 결과가 생기긴 했습니다만……."

나는 슈트라트만 양이 뭐라고 말하리라 생각하고 말을 끊었지만, 상대는 침묵만 지키고 있었다. 나는 조그맣게 웃고 나서 말을 이었다.

"하지만 우리는 지금 카르빈스키 미술관으로 가는 길입니다. 실제로 지금 이 순간 그리로 가고 있는 중이에요. 충분한 시간 여유를 두고 거기에 도착하고 싶었거든요. 우리는 물론 리셉션에 큰 기대를 걸고 있습니다. 카르빈스키 미술관은 경치 좋은 시골에 자리 잡고 있는 걸로 알고 있는데, 거기에 가게 돼서 정말 기쁩니다."

"저도 기뻐요, 라이더 씨." 슈트라트만 양의 목소리가 좀 불안하게 들렸다. "선생님이 그 행사를 즐기시길 바라겠어요." 그러고는 느닷없이 이렇게 말했다. "라이더 씨, 우리 때문에 기분이 상하지나 않으셨는지 모르겠군요."

"기분이 상하다뇨?"

"다른 뜻이 있어서 그런 건 아니었어요. 오늘 아침에 백작부인 댁에 가 보시라고 제의한 것 말이에요. 선생님이 브로즈키 씨의 작품을 잘 알고 계시리라는 건 우리도 모두 알고 있었어요. 그렇지 않다고 생각한 사람은 아무도 없었어요. 그런 생각은 꿈에도 해 본 적이 없답니다. 다만 그 레코드 가운데 일부는 아주 희귀한 음반이기 때문에, 백작부인과 폰 빈터슈타인 씨는 생각하시기를…… 선생님이 화를 내시지 않았으면 좋겠어요. 정말로 다른 뜻이 있어서 그런 건 아니었어요."

"천만에. 조금도 화나지 않았습니다. 오히려 내가 나타나지 않아서 백작부인과 폰 빈터슈타인 씨가 기분이 상하시지나 않았는지 걱정하고 있었어요."

"그 점에 대해서는 걱정하지 마세요, 라이더 씨."

"그분들을 만나 얘기를 나누고 싶었지만, 피치 못할 사정이 생겨서 약속을 못 지키더라도 그분들이 양해해 주실 거라고 생각했습니다. 특히 당신 말대로, 내가 브로즈키 씨의 레코드를 꼭 들어야 할 필요는 사실상 전혀 없었기 때문에……."

"라이더 씨, 백작부인과 폰 빈터슈타인 씨는 사정을 충분히 이해하고 계십니다. 어쨌든 이제 와서 생각해 보면 그런 일정을 잡은 것부터가 주제넘은 짓이었어요. 더구나 선생님은 그렇게 시간이 빠듯한데 말이에요. 부디 기분 나쁘게 생각지 말아 주세요."

"천만에요. 하지만 슈트라트만 양, 그거야 어쨌든 내가 지금 전화한 건 여기서의 '다른' 일정에 대해 의논하고 싶어서입니다."

"뭔데요?"

"예를 들면 연주회장을 점검하는 일 말입니다."

"아아, 예."

나는 그녀가 뭐라고 말하는지 보려고 기다렸다. 그러나 그녀가 잠자코 있었기 때문에 나는 말을 이었다.

"나는 그저 연주회장을 점검하러 가는 일정에 아무 문제도 없는지 확인하고 싶었을 뿐이에요."

슈트라트만 양은 내 목소리에 담겨 있는 당혹스러운 어조에 마침내 반응을 보였다.

"알겠어요. 무슨 말씀인지 알겠어요. 선생님이 점검하실 시간을 충분히 잡아 놓지 않은 건 사실이에요. 하지만 아시다시피……" 그녀가 말을 끊었다. 종이가 바스락거리는 소리가 수화기를 통해 들려왔다. "아시다시피, 연주회장 방문을 전후해서 두 가지 중요한 약속이 있답니다. 그래서 전 생각했죠. 어딘가에서 시간을 짜내야 한다면, 연주회장에서 보내는 시간을 줄일 수밖에 없다고……. 정 필요하다면 나중에 언제든지 연주회장에 다시 가서 점검하실 수 있을 거예요. 하지만 다른 약속들은 둘 다 너무 중요해서, 도저히 시간을 줄일 수가 없었어요. 예를 들면 시민상호부조단과의 만남도 그래요. 저는 선생님이 선생님의 연주에 감동한 보통 사람들과 만나는 것을 얼마나 중요하게 생각하시는지 알고 있기 때문에……."

"당신 말이 옳습니다. 당신 말에 전적으로 동의합니다. 당신 말대로, 연주회장은 나중에 언제든지 짬을 내서 다시 찾아갈 수도 있겠죠. 예, 그럼요. 나는 다만…… 준비가 어떻게 되어 가고 있는지 좀 걱정했을 뿐입니다. 우리 부모님을 위한 준비 말입니다." 수화기에서는 다시 침묵이 흘렀다. 나는 헛기침을 하고 나서 말을 이었다. "우리 부모님은 두 분 다 연로하십니다. 그러니까 연주회장에 특별한 설비를 갖출 필요가 있을 거예요."

"예, 예, 물론이죠." 슈트라트만 양의 목소리는 좀 당황한 것처럼 들렸다. "그리고 불행한 사태가 일어날 경우에 대비해서 의료진이 대기할 겁니다. 점검할 때 보면 아시겠지만, 그런 준비는 다 끝났습니다."

나는 잠깐 생각하고 나서 말했다.

"우리 부모님…… 우리는 지금 우리 부모님에 대해 얘기하고 있는 겁니다. 여기에는 어떤 착오도 없으리라 믿습니다."

"전혀 없습니다, 라이더 씨. 걱정하지 마세요."

나는 고맙다고 말하고 전화 부스를 나왔다. 식당으로 들어간 나는 문간에 잠깐 멈춰 섰다. 석양이 기다란 그림자를 식당 안에 떨어뜨리고 있었다. 두 중년 여자는 여전히 대화에 열중해 있었지만, 아직도 내 이야기를 하고 있는지는 짐작조차 할 수 없었다. 저 끝에 있는 구석 자리에서 보리스가 소피에게 뭔가를 설명하면서, 둘이 즐겁게 웃고 있는 것이 보였다. 나는 잠시 거기에 서서, 방금 슈트라트만 양과 나눈 대화를 속으로 되새겨 보았다. 좀 더 찬찬히 생각해 보니, 백작부인이 틀어 주는 브로즈키의 옛 음반을 들으면 나에게 도움이 될 거라는 생각은 확실히 건방지다는 것을 알 수 있었다. 백작부인과 폰 빈터슈타인은 그 음악을 통해 나를 한 걸음씩 이끌어 갈 수 있으리라고 기대한 게 분명했다. 그걸 생각하자 화가 났다. 피치 못할 사정으로 그 약속을 어길 수밖에 없었던 게 오히려 다행이라는 생각이 들었다.

나는 손목시계를 내려다보고, 슈트라트만 양에게는 카르빈스키 미술관에 여유 있게 도착할 수 있을 거라고 장담했지만 도착이 늦어질 염려가 있다는 것을 알았다. 나는 자리로 걸어가서, 앉지도 않고 말했다.

"지금 당장 출발해야겠어. 여기에 너무 오래 있었던 것 같아."

나는 다급하게 말했지만, 소피는 나를 쳐다보며 태연하게 말했다.

"보리스는 여기 도넛이 지금까지 먹어 본 도넛 중에서 최고래요. 그렇게 말했지, 보리스?"

보리스를 힐끔 바라보니, 그 애는 나를 완전히 무시하고 있었다. 그러자 좀 전에 보리스와 나 사이에 벌어진 사소한 말다툼—나는 잠시 그것을 까맣게 잊고 있었다—이 생각났고, 아무래도 보리스를 달래 주는 게 상책이라는 생각이 들었다.

"도넛이 맛있다고? 내가 하나 먹어 봐도 될까?"

보리스는 계속 나를 외면하고 있었다. 나는 잠시 기다렸다가 어깨를 으쓱했다.

"좋아. 말하고 싶지 않으면 안 해도 돼."

소피가 보리스의 어깨를 만지면서 달래려 했지만, 나는 고개를 돌리며 말했다.

"자, 이제 떠나야 해."

소피는 보리스를 다시 한 번 쿡쿡 찔렀다. 그러나 보리스는 아랑곳하지 않았다. 그러자 소피는 간절한 투로 나에게 말했다.

"조금만 더 있다 가요. 여기 들어와서 당신이 우리와 함께 앉아 있었던 시간은 얼마 되지도 않잖아요. 게다가 보리스는 여기 있는 걸 무척 즐거워하고 있어요. 그렇지, 보리스?"

보리스는 여전히 들은 척도 하지 않았다.

"이봐, 지금 당장 떠나야 해. 서두르지 않으면 늦을 거야."

소피는 다시 보리스를 바라보고 내 쪽으로 눈길을 돌렸다. 그녀의 표정에 분노가 어리고 있었다. 이윽고 그녀는 천천히 몸을 일으키기 시작했다. 나는 돌아서서, 뒤돌아보지도 않고 식당을 나왔다.

18

가파른 굽잇길을 내려와 간선도로로 들어섰을 무렵에는 해가 지평선 너머로 막 가라앉으려 하고 있었다. 오가는 차량은 여전히 드물었고, 나는 빨간 차의 흔적을 찾아 지평선을 유심히 살피면서 한동안 빠른 속도로 달렸다. 몇 분 뒤에 우리는 산악지방을 벗어나 드넓은 들판을 가로지르고 있었다. 간선도로 양쪽에는 농경지가 끝없이 펼쳐져 있었다. 내가 다시 빨간 차를 발견한 것은 평야를 가로질러 길고 완만하게 굽이진 길을 달리고 있을 때였다. 그 차는 멀리 떨어져 있었지만, 나는 운전자가 여전히 느린 속도로 여유 있게 달리고 있다는 것을 알 수 있었다. 나는 속도를 떨어뜨렸고, 곧이어 눈앞에 펼쳐지는 풍경을 즐기기 시작했다. 저녁 들판, 멀리 떨어진 나무 뒤에서 어른거리는 노을, 이따금 나타나는 농가들……. 그동안 우리 앞을 달리는 빨간 차는 굽잇길이 나타날 때마다 시야에 들어오기도 하고 사라지기도 했다. 그때 옆에서 소피가 말하는 소리가 들렸다.

"사람들이 얼마나 올까요?"

"리셉션에? 글쎄. 그걸 내가 어떻게 알겠어? 아무래도 당신은 리셉션 때문에 굉장히 들떠 있는 모양이군. 이건 그저 평범한 리셉션일 뿐이야."

소피는 계속 창밖을 내다보다가 말했다.

"오늘 밤에는 사람들이 많이 올 거예요. 루스코니 연회에 참석했던 사람들은 모두 오겠죠. 그래서 내가 이렇게 신경이 곤두서 있는 거라고요. 나는 당신이 눈치챈 줄 알았는데."

나는 소피가 말하는 연회를 기억하려고 애썼지만, 루스코니라는 이름은 나한테 아무런 의미도 없었다.

소피가 말을 이었다.

"그때까지만 해도 나는 이런 일에 훨씬 능숙해지고 있었어요. 그런데 그들은 나를 너무 심하게 대했어요. 나는 아직도 그때의 충격에서 완전히 벗어나지 못했다고요. 오늘 밤에도 거기에 참석했던 사람들이 많이 올 게 뻔해요."

나는 여전히 그 연회를 생각해 내려고 애썼지만 소용이 없었다.

"그러니까 그 사람들이 정말로 당신한테 무례하게 굴었다는 거야?"

"무례했냐고요? 그래요. 무례했다고 말할 수도 있겠죠. 그 사람들은 확실히 나한테 굴욕적이고 비참한 기분을 느끼게 했어요. 그 사람들이 오늘 밤에 또다시 오지 말았으면 좋겠는데."

"오늘 밤에 누군가가 무례하게 굴거든 나한테 말해. 당신이 원한다면 똑같이 무례하게 굴어도 좋아. 나는 상관없으니까."

소피는 고개를 돌려 뒷좌석에 앉아 있는 보리스를 돌아보았다.

잠시 뒤에 나는 보리스가 잠든 것을 알아차렸다. 소피는 좀 더 보리스를 지켜보다가 내게로 눈길을 돌렸다.

"도대체 왜 또 그러시는 거예요?" 그녀가 아까와는 전혀 다른 어조로 물었다. "그게 보리스의 마음을 얼마나 뒤집어 놓는지 아시잖아요. 그런데 또 시작인가요. 이번에는 언제까지 계속할 작정이세요?"

"계속하다니, 뭘?" 나는 지겹다는 듯이 물었다. "도대체 지금 무슨 소리를 하고 있는 거야?"

소피는 잠시 나를 바라보다가 고개를 돌렸다. 그러고는 혼잣말처럼 말했다.

"당신은 몰라요. 우리는 이럴 시간이 없어요. 그걸 모르시겠어요?"

나는 인내심이 바닥나는 것을 느꼈다. 온종일 나를 괴롭힌 혼란이 다시금 한꺼번에 돌아왔다. 나는 나도 모르게 큰 소리로 말하고 있었다.

"이봐, 도대체 당신은 무슨 권리로 나를 이렇게 줄곧 비난하는 거지? 당신은 모르겠지만, 나는 지금 엄청난 중압감에 시달리고 있어. 그런데 당신은 나를 격려해 주기는커녕 사사건건 비난만 하기로 작심한 것 같아. 그리고 이제는 리셉션에서 나를 실망시킬 준비를 모두 갖추고 있는 것 같군. 적어도 그렇게 하기 위한 근거를 마련하고 있는 것처럼 보여……."

"좋아요! 그럼 우리는 리셉션장에 들어가지 않겠어요. 보리스와 나는 차에서 기다릴 테니, 당신 혼자서 가세요!"

"그럴 필요는 없어. 내 말은 단지……."

"진심이에요. 혼자 가세요. 그러면 우리가 당신을 실망시키는 일도 없을 테니까."

그 후 몇 분 동안 우리는 말없이 달렸다. 마침내 내가 말했다.

"미안해. 이번 리셉션에서는 당신도 잘할 거야. 실제로 나는 그렇게 믿고 있어."

그녀는 대꾸하지 않았다. 우리는 말없이 달렸다. 내가 그녀를 곁눈질로 바라볼 때마다 그녀는 멀리 앞서 가는 빨간 차를 물끄러미 바라보고 있었다. 내 마음속에서는 야릇한 공포감이 싹트기 시작했다. 마침내 내가 말했다.

"이봐, 오늘 밤에 일이 제대로 되지 않는다 해도 그건 별로 중요하지 않아. 내 말은 그게 중요한 일에는 어떤 영향도 미치지 못할 거라는 뜻이야. 우리가 이런 식으로 어리석게 굴 필요는 전혀 없어."

소피는 계속 빨간 차를 바라보다가 말했다.

"내가 살찐 것처럼 보여요? 솔직히 말해 봐요."

"아니, 전혀 그렇지 않아. 멋져 보여."

"하지만 나는 살쪘어요. 몸무게가 조금 늘었다고요."

"상관없어. 오늘 밤에 무슨 일이 일어나도 그건 중요하지 않을 거야. 걱정할 필요는 전혀 없어. 이제 곧 모든 게 준비될 거야. 집도 마련할 테고, 다른 것도 전부 다 마련될 거야. 그러니까 걱정할 필요는 전혀 없어."

이렇게 말하고 있을 때, 소피가 아까 말한 연회가 조금씩 기억에 되살아나기 시작했다. 특히 내 머리에 떠오른 것은 진홍빛 이브닝드레스를 입고 사람들로 북적이는 방 한복판에 혼자 어색하게 서 있는 소피의 모습이었다. 주위에서는 사람들이 삼삼오오 무리를 이룬 채 웃고 떠들고 있었다. 나는 그녀가 참고 견뎠을 게 분명한 굴욕감을 생각하다가, 나도 모르게 그녀의 팔을 부드럽게 만졌다. 그러자 그녀가 내 어깨에 머리를 기댔기 때문에 나는 안심했다.

"두고 보세요." 그녀가 거의 속삭이듯 말했다. "당신한테 보여 드릴 테니. 그리고 보리스도 보여 드릴 거예요. 오늘 밤 거기에 누가 오든, 당신한테 보여 드리겠어요."

"그래. 당신은 틀림없이 그럴 거야. 당신도 보리스도 잘해 낼 거야."

몇 분 뒤, 나는 빨간 차가 간선도로에서 벗어나기 위해 깜박이를 켠 것을 알아차렸다. 나는 거리를 좁혔고, 곧이어 안내자를 따라 목초지 사이로 나 있는 조용한 비탈길을 올라갔다. 올라갈수록 간선도로의 소음은 멀어졌고, 얼마 지나지 않아 우리는 현대식 교통수단에는 별로 적합하지 않은 자갈길을 덜컹거리며 달리고 있었다. 한번은 울창한 산울타리가 자동차 옆면을 온통 긁어 놓았고, 그 직후에는 고장 난 농기구들이 널려 있는 진흙 밭을 덜컹거리며 가로질렀다. 이어서 우리는 들판 사이를 누비듯이 뻗어 있는 평탄한 시골길로 나와서, 다시 속력을 내기 시작했다. 마침내 소피가 외쳤다.

"저기예요!"

나는 카르빈스키 미술관을 알리는 표지판이 나무에 매달려 있는 것을 보았다.

입구가 가까워지자 나는 속력을 늦추었다. 녹슨 문기둥 두 개는 아직 서 있었지만, 문 자체는 없어진 상태였다. 빨간 차가 길을 따라 계속 내려가다가 마침내 시야에서 사라져 버렸을 때, 나는 문기둥 사이를 지나 잡초가 우거진 넓은 풀밭으로 들어갔다.

풀밭 한가운데로 자갈길이 나 있었고, 우리는 한동안 천천히 비탈길을 올라갔다. 언덕마루에 이르자 멋진 전망이 눈앞에 펼쳐졌다. 풀밭은 갑자기 내리막을 이루며 얕은 골짜기로 이어져 있었고, 골짜기의 우묵한 곳에 프랑스 성채처럼 당당한 건물이 앉아 있었다. 석양은 그 건물 뒤의 숲 속으로 가라앉고 있었다. 이렇게 멀리서 보아도 그 건물이 고풍스러운 매력으로 가득 차 있다는 것을 알 수 있었다. 그것은 어느 꿈 많은 지주 집안이 서서히 몰락해 가는 모습을 연상시켰다.

나는 기어를 저속으로 넣고 조심스럽게 언덕 아래로 내려갔다. 잠에서 깬 보리스가 좌우를 두리번거리는 것이 백미러에 비쳤다. 그러나 풀이 너무 높이 자라 있어서, 옆창으로는 아무것도 보이지 않았다.

건물에 가까이 가자, 그 옆에 있는 넓은 풀밭이 주차한 차들로 뒤덮여 있는 것이 보였다. 내리막길을 다 내려오자 나는 그쪽으로 차를 몰았다. 거기에 서 있는 차들은 모두 합해서 백 대쯤 되어 보였고, 대부분은 리셉션에 참석하기 위해 반짝반짝 윤이 나도록 닦여 있었다. 나는 적당한 자리를 찾아 잠시 돌아다니다가, 허물어지고 있는 담장에서 그리 멀지 않은 곳에 차를 세웠다.

나는 차에서 내려 팔다리를 한껏 뻗었다. 뒤를 돌아보니 소피와 보리스도 차에서 내린 참이었다. 소피는 보리스의 머리카락과 옷매무새를 가다듬어 주면서 법석을 떨고 있었다.

소피가 보리스에게 말하는 소리가 들렸다.

"명심해. 저 집에 있는 사람들 가운데 너보다 중요한 사람은 아무도 없어. 이 말을 계속 속으로 되풀이해. 어쨌든 여기에 오래 있진 않을 거야."

내가 건물 쪽으로 걸어가고 있을 때, 시야 구석에 잡힌 무언가가 관심을 끌었다. 그쪽을 돌아보니, 내가 서 있는 곳과 가까운 풀밭에 망가진 고물차 한 대가 버려져 있었다. 다른 손님들은 그 폐차의 녹과 전반적인 황폐함이 자기 차에 전염될지도 모른다고 생각한 듯, 그 차 주위에 공간을 남겨 놓았다.

나는 폐차 쪽으로 몇 발짝 다가갔다. 그 차는 땅속으로 약간 가라앉아 있었고, 키 자란 풀로 주위가 뒤덮여 있어서, 석양이 보닛에 부딪치지 않았다면 차가 거기에 있는지도 알아차리지 못했을 것이다. 바퀴는 하나도 없었고, 운전석 문은 경첩에서 떨어진 채 달려 있었다. 페인트는 수없이 덧칠되어 있었는데, 마지막으로 덧칠할 때 페인트공은 가정용 페인트를 사용하다가 중간에 포기해 버린 것 같았다. 뒤쪽 흙받이 두 개는 각기 다른 자동차에서 떼어 낸 짝짝이 대용품으로 교체되어 있었다. 그런데도 나는 좀 더 자세히 살펴보기도 전에 그 차가 우리 아버지가 옛날에 오랫동안 타고 다니던 자동차의 잔해라는 것을 알아차렸다.

내가 그 차를 마지막으로 본 것은 물론 오래전이었다. 이렇게 비참한 꼴로 변해 버린 그 차를 다시 보니, 그 차가 우리와 함께 지낸 마지막 날들이 기억에 되살아났다. 그때도 그 차는 너무 낡아서, 어린 나에게는 부모님이 계속 그런 고물차를 타고 다니는 게 몹시 곤혹스럽게 느껴졌다. 마지막에는 그 차를 타지 않으려고 꾀를 쓰기도 했다. 내가 그 차에 타고 있는 것을 학교 친구나 선생님이 볼까 봐 두려웠기 때문이다. 하지만 내가 그 차를 부끄러워한 것은 마지막 무렵뿐이었다. 그때까지 오랫동안 나는 우리 차가 — 싸구려인데도 불구하고 — 길에 다니는 어떤 차보다 훌륭하고, 아버지가 그 차를 바꾸지 않는 것도 그 때문이라는 믿음에 매달려 있었다. 나는 그 차가 우스터셔 주에 있는 우리의 작은 시골집 찻길에 서 있었던 모습을 생각해 낼 수 있었다. 페인트를 칠한 부분도 금속 부분도 번쩍번쩍 윤이 나게 닦여 있었고, 나는 몇 분 동안이나 그 차를 바라보며 엄청난 자부심을 느끼곤 했다. 오후, 특히 일요일 오후에는 자동차 안이나 주위에서 몇 시간 동안이나 놀곤 했다. 때로는 장난감 — 내가 아끼던 플라스틱 병정들까지 — 을 가지고 나와 자동차 뒷좌석에 늘어놓기도 했다. 하지만 내가 무엇보다도 자주 한 일은 차에 대한 가공의 시나리오를 끝없이 만들어 내어, 자동차 창문으로 총을 쏘거나 차를 몰고 다른 차를 추적하는 장면을 공상하는 것이었다. 어머니는 자주 집에서 나와, 제발 자동차 문을 꽝 닫지 마라, 그 요란한 소리 때문에 미칠 지경이다, 한 번만 더 그러면 나를 '산 채로 껍질을 벗겨 버리겠다'고 야단치곤 했다. 우리 시골집 뒷문에 서서 차를 향해 고함을 지르던 어머니의 모습이 눈앞에 생생하게 떠올랐다. 그 시골집은 작았지만, 도시에서 멀리 떨어져 있어서 주위에는 반 에이커 정도의 풀밭이 펼쳐져 있었다. 우리 집 대문 앞을 지나 농장으로 가는 샛길이 한 줄기 뻗어 있어서, 하루에 두 번씩 농장 일꾼들이 진흙 묻은 막대기로 소 떼를 몰며 그 길을 지나곤 했다. 아버지는 항상 차의 꽁무니가 샛길을 향하도록 찻길에 세워 두었기 때문에, 나는 차 안에서 놀다가도 소 떼가 지나가면 하던 일을 멈추고 뒤창으로 소들의 행진을 지켜보곤 했다.

우리가 '찻길'이라고 부른 것은 집 옆에 있는 풀밭에 불과했다.

콘크리트로 포장하지 않아서, 비가 많이 오면 차가 서 있는 찻길은 깊은 웅덩이로 변하곤 했다. 아마 그 때문에 차는 더욱 빨리 지금과 같은 상태로 망가졌을 것이다. 하지만 어린 나에게는 비 오는 날이 특별한 즐거움을 가져다주었다. 비가 오면 차 안에 유난히 아늑한 분위기가 감돌 뿐 아니라, 차에 타거나 내릴 때마다 운하 같은 진흙탕을 건너뛰어야 하는 어려운 문제가 제기되었기 때문이다. 처음에 부모님은 내가 자동차 시트를 온통 진흙투성이로 만들어 놓는다면서 비가 올 때 진흙탕을 건너뛰는 것을 허락하지 않았지만, 차를 산지 몇 해가 지나자 이 문제에 대해서는 더 이상 신경을 쓰지 않게 되었다. 그러나 문을 쾅 닫는 것은 우리가 차를 소유하고 있는 동안 내내 어머니를 괴롭혔다. 이것은 불행한 일이었다. 문을 쾅 닫는 소리는 내 시나리오를 재현할 때 극적인 긴장이 한껏 고조된 중요한 순간을 강조해 주는 핵심적인 요소였기 때문이다. 그런데 어머니는 이따금 몇 주 동안, 때로는 몇 달 동안 내가 아무리 문을 세게 닫아도 불평하지 않아서 문제를 더욱 복잡하게 만들었다. 어머니가 한동안 문에 대해 아무 말도 하지 않으면, 나는 그것이 어머니와 나 사이에 갈등의 원인이 될 수도 있다는 것을 거의 잊어버리곤 했다. 그러다가 어느 날 내가 드라마에 몰두해 있을 때, 어머니가 몹시 고통스러운 얼굴로 갑자기 나타나 한 번만 더 그러면 나를 '산 채로 껍질을 벗겨 버리겠다'고 야단치는 것이었다. 몇 번은 문이 실제로 닫히기도 전에 어머니가 이런 위협을 했기 때문에, 나는 연기를 끝낸 뒤에도 문을 연 채 놓아두어야 할지—그러면 문은 밤새도록 열려 있을지도 모르지만—아니면 위험을 무릅쓰고 조용히 문을 닫아야 할지 몰라서 진퇴양난의 궁지에 빠지기도 했다. 이 딜레마는 그 차에서 노는 시간이 끝날 때까지 줄곧 나를 괴롭혀서, 내 즐거움을 철저히 망쳐 놓았다.

"뭐 하고 있는 거예요?" 소피가 뒤에서 외쳤다. "이제 들어가야 해요."

나는 그녀의 목소리를 알아들었지만, 우리가 옛날에 타던 차를 뜻밖에도 여기서 발견한 것에 정신이 팔려, 별로 생각해 보지도 않고 건성으로 대답을 중얼거렸다. 그러자 그녀가 말하는 소리가 들렸다.

"도대체 어떻게 된 거예요? 당신은 꼭 그 차와 사랑에 빠진 것 같군요."

그제야 나는 내가 차를 실제로 끌어안고 있다는 것을 깨달았다. 나는 차 지붕에 뺨을 댄 채 녹슨 표면을 어루만지고 있었다. 나는 얼른 웃으면서 몸을 일으키고, 나를 가만히 바라보고 있는 소피와 보리스를 돌아보았다.

"이걸 사랑한다고? 농담이겠지." 나는 또다시 웃었다. "이런 폐차를 아무 데나 내버려 두는 건 범죄야."

그래도 보리스와 소피가 계속 나를 쳐다보았기 때문에 나는 소리를 질렀다.

"정말 구역질 나는 고물차로군!"

그러고는 차를 몇 번 걷어찼다. 그제야 보리스와 소피는 만족한 듯 돌아섰다. 그때 나는 소피가 나를 재촉하는 척하면서도 여전히 보리스의 겉모습에 정신이 팔려, 보리스의 머리를 또다시 빗질해 주는 것을 알아차렸다.

걷어찬 것 때문에 차가 손상되지는 않았을까. 나는 불안한 생각이 들어 다시금 차로 관심을 돌렸다. 자세히 살펴보니 녹슨 쇳조각 몇 개가 떨어졌을 뿐이지만, 나는 그처럼 무정한 태도를 보인 것을 벌써 후회하고 있었다. 나는 풀을 헤치고 반대편으로 돌아가서, 뒤쪽 옆창을 통해 차 안을 들여다보았다. 뭔가가 날아와 유리창에 부딪힌 흔적이 있었지만, 유리는 무사한 상태였다. 나는 거미줄 사이의 좁은 틈으로 뒷좌석을 들여다보았다. 옛날에 그토록 많은 시간을 행복하게 보냈던 뒷좌석은 대부분 곰팡이로 덮여 있었다. 시트 쿠션과 팔걸이가 만나는 한쪽 구석에는 빗물이 고여 있었다. 문을 잡아당기자 쉽게 열렸지만, 무성한 풀에 걸려 반쯤밖에 열리지 않았다. 그래도 간신히 비집고 들어갈 수 있을 정도의 틈은 있었기 때문에, 나는 잠깐 버둥거린 뒤 어떻게든 뒷좌석으로 들어갈 수 있었다.

안으로 들어가 보니, 좌석 한쪽 끝이 내려앉아 있었다. 그래서 좌석에 앉은 내 몸도 부자연스럽게 내려앉았다. 가까운 창문을 통해 풀잎과 노을이 물든 저녁 하늘이 보였다. 나는 자세를 바로잡으면서 문이 거의 닫힐 때까지 잡아당겼다. 문은 뭔가에 걸려 완전히 닫히지는 않았다. 그리고 잠시 뒤에 나는 상당히 편안한 자세를 취하고 있었다.

오래지 않아 아늑한 기분이 나를 감싸기 시작했다. 나는 잠시 눈을 감았다. 그러자 우리 가족이 이 차를 타고 행복한 나들이를 했던 기억이 되살아났다. 그때 우리는 내가 탈 중고 자전거를 사려고 가까운 시골을 돌아다녔다. 화창한 일요일 오후였다. 우리는 이 마을 저 마을을 돌아다니며 자전거를 살펴보고, 부모님이 앞좌석에서 진지하게 의논하는 동안 나는 바로 이 뒷좌석에 앉아서 창밖을 스쳐 지나가는 우스터셔의 풍경을 내다보고 있었다. 당시는 영국에 전화가 널리 보급되기 전이어서, 팔고 싶은 물건을 신문에 광고하는 사람들은 전화번호 대신 주소를 밝혀 놓았다. 어머니는 그런 주소가 실린 지방 신문 한 부를 무릎에 펼쳐 놓고 있었다. 사전 약속은 필요 없었다. 우리 같은 가족은 그저 문을 두드리고 이렇게 말하면 되었다. "소년용 자전거를 판다는 광고를 보고 왔는데요." 그러면 사람들은 자전거를 살펴보도록 우리를 뒤뜰 헛간으로 안내해 주었다. 좀 더 친절한 사람들은 차를 마시고 가라고 권하기도 했다. 아버지는 농담조로 그 제의를 거절하곤 했다. 하지만 어느 노부인 — 그녀는 사실 '소년용 자전거'가 아니라 죽은 남편이 쓰던 자전거를 팔려고 내놓았다. — 은 안으로 들어오라고 끈질기게 권했다. "댁 같은 분들을 손님으로 맞아들이는 건 항상 즐거운 일이지요." 우리가 찻잔을 앞에 놓고 햇볕이 잘 드는 작은 거실에 앉아 있을 때, 노부인은 우리를 다시 한 번 '댁 같은 분들'이라고 불렀다. 아버지는 내 또래의 소년에게 적합한 자전거를 찾고 있노라고 말했다. 아버지의 이야기를 듣는 동안, 노부인한테는 우리 세 식구가 단란한 가정의 행복을 상징하는지도 모른다는 생각이 문득 들었다. 그러자 나는 바싹 긴장했고, 이 긴장감은 우리가 그 집에 머물러 있던 30분 동안 계속 고조되었다. 남들 앞에서는 늘 사이좋은 부부인 체하는 부모님이 언제 그런 위장을 벗어던질지 몰라 두려웠기 때문은 아니었다. 가벼운 말다툼일지라도 남의 집에서 말다툼을 벌인다는 것은 상상도 할 수 없는 일이었다. 하지만 나는 노부인이 언제라도 낌새를 눈치채고 위장된 단란함의 실상을 깨닫게 될 순간을 두려워하며, 좌불안석으로 노부인을 지켜보았다.

나는 폐차 뒷좌석에 앉아서 그날 오후가 어떻게 끝났는지를 기억하려고 애썼지만, 문득 깨닫고 보니 내 마음은 전혀 다른 오후의 기억을 더듬고 있었다. 비가 억수같이 쏟아지는 날이었다. 집 안에서 부모님이 대판 싸움을 벌이고 있는 동안 나는 밖으로 나와 자동차 뒷좌석이라는 성역으로 피신했다. 그날 오후 나는 팔걸이 밑에 머리를 쑤셔 넣고 뒷좌석에 반듯이 드러누워 있었다. 그 위치에서 창문으로 보이는 것은 유리창을 따라 흘러내리는 빗물뿐이었다. 그 순간, 내 간절한 소망은 아무에게도 방해받지 않고 거기에 몇 시간이고 누워 있는 것이었다. 하지만 나는 얼마쯤 지나면 아버지가 집에서 나오리라는 것, 아버지는 차를 지나 대문으로 걸어가서 샛길로 나가리라는 것을 경험으로 알고 있었다. 그래서 나는 오랫동안 거기에 누워, 빗소리를 뚫고 뒷문 빗장이 덜거덕거리며 열리는 소리가 들리지 않을까 하고 열심히 귀를 기울였다. 마침내 그 소리가 들리자 나는 벌떡 일어나 연극을 하기 시작했다. 떨어진 권총을 서로 집으려고 여러 사람이 격렬하게 드잡이하는 장면을 흉내 내면서, 거기에 너무 열중하여 아무것도 알아차리지 못한 척했다. 나는 빗길을 걷는 아버지의 발소리가 찻길 끝으로 멀어져 가는 소리를 들었을 때에야 겨우 용기를 내어 연극을 멈추었다. 그러고는 얼른 좌석에 무릎을 꿇고 뒤창으로 조심스럽게 밖을 내다보았다. 레인코트를 걸친 아버지가 대문 앞에 멈춰 서서 약간 허리를 굽히고 우산을 펴는 모습이 보였다. 다음 순간 아버지는 단호하게 샛길로 나가 시야에서 사라졌다.

나는 꾸벅꾸벅 졸았던 모양이다. 흠칫 놀라 눈을 떠 보니, 캄캄한 어둠 속에서 망가진 자동차 뒷좌석에 앉아 있었기 때문이다. 나는 가벼운 공포에 사로잡혀 가장 가까이에 있는 문을 밀었다. 문은 꿈쩍도 하지 않다가 조금씩 열렸다. 마침내 나는 문틈으로 간신히 나올 수 있었다.

나는 옷을 털면서 주위를 둘러보았다. 집에는 불이 휘황찬란하게 켜져 있었다. 높은 창문 안쪽에서 반짝이고 있는 샹들리에가 보였다. 그리고 저만치에 서 있는 우리 자동차 옆에서는 소피가 아직도 보리스의 머리를 매만져 주느라 법석을 떨고 있었다. 나는 집에서 새어 나오는 불빛이 닿지 않는 곳에 서 있었지만, 소피와 보리스는 사실상 투광 조명을 받고 있었다. 내가 지켜보고 있는 동안 소피는 허리를 굽혀 자동차의 사이드미러를 들여다보면서 화장에 끝손질을 하고 있었다.

내가 불빛 속으로 들어가자 보리스가 나를 돌아보았다.

"왜 이렇게 늦으신 거예요."

"미안하다. 이제 들어가야겠다."

"잠깐만요."

소피는 여전히 허리를 굽힌 채 거울을 들여다보면서 건성으로 중얼거렸다.

"난 배가 고파요." 보리스가 나에게 말했다. "집에는 언제 갈 거예요?"

"걱정 마라. 여기에 오래 있진 않을 테니까. 많은 사람이 우리를 기다리고 있으니까 안에 들어가서 인사를 하는 게 좋겠지. 하지만 금방 나올 거야. 그런 다음에는 곧장 집으로 돌아가서 즐거운 저녁을 보내자꾸나. 우리끼리만."

"장군놀이도 할 수 있나요?"

"물론이지." 이제는 보리스가 아까의 말다툼을 잊어버린 것 같아서 나는 기쁜 마음으로 말했다. "네가 좋아하는 놀이는 뭐든지 할 수 있어. 어떤 놀이를 하다가 도중에 네가 싫증이 나거나 게임에 져서 그만두고 다른 놀이를 하고 싶다면 그래도 좋아. 오늘 밤에는 무엇이든 네가 하고 싶어 하는 놀이로 바꿀 거야. 그리고 네가 놀이를 그만두고 축구 얘기를 하고 싶다면, 그렇게 하자꾸나. 멋진 저녁이 될 거야. 우리 셋만의 저녁을 즐기자꾸나. 하지만 우선은 안에 들어가서 이 일을 처리해야겠어. 그렇게 나쁘진 않을 거야."

"좋아요. 이제 준비됐어요."

소피가 말했다. 하지만 마지막으로 다시 한 번 허리를 굽혀 거울을 들여다보았다.

우리는 돌로 만든 아치 아래를 지나 안뜰로 들어갔다. 현관문 쪽으로 걸어가고 있을 때 소피가 말했다.

"정말이지 나는 이제 리셉션을 즐거운 마음으로 기대하고 있어요. 아주 기분이 좋아요."

"잘됐군. 마음을 느긋하게 먹고 자연스럽게 행동해. 만사가 잘될 거야."

19

뚱뚱한 가정부가 문을 열어 주었다. 우리가 널찍한 현관홀로 들어가자 그녀가 말했다.

"다시 뵙게 돼서 반갑습니다, 선생님."

이 말을 듣고서야 나는 이 집에 와 본 적이 있다는 것을 깨달았다. 이 집은 호프만이 어젯밤 나를 데려갔던 바로 그 집이었다.

나는 참나무 판벽을 둘러보면서 말했다.

"아아 예, 다시 오니 좋군요. 이번에는 보시다시피 가족과 함께 왔습니다."

가정부는 아무 대답도 하지 않았다. 아마 그것은 경의의 표시겠지만, 문간에 무뚝뚝하게 서 있는 가정부를 곁눈질로 보았을 때 나는 그녀의 적개심을 느끼지 않을 수 없었다. 그제야 나는 우산꽂이 옆에 있는 둥근 나무 탁자 위에 잡지와 신문이 놓여 있고 거기에 내 얼굴이 실려 있는 것을 알아차렸다. 나는 탁자로 다가가서 신문을 집어 들었다. 1면 전체가 내 사진으로 이루어져 있었다. 그것은 분명 바람이 휘몰아치는 들판에서 찍은 사진이었다. 이어서 나는 배경에 하얀 건물이 있는 것을 알아보고, 아침에 언덕마루에서 사진을 찍은 것을 생각해 냈다. 나는 스탠드 쪽으로 신문을 가져가서 노란 불빛에 사진을 비추어 보았다.

세찬 바람 때문에 머리카락은 뒤로 나부끼고, 넥타이는 어깨 너머로 빳빳하게 뻗쳐 있었다. 재킷도 뒤로 휘날리고 있어서 마치 케이프를 두른 것처럼 보였다. 그보다 더 당혹스러운 것은 내 얼굴이 억제되지 않은 잔인한 표정을 짓고 있다는 점이었다. 나는 바람을 향해 주먹을 들어 올린 채, 야만족 전사 같은 고함을 지르고 있는 듯이 보였다. 어떻게 그런 포즈가 나왔는지, 도저히 이해할 수가 없었다. 표제는 — 1면에는 기사가 전혀 없고 표제만 적혀 있었다 — '활력을 불러일으키는 라이더의 외침'으로 되어 있었다.

약간 신경질적으로 신문을 펼쳐 보니 예닐곱 장의 작은 사진이 눈에 들어왔다. 그 사진들은 하나같이 1면에 실린 사진의 변형이었다. 그 가운데 두 장을 빼고는 호전적인 태도가 뚜렷이 드러나 있었고, 나머지 두 장에서는 내가 윗니는 하나도 드러내지 않고 아랫니만 거의 다 드러낸 야릇한 미소를 지으며 뒤에 있는 하얀 건물을 자랑스럽게 소개하고 있는 것처럼 보였다. 그 밑에 있는 기사를 훑어보니, 막스 자틀러라는 사람이 여러 번 언급되어 있었다.

다른 때라면 신문을 좀 더 자세히 살펴보았겠지만, 가정부의 적개심이 바로 이 사진들과 관계가 있는 게 아닐까 하는 생각이 들자 몹시 불쾌해지기 시작했다. 그래서 나는 나중에 기사를 주의 깊게 검토하기로 마음먹고, 신문을 내려놓고 탁자 곁을 떠났다.

"이제 들어가야 할 시간이야." 나는 현관홀 한복판에서 머뭇거리고 있는 소피와 보리스에게 말했다. 가정부가 들을 수 있을 만큼 큰 소리로 말했기 때문에, 당연히 가정부가 우리를 리셉션장으로 안내해 주리라 생각했다. 하지만 그녀는 꼼짝도 하지 않았고, 어색한 가운데 몇 초가 흐른 뒤에 나는 그녀에게 미소를 지으며 말했다. "어젯밤에 와 봤으니까 기억이 날 거요." 나는 이렇게 말하며 앞장서서 안으로 들어갔다.

막상 들어가 보니 그 건물은 내가 기억하고 있는 것과는 전혀 달랐고, 문득 정신을 차리고 보니 어느새 우리는 벽에 판자를 댄 기다란 복도에 들어와 있었다. 나한테는 생판 낯선 복도였지만, 이것은 문제가 되지 않았다. 복도를 따라 조금 내려가자마자 왁자지껄한 소리가 들려왔기 때문이다. 오래지 않아 우리는 이브닝드레스 차림에 칵테일 잔을 든 사람들로 북적이는 좁은 방 문간에 서 있었다.

언뜻 보기에도 그 방은 어젯밤에 손님들이 모여 있던 그 거대한 무도회장보다 훨씬 작아 보였다. 좀 더 자세히 살펴보니 그 방은 원래 방이 아니라 복도였거나 기껏해야 길게 휘어진 문간방이었다는 것을 알 수 있었다. 문간에서 얼핏 들여다본 것만으로는 확인할 수 없었지만, 그 방의 굽은 모양으로 미루어 보아 전체적으로는 반원형을 이루고 있을지도 모른다는 생각이 들었다. 바깥쪽에는 커튼으로 가려진 거대한 창문들이 곡선을 따라 늘어서 있고, 안쪽 벽에는 문들이 늘어서 있는 것 같았다. 바닥은 대리석이었고, 천장에는 샹들리에가 매달려 있고, 방 여기저기에 놓여 있는 받침대 위나 우아한 유리장 안에는 예술품들이 전시되어 있었다.

우리는 문간에 서서 이 광경을 바라보았다. 누군가가 다가와 안으로 안내해 주고, 우리가 도착한 것을 사람들에게 알려 주지나 않을까 하고 주위를 둘러보았지만, 한동안 거기에 서서 지켜보고 있는데도 우리한테 다가오는 사람은 아무도 없었다. 이따금 우리 쪽으로 서둘러 다가오는 사람이 있었지만, 알고 보면 다른 손님한테 다가가는 사람이었다.

나는 소피를 힐끔 돌아보았다. 그녀는 한 팔로 보리스의 어깨를 안고, 그 애와 함께 사람들을 불안한 눈으로 바라보고 있었다.

"자, 들어갑시다." 나는 태연하게 말했다. 우리는 방 안으로 몇 발짝 들어가서 다시 멈춰 섰다.

나는 방 안을 둘러보며 호프만이나 슈트라트만이나 내가 아는 사람을 찾았지만, 아무도 보이지 않았다. 거기에 서서 사람들의 얼굴을 하나씩 살펴보고 있노라니 문득 이런 생각이 들었다. 저 사람들 가운데 상당수는 어쩌면 소피가 지독한 대접을 받았다는 연회에 참석했던 사람들이 아닐까. 그러자 소피가 견뎌야 했던 참담한 기분을 훨씬 생생하게 이해할 수 있었고, 위험한 분노가 속에서 치미는 게 느껴졌다. 실제로 나는 방 안을 계속 둘러보다가, 소피에게 창피를 안겨 준 주범들인 게 확실한 자들을 적어도 몇 명은 발견할 수 있었다. 방이 구부러진 저쪽 모퉁이에 모여 있는 한 무리의 손님들이 바로 그들이었다. 나는 사람들 틈으로 그들을 유심히 살펴보았다. 이런 모임에서 얼마나 뻔뻔하게 행동할 수 있는지를 과시하려는 듯 바지 주머니에 손을 넣었다 뺐다 하면서 자기만족에 빠져 오만한 미소를 짓고 있는 남자들, 웃을 때 쓸데없이 고개를 젓고 있는 우스꽝스러운 옷차림의 여자들. 그런 자들이 감히 남을 비웃거나 깔본다는 것은 도저히 믿을 수 없는 일—참으로 터무니없는 일—이었다. 하물며 소피 같은 여자한테 어떻게 감히 그럴 수 있단 말인가.

나는 당장 그들에게 달려가, 같은 패거리들이 지켜보는 앞에서 따끔하게 혼내 주고 싶었다. 사실 그러지 못할 이유는 전혀 없었다. 나는 소피를 안심시키기 위해 재빨리 몇 마디 속삭이고 나서 방을 질러가기 시작했다.

사람들을 헤치고 나아가는 동안, 나는 방이 정말로 완만한 반원을 그리며 구부러져 있는 것을 알아차렸다. 이제는 웨이터들이 술과 전채가 담긴 쟁반을 들고 안쪽 벽을 따라 보초병들처럼 도열해 있는 것도 볼 수 있었다. 이따금 사람들이 나를 살짝 밀치고는 가볍게 사과하거나, 반대쪽에서 사람들을 헤치고 지나가려던 사람이 나와 마주치면 미소를 보내기도 했지만, 묘하게도 나를 알아보는 사람은 아무도 없는 것 같았다. 한번은 뭔가에 낙심한 듯 고개를 젓고 있는 세 명의 중년 남자 옆을 비집고 지나가다가, 그중 한 사람이 신문을 겨드랑이에 끼고 있는 것을 알아차렸다. 바람을 맞아 흐트러진 내 얼굴이 그의 팔꿈치 뒤에서 밖을 엿보고 있었다. 그것을 본 순간, 우리의 도착이 이처럼 묘하게 무시당하고 있는 이유가 어쩌면 신문에 실린 내 사진 때문은 아닐까 하는 희미한 의혹이 내 마음을 스쳤다. 하지만 이제 나는 목표로 삼은 사람들 바로 옆에 와 있었기 때문에, 그 의혹에 대해서는 더 이상 생각하지 않았다.

내가 다가가자, 그들 가운데 두 사람이 나를 자기들 틈에 맞아들이려는 듯 옆으로 비켜섰다. 나는 그들이 우리를 둘러싸고 있는 예술품에 대해 이야기하고 있다는 것을 알아차렸다. 내가 그들 틈에 끼어들었을 때, 그들은 방금 누군가가 한 말에 동의한다는 듯 모두 고개를 끄덕이고 있는 참이었다. 그러다가 한 여자가 말했다.

"이 방에는 선을 하나 그을 수 있어요. 저기 반 틸로 바로 뒤에…….” 그녀는 우리한테서 그리 멀지 않은 받침대 위에 놓여 있는 하얀 조각상을 가리켰다. “오스카는 안목이 없었어요. 공정하게 말하자면 그도 그걸 알고는 있었지만, 가족에 대한 의무감을 무시할 수 없었던 거예요.”

그러자 한 남자가 말했다.

“미안하지만 나도 안드레아스의 말에 동의할 수밖에 없습니다. 오스카는 너무 자존심이 강했어요. 자기보다 조예가 깊은 사람들한테 그 일을 맡겼어야 하는 건데.”

그러자 다른 남자가 쾌활한 미소를 지으며 나에게 말을 걸었다.

“당신은 어떻게 생각하십니까? 오스카가 이 컬렉션을 위해 수집한 예술품에 대해…….”

나는 잠깐 당황했지만, 다른 일에 관심을 돌릴 기분은 아니었다.

“여러분이 오스카의 무능력에 대해 말하는 건 좋습니다만……” 나는 이런 식으로 말을 꺼냈다. “좀 더 중요한 요점은…….”

“말이 너무 지나치시군요.” 한 여자가 내 말을 가로막았다. “오스카를 무능력자라고 부르다니. 그 사람의 취향은 자기 형과는 전혀 달랐어요. 그리고 묘한 실수를 저지른 건 사실이지만, 전체적으로 보면 그가 이 컬렉션에 바람직한 측면을 가져왔다고 생각해요. 이 컬렉션의 엄격함을 깨뜨리고 있다는 점에서 말이에요. 그게 없다면 이 컬렉션은 디저트가 빠진 만찬과 다를 바 없을 거예요. 예컨대 저기 있는 쐐기벌레 꽃병…….” 그녀는 사람들 사이를 가리켰다. “얼마나 매력적이에요.”

“그건 좋지만…….” 내가 다시 말하기 시작했지만, 뒷말을 잇기도 전에 한 남자가 단호하게 가로챘다.

"저 쐐기벌레 꽃병은 오스카가 고른 작품 가운데 여기에 놓여 있을 자격이 있는 '유일한' 물건입니다. 오스카의 문제는 컬렉션을 하나의 통일체로 보는 감각, 말하자면 균형감각을 전혀 갖고 있지 않았다는 거예요."

나는 인내심이 바닥나고 있는 것을 느낄 수 있었다.

"이것 보세요! 그만두세요! 쓸데없는 수다를 멈추란 말입니다! 허튼소리를 잠깐만이라도 그만두고 다른 사람한테도 말할 기회를 주세요. 당신들은 이 폐쇄된 작은 세계에서 사는 게 너무나 행복한 모양이지만, 그 세계 밖에서 온 사람도 말 좀 하게 해 주세요."

나는 말을 멈추고 그들을 노려보았다. 내 강력한 권리 주장은 소기의 성과를 거두었다. 이제 그들—네 남자와 세 여자—은 모두 깜짝 놀라서 나를 응시하고 있었기 때문이다. 마침내 그들의 관심이 나에게 쏠리자, 나는 속에서 치미는 분노를 신중하게 사용할 수 있는 무기처럼 즐거운 마음으로 억제할 수 있었다. 나는 목청을 낮추어 말을 이었다. 그러나 목소리는 의도했던 것보다 더 크게 나왔다.

"이 작은 도시에서 당신들이 이런 문제를 갖고 있다는 게 과연 놀랄 만한 일인가요? 당신들 가운데 일부는 그 문제를 '위기'라고 부르더군요. 이 도시에서 그렇게 많은 시민이 그토록 불행하고 좌절감에 사로잡혀 있는 게 이상한 일인가요? 그게 외지에서 온 사람을 당황하게 합니까? 그게 놀라운 일인가요? 더 크고 더 넓은 세계에서 온 우리 같은 관찰자들은 당황하여 머리만 긁적이고 있나요? 우리는 이런 도시가 어떻게 그럴 수 있는지 모르겠다고 생각할까요?" 나는 누군가가 내 팔을 잡아당기는 것을 느낄 수 있었지만, 이제 할 말은 해야겠다고 단단히 작심하고 있었다. "이런 도시, 이런 공동체가 어떻게 그런 위기에 빠질 수 있을까 하고 의아하게 생각할까요? 우리는 어리둥절하고 놀랄까요? 천만에요! 절대로 그렇지 않습니다! 외지 사람이 이 도시에 도착하자마자 도처에서 목격하는 게 무엇인 줄 아십니까? 그건 바로 당신네 같은 사람들, 신사 숙녀 하는 당신네 같은 사람들이라고요! 내가 부당한 말을 하고 있다면, 이 도시의 바위와 포장도로 밑에서 당신들보다 훨씬 형편없고 추악하고 기괴한 화석 표본이라도 발견된다면, 나로서는 미안하기 짝이 없는 일이지만, 내가 보기에는 당신들이야말로 이 도시에서 잘못된 모든 것을 '상징'하는 전형적인 존재예요. 이런 말을 하게 돼서 지극히 유감이지만, 당신네 같은 신사 숙녀들이야말로 이 도시에서 잘못된 모든 것을 '예시'하는 본보기들이란 말입니다!"

나는 내 소매를 잡아끌고 있는 손이 내 말을 듣고 있는 한 여자의 손이라는 것을 알아차렸다. 그녀는 무엇 때문인지 내 옆에 서 있는 남자 뒤로 손을 뻗어 내 소매를 잡아당기고 있었다. 나는 잠시 그녀 쪽을 바라보다가 말을 이었다.

"당신들은 우선 기본적인 예의가 없어요. 당신들이 서로를 대하는 태도를 보세요. 내 가족을 대하는 태도를 보세요. 당신들은 당신들의 초대를 받고 온 나까지도 무시하고 있잖습니까. 당신들을 보세요. 오스카의 컬렉션에만 관심을 쏟을 뿐, 나 같은 건 안중에도 없지 않습니까. 바꿔 말하면 당신들은 이 도시 공동체의 하찮은 내부 혼란에만 지나치게 사로잡혀 있습니다. 거기에 정신이 팔린 나머지 우리한테는 최소한의 예의조차도 보이고 있지 않단 말입니다."

내 팔을 잡아끌던 여자는 이제 내 뒤로 돌아와 있었다. 나는 그녀가 나를 다른 데로 데려가려고 작은 소리로 뭐라고 말하는 것을 알아차렸지만, 그녀를 무시하고 말을 이었다.

"하필이면 여기가 그런 곳이라니, 이 얼마나 잔인하고 얄궂은 일입니까! 얼마나 잔인한 일입니까! 우리 부모님은 난생처음으로 내 연주를 듣기 위해 먼 길을 마다하지 않고 이리로 오고 있단 말입니다! 부모님을 당신네 같은 사람들한테 맡겨야 한다면, 내 일이 쉬워질 것 같습니까?"

"라이더 씨, 라이더 씨……."

내 뒤에 서 있는 여자는 아까부터 끈질기게 내 팔꿈치를 잡아당기고 있었다. 이제 나는 그녀가 다름 아닌 콜린스 여사라는 것을 알았다. 그것을 깨달은 순간, 나는 기세를 잃어버리고 어느새 그녀에게 이끌려 뒷걸음질 치고 있었다.

"아아, 콜린스 여사……" 나는 약간 당황하여 말했다. "안녕하십니까."

"라이더 씨……" 콜린스 여사는 나를 계속 끌고 가면서 말했다. "참으로 놀랐다고 말할 수밖에 없어요. 모두들 흥미진진해서 법석을 떤다지 뭐예요. 방금 어떤 친구한테 들었는데, 온 도시가 그 얘기로 떠들썩하대요. 굉장히 호의적으로 얘기하고 있다는 거예요. 하지만 왜 그렇게 야단법석을 떠는지, 이해할 수가 없어요. 내가 오늘 동물원에 갔다는 이유만으로 그런 소동을 벌이다니 말이에요. 정말이지 이해할 수가 없어요. 나는 그저 레오가 내일 밤 잘해 내는 것이 모든 사람에게 이익이 된다고 하기에 동물원에 갔을 뿐인데……. 그게 전부였어요. 그리고 솔직히 말하면 레오한테 몇 마디 격려해 주고 싶었던 것 같아요. 그이는 벌써 오랫동안 술을 끊었으니까요. 내가 어떤 식으로든 그걸 인정해 주는 게 공정할 것 같았어요. 그이가 지난 20년 동안 한 번이라도 그렇게 오랫동안 술을 끊고 지냈다면, 그때도 나는 똑같이 했을 거예요. 다만 지금까지 그런 적이 한 번도 없었을 뿐이죠. 오늘 내가 동물원에 간 이유는 단지 그것뿐이고, 중요한 의미 따위는 전혀 없었어요."

그녀는 이제 더 이상 나를 잡아끌지 않고, 내 팔을 낀 채 군중 사이를 천천히 걷고 있었다.

"그렇겠지요. 그리고 분명히 말씀드리지만, 좀 전에 내가 여사님과 함께 있던 사람들한테 갔을 때, 여사님과 브로즈키 씨 문제를 거론할 의도는 추호도 없었습니다. 이 도시의 대다수 시민들과는 달리, 나는 여사님의 사적인 일을 꼬치꼬치 캐지 않는 데 만족하고 있습니다."

"정말 고상하시군요, 라이더 씨. 하지만 어쨌든 오늘 오후에 우리가 만난 건 별다른 의미가 없었어요. 이걸 알게 되면 사람들은 몹시 실망할 거예요. 레오가 나한테 다가와서 '오늘은 무척 아름다워 보이는군.' 하고 말한 게 전부였어요. 20년 동안 술을 마신 뒤에 레오가 할 만한 말이죠. 거기서 일어난 일은 그게 거의 전부였어요. 물론 나는 그이한테 고맙다고 말하고, 전에 보았을 때보다 좋아 보인다고 말했죠. 그러자 그이는 눈길을 떨구더군요. 내가 기억하는 한, 젊었을 때는 한 번도 그런 행동을 한 적이 없었어요. 젊었을 때는 절대로 그런 소심한 짓을 하지 않았답니다. 그이의 정열은 다 타 버렸어요. 나는 그걸 알 수 있었어요. 하지만 무언가가, 어떤 무게를 가진 무언가가 그 정열을 대신하고 있었어요. 어쨌든 그이는 거기서 구두를 내려다보고 있었고, 폰 빈터슈타인 씨와 다른 신사분들은 조금 뒤로 물러서서, 우리를 잊어버린 척 다른 쪽을 바라보면서 서성대고 있었지요. 내가 날씨에 대해 몇 마디 하자, 레오는 고개를 들고 나무들이 너무나 멋져 보인다고 말했답니다. 그러고는 자기가 방금 본 동물들 가운데 어느 동물이 마음에 드는지를 말하기 시작했죠. 그이가 동물에 전혀 관심이 없는 건 분명했어요. 왜냐하면 그이는 '나는 이 동물들을 모두 좋아해. 코끼리, 악어, 침팬지…….' 하고 말했거든요. 원숭이 우리는 가까이에 있었고, 레오 일행은 분명 그 우리 앞을 지나왔겠지만, 코끼리나 악어 우리는 지나오지 않았을 거예요. 그래서 레오한테 그렇게 말했죠. 하지만 레오는 내가 엉뚱한 얘기라도 꺼낸 것처럼 내 말을 무시했어요. 그러고는 약간 공포감에 사로잡힌 것처럼 보였죠. 아마 그건 폰 빈터슈타인 씨가 바로 그때 좀 더 가까이 다가오고 있었기 때문일 거예요. 나는 원래 레오한테 몇 마디 하기로, 말 그대로 몇 마디만 하기로 동의했었어요. 폰 빈터슈타인 씨는 1분쯤 뒤에 나와 레오 사이에 끼어들겠다고 약속했었죠. 그게 내가 내세운 조건이었어요. 하지만 일단 얘기를 시작하자 1분이 너무나 짧게 느껴지더군요. 폰 빈터슈타인 씨가 가까이에서 서성거리는 것을 보고 나도 좀 불안해지기 시작했어요. 어쨌든 레오가 그때 불쑥 이렇게 말한 것을 보면, 그이는 우리한테 시간이 별로 없다는 걸 알았던 게 분명해요. 그이는 이렇게 말했답니다. '우리 다시 한 번 노력해 보면 어떨까. 함께 사는 것 말이오. 아직도 늦지 않았소.' 그토록 오랜 세월이 흐른 뒤에 이제 와서 그런 식으로 말하는 건, 오늘 오후에 시간이 워낙 제한되어 있었다는 걸 감안하더라도 좀 무뚝뚝했어요. 그건 당신도 인정해야 할 거예요. 나는 그냥 이렇게 말했죠. '하지만 우리가 무엇을 함께 할 수 있겠어요? 우리 사이엔 이제 공통점이 거의 없는데…….' 그러자 레오는 자기가 한 번도 생각해 보지 않은 문제점을 내가 제기하기라도 한 것처럼 당황한 표정으로 주위를 둘러보다가, 앞에 있는 우리를 가리키면서 말하더군요. '함께 동물을 키울 수도 있겠지. 동물을 사랑하고 돌봐 줄 수도 있을 거요. 그건 우리가 이제껏 한 번도 해 보지 않은 일이잖소.' 나는 뭐라고 대답해야 할지 몰라서 그냥 거기에 서 있었죠. 폰 빈터슈타인 씨가 다가오는 걸 알 수 있었지만, 그분은 레오와 내가 거기에 서 있는 모습에서 뭔가를 감지한 게 분명해요. 우리 쪽으로 다가오다가 도중에 마음을 바꾸어 다시 저쪽으로 가서 폰 브라운 씨와 얘기를 나누기 시작했으니까요. 그러자 레오는 손가락 하나를 공중에 치켜세우고…… 그건 옛날부터 그이의 독특한 몸짓이에요. 그렇게 손가락 하나를 들어 올리고는 이렇게 말하더군요. '당신도 알다시피 나는 개를 한 마리 키웠지만, 어제 죽어 버렸소. 개는 아무짝에도 못써. 오래 살 수 있는 동물을 고릅시다. 20년, 아니 그 이상 살 수 있는 동물을……. 우리가 잘 돌봐 주기만 하면 우리보다 먼저 죽는 일은 없을 테니, 녀석의 죽음을 슬퍼하지 않아도 되겠지. 우리는 자식이 없으니까 그렇게 합시다.' 그래서 나는 말했죠. '충분히 생각해 보지도 않고 그런 말을 하는군요. 애완동물은 우리보다 오래 살지 모르지만, 우리 두 사람이 동시에 죽을 가능성은 거의 없어요. 동물의 죽음을 슬퍼할 필요는 없을지 몰라도, 내가 당신보다 먼저 죽으면 내 죽음을 슬퍼해야 할 거예요.' 그러자 레오는 얼른 말했어요. '당신이 죽어도 슬퍼해 줄 사람이 아무도 없는 것보다는 그게 낫잖소.' 그래서 난 이렇게 말했답니다. '하지만 그런 건 조금도 걱정하지 않아요. 나는 오랫동안 이 도시에서 많은 사람을 도와주었고, 그러니까 내가 죽으면 슬퍼해 줄 사람은 얼마든지 있을 거예요.' 그러자 레오가 말하더군요. '그거야 알 수 없는 일이지. 앞으로는 내 처지도 좋아질 거요. 나도 죽으면 슬퍼해 줄 사람이 많을지 몰라. 아마 수백 명은 될걸.' 그러고는 조금 있다가 이렇게 덧붙였어요. '하지만 그 사람들 가운데 나를 진정으로 좋아한 사람이 하나도 없다면, 수백 명이 슬퍼해 준들 그게 무슨 소용이겠소? 내가 사랑하고 또 나를 사랑해 준 사람이 있다면, 나는 그 한 사람과 수백 명 전부를 기꺼이 바꿀 거요.' 솔직히 말하면 나는 이 말에 조금 슬퍼져서 더 이상 그이한테 해 줄 말을 생각해 낼 수 없었어요. 그러자 레오가 말하더군요. '우리가 옛날에 자식을 낳았다면, 지금 몇 살이나 됐을까? 지금쯤은 무척 아름다울 텐데.' 마치 아이들이 아름다워지기 위해서는 오랜 세월이 필요하다는 말투였답니다! 그러고는 다시 덧붙였어요. '우리는 자식을 낳지 않았소. 그러니까 대신 이렇게 합시다.' 그이가 이렇게 말했을 때 나는 당황해서 그이의 어깨 너머로 폰 빈터슈타인 씨를 힐끔 쳐다보았어요. 그러자 폰 빈터슈타인 씨가 농담을 던지면서 우리 쪽으로 다가왔고, 그걸로 끝이었어요. 그걸로 우리 대화는 끝나 버렸죠."

우리는 방 안을 천천히 걸어 다니고 있었다. 그녀는 여전히 내 팔짱을 끼고 있었다. 나는 그녀의 말을 소화하느라 잠시 시간을 보낸 다음 이렇게 말했다.

"방금 생각이 났는데, 지난번에 만났을 때 여사님은 친절하게도 나를 아파트로 초대해서 내 문제를 의논하자고 하셨지요. 얄궂게도 이제는 여사님이 인생에서 내려야 할 결정에 대해 의논할 게 훨씬 많은 것 같군요. 여사님이 어떤 결정을 내리실지 궁금합니다. 외람된 말씀이지만, 여사님은 갈림길에 서 계신 거나 마찬가지예요."

콜린스 여사가 웃었다. "오오, 라이더 씨. 나는 갈림길에 서기에는 너무 늙었어요. 그리고 레오가 그런 말을 하는 것도 사실은 너무 늦었어요. 칠팔 년 전에 그런 일이 일어났다면……." 그녀는 한숨을 내쉬었다. 깊은 슬픔이 그녀의 얼굴을 언뜻 스치고 지나갔다. 이어서 그녀는 다시 온화한 미소를 지었다. "지금은 새로운 희망과 두려움과 꿈을 가지고 새 출발 할 때가 아니에요. 그래요, 당신은 서둘러 말씀하시겠죠. 나는 그렇게 늙지 않았다고, 내 인생이 끝나려면 아직 멀었다고……. 그건 고맙게 생각해요. 하지만 사실상 너무 늦었고, 이제 와서 상황을 복잡하게 만드는 건 뭐랄까…… '혼란'만 불러일으킨다고 해 둡시다. 아아, 마주르스키로군요! 저건 언제 봐도 내 마음을 사로잡는다니까요!" 그녀는 우리가 방금 지나친 받침대 위에 놓여 있는 점토 고양이를 가리켰다. "아뇨, 레오는 이미 내 인생을 충분히 엉망으로 만들어 놨어요. 나는 스스로 다른 인생을 쌓아 올린 지 오래되었고, 이 도시 주민들한테 물어보시면 대다수는 내가 상당히 잘해 왔다고 말할 거예요. 이 도시의 상황이 점점 어려워지고 있는 시기에 내가 많은 시민에게 큰 도움이 되었다고 말할 거예요. 물론 라이더 씨처럼 국제적인 성공을 거두지는 못했어요. 하지만 그렇다고 해서 과거를 돌아보고 지금까지 해낸 일들을 생각하며 만족감을 느낄 수 없다는 뜻은 아니에요. 대체로 나는 레오와 헤어진 뒤 스스로 만들어 낸 인생에 만족하고 있고, 앞으로도 기꺼이 그 상태를 유지할 생각이에요."

"하지만 적어도 현재의 상황을 신중하게 생각해 보셔야 할 겁니다. 여사님은 오랫동안 훌륭한 일을 해 오셨으니까, 실례되는 말씀인지 모르나 어떤 면에서는 여사님이 아직도 사랑하고 있는 것으로 여겨지는 분과 인생의 황혼기를 더불어 보낼 수 있다는 걸 일종의 보상으로 생각할 수도 있을 것 같은데, 왜 그렇게 생각하지 않는지 이해할 수가 없습니다. 그분을 사랑하지 않는다면, 왜 그토록 오랫동안 이 도시에서 계속 살고 계셨습니까? 왜 재혼을 한 번도 고려해 보지 않으셨습니까?"

"아녜요, 재혼은 고려해 봤어요, 라이더 씨. 그동안 마음만 먹으면 얼마든지 남편으로 맞아들일 수 있었던 남자가 적어도 세 명은 된답니다. 하지만 그들은…… 남편감으로 적당치 않았어요. 당신 말에도 일리가 있는 것 같군요. 레오가 가까이에 있었고, 그 때문에 다른 남자들한테는 충분한 감정을 느낄 수가 없었어요. 어쨌든 이건 다 지나간 얘기예요. 당신의 의문은 왜 말년을 레오와 함께 보내지 않느냐는 거죠? 그런 의문을 갖는 건 충분히 이해할 수 있어요. 하지만 잠깐 생각해 봅시다. 레오는 이제 술도 마시지 않고 차분해요. 하지만 그런 상태가 오래 지속될까요? 어쩌면 그럴지도 모르죠. 가능성은 있어요. 그 점은 인정할게요. 특히 레오가 앞으로 여기서 인정을 받고, 다시 큰 책임을 지닌 유명인사가 된다면 말이에요. 하지만 내가 돌아가기로 동의한다면, 그때부터 문제가 달라질 거예요. 레오는 전에도 그랬듯이, 얼마 후에는 자기가 쌓아 올린 걸 모조리 파괴하기로 작심할 거예요. 그러면 사람들은 모두 어떻게 될까요? 이 도시는 어떻게 될까요? 사실 나는 그이의 제의를 받아들이지 않는 것이 내 공적인 의무라고 생각해요."

"죄송한 말씀이지만, 여사님의 주장에는 왠지 확신이 서 있지 않다는 느낌을 피할 수가 없군요. 여사님은 마음속 깊은 곳에서는 언제나 옛날 생활, 브로즈키 씨와의 생활이 다시 시작되기를 기다리고 있었어요. 이 도시 사람들은 여사님의 선행을 늘 고맙게 생각하겠지만, 여사님은 그 선행을 옛날 생활이 다시 시작되기를 기다리는 동안 그럭저럭 시간을 보내기 위한 일쯤으로 생각하고 계셨어요."

콜린스 여사는 고개를 기울이고 즐거운 미소를 지은 채 내 말을 곰곰 곱씹더니, 이윽고 입을 열었다.

"당신 말에도 일리가 있는 것 같군요. 나는 시간이 얼마나 빨리 지나가는지를 별로 의식하지 못했던 거 같아요. 시간이 쏜살같이 지나가고 있다는 걸 내가 정말로 깨달은 건 최근, 정확히 말하면 작년이었죠. 우리는 둘 다 늙어 가고 있고, 과거에 누렸던 것을 되찾을 생각을 하기에는 너무 늦었다는 생각이 문득 들더군요. 그래요, 당신 말이 옳을지도 몰라요. 그이 곁을 처음 떠났을 때, 나는 그게 영원한 이별이 되리라고는 생각지 않았어요. 하지만 당신 말마따나 내가 정말로 기다렸을까요? 잘 모르겠어요. 나는 그날그날 닥치는 일에 대해서만 생각했죠. 그러다가 문득 정신을 차리고 보니 어느덧 인생이 다 가 버린 거예요. 하지만 이제 와서 과거를 돌이켜 보면, 내 인생, 내가 인생에서 해 온 일들도 그렇게 형편없는 것 같진 않아요. 나는 이렇게, 지금 이대로 인생을 끝내고 싶어요. 왜 레오나 그이가 기르는 짐승과 새삼 관계를 가져야 하죠? 그건 정말이지 너무나 귀찮을 거예요."

나는 콜린스 여사가 자기 말에 정말로 확신을 갖고 있는지 의심스럽다고 다시 한 번 부드럽게 말하려 했지만, 바로 그때 보리스가 내 옆에 와 있는 것을 알아차렸다.

"빨리 집에 가야겠어요. 엄마가 심란해지고 있어요."

나는 보리스가 가리키는 쪽을 바라보았다. 소피는 아까 내가 떠난 자리에서 몇 걸음 떨어진 곳에 서 있었지만, 대화를 나누는 사람도 없이 완전히 고립된 상태였다. 얼굴에는 희미한 미소가 감돌고 있었지만, 그 미소를 보여 줄 상대는 아무도 없었다. 그녀는 어깨를 구부정하게 움츠리고 가까이에 서 있는 손님들의 구두를 물끄러미 내려다보고 있는 것 같았다.

상황은 분명 절망적이었다. 나는 격렬한 분노를 억누르면서 보리스에게 말했다.

"그래, 네 말이 옳다. 가는 게 좋겠어. 엄마를 데려오렴. 사람들이 눈치채지 못하게 살짝 빠져나가자꾸나. 어쨌든 우리는 리셉션에 참석했으니까 아무도 불평하지 못할 거야."

어젯밤의 경험으로 나는 이 집이 호텔과 붙어 있다는 것을 생각해 냈다. 보리스가 사람들 틈으로 사라지자, 나는 벽에 늘어서 있는 문들을 돌아보며, 어젯밤에 슈테판 호프만과 함께 호텔 복도로 나간 곳이 어떤 문인지를 기억해 내려고 애썼다. 하지만 여전히 내 팔을 잡고 있던 콜린스 여사가 다시 이야기를 시작했다.

"정직하게, 털끝만 한 거짓도 없이 정직하게 말해야 한다면, 당신 말을 인정할 수밖에 없겠죠. 그래요, 이따금 분별을 잃어버린 순간에는 그걸 꿈꾸곤 했어요."

"그게 뭔데요?"

"모든 것, 지금 일어나고 있는 모든 것을 꿈꾸었어요. 레오가 자제심을 되찾는 것, 이 도시에서 자기한테 걸맞은 지위를 얻는 것, 만사가 다시 좋아지는 것, 끔찍한 세월이 영원히 가 버리는 것……. 그래요, 그건 인정할 수밖에 없어요. 낮에 현명하고 분별 있게 처신하는 것과 밤중에 꿈을 꾸는 건 별개 문제죠. 오랫동안 꼭두새벽에 어둠 속에서 눈을 뜬 적이 얼마나 많았는지 몰라요. 잠을 이루지 못한 채, 바로 이런 일이 일어나기를 꿈꾸면서 누워 있곤 했답니다. 그런데 막상 이런 일이 실제로 일어나기 시작하자 좀 당황스럽군요. 하지만 '정말로' 시작된 건 아니에요. 물론 레오는 여기서 뭔가를 성취할 수 있을지도 몰라요. 한때는 재능이 많았던 사람이고, 그 재능이 모두 사라졌을 리는 없으니까요. 그리고 우리가 살았던 곳에서 그이가 지금까지 기회를, 진정한 의미의 기회를 한 번도 얻지 못한 것도 사실이에요. 하지만 우리 두 사람에게는 너무 늦었어요. 그이가 뭐라고 하든, 너무 늦은 건 확실해요."

"콜린스 여사님, 이 문제를 좀 더 논의하고 싶지만, 불행히도 나는 지금 가 봐야 할 것 같습니다."

내가 이렇게 말했을 때, 소피와 보리스가 방을 가로질러 다가오는 것이 보였다. 나는 콜린스 여사에게 잡힌 팔을 풀고, 모퉁이를 돈 저쪽 벽에 숨어 있는 문들을 바라보기 위해 조금 뒤로 물러서서, 어느 문이 호텔 복도로 이어져 있는 문인가를 생각했다. 문들을 차례로 살펴보니 모든 문이 낯익어 보였지만, 어느 문에 대해서도 확신을 가질 수는 없었다. 누구한테 물어볼까 생각도 했지만, 그러면 남들이 우리가 일찍 떠나는 것을 눈치챌까 봐 그만두었다.

나는 소피와 보리스를 데리고 문 쪽으로 다가갔다. 무엇 때문인지 영화에 수없이 등장하는 장면이 떠올랐다. 방에서 당당하게 나가고 싶어 한 등장인물이 엉뚱하게도 벽장문을 열고 들어가는 장면이었다. 그와는 정반대의 이유—나는 우리가 언제 떠났는지 아무도 모르게 살짝 떠나고 싶었다—때문이었지만, 그런 재난을 피하는 건 나한테도 똑같이 중요했다.

결국 나는 늘어서 있는 문들의 한가운데에 있는 문을 골랐다. 그 이유는 단지 그 문이 가장 인상적이었기 때문이다. 두꺼운 문짝에는 진주가 상감되어 있었고, 문 양쪽에는 돌기둥이 서 있었다. 그리고 마침 그때 그 기둥 앞에는 제복 차림의 웨이터가 각각 한 명씩 보초병처럼 부동자세로 서 있었다. 이 정도 문이라면 호텔로 곧장 이어져 있지는 않더라도 어딘가 중요한 곳으로 통해 있을 테고, 그러면 거기서부터는 사람들 눈에 띄지 않게 길을 찾아갈 수 있을 거라고 나는 판단했다.

나는 소피와 보리스에게 따라오라는 손짓을 보내면서 그 문으로 다가가, 제복 차림의 웨이터에게 "움직일 필요는 없네. 내가 무엇을 하고 있는지는 잘 알고 있으니까." 하고 말하는 듯이 무뚝뚝하게 고개를 끄덕여 보이고는, 그 문을 확 잡아당겼다. 그러자 놀랍게도 내가 가장 염려했던 일이 일어나고 말았다. 그곳은 청소도구를 넣어 두는 벽장이었고, 게다가 용량보다 많은 물건들이 가득 들어 있었다. 내가 문을 열자 자루걸레 몇 개가 쓰러지면서 대리석 바닥에 요란한 소리를 냈고, 솜털 같은 먼지가 사방으로 흩날렸다. 벽장 안을 들여다보니, 양동이와 기름걸레, 에어로졸 깡통 따위가 난잡하게 쌓여 있었다.

"미안하네." 나는 가장 가까이에 있던 웨이터가 서둘러 자루걸레를 주워 모으는 것을 보고 중얼거렸다. 이제는 사람들이 비난하는 듯한 눈으로 우리 쪽을 힐끔거리고 있었다. 나는 서둘러 옆문 쪽으로 다가갔다.

똑같은 실수를 되풀이하지 않으려고, 두 번째 문은 조심스럽게 열기 시작했다. 나는 아주 천천히 문을 잡아당겼다. 수많은 시선이 내 어깨에 꽂혀 있는 것을 느낄 수 있었다. 또한 방에서 웅성거리는 소리가 높아지고, 어딘가 가까이에서 "맙소사, 저건 라이더 씨잖아?" 하고 외치는 소리도 들을 수 있었지만, 나는 허둥대고 싶은 유혹을 애써 뿌리치고 문을 조금씩 잡아당겼다. 그러면서 문짝 뒤에서 밖으로 쏟아지는 게 없는지를 확인하려고 문틈으로 안을 들여다보았다. 다행히 그 문은 복도로 이어져 있었다. 나는 재빨리 문을 빠져나간 뒤, 소피와 보리스에게도 얼른 나오라고 다급하게 신호를 보냈다.

20

소피와 보리스가 나오자 나는 문을 닫았다. 우리 세 사람은 주위를 둘러보았다. 나는 두 번 만에 정확한 문을 찾은 것을 알고 우쭐한 기분이 들었다. 우리는 이제 호텔 휴게실을 지나 로비로 이어져 있는 길고 어두운 복도에 서 있었다. 시끄러운 미술관에서 갑자기 조용한 복도로 나오자, 우리 세 사람은 그 적막감에 놀라 꼼짝도 하지 못했다. 그러다가 보리스가 하품을 하면서 말했다.

"정말 따분한 파티였어요."

"그래, 지독한 파티였어." 나는 리셉션에 참석한 사람들에게 다시금 분노를 느끼면서 말했다. "정말 한심한 인간들이야. 교양 있는 행동이 어떤 건지도 전혀 모르고 있으니 말이야." 그러고는 이렇게 덧붙였다. "네 엄마는 거기서 가장 아름다운 여자였어. 안 그러냐, 보리스?"

소피가 어둠 속에서 킬킬거렸다.

"정말이야." 내가 말했다. "다른 여자들은 네 엄마 발꿈치도 따라

오지 못해."

보리스가 뭐라고 말한 순간, 주위의 어둠 속에서 주르르 미끄러지는 소리가 들렸다. 어둠에 눈이 익숙해지자, 나는 복도 아래쪽에서 우리 쪽으로 천천히 다가오고 있는 커다란 짐승을 겨우 알아볼 수 있었다. 그 짐승은 움직일 때마다 묘한 소리를 내고 있었다. 소피와 보리스도 동시에 그 짐승의 존재를 알아차렸고, 잠시 우리는 오금이 굳어 버린 듯 움쭉달싹도 하지 못했다. 이윽고 보리스가 나지막한 소리로 외쳤다.

"할아버지예요!"

그제야 나는 그 짐승이 정말로 구스타프라는 것을 알아차렸다. 구스타프는 등을 활처럼 구부린 채 가방 하나는 겨드랑이에 끼고 또 하나는 손잡이를 쥐고, 세 번째 가방은 질질 끌고 있었다. 주르르 미끄러지는 소리는 여기서 나고 있었다. 한동안 그는 앞으로 움직이지 않고 그저 느린 박자에 맞추어 몸을 좌우로 흔들고 있는 것처럼 보였다.

보리스는 반갑게 할아버지한테 달려갔고, 소피와 나는 머뭇거리며 그 뒤를 따랐다. 우리가 다가가자 구스타프는 그제야 우리를 알아보고는 걸음을 멈추고 허리를 폈다. 어두워서 표정은 보이지 않았지만, 목소리는 쾌활했다.

"보리스, 여기서 만나다니 뜻밖이구나."

"할아버지!" 보리스가 다시 외쳤다. "지금 바쁘세요?"

"그래, 할 일이 아주 많단다."

"무척 바쁘실 거예요." 보리스의 목소리에 묘한 긴장감이 감돌았다. "너무너무 바쁘실 거예요."

"그래." 구스타프가 가쁜 숨을 몰아쉬면서 말했다. "무척 바쁘단다."

나는 구스타프에게 다가가서 말했다.

"한창 일하고 계시는데 방해해서 죄송합니다. 우리는 방금 리셉션장에 갔다가 집으로 돌아가는 길이에요. 집에 가서 근사한 저녁식사를 할 생각입니다."

"아아." 포터가 우리를 바라보며 말했다. "그래요? 그거 참 멋진 생각입니다. 세 사람이 이렇게 함께 있는 걸 보니 흐뭇하군요." 그러고는 보리스에게 말했다. "넌 기분이 어떠냐, 보리스? 그리고 네 엄마는?"

"엄마는 좀 피곤하세요. 우린 신나는 저녁식사를 기대하고 있어요. 저녁을 먹고 나면 장군놀이를 할 거예요."

"좋겠구나. 틀림없이 즐거울 거야. 그런데……" 구스타프는 잠시 말을 끊었다가 이렇게 말했다. "나는 일을 계속하는 게 좋을 것 같다. 지금은 무척 바쁘거든."

"그러세요." 보리스가 조용히 말했다.

구스타프는 보리스의 머리를 쓰다듬고는 허리를 굽혀 가방을 끌기 시작했다. 나는 보리스 쪽으로 한 손을 뻗어, 구스타프에게 방해가 되지 않도록 그 애를 한쪽으로 끌어당겼다. 우리가 지켜보고 있는 데다 잠깐의 휴식으로 기운을 다소 되찾았기 때문에, 구스타프는 한결 안정된 걸음으로 우리 곁을 지나 어둠 속으로 사라졌다. 나는 앞장서서 로비 쪽으로 걸어가기 시작했다. 하지만 보리스는 어둠 속에 어렴풋이 보이는 할아버지의 구부정한 뒷모습을 돌아보면서 마지못해 나를 따라왔다.

"자, 어서 가자." 나는 보리스의 어깨를 한 팔로 안으면서 말했다. "나는 배가 고파. 엄마와 너도 몹시 시장할 거야."

그때 소피가 뒤에서 말하는 소리가 들렸다.

"아니, 이쪽이에요."

돌아보니 소피는 내가 이제껏 보지 못한 작은 문 옆에 웅크리고 있었다. 사실 그 문을 보았다 해도 나는 그게 벽장문이라고 생각했을 것이다. 겨우 어깨까지밖에 오지 않는 작은 문이었기 때문이다. 그런데도 소피는 그 문을 열고 우리가 안으로 들어가기를 기다리고 있었다. 보리스는 지금까지 수없이 그 문을 드나들었던 사람처럼 거리낌 없이 그 안으로 발을 들여놓았다. 소피는 여전히 문을 잡은 채 기다리고 있었다. 나는 잠깐 망설이다가 허리를 굽히고 보리스를 따라 문 안으로 살금살금 들어갔다.

나는 거기가 엉금엉금 기어가야 하는 터널일 거라고 생각했는데, 막상 들어가 보니 복도였다. 우리가 좀 전까지 있었던 복도보다 널찍했지만, 직원 전용 복도인 게 분명했다. 바닥에는 카펫도 깔려 있지 않았고, 드러난 파이프가 벽을 따라 뻗어 있었다. 우리는 다시 어둠 속에 들어와 있었지만, 복도를 따라 조금 내려간 곳에 켜져 있는 전등에서 한 줄기 불빛이 떨어져 바닥을 가로지르고 있었다. 그 불빛 쪽으로 몇 걸음 다가갔을 때, 소피가 다시 걸음을 멈추고는 방화문 빗장을 밀었다. 다음 순간 우리는 바깥의 조용한 인도에 서 있었다.

별이 총총한 아름다운 밤이었다. 나는 거리를 훑어보았다. 거리는 텅 비어 있었고, 상점은 모두 문을 닫은 뒤였다. 우리가 걷기 시작했을 때 소피가 쾌활하게 말했다.

"할아버지를 만난 건 뜻밖이었어. 안 그러니, 보리스?"

보리스는 대답하지 않고, 앞장서서 성큼성큼 걸으며 혼잣말로 뭐라고 중얼거렸다.

"당신도 무척 시장하실 거예요." 소피가 나에게 말했다. "음식이 충분할지 모르겠네요. 아까는 이것저것 만드는 데에만 열중해서, 충분한 양을 준비하는 걸 깜박 잊었지 뭐예요. 오후에는 그만하면 충분할 거라고 생각했지만, 지금 생각해 보니……."

"괜찮을 거야. 어쨌든 나는 그런 식으로 먹는 걸 좋아해. 여러 가지 음식을 차례로 조금씩 맛보는 것 말이야. 보리스가 왜 그런 식으로 먹기를 좋아하는지, 나는 이해할 수 있어."

"내가 어렸을 적에 엄마가 그렇게 해 주곤 하셨죠. 특별한 저녁에는요. 생일이나 크리스마스 때는 다른 사람들과 똑같은 음식을 먹었어요. 하지만 우리가 우리 세 자매만의 특별한 저녁으로 만들고 싶은 날이면 엄마는 우리를 위해 그렇게 해 주곤 하셨죠. 맛있는 음식을 가지가지로 조금씩 만들어서 차례로 내놓는 거예요. 하지만 그 후 우리는 이사를 했고, 엄마는 병이 들었고, 그래서 그 뒤로는 별로 그럴 기회가 없었어요. 음식이 모자라지 않으면 좋겠는데. 보리스도 무척 배가 고플 거예요." 그러고는 갑자기 덧붙였다. "미안해요. 오늘 밤에는 내가 사람들한테 별로 깊은 인상을 주지 못했죠?"

사람들 틈에서 어찌할 바를 모른 채 혼자 무력하게 서 있던 그녀의 모습이 눈앞에 떠올랐다. 나는 팔을 뻗어 그녀를 감싸 안았다. 그러자 그녀는 나에게 바싹 다가붙었다. 그 후 몇 분 동안 우리는 그런 자세로 말없이 아무도 없는 인도를 걸어갔다. 도중에 보리스가 우리 옆으로 다가와 보조를 맞추면서 물었다.

"오늘은 소파에 앉아서 음식을 먹어도 돼요?"

소피는 잠시 생각하고 나서 말했다.

"그래, 좋아. 오늘 저녁에는 특별히 그렇게 해도 돼."

보리스는 몇 걸음 더 우리와 나란히 걷다가 물었다.

"바닥에 엎드려서 먹어도 돼요?"

소피는 소리 내어 웃었다.

"오늘 밤만이야. 내일 아침은 다시 식탁에 앉아서 먹어야 해."

보리스는 만족한 듯 기운차게 앞으로 달려 나갔다.

마침내 우리는 이발소와 빵집 사이에 끼여 있는 문 앞에서 걸음을 멈추었다. 길은 좁았고, 인도에 주차해 있는 차들 때문에 더욱 좁아져 있었다. 소피가 열쇠를 찾고 있는 동안 나는 위를 쳐다보았다. 가게 위로 네 층이 더 있었다. 몇몇 창문에는 불이 켜져 있었고, 텔레비전 소리가 희미하게 들려왔다.

나는 두 사람을 따라 계단을 두 층 올라갔다. 소피가 현관문을 연 순간, 어쩌면 소피는 내가 이 아파트에 익숙한 것처럼 행동하기를 기대하고 있을 거라는 생각이 문득 떠올랐다. 하지만 내가 손님처럼 행동하기를 기대하고 있을 가능성도 있었다. 아파트 안으로 들어갈 때, 나는 소피의 태도를 주의 깊게 살펴 거기에서 해답의 실마리를 얻기로 마음먹었다. 그런데 공교롭게도 소피는 현관문을 닫자마자 오븐을 켜야겠다면서 안쪽으로 사라져 버렸다. 보리스는 재킷을 내던지고 순찰차 사이렌 같은 소리를 내면서 어디론가 달려가 버렸다.

현관홀에 혼자 남은 나는 그 기회를 틈타 주위를 찬찬히 살펴보았다. 소피와 보리스는 내가 이 아파트 구조를 훤히 알고 있다고 생각하는 게 분명했다. 그리고 확실히 거기에 서서 내 쪽으로 반쯤 열려 있는 문들과 희미한 꽃무늬가 새겨진 누런 벽지, 옷걸이 뒤에 바닥에서 천장까지 뻗어 있는 노출된 배관을 바라볼수록, 이 현관홀에 대한 기억이 차츰 되살아나는 것을 느낄 수 있었다.

잠시 뒤에 나는 거실로 들어갔다. 생소한 물건이 많았지만—예를 들어 사용되지 않는 벽난로 양쪽에 놓여 있는 한 쌍의 안락의자는 너무 낡아서 스프링이 내려앉아 있었지만, 최근에 사들인 게 분명했다—나는 현관홀보다 이 거실을 훨씬 분명히 기억할 수 있다는 느낌을 받았다. 벽 쪽으로 밀어붙여져 있는 커다란 타원형 식탁, 부엌으로 통하는 두 번째 문, 볼품없는 짙은 색 소파, 낡아빠진 오렌지색 카펫…… 모두가 낯익은 것들이었다. 벽에서 튀어나와 있는 전등이 사방에 그림자 같은 무늬를 던지고 있어서, 벽지 여기저기에 생긴 얼룩이 습기 때문에 생긴 것인지 어떤지는 확실치 않았다. 보리스는 거실 한가운데에 엎드려 있다가, 내가 안으로 몇 발짝 들어가자 빙그르르 몸을 돌려 반듯이 드러누웠다.

"한 가지 실험을 해 보기로 했어요." 보리스는 나한테만이 아니라 천장에도 선언하는 것처럼 말했다. "목을 이렇게 하고 가만히 있을 거예요."

내려다보니, 보리스는 턱이 쇄골 속으로 파고들 만큼 목을 움츠리고 있었다.

"알겠다. 그런데 얼마나 오랫동안 그렇게 하고 있을 셈이냐?"

"적어도 스물네 시간 동안요."

"좋아, 보리스."

나는 보리스를 타고 넘어 부엌으로 들어갔다. 부엌은 비좁고 길쭉했는데, 분명 낯이 익었다. 검댕으로 더러워진 벽, 천장 돌림띠 근처에 남아 있는 거미줄 흔적, 망가진 세탁기…… 이 모든 것들이 내 기억을 끈질기게 잡아당기고 있었다. 소피는 앞치마를 두르고는 오븐 속에 뭔가를 집어넣고 있었다. 내가 들어가자 그녀는 고개를 들고 음식에 대해 뭐라고 말하면서 오븐 속을 가리키고 쾌활하게 웃었다. 나도 짧게 웃은 다음, 다시 한 번 부엌을 둘러보고 나서 거실로 나왔다.

보리스는 여전히 바닥에 드러누워 있었다. 내가 들어가자 보리스는 얼른 목을 다시 움츠렸다. 나는 보리스를 본 척도 않고 소파에 앉았다. 소파 옆 카펫 바닥에 신문이 떨어져 있었다. 내 사진이 실려 있을지도 모른다고 생각하면서 신문을 집어 들었다. 날짜를 보니 며칠 전 신문이었지만, 어쨌든 기사를 읽어 보기로 했다. 1면에는 폰빈터슈타인 시장이 옛시가지 보존 계획과 관련하여 인터뷰한 내용이 실려 있었다. 내가 그 기사를 읽고 있는 동안, 보리스는 이따금 로봇 같은 쇳소리를 낼 뿐 아무 말도 없이 계속 카펫 위에 드러누워 있었다. 힐끔 훔쳐보면, 그때마다 보리스는 여전히 목을 움츠리고 있었다. 내가 곁눈질을 할 때마다 얼른 눈치채고 목을 움츠리는 것인지, 아니면 시종 그렇게 하고 있는 것인지는 알 수 없지만, 나는 그 애가 장난을 그만둘 때까지 잠자코 있기로 마음먹었다. 그래서 나는 얼른 눈을 돌리고 더 이상 신경을 쓰지 않았다. '원한다면 그냥 누워 있게 내버려 두지 뭐.' 나는 속으로 이렇게 생각하고 계속 신문을 읽었다.

20분쯤 뒤에 소피가 커다란 접시를 들고 들어왔다. 접시에는 크로켓과 향긋한 디저트, 크기가 손바닥만 한 파이들이 담겨 있었다. 소피는 접시를 식탁에 내려놓았다.

"무척 조용하네." 그녀가 방을 둘러보면서 보리스에게 말했다.

"자, 이제 먹자꾸나. 보리스, 이것 좀 보렴! 이런 접시가 하나 더 나올 거야. 다 네가 좋아하는 것들이란다! 내가 가서 나머지 음식을 가져오는 동안, 나중에 할 게임을 골라 두는 게 어떠니?"

소피가 다시 부엌으로 사라지자, 보리스는 벌떡 일어나 식탁으로 가서 파이 한 개를 입안에 쑤셔 넣었다. 나는 보리스의 목이 정상으로 돌아온 것을 지적하고 싶었지만, 결국 아무 말도 하지 않고 신문만 계속 읽었다. 보리스는 다시 사이렌 소리를 내면서 방을 질러가더니, 저쪽 구석에 있는 키 큰 장식장 앞에 멈춰 섰다. 나는 그게 온갖 게임판을 보관해 둔 장식장이라는 것을 기억해 냈다. 넓적하고 평평한 게임판 상자들이 다른 장난감이나 가재도구 위에 위태롭게 쌓여 있었다. 보리스는 잠시 장식장을 살펴보다가 갑자기 장식장 문을 벌컥 열었다.

"어떤 게임을 할까요?" 보리스가 물었다.

하지만 나는 못 들은 척 신문만 계속 읽으면서 곁눈질로 보리스를 살폈다. 보리스는 내 쪽을 바라보았지만, 내가 대답하지 않으리라는 것을 깨닫자 다시 장식장 쪽으로 시선을 돌렸다. 한동안 장식장 앞에 서서 그 안에 쌓여 있는 게임판을 찬찬히 바라보다가, 이따금 손을 뻗어 상자 가장자리를 손가락으로 만지곤 했다.

소피가 음식 접시를 들고 돌아왔다. 그녀가 식탁을 차리기 시작하자 보리스는 그녀에게 다가갔다. 나는 두 사람이 조용히 다투는 소리를 들을 수 있었다.

"아까 그랬잖아요, 바닥에 앉아서 먹어도 된다고." 보리스가 우겨대고 있었다.

조금 뒤에 보리스는 내 앞에 털썩 주저앉아 음식이 가득 담긴 작은 접시를 옆에 내려놓았다.

나는 일어나서 식탁으로 갔다. 내가 작은 접시를 집어 들고 음식을 살펴보자, 소피는 불안한 듯이 내 주위를 서성거렸다.

"아주 맛있어 보이는데."

나는 음식을 작은 접시에 옮겨 담으면서 말했다. 그러고는 소파로 돌아와, 접시를 팔걸이 위에 내려놓았다. 그렇게 하면 음식을 먹으면서 신문도 읽을 수 있겠다고 생각했기 때문이다. 아까 리셉션장에 도착해서 신문을 보았을 때 나는 그 신문을 나중에 주의 깊게 검토하기로, 현지 기업 광고까지도 유심히 살펴보기로 작정했는데, 이제야 그 생각을 실천에 옮길 수 있게 된 것이다. 나는 이따금 음식을 집어먹으면서 기사와 광고를 꼼꼼히 읽었다.

그러는 동안 소피는 보리스 옆에 앉아서 이따금 보리스에게 질문을 던지고 있었다. 고기파이가 마음에 드느냐고 묻기도 했고, 학교 친구에 대해 묻기도 했다. 하지만 소피가 이런 식으로 대화의 물꼬를 트려고 애쓸 때마다, 보리스는 입안이 가득 차 있어서 꿀꿀거리는 소리 말고는 아무 대꾸도 할 수 없었다. 이윽고 소피가 물었다.

"그런데 보리스, 어떤 게임을 하고 싶은지 결정했니?"

보리스는 나를 힐끔 쳐다보고 나서 조용히 말했다.

"어떤 게임을 하든 상관없어요."

"상관없다고?" 소피가 믿을 수 없다는 듯이 되물었다. 한동안 침묵이 흐른 뒤 그녀가 다시 말했다. "그럼 좋아. 네가 정말로 상관없다면 엄마가 고를게." 나는 그녀가 일어서는 소리를 들었다. "지금 당장 고를 거야."

소피는 이런 꾀로 보리스를 이긴 것 같았다. 보리스는 벌떡 일어나더니 엄마를 따라 장식장으로 다가갔다. 나는 그들이 상자 더미 앞에서 의논하는 소리를 들을 수 있었다. 그들은 신문을 읽고 있는 나를 배려하는 듯 목소리를 낮추었다. 마침내 그들은 원래 자리로 돌아와서 다시 바닥에 앉았다.

"자, 지금 당장 이걸 펼쳐 놓자꾸나." 소피가 말했다. "음식을 먹으면서 게임을 할 수도 있을 거야."

그들을 바라보니 게임판이 펼쳐져 있고, 보리스는 카드와 플라스틱으로 만든 가짜 돈을 열심히 제자리에 놓고 있는 중이었다. 그래서 몇 분 뒤 소피가 이렇게 말하는 것을 듣고 나는 깜짝 놀랐다.

"왜 그래? 네가 이 게임을 하고 싶다고 했잖아?"

"그랬죠."

"그런데 왜 그래?"

잠시 침묵이 흐른 뒤에 보리스가 말했다.

"너무 피곤해요. 아빠처럼."

소피는 한숨을 내쉬었다. 그러다가 갑자기 쾌활해진 목소리로 말했다.

"보리스, 아빠가 너를 위해 사 오신 게 있어."

나는 신문 너머로 엿보지 않을 수 없었다. 그러자 소피가 공모자 같은 미소를 나에게 던졌다.

"지금 보리스한테 줘도 되죠?"

나는 소피가 무슨 말을 하고 있는지 몰라서 어리둥절한 표정을 지었지만, 소피는 벌떡 일어나더니 방을 나갔다. 그러고는 내가 어젯밤에 극장에서 산 너덜너덜한 책을 들고 돌아왔다. 보리스는 피곤하다고 말한 것도 잊어버리고 벌떡 일어났지만, 소피는 놀리듯이 책을 번쩍 들어 올렸다.

"아빠하고 엄마는 어젯밤에 함께 외출했단다. 멋진 저녁이었지. 그런데 한창 신나게 지내고 있을 때 아빠는 너를 생각하고 이 책을 사셨어. 이런 책은 처음이지, 보리스?"

"그게 그렇게 대단한 책이라고 말하진 마." 내가 신문 너머로 말했다. "그냥 낡은 안내서일 뿐이니까."

"아빠가 너무 고맙지 않니?"

나는 또다시 그들을 훔쳐보았다. 소피는 보리스에게 책을 건네주었고, 보리스는 바닥에 무릎을 꿇은 채 책을 살펴보고 있었다.

"야, 이거 굉장한데요." 보리스는 책을 뒤적이면서 중얼거렸다. "정말 굉장한 책이에요." 보리스는 책장을 넘기던 손을 멈추고 어떤 페이지를 유심히 들여다보았다. "온갖 작업을 하는 방법이 다 적혀 있어요."

보리스는 몇 장을 더 넘겼다. 바로 그때 책이 날카로운 소리를 내면서 두 쪽으로 찢어져 버렸다. 그러나 보리스는 아무 일 없다는 듯 계속 책장을 넘기고 있었다. 그런 보리스의 반응을 보고, 소피는 앞으로 내뻗던 손을 멈추고 다시 허리를 폈다.

"이 책엔 모든 게 다 적혀 있어요. 정말 굉장한 책이에요."

보리스는 나한테 뭔가 말하고 싶어 하는 눈치였다. 그래도 나는 계속 신문만 읽고 있었다. 잠시 뒤에 소피가 부드럽게 말하는 소리가 들렸다.

"테이프를 가져오마. 그것만 있으면 될 거야."

나는 소피가 방에서 나가는 소리를 듣고, 계속 신문을 읽었다. 보리스가 여전히 책장을 넘기고 있는 것을 곁눈으로 볼 수 있었다. 잠시 뒤에 보리스는 고개를 들어 나를 쳐다보면서 말했다.

"벽지를 바를 때 쓰는 붓이 있대요."

나는 계속 신문을 읽었다. 마침내 소피가 거실로 돌아왔다.

"이상하다. 테이프가 어디로 갔지? 아무리 찾아도 보이질 않네."

"굉장한 책이에요. 온갖 작업을 하는 방법이 다 적혀 있어요."

"이상하네. 아무래도 다 썼나 보다."

소피는 다시 부엌으로 돌아갔다.

나는 게임판을 넣어 둔 장식장에 다양한 접착테이프가 보관되어 있다는 것을 어렴풋이 기억해 냈다. 그것은 장식장 오른쪽 구석의 바닥 근처에 있는 작은 서랍 속에 들어 있었다. 나는 신문을 내려놓고 테이프를 찾으러 갈까 했지만, 바로 그때 소피가 다시 방으로 돌아왔다.

"걱정 마라. 내일 아침에 테이프를 사 올 테니까, 그때 책을 수선하면 돼. 자, 게임을 시작하자꾸나. 안 그러면 잠자기 전에 게임을 끝낼 수 없어."

보리스는 대꾸하지 않았다. 보리스는 여전히 바닥에 주저앉은 채 책장을 넘기고 있었다.

"네가 하지 않겠다면 엄마 혼자서 시작할 거야."

주사위가 통 속에서 달그락거리는 소리가 났다. 나는 계속 신문을 읽고 있었지만, 오늘 저녁이 이렇게 되어 버린 데 대해 소피에게 좀 미안한 생각이 들었다. 하지만 이런 혼란을 초래한 장본인이 소피인 이상, 우리가 아무 대가도 치르지 않고 무사히 넘어갈 수 있으리라고는 그녀도 기대하지 않았을 것이다. 게다가 그녀의 요리 솜씨가 특별히 뛰어난 것도 아니었다. 예컨대 그녀는 세모꼴로 자른 토스트 위에 정어리를 얹거나 치즈와 소시지 산적을 내놓을 생각을 하지 않았다. 오믈렛도 만들지 않았고, 치즈를 넣은 감자나 생선 케이크도 만들지 않았다. 속을 채운 고추전도 없었다. 안초비 페이스트를 바른 빵도 없었고, 오이채도 없었고, 달걀을 삶아서 가장자리를 쐐기처럼 지그재그로 자른 요리도 없었다. 식사를 끝낸 뒤 디저트로 먹을 자두도, 버터크림을 바른 과자도, 딸기를 넣은 롤빵도 만들지 않았다.

소피는 좀 지나치다 싶을 정도로 오랫동안 주사위통을 흔들고 있었다. 달그락거리는 소리는 그녀가 주사위 놀이를 시작했을 때와는 울림이 바뀌어 있었다. 이제 그녀는 어떤 가락에 박자를 맞추듯 느린 속도로 주사위통을 흔들고 있는 것 같았다. 나는 불안한 마음으로 신문을 내렸다.

소피는 한쪽 팔꿈치를 바닥에 괴고 비스듬히 누워 있었다. 긴 머리가 얼굴을 가리고 어깨 위로 흘러내려 있었다. 그녀는 게임에 몰두해 있는 듯이 보였고, 체중이 묘하게 앞으로 쏠려 있어서 몸이 게임판 바로 위에서 움직이고 있었다. 그녀는 몸 전체를 조용히 흔들고 있었다. 보리스는 부루퉁한 얼굴로 그녀를 바라보며 책이 찢어진 부분을 두 손으로 쓰다듬고 있었다.

소피는 1분가량 주사위를 흔들다가 마침내 바닥에다 굴렸다. 그러고는 몽롱한 눈길로 주사위를 살펴보고 게임판 위에서 말을 움직인 다음, 주사위통을 다시 흔들기 시작했다. 나는 분위기 속에서 뭔가 위태로운 낌새를 느끼고, 이제는 내가 상황을 책임져야 할 때라고 판단했다. 그래서 신문을 옆으로 내던지고 두 손을 짝짝 마주치며 소파에서 일어났다.

"이젠 호텔로 돌아가야겠어. 보리스도 당신도 잠자리에 드는 게 좋겠고. 오늘은 우리 모두에게 피곤한 하루였으니까."

나는 현관 쪽으로 성큼성큼 나가면서 소피의 놀란 표정을 얼핏 보았다. 다음 순간 그녀가 내 뒤에 다가왔다.

"벌써 가시려고요? 그런데 음식은 충분히 드셨나요?"

"미안해. 당신이 식사를 준비하느라 얼마나 애썼는지는 알고 있어. 하지만 시간이 너무 늦었고, 내일 아침에는 아주 바빠."

소피는 한숨을 내쉬고 낭패스러운 표정을 지었다.

"미안해요. 오늘 저녁은 별로였죠? 미안해요."

"걱정 마. 당신 잘못이 아니니까. 우린 모두 피곤했어. 이젠 정말로 가 봐야 해."

소피는 아침에 전화하겠다고 말하면서 시무룩한 얼굴로 나를 내보내 주었다.

그 후 몇 분 동안 나는 호텔로 돌아가는 길을 기억해 내려고 애쓰면서 아무도 없는 거리를 헤매 다녔다. 드디어 낯익은 거리로 나오자, 나는 내 발소리를 벗 삼아 혼자 생각에 잠길 수 있는 이 기회와 밤의 적막감을 오히려 즐기기 시작했다. 하지만 오래지 않아서 오늘 저녁이 그런 식으로 끝나 버린 것에 또다시 아쉬움을 느꼈다. 그래도 돌이켜 보면, 주의 깊게 짜 놓은 내 시간표를 소피가 엉망으로 만드는 데 성공한 것은 사실이었다. 소피가 한 짓은 그 밖에도 많았다. 덕분에 나는 이 도시에 온 지 이틀째 되는 날이 다 끝나 가고 있는데도 내가 평가해야 할 위기에 대해 아직도 지극히 피상적인 통찰밖에는 얻지 못한 상태였다. 생각해 보니 오늘 오전에 백작부인과 폰 빈터슈타인 시장을 만나기로 한 약속도 지키지 못했다. 그 약속을 지켰다면 브로즈키의 음악을 직접 들을 기회를 가질 수 있었을 것이다. 물론 내가 빼앗긴 고지를 되찾을 시간은 아직 충분했다. 중요한 만남들이 아직도 나를 기다리고 있었다. 시민상호부조단과의 만남도 그중 하나였다. 그들을 만나면 이곳 상황을 좀 더 분명하게 파악할 수 있을 터였다. 어쨌거나 내가 상당한 중압감을 느끼고 있었던 것은 부인할 수 없었고, 내가 느긋한 기분으로 하루를 끝내지 못했다 해도 소피가 그걸 불평할 수는 없을 터였다.

나는 이런저런 생각을 하면서 돌다리 위를 어슬렁거렸다. 다리 위에 서서 운하 옆에 늘어서 있는 가로등과 물을 바라보다가, 문득 콜린스 여사의 초대를 받은 게 생각났다. 나에게는 아직 그 초대를 받아들이는 길이 남아 있었다. 그녀는 자기가 나를 도와줄 수 있는 특별한 위치에 있다는 것을 분명히 암시했다. 내가 이곳에서 지낼 시간이 점점 줄어들고 있는 지금, 콜린스 여사와 충분히 대화를 나누면 문제를 손쉽게 처리할 수 있을지도 모른다. 소피가 그렇게 제멋대로 굴지 않았다면 지금쯤은 많은 정보를 모을 수 있었을 테지만, 콜린스 여사를 만나 보면 소피 때문에 놓친 정보를 사실상 모두 얻을 수 있을지도 모른다. 벨벳 커튼이 쳐져 있고 낡은 가구들이 놓여 있는 콜린스 여사의 응접실이 다시금 눈앞에 떠올랐다. 그러자 문득, 지금 이 순간 내가 거기에 있다면 얼마나 좋을까 하는 생각이 들었다. 나는 걸음을 옮기기 시작했다. 다리를 건너 어두운 거리로 들어가면서, 아침에 틈이 나는 대로 당장 그녀를 찾아가 보자고 다짐했다.

(2권에서 계속)

옮긴이 **김석희** 서울대학교 인문대학 불문과를 졸업하고 대학원 국문과를 중퇴했다. 1988년 한국일보 신춘문예에 소설이 당선되어 작가로 데뷔했으며, 옮긴 책으로는 『로마인 이야기』, 『모비 딕』, 『고야』, 『몽테뉴』, 『해저 2만리』, 『신비의 섬』, 『프랑스 중위의 여자』 등이 있다. 1997년 제1회 한국번역상 대상을 수상했다.

모던 클래식
053

위로받지 못한 사람들 1

1판 1쇄 펴냄 2011년 12월 1일
1판 3쇄 펴냄 2017년 10월 16일

지은이 가즈오 이시구로
옮긴이 김석희
발행인 박근섭·박상준
펴낸곳 (주)민음사

출판등록 1966. 5. 19. 제16-490호
주소 (06027) 서울시 강남구 도산대로 1길 62(신사동)
강남출판문화센터 5층
대표전화 515-2000 | 팩시밀리 515-2007
홈페이지 www.minumsa.com

ISBN 978-89-374-9053-8 (04800)
ISBN 978-89-374-9000-2 (세트)

민음사

모던 클래식

모던 클래식

001·002 내 이름은 빨강 오르한 파묵 · 이난아 옮김 노벨 문학상 수상 작가

003 나를 보내지 마 가즈오 이시구로 · 김남주 옮김 부커 상 수상 작가 | 《타임》 선정 100대 영문소설 | 전미도서협회 알렉스 상

004 엄청나게 시끄럽고 믿을 수 없게 가까운 조너선 사프란 포어 · 송은주 옮김 《뉴요커》 선정 미국 문단을 이끌 젊은 작가 20인

005 키친 요시모토 바나나 · 김난주 옮김 이즈미 교카 상

006 핏빛 자오선 코맥 매카시 · 김시현 옮김 퓰리처 상 수상 작가 | 《타임》 선정 100대 영문소설

007 달콤한 내세 러셀 뱅크스 · 박아람 옮김

008·009 마교 사전 한소공 · 심규호, 유소영 옮김 《아주주간》 선정 20세기 중국소설 100선

010 오렌지만이 과일은 아니다 지넷 윈터슨 · 김은정 옮김 휘트브레드 상

011 심플 스토리 잉고 슐체 · 노선정 옮김 베를린 문학상

012 아름다운 나날 플뢰르 이애기 · 김은정 옮김 바구타 상

013·014 태양은 노랗게 타오른다 치마만다 응고지 아디치에 · 김옥수 옮김 오렌지 상 | 《뉴요커》 선정 미국 문단을 이끌 젊은 작가 20인

015·016 고양이 눈 마거릿 애트우드 · 차은정 옮김 부커 상 수상 작가

017 덕 시티 레나 안데르손 · 홍재웅 옮김

018 솔뮤직 러버스 온리 야마다 에이미 · 양억관 옮김 나오키 상

019 어느 도시 아가씨의 아주 우아한 시골 생활 레이철 커스크 · 김소연 옮김 서머싯 몸 상

020·021 하얀 이빨 제이디 스미스 · 김은정 옮김 《타임》 선정 100대 영문소설

022 가출 에벌린 라우 · 안명희 옮김

023·024 허영의 불꽃 톰 울프 · 이은정 옮김 《모던 라이브러리》 선정 20세기 100대 영문소설

025·026 돈 혹은 한 남자의 자살 노트 마틴 에이미스 · 김현우 옮김 《타임》 선정 100대 영문소설

027·028 순수 박물관 오르한 파묵 · 이난아 옮김 노벨 문학상 수상 작가

029 넌 동물이야, 비스코비츠! 알레산드로 보파 · 이승수 옮김

030 기적을 말하는 사람이 없다면 존 맥그리거 · 이수영 옮김 서머싯 몸 상

031·032 시간의 경계에 선 여자 마지 피어시 · 변용란 옮김 아서 C. 클락 상 수상 작가

033 세상의 마지막 밤 로랑 고데 · 이현희 옮김 공쿠르 상 수상 작가

034 남아 있는 나날 가즈오 이시구로 · 송은경 옮김 부커 상

035 거리의 법칙 러셀 뱅크스 · 안명희 옮김

036 녹턴 가즈오 이시구로 · 김남주 옮김 부커 상 수상 작가

037 너무나 많은 시작 존 맥그리거 · 이수영 옮김

038 형사 실프와 평행 우주의 인생들 율리 체 · 이재금, 이준서 옮김 독일 서적상 수상 작가 | 토마스 만 상 수상 작가

039 프라이드 그린 토마토 패니 플래그 · 김후자 옮김 《페미니스타》 선정 20세기 100대 영문소설

040 대기 불안정과 그 밖의 슬픈 기상 현상들 리브카 갈첸 · 민승남 옮김 《뉴요커》 선정 미국 문단을 이끌 젊은 작가 20인

041 명예 다니엘 켈만 · 임정희 옮김 토마스 만 상 수상 작가

042 모두 다 예쁜 말들 코맥 매카시 · 김시현 옮김 퓰리처 상 수상 작가 | 전미 도서상

043 국경을 넘어 코맥 매카시 · 김시현 옮김 퓰리처 상 수상 작가

044·045 도둑 신부 마거릿 애트우드 · 이은선 옮김 부커 상 수상 작가

046 알리스 유디트 헤르만 · 이용숙 옮김 프리드리히 횔덜린 상

047 브래드쇼 가족 변주곡 레이철 커스크 · 김현우 옮김

048 처녀들, 자살하다 제프리 유제니디스 · 이화연 옮김 퓰리처 상 수상 작가

049 이란의 검열과 사랑 이야기 샤리아르 만다니푸르 · 김이선 옮김 《뉴요커》 선정 올해의 책

050 그레이트 하우스 니콜 크라우스 · 김현우 옮김 《뉴요커》 선정 미국 문단을 이끌 젊은 작가 20인

051 숨통 치마만다 응고지 아디치에 · 황가한 옮김 《뉴요커》 선정 미국 문단을 이끌 젊은 작가 20인

052 맛 뮈리엘 바르베리 · 홍서연 옮김 바쿠스 상

053·054 위로받지 못한 사람들 가즈오 이시구로 · 김석희 옮김 부커 상 수상 작가 | 첼튼햄 상

055 인생은 짧고 욕망은 끝이 없다 파트리크 라페르 · 이현희 옮김 페미나 상

056 개들조차도 존 맥그리거 · 이수영 옮김

057 아담과 에블린 잉고 슐체 · 노선정 옮김

058 개구리 모옌 · 심규호, 유소영 옮김 노벨 문학상 수상 작가

059 몬테코어 요나스 하센 케미리 · 홍재웅 옮김

060 주저하는 근본주의자 모신 하미드 · 왕은철 옮김

061 창백한 언덕 풍경 가즈오 이시구로 · 김남주 옮김 부커 상 수상 작가

062 구원 자크 스트라우스 · 서창렬 옮김

063 헛된 기다림 나딤 아슬람 · 한정아 옮김

064 카운슬러 코맥 매카시 · 김시현 옮김 퓰리처 상 수상 작가

065 어떤 소송 율리 체 · 장수미 옮김 독일 서적상 수상 작가 | 토마스 만 상 수상 작가

066·067 검은 책 오르한 파묵 · 이난아 옮김 노벨 문학상 수상 작가

068 잠수 한계 시간 율리 체 · 남정애 옮김 독일 서적상 수상 작가 | 토마스 만 상 수상 작가

069 에프 다니엘 켈만 · 임정희 옮김 토마스 만 상 수상 작가

070 여름 별장, 그 후 유디트 헤르만 · 박양규 옮김 휴고 발 상 | 브레머 문학상 | 클라이스트 문학상

071 단지 유령일 뿐 유디트 헤르만 · 박양규 옮김 에리히프리트 상 수상 작가

072 나는 형제들에게 전화를 거네 요나스 하센 케미리 · 홍재웅 옮김